LIN RINA

GEMMAS GEDANKEN

DRACHENMOND VERLAG

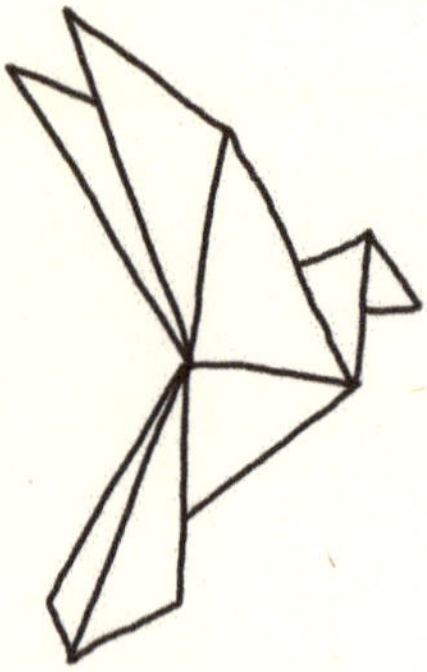

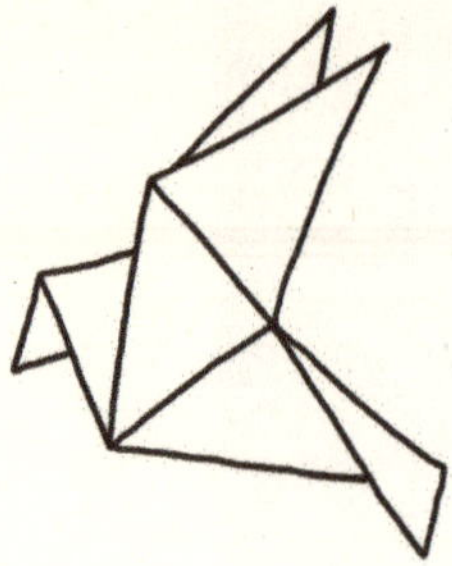

Drachenmond Verlag GmbH
Auf der Weide 6
50354 Hürth
http: www.drachenmond.de
E-Mail: info@drachenmond.de

Lektorat: Stephan R. Bellem
Korrektorat: Michaela Retetzki
Satz & Layout: Astrid Behrendt

Umschlagdesign: Marie Graßhoff
Bildmaterial: Shutterstock

Druck: Booksfactory

ISBN 978-3-95991-364-5

Für Jule und Jazz

Weil ihr mich jeden Tag dazu motiviert,
etwas zu schaffen, mich großartig zu fühlen
und neuen Herausforderungen zu stellen.

Playliste

1. Fallingwater → Maggie Rogers
2. Fly Boi → Jazzinuf
3. Good Enough → Smile and Burn
4. Silk → Noah Kahan
5. Stay in the Dark → Lambert
6. Sick of losing Soulmates → dodie
7. Why so serious → Alice Merton
8. Do it! → Hyuna
9. Twinkle twinkle little star → The Sweeplings
10. Here in my Room → Incubus
11. Take my breath away → Mayday Parade
12. Run → Damian Lynn

13. Kiss me → Ed Sheeran
14. Jealous → Labrinth
♡♡ 15. When you move → Parachute ♡♡
16. The Lonely → Christina Perri
17. Duet → Penny and Sparrow
18. Nostos → Jean-Michael Blais
19. Seasons → David Archuleta
20. Stuck with me → Timeflies

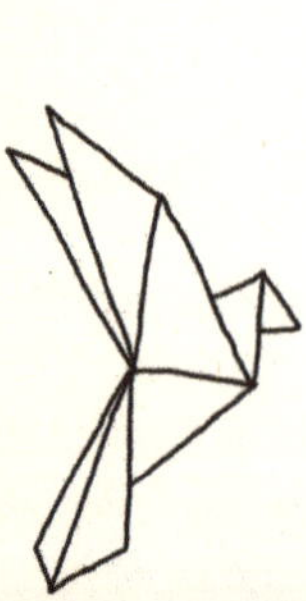

BIOLOG MEDICAL

Willkommen bei Biolog Medical

- der Gesundheitsreform der Zukunft.

Neben den üblichen Gesundheitskontrollen, wie regelmäßige Zahnuntersuchungen, Herz-Kreislauf-Checks, Knochendichtemessung, Organentgiftungen und Ernährungsaufklärung, finden sie bei uns auch die Garantie für Ihre geistige Gesundheit.

Durch das neue System der schmerzfreien Gedankenauslese erkennen wir psychische Erkrankungen frühzeitig und helfen Ihnen dabei, ein rundum gesunder Bürger zu bleiben.

Machen Sie mit und steigen Sie in unser Bonusprogramm ein. Regelmäßige Kontrollen Ihrer Gesundheit stärken das Miteinander und bieten Ihnen den Zugang zu vielen staatlichen Förderungen rund um Berufswahl, Weiterbildung und Lebensfinanzierung.

Kommen Sie noch heute zu uns. Unser freundliches Servicepersonal berät Sie gern auf Ihrem Weg in eine gesunde Zukunft.

1

Erster Vogel

Die Spitze meines Bleistiftes huschte über das Papier, ohne dass ich wirklich darauf achtete, was ich zeichnete. Ich wartete darauf, dass Vikas Wasserkocher endlich aufhörte, laute Geräusche zu machen, und ich sie wieder verstehen konnte.

Ihr krauser Lockenkopf tauchte im Bild auf, als sie sich mit Schwung vor ihr Tablet setzte.

»Okay, bin wieder am Start. Wo waren wir?«, fragte sie und ich konnte mich selbst nicht mehr erinnern. Doch zum Glück war das nicht so wichtig, wenn man mit Vika telefonierte.

»Oh Gem, dieser Tee, den Dani mir mitgebracht hat, riecht so verdammt gut. Den mach ich dir, wenn du hier bist. Ich kann es kaum erwarten, dass du endlich bei uns wohnst und ich nur nach nebenan spazieren muss«, rief sie ganz euphorisch und verschüttete dabei beinahe ihren Tee über die Bluetooth-Tastatur. Schnell stellte sie die bauchige Tasse ab und leckte sich einen Tropfen vom Handrücken.

Ich grinste und durchbrach den Kreis auf meiner Zeichnung mit einem Pfeil.

»Hast du schon fertig gepackt?«, erkundigte sich Vika und begann, mit dem neuesten Helix-Piercing zu spielen.

»Alles in Kisten. Morgen geht's los!«, verkündete ich stolz und Vika führte einen kleinen Freudentanzmit den Händen auf.

»Das wird iiiiirre. Du hättest schon viel früher ausziehen sollen.«

Nachlässig zuckte ich mit den Schultern. »Es war einfach noch nicht die richtige Zeit«, erwiderte ich und wusste, dass es nur eine Floskel war. Ich hatte selbst keine Ahnung, warum ich nicht, wie alle anderen auch, nach dem Schulabschluss in die Wohnkomplexe in Mauersend gezogen war, so wie viele junge Erwachsene das taten. Die Wohnung war schon lange genehmigt und gekauft, und von meinen Freunden war ich die Einzige, die noch bei ihren Eltern lebte.

Aber für mich war das in Ordnung.

Vielleicht war es für meine Mama sogar ganz gut gewesen, dass ich noch nicht so früh ausgezogen war. Ihr ging es in letzter Zeit nicht so besonders.

Während Vika einen Schluck Tee nahm und sich erst mal die Zunge verbrannte, betrachtete ich die Skizze auf meinem Papier und fügte noch ein paar Punkte und Striche hinzu. Es war eine einfache Zeichnung und doch brachte sie mich dazu, etwas zu empfinden. Mein Herz schlug für einen Moment schneller, als ich einen letzten Pfeil einzeichnete und sie sich damit vollendet anfühlte. Seufzend schüttelte ich die seltsame Gemütsregung ab, weil sie nur die Erinnerung aus einem längst vergessenen Traum war.

Um nicht noch länger in dem Moment festzuhängen, packte ich den Notizblock und hielt ihn für Vika vor die Kamera meines Handys, das an meiner leeren Müslischüssel lehnte.

Meine Freundin beugte sich interessiert näher an ihren Bildschirm. »Uuuh, das gefällt mir. Was Bestimmtes?«

»Ne, einfach so entstanden.«

»Wäre ein tolles Tattoo für den Unterarm«, kommentierte sie mit diesem Glitzern in den Augen, das so typisch für sie war und immer eine sehr verrückte Aktion nach sich zog.

Ich lachte auf. »Schade, dass bei dir da kein Platz mehr ist«, sagte ich bewusst ironisch, denn Vikas Unterarme waren bereits voll tätowiert. Das meiste davon waren dunkle Ornamente, feine farbige Blüten und einzelne weiße Zeichen, die auf ihrer moccafarbenen Haut wunderbar zur Geltung kamen.

»Jaja, bla, bla«, erwiderte sie und wedelte meinen Kommentar mit den Händen fort. »Darf ich es denn haben?«, fragte sie erwartungsvoll, und obwohl ich normalerweise nichts dagegen hatte, wenn Vika meine Kritzeleien auf ihrem Körper verewigte, hielt mich diesmal ein Drücken im Brustkorb zurück.

»Ne du, diesmal nicht. Ich habe irgendwie das Gefühl ... es gehört nur mir«, versuchte ich zu erklären, was ich fühlte, und Vika nickte bedächtig.

»Natürlich, das versteh ich voll«, sagte sie und ich war irritiert. Ich verstand es ja selbst nicht mal. Doch in Vikas Kopf ging es immer ein bisschen anders zu, sodass ich mich über derartiges Verständnis für die wirren Gefühle des Lebens nicht wundern sollte.

Meine Mama kam in die Küche geschlurft und wandelte wie ein Zombie zum Kaffeevollautomaten. Die einzigen zwei Dinge, die meine Mutter in der ersten Stunde nach dem Aufstehen fertigbrachte, waren, ihre Pantoffeln verkehrt herum anzuziehen und den Knopf auf der Kaffeemaschine zu drücken. Manchmal vergaß sie sogar eine Tasse drunterzustellen.

»Guten Morgen«, begrüßte ich sie.

»Morgen, Ida. Die Sonne lacht und dieser Tag wird großartig«, flötete Vika aus meinem Handy und Mama hatte nicht mal ein müdes Lächeln für uns.

»Noch zu früh«, informierte ich meine Freundin, die schulterzuckend noch einen Schluck Tee nahm. Diesmal vorsichtiger.

Auch ich griff nach meinem Kaffee und hielt die Tasse in den Händen, während ich immer noch die Zeichnung betrachtete, die gerade so nebenher entstanden war.

Was zog mich an einem Kreis und ein paar stilisierten Pfeilen nur so an?

»Und was steht heute an?«, lenkte Vika mich von meinen Gedanken ab. »Kommst du rüber? Machen wir uns einen schönen Tag im botanischen Garten?«

»Leider nicht. Ich muss zur Gedankenauslese«, seufzte ich und Vika verzog genervt das Gesicht.

»Jetzt schon? Haben die dir eine zusätzliche Untersuchung reingedrückt?« Sie hielt gar nichts von Gedankenauslese. Auch wenn sie sich gezwungen fühlte, jedes Jahr zur empfohlenen Kontrolle zu gehen, fand sie es befremdlich zu wissen, dass andere die Möglichkeit hatten, sich all ihre Gedanken anzusehen.

Ich wollte dem Ganzen eher neutral gegenüberstehen. Wie oft kam es schon vor, dass sich tatsächlich jemand ansah, was man gedacht hatte? Nur wenn irgendwelche traumatischen Erinnerungen einen quälten oder sich Vorboten einer psychischen Krankheit ankündigten. Und selbst dann wurde auch nur die betroffene Stelle ausgewertet und nicht das ganze Jahr.

Mein Verstand war da ganz entspannt.

»Ja, aber nur eine Routinesache. Ich bin nur zum kleinen Scan da«, versuchte ich Vika zu beruhigen und sie schüttelte den Kopf über meine Gelassenheit.

»Viel Spaß dabei, dich vom System unterdrücken zu lassen«, schnaubte sie mit einem belehrenden Unterton, den ich nur zu gut an ihr kannte. Vika war eben eine Querdenkerin mit Hang zur Weltverbesserung.

»Alles klar, Vik. Ärzte sind alle Monster, Zahnfüllungen sind voller Gift und Impfungen der flüssige Teufel«, leierte ich die Standard-Verschwörungstheorien runter und Vika streckte mir ihre gepiercte Zunge raus.

»Darum geht's doch gar nicht«, verteidigte sie sich. »Das ist Gedankenkontrolle, Gemma. So was sollte niemand einsehen dürfen. *Die Gedanken sind frei*!«, predigte sie mir und ich hörte nur halb zu.

»Ja, Depressionen und posttraumatische Belastungsstörungen sind dann aber auch frei«, konterte ich und Vika verdrehte die Augen.

Sie wollte gerade etwas erwidern, als sie durch die Türklingel unterbrochen wurde. Ich brauchte einen Moment, um zu bemerken, dass es unsere Tür gewesen war und nicht ihre.

Mama nuschelte etwas, was ich als »Gehst du bitte?« deutete und schnappte mir mein Handy.

»Ich leg auf, Vik. Ich melde mich, wenn ich auf dem Weg zum Center bin. Muss noch duschen«, sagte ich schnell, während ich mich vom Stuhl erhob, und Vika winkte eben noch, bevor sie auflegte.

Ich trottete aus der Küche auf den Flur und checkte eben meine Nachrichten auf dem Handy. Drei Textmessages von Joris und eine Sprachmemo von Jessy, die sie mit einem sehr verstörenden *GIF* von einem wackelnden Typen mit Insektenkopf ergänzt hatte. Ich hing noch in Gedanken an dem *GIF* fest, während ich mir das Handy in die Hosentasche schob und die Haustür öffnete.

Davor stand ein Postbeamter in dunkelblauer Uniform.

»Gemma Henson?«, fragte der Mann und hielt mir ein kleines Päckchen entgegen.

»Jap«, bestätigte ich salopp und nahm es ihm ab. Hatte ich was bestellt? Neugierig betrachtete ich den Karton, fand aber keinen Anhaltspunkt auf den Inhalt. Nur der Standardaufkleber des Paketdienstes und eine säuberliche Handschrift, die meine Adresse eingetragen hatte. Kein Absender. Seltsam.

»Wenn wir es nicht tun, Gemma, wird es niemand tun«, sagte der Postbeamte plötzlich zu mir und ich hob irritiert den Blick.

»Wie bitte?«, fragte ich nach, weil es mir zu abwegig vorkam, dass er so etwas zu mir gesagt hatte.

»Einmal hier unterschreiben«, meinte er und klang dabei so, als würde er es für mich noch einmal wiederholen. Hatte ich mich gerade wirklich so krass verhört?

Ich musterte den Mann kurz. Dunkle Augen, hohe Wangenknochen, kurze braune Haare, die unter seiner zur Uniform passenden Kappe hervorlugten. Erwartungsvoll hielt er mir den Stift hin.

Zögerlich nahm ich ihn entgegen, setzte schnell eine krakelige Unterschrift auf das Gerät und fragte mich, wie mein Kopf sich so einen Blödsinn zusammenspinnen konnte.

»Danke«, sagte ich und der junge Mann tippte sich mit dem Finger zum Abschied an seine Kappe.

»Viel Spaß mit dem Päckchen«, wünschte er mir und schlenderte den Weg zurück zu dem Truck, der am Straßenrand parkte.

Ich sah dem Postbeamten hinterher, bis er eingestiegen war und den Motor startete. Dann zog ich mich ins Haus zurück und schloss die Tür, ehe noch jemand dachte, ich wäre jetzt völlig durchgeknallt.

»War es die Post?«, hörte ich Papa von oben und schüttelte die seltsame Beklemmung ab, die mir schon wieder auf die Brust drückte.

Es war nicht das erste Mal, dass mir so was passiert war. Doch noch nie hatte ich mir einen ganzen Satz eingebildet. Dass mal ein Wort sich verschob oder ich für einen Moment das Gefühl hatte, Leute zu kennen, denen ich nie zuvor begegnet war, kam vor. Aber das gerade war krasser gewesen.

Da war es eigentlich nicht verwunderlich, mich einmal mehr zur Untersuchung zu schicken, denn ganz offensichtlich stimmte was nicht mit mir.

»Ja!«, rief ich meinem Vater zu und schwere Schritte knarrten im ersten Stock.

»Ist es für mich?«, wollte Papa wissen, als er am oberen Ende der Treppe auftauchte und zu mir runter in den Flur polterte.

»Ne. Für mich«, erwiderte ich und er machte ein enttäuschtes Gesicht. »Hast du was erwartet?«

»Ich habe Ersatzteile für den Mixer bestellt.«

Ich hielt ihm das Päckchen hin, damit er mit eigenen Augen sehen konnte, dass es nicht für ihn war.

»Warum schmeißt du das alte Ding nicht einfach weg und ihr kauft euch einen neuen?«, seufzte ich und klemmte mir den Karton unter den Arm.

Papa zog die Nase kraus. »Du hast deine Hobbys. Ich habe meine«, gab er zurück und ich musste grinsen. Denn wir waren uns in diesem Punkt in Wirklichkeit gar nicht so unähnlich. Wir bastelten beide gern an Elektrogeräten herum. Er zum Spaß und ich würde es zum Beruf machen.

Aufregung überfiel mich jedes Mal, wenn ich daran dachte, dass ich bald meinen ersten Arbeitstag hätte. Meine zweijährige Ausbildung war beendet und ich fieberte meinem neuen Job bei Biolog Medical entgegen wie meinem eigenen Geburtstag.

»Ich geh duschen«, teilte ich meiner Mama mit, als ich den Kopf noch mal in die Küche streckte, auch wenn es nur die halbe Wahrheit war. Ich erwartete noch keine Antwort von ihr, dafür sah die Kaffeetasse in ihren Händen noch zu voll aus.

Das Päckchen nahm ich mit nach oben und steckte es in meine Handtasche, die schon fertig gepackt im Flur vor meiner Zimmertür stand.

Zumindest war es mal mein Zimmer gewesen. Jetzt war kaum noch etwas davon übrig. All meine Sachen waren in Kartons verstaut, meine Möbel abgebaut und zusammengeschnürt. Nur das alte Gästesofa stand noch darin und würde mir in meiner letzten Nacht im Haus meiner Eltern als Bett dienen.

In der neuen Wohnung hatte ich eine neue Couch.

Ich warf kurz einen Blick zur Treppe, ob mich meine Eltern auch wirklich nicht sahen, zog ein Cuttermesser aus meiner Handtasche und schlich mich heimlich in mein altes Zimmer.

Gezielt lief ich in die hintere Ecke und drückte meine Ferse in das Ende der einen lockeren Bodendiele, sodass sie nach oben aufklappte.

Schon seit langer Zeit hielt ich dieses Ritual ab, etwa einmal im Monat und vor allem jedes Mal, bevor ich zur Gedankenauslese musste.

Denn selbst wenn mein Verstand dem Gesundheitssystem vertraute, meine Gefühle taten es in manchen Momenten nicht.

Egal wie oft ich mir die Fakten vor Augen führte, mir bewusst machte, wie sicher die AIC-Technologie war, etwas in mir hatte Angst. Eine kleine unterschwellige Angst zu vergessen.

Keinem, den ich kannte, waren so schlimme Dinge passiert, dass sie durch Rasterung leichter gemacht werden mussten.

So was wurde zum Beispiel bei Opfern von Gewaltverbrechen gemacht. Eine schlimme Erinnerung wurde wie ein Foto in kleine Streifen geschnitten und jeder zweite entfernt. So konnte man die Erinnerung zwar noch betrachten, empfand sie jedoch als weniger intensiv, damit sich so traumatische Ereignisse leichter verarbeiten ließen.

Es kam äußerst selten vor und meistens vermisste man die gelöschten Schnipsel auch nicht.

Ich, als ausgebildete Technikerin für die AIC-Geräte, wusste ganz genau, wie die Algorithmen der Gedankenauslese funktionierten, und fürchtete mich trotzdem davor, zu vergessen, was mir wichtig war.

Denn eine Rastertechnologie gab einem auch die Möglichkeit, ganze Gedanken und Erinnerungen zu löschen, selbst wenn das so was von illegal war und somit bei einer normalen Untersuchung so ziemlich das Letzte, was passieren konnte.

Aber diese Furcht war in meinem Herzen, egal wie sehr ich dem System vertraute.

Ich griff in den Hohlraum unter der Diele und zog ein schmales Buch hervor, in dem schon der Stift an der richtigen Seite klemmte.

Schnell versuchte ich mich zu sammeln, das seltsame Erlebnis mit dem Postbeamten zu verdrängen und mich an die wichtigsten Gedanken und Momente der letzten paar Wochen zu erinnern. Alles, was passiert war, seit ich das letzte Mal in dieses Buch geschrieben hatte.

Ich schlug die Seite auf und setzte meine eiligen Notizen.

Stichpunktartig schrieb ich von der Abschlussprüfung meiner Ausbildung zur medizinischen Technikerin. Meinen Notendurchschnitt und die Belobigung, die ich für besondere Begabung und überdurchschnittlichen Einsatz verliehen bekommen hatte, erwähnte ich auch, weil ich so unfassbar stolz darauf war. Dazu hatte es sogar einen Artikel in der Zeitung gegeben.

Die Gesundheitsmesse startete morgen und ich hatte mich in drei Tagen für den Stand unseres Ausbildungszweigs eingetragen. Darauf freute ich mich auch schon.

Dann wurde ich wieder ernster. Mamas seltsame Aussetzer waren häufiger geworden und sie wirkte ängstlicher als noch vor drei Wochen. Ich zeichnete einen neuen Punkt in die Tabelle, die ich dafür angelegt hatte, und seufzte lautlos. Ich machte mir Sorgen um sie. Doch bei ihrer letzten Gedankenauslese war anscheinend nichts auffällig gewesen.

Ich zwang mich, nicht zu lange darüber nachzudenken und mich auf den letzten Punkt zu konzentrieren. Die Zeit, in der ich die Gedankenauslese austricksen konnte, war begrenzt.

Es folgte eine Liste von Menschen, die mir in der letzten Zeit am wichtigsten waren. *Mama, Papa, Vika, Tante Laura und manchmal auch Joris*, schrieb ich auf, und auch wenn mir natürlich noch mehr Leute einfielen, hielt ich mich kurz.

Ich klemmte den Stift zwischen die Seiten, klappte das Buch zu und schob es in die letzte offene Umzugskiste, die ich anschließend verschloss.

Das Cuttermesser half mir beim Abtrennen des Klebebands und wie zufällig schnitt ich mir damit einmal fest in die Fingerkuppe meines rechten Mittelfingers.

Ich wusste schon vorher, wie es sich anfühlte und war doch aufs Neue überrascht von dem Schmerz. Lautstark fluchend hielt ich mir den blutenden Finger und lief aus meinem Zimmer rüber ins Bad, um bloß nichts auf den Boden tropfen zu lassen.

Wenn es eine andere Möglichkeit gäbe als physischen Schmerz, um die Erinnerungen der letzten Minuten zu überdecken, würde ich sie auf jeden Fall ergreifen. Doch die einzigen Methoden, die es sonst noch gab, waren Alkohol- oder harter Drogenkonsum. Und beides war hochgradig illegal.

Da blieb ich besser bei meinem guten alten Cuttermesser und einem kleinen Schmerztrauma.

Während ich die Wunde mit Heilsalbe und wasserfestem Sprühpflaster verarztete, lenkte ich meine Gedanken zum bevorstehenden Umzug, um nicht weiter an mein *Buch der wichtigen Erinnerungen* zu denken. Welchen Zweck hätte es gehabt, mir in den Finger zu schneiden, um meine Erinnerungen an das Buch und meine Aufzeichnungen zu überdecken, wenn ich weiter darüber nachdachte?

Mein Blick fiel auf den Wecker, der auf der Ablage über dem Waschbecken stand, und mein Herz setzte einen Schlag aus. Jetzt wurde wirklich alles andere nebensächlich. Verdammt, es war zehn vor neun! Meine Bahn fuhr schon in einer Viertelstunde.

Ich ließ meinen Finger in Ruhe, riss mir die Klamotten vom Leib und duschte mich im Schnelldurchlauf mit dem Shampoo meiner Mutter, das mir trotz vorheriger Maßnahmen in der Wunde brannte.

Genau acht Minuten später rannte ich in braunem Top, einer schwarzen, durchsichtigen Strumpfhose und Jeansshorts die Treppe wieder nach unten. Natürlich hatte ich mir in der Eile eine Laufmasche eingerissen, aber keine Zeit, um mir was Neues anzuziehen. Beinahe rutschte ich auf den glatten Holzstufen aus und fing mich im letzten Moment, bevor ich die Treppe nach unten segelte. Das wär's ja noch gewesen.

Obwohl ich für das Outfit eigentlich meine Ballerinas vorgesehen hatte, stieg ich in die Boots. Wenn ich zur Bahn rennen musste, wollte ich dabei auf keinen Fall meine Schuhe verlieren.

»Gemma, hast du deine Ausweise eingepackt?«, erinnerte Papa mich, der mich von der Küche aus durch den Flur rennen sah. Hektisch blickte ich mich nach meiner Handtasche um und erinnerte mich daran, dass ich sie vorhin vor meiner Zimmertür hatte stehen lassen.

Ich ärgerte mich darüber, sie nicht gleich mit nach unten gebracht zu haben, und rannte die Stufen wieder nach oben. Eigentlich hielt ich mich für eine organisierte Person, doch heute Morgen schien es nicht so glatt zu laufen wie sonst.

»Ich bin dann weg!«, rief ich meinen Eltern zu, bevor ich durch die Tür nach draußen schlüpfte und schnellen Schrittes die Straße entlang zur Bahnstation eilte.

Das Viertel, in dem wir wohnten, war ruhig und ein Vorgarten grenzte an den nächsten. Bei der alten Elaine Schmitz von nebenan bewegten sich verräterisch die Gardinen, da sie sicher wieder mit

Argusaugen die Straße beobachtete. Yuri und seine kleine Schwester Zumi spielten auf der anderen Straßenseite mit einem Ball und winkten mir zu, als sie mich vorbeilaufen sahen.

Es war ein wehmütiges Gefühl, zu wissen, dass es bald sehr viel seltener vorkommen würde, diese altbekannten Wege zu gehen.

Noch ein Grund mehr, warum ich nicht wie üblich bei Antritt meiner Ausbildung ausgezogen war. Redete ich mir zumindest ein. Denn es fühlte sich nicht wie eine befriedigende Antwort an. Keines meiner bisher erdachten Argumente tat das.

Es war ein Rätsel ohne Antwort und es brachte nichts, darüber nachzudenken. Also ließ ich es sein und konzentrierte mich aufs Hier und Jetzt.

Ganz knapp erreichte ich die Haltestelle und sprang noch eben durch die Türen der Magnetschwebebahn, die sich bereits piepsend schlossen.

Schwer atmend ließ ich mich auf eine Bank fallen und der Waggon setzte sich geschmeidig in Bewegung.

Zu dieser vormittäglichen Uhrzeit war fast niemand unterwegs. Mir gegenüber saß eine ältere Dame mit einem winzigen Hund in ihrer Tasche, der einen albernen pinkfarbenen Hut trug und mich bösartig anknurrte. Ein Mann mit Aktentasche in der Hand stand nahe dem Ausgang, lehnte sich an eine der Stangen und las mit angestrengtem Gesichtsausdruck etwas auf seinem Tablet.

Meine Fahrt ins medizinische Viertel würde nicht länger als fünfzehn Minuten dauern. Vor meinem inneren Auge breitete sich die Karte des Schienennetzes aus, wenn ich über die Strecke nachdachte, die die Bahn nehmen würde.

Aber nicht nur für Zugstrecken hatte ich ein Faible, das galt für so ziemlich jede Art von Plan oder Karte. Stadtpläne, Schaltpläne, Grundrisse von Häusern. Die feinen Linien, die zusammenführten und ein komplexes Labyrinth bildeten, zeigten für mich eine Art Schönheit, mit der ich mich gern beschäftigte. Es war faszinierend.

Ich öffnete meine Tasche auf der Suche nach meinem Handy, um Vika eine Sprachnachricht aufzunehmen. Wenn es für Handtaschen doch nur auch eine Karte gäbe, um sich darin zurechtzufinden.

Seufzend fiel mein Blick auf das kleine Päckchen, das zwischen einer halb leeren Taschentuchpackung und einem Schal hervorlugte. Das hatte ich schon fast wieder vergessen.

Eine Mischung aus Misstrauen und Neugierde überkam mich, als ich es herauszog und noch einmal in den Händen drehte.

Hatte der Absender nur vergessen, seinen Namen aufzuschreiben, oder war es seine Absicht gewesen, mich in Unwissenheit zu lassen?

Ich zuckte mit den Schultern, um die Gedanken abzutun, und riss mit einer behänden Bewegung das Klebeband vom Deckel. Es änderte nichts, darüber zu grübeln. Vielleicht offenbarte ja der Inhalt mehr.

Gespannt wühlte ich mich durch das braune Papier, das als Füllmaterial diente, und fand im ersten Moment nichts. Irritiert zog ich einen Papierstreifen nach dem anderen aus dem Karton, auf der Suche nach dem Inhalt des Päckchens. Ich konnte mir kaum vorstellen, dass mir jemand Füllmaterial zukommen ließ.

Doch da blitzte zwischen den Schnipseln etwas Glänzendes auf und ich griff es mit spitzen Fingern. Es war ein Origamivogel. Das Papier, aus dem er gefaltet worden war, schimmerte auf der einen Seite silbern und hatte auf der anderen bunte Muster, die an den Flügeln und am Schwanz sichtbar wurden.

Eine mir unbekannte Person hatte mir einen Papiervogel geschickt. In einem Päckchen. Was hatte das zu bedeuten?

Dreimal wühlte ich mich durch das Füllmaterial und fand keine Nachricht, bevor ich auf die Idee kam, den Vogel zu entfalten. Doch auch hier stand kein Wort und es gab keinen Anhaltspunkt, der mir weiterhalf.

Glücklicherweise war es nicht schwer, den Vogel wieder zusammenzubasteln. Nachdenklich drehte ich das Ding hin und her und versuchte mir einfallen zu lassen, wer mir so was schicken würde.

Ich durchsuche meine Tasche wieder nach meinem Handy, bis ich bemerkte, dass es in meiner Hosentasche steckte.

»Vika. Ich habe gerade ein Päckchen bekommen. Und da ist ein Origamivogel drin. Nur ein Origamivogel! Keine Ahnung, wer mir so was schickt. Hast du eine Idee?«, machte ich eine Sprachmemo an meine beste Freundin und fotografierte den Vogel für sie.

Vielleicht konnte sie ja mehr damit anfangen. Ich war jedenfalls ratlos.

2

Gedankenauslese

Als ich meiner Zielhaltestelle näher kam, packte ich das Päckchen wieder zusammen und verstaute es in den Tiefen meiner Handtasche.

Ich warf noch einen Blick auf mein Handy, aber Vika hatte die Nachricht noch nicht einmal gesehen.

Na ja, egal. Nachher würde ich sie sowieso anrufen.

Wie von allein stand ich auf und stieg aus der Magnetschwebebahn, als sich die Türen öffneten. Ich schlenderte die Treppe hinunter, die auf den großen Vorplatz des Biolog-Medical-Centers führte. Meine Füße kannten den Weg, da ich ihn die letzten zwei Jahre fast täglich zurückgelegt hatte.

Das Gelände bestand nicht nur aus dem großen, modernen Gesundheitszentrum, sondern erstreckte sich dahinter noch über ein riesiges Areal. Forschungseinheiten, Labore, der Fachbereich für Ausbildung der verschiedensten Berufsgruppen, Herstellungsstätten für Pharmaka, Lagerhäuser, Serverfarmen, eine Chemieabfall-Neutralisationsanlage und Bürogebäude für Vertrieb und Verwaltung. Sogar ein Teil der medizinischen Fakultät der städtischen Universität war hier angesiedelt.

In einem der dicken Türme, die sich hinter dem Gesundheitszentrum erhoben, befanden sich die Klassenräume, in denen ich meine Ausbildung absolviert hatte. Und irgendwo in diesem Gebäudekomplex würde ich in einer Woche meiner neuen Arbeit nachgehen.

Beinahe wäre ich wie gewohnt am Haupteingang vorbei zu Gate drei spaziert, bekam aber im letzten Moment noch die Kurve und wirkte daher nur minimal seltsam.

Die Glastüren öffneten sich lautlos und ich trat in die klimatisierte Eingangshalle. Sie wirkte freundlich auf mich, obwohl alles in Weiß gehalten war wie in einem Krankenhaus.

An der rückwärtigen Wand, hinter den Empfangstresen, an denen mehrere Menschen in diskretem Abstand darauf warteten, an der Reihe zu sein, strahlte das Symbol von Biolog Medical: eine stilisierte goldgelbe Sonne, die sich hinter einem Horizont erhob.

Ich reihte mich in die Schlange der Wartenden ein und versuchte, nicht auf die riesenhaften Bildschirme zu starren, die an den Seiten der Halle in den Wänden eingelassen waren, was mir nur schwer gelang. Mein Blick wanderte immer wieder zu den sich bewegenden Bildern zurück.

Eine junge Frau mit weichen braunen Locken und einem weißen Kittel richtete die Werbeslogans der Firma an uns, die ich alle schon auswendig kannte. Ich glaubte keine Minute daran, dass dieses Mädel jemals wirklich Medizin studiert hatte, dafür war sie viel zu bedacht darauf, wie sie ihren Mund bewegte, um die Aufmerksamkeit darauf zu ziehen.

»Willkommen bei Biolog Medical, der Gesundheitsreform der Zukunft«, sagte sie gerade und ich wandte den Blick wieder ab.

Vor mir stand ein Teenager, nicht älter als fünfzehn, der ununterbrochen auf seinem Handy herumtippte und dabei mit dem Bein wippte. Er war wohl nervös wegen der Gedankenauslese.

Ich musste grinsen. Als Junge mitten in der Pubertät wäre es mir sicher auch dreimal so unangenehm, dass ein Computer meine Gedanken auswertete.

Aber sehr vielen war die Sache mit der Gedankenauslese unangenehm, nicht nur den Jüngeren.

Für mich war es wie zum Gynäkologen zu gehen. Das würde auch niemand machen, wenn es nicht seiner Gesundheit dienen würde.

Doch im Gegensatz zum Gyn prüfte in diesem Fall gar keine reale Person den Gesundheitszustand. Wer hatte schon Zeit, die Gedanken und Erinnerungen einer Person aus einem ganzen Jahr auszuwerten? Solche Arbeiten wurden von Computern ausgeführt, die dafür nur Minuten brauchten.

Ich hatte in meiner Ausbildung gelernt, wie das Programm dazu aufgebaut war und nach welchen Kriterien es suchte. Allein dieses Wissen half mir, das Prinzip der Gedankenauslese neutral oder sogar positiv zu betrachten.

Als ich endlich an der Reihe war, legte ich wortlos meinen Gesundheitsausweis auf den Tresen und die Angestellte, die mich freundlich anlächelte, schien erleichtert zu sein, keine Unterhaltung mit mir führen zu müssen. Sie drückte die Karte gegen das Lesegerät auf ihrem Tisch und reichte sie mir nach zwei Klicks auf ihrem Bildschirm zusammen mit einem runden schwarzen Transponderclip wieder zurück.

»Sechster Stock«, wies sie mich an und ich bedankte mich bei ihr.

Um als Empfangsdame bei Biolog Medical zu arbeiten, brauchte man ein wirklich dickes Fell und ich beneidete sie nicht um diesen Job. Sie war die erste Anlaufstelle für Zweifel und Beschwerden, zusammen mit den armen Schweinen aus dem Callcenter.

Natürlich konnte ich verstehen, dass Gedankenauslese im ersten Moment auf Ablehnung stieß. Das hatte ich mit Vika schon zur Genüge diskutiert. Gedanken und Erinnerungen waren eine private Sache, die niemand gern teilte, weil jeder seine Geheimnisse bewahrte.

Doch wenn man von dem wirklich seltenen Fall der Rasterung mal absah, war es auch nur eine Gesundheitskontrolle wie jede andere.

»Regelmäßige Kontrollen Ihrer Gesundheit fördern das Miteinander«, sagte die adrette Fake-Ärztin auf dem Bildschirm gerade, als ich an ihr vorbeiging und bei den Aufzugtüren angelangte. Ich konnte ihr nur zustimmen.

Seit der Aufnahme der Gedankenauslese ins staatliche Gesundheitsförderungsprogramm sank die Kriminalitätsrate stetig und betrug bereits nur noch etwa fünf Prozent von den vorherigen Zahlen. Und das war nur die Spitze der Errungenschaften.

Ich hielt den Transponder gegen das Feld neben der Fahrstuhltür und sie öffnete sich für mich.

Die Wände des schmalen Lifts waren weiß wie der Rest des Gebäudes und ich hatte nicht mal die Zeit, mir das Werbeplakat für die neuen Grippeimpfungen durchzulesen, da hatte ich den sechsten Stock auch schon erreicht.

Auch hier waren die Flure weiß und steril, mit einzelnen maisgelben Akzenten wie einem gesprenkelten Blumentopf, aus dem ein gelbliches Gewächs quoll.

Ich hielt meinen Transponder wieder gegen die dafür vorgesehene Schaltplatte an der Wand und bekam von der Anzeige mitgeteilt, zu welchem Zimmer ich mich zu begeben hatte.

Gelangweilt setzte ich mich auf die gelbe Couch, die im Gang von Behandlungsraum drei bis acht stand, und wartete darauf, aufgerufen zu werden.

Niemand war hier, was nicht ungewöhnlich war. Man begegnete so wenig Menschen wie möglich und versuchte so das größtmögliche Gefühl von Anonymität zu schaffen. Was mir total affig vorkam. Die meisten Menschen gingen zur Gedankenauslese. Das war, als würde man verheimlichen, dass man aufs Klo ging.

Ich nutzte die Gelegenheit, Joris auf seine Nachrichten zu antworten. Wir kannten uns schon seit der Grundschule und unser zuvor sporadischer Kontakt hatte sich erst in den letzten Monaten zu einer Freundschaft entwickelt.

Was vielleicht auch daran lag, dass er seit einiger Zeit wirklich sehr in Vika verschossen war. Jedoch rechnete ich ihm da keine großen Chancen aus. Er war einfach gar nicht ihr Typ und tendierte charakterlich wie auch interessenstechnisch in eine vollkommen andere Richtung.

Schon allein die Tatsache, dass er der totale Verfechter der Gedankenauslese war und Vika dabei jedes Mal das kalte Grausen bekam.

Auch wenn wir ihn alle mehr oder weniger verstehen konnten. Sein Vater hatte sich das Leben genommen, als wir noch Kinder gewesen waren. In der Schule hatten das alle rumerzählt und es war die Schocknachricht des Jahres gewesen.

Eine wirklich schwere Zeit für Joris, der davon überzeugt war, dass man seinem Vater sicher hätte helfen können, wenn irgendwer es bemerkt hätte. Wäre die Gedankenauslese damals schon so fest im Pflichtprogramm des Gesundheitssystems verankert gewesen wie heute, hätte man seine Absichten frühzeitig erkannt und behandelt.

›*Morgen, 9 Uhr, bei meinen Eltern. Frühstück gibt es bei uns.*‹, schickte ich ihm die Infos, die er für meinen morgigen Umzug brauchte, und lächelte in mich hinein.

Ein neuer Lebensabschnitt stand mir bevor und ich freute mich schon sehr darauf. Zwei Türen von Vika entfernt, selbst kochen, eigene Verantwortung. Ich war so was von bereit.

Es war nicht so, dass ich meine Eltern so schnell verlassen wollte. Aber es juckte mich in den Fingern, seit alle Sachen in den Kisten verstaut waren und ich mir erlaubte, mir meine neue Wohnung in den besten Farben auszudenken.

Apropos Farben.

›*Denk an die Wandfarbe für die Akzente!!!*‹, tippte ich an Vika und setzte einen Kuss-Emoji dahinter. Ich wollte nur auf Nummer sicher gehen. Bei Vika wusste man nie. Entweder sie hatte die Farbe schon seit Wochen herumstehen oder sie vollkommen vergessen.

In diesem Flur zu warten fühlte sich wie eine Ewigkeit an, in der ich es schaffte, drei Sudokus für Fortgeschrittene auszufüllen. Als eine in sonnengelb gekleidete medizinische Assistentin auftauchte, sprang ich sofort auf und ließ mich von ihr in Behandlungsraum sieben begleiten.

Das Zimmer war schmal und mit sehr künstlichem Licht erhellt, da es an Fenstern fehlte.

Wie immer nahm ich auf dem gepolsterten Stuhl in der Mitte des Raumes Platz, ohne dazu aufgefordert werden zu müssen. Ich kannte das Prozedere. Sehr gut sogar. Ich konnte ziemlich genau sagen, wie das Gerät funktionierte, das die medizinische Assistentin näher zu mir schob. Höchstwahrscheinlich sogar besser als sie.

Sie setzte mir die Elektrodenmaske auf, die eigentlich mehr wie ein Helm aussah, und mit einem leisen mechanischen Surren drückten sich die weichen Noppen der Elektroden gegen meinen Schädel.

Der Rest war eine Mischung aus Physik, Biologie und Informatik. Elektrische Impulse, synaptische Übertragung und ein fein abgestimmtes Programm, das die aufgezeichneten Daten auswertete.

»Möchten Sie etwas trinken, solange das Gerät läuft?«, fragte mich die medizinische Assistentin und ich lehnte ab, damit sie schneller die Auslese startete und mich allein ließ.

Eine halbe Stunde dauerte der kleine Scan für das letzte halbe Jahr, und ich lehnte mich zurück und schloss die Augen.

Meine Gedanken wanderten sofort wieder zum Umzug. Im Kopf plante ich den morgigen Tag durch, damit ich jedem sagen konnte, was zu tun war, wann wir den Transporter holten und wieder zurückbrachten und wann ich wen wohin bestellen musste.

Meine Eltern halfen natürlich den ganzen Tag, genau wie Vika. Joris hatte sich zum Möbelschleppen angemeldet. Luna und Jessy wollten zwischendurch vorbeikommen und etwas zu essen für alle mitbringen.

Ich war den Zeitplan schon zigmal durchgegangen und wünschte mir insgeheim, es wäre endlich morgen und ich könnte schon anfangen.

Die halbe Stunde zog sich und fühlte sich an wie Stunden.

Ich hätte doch um einen Kaffee bitten sollen.

Als die Langeweile mich fester packte und ich schon anfing, in Gedanken die Teile eines medialen Computerservers durchzugehen, die ich für meine Abschlussprüfung gebraucht hatte, wurde endlich die Tür geöffnet und die medizinische Assistentin kam hereingehuscht.

Eilig nahm sie mir die Elektrodenmaske vom Kopf, legte sie in die Reinigungsstation und war schon fast wieder aus dem Zimmer. Hier musste ja heute einiges zu tun sein, so wie sie rumhetzte.

»Der zuständige Arzt wird gleich nach Ihnen sehen«, informierte sie mich kurz und war wieder verschwunden.

War mir auch recht. Ich setzte mich vorn an die Kante meines Sessels und angelte nach meiner Handtasche, die ich daneben auf dem Boden abgestellt hatte. In Gedanken versunken kramte ich nach meinem Handy, um Vika noch ein Detail zum morgigen Tag zu schreiben, das mir in der letzten halben Stunde eingefallen war, da wurde auch schon die Tür aufgerissen.

Ein großer, schlaksiger Mann kam hereinspaziert, ein Tablet in der Hand, den weißen Kittel vorn nicht zugeknöpft, sodass man sein eng anliegendes schwarzes Shirt sehen konnte, das ihm ausgezeichnet stand.

Ich ließ die Tasche wieder zu Boden gleiten und staunte nicht schlecht, ihn hier zu sehen. Das war mal ein Zufall der krassen Sorte.

»Was muss ich hier lesen, Frau Henson. Sie tragen seit Neuestem also Spitzen-BHs. Da werde ich in Zukunft wohl viele gebrochene Männerherzen zum Psychologen überweisen müssen«, behauptete der Arzt mit ernster Miene und ich wollte mir das Grinsen verkneifen, ebenfalls das alberne Theater mitspielen, aber ich schaffte es einfach nicht.

»Selbst wenn das korrekt wäre, Doktor Grand, würde man das sicher nicht in meiner Auswertung sehen«, hielt ich dagegen und Oliver Grand schob sich die Brille auf der Nase hoch.

Seit wann hatte der Kerl überhaupt eine Brille? Sicher um intelligenter zu wirken. Oder er hatte sie irgendwem geklaut.

Einen Moment lang hielt Oliver sein Schauspiel noch aufrecht, dann nahm er die Brille ab und ein verschmitztes Grinsen erschien auf seinem Gesicht.

»Aber du solltest das definitiv in Betracht ziehen, wenn du es nicht bereits tust. Ich biete mich als Versuchsobjekt Nummer eins an«, gestand er mir und ich hob süffisant die Augenbrauen.

»Ja, das war mir klar«, spottete ich frech und stand vom Behandlungsstuhl auf. »Seit wann dürfen Assistenzärzte denn Auswertungen prüfen?«, wollte ich von ihm wissen, das Kinn herausfordernd nach vorn gereckt, und Oliver zuckte mit den Schultern.

»Ich mach Vertretung für Frau Doktor Alessia Russo«, erzählte er mir freimütig und ließ sich ihren Namen auf der Zunge zergehen. »Sie muss mir meine Forschungen genehmigen.«

Mir kam der Name sogar bekannt vor und ich erinnerte mich an die dunkelhaarige Medizinprofessorin. Die Frau war engagiert, wunderschön und herrisch wie eine Diktatorin. Da würde er sich ganz schön ins Zeug legen müssen, um sie zu beeindrucken. Deshalb wohl auch die Vertretung.

Doch Oliver konnte man das ruhig zutrauen. Er war vielleicht nicht klassisch gut aussehend mit seinem zu kantigen Gesicht, dem drahtigen Körperbau und den blonden Stoppelhaaren. Aber charmant wie sau und ich wusste nicht, ob es Momente in seinem Leben gab, in denen er mal nicht mit jemandem flirtete. Er machte es einem sehr leicht, ihn zu mögen, und jede Unterhaltung mit ihm verlief angenehm. Wenn man seinen Humor teilte.

»Du versuchst es also mit Arschkriechen«, zog ich ihn wegen Doktor Russo auf und sein Grinsen wurde eine Spur zu anzüglich.

»Hast du ihren Arsch mal gesehen? Ist doch klar, dass man da auf solche Ideen kommt«, schwärmte er belustigt und brachte mich dadurch zum Lachen.

Oliver und ich kannten uns schon eine ganze Weile. Da er als Medizinstudent des Öfteren auf dem Gelände von Biolog Medical war, liefen wir uns in der Kantine immer mal wieder über den Weg und aßen dann gemeinsam mit seinen Medizinkumpel.

»Und man muss übrigens kein Facharzt sein, um einfache Fakten von einem Bildschirm abzulesen. Wie zum Beispiel, dass du wohl unter leichten Schlafstörungen leidest«, meinte er mit Blick auf sein Tablet und seine Stimme wurde wieder etwas ernster. Doch nicht so sehr, dass ich mir Sorgen machen musste.

Solche einfachen Diagnosen waren alltäglich und ich tat es mit einer Handbewegung ab.

»Steht was Großes an?«, fragte er mich und ich konnte nicht sagen, ob es eine ärztliche Frage oder nur seine Neugierde war.

»Ich ziehe morgen in meine eigene Wohnung«, verkündete ich, weil es mich auch irgendwie stolz machte. Und weil ich so vor Oliver wie eine Erwachsene dastand. Klar, ich war schon längst volljährig. Aber eine Zwanzigjährige, die bei ihren Eltern wohnte, wurde nie so ernst genommen wie eine, die ihre eigenen vier Wände hatte.

»Soso.« Oliver nickte mir zu und notierte etwas in meiner Akte. Ich musterte sein Gesicht, um zu erkennen, was er wohl dachte. Aber bei ihm konnte man sich da nie so sicher sein. Er tat zwar immer einfach, aber ich glaubte daran, dass er in Wirklichkeit komplexer gestrickt war, als er zugeben wollte.

»Deshalb wohl auch der erhöhte Koffeinkonsum«, fügte er murmelnd hinzu und knuffte mir ganz unprofessionell in die Seite. Ich versuchte genervt auszusehen, aber bei Oliver war das echt schwer durchzuziehen.

»Ach, ist Koffein jetzt auch schon verboten?«, provozierte ich ihn und er lachte auf.

»Nein, zum Glück nicht, Babe. Sonst hätte ich mein Studium sicher nicht gepackt.« Er sah auf mich herab, was nicht schwer war bei unserem Größenunterschied. Normalerweise zählte ich mich als durchschnittlich groß. Doch neben Oliver, der an die zwei Meter groß sein musste, fühlte ich mich klein und zerbrechlich. Und das gefiel mir.

»Gut, du bist fertig. Musst auch erst in einem Jahr wiederkommen«, stellte er mir in Aussicht und ich war erleichtert.

Obwohl … Was war eigentlich mit meinen seltsamen Aussetzern in letzter Zeit? Hatten die auf dem Scan nicht ausgeschlagen? Waren sie so geringfügig, dass der Computer sie als unbedenklich einstufte?

Doch wenn ich erst in einem Jahr wiederkommen musste, war wohl wirklich nichts und Oliver Grand wollte ich auch nicht auf die Nase binden, dass ich möglicherweise eine Verrückte war.

Ich nahm meine Tasche, schüttelte das seltsame Gefühl ab und ging auf die Tür zu.

»Gemma!«, hielt Oliver mich zurück und ich drehte mich ihm noch einmal zu. »Lass uns mal einen Kaffee trinken gehen«, schlug er vor. »Laut deines Scans scheinst du da einen Bedarf zu haben.«

Ich lächelte und strich mir gekonnt unauffällig eine Strähne meines kinnlangen Haares hinters Ohr.

»Klar. Immer«, sagte ich, ohne durchblicken zu lassen, wie aufgeregt ich war, drehte mich auf dem Absatz um und stolzierte zu den Fahrstühlen wie die coolste Frau der ganzen Welt. Und so fühlte ich mich gerade auch.

3

Umzug

Ich hatte die Nacht vor Aufregung kaum bis gar nicht geschlafen. Ein bisschen lag es auch an der unbequemen Couch und daran, dass mein Zimmer sich nicht mehr wie mein Zimmer anfühlte.

Doch heute war der große Tag, einer von vielen großen Tagen der nächsten Zeit, und ich war die Erste, die am Morgen in der Küche stand und Kaffee für alle kochte, bevor ich loszog, um Brötchen beim Bäcker die Straße runter zu kaufen.

Ich war so voller Tatendrang, dass ich schier platzte. Nicht mal einen Kaffee brauchte ich, um in Schwung zu kommen, und das war in der letzten Zeit wirklich eine Seltenheit.

Joris stand Punkt neun Uhr vor der Tür und verschlang erst einmal die Hälfte aller Brötchen, zusammen mit einem ganzen Glas Marmelade.

Für uns war das okay. Mama war bei ihrer ersten Tasse Kaffee und noch ein Geist, Papa ließ sich von mir ein Brötchen belegen, das er mitnahm, als er losging, den Transporter abzuholen, und ich war viel zu hibbelig, um zu essen.

Danach ging es so richtig los. Kisten wurden geschleppt, Schrankteile nach unten transportiert und als es daranging, meine alte Vollholzkommode nach unten zu bekommen, holte Papa sich Hilfe von unserem Nachbarn Herr Leonell und seinem Sohn Sharoon. Obwohl der Junge erst fünfzehn war, hatte er Muskeln wie ein Minotaurus, sodass Joris ihm nur mit riesigen Augen hinterherstarren konnte, als er ihm die Bücherkiste aus den Händen nahm und davontrug, als wären nur Kissen darin.

Zum Glück war Vika noch nicht hier, sonst hätte sich der arme Kerl in Grund und Boden geschämt. Ich klopfte Joris aufmunternd auf die Schulter und ließ ihn mir später einen Koffer voller Schuhe abnehmen, während ich so tat, als wäre er mir viel zu schwer, um sein Ego zu pushen. Und Joris war auch so einfach gestrickt, dass es wirklich funktionierte.

Gegen halb zwölf war der Transporter rappelvoll und die letzten paar Kisten wanderten mit uns zusammen in Mamas Auto. Die Fahrt war ungemütlich und abenteuerlich und schlug Joris mehr auf den Magen, als er zugeben wollte.

Als Mama das Auto vor dem Gebäudekomplex parkte, in dem ich in Zukunft wohnen würde, war ich so von Gefühlen überwältigt, dass ich erst einmal nur dastehen und am Gebäude hochblicken konnte.

Es war ein L-förmiges Hochhaus mit etlichen holzverkleideten Balkonen, die größtenteils bewohnt aussahen. Überall ragten Grünpflanzen über die Geländer, Blumenkästen waren gefüllt mit Blüten und Kräutern und die eine oder andere Lichterkette ließ alles wie einen hellen fröhlichen Ort erscheinen.

Ich war nicht zum ersten Mal hier, da ich ja ständig bei Vika rumhing. Doch heute war es anders. Heute würde es auch mein neues Zuhause werden.

»Huhu!«, rief eine Stimme von oben und ich suchte mit den Augen die Häuserfront ab.

Im vierten Stockwerk lehnte Vika am Geländer eines Balkons, der im Gegensatz zu den anderen nackt wirkte. Nur die helle Holzverkleidung, die schmiedeeisernen Streben und die leeren Blumenkästen waren vorhanden.

Mein Balkon.

Meinen Schlüssel hatte ich Vika gestern vorbeigebracht, damit sie schon mal lüftete, da Papa letztes Wochenende alles einheitlich gestrichen hatte und die Zimmer immer noch nach Farbe rochen.

»Wir haben eine Überraschung für dich, Schatz!«, brüllte sie über den ganzen Platz hinweg und es störte sie kein Stück, dass sich alle Leute in der Umgebung nach ihr umdrehten.

Ich schnappte mir die Kiste mit meinen Sukkulenten, die während der Fahrt auf meinem Schoß gestanden hatte, und lief einmal um das Auto herum.

»Hausabschnitt B, vierter Stock, Zimmer dreizehn«, sagte ich zu Joris, der ans Auto gestützt dastand und erst mal nichts anderes tun konnte, als die Übelkeit wegzuatmen. Ich strich ihm aufmunternd über den Rücken und er hob nur die Hand, dass er verstanden hatte.

Mama blieb im Auto. Sie wollte ohnehin auf Papa warten. Vorhin hatte sie sich von meiner Freude und Aufregung anstecken lassen, doch ich wusste, dass sie mich eigentlich nur widerwillig gehen ließ. So musste das ja auch irgendwie sein. Die Kinder wurden flügge und die Eltern zeigten ihre Liebe dadurch, darüber traurig zu sein.

Ich beugte mich durchs Autofenster und drückte meiner Mutter einen Kuss auf die Wange. »Ich geh schon mal hoch.«

»Ist gut. Ich habe solange ein Auge auf den Seekranken«, machte sie ihre Witzchen und lächelte.

Ich grinste zurück. »Vielleicht hätte er nicht das ganze Glas Marmelade essen sollen.«

Joris stöhnte gequält auf und wir mussten uns das Lachen verkneifen.

»Bis gleich«, sagte ich und lief die wenigen Meter bis zur dunklen Glastür. Ich läutete bei meiner eigenen Klingel, an der in Vikas geschwungener Schrift mein Nachname stand. Schon allein darüber freute ich mich wie irre.

Vika drückte oben den Summer, ließ mich rein und ich konnte es kaum erwarten, dass der Lift mich in den vierten Stock hochbrachte. Ein Gefühl von Freiheit durchströmte mich und ließ mich glauben, alles erreichen zu können.

Vika hatte die ganze Zeit recht gehabt: Ich hätte schon längst ausziehen sollen.

Die Türen des Fahrstuhls öffneten sich und Vika fiel mir quietschend um den Hals. Beinahe wäre mir der Karton mit den Sukkulenten aus den Händen gefallen. Doch das störte mich heute nicht und ich stimmte in den hohen Freudenschrei mit ein wie ein durchgeknalltes Teeniemädchen.

Vielleicht lag auch die Pubertät noch nicht so weit hinter uns, wie wir uns manchmal gern einbildeten.

»Wir haben was gemacht und ich hoffe sooo sehr, es gefällt dir«, brabbelte Vika in mein Haar und ich löste mich langsam von ihr.

»Solange ihr nicht die Stühle an die Decke genagelt habt«, lachte ich und wir gingen den Flur entlang.

Meine Wohnungstür stand sperrangelweit offen und der Türrahmen war mit bunt bemalten Zeitungspapier-Pompons geschmückt.

»Wer ist eigentlich *wir*?«, wollte ich wissen und in dem Moment lugte ein schmales Gesicht verstohlen aus der Tür.

Es war Dani. Ich erkannte sie sofort an dem blonden Bubikopf, noch bevor ich sie ganz vor mir hatte.

Dani gehörte die Wohnung direkt neben meiner, und Vika und sie hatten sich vor Kurzem im Lift kennengelernt. Anscheinend war es Freundschaft auf den ersten Blick, denn seit dem Zeitpunkt erzählte sie mir ständig von ihr.

»Dani und ich. Wir saßen die halbe Nacht dran«, erzählte Vika mir und schob mich durch die Tür in meine neue Wohnung.

Sie war spiegelverkehrt zu der von Vika, die auf der anderen Seite des Flures wohnte.

Mein Vater hatte die Wände in einem sanften Cremeton gestrichen, der zu den mattbraunen Schränken der Kochnische passte, die noch ganz kahl und leer aussah. Ich stellte den Sukkulentenkarton auf dem Tresen ab.

Vika führte mich durch den nach hinten gezogenen Wohnbereich ins Schlafzimmer und sprang dann plötzlich wie eine Konfettikanone vor mich. »Überraschung!«, rief sie und Dani hinter mir kicherte nervös.

Erstaunt riss ich die Augen auf und betrat langsam das Zimmer. Die lange Wand, an der wir vorhatten, mein Bett zu stellen, war dunkel. Auberginelila, an manchen Stellen noch leicht feucht, mit einem großen Symbol in der Mitte, bei dem sie die Farbe ausgespart hatten und darunter das Creme zu sehen war.

Ein Pfeil, der einen Kreis beschrieb und durch zwei parallele Pfeile durchbrochen wurde. Es war das Symbol, das ich gestern auf den Notizblock in der Küche gekritzelt hatte.

Ich musste es nur sehen und bekam gleich ein warmes Gefühl im Bauch, als gehörte es auf eine Weise zu mir, die ich noch ergründen musste.

»Und? Gefällt es dir?«, wollte Vika vorsichtig wissen und nahm meine Hand. Ihre Armreifen streiften mein Handgelenk und klimperten dabei. »Ich weiß, die Farbe ist krass dunkel und du hast eigentlich was von Hellbraun geschrieben. Aber sie passt so gut zu dir. Und im Schlafzimmer ist das ja vielleicht eh gut, es etwas dunkler zu haben.«

Ich schenkte Vika ein Lächeln, das mir aus dem Herzen aufstieg, weil ich ernsthaft überwältigt war. »Es ist perfekt, Vika. Danke«, sagte ich zu ihr und sie atmete erleichtert auf.

»Oh, zum Glück. Es war echt so eine Spontanidee von mir, als du mir gestern früh wegen der Farbe geschrieben hast. Aber die eigentliche Arbeit hat auch Dani gemacht. Die ist da viel begabter als ich.«

Ich drehte mich zu Dani um, die mit hochgezogenen Schultern im leeren Wohnzimmer stand, die Hände in den Hosentaschen ihrer beigen Chinohose, das hellgelbe Strickjäckchen bis oben hin zugeknöpft.

»Danke, Dani. Ihr habt das echt irre gut gemacht«, bedankte ich mich auch bei ihr und ihr Lächeln ging fast bis zu den Ohren, während ihre Wangen rosig glühten.

»Willkommen im eigenen Zuhause«, sagte sie schüchtern und ich wusste gleich, dass ich sie auch mögen würde.

Vika legte stolz einen Arm um sie. Der Größenunterschied zwischen den beiden war schon fast skurril, da meine beste Freundin etwa um die eins achtzig groß war und Dani vielleicht Schuhgröße sechsunddreißig haben konnte.

»Oh, wow. Deine Wohnung sieht echt genauso aus wie meine«, hörte ich Joris von der Eingangstür aus und er stellte ächzend einen Karton aus dem Auto auf dem Holzboden ab.

»Hey, Vika. Was geht?«, grüßte er sie und seine lockere Art war so aufgesetzt, dass ich mit den Augen rollte.

»Schön, dich zu sehen«, sagte Vika. »Er wohnt drüben in Abschnitt D«, erklärte sie für Dani und ich kam auf Joris zu, um zu sehen, was ich auf den Karton geschrieben hatte.

Keine Minute später tauchte auch Papa auf und brachte die ersten Teile für den Kleiderschrank mit, den er später mit Vika zusammen im Schlafzimmer aufstellte.

Joris schleppte mit mir Kisten, bis mir der Rücken wehtat und ich mich darauf verlegte, die Küche einzuräumen.

Dani blieb und half, wo sie konnte, hängte die Vorhänge auf, assistierte Vika dabei, einen eingerahmten Schaltplan über der Couch zu platzieren, sortierte die Schubladen wieder in die Kommoden und schob meine Pflanzenkübel auf dem Balkon umher. Ich hatte die leise

Vermutung, dass sie sich sehr darum bemühte, sich mit mir anzufreunden. Was mir entgegenkam. Vikas Freunde waren meistens auch meine Freunde. Das war gar nicht anders möglich bei einer Energiebombe wie ihr, die immer mit ganzem Herzen dabei war.

Es war fast schon halb drei, als mir aufging, dass Mama fehlte. Sie war überhaupt nicht hochgekommen und ich machte mir sofort Sorgen um sie.

»Paps?«, sprach ich ihn an, während er gerade dabei war, meinen Lattenrost im Bett festzumachen. »Ist Mama wieder heimgefahren?«

Papa ließ seufzend den Akkubohrer sinken. »Ja.« Der Ausdruck in seinem Gesicht wurde sorgenvoll. Ich hatte also recht gehabt. Irgendwas war mit Mama nicht in Ordnung.

»Sie hatte draußen einen kleinen Zusammenbruch. Sie hat geweint, wirres Zeug behauptet und sich geweigert, das Gebäude zu betreten.«

»Und da hast du sie allein nach Hause fahren lassen?«, fragte ich schockiert und Papa schüttelte energisch den Kopf.

»Auf keinen Fall. Ich habe Tante Laura angerufen. Die hat sie abgeholt und heimgebracht«, erklärte er und ich setzte mich neben ihn auf den Boden.

Wir waren allein im Schlafzimmer, während die anderen im Wohnzimmer beschäftigt waren, wo die Stimmen gerade lauter wurden. Ich erkannte Lunas Lachen und Jessys kritische Töne.

»Gemma! Essen ist da!«, rief Vika laut genug, dass es das ganze Stockwerk gehört haben musste.

»Wir kommen gleich. Fangt schon mal an.« Ich wandte mich wieder an Papa, dessen Gesicht sich in Sorgenfalten legte.

Wir machten uns beide viele Gedanken um Mama. Es hatte bei ihr nur mit kleinen Sachen angefangen. Sie hatte mal vor Schreck ein Glas fallen lassen, obwohl nichts da war, was sie erschreckt haben konnte. Sie redete von Leuten, die wir nicht kannten, nur um später zu behaupten, nie davon gesprochen zu haben. Und es wurde schlimmer.

Bisher hatte uns kein Arzt helfen können. Selbst durch Gedankenauslese hatte man nicht feststellen können, um was für ein Problem es sich handelte. Laut des Scans war mit ihr alles in Ordnung.

»Was hat sie gesagt?«, erkundigte ich mich und Papa sah mich fragend an. »Mama. Was hat sie für wirres Zeug behauptet?«

Er verzog das Gesicht. »Ach Gem, das ist doch nicht wichtig.«

»Mir schon«, beharrte ich drauf und sah ihn auffordernd an.

Er gab sich geschlagen. »Sie hat gesagt, dass sie es nicht verkraften würde, wenn du an den Folgen eines Unfalls sterben solltest, der ihrer Meinung nach gerade stattgefunden hat. Ein Laster hätte dich überfahren. Sie hat mich angefleht, ich solle den Ärzten sagen, sie müssen dich unbedingt retten.«

Schockiert starrte ich Papa an und ein kalter Stein aus Angst lag mir auf der Brust. »Wie kommt sie auf so was?«

Obwohl ich die Frage doch eher rhetorisch gemeint hatte, zuckte Papa mit den Schultern. »Ich weiß es nicht. Aber ich fahre morgen noch mal mit ihr zum Spezialisten.«

»Mach das«, sagte ich. »Und ruf mich dann bitte an.«

»Auf jeden Fall.« Papa legte den Akkuschrauber beiseite und erhob sich ächzend vom Boden. »Und jetzt lass uns was essen. Ich bin am Verhungern«, schlug er einen fröhlichen Ton an und ich hörte ganz genau, dass er schauspielerte, um mich wieder auf bessere Gedanken zu bringen.

Luna und Jessy hatten selbst gemachtes Sushi mitgebracht. Gurke-Karotte, eingelegter Rettich und mein absoluter Liebling: Avocado. Obwohl ich gerade noch gedacht hatte, meine Stimmung wäre im Keller, brachten mich das Essen und die Blödeleien von Vika und Luna wieder auf Spur. Und als ich mich fühlte, als würde von all dem Sushi mein Bauch bald platzen, konnte ich auch schon wieder Witze reißen und mir mein kinnlanges Haar spaßhaft mit Stäbchen eindrehen.

Jessy und Dani schienen sich sogar von früher zu kennen und quatschten über alte Zeiten. Joris und Papa diskutierten ernsthaft darüber, ob es etwas Sinnvolles an sich hatte, Bücher nach Farben ins Regal zu sortieren, anstatt nach Thema. Und ich genoss es, einen neuen Lebensabschnitt von Freunden umgeben zu beginnen.

4

Kents ShakeBar

Als alle Kisten in der Wohnung und alle Möbelstücke halbwegs aufgebaut waren, verabschiedete sich Papa unter dem Vorwand, den gemieteten Transporter wieder zurückbringen zu müssen. Doch ich wusste, dass er zu Mama wollte, und war froh, dass er sich jetzt um sie kümmerte.

Als er aus der Tür ging, schrieb ich Tante Laura, dass er auf dem Weg war. Sie antwortete mir knapp, dass meine Mutter sich wieder beruhigt hatte und nun schlief. Das stimmte mich allerdings wenig zuversichtlich, denn es änderte nichts daran, dass mit ihr etwas nicht in Ordnung war.

Ich lenkte mich mit Kisten auspacken ab und die anderen halfen mir, bis wir gegen spätnachmittag alle keine Lust mehr hatten und uns einer nach dem anderen auf das große Ecksofa fallen ließen.

Erschöpft hing ich zwischen Vikas knochigem Ellenbogen und Lunas weichen Kurven und sah mich in meiner neuen Wohnung um. Alles war durcheinander, überall lag Zeitungspapier und anderes Verpackungsmaterial herum. Die Schränke und Regale waren noch halb leer und durch die Tür mir gegenüber konnte ich in das Chaos im Schlafzimmer sehen.

Es war noch einiges an Anstrengung nötig, bis es hier wohnlich aussah. Aber ich hatte ja auch noch ein paar Tage Zeit, bis mein erster Arbeitstag begann.

Und ich durfte bei dem ganzen Trubel auch nicht vergessen, dass ich noch Termine hatte. Wie die Messe in zwei Tagen, bei der ich mich für die Aufsicht an einem der Stände meiner Ausbildungsstätte hatte einteilen lassen.

»Ich bin erledigt«, stöhnte Vika und lehnte sich auf mich, sodass ihre Locken mich am Hals kitzelten und sich ihr Ellenbogen schmerzhaft in meine Seite bohrte. Ich ertrug es stillschweigend, weil ich zu erschöpft war, um sie wegzuschieben.

»Lasst uns doch eine Runde spazieren gehen«, schlug Joris vom anderen Ende des Sofas vor und Jessy neben ihm stöhnte genervt auf.

»Nicht dein Ernst! Ich kann mich kaum noch auf den Beinen halten«, maulte sie und wir lachten, weil es so typisch Jessy war.

»Ich finde die Idee gar nicht so schlecht«, behauptete Vika und zog glücklicherweise ihren Ellenbogen aus meiner Seite.

»Echt jetzt?«, rief Joris erstaunt und sprang sofort auf die Beine, doch Vika wandte sich schon an Dani, die kerzengerade auf ihrer anderen Seite saß und sich wohl nicht traute, sich ebenfalls bei uns anzulehnen.

»Kommst du auch mit?«, fragte Vika sie und Dani nickte sofort.

»Vielleicht finden wir ja irgendwo Smoothies«, murmelte Luna, die die Augen geschlossen hatte und gemütlich eins meiner neuen Sofakissen umarmte. Ich fürchtete, dass sie nirgendwo mehr hingehen würde. Sie war quasi schon eingeschlafen.

»Find ich auch gut.« Vika war überzeugt.

Luna rutschte langsam der Kopf zur Seite und ich stabilisierte sie mit noch mehr Kissen, damit sie mir nicht vom Sofa fiel.

»Und wo wollen wir hin? Fruit-Palace?«, fragte Joris voller Tatendrang und ich konnte ihm ansehen, wie sehr Vikas Zustimmung ihn pushte. Doch mit seinem letzten Vorschlag hatte er sich selbst ins Bein geschossen.

Ich machte eine umständliche Verrenkung, um vom Sofa hochzukommen und Vika den Mund zuzuhalten, doch ich war zu langsam.

»Auf keinen Fall. Fruit-Palace? Bist du verrückt? Das sind kapitalistische Monster, die durch ihre Obstmassenzüchtungen und ihre Pestizide den Boden verunreinigen und das Sterben der Bienen fördern«, motzte sie drauflos.

Joris stand da wie festgefroren und sein Gesichtsausdruck zeigte, dass er eigentlich keine Ahnung hatte, was Vikas Problem war.

»Beruhig dich, Vika. Er hat's nicht böse gemeint«, sagte ich zu ihr und strich ihr beruhigend den Rücken auf und ab.

»Aber ist doch wahr«, flüsterte sie mir zu und begann bereits zu erkennen, dass sie zu harsch gewesen war. »Ach, das war jetzt nicht gegen dich, Joris. Du kannst ja nichts dafür, dass die … Ey, ist Luna etwa eingeschlafen?«, wechselte sie mitten im Satz das Thema und merkte es selbst nicht mal.

Ich lächelte müde und kam ächzend auf die Beine.

In meinem Rücken schrie jeder Muskel nach meinem Bett, aber mein Kopf war noch nicht bereit, den Tag einfach so enden zu lassen. Zumal es erst gegen fünf war.

»Wollen wir nicht einfach raus und es auf uns zukommen lassen?«, schlug ich vor und zog Vika ebenfalls vom Sofa hoch. »Vielleicht finden wir Straßen in der Gegend, die wir noch nie gegangen sind. Ich will was Neues entdecken.«

»Was immer du befiehlst, Chef.« Joris salutierte spaßhaft vor mir.

»Was machen wir mit Luna?«, wollte Vika wissen und griff nach Danis Hand, um sie mit sich zu ziehen.

»Lass sie einfach schlafen«, sagte ich und sah mich nach meiner Handtasche um, die ich vorhin irgendwo abgestellt hatte. Vika und Dani verließen schon die Wohnung, ließen die Tür aber offen stehen.

»Ich kann ja bei ihr bleiben«, erklärte sich Jessy sofort bereit, schob sich die Ballerinas von den Füßen und legte die Beine hoch. »Macht mir gar nichts aus.«

»Ja, das kann ich mir vorstellen«, behauptete ich vielsagend und Jessy lachte ihre abgefahrene Hexenlache, während sie es sich bequem machte.

»Bringt uns ruhig Smoothies mit«, fügte sie hinzu.

Ich schnappte mir einen Klumpen Zeitungspapier und warf ihn nach dem dreisten Biest.

»Als ob, du faules Stück«, beleidigte ich sie spaßhaft und sie schloss seufzend die Augen.

»Mit Blaubeeren bitte. Danke!«, rief sie mir hinterher, als ich meine Tasche schnappte und Joris mir auf den Flur folgte.

»Du bringst ihr wirklich nichts mit?«, fragte er mich, als ich die Tür ins Schloss zog, und ich sah ihn skeptisch an.

Er hatte mal wieder den ganzen Witz verpasst.

»Natürlich bring ich ihr was mit. Ist doch Jessy«, erwiderte ich und schlenderte auf den Aufzug zu.

Als wir an Danis Wohnungstür vorbeikamen, öffnete sie sich in dem Moment und Dani trat zu uns auf den Flur.

Ich erhaschte einen kurzen Blick hinein, bevor sie die Tür wieder schloss. Alles war hell, geradlinig eingerichtet und die Wände voller großer Leinwände mit moderner Kunst.

Das hatte ich nicht von ihr erwartet. Wenn man sie sich ansah, wie sie sich den Träger einer kleinen braunen Umhängetasche über den Kopf zog und dabei ihre kurzen Haare total durcheinandergerieten, erwartete man eher etwas Liebliches. Blumenprints und Spitze. Aber vielleicht wusste ich auch noch nicht genug über Dani, um sie richtig einzuschätzen.

»Sag mal, Nachbarin, was machst du eigentlich so, wenn du nicht nachts die Wände von Freunden verzierst?«, fragte ich sie freiheraus und sie blinzelte mich an.

»Ich?«, erkundigte sie sich unsicher und blieb stehen, als wir Vikas Wohnungstür erreicht hatten, die sich den Flur runter befand.

»Ja, du.«

Dani druckste noch ein wenig herum und schob sich verlegen die runde Brille auf der Stupsnase nach oben. »Ich bin freie Künstlerin«, gestand sie mir und ich hob verblüfft die Augenbrauen. Dani steckte voller Überraschungen.

»Wow«, machten Joris und ich gleichzeitig.

In Vikas Wohnung rumpelte es und es wurde mir langsam zu bunt, auf sie zu warten.

Mit der flachen Hand schlug ich volle Kraft gegen ihre Tür. »Aufmachen! Polizei!«, rief ich spaßhaft und Vika riss sofort die Tür auf.

»Haha, sehr witzig«, sagte sie ironisch und fischte sich eine Socke aus den Locken. Wie auch immer die da hingekommen war. »Ich finde meinen Geldbeutel nicht.«

»Ist doch egal, ich lad euch heute eh alle ein«, eröffnete ich und scheuchte sie mit den Händen. »Schnapp dir deinen Schlüssel und komm. Ihr habt all mein Zeug geschleppt, da ist ein Smoothie ja wohl das Mindeste.«

Der Fahrstuhl war sehr eng für vier Personen und wir fielen fast heraus, als sich die Türen wieder öffneten. Dafür war es aber sehr amüsant.

Draußen schien die Sonne, unser Wohnblock und die umliegenden Grünflächen wirkten so frisch, dass ich mich hier schon richtig zu Hause fühlte.

Wir liefen den Fußweg entlang, bis wir die kleine Einkaufsmeile von Mauersend erreicht hatten. Doch kurz vor dem Biosupermarkt entschied ich, den üblichen Weg zu verlassen und in eine der Seitengassen zu spazieren, die man nie entlanglief, weil man glaubte, dort gäbe es nichts mehr.

In meinem Kopf öffnete sich wie von allein der Stadtplan für diese Gegend. All die schmalen Gassen war ich bereits auf einem Plan mit dem Finger entlanggefahren, um sie mir einzuprägen. Doch noch nie war ich sie entlanggegangen, um zu sehen, wie sie tatsächlich aussahen.

Wir kamen an einem leeren Geschäft vorbei, dessen Schaufenster mit Zeitungspapier verdunkelt waren, was wenig einladend aussah. Joris war dafür, wieder zurückzugehen, doch Vika und ich überstimmten ihn.

Ich fand es eigentlich ganz schön hier auf der Schattenseite der Geschäfte. Der Boden war grob gepflastert, in den Ritzen wuchsen Moos und Löwenzahn und über uns war neben windschiefen Regenrinnen ein blauer Streifen Himmel zu sehen.

Wir bogen wieder ab und blieben bei einem urigen Antiquitätenhändler hängen, bei dem Dani leuchtende Augen bekam. Doch sie war glücklicherweise so nachsichtig mit uns, sich nach zehn Minuten wieder loszureißen und uns nicht zwischen Kerzenleuchtern aus Messing und muffigen alten Sesseln warten zu lassen. Und obwohl Vika, unsere Expertin für Geschichte, sich für altes Zeug immer begeistern konnte, schreckte sie doch sehr zurück, als sie feststellte, dass der ausgestopfte zottelige Bär keine Nachbildung war.

»So grausam. Wie konnten Menschen nur je glauben, Tiere zu töten wäre irgendwie ethisch korrekt«, verlieh sie auch noch Minuten später ihrer Bestürzung Ausdruck, während wir an gemauerten Hausrückseiten entlangschlenderten.

»Damals haben die viele komische Sachen gedacht«, versuchte ich sie zu beruhigen und mir fiel natürlich überhaupt kein gutes Beispiel ein, das sie ablenken könnte.

Dani nahm wortlos ihre Hand und Vika versuchte sich an einem Lächeln.

»Ach Mann, ich wollte gar nicht die Stimmung versauen«, motzte sie über sich selbst und ich legte ihr beschwichtigend einen Arm um die Taille.

»Ach Quatsch. Wir finden schon was, um dich wieder aufzumuntern«, behauptete ich und Joris blieb so plötzlich stehen, dass wir beinahe in ihn hineingelaufen wären.

»Hört ihr das?«, fragte er uns und wir spitzten die Ohren. Und tatsächlich waberten leise Musikfetzen durch die schmale Gasse.

»Wo kommt die her?«, wollte Vika wissen und löste sich aus meiner Umarmung, um sich umzudrehen.

Das leise Quietschen einer Tür war zu hören und schlagartig wurde die Musik lauter, sodass wir den Ursprung schnell ausmachen konnten. Sie ertönte ein Stück hinter uns, von einer Treppe, die hinunter zu einer Kellertür führte.

Ich war überrascht, als ein junger Mann die Stufen nach oben kam. Hinter ihm fiel die Tür wieder zu und die Musik verschwand. Der Mann kam auf uns zu, den Blick auf sein Handy gerichtet, auf dem er einhändig tippte, während er in der anderen einen riesigen Pappbecher hielt, auf dem ich in großen Lettern *ShakeBar* las.

Wir machten ihm Platz und er verschwand in der nächsten Gasse, ohne den Blick gehoben zu haben. Ich lief das Stück Weg zurück und lugte die Kellertreppe hinunter.

Auf der hellgrünen Tür stand der gleiche Schriftzug geschrieben wie auf dem Pappbecher des Mannes, der an uns vorbeigelaufen war. *ShakeBar*. Und darüber ein Geöffnet-Schild. Wieso hatten wir das gerade nicht bemerkt?

»Ah, wie geil!«, rief ich und schwang begeistert die Hüften. Genau so etwas hatte ich mir bei unserem Spaziergang auf neuen Wegen erhofft zu finden.

»Ist da unten ein Café?«, fragte Joris erstaunt, der neben mich getreten war, und auch Vika und Dani drängten sich an die Treppe.

»Na, dann auf«, rief Vika und stieg sofort die Stufen hinunter.

Ich freute mich, dass sie ihre gute Laune zurückhatte und auch mich packte die Abenteuerlust.

»Wir können da doch nicht einfach reingehen«, hielt Joris uns zurück und Vika drehte sich lachend zu ihm um.

Sie zeigte auf das *Geöffnet-Schild*. »Wer ist jetzt der Stimmungskiller?«, warf sie ihm vor, um ihn aus der Reserve zu locken, und er gab natürlich nach. Wer mit Vika mithalten wollte, durfte nicht zu scheu sein.

Ohne zu zögern drückte sie die Tür auf und wir betraten einen niedrigen Raum. Es handelte sich hierbei tatsächlich um eine Art Café und in meinem Bauch breitete sich ein warmes, heimeliges Gefühl aus, das mich zum Lächeln brachte. Als ob dieser Ort zu mir gehörte und dazu bestimmt war, heute von mir entdeckt zu werden.

Die Wände waren hellgrün und auf einem langen Tresen standen eine Unzahl an Kuchen und Muffins, die sich auf gläsernen Platten stapelten. Das Regal dahinter war voller quietschbunter Sirupflaschen, die durch die Leuchtröhren sanft schimmerten.

Es war erstaunlich hell hier, obwohl die Fenster, die zu beiden Seiten kurz unter der Decke hingen, nur sehr schmal waren.

Vika trat sofort näher und lehnte sich an das helle Holz des Tresens. Der Mann tippte gerade etwas in einen Monitor ein und hob die Hand in unsere Richtung.

»Bin gleich so weit«, sagte er und seine Stimme klang jünger, als sein dunkler Vollbart vermuten ließ.

Wir betrachteten solange die Kuchen in der Auslage und lasen die Angebote auf den Kreidetafeln an der seitlichen Wand.

Der Name des Cafés war nicht willkürlich gewählt, denn neben den Standardgetränken wie Kaffee und Tee gab es eine ganze Reihe an Shakes.

»So, jetzt.« Der Mann hob den Blick und strahlte uns an. »Ich bin Kent. Willkommen in meiner *ShakeBar*. Was wünschst du zu haben?«, begrüßte er uns und sah Vika an, die ihm ein ebenso sonniges Lächeln schenkte.

»Schön, dich kennenzulernen, Kent. Ich bin Vika. Das sind Joris, Dani und Gemma«, verspürte sie wohl das Bedürfnis, uns alle vorzustellen, und Dani hob zaghaft die Hand zum Gruß.

Joris und ich sahen uns nur an und wussten, dass wir das Gleiche dachten. Vika schaffte es einfach überall, sich Freunde zu machen.

»Gemma«, hörte ich Kent meinen Namen sagen und unsere Blicke trafen sich. Er nickte mir zu und ich war mir nicht sicher, was das jetzt bedeuten sollte.

»Ich denke, ich werde den Mango-Hafer-Shake probieren und dazu ein Stück von der Physalistorte«, bestellte Vika als Erste.

»Gute Wahl. Mit Kokossahne?«, erkundigte sich Kent und Vika bekam große Augen.

Sie stimmte zu und verwies fürs Zahlen auf mich, woraufhin ich zustimmend winkte.

Dani nahm einen klassischen Bananenshake, während Joris Ewigkeiten brauchte, bis er sich für einen Nussshake mit Mandelmilch entscheiden konnte und einen Muffin dazu.

Als ich an der Reihe war, hatten sich Vika und Dani schon an einen der hinteren Tische gesetzt und Joris schlenderte ebenfalls zu ihnen. Lässig platzierte er sich neben Vika und schmachtete sie so unverhohlen an, dass Mitleid in mir hochkam. Ich würde sehr bald mit ihm darüber reden müssen.

»Und was möchtest du, Gemma?«, fragte Kent und holte mich damit aus meinen Gedanken.

»Ähm«, machte ich und sah rüber zu den Tafeln. »Ich denke, ich werde einen Soja-Karamellshake probieren.«

»Soll ich dir auch einen Espresso mit reinmachen?«, schlug Kent vor und hatte ein süffisantes Grinsen auf den Lippen, das ich nicht zuordnen konnte.

Aber Karamell mit Kaffeenote klang fantastisch und wie für mich gemacht. Denn ich spürte den Koffeinentzug bereits in meinem Hinterkopf pochen. »Ja, gern.«

Kent sah mich vielsagend an. »So wie immer also«, witzelte er und nahm ein hohes Glas aus dem Regal hinter sich.

Ich war irritiert. Hatte er das gerade wirklich gesagt oder hatte ich es mir schon wieder eingebildet? Denn es ergab gar keinen Sinn.

»Wie bitte?«, flüsterte ich und Kent zwinkerte mir zu.

»Du zahlst, richtig?«, sagte er nur und überging meine Frage.

Er nannte mir den Betrag und ich wühlte in meiner Handtasche nach dem Geldbeutel.

Dabei berührten meine Finger die feste Ecke eines kleinen Kartons. Ach ja, das Päckchen. Das war bei all dem Umzugstrubel ganz in Vergessenheit geraten.

Eilig zahlte ich und lief schnell zu den anderen an den Tisch.

Ich hatte mich noch nicht mal richtig hingesetzt, da fing Vika schon an.

»Hat er dich angegraben?«

»Was?«, fragte ich dümmlich und nahm meine Tasche auf den Schoß, um das Päckchen hervorzukramen.

»Kent. Der Barmann. Er steht auf dich«, flötete Vika und Joris machte große Augen.

»Was, echt?« Er war viel zu begeistert von dieser abstrusen Idee und ich schüttelte demonstrativ den Kopf.

»Doch wohl. Wie er vorhin ihren Namen wiederholt hat und das gerade war ein eindeutiges Zuzwinkern.« Vika war Feuer und Flamme. Ich überhaupt nicht. Denn ich war mir sicher, dass er nicht mit mir geflirtet hatte. Seltsam war es gewesen, keine Frage, aber ein Annäherungsversuch nicht.

»Nein. Er steht nicht auf mich«, wehrte ich ab, bekam endlich den Karton im Innern meiner Handtasche zu fassen und zog ihn heraus. Das war die beste Gelegenheit, um Vika abzulenken.

»Ich habe dir von dem Päckchen erzählt«, sagte ich zu ihr und sie sprang sofort drauf an.

»Ah ja, mit dem Vogel drin.« Sie schnappte sich die Kiste und zupfte genau wie ich jeden Streifen Verpackungsmaterial heraus, um am Ende nur einen gefalteten Papiervogel in Händen zu halten.

»Wer schickt dir denn einen Vogel?« Joris machte ein skeptisches Gesicht.

»Das ist eine Taube«, sagte jemand hinter mir und ich schreckte zusammen, fühlte mich auf seltsame Weise ertappt.

Kent kam an den Tisch und stellte unsere Shakes vor uns ab.

Verlegen sammelte ich schnell die Schnipsel auf, die auf der Tischplatte verteilt lagen, und schaffte es nicht, ihm in die Augen zu sehen.

»Oh, weißt du etwa, wer solche Tauben in Päckchen verschickt?«, erkundigte sich Vika sofort bei ihm und es ärgerte mich, dass sie mit dieser Information so freizügig umging. Dabei war es nicht mal etwas wirklich Geheimes. Es fühlte sich nur so an.

»Ich denke, das weiß Gemma selbst«, erwiderte Kent und hatte schon wieder diesen vielbedeutenden Ton in der Stimme. Sein Blick war so durchdringend, dass ich es merkte, obwohl ich ihn nur aus den Augenwinkeln ansah.

»Uuuh«, machte Vika und grinste verschwörerisch. »Geheimnisvoll.«

Sie mochte solche Rätsel. Doch ich wünschte mir, es gäbe eine einfache Lösung dafür.

5

Das Buch in der Wand

Unruhig wälzte ich mich von einer Seite auf die andere, ohne Schlaf zu finden. Obwohl die Bettwäsche wie immer duftete, hing der kalkige Geruch von Wandfarbe noch im Zimmer. Alles wirkte so fremd und leer. Die Schatten waren mir nicht vertraut, und unbekannte Geräusche drangen durch das geöffnete Fenster.

Doch das war nicht das Einzige, was mich umtrieb. Ich machte mir Sorgen um meine Mutter. Zwar war ich bei ihrem Ausbruch während des Umzugs nicht dabei gewesen, aber ich konnte mir bildlich vorstellen, wie sie schreiend und weinend auf dem Parkplatz stand. Sie hatte sich eingebildet, dass ich von einem Laster angefahren worden wäre. Das war schon hart. Ihr Zustand verschlechterte sich eindeutig.

Dabei hatte es nur mit Kleinigkeiten angefangen. Manchmal war sie kurzzeitig desorientiert gewesen oder hatte sich eingebildet, dass die Menschen um sie herum irgendwelche wirren Dinge sagten.

So wie ich.

Ich drehte mich auf die andere Seite und drückte mein Kissen zurecht.

Es war angsteinflößend, wenn ich darüber nachdachte. Da waren unsere Technik und die medizinischen Möglichkeiten schon so weit entwickelt und trotzdem schien ich ganz langsam verrückt zu werden, ohne dass es jemand verhindern oder auch nur nachvollziehen konnte.

Ich wollte nicht irgendwann schreiend auf der Straße stehen, weil ich Dinge für real hielt, die nie passiert waren. Gestern der Postbote, heute Kent in der *ShakeBar*.

Obwohl ich mir bei Kent noch nicht sicher war, ob es nicht möglicherweise er war, der nicht alle Tassen im Schrank hatte, und nicht ich.

Mein Fuß juckte, meine Liegeposition wurde zunehmend unbequemer und ich musste aufs Klo. Und hier zu liegen und mir Horrorszenarien auszudenken, brachte mich auch nicht weiter.

»Ach Scheiße«, fluchte ich laut und setzte mich auf, um meinen Fuß zu kratzen.

Dabei hatte ich schon letzte Nacht vor Aufregung kaum ein Auge zugetan, doch obwohl mein Körper sich zerschlagen anfühlte, wollte mein Kopf einfach keine Pause machen.

Mühsam erhob ich mich aus meinem Bett und schlurfte nach nebenan ins kleine Bad. Der Raum war schmal und enthielt auch nur ein Waschbecken mit Schränkchen darunter, einen Spiegel an der Wand, eine Toilette und eine winzige Dusche. Doch was konnte man schon erwarten, wenn man eine Wohnung mit dem Geld aus staatlichen Förderungen erwarb. Für etwas Größeres hätten wir Geld drauflegen müssen, das wir nicht besaßen.

Ich konnte froh sein, überhaupt eine eigene Wohnung zu haben. Für uns war es so selbstverständlich geworden, im Besitz der eigenen vier Wände, einer selbstbestimmten Ausbildung und eines festen Arbeitsplatzes zu sein. Noch vor fünfzig Jahren war nichts davon sicher gewesen.

Ich ging aufs Klo und wusch mir anschließend die Hände und auch das Gesicht, um mich in Schwung zu bringen. Wenn mein Kopf schon nicht schlafen wollte, konnte ich mich wenigstens nützlicheren Dingen zuwenden, als mich im Bett zu wälzen und die Bettwäsche zu zerknittern.

In der Küchennische herrschte ein heilloses Durcheinander. Ich begann erst einmal damit, die Schränke auszuwischen und Geschirr einzuräumen, bis ich meine Kaffeemaschine fand.

Was für ein Glück! Ich konnte mir Kaffee kochen. Meine Seele jubilierte. Emsig begann ich die Suche nach Filtern und Kaffeepulver. Und nach meinen Tassen.

Vielleicht war es nicht die beste Idee, mitten in der Nacht einen riesigen Pott Kaffee zu trinken, aber das war mir gerade herzlich egal. Die Kaffeemaschine wurde schnellstmöglich betriebsbereit gemacht und gluckste dann vor sich hin, während ich schon mal die nächste Kiste öffnete.

Ganz oben darin lag mein Buch. Das Buch der wichtigen Erinnerungen.

Mein Herz hoppelte und Adrenalin wurde mir in den Körper gepumpt. Ich hatte nicht daran gedacht, dass ich es in eine der Kisten gesteckt hatte.

Eigentlich war es ja nur richtig, nicht zu häufig daran zu denken, sonst wäre es auch sinnlos, es so geheim zu halten. Aber natürlich erschreckte ich mich in diesem Moment, da ich noch keine Ahnung hatte, wo ich es verstecken wollte und mir dafür jedoch höchstens fünf Minuten blieben. Denn mehr überdeckte so ein kleiner Schnitt in den Finger für die Gedankenauslese nur selten.

Ich schnappte mir das Notizbuch und sah mich erst gründlich in der Küche um, wobei ich mein Cuttermesser, jedoch kein geeignetes Versteck fand. Ich lief zuerst suchend durchs Wohnzimmer, dann durchs Schlafzimmer und anschließend ins Bad.

Über der Toilette befand sich eine weiße Metallplatte in der Wand, die wohl irgendetwas wie den Wasserzähler oder den Spülkasten beinhalten musste.

Mein Herz klopfte immer schneller vom Stress, dass ich einen Moment innehielt und tief durchatmete.

Ich kam mir total bescheuert vor, wie ich mich hier abhetzte. Die ganze Sache mit dem Buch an sich war auch total hirnrissig. Ich vertraute dem System der Gedankenauslese, ich wusste, dass da nichts gemauschelt wurde und eine Gedankenrasterung so gut wie niemals vorkam.

Warum hatte ich also Angst vor etwas, was mir nie passieren würde? Wofür schieb ich dann dieses Buch und versuchte es krampfhaft geheim zu halten?

Trotz dieser Erkenntnisse lief ich und holte mir Werkzeug aus dem Schlafzimmer, mit dem sich die Metallklappe öffnen ließ. Wahrscheinlich wurde ich tatsächlich langsam verrückt und das alles waren nur die Vorboten.

Hinter der Klappe befand sich eine Ansammlung von Rohren und ein dicker Kasten mit irgendwelchen digitalen Anzeigen, von denen ich keine Ahnung hatte, was sie bedeuteten.

Ich stieg auf den geschlossenen Klodeckel und versuchte umständlich hinter den Kasten zu blicken, um herauszufinden, ob der Spalt dahinter breit genug für mein Buch war.

Das Licht im Bad war allerdings nicht hell genug, um etwas zu erkennen, und ich tastete umständlich mit der Hand um den Kasten.

Meine Finger berührten etwas, was leicht nach unten rutschte, als ich dagegendrückte. Skeptisch hielt ich inne und versuchte es dann noch einmal. Diesmal rutschte das Etwas noch tiefer und ich konnte unterhalb des Kastens zwischen den Rohren ein Stück dunkelblauen Buchdeckels erkennen.

Ich war wie vom Donner gerührt. Da klemmte tatsächlich ein Buch an der Stelle, an der ich gerade mein Buch verstecken wollte.

Das war absolut irre. Hatte da etwa jemand die gleiche Idee gehabt wie ich?

Da ich keine Zeit zu verlieren hatte, friemelte ich das blaue Buch so schnell ich konnte heraus und schob mein eigenes mit einigem Druck hinter den Kasten, da es etwas dicker war als das blaue.

Unschlüssig stand ich auf dem Klodeckel und traute mich kaum, das fremde Buch aufzuschlagen. Es war eindeutig ein Notizbuch, ähnlich denen, in die ich gern schrieb.

Aber wie unglaublich war denn bitte der Zufall, dass derjenige, der vor mir in dieser Wohnung gelebt hatte, ebenfalls Notizbücher versteckte? Ob dieser Vorbewohner sich danach wohl auch in den Finger geschnitten hatte?

Obwohl ich mich schlecht fühlte, in die Privatsphäre eines anderen einzudringen, schlug ich das Buch auf der ersten Seite auf. Ich schaffte es nicht einmal, die ersten Zeilen zu überfliegen, da fiel mir schon auf, dass die Handschrift der meinen unglaublich ähnlich war.

Mein Herz setzte einen Schlag aus.

Umzug lief gut. Paps hat sich fast von einem Schrank erschlagen lassen. Bin super aufgeregt. Ausbildung beginnt in zwei Wochen.
Vika wird morgen in die Wohnung 8 schräg gegenüber einziehen ...

Vor Schreck glitt mir das Buch aus den Händen und landete mit einem Klatsch auf dem Fliesenboden.

Mir zitterten die Hände, mein Puls raste, mir wurde heiß und kalt gleichzeitig. Und als ich sah, was aus dem Buch rausgefallen war, bekam ich noch größere Panik: eine Origamitaube.

Was, verdammt noch mal, wurde hier eigentlich gespielt? Und wann hatte sich mein Leben in einen Horrorfilm verwandelt?

Mit Pudding in den Beinen stieg ich vom Klo und musste mich erst einmal setzen.

»Da liegt ein Notizbuch auf dem Boden, das in meiner Wand steckte. Ich habe es nie zuvor gesehen und doch sind die Notizen darin anscheinend von mir«, fasste ich halblaut zusammen und es schien mir noch verwirrender als zuvor.

»Das ist unmöglich«, sagte ich und beugte mich nach unten, um das Buch noch einmal zu inspizieren.

Ich wendete es in den Händen, blätterte grob durch die Ereignisse und prüfte die Daten des ersten und letzten Eintrags. Es war beinahe ein halbes Jahr.

Ich hielt hier ein dokumentiertes halbes Jahr in Händen, das nicht passiert war. Verwirrt und erschüttert starrte ich die letzte beschriebene Seite an und fragte mich, ob ich nun tatsächlich verrückt wurde. Vielleicht stand es um mich schon viel schlimmer, als ich gedacht hatte, und ich fing an, mir Notizbücher einzubilden.

Energisch schüttelte ich den Kopf. Nein, so verrückt konnte ich nicht sein. Dass wir uns Gegenstände vorstellten, war weder mir noch meiner Mutter je passiert. Aber wenn ich es mir nicht einbildete, wo kam es dann her?

Meine Augen fokussierten die Liste, die man auf die Seite vor mir geschrieben hatte. In meiner Handschrift.

→ Mama, Papa, **Ezra**

Der Name Ezra war doppelt unterstrichen. Doch wer war Ezra?

Siedend heiß fiel mir wieder ein, dass die Zeit, die ich gehabt hatte, um mich zu schneiden, sicher schon um war. Gehetzt klappte ich das Buch zu, kletterte eilig auf den Klodeckel, um es ebenfalls irgendwie hinter den Kasten zu stopfen. Auch wenn es noch an einer Seite zu sehen war, schmiss ich die Metallklappe zu und schnappte mir mein Cuttermesser.

Zum Glück hatte ich jetzt so viel Adrenalin in den Adern, dass ich keine Sekunde zögerte, das Messer nach oben schob und mir einen deftigen Schnitt in die Handfläche verpasste.

Im ersten Moment spürte ich nichts, doch als Blutstropfen aus meiner Haut quollen, setzte ein unerträgliches Brennen ein und ich presste die Lippen fest aufeinander, um nicht laut zu fluchen.

Okay, dieser Schnitt hatte mehr wehgetan, als sich mal kurz in den Finger zu schneiden, und ich hoffte inständig, dass es reichte.

Denn was auch immer gerade passiert war, ob nun real oder nicht, ich war mir sicher, dass ich nicht wollte, dass irgendwer davon erfuhr.

6

Zweiter Vogel

Leise soulige Musik drang in mein Bewusstsein und ich dämmerte langsam aus dem Schlaf. Der Geruch von frischem Kaffee hing in der Luft und ich hörte Vika, die mit der Frau im Lied mitsang.

Ich schaffte es kaum, die Augen offen zu halten. Ich wälzte mich herum und versuchte nicht vom Sofa zu fallen, verlor dabei jedoch mein Kissen. Na toll.

Vika musste mein missmutiges Grummeln gehört haben, denn sie kam weiterhin singend zu mir herübergetanzt, schob einen Haufen Labyrinthe auf kleinen Zettelchen zur Seite und stellte mir eine heiße Tasse Kaffee auf den Couchtisch.

»Guten Morgen, Schatz«, begrüßte sie mich und ich verdeckte mein zerknautschtes Gesicht mit meinen Haaren, was mir bei der kurzen Länge gerade so gelang.

»Morgenmuffelig. Wow, das ist selten. Die Nacht muss ja richtig schlimm gewesen sein«, sagte sie fürsorglich und hob das Kissen vom Boden auf. »Trink dein Lebenselixier und spring unter die Dusche. Wir haben viel vor heute.« Sie tanzte zurück in die Küchennische, wo sie summend irgendwelche Sachen in meinen Vorratsschrank räumte und zwischendurch einen Schluck von ihrem Matcha Latte schlürfte.

Mühsam quälte ich mich in eine sitzende Position und schob mein Tablet zur Seite. Es war noch immer eingeschaltet, doch jemand hatte die Wiedergabe pausiert. Höchstwahrscheinlich Vika.

Mein Kopf tat weh und ein Stich fuhr mir in den Rücken, als ich mich zu dem Kaffee vorbeugte. Auf dem Sofa einzuschlafen entpuppte sich als schlechte Idee.

Doch letzte Nacht war ich zu sehr durch den Wind gewesen, um mich einfach schlafen zu legen.

Ich schob die Gedanken an das, was vorgefallen war, beiseite und konzentrierte mich auf den ersten Schluck Kaffee. Dafür war jetzt nicht der richtige Zeitpunkt.

Genauso wenig wie heute Nacht. Deshalb hatte ich über ein Dutzend Labyrinthe auf kleine Zettelchen gekritzelt, was nicht besonders gut geholfen hatte, da meine Gedanken sich schlecht fokussieren ließen. Also musste ich mir die erste Folge von *Slow Thunder* aus der Mediathek meines Tablets raussuchen und mich von dummen Dialogen und schlechten Special Effects berieseln lassen, bis meine Kaffeekanne leer getrunken und ich gegen Morgen in einen unruhigen Schlaf abgedriftet war.

Das musste erst wenige Stunden her sein. Ich rieb mir die brennenden Augen und führte die Tasse an die Lippen.

Oliver Grand hatte bei der Gedankenauslese schon sehr richtig festgestellt, dass ich viel zu viel Kaffee trank. Aber mit Koffein im Blut funktionierte ich besser.

»Wie bist du in die Wohnung gekommen?«, zwang ich meine schwere Zunge in Bewegung und Vika warf mir ein Lächeln zu.

»Ich habe mir deinen Schlüssel nachmachen lassen, als du den vorgestern bei mir gelassen hast«, erklärte sie und klang in keinster Weise schuldbewusst.

Kopfschüttelnd trank ich einen großen Schluck Kaffee, der genau die richtige Temperatur hatte. So heiß, dass man es kaum ertragen konnte, aber ohne sich zu verbrennen. Und er war stark. Vika war die Retterin meines Morgens. Auch wenn es sie gleichzeitig zur Einbrecherin machte.

»Ich dachte, für Notfälle wäre das ganz praktisch. An deinem Schlüsselbund ist auch einer von mir dran.«

Das war mir noch gar nicht aufgefallen.

»Und was für ein Notfall ist das heute?«, erkundigte ich mich und Vika stemmte kokett die eine Hand in die Taille.

»Das ist doch offensichtlich. Es ist ein Gemma-hat-bis-in-die-Puppen-Serien-gesuchtet-und-braucht-jetzt-ihre-beste-Freundin-für-gute-Laune-am-Morgen-Notfall«, sagte sie und trank im Takt der Musik wippend einen Schluck Matcha.

Wenn ich sie nicht so gut kennen würde, hätte ich mich jetzt gefragt, ob sie sich diesen Satz schon vorher ausgedacht hatte. Aber bei Vika kam so was immer spontan aus ihren irren Gehirnwindungen gesprungen.

»Alles klar«, murmelte ich und zog die Beine in den Schneidersitz.

»Was ist dir eigentlich an der Hand passiert?«, erkundigte sie sich und kam zu mir rüber aufs Sofa.

Ich drehte meine rechte Handfläche nach oben und starrte auf die rote Linie, die ich mit einer guten Portion Sprühpflaster fixiert hatte. In etwa zwei Tagen wäre alles wieder wie vorher und ich dankte im Stillen dem medizinischen Fortschritt.

»Hab mich geschnitten«, antwortete ich knapp und Vika verdrehte die Augen.

»Dir darf man echt keine scharfen Gegenstände in die Hand drücken.« Sie lachte und stupste mich mit der Schulter an.

Obwohl ich mit Vika über beinahe alles redete, hatte ich ihr von dieser Sache nie etwas erzählt. Meine geheimen Notizen verheimlichte ich sogar vor ihr.

Gedanken gingen auch gern im Strom der Eindrücke um einen herum unter, doch ein Gespräch prägte sich viel besser ins Gedächtnis ein. Das wollte ich gerade jetzt nicht riskieren. Nicht, solange ich nicht wusste, was gespielt wurde.

Ich schnaubte in mich hinein und umklammerte die Tasse fester. Langsam drehte ich wirklich durch. Das grenzte ja schon an Verfolgungswahn. Wer war ich schon, dass sich irgendjemand für meine Gedanken interessieren sollte. Oder die Bücher in meiner Wand.

Mein Schädel brummte. Was für eine Scheiße. Wahrscheinlich hatte ich mir das alles echt nur eingebildet und demnächst würde ich schreiend auf Parkplätzen stehen.

Vika musterte mich mit besorgtem Blick und ich hob fragend die Augenbrauen.

»Wie geht's deiner Mama?«

»Sie hatte gestern einen Anfall«, gab ich zu und lehnte mich gegen sie. Ich war froh, dass wir nicht über mich redeten, und ließ Vika in dem Glauben, dass ich mich ausschließlich um meine Mama sorgte.

»Ich habe mir schon gedacht, dass was passiert ist. Sie war gar nicht beim Umzug dabei. Und dein Pa wirkte auch so bedrückt.«

Wir schwiegen und tranken unsere Heißgetränke. Es tat gut, Vika zu haben. Sie war das Beste, was mir im Leben passieren konnte.

»Willst du drüber reden?«

Ich schüttelte den Kopf.

»Weißt du, was? Du trinkst jetzt deinen Kaffee aus, gehst erst mal duschen und dann schlendern wir gemütlich ins Rosenbecker-Center zum Shoppen«, schlug Vika vor.

»Dein Ernst? Wir haben gestern den ganzen Tag Kisten geschleppt, und da willst du heute stundenlang durchs Einkaufszentrum laufen?« Mein Rücken schmerzte schon beim Gedanken daran und ich hatte gerade wirklich keinen Nerv dafür, mir Klamotten anzusehen.

»Ach, komm schon. Das ist besser, als zu Hause zu sitzen und in seinen Gedanken zu versumpfen. Wir frühstücken bei Tobi's, holen ein paar Dekosachen für deine Wohnung und anschließend müssen wir dringend Lebensmittel kaufen. Mit den zwei Packungen Nudeln wirst du nicht weit kommen.« Vika leerte ihre Tasse und erhob sich schwungvoll. »Also los, ab ins Bad mit dir!«, befahl sie und ich hatte keine andere Wahl, als ihrer Aufforderung Folge zu leisten. Um mich gegen ihren Tatendrang durchzusetzen, war ich einfach noch nicht wach genug.

Erschöpft schlurfte ich ins kleine Bad, schaltete das Licht ein, da es hier drin ja kein Fenster gab, und erschrak so sehr, dass ich beinahe rückwärts wieder aus der Tür gestolpert wäre.

Auf dem Boden lag ein Origamivogel.

Okay, jetzt war ich wach.

Langsam trat ich ein und bückte mich, um den Vogel mit zitternden Fingern aufzuheben. Er war aus foliertem Papier gefaltet und sah reichlich ramponiert aus. An einem Flügel konnte man noch den Rest eines Wortes erkennen. Höchstwahrscheinlich war er aus einem alten Flyer entstanden.

Mein Herz schlug mir schon wieder bis zum Hals und ich erinnerte mich selbst daran, woher er gekommen war. Heute Nacht war er aus dem blauen Buch gefallen.

Zwanghaft versuchte ich nicht darüber nachzudenken und vertagte meine Überlegungen auf später. Vorsichthalber drückte ich mir mit dem Daumen in die verletzte Handfläche, um einen leichten

Schmerz zu verursachen, der meine Gedanken zwar nicht überdecken, aber wenigstens ein wenig verschleiern würde.

Mit spitzen Fingern legte ich den Vogel auf den Waschbeckenrand.

Vielleicht war es doch nicht so schlecht, ins Einkaufszentrum zu fahren. Dort war es laut und bunt. Genau die Überforderung der Sinne, die ich brauchte, um ungestört verbotenen Gedanken nachzuhängen. Denn selbst ein Computer war in so einer Situation schnell mal am Ende seiner Rechenleistung. Natürlich würde Biolog Medical das niemals öffentlich zugeben, doch das Gehirn war immer noch sehr viel komplexer als die Geräte, die sie besaßen. Und ich kannte mittlerweile alle Schwächen.

Ich duschte so heiß, wie ich es gerade noch aushielt, und wusch mir die letzten Reste Müdigkeit vom Körper, während ich mir überlegte, was ich anziehen wollte. Leider hatte ich noch nicht alle Kisten ausgepackt und daher fehlte mir etwa die Hälfte meiner Klamotten. Aber es würde sich schon etwas finden.

Mit einem Handtuchturban auf dem Kopf wühlte ich in meinem Schrank und der einen Kiste mit Klamotten, die ich schon geöffnet hatte. Wenigstens die Unterwäsche war in meinem Chaos bereits aufgetaucht.

Ich fand ein senfgelbes Shirt mit Schwalbenprint und weiter unten eine Jeanslatzhose, die ich schon seit Langem nicht mehr getragen hatte.

Neuer Lebensabschnitt, alte Klamotten, dachte ich bei mir und fand es irgendwie passend.

Als ich das Handtuch zurück ins Bad brachte und die Lüftung anstellte, fiel mein Blick wieder auf den Vogel.

Er war immer noch da. War das der Beweis dafür, dass ich mir das alles nicht einbildete? Aber wenn das alles nicht meiner irrsinnigen Vorstellung entsprang, was bedeutete das dann für mich?

Mit dem Vogel in der Hand kam ich ins Wohnzimmer und legte ihn in der Kochnische wie zufällig auf den Tisch neben Vikas leerer Teetasse ab. Ich wusste, dass es bescheuert war, mich so zu verhalten, aber ich wollte einfach, dass Vika ihn sah. Wenn sie ihn auch wahrnahm, dann war ich zumindest nicht so verrückt, wie ich annahm.

»Hast du noch ein Päckchen bekommen?«, fragte sie prompt, als sie sich zu mir umdrehte, und hob die Origamitaube vom Tisch auf.

»Nein. Aber ich dachte, man könnte die sicher schön aufhängen oder so«, lenkte ich sofort ab, um ihr eine richtige Antwort schuldig zu bleiben, und ihre Augen begannen zu strahlen.

»Ja, das ist eine tolle Idee. Lass uns gleich auch so einen Holzring kaufen, an dem wir die befestigen können«, rief sie begeistert und legte den Vogel zurück. »Aber wir brauchen definitiv schöneres Papier dafür«, fügte sie hinzu und räumte unsere Tassen in die Spüle.

Wir fuhren mit der Magnetschwebebahn ins Zentrum und liefen die grüne Allee der Einkaufsmeile hinunter zum Rosenbecker-Center.

Das Gebäude war ein Gebilde aus farbigem Glas und Wasserkunst und man hatte immer den Eindruck, einen Unterwasserpalast zu betreten. Deshalb war es auch Vikas Lieblingseinkaufszentrum. Und ich konnte nicht sagen, dass es mir hier nicht gefiel, obwohl für mich die Aufmachung nicht ganz so wichtig war wie für meine beste Freundin.

Tobi's war brechend voll, daher holten wir uns nur eben einen Avocado-Tomaten-Bagel auf die Hand und schlenderten in die erste Etage, um uns in einigen Deko-Geschäften umzusehen.

Ich überließ Vika das Herausputzen meiner Wohnung. Sie hatte einen viel feineren Sinn für Farben als ich und auch einen Blick dafür, was sich gut miteinander kombinieren ließ.

Sie suchte neue Kissenbezüge für meine Couch aus, holte mir eine tolle messingfarbene Schale für mein Obst und überredete mich zu einem gemusterten Teppich für mein Schlafzimmer. Zum Glück konnte man sich solchen Kram nach Hause schicken lassen und musste ihn nicht den ganzen Tag mit sich herumschleppen. Mein Rücken dankte es mir.

Es dauerte nicht lange, bis bei mir die Luft raus war. Ich hatte einfach nicht genug geschlafen und Vika versprach mir, bei *Coffee Praise* vorbeizugehen, nachdem sie auf dem Klo war.

Sie leugnete es, aber ich wusste genau, dass es am plätschernden Wasser lag, dass sie hier im Center ständig aufs Klo musste.

Ich setzte mich an den Rand einer Kunstinstallation aus mehreren Wasserfällen, blauem Licht und Zuchtfarn und zog mein Handy aus der Hosentasche. Ich entsperrte es, ohne etwas zu brauchen, und schaltete es gleich wieder aus.

Um mich herum waren die Menschen laut, das Wasser rauschte, bunte Farben reizten meine Augen. Es war der perfekte Moment, meinen Gedanken freien Lauf zu lassen.

Endlich. Denn ich hatte es bitter nötig, über einige Sachen nachzudenken.

Das ominöse Buch in meiner Wand zum Beispiel, das anscheinend mir gehörte und das ich doch nicht kannte. Das war das Wahnsinnigste, was mir jemals passiert war. Und mir war in der letzten Zeit so einiges passiert.

Da Vika den zweiten Origamivogel auch gesehen hatte, konnte ich davon ausgehen, dass ich mir das Ganze nicht nur einbildete.

Auch wenn das wohl die einfachste Lösung gewesen wäre, um zu erklären, woher das Buch gekommen war. So musste ich mir etwas anderes einfallen lassen. Und die beiden Lösungen, die mir einfielen, waren beide gleich abwegig.

Mein Blick wanderte durchs Einkaufszentrum, beobachtete die Menschen, während meine Gedanken rasten. Das Handy drehte ich dabei in den Händen.

Das Buch könnte eine Fälschung sein. Aber warum sollte jemand so etwas tun?

Oder ich hatte dieses halbe Jahr, das im Buch beschrieben war, tatsächlich vergessen. Doch das war zu beängstigend, als dass ich es für wahr halten wollte. Na ja, zusammen mit Zeitreise oder der Möglichkeit, dass ich einen bösen Zwilling besaß. Oder Parallelwelten.

Ich war einfach ratlos.

Mal angenommen, es war eine Fälschung, musste ich mich fragen, zu welchem Zweck. Jemand musste von meinen geheimen Büchern wissen, musste meine Schrift nachahmen, mich gut genug kennen, um die Menschen zu erwähnen, die ich mochte.

Ich hatte nicht viel Zeit gehabt, im Buch zu blättern, und hatte nur wenige Seiten kurz überflogen, aber es war mir doch sehr authentisch vorgekommen.

Was mich zur zweiten Variante brachte. Ich hatte es vergessen. Doch ich müsste mir nicht nur den Kopf gestoßen haben, denn laut der ersten Seiten des Buches war ich zum Anfang meiner Ausbildung ausgezogen. Das war ich meiner Erinnerung nach aber nicht. Ich hatte nie einen Versuch unternommen, auszuziehen, bis zum gestrigen Tag.

Natürlich musste ich in Erwägung ziehen, dass ich die Ereignisse nicht ganz natürlich vergessen hatte. Schließlich hatten wir die Technik, Gedanken und Erinnerungen zu rastern, wie unwahrscheinlich es auch war. Ein halbes Jahr zu rastern war noch viel irrsinniger. Und illegal.

Doch wenn ich es mal gedanklich durchspielte, kam ich auf noch viel skurrilere Ergebnisse. Man musste mir dieses halbe Jahr ja nicht nur löschen, man musste mich auch wieder zurück in mein Elternhaus bringen, die Erinnerungen meiner Eltern und Freunde rastern und jedem anderen, mit dem ich in der Zeit zu tun gehabt hatte.

Außerdem ging es nicht spurlos an einem vorbei, wenn man solche Zeiträume zerstückelte oder auslöschte. Ich konnte mir zumindest nicht vorstellen, dass das so leicht zu verdauen war.

Außerdem hätte mir doch auffallen müssen, wenn ich eines Tages aufgewacht wäre und das letzte halbe Jahr hätte mir gefehlt. Oder etwa nicht?

Das war definitiv nicht passiert.

Blieb also die Zeitreisetheorie und die Parallelwelten, die beide der Science-Fiction entsprangen und unmöglich real sein konnten.

Es gab also absolut keine Erklärung, die ich mir in Ansätzen vorstellen konnte. Es war schlichtweg unmöglich. Was mich wieder zum ersten Ansatz brachte: Ich hatte mir alles nur eingebildet.

Ich schüttelte den Kopf über mich selbst und stieß geräuschvoll die Luft aus. So kam ich nicht weiter und ich wusste, dass ich früher oder später das Notizbuch aus seinem Versteck holen musste, um es zu lesen. Vielleicht gab das Buch selbst mir Aufschluss darüber, was des Rätsels Lösung beinhaltete.

Jedoch würde sich das in nächster Zeit schwierig gestalten. Man durfte sich ja auch nicht endlos oft in den Finger schneiden, ohne vor dem System als selbstverletzend zu gelten. Ich konnte es sicher nicht gebrauchen, dass der Computer ausschlug und ein Arzt sich die Sequenzen meiner Fingerschnitte genauer ansah. Zwar würde er das Buch durch den Schmerz nicht entdecken, aber vielleicht Hinweise darauf.

Im besten Fall wäre da eine Überweisung zum Psychologen wegen Ritzens drin. Darauf hatte ich auch wenig Lust.

Was blieb mir also übrig, als nicht weiter darüber nachzudenken?

Vielleicht mehr über die Origamivögel herauszufinden, da sie ja offensichtlich etwas mit diesem Buch zu tun hatten.

Oder Ezra finden. Wer auch immer er war.

Ich hatte noch niemals einen Namen unterstrichen und schon gar nicht doppelt.

Vorausgesetzt, die Notizen hatte tatsächlich ich geschrieben.

»Na, Schatz, bereit für Kaffee?«, riss Vika mich aus meinen Gedanken und ich schreckte so zusammen, dass mir beinahe das Handy entglitten wäre.

»Immer«, seufzte ich und ließ mir von Vika eine Hand reichen, um mich auf die Füße zu ziehen.

Ich warf einen Blick auf die Uhrzeit auf dem Display, bevor ich mein Handy in der Innenklappe meiner Handtasche verschwinden ließ.

Vika hatte ganze fünfzehn Minuten auf dem Klo verbracht.

»Du warst ganz schön lange weg«, merkte ich an und Vika machte ein entschuldigendes Gesicht.

»Ja, sorry. Ich habe eine Freundin meiner Mama vorn getroffen und mich kurz verquatscht«, erzählte sie mir und ich zuckte mit den Schultern.

»Solange ich meinen Kaffee bekomme, ist mir alles andere egal«, witzelte ich und sah Vika an, dass sie mir gern gesagt hätte, wie ungesund all der Kaffee für mich war.

Das wusste ich ja eigentlich selbst. Doch seit einer ganzen Weile war ich ohne Koffein einfach zu nichts zu gebrauchen. Um genau zu sein, seit meine Schlafstörungen angefangen hatten.

Ich stempelte es gern als eine Phase ab, die irgendwann vorbeiging. Doch bisher war es nicht besser geworden. Eher schlimmer.

Wir stiegen die Stufen hinauf in die zweite Ebene des Einkaufszentrums und hielten zielstrebig auf *Coffee Praise* zu. Zumindest ich, Vika wurde etwa fünf Meter zu früh langsamer.

Ich blickte sie fragend an.

»Magst du vielleicht schon mal vorgehen?«, fragte sie und es brauchte nur einen Blick ins Schaufenster neben uns, um zu wissen, was Sache war. Ausverkauf bei *Timon Music*. Uralte Schallplatten zum halben Preis.

Vika war besessen von diesen Dingern und ich konnte es nicht nachvollziehen, wie man für so was so viel Geld hinblättern konnte. Das Plastik, aus dem sie vor langer Zeit gemacht worden waren, war nicht mal biologisch abbaubar.

Bei Vika schlug da einfach die Nostalgie durch und die war sogar stärker als der Drang, den Planeten zu retten. Und das sollte schon was heißen.

»Klar. Ich bin ja schon groß«, sprach ich sie frei und schubste sie durch die geöffnete Tür von *Timon*.

»Okay. Sobald ich hier fertig bin, komm ich zu dir«, behauptete sie und ich lachte auf, weil das eher unwahrscheinlich war. Ihre Finger würden beginnen, die Platten durchzublättern und sie würde völlig vergessen, wo sie war.

»Ich trink gemütlich meinen Kaffee und dann hol ich dich ab«, schlug ich vor und auf Vikas Lippen legte sich ein verlegenes Lächeln.

»Oder so«, sagte sie noch und war im Musikparadies verschwunden.

Natürlich hätten wir auch erst gemeinsam meinen Kaffee holen und dann in den Plattenladen abtauchen können. Doch eigentlich war ich ganz froh, dass Vika das allein machte und ich noch ein bisschen Zeit für mich und meine Gedanken hatte. So stand ich auch nicht der Herausforderung gegenüber, mir all die Band- und Künstlernamen der letzten Jahrzehnte merken zu müssen.

Ohne Eile schlenderte ich zu *Coffee Praise*, betrat das kleine Geschäft und atmete erst einmal ganz tief den Geruch nach frisch gemahlenen Kaffeebohnen ein. Das dunkle Ambiente wirkte beruhigend auf mich und gab mir immer wieder ein gutes Gefühl.

Hier ging es mir tatsächlich besser als sonst. Als wäre es meine Bestimmung, mich zu setzen und zu bleiben, und nicht durch die Welt zu rennen, um etwas nachzujagen, was ich nicht fassen konnte und was mich unruhig und schlaflos zurückließ.

Da machte es mir noch weniger aus, meinen Kaffee allein zu holen.

Ich stellte mich brav am Ende der Menschenschlange an, die darauf wartete, an der Reihe zu sein.

Eine Frau in einem petrolfarbenen Kostüm bestellte sich gerade einen Chai Latte mit Sojamilch und ohne Sahne. Ihre Stimme hatte etwas so Markantes, dass ich sie sogar am Ende der Schlange verstand, als sie dem Mitarbeiter ihre Bestellung und ihren Namen nannte, damit er alles auf dem Becher notieren konnte.

Mein Handy gab einen leisen Ton von sich und ich zog es aus der Tasche. Vika hatte mir ein GIF geschickt, in dem sie sich mit animierten Herzchen in den Augen eine Schallplatte an die Brust drückte. Dem Bild auf dem Schuber nach zu urteilen, handelte es sich dabei um klassische Musik.

Ich schickte ihr ein paar lachende Emoticons zurück und las dann noch eine Nachricht von meinem Papa, die gerade reingekommen war und in der er mir mitteilte, dass er für meine Mutter einen großen Gesundheitscheck beantragt hatte.

Gut so, der war auch wirklich mal nötig.

Ich rückte mit den Menschen in der Schlange weiter Richtung Kasse. Um nicht an meine Mutter zu denken, richtete ich meine Aufmerksamkeit etwas Banalem zu. Ich studierte die Preistafel und überlegte, welche der drei Kaffeesorten ich heute wählen sollte.

»Einen Earl Grey bitte. Schwarz und ohne Zucker«, sagte der Mann vor mir und ich sah auf. Er war groß, fast so riesig wie Oliver Grand. Das Erste, was ins Auge fiel, war sein rotblondes Haar und die scharf gezeichnete Nase.

Einen ganz kurzen Moment hatte ich ein Gefühl von Erkennen. Doch das ging mir öfter so und bedeutete gar nichts. Meist schob ich es auf Mineralstoffmangel wie bei einem Déjà-vu oder auch auf meine sich anbahnende Verrücktheit.

Ich versuchte mich davon nicht nervös machen zu lassen, schob mein Handy zurück in die Handtasche und wühlte nach meinem Portemonnaie. Mal sehen, wie viel Bargeld ich noch hatte.

»Auf welchen Namen?«, fragte der junge Kerl mit wilder dunkler Lockenmähne hinter dem Tresen.

»Ezra«, antwortete ihm der Rothaarige und es durchzuckte mich wie ein Blitz. Mein Blick schoss zu ihm zurück und mir fiel vor Schreck der Geldbeutel aus der Hand, sodass sich das ganze Kleingeld auf dem Boden verteilte.

»Oh Mist«, fluchte ich leise und bückte mich sofort, um ganz hektisch alles wieder einzusammeln. Schamesröte stieg mir ins Gesicht.

Der Mann vor mir beugte sich ebenfalls nach unten und half mir, die Münzen einzufangen, die davonkullerten; was die ganze Sache nicht weniger peinlich machte.

»Du musst nicht … ähm … danke«, stotterte ich, als er mir das Kleingeld in die Hand legte, das er aufgesammelt hatte.

»Kein Problem. Kann jedem mal passieren«, sagte er und seine Stimme hatte einen angenehm dunklen Ton.

»Ich bin sonst nicht so der tollpatschige Typ«, versuchte ich es irgendwie zu retten und hatte aber das Gefühl, es durch meine Rechtfertigungsversuche nur noch schlimmer zu machen.

Der Mann grinste und die Sommersprossen in seinem Gesicht schienen dabei zu tanzen.

»Vielleicht brauchst du ja einfach nur einen Kaffee?«, meinte er spaßhaft und ich musste über diesen Kommentar lächeln.

»Ja, sogar ganz dringend«, gab ich zurück und der Kerl hinter der Theke sah mich erwartungsvoll an, den Becher schon in der Hand.

»Einen Kaffee Arabica mit einem kleinen Schluck Hafermilch«, gab ich meine Bestellung auf. »Für Gemma«, fügte ich hinzu, bevor er mich danach fragen konnte.

Ich zahlte und stellte mich neben den Mann mit dem roten Haar, um darauf zu warten, dass meine Bestellung fertig wurde.

»Gemma, richtig?«, sprach er mich an und ich nickte hastig.

»Ja«, japste ich und spürte in meinem Bauch, wie aufgeregt ich immer noch war. Und das lag nicht mehr nur an meinem blöden Missgeschick mit dem Kleingeld. Es lag ganz eindeutig daran, dass der Mann neben mir einen Becher in Empfang nahm, auf dem der Name ›Ezra‹ geschrieben stand.

Es war der Name aus dem Buch, der Name, den ich zweimal unterstrichen hatte. Konnte es Zufall sein, dass ich nur einen Tag später einem Mann begegnete, der diesen Namen trug?

Und wenn nicht, was hatte das alles zu bedeuten?

»Bist du öfter hier?«, fragte er mich ganz plump und man sah ihm an, dass er sich selbst bescheuert dabei vorkam, mit so was Klischeehaftem ein Gespräch zu beginnen.

»Kaffee kaufen? Ja.« Was sollte ich auch anderes antworten? »Kennst du viele Leute, die heißen wie du?«, erkundigte ich mich und hoffte, nicht zu aufdringlich rüberzukommen. Doch anscheinend teilten wir diese Angst, sonst würden wir nicht beide so unsicher dastehen und versuchen, miteinander zu reden.

»Eigentlich nicht, nein. Wieso?«

»Ach, nur so.« Das Gespräch wurde immer seltsamer und endlich wurde mir von einer kleinen Mitarbeiterin mit rundem Gesicht mein

Kaffee gereicht. Er war so heiß, dass ich mir beinahe die Finger daran verbrannte, und ich nahm mir schnell einen Becherkragen aus einem Spender an der Theke.

»Kennst du denn noch jemanden mit dem Namen?«, fragte Ezra und ich wusste im ersten Moment nicht, was ich darauf antworten sollte.

»Ich glaube nicht«, kam der Wahrheit am nächsten und ich sah zu ihm auf.

Mein Blick blieb an seinen Augen hängen und ich suchte in ihnen nach etwas Bekanntem, etwas, was mir zeigte, dass ich nicht verrückt war und dieser Name in diesem Buch tatsächlich etwas für mich bedeutete. Seine Iris waren graublau.

»Gemma, sind wir uns schon mal begegnet?«, wollte Ezra von mir wissen und im ersten Moment dachte ich, ich müsste mir diesen Satz eingebildet haben. Das Herz hämmerte mir in der Brust und ich schluckte schwer gegen meinen wie ausgedörrten Hals an.

»Nicht das ich wüsste«, kam es flüsternd aus meinem Mund und Ezra schüttelte den Kopf, als vertrieb er seine Gedanken.

»Ach nein, vergiss es. Ich hatte gerade nur so ein Gefühl. Aber manchmal bilde ich mir so was auch ein«, tat er es ab und lächelte wieder. »Man sieht sich vielleicht mal wieder«, verabschiedete er sich, drehte sich zögerlich von mir weg und verließ das Café.

Und ich blieb zurück, wie erstarrt und umklammerte meinen Kaffee.

7

Die Messe

Zum Glück war Vika viel zu verliebt in ihre neuen Schallplatten, die sie stolz in einer dunkelgrünen Papiertüte durch die Gegend trug, um zu bemerken, dass ich seit der Begegnung mit Ezra total durch den Wind war.

Es nagte an mir, mit ihr nicht einfach darüber zu sprechen, doch ich wollte sie in diese seltsame Sache auch nicht mit reinziehen, bevor ich wusste, wohin das Ganze führte. Denn ich hatte da so ein ungutes Gefühl, dass in meinem Leben etwas aus den Fugen geraten war und ich nur noch nicht herausgefunden hatte, was es war.

Wir aßen an einem Stand mit indischen Suppen zu Mittag und anschließend ließ ich mich von Vika dazu bewegen, Lebensmittel zu holen und noch ins Gartencenter zu fahren, um Pflanzen für meinen Balkon zu kaufen. Nicht zu vergessen die Packung Trockenfutter für Vikas Hamster Sir Francis Drake, für die wir den halben Kaufpark ablaufen mussten, weil Vika unbedingt das mit den getrockneten Fruchtstückchen haben musste.

Danach wollte ich nur noch nach Hause und musste aufpassen, dass ich nicht schon in der Bahn einschlief.

»Kommst du noch mit und hörst dir meine neuen Errungenschaften mit mir an?«, wollte Vika wissen, als ich mich aus dem Fahrstuhl bis zu meiner Wohnungstür geschleppt hatte.

»Ich schlaf dann aber dabei ein«, merkte ich an und sie grinste.

»Ja, das würde dir aber auch ganz guttun. Wenn du in deiner Wohnung nicht schlafen kannst, darfst du gern auch bei mir übernachten«, bot sie an, schloss ihre Tür auf und wedelte einladend mit der Hand.

Ich rieb mir die Nase, die vor Müdigkeit kribbelte, und fand die Idee gar nicht so blöd. Ein bisschen Normalität und jemand, der auf mich achtgab, konnte nicht schaden.

»Ich bring eben die Einkäufe rein«, informierte ich sie und verschwand in meiner Wohnung. Ich konnte kaum noch die Augen offen halten, während ich meine Pflanzen auf dem Küchentresen abstellte und die paar Lebensmittel in den Kühlschrank räumte.

»Dann hast du aber niemanden, der sich mit dir über die guten Stellen in der Musik freut, wenn ich einschlafe«, meinte ich, als ich zurück zu Vika schlurfte, die auf mich gewartet hatte und mich sanft durch die Tür in Richtung Sofa schob.

»Egal. Ich hol einfach Dani rüber. Schlaf du mal.«

Matt ließ ich meine Handtasche sinken, die ich vergessen hatte, in meiner Wohnung abzustellen. Vielleicht besser so, sonst hätte ich womöglich meinen Schlüssel dagelassen.

Ich nahm mir vor, die Schuhe auszuziehen, doch als mein Kopf die weichen, bunt bestickten Kissen auf Vikas orangefarbener Couch berührte, fehlte mir die Willenskraft, mich noch einmal aufzusetzen.

Von draußen hörte ich, wie jemand im Flur gegen Holz klopfte und die weiche, leise Stimme von Dani. Unterhaltungsfetzen drangen noch an mein Ohr, ich hatte aber nicht mehr genug Konzentration, um zu verstehen, was die gesprochenen Worte bedeuteten. Papier raschelte, Vika kicherte, und als leise knisternd die Streicher einsetzten, versank ich in einem tiefen Schlaf.

Langsam rührte ich in einem Tee und wartete. Worauf, wusste ich nicht.

Die Farbe der Wände war so dunkel wie mein Tee und nur eine kleine Kerze auf dem Tisch vor mir schien die Szenerie zu beleuchten.

Menschen saßen in dunklen Nischen, redeten und tranken aus kleinen Tassen, doch ich konnte niemanden von ihnen erkennen, weil die Schatten sie umhüllten.

Trotz der dunklen Atmosphäre hatte ich keine Angst. Es kam mir vertraut und warm vor, wie ein Ort, an dem gute Dinge passierten und Geheimnisse weniger wogen, weil man sie teilen konnte.

Als ich den Blick hob, saß mir ein Mädchen gegenüber, etwas jünger als ich. Gerade war sie noch nicht da gewesen, aber es wunderte mich nicht, dass sie so plötzlich erschienen war. Sie lächelte spitzbübisch und schob mir einen Brief zu. Naturfarbener Umschlag, dunkelblaues Wachssiegel.

»Von wem ist der?«, fragte ich und das Mädchen kicherte.

»Von wem wohl«, sagte sie, als müsste das völlig klar sein.

In meinem Bauch begann es zu kribbeln wie verrückt, als ich nach dem Umschlag griff und das raue Papier zwischen den Fingern rieb.

»Danke«, flüsterte ich und ließ den Brief in meine Jackentasche gleiten.

Ich hob den Blick und die Umgebung hatte sich verändert. Das dunkle Café war verschwunden und ich stand auf einer Straße, mitten in der Nacht. Und ich hatte Angst, furchtbare, mich von innen zerfressende Furcht, die sich in meine Organe krallte und mich zusammenzucken ließ, als jemand meine Hand in seine nahm.

Im Licht des Mondes erkannte ich das Mädchen von gerade, das neben mir stand und zum Himmel aufsah.

»Ich wünschte, es könnte immer so einfach sein«, seufzte sie, einen bitteren Zug um den Mund.

In der Dunkelheit vor uns tauchten zwei riesige leuchtende Augen auf, die auf uns zuhielten. Wind frischte auf, riss an unseren Klamotten, während ein riesenhaftes Monster sich aus den Schatten schälte und immer schneller auf uns zuraste.

Meine Angst wurde zur Panik, ich versuchte mich von der Stelle zu bewegen, doch ich war wie am Boden festgeklebt.

»Gemma!«, kreischte das Mädchen markerschütternd von der anderen Seite der Straße, weit genug weg, um nicht von dem Monster überrannt zu werden, das schnaubend und brüllend auf mich zuhielt, um mich zu verschlingen.

Und ich wusste, dass ich das Mädchen nur retten konnte, wenn ich mich selbst opferte.

»NEIN!«, schrie sie und wurde von vielen Händen gepackt, die sie zurückrissen und noch weiter von mir entfernten.

Meine Füße lösten sich vom Boden und ich rannte dem Monster entgegen.

Ein penetrantes Piepen riss mich aus dem Schlaf und ich blinzelte verwirrt in die grelle Morgensonne, die mir durch das Fenster direkt ins Gesicht schien. Ich wusste im ersten Moment nicht, wo ich mich befand und kämpfte mich unter einer Kuscheldecke mit Ethnomuster und etwa einer Million Kissen hervor, bis ich begriff, dass ich auf Vikas Sofa lag und es mein Handy war, das da so piepte.

Sir Francis Drake raste wie von der Tarantel durch seinen Käfig und machte mich noch zusätzlich wirr.

Panisch ging ich auf die Suche nach meinem Handy, fiel dabei zusammen mit einigen Kissen vom Sofa auf den flauschigen Teppich und fand meine Handtasche neben dem Tresen vor der Kochnische.

Ich stolperte darauf zu, fühlte mich, als wüsste mein Kopf noch nicht, wo oben und unten war und zog beim zweiten Versuch mein Handy aus der kleinen Innentasche.

Eine Erinnerung blinkte auf dem Display. ›*Messe, 9:00 Uhr, chic machen!*‹, stand dort und verwirrte mich, bis es mir wieder einfiel.

»Ach Scheiße«, schnaubte ich und drückte endlich den Alarm weg. Die Messe hatte ich total vergessen. Dabei hatte ich mich so sehr darauf gefreut. Doch die verwirrenden Dinge der letzten beiden Tage hatten alles andere verdrängt.

Ich warf einen Blick durch Vikas offene Schlafzimmertür, um zu sehen, ob ich sie gleich mit geweckt hatte, sie rührte sich aber keinen Millimeter und schnarchte leise vor sich hin.

»So einen Schlaf müsste man haben«, spottete ich und beneidete sie eigentlich darum. Vika schlief jede Nacht wie ein Stein, während ich mich hin und her wälzte.

Obwohl. Heute Nacht hatte ich wirklich gut geschlafen. Ungewöhnlich gut. Ich musste echt richtig müde gewesen sein.

Ich warf einen Blick auf die Zeitanzeige auf meinem Handy und bekam einen erneuten Adrenalinstoß. Es war schon kurz nach acht. Mir blieben jetzt höchstens noch zwanzig Minuten, um mich fertig zu machen, wenn ich es mit der Bahn noch rechtzeitig zum Messegelände schaffen wollte.

Eilig kramte ich meinen Schlüssel aus der Tasche, verließ leise Vikas Wohnung und huschte rüber zu meiner eigenen, was ich als unglaublich praktisch empfand. Wie schön es war, nicht mehr durch die halbe Stadt fahren zu müssen, um nach Hause zu kommen.

In meiner Wohnung warf ich die Tür zu, riss mir im Schlafzimmer die Klamotten vom Leib und sprang unter die Dusche.

Während ich meine Haare wusch, versuchte ich mich fieberhaft daran zu erinnern, in welcher Kiste sich meine cremefarbene Bluse befand.

Ich entdeckte sie zum Glück relativ schnell und machte mir in der Eile auch nichts daraus, dass der einzige frische BH, den ich finden konnte, schwarz war und daher ein klein wenig durch den hellen Stoff der Bluse blitzte. Dann wäre ich eben eine sexy Messefrau, wen störte das schon.

Die Bundfaltenhose in Anthrazit hing gebügelt auf der Stange im Schrank und ich nahm mir fest vor, heute Abend endlich mal meine Klamotten auszupacken.

Für Kaffee machen reichte die Zeit leider nicht mehr, aber ich würde mir einfach auf dem Weg einen kaufen.

Um schnell einen Überblick über meine Handtasche zu bekommen, spähte ich hinein und fand Schlüssel und Geldbeutel, der Rest war egal. Ich schlappte eben in meine schwarzen Altherrenschuhe, während ich schon wieder aus der Wohnung schlüpfte und zum Fahrstuhl hetzte.

Die Schnürsenkel schloss ich auf der Fahrt nach unten und erst als ich pünktlich an der Haltestelle der Magnetschwebebahn stand, konnte ich wieder aufatmen.

Ich fächerte mir mit der Hand Luft zu, um mein heißes Gesicht zu kühlen, und fuhr mir dann mit den Fingern noch einmal durch die feuchten Haare.

Mal wieder war ich froh, sie mir abgeschnitten zu haben, nachdem mich meine langen Zotteln zu Tode genervt hatten.

Die Bahn brachte mich zum Messegelände und meine Füße mich in einen Coffeeshop. Mit nur vier Minuten Verspätung betrat ich Halle 3.0.

Obwohl die Messe erst in einer halben Stunde öffnete, waren schon einige Menschen hier, die quatschten, ihre Bildschirme einstellten und analoges und digitales Infomaterial auslegten.

Eine ältere Dame drapierte gesunde Snacks auf einem Tablett und ich stibitzte mir einen, als sie gerade nicht hinsah. Er schmeckte nach getrockneten Feigen und Mandeln.

Gerade kam das Areal der Biolog-Medical-Group in Sicht, als mein Handy einen Ton von sich gab. Es war eine Nachricht von Jessy, die mich fragte, wo ich blieb und ich schmunzelte. Da war man mal fünf Minuten zu spät und schon wurde einem die Hölle heiß gemacht.

»Bin ja schon da«, sagte ich, als ich ins sonnengelbe Infozelt stürmte und erst einmal Luna umarmte, die mich erleichtert anstrahlte.

»Es ist nicht typisch für dich, zu spät zu kommen. Da dachte ich, es wäre etwas passiert«, behauptete Jessy platt und reichte mir ein Lanyard mit einem Schild, auf dem mein Name und Berufsabschluss aufgedruckt waren.

»Macht mal keinen Stress. Wir haben noch eine halbe Stunde«, versuchte ich die beiden zu bremsen, aber anscheinend waren sie zu aufgeregt, um sich zu beruhigen.

Also hängte ich mir das Lanyard um den Hals, verstaute meine Tasche in einer Box hinter dem Stand und setzte mich auf einen der hohen Hocker, um meinen Kaffee zu trinken.

Keine zwei Minuten später klärte sich der Grund für die Aufregung. Die beiden Typen vom Stand nebenan kamen mit zwei Kartons zurück und grüßten freundlich, worauf Luna beinahe anfing zu hyperventilieren.

Der eine war aber auch wirklich süß und warf immer wieder verstohlene Blicke zu Luna, die einen so roten Kopf bekam, dass ich fürchtete, sie würde bald anfangen zu leuchten.

»Das hat er gestern schon die ganze Zeit gemacht. Luna ist voll am durchdrehen«, erklärte mir Jessy, nachdem sie mir eine kleine Einführung in unser Infomaterial gegeben hatte. Praktischerweise waren die beiden schon gestern hier gewesen und hatten den Überblick.

»Du musst mit ihm reden, bevor ihr beide platzt«, raunte ich Luna zu und sie schüttelte energisch den Kopf.

»Niemals! Ich werde nur dummes Zeug reden. Wenn er irgendwas von mir will, soll er mich ansprechen.«

Ich kam leider nicht dazu, weiter auf sie einzureden, weil die ersten Besucher die Messe erkundeten.

Drei junge Mädchen machten kichernd den digitalen Berufsauswahl-Test und ein mürrischer Herr nahm mich in Beschlag, fragte mir Löcher in den Bauch zu meiner Ausbildung und den Lehrplänen, während sein Sohn nur desinteressiert danebenstand.

Der Rest meines Kaffees wurde leider schnell kalt, was auch wieder egal war, weil es echt Spaß machte, hier zu stehen, seriös auszusehen und sich wichtig zu fühlen. Wir mussten auch lediglich von unseren eigenen Erfahrungen aus der Ausbildungszeit erzählen und verwiesen für alles andere auf die digitalen Inhalte oder das offizielle Terminal inmitten des Biolog-Medical-Areals.

Gegen Mittag leerten sich die Reihen der Besucher etwas, da alle in Halle 2.0 verschwanden, um sich dort an den Ständen für gesunde Ernährung ihr Mittagessen zu besorgen.

Ich setzte mich für einen Moment wieder auf meinen hohen Hocker und wartete auf Jessy, die losgezogen war, um uns ebenfalls etwas zu holen, mit dem wir unsere leeren Mägen füllen konnten. Erwartungsvoll sah ich aus einiger Entfernung dabei zu, wie Luna sich schleichend aus dem Zelt bewegte und wie zufällig am Stand nebenan vorbeischlenderte.

Soweit ich das beurteilen konnte, waren die beiden Kerle ein kleines Start-up-Unternehmen, hatte aber keine Ahnung, was sie eigentlich bewarben.

Der junge Mann, vom Typ Norweger, kam sofort auf Luna zu, als er sie sah, und ich musste breit lächeln, als ich beobachtete, wie er sie ansprach.

»Schwarz steht dir gut«, sagte jemand so nah an meinem Ohr, dass ich vor Schreck vom Hocker rutschte.

»Geht's noch?«, schimpfte ich und sah Oliver Grand hinter mir stehen und lachen.

Es amüsierte ihn köstlich, mich so überrascht zu haben, und er fuhr sich kess mit der Hand durchs blonde Haar. Das dunkelblaue Hemd stand ihm wirklich gut und brachte die Farbe seiner Augen zum Strahlen.

Auch wenn mein Puls sich noch nicht wieder ganz beruhigt hatte, war ich doch froh, Oliver zu sehen. Denn er sorgte bei mir immer für gute Laune und war ein Schmeichler für meinen Selbstwert.

»Du hast meinen Rat also beherzigt«, meinte er und ich war einen Moment irritiert. Erst als Oliver die Hand ausstreckte und an meinem Blusenkragen zupfte, ging mir auf, was er meinte.

Der schwarze BH.

Dieser Kerl hatte echt nur eins im Kopf. Und anscheinend eine Vorliebe für schwarze Unterwäsche.

»Ist der für mich?« Seine Augenbrauen wanderten erwartungsvoll nach oben und in seinem Mundwinkel zeigte sich ein zweideutiges Schmunzeln.

»Leider nicht. Der ist für jemanden, der mich auch angerufen hat, als er es versprochen hatte«, hielt ich dagegen und schaffte es dabei, ihm bitterernst in die Augen zu blicken.

Olivers Gesichtsausdruck wurde unsicher. »Hast du wirklich auf einen Anruf gewartet?«

Ich hielt seinem Blick noch einen Moment stand, ehe ich zu lachen begann.

»Ähm, nein«, prustete ich. Wenn ich ehrlich war, hatte ich in den vergangenen Tagen kein einziges Mal an ihn gedacht.

Sein Grinsen kehrte zurück, eine kleine Spur zu erleichtert. Da hatte ich ihm wohl einen Schreck eingejagt. Selbst schuld. Wer austeilte, musste auch einstecken.

»Das ist gut. Ich habe nämlich nicht mal deine Nummer.« Oliver lachte und ich mit ihm, weil selbst ich nicht daran gedacht hatte, sie ihm zu geben.

»Aber mal im Ernst. Wann bist du hier fertig? Ich hol dich ab und du bekommst einen Kaffee von mir«, schlug er vor und ich zuckte mit den Schultern.

»Um halb sechs ist hier Schluss. Aber ich weiß nicht so genau, ob ich dann wirklich Lust auf Kaffee habe«, behauptete ich und fühlte mich dabei herrlich unnahbar. Es machte einfach viel zu viel Spaß, mit diesem Mann herumzualbern, als dass ich klare Ansagen machen wollte.

Denn im Umgang mit Oliver Grand gab es nur eine Regel: Man durfte sich nicht in ihn verlieben. Und davon war ich auch meilenweit entfernt.

»Als ob. Deine Gedankenauslese sagt da aber was ganz anderes«, warf er mir spaßhaft vor und kam mir noch ein Stück näher, sodass ich den Kopf in den Nacken legen musste, um zu ihm aufzusehen.

Gekonnt stemmte ich eine Hand in die Hüfte, während ich ihm meinen Zeigefinger gegen die stramme Brust drückte, um ihn auf Abstand zu bringen.

»Böser Schachzug. Und vor allem illegal. Noch nie was von ärztlicher Schweigepflicht gehört?«, hielt ich dagegen und Oliver nickte.

»Ich bin eben ein böser Junge«, raunte er mit dem Blick eines Verführers und das war einfach eine Schippe zu viel. Selbst für ihn.

Das Lachen platzte aus mir heraus wie eine übervolle Wasserbombe und auch er konnte nicht länger ernst bleiben.

»Das war zu viel!«, sagte ich und schüttelte mir das Haar aus dem Gesicht.

»Ja, hast recht. Aber die Vorlage war einfach zu gut, um sie nicht zu nutzen.« Er machte eine wegwerfende Handbewegung, lehnte sich ein Stück zurück und betrachtete mich aus schmalen Augen. »Also, Kaffee um halb sechs, ja oder nein?«

Ein Grinsen schlich sich auf meine Lippen, denn meine Antwort war eh klar. »Ja. Und jetzt lass mich arbeiten. Ich muss hier seriös wirken«, scheuchte ich ihn und schob ihn rückwärts aus dem Infozelt.

»Dafür hättest du dir einen unauffälligeren BH anziehen müssen, Baby«, behauptete er mit einem anzüglichen Unterton und schob sich ganz lässig die Hände in die Hosentaschen, während er viel zu langsam seine Schritte aus dem Zelt machte.

»Und die Gelegenheit vertun, den Mann meines Lebens mit meinen Vorzügen zu ködern, wo mir hier doch bisher nur zweiklassige Casanovas den Hof machen. Niemals!« Manchmal wunderte ich mich selbst, wie solche Sätze aus meinem Mund kommen konnten. Aber Oliver machte es einem auch viel zu leicht, schlagfertig zu sein.

»Pass auf, was du sagst, Sexy, sonst musst du deinen Kaffee selbst zahlen«, drohte er mir und ich glaubte ihm keine Sekunde.

»Das schadet aber nur *deinem* Ruf, nicht meinem.«

Olivers Grinsen wurde noch breiter und so echt, dass eindeutig war, dass er den Schlagabtausch mit mir genauso mochte wie ich. »Ein bisschen liebe ich dich ja schon.«

Ich hob keck die Schultern. »Ich weiß.«

Oliver ging noch zwei Schritte rückwärts, schüttelte lachend den Kopf über mich und verschwand hinter den Ständen.

»Wow. Du hast es mit dem Flirten ja richtig drauf«, lobte mich Jessy, die mit offenem Mund am Rande des Zeltes stand, und ausnahmsweise meinte sie es mal nicht ironisch.

»Das ist nicht dein Ernst, Gemma. Oliver Grand?« Luna drängte sich an ihr vorbei und sah mich bestürzt an. »Der ist nur hinter deinem Höschen her!«

»Dann ist ja gut, dass ich keins anhabe«, behauptete ich süffisant und lachte über meinen eigenen dummen Kommentar. Irgendwie war ich wohl noch im Flirtmodus.

Doch Luna schien wenig Lustiges dran zu finden, kam auf mich zu und packte mich an den Armen. »Gemma. Der Kerl bricht dir doch das Herz, wenn du dich mit ihm einlässt. Das ist niemand, den man heiratet und mit dem man Babys bekommt.«

»Babys? Auf keinen Fall, Luna! Ich habe nicht vor, etwas mit ihm anzufangen. Ganz ehrlich. Wenn ich das mit ihm ernst meinen würde, hätte ich eine rote Birne und würde jede Romantik durch einen dummen Kommentar zerstören, weil es mir peinlich wäre. Das mit Oliver ist alles nur Spaß«, versicherte ich ihr und sie sah mich misstrauisch an. Jessy reichte ihr von der Seite einen Wrap.

»Für Spaß ist er definitiv der Richtige«, kommentierte Jessy mit einem anzüglichen Grinsen und Luna strafte sie mit einem anklagenden Blick.

Auch ich bekam mein Mittagessen gereicht und war gerade dabei, es oben aus dem Papier zu wickeln, als eine Frau mit gehetztem Blick auf unseren Stand zuhielt. Sie kam mir vage bekannt vor, ich konnte jedoch nicht sagen, wer genau sie war. Nur dass sie bei Biolog Medical arbeitete. An ihrer dunkelroten Bluse steckte ein Namensschild mit der Aufschrift *J. Bern.*

»Gemma Henson?«, fragte sie und sah dabei Jessy an, die mit dem Finger auf mich zeigte, da sie mit dem großen Bissen Räuchertofu-Wrap im Mund nicht antworten konnte.

»Bitte sagen Sie mir, dass der Kollege sich richtig erinnert und Sie AIC-Technikerin sind.«

»Bin ich«, bestätigte ich, obwohl ich gerade mal meinen Abschluss hatte und noch keinerlei Berufserfahrung. Aber das hatte sie ja schließlich auch nicht gefragt.

Die Frau atmete erleichtert auf. »Hätten Sie eben eine Minute für uns? Wir haben vorn eines der Auslesegeräte zur Präsentation, aber es misst in seltsamen Wellen. Die haben uns das vorhin dahingestellt und wir sind leider überfragt.«

»Ich kann es mir anschauen. Aber ich habe kein Werkzeug da«, warf ich ein und spürte die Aufregung in mir hochkommen. Schließlich war das hier so was wie mein erster Auftrag. Und auch wenn mir kein Ausbilder mehr über die Schulter blickte, wollte ich es ordentlich machen.

»Alles ist besser, als jetzt noch ein Neues liefern zu lassen. Wir haben in einer halben Stunde einen Vorführungstermin mit japanischen Interessenten.« I. Bern hob hilflos die Hände.

Mit knurrendem Magen wickelte ich den Wrap wieder ins Papier, ohne abgebissen zu haben.

»Jessy?«, wandte ich mich an meine Freundin und sie nickte mir zu. Schweren Herzens gaben wir beide unser Essen an Luna zur Aufbewahrung und kamen hinter unserem Stand hervor.

Irritiert sah I. Bern zu Jessy.

»Sie Software. Ich Hardware«, erklärte ich auf die Schnelle und Jessy grinste breit. Für so einen Job brauchte man immer beides.

»Ich halte die Stellung.« Luna lächelte uns unsicher hinterher.

»Wir sind gleich wieder da«, versuchte ich sie zu beruhigen und winkte ihr.

Zügig folgten wir der jungen Frau und ich hoffte nur, dass wir diesem Problem auch wirklich auf den Grund gehen konnten. Anscheinend hing davon ja eine Menge ab.

Wenigstens war ich nicht allein, Jessy ergänzte mich. Was, wenn das Problem nicht elektronischer Natur war? Vielleicht hatte auch das Programm einen Bug oder dergleichen.

Schon während der Ausbildung hatten sie und ich immer gut zusammengearbeitet. Wir waren quasi das Dream-Team der Techniker-Klassen. Nur schade, dass Jessy sich für die Sicherheit beworben hatte und so in Zukunft nur noch selten mit mir arbeiten würde.

Mein großes Ziel war ja auch nicht, im Reparaturdienst zu bleiben, sondern in die Forschung einzusteigen. So weit musste ich allerdings erst einmal kommen.

Wir liefen um das halbe Messeareal der Biolog-Medical-Group herum auf die genau gegenüberliegende Seite.

Hier imitierten sie ein Ausleselabor. Pfirsichfarbene Wände, ein kleines Podest, auf dem ein sehr luxuriöser Auslesestuhl platziert war, und ein zuversichtlich lächelnder Mann Ende vierzig in einem Arztkittel, dessen aufgesetzte Fröhlichkeit jedoch sofort bröckelte, als er uns kommen sah.

»Welch ein Glück«, rief er gehetzt, als er seine Kollegin mit uns im Schlepptau ausmachte, und trat sofort beiseite, damit wir Zugang zu dem Gerät hatten.

Es war eins der schicken, sehr teuren Modellserie und glänzte noch überall, weil es so neu war.

Für das Fachpublikum nur das Beste natürlich.

Jessy schob sich weiter bis zu dem Bildschirm, auf dem der Computer seine Ergebnisse ausspuckte, und tippte sich aus dem Präsentationsmenü auf die Datenebene. Wie sie die Sicherheitsverschlüsselung umging, verpasste ich bei der Geschwindigkeit, in der sich ihre Finger über den Touchbildschirm bewegten, aber Jessy war eben ein Crack auf diesem Gebiet.

Ich trat um das eigentliche Auslesegerät herum, ging in die Hocke, was mit meiner feinen Kostümhose nicht ganz so einfach war, und öffnete die Klickverschlüsse der Abdeckung. Blöd, dass ich kein Haargummi dabeihatte. Ich arbeitete ungern mit offenen Haaren, das störte mich.

Nervös nahm ich die lackierte Metallplatte ab und gab sie an I. Bern weiter, die sich neugierig neben mich gestellt hatte.

»Auf den ersten Blick sieht alles in Ordnung aus«, sagte Jessy und wählte sich durch mehrere Menüs. Wie sie auf die Schnelle so viele Reihen aus Zahlen und Buchstaben erfassen konnte, um zu diesem Schluss zu kommen, war mir schon immer ein Rätsel.

Ich ging erst einmal alle Anschlüsse durch, prüfte, ob sie auch richtig eingesteckt waren und die Stromzufuhr stimmte. Allerdings brauchte es nur einen Blick in den Innenraum des Rechners, um das Problem ausfindig zu machen.

Erleichterung erfasste mich und ich griff um den Prozessor herum, um mir die Ursache für den Messfehler zu schnappen. Das war einfacher gewesen als erwartet.

»Ich hab's«, verkündete ich also und zog eine hellgrüne, aus Bambus gepresste Platte aus dem Inneren des Auslesegerätes heraus. Jessy ließ ein gehässiges Prusten hören.

I. Bern machte große Augen, als ich ihr die Platte in die Hand drückte und Jessy um einen Systemcheck bat.

»Was ist das?«, fragte mich die junge Frau irritiert und ich musste mir ein Grinsen verkneifen, weil meine Antwort ihr sicher unangenehm sein würde.

»Das ist ein Transportschutz für die Platinen«, eröffnete ich ihr und sie presste peinlich berührt die Lippen aufeinander und schloss kurz die Augen.

»Daran habe ich gar nicht mehr gedacht. Entschuldigung, dass ich deswegen jetzt so einen Wirbel veranstaltet habe«, sagte sie kleinlaut und auch der Doktor kratzte sich verlegen an der Halbglatze.

»Kein Problem. War ja keine große Sache«, versuchte ich sie zu beruhigen und ließ mir von ihr die Abdeckung reichen.

»Systemcheck erfolgreich. Die Kiste arbeitet einwandfrei«, verkündete Jessy und ich schloss das Gerät wieder.

»Danke. Ihr habt uns gerettet.« Der Arzt reichte mir die Hand und schüttelte meine fest.

»Wir schicken Ihnen die Rechnung«, behauptete Jessy mit vollkommen unbewegtem Gesicht und ich hätte ihr gern den Mund zugehalten. Das Mädchen war einfach so unverschämt.

Ich knuffte sie in die Seite, sodass sie zu lachen begann, und zog sie mit mir. »Viel Spaß mit den Japanern«, wünschte ich I. Bern und sie lächelte mir hinterher.

Wir traten ein paar Schritte vom Stand weg, bis wir gerade außer Sichtweite waren, da verfiel Jessy schon in ihre Hexenlache.

»Was für Deppen«, feixte sie lautstark und ich war nur froh, dass der Geräuschpegel in der Halle so hoch war. »Verpackungsmaterial im Gerät vergessen.«

»Du bist so gemein«, warf ich ihr vor und wurde aber schon von ihrem Kichern angesteckt, wodurch ich nicht mehr sehr ernst klang. »So was passiert nun mal.«

»Gut, dass ich mir da in Zukunft keine Gedanken mehr drum machen muss«, schnaubte sie und sah mich mit einem fast schon schadenfrohen Grinsen an. »Nicht so wie du. Verdammt dazu, dummen Menschen die Welt zu erklären.«

»Nur gut, dass du keinen Kundenservice machst«, lachte ich und Jessy stieß mich spaßhaft mit der Hüfte an.

Ich taumelte einen Schritt zur Seite und rempelte natürlich prompt einen Mann an, dem beinahe das Tablet aus der Hand gefallen wäre.

»Oh, Verzeihung!«, rief ich sofort und hörte Jessy hinter mir lachen. Die fiese Kuh!

Doch als der Mann sich zu mir umdrehte, durchfuhr mich ein Schreck, der mich für einen Augenblick erstarren ließ.

Es war der rothaarige Mann aus dem Café gestern. Ezra.

Mein Herz setzte für einen Schlag aus, um anschließend Tonnen an Adrenalin durch meinen Blutkreislauf zu pumpen wie in einer Achterbahn.

Für eine Sekunde starrten wir uns nur gegenseitig an, bis er sich fasste und den Mund öffnete.

»Gemma, nicht wahr?«, sprach er mich an und ich nickte viel zu hastig. Sein Lächeln wurde so breit, dass die Sommersprossen auf seiner Nase tanzten.

»Ja, ähm. Hi«, stammelte ich und fühlte mich total bescheuert dabei.

»Bist du … ein Besucher?«, fragte er mich sofort und verlagerte zweimal das Gewicht von einem Bein aufs andere.

Fahrig griff ich nach dem Lanyard um meinen Hals und hielt die Karte daran hoch. »Ich bin heute im Ausbildungsinformationszelt von Biolog Medical«, blubberten die Worte viel zu schnell über meine Lippen und ich spürte eine Nervosität in meinem Magen, die sogar das Hungergefühl in den Hintergrund drängte. Was war das auch für ein schräger Zufall, dass ich ihn hier wieder traf? Nur einen Tag später.

Oder hatte es etwas mit dem Buch zu tun?

»Ah. Hast du da die Ausbildung gemacht?«, erkundigte Ezra sich und schaffte es nicht zu verbergen, wie interessiert er daran war.

»Ja. Ich bin …«, setzte ich an und wurde von Jessy unterbrochen.

»Was ist das? Ein Verhör?«, wollte sie herausfordernd wissen und legte mir beschützend den Arm um die Schultern.

»Nein, natürlich nicht.« Ezra sah ganz kurz zu Jessy und neigte leicht den Kopf. »Es ist nur so überraschend, sie … also dich hier plötzlich wiederzusehen.«

»Ja, wir sind uns gestern durch Zufall bei *Coffee Praise* begegnet«, erzählte ich ihr und schüttelte unauffällig ihren Arm ab. »Mir ist mein Kleingeld runtergefallen und er hat mir freundlicherweise geholfen, es aufzusammeln.«

»Ach was. Das war doch selbstverständlich.«

Schon wieder. Wir standen da und redeten nervös über blödes Zeug. Wieso konnten wir uns nicht einfach ganz normal unterhalten wie andere Menschen auch?

Wie konnte ich mit Oliver Grand immer so frei scherzen, aber kaum war es was von Bedeutung, bekam ich keinen geraden Satz mehr heraus. Moment, war es von Bedeutung?

Mein Bauch sagte mir, dass wir beide eine Verbindung hatten, obwohl mein Kopf es abstritt. Was war es also? Eine Seelenverwandtschaft oder doch nur ein Spuk meiner Wünsche, weil ich seinen Namen in einem Buch gelesen hatte?

»Ihr kennt euch also?«, erkundigte sich Jessy und ihr Gesichtsausdruck zeigte Verwirrung und Unglaube.

»Na ja, eigentlich nicht«, antwortete ich ihr und sah zu Ezra auf, betrachtete seine hellen Wimpern, die graublauen Augen und den Schwung seines Mundes. Doch egal wie sehr ich mich anstrengte, mein Kopf wollte mir nicht verraten, was ihn mir so besonders machte.

»Ich weiß auch nicht. Da ist irgendwas«, sagte Ezra, der mich musterte, so wie ich ihn, und mein Bauch wurde ganz flau. Wir empfanden das Gleiche.

»Bei mir auch«, kam es aus meinem Mund und Ezra sah mich zuerst überrascht an und senkte dann beinahe verlegen den Blick.

Jessy hob ungläubig die Augenbrauen und trat von einem Fuß auf den anderen. Ihr war die Situation wohl auch zu seltsam.

Außerdem wartete Luna auf uns.

»Wir müssen wieder zurück … an unseren Stand und so. Du weißt schon«, stotterte ich und hätte mir gern selbst in den Arsch gebissen. Ich machte mich hier selbst zum Vollidioten. Unauffällig wischte ich meine verschwitzen Handflächen an der Hose ab.

»Viel Spaß«, sagte er und ich spürte sofort eine Art Enttäuschung in mir. Mir ging auf, dass ich mir gewünscht hätte, dass er mich aufhielt und nicht so einfach ziehen ließ. Nur weil wir uns durch Zufall so schnell wieder über den Weg gelaufen waren, hieß das nicht, dass wir uns jemals wiedersehen würden.

Ich nickte ihm jedoch nur zu, zwang mich zu einem Lächeln, das viel zu sehr nach Abschied schmeckte, und ging den Gang weiter nach unten.

Jessy blickte noch zweimal zurück, ein Grinsen auf den Lippen, das immer breiter wurde, und öffnete den Mund, um diese Begegnung zu kommentieren, da berührte mich jemand am Arm.

Erstaunt drehte ich den Kopf, spürte die Finger, die sich sanft um mein Handgelenk schlossen, und sah in das Gesicht des Mannes, der mich ganz durcheinanderbrachte.

»Hier.« Er ließ mich los und hielt mir eine Karte hin. »Vielleicht hast du ja mal Lust zu quatschen«, meinte er verlegen und fuhr sich mit der Hand durchs Haar.

Ich nahm ihm das raue Stück Naturpapier ab, auf dem ein Name und eine Nummer aufgedruckt waren.

»Danke«, sagte ich viel zu hastig und ein bisschen zu viel Freude schwappte in meinem Magen umher.

Ezra erwiderte mein Lächeln und wurde von einem Kollegen an seinem Stand zurückgewunken. »Auf Wiedersehen, Gemma.«

Mir gefiel die Art, wie er meinen Namen aussprach. So weich.

Zögerlich wandte er sich um und ging mit großen Schritten zwischen den Menschen hindurch.

Erst als Jessy mich weiterzog, fiel mir wieder ein, dass sie ja auch noch hier war.

»Boah. Das war ja schlimmer, als Menschen beim Knutschen zuzusehen. Wer ist der Kerl?«, wollte sie wissen, den Schalk in den schmalen Augen, und ich zuckte hilflos mit den Schultern.

»Ich habe keine Ahnung«, hauchte ich und war mir nicht sicher, ob Jessy mich überhaupt gehört hatte.

»Wirst du ihm schreiben?«, fragte sie und schien erwartungsvoller zu sein, als ich mich gerade fühlte. Ich klammerte mich an die kleine Karte und wusste nicht, ob sie mich glücklich oder mir Angst machen sollte.

***Ezra Hittinger**, Public Relation Manager, Scytech Cop.*, las ich und besah mir die Nummernfolge, unter der ich ihn erreichen konnte.

Ein Typ hatte mir seine Nummer zugesteckt. Ich war total überrascht von mir selbst. Ja gut, ich flirtete mit Oliver Grand, was das Zeug hielt. Aber das war ja nichts Ernstes.

War das mit Ezra was Ernstes? Und warum machte ich mir deswegen überhaupt Gedanken? Schließlich hatte das alles nur Bedeutung, wenn das Buch in der Wand wirklich von mir stammte. In jedem anderen Fall war das hier alles völliger Humbug und ich projizierte Gefühle in einen Mann, den ich nicht kannte, nur weil er den richtigen Namen besaß.

»Nein … Ja? Vielleicht«, änderte ich meine Meinung nach jedem Wort und Jessy lachte. Lässig tätschelte sie mir den Rücken.

»Du wirst ihm schreiben«, behauptete sie und ich fürchtete, sie hatte recht.

Es waren nur noch wenige Meter bis zu unserem Infozelt, da entdeckte Luna uns. Sie wirkte gestresst, schaffte es aber, einigermaßen freundlich das Mädchen abzuwimmeln, das ihr Fragen gestellt hatte, und kam uns entgegen.

»Gemma. Dein Handy hat bestimmt fünfmal geklingelt, seit ihr weg seid«, rief sie mir schon zu, als ich in Hörweite kam.

Irritiert runzelte ich die Stirn, hatte aber sofort ein ungutes Gefühl im Bauch. »Okay«, sagte ich lang gezogen, kam um den Tresen herum und wühlte in meiner Tasche nach meinem Handy. Wer versuchte mich denn da so dringend zu erreichen?

Jessy schnappte sich ihren Wrap, den Luna auch hier unten auf der Box abgelegt hatte.

»Gemma hat doch gerade tatsächlich die Telefonnummer von einem Kerl abgecheckt. Unser Mädchen ist heute hoch im Kurs«, witzelte sie und Luna machte große Augen.

Ich hörte ihre Antwort jedoch nicht, da ich mein Smartphone zu fassen bekam und den Bildschirm aufleuchten ließ.

Sechs verpasste Anrufe. Alle von meinem Vater.

Mein Herz sackte mir in die Hose und mir wurde übel vor Angst, die sich in meine Eingeweide verbiss. Es war etwas passiert. Meiner Mutter ging es schlecht, das wusste ich sofort, sonst hätte er eine Nachricht geschickt.

»O nein, o nein, o nein«, hauchte ich verzweifelt und drückte sofort auf Zurückrufen.

Der Moment, bis mein Vater endlich abnahm, war kaum auszuhalten und ich malte mir das Schlimmste aus. Auch wenn ich nicht so recht wusste, was denn das Schlimmste war. Ein neuer Anfall? Eine Diagnose? Ein Unfall?

»Gemma!«, rief mein Vater atemlos und ich hoffe inständig, dass ich mich irrte und er einfach nur etwas ganz Banales von mir wollte.

»Ist was mit Mama?«, kam ich sofort auf den Punkt, weil ich keine Sekunde länger aushalten konnte, es nicht zu wissen.

»Wir sind in der Notaufnahme. Sie hat dein altes Zimmer demoliert und sich selbst verletzt.« Die Stimme meines Vaters klang gehetzt und eine Spur zu verzweifelt, was mich noch mehr in Angst versetzte.

»Ich komme sofort zu euch«, kündigte ich meinem Vater an und schnappte mir meine Tasche.

8

Krankenhausgeruch

Während ich auf die Bahn wartete, schrieb ich Vika. Sie sah die Nachricht jedoch nicht und hatte mir auch nach zehn Minuten noch nicht geantwortet. Ich spürte, wie ich langsam durchdrehte, wenn ich nicht auf der Stelle mit jemandem darüber redete. Mein Herz pochte schmerzhaft in meiner Brust und ich konnte mich kaum konzentrieren, als ich in den Waggon stieg, der direkt vor mir seine Türen öffnete.

Fahrig drehte ich mein Smartphone in den Händen, wusste nicht, was ich denken sollte und ein Zittern erfasste meinen Körper. Kälte keimte in meinem Bauch und ich rieb mir die Arme, die sich mit einer Gänsehaut überzogen.

Wenn Vika nicht erreichbar war, wen konnte ich sonst anrufen, der mich gut genug kannte?

Ich brauchte kaum zu überlegen, da entsperrte ich schon mein Handy und suchte Joris in meinen Kontakten.

»Gemma. Was geht?«, begrüßte er mich überschwänglich und ein bisschen atemlos, als er abnahm, und im Hintergrund hörte ich das hallende Brüllen von Männerstimmen wie aus einer Sporthalle. Er war beim Basketballtraining. Aber wenigstens nicht auf der Arbeit. Das wäre mir noch unangenehmer gewesen, ihn dort zu stören.

»Meine Mutter ist im Krankenhaus«, schluchzte ich ins Telefon und musste mich zusammenreißen, um nicht völlig die Nerven zu verlieren. »Papa sagt, sie hat sich selbst verletzt. Tante Laura behauptet, sie hätte versucht, sich umzubringen.«

Ich versuchte leise zu sprechen, doch eine Frau auf der anderen Seite des Ganges blickte mitleidig zu mir rüber.

»O nein. Gemma, das tut mir so leid.« Joris' Stimme zu hören war ein echter Trost, weil ich wusste, dass er meine Gefühle in dieser Situation leider viel zu gut verstand.

»Wie geht's ihr? Warst du schon bei ihr? Soll ich zu dir kommen?«, stellte er mir viel zu viele Fragen und ich schüttelte den Kopf.

Krampfhaft presste ich die Lippen aufeinander, um bloß nicht hemmungslos loszuheulen. Erst als ich mich einigermaßen wieder im Griff hatte, schaffe ich es zu antworten.

»Ich weiß nicht. Ich bin auf dem Weg ins Jenny-Menn-Hospital.« Ich schluckte schwer. »Ich war auf der Gesundheitsmesse und mein Paps hat angerufen.« Meine Stimme bebte und es schüttelte mich vor innerer Kälte.

»Ich treffe dich an der Haltestelle. Meine Halle ist nicht weit weg«, stellte Joris mich vor vollendete Tatsachen und ich hörte seine quietschenden Schritte auf dem Hallenboden.

»Du musst dir meinetwegen keine Umstände machen«, sagte ich und meinte es gar nicht. Eigentlich wollte ich, dass er kam und für mich da war und ich mich dieser beschissenen Situation nicht allein stellen musste.

»Bin schon auf dem Weg.« Etwas raschelte und seine Stimme klang von weiter weg. Wahrscheinlich hatte er das Telefon auf Lautsprecher gestellt und zog sich jetzt um.

»Warst du ganz allein auf der Messe?«, fragte er und ich legte meine Stirn auf meiner Handfläche ab.

»Nein, Luna und Jessy waren dabei. Wir sind für heute im Infozelt für die Ausbildung bei Biolog eingeteilt. Die beiden mussten dann natürlich bleiben«, erzählte ich ihm, auch wenn es mir völlig überflüssig erschien, darüber zu reden.

»Okay. Was habt ihr denn da so gemacht?«, wollte er weiter wissen und ich fühlte Wut in mir aufsteigen.

»Das ist doch unwichtig«, keifte ich ins Handy und im gleichen Moment tat es mir leid, so schroff gewesen zu sein.

Doch zum Glück schien Joris sich nicht aus der Ruhe bringen zu lassen. »Ist es nicht, Gemma«, redete er gefasst auf mich ein und zeigte damit mehr Empathie, als ich ihm zugetraut hatte. »Du musst dich jetzt ablenken, bis du da bist, sonst drehst du durch. Also konzentrier dich auf was anderes und erzähl mir von der Messe.«

Ich seufzte laut und berichtete ihm von meinem ersten Auftrag als AIC-Technikerin. Joris hielt mich bei der Stange und fragte mich alle möglichen Sachen, damit ich mich bloß nicht dem Selbstmitleid hingab.

Als ich endlich die richtige Haltestelle erreichte, stand Joris bereits am Bahnsteig. Ich trat auf ihn zu, zitternd und mit verquollenen Augen von all den Tränen, die ich mir verkniffen hatte. Er öffnete lediglich die Arme und zog mich fest an sich.

Er roch nach frischem Schweiß und Männerdeodorant, und ich war einfach nur unendlich dankbar, dass er hier war und mich zum Krankenhaus begleitete.

»Du zitterst voll«, meinte er und rieb mir die Arme.

»Ich friere auch.« Schniefend zog ich die Nase hoch und löste mich ganz langsam aus der Umarmung.

Joris öffnete sofort den Reißverschluss seines Kapuzenpullovers, zog ihn aus und legte ihn mir um die Schultern.

Kommentarlos ließ ich es geschehen, zog mir den Handtaschenträger von der Schulter und schlüpfte in die Ärmel, die mir viel zu lang waren. Es passte überhaupt nicht zu dem eleganten Messeoutfit, das ich trug, aber das war jetzt egal. Wenigstens fühlte ich mich nicht mehr so entblößt in meiner dünnen Bluse. Wie ein Schutzpanzer gegen das, was jetzt kommen würde.

»Weißt du, was genau passiert ist?«, fragte Joris mich vorsichtig, schulterte seine Sporttasche und führte mich langsam zu der Treppe, die nach unten auf die Straße führte.

»Nein. Paps hat nur gemeint, sie hätte einen Anfall gehabt, mein altes Zimmer demoliert und sich dann selbst verletzt.«

»In deinem alten Zimmer war doch gar nichts mehr drin zum Demolieren«, merkte Joris an und ich nickte.

»Keine Ahnung«, sagte ich nur und wir überquerten die Straße an einer Ampel.

Ich wusste ja selbst nicht, wie ich mir das alles vorstellen sollte, was mich nur noch angespannter werden ließ und die Angst schürte. Papa und Tante Laura waren ja nicht mal so weit gekommen, mir zu sagen, was genau sie sich denn angetan hatte. Nur dass sie jetzt in den OP gebracht wurde. Bei der Vorstellung zitterte ich noch mehr und wickelte mir die Pulloverjacke fester um den Körper.

Als wir uns dem Krankenhaus näherten, wurden meine Schritte schneller, Joris' jedoch langsamer.

Erst als ich merkte, dass er nicht mehr neben mir ging, blieb ich stehen und sah mich nach ihm um. Sein Gesicht war blass und er wich meinem Blick aus.

»Hier haben sie meinen Vater auch hingebracht«, sagte er und trat auf der Stelle.

Ich verstand. »Du musst nicht mit reinkommen«, versicherte ich ihm und er sah mich wieder an. »Wirklich. Ich danke dir so sehr, dass du mir geholfen hast, die Fahrt hierher zu überstehen. Du bist ein wahrer Freund. Auch wenn du jetzt nicht mit reinkommen willst.«

»Aber …«, machte er, ließ den Satz aber unbeendet. Es war zwar schon über zehn Jahre her, aber das alles mit mir mitzufühlen konnte nicht leicht für ihn sein.

»Mein Vater wartet drinnen auf mich. Geh zurück zum Training. Oder nach Hause. Ich schreib dir, sobald ich mehr weiß.« Zwar war ich immer noch voller Sorge und von Unsicherheit geplagt, doch ich fühlte mich schon wieder ein bisschen gefasster.

Joris nickte. »Den Pullover kannst du mir später wiedergeben. Ich werde mal meine Mum anrufen.«

»Gute Idee. Und vielen Dank«, wiederholte ich mich und drückte Joris kurz zum Abschied.

Es war nicht weit bis zum Haupttor des Jenny-Menn-Hospitals und ich bog auf den gepflasterten Weg ein, ging durch eine kleine Parkanlage zum Eingang der Notaufnahme.

Die Schiebetüren schlossen sich hinter mir und der Geruch von Desinfektionsmitteln stieg mir unangenehm in die Nase.

Vor meinen Augen verschwamm plötzlich alles, eine Frauenstimme schrie wie am Spieß meinen Namen und die Erinnerung an einen allumfassenden Schmerz schoss mir durch den ganzen Körper.

Doch dann war der Moment wieder vorbei und ich lag auf dem Boden des Krankenhausflures. Mein rechtes Handgelenk schmerzte, als hätte ich es mir umgeknickt, und der Inhalt meiner Handtasche war über den ganzen Boden verteilt.

Verwirrt und noch heftiger zitternd kam ich auf die Füße. Was war das denn gewesen? Stieg mir meine Sorge so sehr zu Kopf?

Auf wackeligen Beinen sammelte ich meinen Kram wieder ein und fragte mich, warum ich drei Päckchen Taschentücher mit mir herumschleppte. Wenigstens hatte mich bei diesem Missgeschick niemand gesehen.

Langsam wankte ich um die Kurve auf die Rezeption zu und versuchte, den Schmerz in meinem Handgelenk zu ignorieren. Gleichzeitig schob ich auch die befremdlichen Gefühle fort, die sich unter die Sorge um meine Mutter mischten und sich mir wie Säure ins Herz ätzten.

»Ich suche Ida Henson«, sprach ich die Frau an der Rezeption an und war viel zu durcheinander für eine Begrüßung.

Die Frau, eine Krankenschwester, sah mich nur kurz an, wie ich hibbelig und verwirrt vor ihr stand, und gab dann ohne ein weiteres Wort den Namen in den Computer ein, der neben ihr stand. Sie las die Informationen auf ihrem Bildschirm und blickte dann mit mitleidigem Blick zu mir zurück. Das war kein gutes Zeichen und ließ die Panik wieder an die Oberfläche kriechen.

»Sind Sie eine Angehörige?«, fragte sie mich und ich spürte, wie mir die Tränen kamen und der kalte Klumpen in meinem Bauch mich runterzog.

»Ist sie etwa gestorben?«, platzte es ängstlich aus mir heraus und die Krankenschwester stand hastig von ihrem Stuhl auf.

»Nein. Nein. Alles ist gut. Sie wird gut versorgt. Ich darf die Infos nur nicht an jeden rausgeben«, besänftigte sie mich sofort und kam um ihren Tresen herum, um mir den Arm um die Schultern zu legen.

»Ich bin ihre Tochter«, schniefte ich und sie führte mich mit kleinen Schritten in Richtung Fahrstuhl.

»Alles ist gut bei deiner Mutter. Sie ist im OP. Dort werden gerade nur die Schnittwunden an ihren Händen und Armen gelasert. Eine Routinesache. Ich bring dich nach oben«, bot sie mir an und wir stiegen in den Fahrstuhl mit grünen Wänden.

Ich versuchte langsamer zu atmen und wiederholte im Kopf die Worte der Krankenschwester. Alles war gut. Nur eine Routinesache. Doch warum hatte sie sich die Hände zerschnitten? Und womit? War es vielleicht möglich, dass es auch nur ein Unfall gewesen war und gar kein Selbstmordversuch?

»Schnitte in den Händen?«, fragte ich leise, als die Türen sich wieder öffneten und mein Blick sofort auf Papa fiel, der im Stechschritt hin und her tigerte.

»Paps«, rief ich, als ich ihn sah, und er hielt inne in seiner Rennerei.

»Gemma. Du bist hier!« Er drückte mich an sich und ich erhaschte im Augenwinkel, wie die Krankenschwester mit einem sanften Lächeln hinter den Türen des Fahrstuhls verschwand, bevor ich ihr danken konnte.

Doch ich lenkte meine Aufmerksamkeit wieder auf Papa, der total aufgelöst aussah. Seine sonst so säuberlich gekämmten Haare waren zerwühlt und die Krawatte hing einfach so um seinen Hals, da er den Knoten wohl gelöst hatte.

»Was ist denn passiert?«, konnte ich endlich fragen und Papa drückte mich so fest, dass ich kaum noch atmen konnte und meine Hand noch mehr schmerzte.

»Ich kam von einer Sitzung nach Hause. Mama ging es heute Morgen so gut, dass sie sogar Frühstück gemacht hat. Pancakes. Ich dachte, es wäre alles in Ordnung. Und als ich wieder heimkam, da …«, erzählte er und stockte.

Auch in meinem Hals steckte ein großer Kloß, der sich nicht schlucken ließ. Papa gab mich wieder frei, rieb mit den Händen über sein Gesicht, das gerade alt und müde aussah.

»Und dann?«, versuchte ich ihn zum Weitersprechen zu animieren und er nahm seinen Gang wieder auf und lief im Vorraum der OP-Station hin und her.

»Sie saß in deinem alten Zimmer. Sie hat die Hälfte deiner Bodendielen herausgerissen und wühlte im Dämmstoff herum, als würde sie etwas suchen. Überall war Blut und sie hat sich mit einem Cuttermesser die Finger und Arme aufgeschnitten.« Papas Stimme brach. So aufgelöst hatte ich ihn noch nie gesehen.

Doch obwohl mich seine Worte tief erschütterten, als ich mir versuchte vorzustellen, wie er Mama und meinen hellen Boden mit Blut verschmiert vorgefunden hatte, löste sich die Panik in meinem Kopf jedoch sofort auf und meine Gedanken wurden wieder klar.

»Es war kein Selbstmordversuch«, sprach ich meine Erkenntnis sofort aus und wusste im gleichen Moment auch, dass ich es meinem Vater nicht würde erklären können.

Denn unter meinem Boden hatte ich früher die geheimen Bücher versteckt. Und nach jedem Eintrag einen Schnitt in meinen Finger gesetzt.

Es war nicht das Gleiche, was Mama getan hatte, doch sie war im Wahn eines Anfalls in das gleiche Muster verfallen. Sie hatte lediglich ihre Gedanken für die Auslese unbrauchbar gemacht und nicht versucht, sich das Leben zu nehmen.

Doch wie konnte ich meinem Vater das sagen, ohne mich selbst zu verraten? Und woher wusste meine Mutter davon? Von dem Versteck unter meinen Dielen, von dem Schneiden in den Finger. Ich hatte es ihr nie gesagt und immer darauf geachtet, dass mich niemand dabei sah.

Doch irgendwie musste sie es gewusst haben.

»Was?« Papa sah mich verstört an.

»Ich kann's dir nicht erklären, aber sie hat auf keinen Fall versucht, sich umzubringen«, versicherte ich ihm und atmete ganz tief durch. Der kalte Klumpen in meinem Bauch wurde ein bisschen wärmer.

Eigentlich änderte es nichts an der Tatsache, dass meine Mutter im OP lag und ihre Anfälle schlimmer waren denn je. Doch zu wissen, dass sie sich nicht umbringen wollte, war ein großer Trost.

»Bist du dir sicher?«, wollte Papa wissen und ich nickte energisch.

»Ja, bin ich. Wie ist Tante Laura auf solche Ideen gekommen?«

Er öffnete den Mund, um etwas zu sagen, da gingen die Türen neben uns auf und ein Arzt mit ernster Miene und einem Tablet in den Händen kam auf uns zu.

»Shawn Henson?«, sprach der Mann meinen Vater an und reichte ihm die Hand. »Die OP Ihrer Frau ist gut verlaufen und von den Schnitten sollten keinerlei Narben zurückbleiben«, informierte er uns, als ob wir uns wirklich Gedanken um Narben machen würden. »Sie wird gerade in Aufwachraum 303 gebracht. Wir verabreichen ihr angstlösende Medikamente, die sie in einem Dämmerzustand halten, bis sich ihr Körper ein wenig erholt hat. Über das weitere Vorgehen werden wir entscheiden, sobald uns die Ergebnisse des Bluttests vorliegen. In ihrer Akte sehe ich, dass Sie bereits einen großen Gesundheitscheck für sie beantragt haben. Den würden wir natürlich unter den gegebenen Umständen vorziehen.« Der Arzt machte eine professionelle Miene und ich klammerte mich an den Arm meines Vaters.

»Können wir zu ihr?«, platzte ich heraus, als der Doktor eine Atempause machte, und er blickte widerwillig zu mir.

»Ja. Sie ist jedoch in der nächsten Stunde nicht ansprechbar.« Seine Aufmerksamkeit richtete sich wieder auf meinen Vater. »Wir würden Ihre Frau gern für die standardmäßigen Tests und ein großes psychologisches Gutachten die nächste Woche hierbehalten, wenn Sie zustimmen.«

»Aber natürlich«, ging Papa sofort darauf ein.

»Gut, der Papierkram liegt schon bereit. Nutzen Sie die Zeit bis zum Erwachen Ihrer Frau, um sich ein bisschen zu entspannen. Gehen Sie um den Block oder fahren Sie nach Hause und packen ein paar Sachen für ihren Aufenthalt hier«, redete ihm der Arzt gut zu und ich fühlte mich von dem Kerl total ignoriert. Als ob ich mir keine Sorgen machen würde.

Wieder reichte er nur meinem Vater die Hand und verschwand, ohne mich noch eines Blickes zu würdigen.

Am liebsten hätte ich ihm in meinem aufgewühlten Zustand noch Gemeinheiten hinterhergerufen, doch Papa hielt mich davon ab, als er mir in dem Moment den Arm um die Schultern legte.

Er atmete tief durch und sah mich dann an. Sein Blick war durchdringend, als versuchte er etwas Bestimmtes in meinen Augen zu finden.

»Er hat recht. Ich muss hier kurz raus. Vielleicht hole ich wirklich ein paar Sachen für deine Mutter. Ihre Schwester ist auch noch bei uns und räumt auf«, seufzte er und strich sich mit der freien Hand die dunklen Haare nach hinten.

»Willst du mitkommen?«, fragte er mich und ich schüttelte den Kopf. Ich hatte kein Interesse daran, mir den blutigen Ort des Geschehens anzusehen.

»Nein. Ich werde solange hierbleiben und mich zu Mama setzen.«

»Tu das, tu das«, murmelte er, klang aber, als wäre er mit den Gedanken schon woanders.

Ich strich ihm einmal über den Rücken und spürte dabei wieder ein schlimmes Stechen im Handgelenk. Anscheinend war mein Sturz ganz schön übel gewesen, auch wenn ich mich nicht einmal erinnerte, gefallen zu sein.

Papa löste sich von meiner Seite und ging zum Fahrstuhl. Die Erschöpfung stand ihm ins Gesicht geschrieben und ich fragte mich, ob ich ihn wirklich allein gehen lassen durfte. Doch da schlossen sich auch schon die Türen und weg war er.

Unentschlossen trat ich von einem Bein aufs andere und wusste nichts mit mir anzufangen. Ich wollte ebenso gern sofort zu meiner Mutter, wie ich mich auch davor fürchtete, sie zu sehen. Ein leises Stimmchen in mir gab mir die Schuld an dem, was passiert war. Ich hatte die Bücher im Boden versteckt und mir ausgedacht, meine Auslese durch Schnitte in den Finger zu verarschen.

Als ich Schritte im Gang hinter mir vernahm und sah, wie sich der blöde Arzt wieder näherte, setzte ich mich sofort in Bewegung und verschwand hinter der Stationstür im nächsten Gang. An den Zimmern standen groß die Nummern und ich ging weiter, bis ich vor der 303 stand.

Bevor mich jemand sah, schlüpfte ich hinein.

Die Wände waren weiß mit einer rosafarbenen Bordüre und die Sonne schien durch die weißen Vorhänge. Alles war still und ich trat lautlos an das Bett heran, um die Ruhe nicht zu zerstören.

Meine Mutter lag darin und wirkte so blass wie die Bettwäsche. Ihre Arme waren mit Bandagen umwickelt, um die heilende Haut zu schützen, und eine Infusion führte von dort zu einem Gestell, an dem ein Beutel mit Flüssigkeit hing. Elektroden klebten an ihrer Brust, ein großes Pflaster hielt einen dünnen Schlauch in ihrem Hals und ein Gerät auf der anderen Seite des Bettes piepte leise im Takt ihres Herzens.

Mir zog es den Brustkorb enger zusammen bei ihrem Anblick und doch war es ein Stück weit beruhigend zu wissen, dass sie das Leben immer noch bejahte und uns nicht einfach so zurücklassen wollte.

Vorsichtig zog ich mir einen Stuhl heran, der unangenehm laut über den Boden quietschte, setzte mich neben das Bett und stellte meine Handtasche auf das nahe Tischchen.

Mein Blick ging zum Fenster, durch das ich das Schattenspiel von Blättern auf den Vorhängen beobachten konnte.

Seufzend schob ich die Hände in die Taschen der Pulloverjacke und achtete genauestens darauf, das Handgelenk nicht zu bewegen.

Was war nur los in letzter Zeit? Für mich fühlte es sich an, als würde sich ein seltsames Ereignis an das andere reihen. Wann hatte das alles angefangen? Als ich ausgezogen war? Danach, davor? Ich wusste es nicht und vielleicht war es auch gar nicht von Bedeutung.

Klar war nur, dass ich über all das schon viel zu viel nachgedacht hatte, als dass es in der nächsten Kontrolle nicht aufgezeichnet werden würde. Und obgleich ich wusste, dass sich dafür kein Schwein interessieren würde, hatte ich doch das nagende Gefühl, es wäre falsch, ihnen diese Information zu geben.

Ich schnaubte in mich hinein. Ihnen. Wer waren die denn? Ich wurde langsam wirklich paranoid.

Ich wünschte, ich könnte einfach aufhören, darüber nachzudenken, und den Dingen ihren Lauf lassen. So wie es sein sollte. Aber es kamen gerade zu viele Sachen zusammen, die sich nicht einfach ignorieren ließen. Die Anfälle meiner Mutter, meine eigenen Aussetzer, das Buch in der Wand, Ezra. Ließ sich das irgendwie zusammenbringen? Oder hatte es gar nichts miteinander zu tun?

Ich merkte erst, dass jemand den Raum betreten hatte, als ein großer Pappbecher neben meiner Handtasche auf dem Tischchen abgestellt wurde. Der Geruch von Kaffee stieg mir in die Nase und ich hob irritiert den Blick.

Hinter mir stand Oliver Grand, der auf mich herabsah.

»Oliver«, stieß ich überrascht seinen Namen aus und er lächelte mich schief an.

»Hast du mich schon vermisst?«, fragte er leise und mir fiel sofort auf, dass die gewohnte Leichtigkeit in seinem Tonfall fehlte.

»Woher weißt du, dass ich hier bin?« Irritiert starrte ich ihn an, während er sich ebenfalls einen Stuhl heranzog und dabei die gleichen lauten Geräusche verursachte wie ich zuvor.

»Luna hat's mir gesagt«, behauptete er und ich traute meinen Ohren kaum. Ausgerechnet Luna, die so gar nichts von Oliver hielt.

»Ist es denn schon halb sechs?« Mit dem Blick suchte ich nach einer Uhr, fand aber keine. »Es tut mir so leid. Ich habe dir gar nicht Bescheid gesagt.«

»Nein, ist es nicht. Beruhig dich, Gemma«, redete er auf mich ein und sein zuvor aufgesetztes Lächeln wurde echter. »Ich war früher mit meinem Termin fertig und dachte, ich ärgere dich noch ein bisschen.«

Ich nickte nur, schaffte es nicht zurückzulächeln und sah zu meiner Mutter, die bewegungslos im Bett lag. Lediglich ihr Brustkorb hob und senkte sich, wenn man ganz genau hinsah.

»Wie geht's dir?«, erkundigte Oliver sich ruhig.

»Beschissen.« Ich lehnte mich in meinem Stuhl zurück. »Es wird nur alles immer schlimmer.«

»Geht es ihr schon lange schlecht? Hat die Gedankenauslese was angekündigt?« Seine Stimmlage verriet, dass ihm vollkommen bewusst war, wie ernst dieses Thema war und ich hörte den Mediziner aus ihm sprechen.

»Sie hat nicht versucht, sich umzubringen!«, warf ich sofort ein, da ich mir vorstellen konnte, dass Luna ihm das vielleicht auch erzählt hatte. »Sie hatte nur einen schlimmen Anfall«, verteidigte ich meine Mutter.

Oliver zog fragend die Augenbrauen zusammen und faltete die Hände auf dem Schoß. »Was für einen Anfall?«

»Wenn die Ärzte das wüssten, wäre es sicher nicht so weit gekommen«, antwortete ich ihm und klang selbst in meinen Ohren viel zu müde. Mein Koffeinspiegel war auch sicher unter null und ich griff mit der nicht kaputten Hand nach dem Kaffeebecher, den Oliver mitgebracht hatte. Ich ging schwer davon aus, dass er für mich bestimmt war.

Vorsichtig nippte ich an dem heißen Getränk und genoss das warme Gefühl, das es in meinen Magen brachte. Das war genau, was ich gebraucht hatte.

»Danke für den Kaffee.«

»Den schulde ich dir doch schon ewig.« Sein leichtes Grinsen ließ mich schmunzeln.

Luna hatte ein falsches Bild von ihm. Oliver war nicht nur ein Typ, mit dem man ab und zu flirtete. Er war auch ein Freund. Sonst wäre er jetzt nicht hier.

»Ich dachte, vielleicht brauchst du ein bisschen Ablenkung. Oder Einsichten in die Akten. Oder noch mehr Kaffee«, sagte er plötzlich, als müsste er seine Anwesenheit rechtfertigen, und ich zog meine Hand hervor, um ihm freundschaftlich gegen die Schulter zu boxen. Im letzten Moment fiel mir jedoch ein, dass das wohl keine gute Idee wäre und höllisch wehtun würde.

Oliver drehte den Kopf zu mir, wohl irritiert von meiner nicht ausgeführten Bewegung, und seine Augen wurden groß, als er auf meine Hand blickte.

»Sag mal, ist dein Handgelenk blau?«, wollte er wissen und ich versuchte, die Hand sofort wieder zu verstecken.

»Ähm, ja, kann sein«, redete ich drum herum, weil es mir peinlich war. Bevor ich sie wieder in der Tasche des Pullovers verschwinden lassen konnte, griff Oliver schon nach meinem Ellenbogen und zog ihn zu sich heran.

»War das vorhin auch so?« Ohne die Hand zu berühren, begutachtete er sie mit besorgter Miene und ich entzog ihm umständlich meinen Arm. Das war jetzt wirklich das Letzte, um das ich mich kümmern wollte.

»Nein. Ich bin unten im Foyer gestolpert«, gab ich etwas patzig zurück und Röte stieg mir in die Wangen. Ich musste schrecklich ausgesehen haben, wie ich völlig fertig das Krankenhaus gestürmt und mich erst mal auf die Schnauze gelegt hatte.

Oliver schnaubte laut. »Hat sich das schon jemand angesehen?«

»Oliver, das ist nichts«, versuchte ich ihn davon abzubringen, sich um meine Hand zu kümmern, und machte eine wegwerfende Handbewegung. Die ich besser nicht gemacht hätte. Vor Schmerz musste ich die Lippen aufeinanderkneifen, um keinen Laut von mir zu geben.

Genervt zog Oliver die Augenbrauen nach oben. »Echt jetzt? Lass uns mal vorsichtshalber zum Röntgen gehen.«

»Oliver«, knurrte ich zwischen zusammengepressten Zähnen hervor und er atmete tief durch. Sollte er doch einfach wieder gehen, wenn ich ihm auf den Keks ging.

»Hey«, sagte er leise und seine Stimme klang weich und versöhnlich. »Es ist geschwollen und blau. Ich lass dich doch nicht mit einer gebrochenen Hand durch die Gegend laufen.« Langsam erhob er sich von seinem Stuhl und überragte mich mit seiner Körpergröße. »Die Radiologie ist auf der anderen Seite des Flügels. Das sind nur ein paar Meter.« Seine Körperhaltung war auffordernd.

Ich schenkte ihm einen bösen Blick, doch er ließ nicht locker. »Komm schon. Ich habe dir auch Kaffee mitgebracht.«

Es dauerte noch ein paar Sekunden, die wir uns anstarrten, dann senkte ich den Blick auf meine Hand. Sie war tatsächlich ziemlich blau. »Na gut«, gab ich mich kleinlaut geschlagen und stand ebenfalls auf.

»Ich komm gleich wieder«, sagte ich zu meiner Mutter, obwohl ich nicht wusste, ob sie mich überhaupt hören konnte, und strich ihr behutsam eine Haarsträhne aus dem Gesicht.

Es gab nicht einmal einen richtigen Grund, warum ich neben ihr saß, denn sie würde in der nächsten Zeit nicht wieder erwachen. Der Arzt hatte etwas von einem Dämmerzustand erzählt, in dem sie sie halten wollten.

Wahrscheinlich saß ich hier nur für mich.

Ich betrachtete kurz ihre geschlossenen Augenlider und die stark sichtbaren Adern auf der dünnen Haut. Ich konnte nur hoffen, dass die Ärzte herausfanden, was ihr fehlte.

Oliver ging voran in Richtung Radiologie. Weiße Wände, ein Gang sah aus wie der andere, hässliche Kunst überall. Krankenhäuser sahen seit eh und je gleich aus.

Warum hatte ich den Kaffee eigentlich nicht mitgenommen?

Es war ein komisches Gefühl, Oliver zu folgen, er in der Position des Arztes und ich als Patientin.

Vor ein paar Tagen hatte ich ihn erst bei der Gedankenauslese gesehen, ebenfalls als Arzt. Sogar mit weißem Kittel. Doch wir hatten unsere Witzchen gemacht wie immer, und jetzt gingen wir nur stumm nebeneinanderher.

Es war nicht die Zeit für Geflirte und kleine Gemeinheiten, sondern für sorgenvolle Mienen und ehrliche Worte. Und obwohl es sich fremd anfühlte, war es vielleicht auch mal gut, eine andere Facette unserer Freundschaft zu entdecken, die bisher sehr klar begrenzt gewesen war.

Oliver bog ab, grüßte eine Schwester mit Vornamen, die daraufhin dezent errötete.

»Guten Tag, Doktor Grand«, säuselte sie und mir wurde klar, dass Oliver nicht das erste Mal in diesem Krankenhaus war.

»Arbeitest du hier?«, fragte ich ihn, damit es nicht weiter so still zwischen uns blieb.

»Ich habe hier so viele von meinen Praktika abgeleistet, ich weiß nicht mal mehr, wie viele«, erklärte er mir und wir betraten einen Raum ohne Fenster, der von Tageslichtröhren erhellt wurde.

Ein Mann in weißer Arbeitskleidung sah von seinem Computerbildschirm auf, erhob sich mit einem breiten Grinsen, als er Oliver entdeckte, und begrüßte ihn mit Handschlag.

»Oliver Grand! Was führt dich zu mir, Kumpel? Und wer ist deine reizende Begleitung?«, fragte er und streckte mir die Hand hin. »Benjamin mein Name.« Sein Gesicht war unerwartet jung. Bei der Halbglatze, die er glänzend zur Schau trug, hätte ich ihn älter geschätzt.

Höflich wollte ich seine Hand ergreifen, da ließ er sie unerwartet sinken. »Ah, ich verstehe. Gebrochen?«, fragte er mich mit einem Blick auf mein geschwollenes Handgelenk und ich zuckte nur mit den Schultern. »Ich werfe mal die Laserkanone an.« Und schon war er im Nebenraum verschwunden.

»Laserkanone?«, fragte ich skeptisch und Oliver lachte nur, erklärte es mir aber nicht.

Dafür trat er an einen Schrank und holte eine dunkelgraue Schürze hervor, die er mir umhängte. Sie war unglaublich schwer und würde meine Organe vor der Strahlung des Röntgengerätes schützen.

»Honey, wenn du schwanger bist, musst du mir das jetzt gestehen«, sagte Oliver und klang dabei eine Spur zu belustigt. Doch mir war klar, dass er mich das fragen musste und es nur so formulierte, um die Situation ein wenig aufzulockern. Doch mir war noch nicht nach Flirten zumute. Dafür war ich noch zu angespannt.

»Ich bin nicht schwanger.« Wie auch. Für so was müsste man ja Sex gehabt haben.

Der Nebenraum war klein und enthielt lediglich eine Liege und ein riesenhaftes metallverkleidetes Gerät, das Benjamin bereits in Position brachte.

Ich fühlte mich fehl am Platz und unwohl in meiner Haut. Vorhin war ich ins Krankenhaus gehetzt, mit Sorge im Bauch und Panik im Nacken, die Gedanken nur bei meiner Mutter. Und jetzt stand ich hier mit Oliver Grand und einem verrückten Krankenpfleger, die um mich herumwuselten, mich auf einen Hocker setzten und meine Hand auf der Liege positionierten.

Es war mir nicht recht, dass sich diese Situation um mich drehte, weil es mein schlechtes Gewissen schürte. Es war so leicht, dabei die Sorgen zu unterdrücken und an anderes zu denken als an meine Mutter. Dabei hatte sie meine Sorge verdient, viel mehr als das.

Doch stattdessen ließ ich mir die Hand röntgen.

»Einen Moment still halten«, wies Oliver mich an und die beiden Typen verschwanden aus dem Raum.

Ich wartete, rührte mich nicht und starrte auf meine Hand, auf deren Haut ein richtiges Universum an Farben entstanden war. Vielleicht war es doch nicht so falsch gewesen, sich darum zu kümmern. Bisher war es mir so unwahrscheinlich vorgekommen, dass ich mir tatsächlich was gebrochen hatte, doch so langsam zog ich es selbst in Betracht.

Aber was wusste ich schon, ich hatte mir ja noch nie etwas gebrochen.

Nach etwa einer halben Minute, in der scheinbar nichts passiert war, kam Benjamin wieder.

»Achtung, Schmerz«, sagte er und bevor ich überhaupt verstand, was er meinte, verdrehte er mir halb die Hand.

Sternchen tanzten vor meinen Augen, als mein Handgelenk sich anfühlte, als würde es explodieren.

»Und jetzt so halten«, hörte ich Benjamin sagen und schon war er wieder verschwunden.

Wieder war eine halbe Minute Ruhe, in der ich versuchte, gleichmäßig zu atmen und nicht daran zu denken, dass meine Hand gerade mehr wehtat, als ich mir vorstellen konnte. Jemand öffnete die Tür, aber niemand kam herein.

»Sind wir fertig?«, fragte ich unsicher und bekam keine Antwort. Waren die da drüben etwa abgehauen?

Unsicher löste ich meine Hand aus der furchtbaren Position und versuchte sie so wenig wie möglich zu bewegen, als ich vom Hocker aufstand, was schwierig war, da die schwere Schürze mich beinahe nach vorn umkippen ließ.

Ich fand Oliver und Benjamin vor einem riesigen, in die Wand eingelassenen Bildschirm.

»Das ist ja krass«, raunte der Krankenhelfer und ich trat zwischen die beiden, um zu sehen, was sie so faszinierte.

Am Bildschirm war das Röntgenbild meiner Hand und einem guten Stück Arm zu sehen, was ich nicht gerade ansprechend fand. Skelette waren nicht so meins.

»Was hast du nur mit deiner Hand angestellt?«, fragte Benjamin mich schockiert und nahm mir glücklicherweise die schwere Schürze ab.

Ich bekam ein ungutes Drücken im Bauch. »Ich bin bloß hingefallen.«

Oliver legte mir sachte die Hand auf den Rücken und ging mit mir einen Schritt näher an den Bildschirm. »Schau, durchgebrochen ist diesmal nichts. Lediglich ein kleiner Haarriss«, erklärte er und zeigte auf die betreffende Stelle am Handgelenk. »Da bekommst du von uns gleich eine Tiefenwundsalbe und eine Schiene und in zwei bis drei Wochen ist das wieder wie vorher.«

Mein ungutes Gefühl wurde stärker. »Was meinst du mit ›*diesmal* ist nichts durchgebrochen‹? Wann soll das denn passieren?«, fragte ich und unsere Blicke trafen sich. Anscheinend waren meine Worte für ihn genauso unverständlich wie seine für mich.

»Alter Schwede. Ist dir da mal ein Kühlschrank draufgefallen?«, unterbrach Benjamin die seltsame Situation und ich verstand immer noch nicht.

»Auf die Hand? Wieso sollte es?«

»Na ja, solche Brüche holt man sich nicht beim Ballspielen«, führte er an und ich begann, an seiner Zurechnungsfähigkeit zu zweifeln. »Vernarbung am Unterarm. Elle und Speiche durchgebrochen. Handwurzelknochen scheint zertrümmert worden zu sein und die Finger sehen auch so übel aus. Der Chirurg, der das wieder hingekriegt hat, war Weltklasse. Man sieht oberflächlich echt gar nichts.«

Ich trat einen Schritt zurück, spürte Übelkeit in mir aufsteigen, die sich mir nicht erklären ließ. In meinem Hinterkopf dröhnte der Schrei einer Frau. »Redet er von meiner Hand?«, wandte ich mich an Oliver, dem wohl nicht aufgefallen war, dass mir die Situation gerade wenig gefiel. Mein Herz schlug immer schneller und der Schweiß brach mir aus.

»Du hast da eine Menge verheilter Brüche an der Hand, ja«, bestätigte er und sah auf mich herab. »Gemma?« Seine Stimme klang alarmiert.

»Sicher?«, wollte ich mich vergewissern. Mein Brustkorb fühlte sich an, als würde er mir die Lunge zusammendrücken, und Schwindel erfasste mich. Die Erinnerung an einen Schmerz zog einmal durch meinen Oberkörper.

Meine Hand war gebrochen gewesen. Mehrfach. Aber ich konnte mich nicht daran erinnern, dass das je passiert war.

»Können wir den Rest auch röntgen?«, stieß ich hervor, als Oliver nach meinem Arm griff, mich vorsichtig rückwärtsschob und dazu brachte, mich auf einen Stuhl zu setzen.

»Tut noch mehr weh?« Er betrachtete mich ganz genau, ließ sich eine kleine Lampe von Benjamin reichen und leuchtete mir damit ohne Vorwarnung erst ins eine, dann ins andere Auge.

»Holst du uns ein Glas Wasser?«, bat er den Pfleger und dieser verschwand ohne weiteren Kommentar aus dem Zimmer.

Die Stimme in meinem Hinterkopf wurde deutlicher, schrie meinen Namen und verhallte. Ich hatte heute Nacht von ihr geträumt. Es war das Mädchen aus dem Café, das danach mit mir auf der Straße gestanden hatte, als das Monster kam, um uns zu fressen.

Ach du Scheiße!

»Kannst du den Rest von meinem Körper auch röntgen?«, wiederholte ich meine Bitte und Oliver schüttelte den Kopf.

»Ich setze dich nicht ohne Grund Strahlungen aus. Außerdem geht das hier nicht. Dafür müssten wir drüben ein CT machen. Das ist komplizierter. Wir können da nicht so reinspazieren wie hier«, versuchte er es mir auszureden, doch ich ließ ihn nicht.

»Oliver!«, rief ich ärgerlich seinen Namen und klang dabei ein bisschen zu verzweifelt. »Meine Welt steht gerade kopf. Alles dreht sich, nichts ergibt Sinn. Wenn du mir diese eine Gewissheit schenken kannst, dann tu es bitte!«

Ich musste wohl energisch genug geklungen haben, denn er schnaubte und seine Haltung wurde weniger abweisend.

»Ich als dein Arzt rate dir davon ab«, sagte er mit klaren Worten, sodass ich mir plötzlich unglaublich gut vorstellen konnte, wie er als fertiger Arzt einmal sein würde. Und er würde das gut machen.

»Ist mir egal. Wenn du es nicht machst, werde ich Benjamin bestechen«, patzte ich ihn dennoch an und setzte meine entschlossenste Miene auf.

Oliver lachte unterdrückt. »Das könnte sogar funktionieren.« Er rieb sich über die Stirn. »Komm mit«, wies er mich an und öffnete die Tür auf den Flur.

Mein Schwindel legte sich langsam wieder und ich folgte ihm mit langsamen Schritten aus dem Zimmer.

»Wir müssen auf Benjamin warten. Ich habe keine Radiologie-Fortbildung«, informierte Oliver mich, da kam der Erwartete auch schon auf uns zu.

»Geht's dir wieder besser?«, wollte er wissen und ich nickte leicht, nahm das Wasser jedoch trotzdem gern.

»Wir brauchen ein CT.« Oliver sagte es, als wäre es eine Selbstverständlichkeit und als hätte er keinerlei Zweifel daran.

Benjamin hob skeptisch die Augenbrauen und ich fürchtete, er würde *Nein* sagen.

»Bitte«, seufzte ich. »Wenn das eine Geldfrage ist, dann zahle ich das.« Ich wusste zwar nicht wovon, denn bisher sah es auf meinem Konto recht mau aus, aber ich würde das schon irgendwie hinbekommen.

»Ne du, lass mal stecken. Das zahlt deine Versicherung.« Dann wandte sich der Pfleger, von dem ich mir nicht mehr so sicher war, ob er tatsächlich bloß ein Pfleger war, an Oliver.

»Sicher?«, fragte er ihn und Oliver zögerte nicht mit seiner Antwort.

»Ja, sicher.«

Erleichtert atmete ich auf und spürte gleichzeitig die unerträgliche Spannung in mir, als wir gegenüber durch eine Tür traten und uns in einem riesigen Raum wiederfanden, der durch eine Glasfront mit einem zweiten verbunden war. Dort stand ein gigantischer weißer Donut.

»Dann machen Sie sich mal frei, Frau Henson.« Oliver sah mich auffordernd an und zeigte auf einen schmalen Vorhang an der Seite, hinter dem sich eine winzige Umkleidekabine befand.

Na wunderbar.

»Bis auf die Unterwäsche entkleiden und alle Metallteile ablegen«, ergänzte Benjamin, der das Gerät einzustellen begann.

»Dazu gehören auch BH-Bügel«, ergänzte Oliver und ich streckte ihm trotz all meiner Anspannungen die Zunge raus.

»Meine BH-Bügel sind aus recyceltem Plastik«, nahm ich ihm die Illusion einer beinahe nackten Gemma und zog den Vorhang zu. Da musste ich jetzt durch, denn zwischen all den unerklärlichen Ereignissen eine Gewissheit zu erlangen war mir wichtiger, als mich vor Oliver Grand nicht zu entblößen.

Gut, dass ich den schwarzen BH trug. Jetzt hatte ich ihn wohl doch nur für ihn an. Welche Ironie.

Zum Glück war es in dem Raum mit dem Donut warm und doch stellten sich mir alle Härchen auf, als Oliver mir auf die Liege half und mein Blick sich auf das riesenhafte Gerät richtete, das sich über mir befand.

Ich schloss schnell die Augen, um nichts mehr zu sehen.

»Jetzt geht's los«, kündigte Oliver mir an und ließ mich allein zurück.

Ich versuchte an nichts zu denken, die Gedanken aus meinem Kopf zu verbannen. Eigentlich hätte ich verheilte Knochenbrüche in meiner Hand für unmöglich halten sollen, aber ich tat es nicht. Als hätte ich sie vergessen und jetzt gerade wäre mir wieder eingefallen, dass sie tatsächlich passiert sein könnten.

Oder meine Verrücktheit hatte gerade ein neues Level erreicht.

Es war schneller vorbei als gedacht und während ich umständlich in meine Hose schlüpfte, stellte ich mich schon zu den beiden Männern vor den noch viel größeren Bildschirm.

Oliver betrachtete das Skelett prüfend. Nachdenkliche Falten bildeten sich auf der Stirn. »Oberarmknochen war ebenfalls gebrochen«, begann er, obwohl ich nicht gefragt hatte. »Schulter, rechtes Schlüsselbein, linkes auch. Schädelfrakturen, quasi alle Rippen, das Becken und der rechte Oberschenkelknochen.« Er zeigte auf die jeweiligen Stellen, an denen die Verschiebungen minimal zu sehen waren.

Ich schluckte schwer, hatte den Geruch von Regen in der Nase, der auf heißem Asphalt verdampfte, und sah die großen leuchtenden Augen des Monsters vor mir, das schnaubend und kreischend auf mich zuhielt.

»Das sieht aus, als ob du von einem Lastwagen überfahren worden wärst«, schnaubte Benjamin und wollte damit wohl einen Witz machen, doch seine Worte trafen mich wie ein Blitz, der mich schmerzhaft durchzuckte.

Denn die Augen des Monsters waren Scheinwerfer.

9

Dritter Vogel

»Dass du überhaupt noch laufen kannst, grenzt an ein Wunder«, behauptete Oliver und ich war vollkommen überfordert von all den Informationen, die auf mein Gehirn einströmten.

»Das ist jetzt nicht wahr. Das kann einfach nicht wahr sein«, flüsterte ich und hätte es gern rausgeschrien, das CT-Bild beschimpft und alles als bösen Traum abgetan.

Aber das hier war die Wirklichkeit und vor mir konnte ich meine Knochen sehen, die einmal gebrochen gewesen waren.

Mein Atem ging immer schneller, Panik schwappte in meinem Kopf umher, machte mich wirr und schwummrig. Der Geruch von Blut hing mir in der Nase, obwohl ich kein Blut sehen konnte. Um nicht umzukippen, ließ ich mich langsam zu Boden sinken und zog die Beine an.

Mir war schlecht, alles drehte sich und ich senkte den Kopf zwischen die Knie.

Ich wollte gar nicht darüber nachdenken, was das alles bedeutete. Doch die Gedanken drängten sich mir auf, ohne dass ich sie abstellen konnte.

Denn alles lief auf eine Erkenntnis heraus, die mir mehr Angst machte als die Möglichkeit, verrückt zu werden. Sie änderte mein Weltbild und zerrüttete meinen Glauben an das System.

»Gemma. Was ist eigentlich los?« Oliver ging vor mir in die Hocke, ich spürte seine Hand an meinem Knie.

»Mir ist übel.« Der Blutgeruch ließ langsam wieder nach und ich blinzelte die Tränen fort, die sich in meinen brennenden Augen gesammelt hatten.

»Was hast du als Letztes gegessen?«, fragte Oliver mich in fachmännischem Ton und ich brachte meine Gedanken mit Zwang dazu, mich zu erinnern. Zu Mittag hatte ich einen Wrap gehabt, den ich allerdings nicht angerührt hatte. Und davor?

»Ich habe heute noch gar nichts gegessen«, murmelte ich und horchte in mich hinein, spürte aber auch kein Hungergefühl. Nur die Kälte, die zurückkam und sich in meinem Bauch einnistete.

»Na, dann werde ich dich wohl zum Essen ausführen müssen«, behauptete Oliver und erhob sich mit einem erschöpften Ächzen aus der Hocke. »Nachdem wir dir eine Schiene verpasst haben.«

Die Wundsalbe war kalt und die Schiene unangenehm. Aber da musste ich jetzt durch. Benjamin wünschte mir noch gute Besserung, nachdem er sich mit einem Handschlag von Oliver verabschiedet hatte.

Der Weg zu den Aufzügen war nicht sehr weit und auch die Cafeteria war schnell erreicht. Oliver bestand darauf, mir eine Portion Kartoffelpüree mit Spinat und Grünkernbratlingen zu kaufen, und ich ließ ihn, weil ich keine Kraft hatte, ihm das auszureden.

Mein Kopf war mit der Tatsache beschäftigt, dass ein Unfall in meinem Leben existierte, an den ich mich nicht wirklich erinnerte. Demnach hatte ich ihn wohl vergessen.

Es war nichts Ungewöhnliches fürs Gehirn, auch mal etwas zu vergessen, vor allem, wenn es so was Krasses wie ein Zusammenstoß mit einem Lastwagen war.

Doch selbst wenn ich mich nicht daran erinnerte, würden es doch andere tun, oder nicht? Aber niemand hatte mich je darauf angesprochen oder ihn erwähnt.

Die Kälte wurde noch stärker, als mir meine Mutter einfiel. Am Tag meines Umzugs. Sie hatte einen Anfall gehabt und geschrien, ich wäre von einem Lastwagen überfahren worden. Sie hatte es gewusst. Zumindest in diesem einen Moment.

Wo waren unsere Erinnerungen hin? War es möglich, dass man sie gelöscht hatte? Denn eine natürliche Massenamnesie war wohl eher unwahrscheinlich.

Aber ich hatte auch noch nie von einem Fall gehört, dass Gedanken und Erinnerungen tatsächlich komplett gelöscht wurden. Gerastert, ja. Millisekunden zu löschen merkte kein Mensch. Aber einen ganzen Unfall zu entfernen?

Umständlich zog ich den Kapuzenpullover enger um meinen Oberkörper, was mit der Schiene an der Hand nicht so einfach war.

Oliver und ich setzten uns an einen Tisch nahe der Fensterfront, wo die Sonne warm auf mich schien, und ich stocherte in meinem Essen herum, ohne es wahrzunehmen.

»Ich geh mir ein Stück Kuchen holen. Willst du auch?«, fragte Oliver mich und ich nickte automatisch, auch wenn ich nicht mehr wusste, was er mich gefragt hatte.

»Und einen Kaffee wohl besser auch«, fügte er murmelnd hinzu und ging.

Im Kopf spulte ich all die seltsamen Ereignisse der letzten Zeit durch. Das Buch in meiner Wohnung. Was, wenn es tatsächlich von mir stammte? Wenn alles wahr war, was darin stand? Dann wäre nicht nur der Unfall, sondern gleich ein halbes Jahr gelöscht worden.

Laut der Aufzeichnungen war ich nämlich am Anfang meiner Ausbildung ausgezogen. Wenn ich das vergessen hatte und es aus irgendeinem Grund rückgängig gemacht worden war, erklärte das, warum ich nie einen richtigen Anlass gehabt hatte, noch zu Hause zu sein. Denn ich war bereits ausgezogen.

Also müsste man Vikas Erinnerungen auch gelöscht haben. Und Papas und Mamas auch. Vor allem Mamas.

Meine Gedanken rasten immer schneller, versuchten immer mehr Verknüpfungen zu finden. Meine irrationale Angst zu vergessen beispielsweise, die somit gar nicht mehr so irrational schien.

Und Ezra. Ach du meine Güte! Wenn mir tatsächlich Erinnerungen fehlten, dann waren wir keine Verrückten, sondern hatten uns wirklich gekannt. Und es beide vergessen.

Hätte ich die Brüche auf dem CT-Bild nicht mit eigenen Augen gesehen, ich würde diese Theorie niemals für wahr halten. Schließlich hätte ich ja merken müssen, dass mir ein halbes Jahr fehlte, oder etwa nicht?

Wie gut, dass ich einen Mediziner an meiner Seite hatte, dem ich vertraute.

»Oliver?«, sprach ich ihn an, als er zurück an den Tisch kam, und er sah mich überrascht an, so als hätte er nicht damit gerechnet, dass ich heute noch etwas sagen würde.

»Willst du mir erzählen, was los ist, Gemma? Das war ein richtiger Zusammenbruch gerade. Zwischendurch hattest du Anzeichen von einem leichten Schock«, kam er mir zuvor und ich ließ die Gabel sinken.

»Ist grad ein bisschen kompliziert«, gab ich schwammig von mir, weil ich eigentlich nicht direkt über mich reden wollte. In meinem Kopf war alles verwirrend genug, ich musste erst einmal alles ordnen, nach mehr Antworten suchen, bevor ich damit rausrücken konnte. Außerdem wusste ich ja auch nicht, mit wem ich überhaupt darüber reden konnte. In was würde ich die Person mit reinziehen? Denn so richtig legal konnte es nicht sein.

»Wegen deiner Mutter?«, wollte er wissen und ließ mich nicht aus den Augen, was wohl daran lag, dass es eine sehr untypische Situation für uns war.

Fahrig rieb ich mir mit der Linken übers Gesicht und strich mir verknotete Haarsträhnen nach hinten.

»Unter anderem«, sagte ich und machte eine winzige Kunstpause, ehe ich mit meiner ersten Frage rausrückte. »Stell dir mal vor, du wachst morgens auf und hast das letzte halbe Jahr vergessen. Würde dir das auffallen?«

Oliver schnaubte überrascht. »Okay, krasser Themawechsel, Honey. Aber wie immer du es wünschst.«

Wahrscheinlich hielt er es für eine Ablenkung, die mich auf andere Gedanken bringen würde, und ich klärte ihn auch nicht auf. Nachdenklich kratzte er sich an der Stirn. »Also ja, definitiv würde ich das merken.«

»Würde man da nicht den letzten Tag, an den man sich erinnert, nur als *gestern* empfinden und es würde einfach so weitergehen?«, gab ich meine Gedanken dazu ab und Oliver schüttelte den Kopf, während er ein Stück vom Kuchen auf die Gabel spießte.

Es war ein ziemlich großes Stück mit Schokolade und Mandelsplittern. Ich kommentierte das lediglich durch ein Zucken mit den Augenbrauen. Da hatte wohl jemand auch die Cafeteria-Frauen bezirzt.

»Nein. Mal davon abgesehen, dass die Jahreszeit nicht stimmen würde, wäre der letzte Tag trotzdem nicht *gestern*. Das Gehirn erinnert sich an einen Tag vor so einer Zeitspanne doch nicht besser, nur weil der Rest fehlt. Es wäre immer noch lange her und das würde man merken.«

Das leuchtete mir ein, brachte mich jedoch nicht von meiner neuen Erkenntnis ab. Denn dass ich vergessen hatte, war bisher das einzig Logische, was mir dazu einfiel.

Also wie konnte es sein, dass ich keine Unterbrechung in meinem Gedächtnis hatte?

»Und wenn man das mit einem AIC-Gerät gemacht hätte? Was würde dann passieren? Wäre da ein schwarzes Loch in der Erinnerung oder könnte das Gehirn die Lücken auch mit irgendwas füllen?«, wollte ich wissen und mischte Kartoffelpüree und Spinat zu einem bunten Brei zusammen, ehe ich mir eine Gabel voll in den Mund schob. Zum Glück war ich Linkshänderin, sonst wäre ich mit meiner Schiene ganz schön aufgeschmissen gewesen.

»Ein halbes Jahr rastern? Das wäre heftig.«

»Nicht rastern. Komplett löschen«, widersprach ich. Wäre es gerastert worden, könnte ich mich ja schließlich noch an alles erinnern. Daran, dass ich schon einmal ausgezogen war, Bücher versteckt hatte und ein Mann namens Ezra mir so wichtig geworden war, dass ich ihn auf meine Liste der wichtigsten Personen schrieb.

Oliver gab einen spöttischen Laut von sich. »Das wäre der Overkill. Das ist nicht umsonst verboten. Das würde krasse geistige Schäden hervorrufen. Schatten und so weiter«, nuschelte er mit vollem Mund und tippte sich mit dem Finger an die Stirn.

»Schatten«, wiederholte ich das Wort, das mich an etwas erinnerte. Wir hatten in der Ausbildung einmal darüber gesprochen. Schattenerscheinungen hatten wir nur am Rande durchgenommen, da es für uns als Techniker nicht weiter wichtig war. Irgendetwas mit dem Unterbewusstsein. Jedoch war mein Kopf zu wirr, um es richtig wiederzugeben.

»Das Gedankenauslesegerät greift ja nur aufs Kurz- und Langzeitgedächtnis zu. Dort wird auch gerastert. Oder würde gelöscht werden, wenn man so was machen würde. Aber das weißt du ja selbst«, winkte Oliver ab.

»Ist viel zu lange her. Erzähl's mir ruhig noch mal«, bat ich ihn. Ich musste jetzt einfach alle Fakten gesammelt von jemandem zu hören bekommen, ohne mir selbst den Kopf zerbrechen zu müssen. Ich war schließlich Technikerin und kein Gehirnforscher.

»Na gut. Aber nur, wenn du auch isst.« Unauffällig schob er mir die Tasse hin, die er mitgebracht hatte, und mir stieg der Geruch von starkem Kaffee in die Nase.

Dieser Mann wusste genau, wann ich Koffein nötig hatte. Ich nahm die Tasse zwischen die klammen Finger und trank einen kräftigen Schluck. Er war noch einen klein wenig zu heiß, aber ich genoss das Gefühl, wie er mir von innen den Bauch wärmte.

»Also gut. Das Gehirn besteht aus mehr als nur dem Gedächtnis«, fuhr Oliver mit seinen Erklärungen fort und ich biss brav von einem Bratling ab. »Die Amygdala ist für das Bewerten von Eindrücken zuständig und wird ausgelesen, aber beim Rastern nicht beschnitten. Und das Unterbewusstsein ist sowieso ein Buch mit sieben Siegeln. Das macht man nicht auf und da entfernt man auch nichts, wenn man keine Psychokiller produzieren will.«

Mit seinem langen Arm griff Oliver einmal über den Tisch und klaute sich die Kaffeetasse zurück, um selbst einen Schluck zu trinken.

Einen Moment wollte ich es ihm verbieten und meinen Kaffee verteidigen wie eine Löwin seine Jungen. Aber schließlich hatte er ihn bezahlt und ich wollte mich nicht noch stärker als Kaffeejunkie outen. Ich stand heute auch so schon verrückt genug da.

»Wenn man also wirklich was löschen würde, wäre das im Unterbewusstsein ja trotzdem noch vorhanden. Wir können nicht aktiv drauf zugreifen, aber es muss ja trotzdem verarbeitet werden. Gedankenfetzen würden immer wieder hochkommen, wenn die durch Situationen, Orte oder Personen angesprochen werden. Sogar Gerüche und Geräusche reichen da aus. Aber ohne Erinnerungen an das dazugehörige Ereignis sind sie nur verrückte Erscheinungen.«

Das machte mich hellhörig. Denn verrückte Erscheinungen hatte ich ja in Hülle und Fülle. »Und was würde da zum Beispiel passieren?«, frage ich viel zu neugierig und schielte in die Kaffeetasse, um zu sehen, wie viel noch da war.

»Du, das wurde nie getestet. Da gibt es keine Studien zu. Nur Simulationen.«

»Und theoretisch?«, blieb ich dran und blickte noch offensichtlicher auf die Tasse.

Oliver verstand erfreulicherweise und schob sie mir wieder rüber, ohne dass ich ihn anbetteln musste.

»Hm … Was könnte passieren?«, sinnierte er und schob sich wieder etwas Kuchen in den Mund. »Träume wären ein krasses Phänomen, kann ich mir vorstellen. Innere Unruhen, weil der Kopf ja merkt, dass was fehlt. Flashbacks, wenn man durch irgendwas getriggert wird. Realitätsverlust. Sich wiederholende Gedankengänge, die keinen Sinn ergeben. Schlussendlich würde es wie Wahnsinn aussehen, denke ich.«

Ich biss mir auf die Unterlippe und wünschte mir, es würde nicht alles so verdammt gut zusammenpassen. Denn jede dieser Schattenerscheinungen traf auf meine Mutter und sogar auf mich zu.

Doch wie konnte das passiert sein? Schließlich gingen wir regelmäßig zu unseren Kontrollen. Jemandem müsste es doch aufgefallen sein. Selbst eine Verschwörung, wenn es denn eine solche gab, hätte ihre Grenzen.

»Aber das würde man dann doch bei der Gedankenauslese sehen, oder?«, warf ich ein.

Oliver stützte sein Kinn in die Hand. »Das ist eine interessante Frage, die ich dir nicht beantworten kann. Da die ganze Sache aus dem Unterbewusstsein kommt und daher nur so halb wahrgenommen wird, könnte es gut sein, dass es nicht drauf wäre.«

»Also hätte man total wirre Anfälle, die sich keiner erklären kann.«

Es passte alles so unglaublich gut. Bis auf die Tatsache, dass ich keine Gedächtnislücke besaß. Damit konnte Oliver mir wohl eher nicht helfen.

Aber ich hatte ein Buch in meiner Wohnung, das mir dabei nützlich sein würde. Wenn ich länger als fünf Minuten darin lesen könnte. Ach, es war doch zum Haareraufen.

Oliver nickte, doch seine Bewegungen wurden langsamer und schlussendlich wanderte sein Blick von seinem Kuchen zurück zu mir.

»Wir reden von deiner Mutter«, stellte er fest und ich hatte gehofft, dass er diesen Schluss nicht ziehen würde.

»Ja«, bestätigte ich, weil es sinnlos war, es zu leugnen. Fahrig rührte ich wieder in der Pampe auf meinem Teller herum, die langsam unansehnlich wurde.

»Aber Gemma. Niemand löscht Erinnerungen! So was passiert einfach nicht.« Olivers Blick wurde eindringlicher.

Am liebsten hätte ich ihm um die Ohren gehauen, dass er das gar nicht wissen konnte und dass ich mit der gleichen Gewissheit noch vor einer halben Stunde behauptet hätte, mir nie zuvor etwas gebrochen zu haben.

Doch ich sagte es nicht, schluckte meine unwilligen Gefühle runter und nickte nur unterwürfig. »Vielleicht hast du recht. Ich bin gerade nur echt durch den Wind«, tat ich so, als wäre es nur eine verrückte Theorie gewesen. Dabei war ich mir ziemlich sicher, dass es so war. Jemand löschte Erinnerungen! Bei mir, bei meiner Mama. Wahrscheinlich bei allen Leuten, mit denen ich in diesem verlorenen halben Jahr zu tun gehabt hatte. Einschließlich Oliver. Denn wie ich ihn kennengelernt hatte, wollte mir beim besten Willen nicht einfallen. Wir hatten uns einfach gekannt, uns in der Mensa zusammengesetzt, oft mit Jessy und Olivers Medizinkumpel Ben und Ludwig.

»Sag mal, Oliver. Beim ersten Mal, als wir uns gesehen haben, was hast du da über mich gedacht?«, stellte ich meine scheinbar zusammenhangslose Frage und Oliver lachte auf. In seinem Mundwinkel erschien ein freches Grinsen, und er lehnte sich auf seinem Stuhl zurück, um mich aus schmalen Augen von oben herab zu betrachten.

»Und sag was Nettes, ich brauche Aufmunterung«, fügte ich scheinheilig hinzu und zog eine Schnute.

»Ganz ehrlich? Ich dachte, dass du eine verdammt spontane Schauspielerin bist«, sagte er und ich fühlte mich ertappt. »Du hast mir damals echt den Arsch gerettet. Das Mädel war schon nach einer Nacht so weit, sich meinen Namen auf den Arsch zu tätowieren. Das war ein echter Fehlgriff. Ich dachte an Spaß und sie hatte schon die *›feste Beziehung‹*-Angel ausgeworfen. Hui«, machte er und kam in richtige Erzählerlaune. Sollte er nur, so konnte ich nebenher seinen Kaffee austrinken.

»Ich kann mich nicht mal erinnern, wie sie hieß, aber sie stand plötzlich hinter mir und ich habe mich einfach neben das nächste Mädchen gesetzt, das ich in der halb leeren Mensa finden konnte. Zufall, dass es du warst.

Okay, halb Zufall. Vor dir saß noch eine mit operierter Nase. Die wollte ich auf keinen Fall einspannen.«

Er hatte die Geschichte noch nicht zu Ende erzählt, aber ich konnte mir auch so schon vorstellen, wie sie ausging. Ich kannte ihn und ich kannte mich. Und es war nicht das letzte Mal gewesen, dass er mich als Alibifreundin benutzt hatte, um alte Liebschaften loszuwerden.

Aber ich hatte nicht gewusst, dass wir uns so kennengelernt hatten. Das musste wirklich ein cooler Moment gewesen sein. Aber erinnern konnte ich mich kein bisschen daran.

»Ich hätte keine bessere Wahl treffen können«, sagte er und ich fühlte mich geschmeichelt. »Du warst so genial als Fake-Freundin, selbst ich hätte dir geglaubt. Und ich wusste sofort, dass ich dich unbedingt behalten muss.«

Ich lächelte und das war ein gutes Gefühl, weil es mich kurz vergessen ließ, dass gerade alles kopfüber stand.

Widerwillig aß ich noch ein paar Happen Pampe von meinem Teller und Oliver verputzte das restliche Kuchenstück, da klingelte ein Handy.

Sofort drehte ich mich nach meiner Handtasche um, die ich jedoch im Krankenzimmer meiner Mutter gelassen hatte, und sah dann, wie mein Gegenüber sein Telefon aus der Hosentasche zog.

»Doktor Grand«, meldete er sich, sodass ich gleich wusste, dass es sich um etwas Geschäftliches handelte. Oliver nickte ein paarmal und fragte dann einige Dinge, die aus lauter Fachbegriffen bestanden.

»Gemma. Ich müsste los«, kündigte er mir an, als er aufgelegt hatte. »Aber wenn du mich hier brauchst, dann ...«

»Nein, Quatsch. Geh nur. Ich komm hier allein klar. Mein Vater ist sicher auch bald hier«, unterbrach ich ihn sofort. Auf keinen Fall wollte ich ihn hier festhalten. Außerdem hatte ich meinen schlimmsten Tiefpunkt schon hinter mir. Hoffte ich zumindest.

»Ist gut, melde dich, wenn du was brauchst«, bot er mir an und erhob sich von seinem Stuhl. Sein Blick fiel auf die leere Tasse. »Oder mehr Kaffee nötig ist.«

Ich lächelte verschmitzt. »Vielleicht dann unter ausgelassenen Umständen, hm?«, machte ich ein Witzchen, damit er auch wirklich wusste, dass es mir schon besser ging, und er stützte die Hände auf die Tischplatte, um sich zu mir vorzubeugen.

»Ausgelassen? Wir können den Kaffee auch streichen und tanzen gehen.« Der Schalk sprang in seinen Augen und ich spürte die Herausforderung über meine Haut prickeln.

»Tanzen? Mit der Hand?«, fragte ich divenhaft, als wäre es völlig abwegig, dass ich mich mit einer Schiene irgendwo blicken ließe.

»Ach Babe, eine Schönheit wie dich kann nichts entstellen.«

Lauter als gewollt lachte ich auf, weil dieser Spruch so unglaublich typisch für Oliver war.

»Wie könnte ich da noch *Nein* sagen?« Übertrieben wedelte ich mir mit der gesunden Hand Luft zu und er schien sichtlich zufrieden mit meiner Stimmungsaufheiterung zu sein.

»Ich ruf dich an.« Er zwinkerte mir verschmitzt zu, schob das Smartphone in seine Hosentasche und setzte seine Schritte in Richtung Ausgang.

Ich schüttelte den Kopf über ihn. »Du hast doch meine Nummer gar nicht«, rief ich ihm hinterher, doch er winkte nur lachend ab.

»Das wäre sonst ja viel zu einfach!« Und dann war er aus der Tür raus.

Es dauerte keine dreißig Sekunden, bis mein kurzzeitiges Hochgefühl wieder in sich zusammensackte und ich zurück auf den Boden der Tatsachen plumpste.

Ich konnte einfach nicht fassen, dass ich gerade quasi im Alleingang herausgefunden hatte, was meiner Mutter fehlte. Und was mir in letzter Zeit das Leben ganz schön merkwürdig gemacht hatte.

Es war angsteinflößend, darüber nachzudenken, dass man mir tatsächlich Erinnerungen gelöscht hatte. Aber andererseits hätte es auch etwas Beruhigendes, falls es wirklich so war, weil ich zumindest die erste Unsicherheit als geklärt betrachtete. Doch ob nun Verschwörung oder Missverständnis, ich spürte, dass ich in die richtige Richtung strebte, und wenn ich mich anstrengte, fand ich vielleicht auch den Grund für das alles.

Denn bisher wusste ich lediglich, *dass* mir etwas gelöscht wurde, jedoch nicht *wieso*. War es tatsächlich wegen des Unfalls? Wenn der für mich so schlimm gewesen wäre, hätten sie ihn doch gerastert und nicht gelöscht. Und warum er dann auch gleich bei allen anderen entfernt worden war, ergab noch weniger Sinn. Das stank ja geradezu nach Verschwörung.

Doch wer konnte dahinterstecken?

Logischerweise gingen meine ersten Gedanken zu Biolog Medical, den Entwicklern. Aber sie waren schließlich nicht die einzigen Benutzer.

Die Behörden hatten auch Auslesegeräte für Verhöre und das Aufnehmen von Zeugenaussagen. Dann gab es da noch einige lizensierte Privatpraxen. Und den illegalen Handel durfte man ja auch nicht vergessen.

Biolog Medical behauptete öffentlich, dass die Mafia solche Geräte unmöglich besitzen konnte. Aber wenn wir mal ehrlich waren, wussten wir alle, dass Kriminelle vor Diebstahl nicht zurückschrecken würden. In Filmen hatte das organisierte Verbrechen so was immer.

Unwillig, noch einen Bissen zu essen, jetzt, da Oliver mich nicht mehr beobachtete, schob ich das Tablett weit von mir weg. Ich verschränkte die Arme auf der Tischplatte und bettete meinen Kopf darauf.

Dieser Tag war anders verlaufen als erwartet und die Müdigkeit kroch mir in die Glieder, jetzt, wo alle Aufregung abflachte und das Adrenalin mich ohne genügend Koffein im Blut zurückließ. Vielleicht waren es auch die Schmerzhemmer in der Salbe, die mich runterzogen.

Ich gähnte herzhaft in meine Armbeuge und beschloss, nur eben die Augen zu schließen, um anschließend zu meiner Mutter ins Zimmer zurückzukehren.

Die Sonne schien mir aufs Gesicht, wärmte meine Haut und streichelte mir übers Haar. Sanft drückte sie mir einen Kuss auf die Schläfe und zupfte an Joris' Pullover.

Scheppernd fiel irgendwo Besteck zu Boden und riss mich aus dem Halbschlaf. Ich war eingenickt. Mist.

Desorientiert und noch ein bisschen wackelig auf den Beinen stand ich von meinem Stuhl auf. Ich konnte schließlich nicht ewig in der Cafeteria herumhängen. Nicht dass Papa sich auch noch Sorgen um mich machte.

Ich versuchte mir die Hände gegen die Wangen zu klatschen, um mich selbst zu wecken. Doch mit der Schiene an der Hand war das nicht so einfach.

Langsam machte ich mich auf den Weg nach oben und gähnte noch einmal, während ich auf den Fahrstuhl wartete. Meine Hände fanden ihren Weg von ganz allein in die Taschen des Pullovers und es brauchte nur einen kleinen Moment, bis ich bemerkte, dass etwas nicht mehr so war wie vorhin. Meine Fingerspitzen ertasteten Papier und ich zog es verwundert aus der Tasche heraus.

Schockiert starrte ich auf den hellgrünen Origamivogel in meiner Hand und konnte mir nicht erklären, wo er hergekommen war.

Wann hatte man ihn mir zugesteckt? Als ich eingenickt war? Vorher schon?

Umständlich entfaltete ich das Papier, um es von beiden Seiten zu betrachten. Die eine war leer. Auf der anderen stand in krakeliger Handschrift ein einzelnes Wort geschrieben: Hoffnung.

10

Ungesagte Worte

Als ich in der Bahn nach Hause saß, fiel mir auf, dass ich vergessen hatte, Joris Bescheid zu sagen. Das schlechte Gewissen kam sofort in mir hoch und ich kramte in meiner Tasche nach dem Telefon.

Sechsunddreißig Anrufe in Abwesenheit zeigte es mir an, alle von Vika. Oh, wow, da war man mal für ein paar Stunden nicht am Handy und schon brach die Apokalypse los.

Um es nicht schon wieder zu vergessen, schrieb ich als Erstes Joris.

›Bin wieder auf dem Weg nach Hause. Mama wurde operiert. Es war KEIN Selbstmordversuch, nur ein Anfall. Die Ärzte machen jetzt einen großen Gesundheitscheck bei ihr. Hoffentlich finden sie was.‹

Ich verzichtete auf Emoticons jeglicher Art, weil ich nicht mehr die Nerven hatte, um irgendwelche Gefühle in Bilder zu verpacken, und nahm mir vor, ihn später noch anzurufen.

In dem Moment vibrierte auch schon mein Handy und ich nahm ab, ohne zu zögern.

»Oh Gemma, Gott sei Dank, du gehst ran«, brüllte Vika ins Telefon und ich musste es mir vom Ohr weghalten, damit ich keinen Hörschaden bekam.

»Alles okay bei dir?«, fragte ich sie und hoffte, dass jetzt nicht die nächste schlechte Nachricht auf mich wartete. Davon hatte ich heute wirklich genug gehabt.

»Bei mir? Ist denn alles okay bei dir? Ich habe deine Anrufe gesehen und versucht, dich zu erreichen, aber du bist nicht rangegangen.

Und dann hat Luna gesagt, deine Ma ist im Krankenhaus und Joris meinte, sie wollte sich umbringen. Und ich konnte nicht weg, weil der Kurator gerade da ist. Es tut mir so leid, Schatz. Soll ich zu dir kommen? Bist du noch im Krankenhaus?«, ratterte sie runter, ohne einmal Luft zu holen, und machte damit selbst mich atemlos.

Ich warf einen schnellen Blick auf die Uhrzeit an der Anzeige der Bahn. Vika hatte erst in einer halben Stunde Schluss.

»Sie wollte sich nicht umbringen, es war ein Anfall. Es wird wieder«, behauptete ich knapp. »Ist der Kurator noch da?« Umständlich versuchte ich mir mit der geschienten Hand die Augen zu reiben, was nicht gelang.

»Ja, aber …«, begann sie und ich ließ sie nicht ausreden.

»Du riskierst nicht deinen Job, indem du da zu früh abhaust, klar? Ich sitz schon in der Bahn und bin bald daheim. Wir sehen uns dann dort.«

»Okay. Aber sei dir versichert, wenn du mich brauchst, dann schmeiß ich auch meinen Job für dich«, betonte sie und ich lächelte.

»Du bist die Beste, Vik. Bis nachher«, verabschiedete ich sie.

»Frau Vellour, sind Sie etwa schon wieder am Telefon?«, hörte ich eine unwirsche Frauenstimme im Hintergrund. O nein. Arme Vika.

»Es war ein familiärer Notfall.« Vika klang entfernt und legte dann auf.

Seufzend drehte ich das Handy in den Händen und zappelte nervös mit dem linken Bein. Denn ich hatte mir etwas vorgenommen, wenn ich heimkam. Und da war es nur gut, dass niemand bei mir war. Auch wenn ich mir gerade nicht unbedingt wünschte, allein zu sein.

Wir hielten am Kretaplatz und mehrere Leute stiegen ein, die sich recht gleichmäßig im hinteren Teil des Waggons verteilten. Eine junge Frau in einem roten Kleid tänzelte an mir vorbei, einen Korb voller Blumen in der Hand, und ich folgte den wunderschönen Chrysanthemen mit den Augen.

Erschrocken zuckte ich zusammen, als sich jemand auf dem Sitz neben mir niederließ. Es war ein junger Mann in einem schwarzen Hoody. Große graue Kopfhörer bedeckten seine Ohren und er musterte mich nur kurz von der Seite, bevor er einen Roman aus seiner Umhängetasche zog und ihn aufschlug.

Es kam mir so vor, als hätte ich ihn schon einmal gesehen. Doch nicht so wie sonst, wo sich das Gefühl sofort wieder verflüchtigte, sondern wirklich.

Das musste nichts bedeuten. Vielleicht war er Angestellter eines Coffeeshops oder hatte mit mir an irgendeiner Haltestelle auf die Bahn gewartet. Das Leben war voller Begegnungen.

Nur komisch, dass er sich direkt neben mich setzte, wo doch noch so viele andere Plätze frei waren.

Ich wandte den Blick aus dem Fenster, sah der Stadt beim Vorbeiziehen zu und fragte mich, ob ich langsam doch zu paranoid wurde. Schließlich war er nur ein Kerl, der sich auf einen freien Platz gesetzt hatte. Und er roch gut, also war alles in Ordnung.

Er stieg eine Station vor mir wieder aus, was bewies, dass ich mir zu viele Sorgen machte. Doch jetzt konnte meine Gedanken nichts mehr ablenken, und stillzusitzen war mir beinahe unmöglich. Eigentlich sollte ich nicht daran denken, was ich vorhatte, doch es ging nicht anders.

Sowieso war es auch eigentlich schon egal, was ich dachte. Das Notizbuch in meiner Wand war zu schwer zu ignorieren und wenn jemand nach diesem Gedanken in der Auslese suchte, würde er ihn auch finden.

Für gewöhnlich tat ich es damit ab, dass sich meine Gedanken sowieso niemand ansah. Doch da war ich jetzt nicht mehr so sicher. Seit einer Weile ging ich zu einer halbjährlichen Kontrolle, ohne dass ein besonderer Grund vorlag. Ich hatte es nicht hinterfragt, aber jetzt fühlte ich mich plötzlich kontrolliert.

Ein Mann im hinteren Teil des Waggons starrte mich an, jagte mir eine Gänsehaut über die Arme. Was, wenn es nicht nur Paranoia war, die mich dazu brachte, mich verfolgt und kontrolliert zu fühlen?

Ich tat abgelenkt, als die Bahn meine Haltestelle erreichte, und sprintete im letzten Moment zur Tür, die sich piepsend hinter mir schloss. Niemand sonst war ausgestiegen. Der Mann, der mich angestarrt hatte, starrte weiter in die Richtung, wo ich gesessen hatte.

Mindestens zehnmal blickte ich mich um, als ich von der Bahnstation zu meinem Wohnkomplex lief, weil ich das Gefühl nicht loswurde, dass mich möglicherweise jemand beschattete.

Hoffentlich sah mich dabei niemand. Ich musste aussehen wie eine Verrückte. Okay, ich war eine Verrückte!

Ich schlüpfte in Windeseile ins Haus und lief die Treppen nach oben, weil ich nicht die Geduld hatte, auf den Fahrstuhl zu warten. Mit zu viel Schwung stürzte ich in meine Wohnung, kickte mir die Altherrenschuhe von den Füßen.

Mein Atem ging zu schnell und ich fühlte mich völlig außer Form. Es war Zeit, sich wieder sportlich zu betätigen, wenn ich nicht als keuchender Haufen enden wollte.

Doch sich jetzt eine neue Handballmannschaft zu suchen, war mit meiner angebrochenen Hand wohl erst mal keine gute Idee.

Ich schmiss meine Handtasche auf die Couch und riss mir förmlich die Kostümhose von den Beinen, die mich unangenehm am Bauch zwickte. Joris' Pullover behielt ich an.

Nervös stand ich an der Tür zum Badezimmer und war unschlüssig, ob ich ein Cuttermesser brauchen würde.

Ich hatte mir vorgenommen, in dem blauen Buch zu lesen, wenigstens ein bisschen, um die Chance zu haben, etwas zu entdecken, was mir weiterhelfen würde. Etwas, was meine starke Vermutung, dass mir Erinnerungen gelöscht wurden, eindeutig bestätigte.

Doch wollte ich wirklich riskieren, dass alles, was ich las, bei der Auslese zu sehen war? Beim nächsten Check würden sie sehen, dass ich wusste, was passiert war. Sie würden wissen, dass ich ein Buch gefunden hatte, weil ich viel zu oft in meinen Gedanken war.

Aber ich konnte immer noch verhindern, dass sie erfuhren, was genau in diesem Buch stand. Wenn sie das nicht schon längst wussten, schließlich hatten sie mir ja die Erinnerungen gelöscht.

Ich schüttelte den Kopf über mich und konnte nicht fassen, wie bescheuert das alles klang. Würde ich Vika erzählen, dass ich glaubte, Verschwörer hätten mir Dinge aus dem Hirn gelöscht, würde sie mich direkt mal neben meine Mutter ins Krankenzimmer verfrachten.

Obwohl … Wenn ich es recht bedachte, hätte ich bei Vika sogar Chancen, dass sie mir alles glaubte, was ich ihr erzählte.

Doch ich durfte es ihr nicht erzählen. Jetzt, da es ernst wurde, erst recht nicht.

Ich ging und holte das Cuttermesser aus der Küchenschublade. Sicher ist sicher, selbst wenn ich nur paranoid war.

Leider beschränkte dieser Entschluss meine Zeit zum Lesen. Aber so war es nun mal.

Ich stellte auf meinem Handy einen Timer auf fünf Minuten, trat ins Bad und schloss hinter mir die Tür. Zum ersten Mal war ich froh, im Bad kein Fenster zu haben.

Adrenalin pumpte in Hülle und Fülle durch meinen Körper, ließ meine Hände zittern und machte mir den Magen ganz flau. Eilig stieg ich auf den Klodeckel und öffnete die Metallklappe in der Wand etwas umständlich, da mir die Schiene an der Hand im Weg war. Mit einiger Mühe zog ich das blaue Notizbuch hervor. Der Umschlag war mit Stoff bezogen und fühlte sich vertraut zwischen den Fingern an.

Fast hatte ich erwartet, dass es nicht mehr dort war und ich es mir doch nur eingebildet hatte. Aber so war es nicht.

Ich zögerte, auch wenn ich eigentlich keine Zeit dafür hatte, setzte mich dann aber und schlug die erste Seite auf.

Meine Schrift, ein Auszug in diese Wohnung am Anfang meiner Ausbildung, Vorfreude auf den Unterricht.

Ich überblätterte ein paar Seiten, bis mir Oliver Grands Name ins Auge sprang.

Habe spontan seine Alibifreundin gespielt. War super lustig. Ich hoffe wir werden Freunde.

Ein Lächeln huschte über meine Lippen und erstarb sofort, als mir aufging, dass dies der Beweis war, den ich mir erhofft hatte. Dieses Buch war echt und ich hatte alles, was darin stand, vergessen.

Mein Herz raste. Der Puls rauschte mir in den Ohren.

Am liebsten hätte ich das Buch in eine Ecke gepfeffert und mich in meinem Bett verkrochen. So getan, als würde das alles nicht passieren.

Es wäre sicher leicht, es zu ignorieren. Schließlich wollte man ja wohl auch, dass dieses halbe Jahr für mich vergessen blieb. Möglicherweise diente das alles sogar nur meiner Gesundheit.

Ich schüttelte den Kopf und blätterte im Buch weiter.

Erinnerungen zu löschen war eine illegale Handlung, das konnte nicht meiner Gesundheit dienen. Und wenn man sich ansah, wie es meiner Mutter ging, hatte ich gar keine andere Wahl, als die Wahrheit herauszufinden. Wenn ich alles erfuhr, fand ich vielleicht auch eine Möglichkeit, ihr zu helfen.

Und noch ein Gedanke kam mir. Wenn Oliver von unserer ersten Begegnung noch wusste, bedeutete das, dass seine Erinnerung nicht ganz gelöscht wurde. Womöglich nur teilweise. So fünf Minuten hier und da fielen sicher nicht auf und trugen bestimmt auch nicht so krasse Schäden mit sich, wie meine Mutter sie hatte. Oder ich, ab und zu.

Die Seiten ließen sich an einer Stelle von allein aufschlagen, weil eine hellgrüne Serviette dazwischenlag. In der unteren Ecke stand in orangenen Lettern *ShakeBar*. Der Eintrag dazu war auch sehr aufschlussreich.

Vika hat grad wenig Zeit für mich. Sie darf Praktikum im Museum machen und ihr neuer Kurator ist ein Arbeitstier.
Bin allein durch die Straßen gezogen und hab in einer Gasse eine Milchshake bar gefunden. Der Besitzer KENT ist meganett. Ich kann nicht verstehen, warum er nicht zur Gedankenauslese geht.

Das erklärte natürlich, wieso Kent sich mir gegenüber so seltsam verhalten hatte. Ich war schon dort gewesen. Er kannte mich.

Wenn man es also genau nahm, war ich diejenige gewesen, die sich seltsam benommen hatte.

Aber wenn auch Vika nichts mehr wusste und meine Eltern nichts mehr wussten, wieso wusste Kent es dann?

Lag es daran, dass er nicht zur Gedankenauslese ging? Bedeutete das dann, dass es Biolog Medical war, die die Gedanken gelöscht hatten? Oder zog ich nur voreilige Schlüsse?

Schließlich konnte auch Oliver sich an Dinge erinnern, die ich vergessen hatte. Und der ging, soweit ich wusste, zur Auslese.

Definitiv würde ich Kent danach fragen müssen. Vielleicht wusste er ja sogar noch mehr.

Ich ließ die Serviette zwischen den Seiten und blätterte weiter nach hinten, hoffte darauf, den Grund zu finden, wieso das alles passiert war. Nur wegen eines Unfalls löschte man doch kein komplettes halbes Jahr.

Ich überflog ein paar unwichtig scheinende Passagen, in denen ich bekannte wie unbekannte Namen las. Karlson, dem ich geholfen hatte, einen Test zu bestehen. Abigail, die mir ein Buch lieh. Oder Tom, der mich zum Frühstück einlud. Die drei sagten mir nichts.

Nirgendwo fand ich Ezra. Dafür aber, mehr zufällig, eine Stelle, an der Seiten fehlten. Unsauber standen die Reste hervor und auf der nächsten vorhandenen Seite klebte ein Haftnotizzettel.

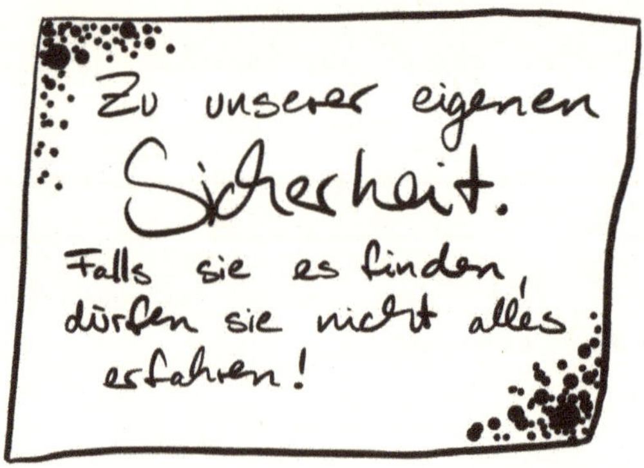

Meine Schrift sah hingeschmiert aus, so als ob meine Handkante beim Schreiben die Stiftfarbe verwischt hatte.

Wer waren ›*sie*‹?

Das Geräusch von reißendem Papier klang in meinen Ohren, eine warme Stimme trieb mich zur Eile und der Schweiß rann mir den Rücken hinunter.

Ich blinzelte und die Erinnerung verschwand im Nebel meines Kopfes. Allein und mit nackten kalten Beinen saß ich auf dem Klodeckel und hörte nichts als meinen eigenen Herzschlag.

Der Timer an meinem Handy begann zu piepen und ich zuckte heftig zusammen, sodass mir ein Schmerz durchs Handgelenk sauste. Ohne zu zögern schlug ich das Buch zu, erhob mich und schob es zurück in sein Versteck. Selbst wenn es mich in den Fingern juckte weiterzulesen. Doch ich ließ mir keine Wahl, selbst wenn das, was ich gelesen hatte, mir eher unwichtig vorkam.

Ich setzte das Cuttermesser an meinem rechten Ringfinger an und holte mich durch den Schmerz aus meinen Gedanken ins Hier und Jetzt.

Fluchend suchte ich in meinem Badschrank nach dem Wundspray. Angestrengt versuchte mich schon mal auf etwas anderes zu konzentrieren als auf das, was ich gelesen hatte, um meine Taten nicht unnütz zu machen.

Zum Glück würde Vika bald heimkommen und das bedeutete grandiose Ablenkung in Bestqualität. Vielleicht war es sogar eine gute Idee, die Wohnung zu verlassen und mich mit anderem zu umgeben. Dafür benötigte ich nur eine Hose.

Wenn ich eine fand.

Genervt stand ich vor den Kisten mit meinen Klamotten, öffnete meinen Kleiderschrank und sortierte alles in die Fächer. Ich konnte es ja nicht ewig vor mir herschieben.

Während ich Tops und Pullover umständlich mit der geschienten Hand herausholte, dachte ich über Handball nach und dass es mindestens acht Wochen her war, dass ich das letzte Mal einen Ball gefangen hatte.

In meiner Schulzeit hatte ich damit angefangen und war dann ins Team der Biolog-Auszubildenden gewechselt. Doch jetzt hing ich in der Schwebe, was sportliche Aktivitäten betraf. Handball hatte mir immer Spaß gemacht, aber manchmal war es auch an der Zeit, etwas Neues auszuprobieren. Laufen vielleicht oder Tanzen.

Was mich direkt zu Oliver Grand brachte. Mal sehen, wann er sich bei mir meldete, um mich zum Tanzen auszuführen. Ich rechnete nicht in den nächsten Wochen damit. Dafür war der Kerl viel zu unbeständig.

Das änderte nichts daran, dass er nicht auch ein guter Freund sein konnte. Er war nun mal, wie er war und das gefiel mir an ihm eigentlich ganz gut.

Als ich meine schickere Jogginghose fand, ließ ich die Kartons einfach stehen und schlüpfte hinein. Ich brauchte mehr als einen Anlauf, meinen BH mit einer Hand zu öffnen. Denn obwohl ich Linkshänder war, machte ich das für gewöhnlich mit rechts. Etwas umständlich tauschte ich Bluse und BH gegen einen roséfarbenen Bralette, ein dunkelgrünes Top und eine braune Strickjacke, unter deren langen Ärmeln sich die Schiene super verstecken ließ.

Joris' Pullover ließ ich auf dem Bett liegen. Ich würde ihn waschen und ihm zurückbringen. Am besten, ich kaufte ihm noch etwas Süßes als Dank.

Bevor ich mich aufmachte, griff ich noch einmal in die Bauchtasche des Pullovers und zog den Origamivogel hervor. Zum Glück ließen sich die Dinger so einfach wieder zusammenfalten, sonst hätte ich das mit der lädierten Hand sicher nicht geschafft.

Hoffnung.

Ich atmete tief durch und fragte mich nicht zum ersten Mal, wer mir diese Vögel zukommen ließ.

Vorher war es eher unpersönlich gewesen. Das anonyme Päckchen, dann der Vogel aus dem Badezimmer, der schon lange existierte.

Aber dieser hier war mir zugesteckt worden. Eine Person war heute zu mir gekommen und ich hätte denjenigen sehen können, wenn ich darauf geachtet hätte. Es handelte sich um jemanden, der mir Hoffnung schenken wollte, ohne mich direkt anzusprechen. Aber wieso diese Heimlichtuerei?

Warum musste gerade alles so kompliziert sein?

Ich ließ den Vogel auf der Küchentheke liegen, direkt neben dem, der aus dem Buch gefallen war. Ein alter und ein neuer Vogel. Möglicherweise von der gleichen Person. Einer Person aus meiner Vergangenheit.

Ezra kam mir in den Sinn und ich verwarf den Gedanken gleich wieder. Er konnte sich schließlich selbst an nichts erinnern, wie sollte er mir also Vögel zukommen lassen. Es musste noch jemand anderen geben.

Das Mädchen aus meinem Traum beispielsweise.

Ich schnappte mir meinen Schlüssel und verließ die Wohnung.

Mein Ziel war nur ein paar Türen weiter und ich war so froh, dass Vika mir ihren Schlüssel gegeben hatte.

Ihre Zimmer waren ein Wirrwarr aus Mustern und Farben und ich liebte die gemütliche, ungezwungene Atmosphäre, die hier herrschte. Auch wenn es immer ein bisschen zu sehr nach Lavendelduftkerze roch. Diese Wohnung strahlte eine so angenehme Normalität aus, dass ich wohlig seufzte und mich gleich ein wenig leichter fühlte. Hier war alles wie immer und das gab mir ein Stück meiner Selbstsicherheit zurück.

Ich begrüßte Sir Francis Drake in seinem Käfig, der mich mit seinen winzigen schwarzen Knopfaugen anstarrte. Im Kühlschrank fand ich Mate-Limonade für mich und ein Stück Karotte für Sir Drake, die er sich in Windeseile in seine Backentaschen stopfte.

Ich hatte die Flasche zur Hälfte geleert, da hörte ich den Schlüssel in der Tür. Erschöpft kam Vika in die Wohnung getorkelt und wunderte sich kein bisschen, dass ich hier auf sie wartete. Obwohl sie abgekämpft aussah, hatte sie immer noch unglaublich viel Style. Sie trug eine weiße Bluse und einen weinroten Bleistiftrock wie in den 1940ern, was bei ihrer Körpergröße einfach klasse aussah. Genervt kickte sie sich die Pumps von den Füßen.

Eilig ging ich zu ihr, nahm ihr Tasche und Jacke ab und drückte ihr die halbe Mate in die Hand, während ich sie zum Sofa schob. Die Schiene ließ ich unter dem Ärmel meiner Strickjacke verschwinden, damit ich ihr nicht gleich sagen musste, was passiert war. Sie würde es schon früh genug bemerken.

»Mein Tag war furchtbar«, jammerte sie und sah mich dann mit erschrockenem Gesicht an. »O nein. Aber deiner war sicher noch schlimmer.«

Ich legte alles auf dem Küchentresen und ließ mich anschließend neben ihr in die Kissen sinken. »Kann sein. Aber ich mag jetzt gar nicht drüber reden.«

Vika nickte und trank einen Schluck aus der Flasche. »Mein Kurator ist aus dem Urlaub wieder da und hat sich vorgenommen, die ganze Ausstellung komplett umzubauen. Der hat uns mit total irrsinnigen Ideen vollgetextet und eine Rede über fehlende Arbeitsmoral und Liebe zur Geschichte gehalten. Der hat doch ein Rad ab«, schnaubte sie und ich genoss es, ihrer Schimpftirade zu lauschen. »Als ob ich mit der Restauration des Trabis und meiner Forschungsarbeit nicht genug zu tun hätte. Und die blöde Schranze aus dem Bürgerbüro hat zwischendurch geschrieben, dass sie leider keine Unterlagen zu meinen Zeitzeugen finden kann. Ich wette, die hat gar nicht gesucht.«

Verständnisvoll tätschelte ich ihren Arm. Vika studierte Geschichte, hatte aber gerade ein Praxissemester im Museum des 20. Jahrhunderts. Genau das, was sie später mal arbeiten wollte. Für sie ein Glücksfall, wenn dieser seltsame Kurator nicht wäre.

»Echt mal, sobald ich meinen Abschluss habe, schicken wir den Knilch in Frührente und ich klaue ihm die Stelle«, wetterte Vika noch weiter und wechselte dann ganz unerwartet das Thema. »Wollen wir nicht noch irgendwohin und was unternehmen? Ich brauch Vitamine!«, rief sie überdramatisch und ich musste lachen.

Eigentlich fühlte ich mich total erschlagen und wollte nichts anderes, als zwischen all den Kissen wieder einzuschlafen. Doch wenn man es genau nahm, hatte ich heute kaum etwas gegessen und jetzt noch zu kochen war ich nicht mehr in der Lage.

Ausgehen war also eine gute Idee. Und ich hatte auch schon einen Einfall, wohin wir gehen konnten.

»ShakeBar?«, fragte ich Vika und sie bekam sofort ein Strahlen in den Augen.

»Das ist eine super Idee!« Begeistert sprang sie vom Sofa auf und zog mich mit sich auf die Beine.

»Ich zieh mich aber nicht um«, kündigte ich an und Vika tänzelte ins Schlafzimmer.

»Aber ich.« Sie schälte sich sehr unelegant aus dem Rock und der Bluse und zog eine dunkelblaue Leggins aus dem Haufen an Kleidungsstücken, die neben ihrem Bett lagen. Sie nannte es liebevoll ihr Klamottengebirge, weil es schon zu groß für einen einfachen Berg war.

»Jetzt sind wird die Jogginghosen-Connection«, witzelte Vika, als sie in ihre Turnschuhe schlüpfte und Geldbeutel und Schlüssel in einen Baumwollrucksack fallen ließ.

Ich ging meine Sachen holen und blieb einen Moment zu lang in der Tür stehen, weil mein Blick auf den Origamivögeln am Tresen haftete.

Natürlich hatte ich die ShakeBar nicht nur wegen des Ambientes vorgeschlagen, sondern vor allem, um Kent zu treffen. Er war möglicherweise ein Bindeglied zu meiner vergessenen Vergangenheit. Er hatte mich erkannt, gewusst, dass ich Kaffee liebte, und behauptet, ich würde schon wissen, woher die Vögel kamen. Vielleicht kannte er den Absender und würde mir da weiterhelfen können.

Ich hatte ein schlechtes Gewissen, mich einem beinahe Fremden anvertrauen zu wollen, aber nicht einmal meiner besten Freundin zu sagen, was gerade bei mir los war. Aber wenn er tatsächlich nicht zur Gedankenauslese ging, war es sicherer.

Früher hatte ich Vika für ihre Meinung über die Gedankenauslese belächelt, mir nichts dabei gedacht und es nur für eine lästige, aber nützliche Sache gehalten. Doch im Moment machte ich mir ziemlich viele Sorgen um meine Gedanken. Nichts, was mir durch den Kopf ging, würde verborgen bleiben, wenn ich es nicht durch ein Schmerztrauma unkenntlich machte. Alles wäre abrufbar. Und ich fühlte mich dadurch jetzt ganz und gar nicht mehr sicher.

Mir kam dieses alte Volkslied in den Sinn, das meine Mutter mir als Kind zum Einschlafen manchmal vorgesungen hatte. Es handelte darüber, dass Gedanken frei waren, da niemand dazu in der Lage war, sie zu wissen, zu fangen oder zu erschießen. Dass, egal was uns genommen wurde, das Geheimnis um unsere Gedanken bleiben würde.

Doch meine Gedanken waren gefangen und erschossen worden.

Ich hoffte, dass das nur bei mir der Fall war. Was, wenn es bei all dem gar nicht um mich ging, sondern um meine Mutter, die es bisher offensichtlich am schlimmsten erwischt hatte? Oder um Vika oder meinen Vater? Oder um Ezra?

Was, wenn ich nur ein Kollateralschaden war?

Denn was sollte ich schon getan oder gesehen haben, was jemanden dazu veranlasste, meine Gedanken zu löschen?

Wäre das hier ein Film, würde es irgendwo da draußen eine böse Mafia geben, die ich dabei erwischt hatte, wie sie jemanden abmurksten. Und daraufhin hatten sie mir die Erinnerungen gelöscht.

Doch in so einem Film hätten sie mich sicher nicht wieder nach Hause in mein Elternhaus gebracht, meinen Umzug vertuscht und die Gedanken all meiner Familienmitglieder und Freunde angepasst.

Es war alles so gruselig seltsam, dass ich eine Gänsehaut bekam, wenn ich daran dachte. Dabei sollte ich doch eigentlich nicht so viel darüber nachdenken. Ach Scheiße.

Es war schwerer als gedacht, mit der Schiene an der Hand in meine Turnschuhe reinzukommen, und ich mühte mich minutenlang mit den blöden Schnürsenkeln ab.

Ich ging zurück zu Vika, die an der Wand lehnte und mit einem verträumen Ausdruck in den Augen die Tür neben meiner anstarrte.

Dani wohnte hier.

»Ah ja, Dani. Habt ihr gestern Abend Spaß gehabt? Ich bin so schnell eingeschlafen«, sprach ich sie an und Vika grinste, doch nicht so gelöst wie sonst.

»Du warst echt innerhalb von Sekunden weg. Ich habe dich noch nie so schnell einschlafen sehen«, meinte sie und bewegte sich nicht von der Stelle, obwohl ich einen Schritt in Richtung Aufzug machte.

»Ich war auch richtig fertig.« Ich blickte zu Vika und dann zu Danis Tür. Ah, jetzt ging es mir auf.

Ohne lange nachzudenken, streckte ich die linke Hand aus und klopfte an Danis Tür.

»Was machst du denn da?«, rief Vika erschrocken aus und griff nach meiner Rechten. Ein Schmerz zuckte durch mein Handgelenk und ich schnappte erschrocken nach Luft.

»Autsch«, machte ich und Vika ließ sofort wieder los.

»Was ist das?«

Ich seufzte und schob den Ärmel nach oben, damit sie die Schiene sehen konnte. »Ich bin im Krankenhaus hingefallen und hab mir das Handgelenk angebrochen«, gestand ich und Vika riss die Augen auf.

»Das ist jetzt nicht dein Ernst. Oh Mann, Gemma. So was musst du mir doch erzählen!«, schimpfte sie los, da öffnete sich Danis Wohnungstür und sie erstarrte förmlich zu einer Statue.

»Hey, Dani. Hast du Lust, mit uns in die ShakeBar zu gehen, um den Tag ausklingen zu lassen?«, fragte ich sie ganz direkt und sah auf sie herab.

Ihre sonst so gestriegelte Kurzhaarfrisur war völlig zerzaust, das Gesicht und die Hände mit farbigem Puder beschmutzt, das sich auch weiter auf ihrer dunkelgrünen Schürze fortsetzte.

»Ähm, klar«, sagte sie und sah vorsichtig an mir vorbei zu Vika, die ihr ein unsicheres Lächeln schenkte.

Okay, zwischen den beiden war eindeutig etwas vorgefallen. Was genau, wusste ich jedoch noch nicht. Aber es war eine wunderbare Ablenkung für den Moment.

»Ich müsste mir nur kurz die Pastellkreide abwaschen«, kündigte sie an und ich zuckte mit den Schultern.

»Wir wollten dich aber auf keinen Fall beim Arbeiten stören«, warf Vika plötzlich ein und ich dachte, mich verhört zu haben. Woher kam denn bitte diese übertriebene Rücksichtsnahme? Wäre das ich, würde sie mich aus der Wohnung treiben wie ein verrückter Tsunami.

»Nein. Wenn ich jetzt noch weitermache, wird es nur schlimmer und nicht besser. Ich brauche die Pause. Ihr kommt genau richtig«, beschwichtigte Dani und ließ die Tür offen stehen, als sie durch den Wohnbereich lief und ins Schlafzimmer verschwand. Wahrscheinlich ums ins Bad zu gelangen.

»Was ist gestern passiert, während ich selig geschlafen habe?«, wollte ich leise wissen und legte einen gewissen Nachdruck in meine Stimme, damit Vika wusste, dass ich ganz genau merkte, dass hier etwas nicht mit rechten Dingen zuging.

»Ach, weißt du, vielleicht war es ein Missverständnis«, wich sie mir aus und sah mir nicht in die Augen. »Aber vielleicht auch nicht. Wir haben nicht drüber geredet und dann ist sie heimgegangen und jetzt steht das so zwischen uns und ich habe keine Ahnung, was ich sagen soll, solange sie nichts sagt, und das macht alles irgendwie kompliziert.«

Ich schüttelte den Kopf und versuchte herauszufinden, was Vika mir mit ihrem Redeschwall hatte sagen wollen.

Doch bevor ich sie fragen konnte, hörten wir das Klacken der Badezimmertür und Dani kam zurück zu uns, Hände und Gesicht sauber, die Haare gekämmt.

»Bin so weit.« Sie schlüpfte in ein Paar Halbschuhe und schnappte sich ihre Tasche vom Haken. Sie war viel zu chic zwischen uns beiden, mit dem braunen Faltenrock und der ockerfarbenen Bluse. Aber ich ließ es einfach unkommentiert und zog die beiden mit zum Aufzug.

Niemand sagte etwas, als wir nach unten fuhren. Was war da nur passiert, dass es Vika die lockere Art raubte? Sehr seltsam.

Wir spazierten im Sonnenschein des Nachmittags in Richtung Einkaufspassage von Mauersend. Obwohl ich versuchte ruhig zu bleiben und meine Gedanken im Hier und Jetzt zu behalten, konnte ich es nicht lassen, mich immer wieder verstohlen umzusehen.

Eine Frau folgte uns eine Weile, was mein Herz in Panik zum Rasen brachte. Doch dann stieg sie in ein Auto am Straßenrand und fuhr in anderer Richtung davon.

Dass Vika und Dani kaum etwas sagten, machte es auch nicht gerade besser.

»Ihr scheint müde zu sein«, brach Dani irgendwann die Stille, als wir den kleinen Bach überquerten, von dem ich nie wusste, wie genau er hieß. Aber mit Flussbezeichnungen war ich eh schlecht. Ein Grund, warum ich es kategorisch ablehnte, Stadt-Land-Fluss zu spielen.

»Wir hatten beide einen schlimmen Tag. Vikas blöder Chef ist aus dem Urlaub zurück und ich war den ganzen Tag unterwegs«, gab ich Dani ein kurzes Update und wollte eine Geste mit den Händen zu machen. Doch die Schiene ließ es nicht zu, sodass ich die Hände wieder sinken ließ. »Und ich habe mir die Hand angebrochen«, fügte ich also hinzu und Danis Augen wurden so rund wie ihre Brillengläser.

»O nein, wie schlimm«, hauchte sie. »Wie ist das passiert?«

Ich dachte daran zurück, wie ich durch den Vordereingang des Krankenhauses gestolpert war, erinnerte mich an den Schrei in meinem Kopf und den durchdringenden Geruch von Desinfektionsmitteln. Es war mir verrückt erschienen, aber jetzt fragte ich mich, ob es die Nachwirkungen eines vergessenen Unfalls waren.

»Ich bin blöd gestolpert und auf die Hand gefallen«, sagte ich und Vika legte mir unterstützend einen Arm um die Taille, was mir das Gefühl gab, verstanden zu werden. »Zum Glück hat Oliver mich gezwungen, das röntgen zu lassen, sonst hätte ich wahrscheinlich versucht, es zu ignorieren.«

Vika neben mir richtete sich plötzlich kerzengerade auf und schüttelte ihre dunkle Lockenmähne. »Moment, Oliver Grand war bei dir? Erzähl mir mehr«, forderte sie und das schiefe Grinsen auf ihren Lippen war neckender, als mir lieb war. Aber wenigstens hatte ich sie damit aus ihrer seltsamen Starre gerissen.

»Wir wollten uns eigentlich auf einen Kaffee treffen. Und dann ist er spontan ins Krankenhaus gekommen.« Ich versuchte meiner Stimme einen neutralen Ausdruck zu geben, doch Vika war plötzlich total aus dem Häuschen.

»Er hat es tatsächlich geschafft, dich auf einen Kaffee einzuladen? Wow. Es geschehen Zeichen und Wunder«, witzelte sie und jetzt musste selbst ich darüber lachen. Dabei war mir gerade echt nicht nach albern sein. Aber Vika hatte einfach recht damit.

»Wer ist Oliver Grand?«, wollte Dani wissen und Vika wechselte von meiner Seite zur anderen, sodass sie nun zwischen uns lief. Verschwörerisch beugte sie sich zu ihr herunter.

»Doktor Oliver Grand, Assistenzarzt. Der schleicht schon so lange um Gemmas Höschen herum, dass es verzweifelt wirkt.«

»Das ist gar nicht wahr!«, rief ich und boxte Vika in die Seite. »Hör bloß nicht auf sie, Dani. Oliver Grand ist ein netter Kerl.«

»Solange man nicht ernsthaft was mit ihm anfangen will«, konterte Vika geschickt und hob mir ihren mahnenden Zeigefinger vor die Nase, auf dessen Innenseite der Satz *still singing* tätowiert war. »Ich denke, er ist als Kind mal auf den Kopf gefallen.«

Es war gemein, vor allem nach dem, was Oliver heute alles für mich getan hatte, aber ich musste darüber trotzdem lachen. Hoffentlich würde er nie davon erfahren.

»Er hat mir versprochen, mich das nächste Mal zum Tanzen auszuführen.«

»Da müssen wir unbedingt dabei sein!«, quiekte Vika übermütig und fasste nach Danis Hand. Sie lachte.

»Aber natürlich. Wo immer du auch hinwillst«, antwortete sie und als ihr die Röte in die Wangen schoss, fiel es mir wie Schuppen von den Augen und ich hätte mich gern selbst dafür geohrfeigt, es nicht früher begriffen zu haben.

Da lief was zwischen meiner besten Freundin und dem Mädchen von nebenan. Jetzt musste ich nur noch den richtigen Moment erwischen, um Vika deswegen auszuquetschen.

Nur weil mein Leben gerade kopfstand, blieb das der anderen ja nicht stehen. Und ich wollte definitiv wissen, was bei Vika so abging. Vor allem, wenn das zwischen den beiden womöglich was Ernstes war.

Meine angespannte Haltung lockerte sich merklich in den nächsten Minuten, in denen ich erfolgreich von Oliver und mir ablenken konnte und Vika anfing, übers Tanzen zu schwärmen und über ihren Kurator zu schimpfen.

Erst als wir in die schmale Gasse vor dem Biosupermarkt einbogen, sah ich mich noch einmal ganz genau um. Die Straßen waren voller Menschen, die ihren Feierabend genossen, nach Hause schlenderten oder zum Sport eilten. Doch niemand schien auf uns zu achten und ich zog die beiden Mädels mit mir ins schmale Gewirr von Hintergassen, in dem man uns nicht würde verfolgen können, ohne dass es uns auffiel.

Wir irrten ein wenig herum, ehe wir den richtigen Weg wiederfanden und schlussendlich guten Mutes die Treppen zur ShakeBar nach unten stiegen.

Die Glöckchen über der orangefarbenen Holztür gaben ein leises Geräusch von sich, als wir eintraten. Heute waren mehr Menschen im Raum als das letzte Mal und die leisen Gespräche und das vereinzelte Lachen erschufen einen einzigartigen Klangteppich in dem niedrigen Gewölbe.

Kent wandte sich sofort in unsere Richtung, als wir die Tür hinter uns schlossen, und stellte das hohe Glas, das er abgetrocknet hatte, neben sich auf den Tresen, als wartete er bereits auf uns.

Als unsere Blicke sich trafen, verpuffte jedoch jegliches Hochgefühl in mir. Mir fiel wieder ein, wieso ich hier war und dass dies hier nicht nur ein nettes Schwätzchen mit Freundinnen war.

Ich musste mit ihm reden. Am besten allein, damit Vika und Dani so wenig wie möglich davon mitbekamen.

»Ich lad euch ein«, sagte ich und Vika wollte schon protestieren, doch ich schnitt ihr sofort das Wort ab. »Heute war ein verdammt beschissener Tag, lass mir wenigstens diese Freude«, hängte ich sie mit dem Totschlagargument ab und sie schloss anstandslos den Mund.

Dani hatten wir nicht alles erzählt, was heute geschehen war, aber Vika dachte jetzt sicher genauso an meine Mutter wie ich.

»Hey, Mädels«, grüßte Kent uns mit einem strahlenden Grinsen im Gesicht und zauberte unter dem Tresen noch zwei weitere Gläser hervor. »Was darf's denn heute sein?«

Vika ließ Dani den Vortritt und bestellte anschließend den wildesten Mix an Milchshake, von dem ich je gehört hatte.

»Sichert uns schon mal einen Tisch«, schlug ich vor, um die beiden loszuwerden, und an Vikas vielsagendem Blick erkannte ich, dass ich ihnen somit ebenfalls eine Gelegenheit gab, für einen Moment nur zu zweit zu sein. Zwei Fliegen mit einer Klappe quasi. Wäre ich nicht schon völlig durch den Wind, hätte ich mich vielleicht ein bisschen gerühmt, selbst unwissend eine gute beste Freundin zu sein.

»Gemma, schön, dich zu sehen«, grüßte Kent mich und es hatte etwas Vertrautes, wie er mich ansprach. Anders als bei Vika und Dani. Ich stellte mir vor, wie ich hier zum ersten Mal hereinspaziert war, allein, da Vika, laut dem Buch in meiner Wand, wenig Zeit für mich gehabt hatte. Vielleicht war an dem Tag nicht viel los gewesen und wir hatten uns gut unterhalten.

Wer wusste schon, wie oft ich hier gewesen war, ob wir beide möglicherweise sogar befreundet gewesen waren.

Und dann war ich einfach anderthalb Jahre nicht mehr aufgetaucht, um plötzlich wieder hereinzuschneien.

Wie musste Kent sich jetzt fühlen? War ich in seinen Augen eine alte Freundin oder nur irgendwer, der einfach nicht wiedergekommen war?

Ich lächelte schmal, was über die Aufregung in meinem Magen hinwegtäuschte.

»Hallo, Kent.«

»Wie immer?«, fragte er und ich nickte, obwohl ich gar nicht mehr so genau wusste, was das denn noch mal war. Ich erinnerte mich nur daran, dass er mir Koffein mit reingekippt hatte.

»Aber bitte einen doppelten Espresso«, bat ich daher, zog meinen Rucksack von den Schultern und kramte darin nach meinem Geldbeutel.

Ich warf einen Blick in den Raum. Niemand saß nah genug, um uns zu belauschen, wenn ich nicht zu laut sprach. Vika und Dani hatten sich an einen kleinen Tisch ganz hinten im Raum gesetzt und saßen auf der Eckbank viel näher beieinander als gewöhnliche Freunde.

»Aber gern doch.« Kent grinste. »Harten Tag gehabt?«

»Härter, als du dir vorstellen kannst«, schnaubte ich und sah ihm wieder in die Augen. Sie waren grün mit einem braunen Rand.

»Sag mal. Kannst du dich erinnern, wie oft ich schon hier war?«, fragte ich ihn und gab meiner Stimme etwas Lässiges. Als wäre es nur Geplänkel, das aus einem spontanen Gedanken heraus entstanden war.

Kent zog ein ahnungsloses Gesicht und hob die Schultern. »Boah, ey, da fragst du was. Vorgestern hast du mich ja richtig überrascht. Das ist sicher über ein Jahr her, dass du hier regelmäßig rumgehangen bist.«

Es lief mir eine eiskalte Gänsehaut den Rücken hinunter und setzte sich wie ein Eisklumpen in meinem Magen fest. Ich wusste ja eigentlich, dass ich ziemlich viel vergessen hatte und dass das Buch echt sein musste. Und doch traf es mich abermals wie ein nasser Fisch im Gesicht.

»Komisch, dass ich Vika nie mitgebracht habe«, murmelte ich, wie zu mir selbst, sprach aber laut genug, dass Kent mich hören konnte.

»Du hattest eben anderes zu tun, wenn du hier warst.« Der Barmann schnaubte.

»Ach ja, was denn?«, gab ich spöttisch von mir, als wäre es Blödsinn, nur um Kent dazu zu bringen weiterzusprechen. Es war nervenaufreibend und ich musste mich aufs Äußerste konzentrieren, denn ich konnte nie wissen, ob meine Reaktion wirklich angemessen war.

»Was weiß ich, Gemma. Die Typen, mit denen du dich hier getroffen hast, sahen alle sehr ernst aus.«

Meine Gedanken rasten und ich versuchte einen lockeren Spruch zu finden, der mich gleichzeitig weiterbrachte. Doch mir wollte beim besten Willen nichts Ordentliches mehr einfallen.

»Was waren das für Typen?«, platzte es förmlich aus mir heraus, ohne dass ich es gewollt hatte. Kent war meine erste heiße Spur auf meinem Weg zurück zu meinen Erinnerungen und ich musste es einfach wissen.

Aber natürlich war er scharfsinnig genug, um sofort zu merken, dass mit mir etwas nicht stimmte.

Sein Blick veränderte sich, wurde eindringlicher und er senkte sein Gesicht näher zu meinem.

»Gemma? Weißt du das selbst nicht mehr?«, wollte er von mir wissen und ich biss die Zähne zusammen.

»Nein, Kent. Ich weiß leider gar nichts mehr«, brachte ich nur im Flüsterton heraus. Inständig hoffte ich, dass es die richtige Entscheidung war, ihn in einen Teil des Problems einzuweihen. Ich fühlte mich sicher durch die Tatsache, dass ich gelesen hatte, er würde nicht zur Gedankenauslese gehen. Doch dass er vielleicht Teil der ganzen Verschwörung war, konnte ich natürlich nicht ausschließen.

Einen Moment starrten wir uns nur gegenseitig in die Augen, bis Kent tief durchatmete. »Scheiße, Gemma. Die müssen dich heftig erwischt haben«, sagte er und in meinem Kopf läuteten augenblicklich sämtliche Alarmglocken.

»Wer hat mich erwischt? Wer sind *die*?«, wollte ich sofort wissen, hätte den Mann auf der anderen Seite des Tresens am liebsten geschüttelt.

»Nein, Gemma. Ich werde nicht mit dir darüber reden.« Kents Augenbrauen zogen sich finster zusammen und er verschränkte abwehrend die Arme vor der Brust.

Das konnte doch jetzt nicht sein Ernst sein!

»Kent …«, setzte ich an, um ihn vom Gegenteil zu überzeugen, doch er fuhr mir scharf über den Mund.

»Nein! Das ist gefährlich für mich. Ich gehe vielleicht nicht zu dieser beschissenen Gedankenkontrolle. Aber du schon. Und wenn die sehen, dass ich mit dir geredet habe, verliere ich alles. Verstehst du mich? Es ist schwer genug, sein Überleben zu sichern, wenn man keine staatlichen Förderungen beziehen kann und kaum einer bereit ist, einen einzustellen. Und sich selbst was aufzubauen erst recht! Bei aller Liebe, Gem, wenn die dich gelöscht haben, ist das eine Nummer zu groß für mich.«

Wie zu Stein erstarrt stand ich da, unfähig, mich zu bewegen oder auch nur einen Ton von mir zu geben.

Kent wandte sich von mir ab und holte eine Flasche Kokosmilch aus dem maigrünen Kühlschrank.

Kopflos öffnete ich meinen Geldbeutel in meiner Hand, um die Geldsumme herauszuholen, die auf der digitalen Anzeige der Kasse blinkte, und konnte einfach nicht fassen, dass er mir das antat.

Die Enttäuschung trieb mir die Tränen in die Augen und ich blinzelte sie eilig weg. Ich hatte mir eine Menge von diesem Besuch erhofft, war davon ausgegangen, wenigstens den nächsten Hinweis zu bekommen, um meine Suche fortzusetzen. Und jetzt stand ich wieder vor dem unüberwindbaren Nichts.

Als ich Kent die Scheine reichte, schüttelte er den Kopf.

»Ich brauch dein Geld nicht«, schnaubte er und sah mich dabei nicht an. »Und am besten kommst du auch nicht wieder hierher.«

11

Anfällig

Kaum ein Wort brachte ich noch heraus, während ich meinen Shake schlürfte, und entschuldigte mich damit, dass ich zu müde wäre, um noch viel zu reden.

Ich ging still neben Vika und Dani nach Hause, die die meiste Zeit darüber diskutierten, ob Kunst auch Kunst war, wenn sie nützlich war, oder nur dann, wenn sie keinem anderen Zweck diente, als zu wirken.

Das Thema war mir eh viel zu fern und ich wickelte mich fester in meine Strickjacke.

Die Sonne senkte sich langsam dem Horizont zu, wärmte uns aber immer noch mit ihren Strahlen. Doch ich war mittlerweile so müde und ausgelaugt, dass die Kälte mir in den Knochen saß trotz sommerlicher Temperaturen.

Mein Kopf fühlte sich leer an und meine Gefühlswelt wie gelähmt. Ich hatte heute so ziemlich jede Emotion durchlebt, zu der ich fähig war, und wollte jetzt nur noch schlafen.

Wir überquerten die Holzbrücke am Fluss und Vika und Dani hielten an, um über die Brüstung ins fließende Wasser zu blicken. Sie standen so nah beieinander, dass sich ihre Arme berührten, und ein Lächeln glitt über meine Lippen. Denn wenigstens Vikas Abend hatte eine gute Wendung genommen.

Ich ließ den Tag noch einmal Revue passieren und konnte nicht fassen, wie lang er gewesen war. Voller grausiger Ereignisse. Dass mir ein halbes Jahr fehlte, war dann der Abschuss gewesen und ich konnte nicht einmal herausfinden, wieso es weg war, weil Kent sich weigerte, mit mir darüber zu reden.

Ich hob den Blick, als Vika mich bei der Hand nahm und weiterzog.

»Du bist ganz schön fertig, was?«, stellte sie fest und lächelte mitfühlend. Ihre Locken hatten mal wieder ein Eigenleben und kringelten sich um die Piercings in ihren Ohren.

»Ach, es war heute halt echt viel«, gab ich zurück und sie nickte, drückte meine Hand ganz leicht.

»Wenn du über irgendwas reden musst, sag Bescheid. Ich hör dir immer zu«, bot sie an, als ob ich das nicht wüsste, und ich setzte ein leichtes Lächeln auf. Die Muskeln in meinen Wangen fühlten sich dabei seltsam gelähmt an und die Haut auf meinen Lippen spannte sich unangenehm.

»Mach ich, sobald mein Kopf wieder wach ist«, log ich und wünschte, ich müsste es nicht.

Ich sagte ihr nichts, so wie Kent mir nichts gesagt hatte. Blöder Schwachsinn. Und das alles nur, weil wir fürchteten, dass unsere Geheimnisse nicht sicher waren. Wegen der Gedankenauslese.

Ich runzelte nachdenklich die Stirn. Kent hatte behauptet, er wolle nicht mit mir reden, weil ich zur Gedankenauslese ging. Weil *die* wissen würden, dass wir geredet hatten. Bedeutete das also, dass *die* Biolog Medical waren? Schließlich führten sie die Gedankenauslese durch.

Aber wirklich? Ein großer, böser Pharmakonzern? Das war ja beinahe schon klischeehaft. So wie wenn der Gärtner der Mörder war oder der Bad Boy sich in das Mauerblümchen verliebte.

Daran konnte ich einfach nicht glauben.

Doch was ich logischer fände, wäre zum Beispiel eine Person oder eine Gruppe, die bei Biolog Medical arbeitete und auf diese Weise an Daten herankam.

Oder aber es gab einen Maulwurf, der Informationen unter der Hand an andere weitergab. Was den Pool an Verdächtigen jedoch wieder für ziemlich jeden öffnete.

So würde ich nicht weiterkommen. Ich brauchte andere Anhaltspunkte. Kent stellte sich als Sackgasse heraus, also musste ich in dem Notizbuch nach weiteren Hinweisen suchen.

Nur wenn ich mir besah, wie oft ich mir in den letzten Tagen in die Finger geschnitten hatte, wusste ich, dass ich definitiv einen Gang runterschalten musste. Wenn ich so weitermachte, würde ich sofort vom Algorithmus des Ausleseprogrammes als selbstverletzend eingestuft werden.

Und ich wollte in dieser Situation sicher niemanden mit der Nase daraufstoßen, dass bei mir gerade Dinge abliefen, die niemanden außer mich etwas angingen.

Vorausgesetzt, ich ging jemals wieder zur Auslese. Denn so wie es bisher aussah, schadete es mir mehr, als dass es mir half.

Doch Kent hatte noch mehr gesagt als nur, dass er mir nichts verraten wollte. Er hatte davon gesprochen, wie schwer es einem im Leben ergehen konnte, wenn man nicht alle Gesundheitskontrollen durchlief.

Dabei war es nicht von Belang, welcher man sich nicht unterzog. Tatsache war, dass man mit einem unvollständigen Gesundheitszeugnis viele Steine in den Weg gelegt bekam. Arbeitgeber wollten natürlich wissen, wen sie da eigentlich einstellten, und verweigerten einem oft einen Job. Banken sahen darin das Risiko, dass versteckte Krankheiten einen Menschen rückzahlungsunfähig machen konnten, und vergaben daher keine Kredite. Und das ging immer so weiter.

Ohne vollständiges Gesundheitszeugnis ging gar nichts mehr in der heutigen Zeit, und gerade die Gedankenauslese war eine der zentralen Untersuchungen. Wer wollte sich schon der Gefahr aussetzen, einen potenziellen Serienmörder in seine Nähe zu lassen.

Wir kamen bei der Haustür an, fuhren mit dem Aufzug nach oben, da wir zu erschöpft für die Treppen waren, und ich verabschiedete mich ganz schnell von den anderen beiden, um ihnen noch ein bisschen Zeit zu zweit zu geben. Falls sie noch irgendwas ›zu besprechen‹ hatten.

Langsam schloss ich die Tür hinter mir und lehnte mich an das glatte Holz. Meine Tasche ließ ich zu Boden gleiten und versuchte tief durchzuatmen, doch mein Brustkorb schien enger zu sein als sonst.

Viel zu umständlich befreite ich mich aus meiner Strickjacke, um meinen BH auszuziehen, nur um festzustellen, dass ich keinen mehr trug.

Es fühlte sich jedoch trotzdem so an, als drückte mir etwas die Lunge zusammen, also durchschritt ich das Wohnzimmer und öffnete Balkontür und beide Fensterflügel. Danach ging ich ins Schlafzimmer und kniete mich aufs Bett, um auch hier die Fenster aufzureißen.

Frische Luft strömte herein, ein Windstoß pustete mir die Haare aus dem Gesicht und doch kämpfte ich immer noch mit jedem Atemzug.

Erschöpft ließ ich mich auf die weiche Matratze unter mir sinken und versuchte mich auf etwas anderes zu konzentrieren. Etwas, was nichts mit all dem Chaos in mir zu tun hatte.

Mein Blick schweifte umher, besah sich meinen Kleiderschrank, den ich immer noch nicht fertig einsortiert hatte, ging aus der Tür hinaus ins Wohnzimmer, das durch Vikas und Danis Wirken richtig wohnlich aussah.

Und doch wurde ich das Gefühl nicht los, dass etwas fehlte. Ein großer, leerer Raum inmitten all der Möbel, der sich nicht gefüllt hatte und der mir den Brustkorb zusammenschnürte. Als wenn ich spüren könnte, wie die Erde sich drehte und die Fliehkraft mich zerquetschte.

Ich wandte den Blick ab und starrte an die Wand. Dunkles Aubergine vermischte sich mit der cremefarbenen Zeichnung. Ein Kreis, durchbrochen durch zwei Pfeile, die in unterschiedliche Richtungen zeigten. Ein Symbol, das mir immer ein gutes Gefühl gegeben hatte. Doch gerade machte es die alles erdrückende Leere nur noch schlimmer.

Obwohl ich es zu verhindern versuchte und das Brennen meiner Netzhaut einfach aushalten wollte, traten mir die Tränen in die Augen. Das Drücken in meiner Brust wurde zu einem Schluchzer, den ich zulassen musste, um nicht an all den Emotionen zu ersticken, die aus meinem Herz herausbrachen und mich zittern ließen.

Alles stürzte über mir ein, all die Dinge, mit denen ich seit Tagen zu kämpfen hatte, die Geheimnisse, die inneren und äußeren Verletzungen. Ich vermisste meine Mama und mein altes Zimmer und die Unbeschwertheit meiner Unwissenheit.

Und ich vermisste noch etwas, etwas, was ich wohl vergessen hatte, denn es war wie ein bedrohlicher Schatten in meinem Augenwinkel, der verschwand, wenn ich ihm meine Aufmerksamkeit schenkte.

Mein Kopf war schwammig und leer, gleichzeitig aber auch voller Widersprüche, die ihn bald zum Platzen bringen würden.

Das Weinen wurde schlimmer, unkontrollierbar und ich wusste, ich würde zerbrechen, wenn ich länger hierblieb. Hier in dieser Wohnung, zusammen mit der Leere.

Mühsam stemmte ich mich von der Matratze, spürte den Schmerz in meinem Handgelenk, der mir bis zur Schulter hochschoss, als ich mich mit der Rechten abstützte.

Stolpernd kam ich zum Stehen und taumelte aus dem Schlafzimmer hinüber ins Wohnzimmer. Der Druck auf meiner Brust wurde wieder etwas leichter, als ich mehr Abstand zwischen mich und das Bett brachte, das wie ein Höllenschlund aus grauen Laken und verknautschten Kissen nach mir brüllte und mich in die Tiefe reißen wollte.

Ohne mich darum zu kümmern, dass meine Wangen voller Tränen und meine Augen verquollen sein mussten, floh ich mit viel zu schnell klopfendem Herzen aus der Wohnung und schmiss die Tür hinter mir zu.

Ich atmete ein und wieder aus. Jeder Atemzug, den ich nicht in meiner Wohnung tat, öffnete meine Lunge und vertrieb das bleierne Gewicht, das mir den Brustkorb zerquetscht hatte.

»Scheiße!«, stieß ich aus und wischte mir hastig die Tränenspuren aus dem Gesicht. Was war nur los mit mir?

Und was war das gerade gewesen?

Meine Gedanken kamen ganz allmählich wieder in gerade Bahnen zurück, mein Puls beruhigte sich und ich schluckte den bitteren Speichel in meinem Mund.

»Scheiße«, seufzte ich noch einmal, als mir eine Ahnung in den Kopf kam. Denn das, was ich gerade durchmachte, hatte ich schon einmal in ähnlicher Form gesehen. Bei meiner Mutter.

Ich hatte einen Anfall gehabt.

Und wenn ich genau darüber nachdachte, nicht einmal den ersten heute. Ich hatte mir Schreie und Schmerzen eingebildet, war dabei gestürzt und hatte mir die Hand angebrochen.

Nein, nicht eingebildet. Ich hatte mich erinnert. Das musste ich mir bewusst machen. Denn ich war nicht verrückt!

Jemand hatte mir etwas angetan, hatte Erinnerungen gestohlen und in Kauf genommen, dass mein Unterbewusstsein mich mit zusammenhangslosem Mist folterte.

Ich verspürte nicht den Drang, die Wohnungstür wieder zu öffnen, um nachzusehen, ob der große, leere Raum noch dort war. Aber ich wäre auch gar nicht dazu in der Lage gewesen, denn ich hatte vergessen, einen Schlüssel mitzunehmen.

Schnaubend trat ich von einem Bein aufs andere. Wahrscheinlich hätte ich mich selbst geohrfeigt, wenn mir nicht im selben Moment eingefallen wäre, dass Vika ebenfalls einen Schlüssel zu meiner Wohnung besaß.

Sie hatte recht gehabt, das war wirklich praktisch.

Also schlurfte ich die paar Meter zu Vikas Wohnung und hob zaghaft die Hand zum Klopfen.

Sie würde sofort sehen, dass ich geheult hatte und mich fragen wieso, auch wenn ich wenig Bock hatte, darüber zu reden.

Dann fiel mir plötzlich Dani ein und ich hoffte inständig, dass ich Vika nicht bei irgendwas störte.

Doch als sie die Tür öffnete, sah sie nicht so aus, als hätte ich sie aufgescheucht.

»Hey, Gem. Was geht?«, grüßte sie mich und schon bei ihren Worten fiel ihr das Grinsen aus dem Gesicht. »O nein, was ist passiert?«, rief sie aus, zog mich sanft in die Wohnung und legte mir die Arme um den Körper. Hinter mir fiel die Tür ins Schloss.

Mein erster Impuls war, nicht die Wahrheit zu sagen, aber ich war zu schwach, um zu lügen, und drückte meinen viel zu schweren Kopf gegen ihre Schulter.

»Ich hatte einen Anfall«, brachte ich mit belegter Stimme heraus und spürte, wie Vika sich versteifte.

»Das ist ein richtig schlechter Witz«, schnaubte sie, doch ihre Körperhaltung verriet mir, dass sie wusste, wie ernst ich es meinte.

»Ich finde es auch nicht sonderlich lustig.« Langsam hob ich den Kopf und schälte mich vorsichtig aus Vikas Umarmung. »Kann ich heute Nacht noch mal bei dir pennen?«, fragte ich und sie nickte eilig.

»Natürlich, Schatz. Brauchst du noch was? Soll ich dir einen Kaffee machen?«

Ich war so müde und am Ende meiner Kräfte, dass mich dieser Satz doch tatsächlich zum Kichern brachte. Denn nur meiner besten Freundin, die mich in- und auswendig kannte, konnte es einfallen, mir zur Schlafenszeit einen Kaffee anzubieten.

Ziellos lief ich umher, wusste nicht genau, wo ich war und hatte trotzdem das Gefühl, in die richtige Richtung zu gehen. Die Gebäude um mich herum waren verlassen und teilweise sogar zerfallen. Ein hoher Maschendrahtzaun kam hinter einer Häuserecke zum Vorschein und ich wusste, dass es nur noch ein paar Meter waren, bis ich hinter ein paar Brettern ein Loch im Zaun finden würde.

»Gemma«, sprach mich jemand von hinten an und ich drehte den Kopf der Person zu, die aus einem der verlassenen Hauseingänge auf die Straße trat. Es war ein großer rothaariger Mann. Ich kannte ihn, doch hier und jetzt wollte mir sein Name einfach nicht einfallen.

»Geh nicht wieder zurück. Das ist zu gefährlich. Sie werden kommen«, sagte er zu mir und ich schüttelte den Kopf.

»Dann muss ich erst recht zurück.« Meine Stimme klang ärgerlich und genau in diesem Augenblick spürte ich auch die Wut in meinem Bauch. Eine tiefe, zerfressende Wut, die mich schwerer atmen ließ und mir die Tränen in die Augen trieb.

Plötzlich stand ich auf der anderen Seite des Zauns und rannte. Ich versuchte zu dem rot geziegelten Gebäude zu gelangen, dass sich grau und schmutzig dem verhangenen Himmel entgegenstreckte.

»Gemma!«, brüllte der Mann mit Angst in der Stimme und rüttelte verzweifelt an dem Draht des Zauns. »Bitte, Gemma! Es wird dich umbringen!«

Ich wandte mich um und sah, dass sich auch der Mann in Bewegung setzte, und rannte weiter. Eilig versuchte ich das Gebäude zu erreichen, doch mein Ziel entfernte sich nur immer weiter von mir.

Verzweiflung stieg in mir auf, brannte so sehr in mir, als verätzte sie meine Lunge, und meine Entschlossenheit wankte. Ich streckte die Arme aus in dem Versuch, dem Gebäude so schneller näher zu kommen, doch es half nichts.

Wenn ich nicht rechtzeitig dorthin gelangte, wäre alles umsonst gewesen, schoss es mir durch den Kopf und ich wollte laut schreien, weil ich wusste, dass ich es nicht schaffen konnte. Der Weg wurde mit jedem Schritt länger.

Meine Beine wurden immer schwerer, immer schwächer und die Angst so groß, dass sie mich überwucherte wie ein Schattenbaum, dessen

Äste nach mir haschten und mir das Herz aus der Brust zu reißen versuchten.

Der Boden sank nach unten, wurde weich wie Morast und klebte an meinen Schuhen, machte es mir unmöglich, weiterzukommen. Ich geriet ins Stolpern, taumelte und fiel.

Mit letzter Kraft riss ich die Arme nach vorn, um mich abzufangen, und stürzte statt auf betonierten Boden oder matschigen Grund in eine unerwartete Umarmung.

Starke Arme hielten mich, zogen mich fest an einen warmen Körper und ich wimmerte bei dem Versuch, nicht zu weinen.

Der Schatten der Angst hing über uns beiden.

»Ich kann einfach nicht mehr. Ich schaff das alles nicht«, jammerte ich und drückte mein Gesicht in die Halsbeuge des Mannes, der mich hielt.

Wenn mir nur sein Name einfallen würde.

Er roch nach Zitrone und Kernseife, ein vertrauter Geruch, und ich drückte mich noch fester in die wohltuende Umarmung. Ich erlaubte mir, sie einen kleinen Moment zu genießen, auch wenn ich wusste, dass dieser Augenblick schneller vorbei sein würde, als mir lieb war.

»Wenn wir es nicht tun, Gemma, wird es niemand tun«, sagte der Mann zu mir und strich mir sanft übers Haar.

»Ich habe Angst, dich zu verlieren«, erwiderte ich und konnte meine Tränen nicht länger zurückhalten. Der Druck war zu groß. Alles brach über uns zusammen.

»Du wirst mich nie verlieren.«

Schwer atmend schreckte ich aus dem Traum hoch und hatte einen Namen auf der Zunge.

»Ezra«, flüsterte ich ins Halbdunkel und genoss die angenehme Gänsehaut, die mir bei diesem Namen den Rücken hinunterfloss.

Doch das Gefühl der Umarmung verflüchtigte sich langsam wieder und zurück blieb eine schwerwiegende Einsamkeit, die mich mit Sehnsucht erfüllte.

Dieser Traum war sowohl schrecklich als auch wunderschön gewesen und ich wünschte mir, dass es mehr war als ein bloßer Traum. Etwas, was ich zurückholen konnte.

Der Mond schien durch die dünnen Vorhänge und zauberte zusammen mit den Pflanzen auf der Fensterbank abstrakte Muster auf die Bettwäsche.

Neben mir lag Vika, umschlang mit ihren langen Beinen ihre Decke und schnarchte leise. Zum Glück hatte ich sie mit meinem plötzlichen Erwachen nicht auch geweckt. Aber es war ja auch Vika.

Eilig schob ich mich aus dem Bett und tapste barfüßig aus dem Zimmer und ins Bad, um meine Blase zu erleichtern. Ich hätte vor dem Schlafen nicht so viel Kaffee trinken sollen.

Noch während ich auf der kalten Kloschüssel saß, ließ ich mir die Gesprächsfetzen durch den Kopf gehen, an die ich mich jetzt noch erinnerte. Doch ein Satz blieb mir besonders präsent: »Wenn wir es nicht tun, Gemma, wird es niemand tun.«

Die Schattenerinnerung an diesen Satz hatte ich schon einmal gehabt. Ein Postbeamter hatte ihn zu mir gesagt. Oder ich hatte mir zumindest eingebildet, dass er ihn gesagt hätte. Echt irre, auf was für seltsame Arten Erinnerungen ihren Weg ins Bewusstsein zurück suchten.

Vielleicht kamen noch mehr davon hoch, wenn ich Ezra wiedersah. Es schien mir nicht so abwegig, dass er den Auslöser für diesen Traum darstellte.

Er war mein nächster Ansatzpunkt in Richtung Wahrheit und Euphorie erfasste mich. Ich hatte schon fast geglaubt festzustecken, nachdem Kent mich so unsanft abserviert hatte.

Umständlich wusch ich mir die Hände und versuchte mich fieberhaft daran zu erinnern, wo ich das Kärtchen von Ezra hingesteckt hatte. Zuerst war es in meiner Hand gewesen, dann hatte Luna von meinem klingelnden Handy erzählt und meine Konzentration hatte sich auf meine Eltern umgelenkt.

Wo war also das Kärtchen? Ich hatte es doch nicht etwa verloren?

Eilig schlich ich mich aus dem Bad und schnappte mir Vikas Schlüsselbund, der neben der Tür an einem Hakenbrett hing. Sir Francis Drake, der in seinem Käfig herumwuselte, starrte mich an, als fragte er sich, warum ich um diese Uhrzeit wach war. Eine wirklich gute Frage.

Vor meiner eigenen Wohnungstür stoppte ich kurz, aus Angst vor der Leere, die mich heimgesucht hatte.

Doch wenn ich diese Anfälle loswerden wollte, musste ich aus Schatten echte Erinnerungen machen. Nur herauszufinden, was wirklich passiert war, konnte mich wieder auf Kurs bringen. Und meine Mutter hoffentlich gleich mit.

Ich betrat die finstere Wohnung, in die die nächtliche Kühle durch die geöffneten Fenster hereinzog. Ich hatte bei meiner Flucht alles offen stehen lassen.

Es brauchte einen Moment, ehe mir bewusst wurde, dass ich hier weder leise sein noch im Dunkeln herumstolpern musste. Entschlossen schaltete ich das Licht ein.

Blinzelnd tapste ich durchs Wohnzimmer, um die Fenster und die Balkontür zu schließen.

Die Wohnungstür schloss ich nicht hinter mir, für den Fall, dass ich wieder schnell fliehen wollte, und tastete mich Schritt für Schritt über den glatten Holzboden in Richtung Schlafzimmer.

Alles sah aus wie immer, machte mir aber nicht mehr so viel Angst wie noch zuvor. Nur dem Bett kam ich nicht zu nahe, also mussten hier die Fenster wohl erst mal offen bleiben.

Auf dem Boden davor lagen einige Klamotten verteilt. Meine anthrazitfarbene Bundfaltenhose, deren Taschen ich durchsuchte, die Bluse und der schwarze BH, die ich zur Seite schubste auf der Suche nach meiner Handtasche.

Es dauerte eine Weile, bis ich sie auf der Couch entdeckte, und stürzte mich förmlich auf sie. Ungeduldig riss ich sie auf, kippte den gesamten Inhalt auf dem Teppich aus und schob ihn auseinander, um einen Überblick zu bekommen.

Ein paar alte Kassenzettel, Lippenpflege, die Dose, in der ich meinen Menstruationscup aufbewahrte, für alle Fälle, Papierschnipsel und ein verloren geglaubter Ohrring.

Mein Herzschlag beschleunigte sich und die Panik kroch mir ganz langsam in den Nacken und rollte sich dort zusammen. Was, wenn ich die Karte verloren hatte?

Ganz bewusst versuchte ich langsamer zu atmen, um meinen Puls zu beruhigen. Schließlich wusste ich, wo Ezra gewesen war. Und zwar auf der Messe. Mit ein bisschen Glück war er morgen wieder dort oder wenigstens ein Kollege, den ich danach fragen konnte.

Vorsichtshalber durchsuchte ich noch einmal die Tasche und griff auch noch ein zweites Mal in das schmale Seitenfach. Etwas pikte mir unangenehm in den Finger und ich drehte die Tasche auf links, weil ich in meiner Hektik zu ungeschickt war, dieses Etwas zu greifen.

Als ich das Kärtchen aus Naturpapier endlich herauszog, stieß ich impulsiv einen kleinen Jubelschrei aus und sprang erleichtert auf die Beine.

Mein Telefon fand ich in dem Baumwollrucksack, der neben der Tür am Boden stand. Mit flinken Fingern tippte ich die Nummer ein und speicherte sie unter meinen Kontakten.

›*Hier ist Gemma. Wenn du Zeit hast, können wir uns ja morgen mal irgendwo zum Quatschen treffen.*‹, schrieb ich an Ezra, ohne viel darüber nachzudenken, und schickte die Nachricht mit einer übertriebenen Geste meines Fingers ab.

Für einen Moment hielt ich die Luft an und wartete darauf, es zu bereuen, so voreilig gehandelt zu haben. Doch die Empfindung stellte sich nicht ein, im Gegenteil. Es war ein so irre gutes Gefühl, es getan zu haben, dass es einfach richtig sein musste. Ganz sicher war ich der Wahrheit auf der Spur.

12

Mit der Tür ins Haus

Obwohl ich mir erhoffte, nach der Nachricht an Ezra eine gewisse Erleichterung zu verspüren, tat ich trotzdem kaum noch ein Auge zu.

Ich wälzte mich herum, verfluchte den Mond und warf ständig einen Blick auf mein Handy, als erwartete ich, dass er mir sofort antworten könnte. Er schlief sicher, wie jeder normale Mensch das nachts tat.

Als allerdings gegen halb sechs das Display plötzlich aufleuchtete und mir eine neue Nachricht anzeigte, sprang ich wie angestochen aus dem Bett auf. Adrenalin schoss mir durch die Adern und ich war auf der Stelle hellwach.

Aufgeregt entsperrte ich das Handy und landete sofort in dem Chat, den ich nicht geschlossen hatte. Und da war sie, eine Nachricht von Ezra.

›Hallo Gemma. Ich freu mich, dass du mir tatsächlich schreibst. Ich würde mich sehr gern mit dir treffen. Meinst du mit »morgen« heute oder wirklich morgen? Heute hätte ich zufällig frei. Muss erst morgen wieder zur Messe. Ich stehe dir also jederzeit zur Verfügung.‹

Mein Herz klopfte mir bis zum Hals und ein angenehmes Kribbeln breitete sich in meiner Magengegend aus, obwohl es doch nur eine Nachricht war. Wenn man bedachte, dass Ezra und ich uns erst zweimal begegnet waren, wirkte die Reaktion meines Körpers viel zu überzogen.

Doch wer wusste schon, was da zwischen uns gewesen war in diesem Zeitraum, an den wir uns beide nicht erinnerten. Vielleicht hatten wir was miteinander gehabt, möglicherweise waren wir sogar ein Paar gewesen.

Hoffentlich würden wir das noch herausfinden.

Die Decke raschelte, als ich mich erhob und trippelnd das Schlafzimmer verließ, um Vika nicht vielleicht doch zu wecken.

›*Ja, ich meinte heute.*‹, schrieb ich und setzte ein lachendes Emoticon dahinter. ›*Dann passt das ja perfekt, ich habe heute auch nichts zu tun. Wir könnten was essen gehen. Oder spazieren.*‹

Leise schloss ich die Zimmertür hinter mir, schaltete in der Küche den Wasserkocher ein und machte mich auf die Suche nach dem Instantkaffee, den Vika für mich immer kaufte. Natürlich hätte ich auch rüber zu mir gehen und mir einen durch die Kaffeemaschine laufen lassen können, aber dafür beschäftigte sich mein Kopf noch zu sehr mit Ezra.

So nervös und kribbelig war ich wegen eines Kerls schon lange nicht mehr gewesen. Meine letzte echte Verliebtheit lag mehr als drei Jahre zurück und es war eine kurze Odyssee mit lauwarmen Gefühlen und seltsamen Küssen gewesen.

Nicht dass ich jetzt schon über Verliebtheit sprechen würde, dafür wusste ich viel zu wenig von ihm. Doch die Empfindungen aus meinem Traum schwangen noch in mir nach, und wenn ich die Augen schloss und mich daran erinnerte, wie sich diese Umarmung angefühlt hatte, der angenehme Geruch und das Gefühl der Körperwärme eines Mannes unter meinen Fingern, dann konnte ich die Verliebtheit beinahe auf der Zunge schmecken.

Da war definitiv etwas zwischen Ezra und mir gewesen.

Ich holte gerade eine Tasse aus dem Regal, als mein Handy wieder aufleuchtete und mir abermals einen Adrenalinkick verschaffte.

›*Klingt gut. Frühstück?*‹, stand da doch tatsächlich und ich musste aufpassen, vor Schreck nicht die Tasse fallen zu lassen. Es handelte sich um eine von Vikas Lieblingstassen, die mit den Heißluftballons drauf. Sie würde mich einen Kopf kürzer machen, wenn die zu Bruch ging.

Blinzelnd rang ich um meine Fassung und las die wenigen Worte noch einmal. Frühstück, wow, damit hatte ich nun wirklich nicht gerechnet. Das ging alles viel schneller als erwartet und doch konnte ich es kaum erwarten aufzubrechen.

›*Klar. Wann und wo?*‹, tippte ich und fühlte mich fast ein bisschen zu mutig. Schließlich traf ich mich hier mit einem fremden Mann und wer wusste schon, ob ich meinen Gefühlen wirklich trauen konnte.

›Ich kenn mich in der Gegend gar nicht aus. Mach du einen Vorschlag.‹

Hm. Ich wusste nicht genau, wo er wohnte, aber er kam zur Messe und wir waren uns das erste Mal im Rosenbecker-Center begegnet. Also war er wohl mobil.

Geistesabwesend löffelte ich Instantkaffee in meine Tasse.

Es war mir auch lieber, den Ort unseres Treffens selbst auszusuchen. So konnte ich eine Gegend wählen, in der ich mich wohlfühlte und in der sich viele Menschen aufhielten.

›Gegenüber vom Rosenbecker-Center gibt es ein Lese-Café. Da haben sie auch Frühstück. Falls dir das passt.‹

Dort war ich schon öfter mit Vika gewesen und auch Mama liebte diesen Ort. Sofort bekam ich ein drückendes Gefühl im Bauch, als ich daran dachte, wie sie im Krankenhaus in ihrem Bett gelegen hatte, Schläuche in Arm und Hals.

Ach Mama. Ich seufzte laut, versuchte mich auf die Gegenwart zu konzentrieren und goss heißes Wasser auf das Kaffeepulver in meiner Tasse.

Wenn ich genug herausfand, würde sie wieder in Ordnung kommen, davon war ich überzeugt. Und dann konnten auch wir wieder im Lese-Café groß Frühstücken gehen.

Der Geruch von Kaffee breitete sich ganz langsam im Raum aus und ich zog mir einen der hohen Hocker heran, um mich an den Tresen zu setzen.

›Ich werde es finden. Sagen wir gegen neun Uhr?‹, sah ich aus dem Augenwinkel die neue Nachricht im Chat und lächelte. Bis neun waren es noch etwa drei Stunden, also mehr als genug Zeit, mich frisch zu machen und richtig schlimm aufgeregt zu werden.

Vielleicht sollte ich mit Vika darüber reden, das würde es leichter machen. Ich musste ihr ja nicht sofort sagen, was es mit Ezra wirklich auf sich hatte, obwohl mein schlechtes Gewissen in dieser Hinsicht immer schlimmer wurde. Doch meine Sorge um sie wog so schwer, dass ich es im Moment einfach nicht mit mir vereinbaren konnte, sie in die Sache mit reinzuziehen.

Schon lange spürte ich, dass das hier nicht nur Kinkerlitzchen waren. Hier war richtig fett die Kacke am Dampfen und bevor ich nicht einschätzen konnte, was sich darunter noch alles an Mist verbarg, würde ich ihr nichts sagen, wenn sie nicht direkt damit zu tun hatte.

»Wie kannst du um acht Uhr morgens nur so frisch aussehen?«, murrte sie, als sie zwei Stunden später aus ihrem Schlafzimmer geschlurft kam, die Locken völlig verfilzt und einen Knitterabdruck von ihrem Kissen im Gesicht.

Ich hatte bereits geduscht, meinen dritten Kaffee geleert und fühlte mich energiegeladen und so hibbelig, wie man vor einem Date nur sein konnte.

Denn das war es: ein Date.

Ein Kerl hatte mir seine Nummer zugesteckt und ich hatte ihn gefragt, ob wir uns treffen wollten.

Ich füllte neues Wasser in den Kocher und stellte ihn an, damit ich Vika einen Tee machen konnte. Sie ließ sich so, wie sie war, in weißem Top und geblümter Panty, auf den Hocker mir gegenüber sinken, während ich ihren Lieblingstee aus dem Regal holte.

Obwohl Vikas Augen noch halb geschlossen waren, schien ihr Verstand bereits wach zu sein. »Sag mal, hast du dich chic gemacht? Hast du was vor?«, fragte sie mich und ich wirbelte einen Tick zu schnell zu ihr herum, um nicht auffällig zu sein.

»Ich glaube, ich habe ein Date«, gab ich ohne Umschweife zu, senkte verlegen den Kopf und fuhr mir mit den Händen übers Gesicht, das sich erhitzt anfühlte.

»Du glaubst? Wann ist das passiert?«, erkundigte sie sich lachend und schlug die Beine übereinander, bei denen bereits beide Waden tätowiert waren. Bald ging ihr wirklich der Platz aus.

»Als du noch im Königreich der Träume warst«, erwiderte ich und goss den Tee auf, so wie Vika es mir gezeigt hatte. Denn die Lady war eigen, was ihren Tee anging.

Vika verzog ungeduldig den Mund. »Jetzt komm schon, erzähl was. Mit wem triffst du dich?« Plötzlich riss sie die Augen auf. »Oliver Grand!«, rief sie aus und war auf einen Schlag hellwach.

Ich musste lachen und schob ihr die Teetasse hin. »Nein, nicht mit Oliver. Ich bin gestern auf der Messe in einen Typen reingerannt, den ich die Tage zuvor beim Kaffeeholen getroffen habe, und er hat mir seine Nummer gegeben«, erzählte ich brav und konnte kaum still sitzen vor Aufregung. Es wurde immer schlimmer, umso länger ich hier rumhing. Ich kannte mich, das wurde erst besser, wenn ich mich wirklich auf den Weg machte. Aber bis dahin musste ich noch eine halbe Stunde totschlagen.

»Davon hast du aber gestern noch nichts erzählt, oder?«

Ich schüttelte den Kopf und meine Wangen, die gerade schon richtig heiß geworden waren, kühlten augenblicklich ab. »Gestern hatte ich andere Sachen im Kopf.«

»Natürlich, tut mir leid. Das war jetzt blöd von mir«, entschuldigte sie sich und ich wischte es nur mit einer Handbewegung fort. Ich durfte nicht zu viel an gestern denken. Denn nur so kam ich vorwärts und würde etwas erreichen.

»Er ist groß, er hat eine angenehme Stimme und Sommersprossen auf der Nase«, erzählte ich, damit wir nicht gedanklich weiter bei meiner Mutter verweilten.

Vika lächelte mir sanft zu, weil sie genau spürten musste, wie ich das Thema vermied. Sie kannte mich nicht anders und drängte mich selten, mit der Sprache rauszurücken. Denn ich brauchte nun mal meine Zeit, um die Dinge zuerst einmal mit mir selbst auszumachen, bevor ich darüber sprach, und das wusste sie.

»Ich habe ihm heute Nacht geschrieben, als ich nicht schlafen konnte, und er hat vorgeschlagen, sich heute Morgen zum Frühstücken zu treffen.«

»Da lässt einer wohl ungern was anbrennen«, warf Vika ein und ich schüttelte den Kopf.

»Bisher schien er mir zu schüchtern, um ein Frauenaufreißer zu sein«, informierte ich sie, damit sie nichts Falsches dachte, und Vika hob herausfordernd die Augenbrauen.

»O Schatz, ich meinte nicht ihn«, sagte sie und ich war einen Moment zu perplex, um etwas Schlagfertiges zu erwidern.

»Ach was, das ist nur … ich meine …« Ich stotterte mir noch meine Antwort zusammen, während Vika schon über mich lachte und sich mit der Teetasse in der Hand vom Hocker schwang.

»Jaja, rede du nur. Ich kenn dich ganz genau. Wenn an dem Typen nicht irgendwas Besonderes wäre, hättest du ihm nie von dir aus geschrieben. Oliver Grand hältst du seit sicher anderthalb Jahren auf Abstand, obwohl er verzweifelt versucht, an dich ranzukommen.«

»Das ist ja wohl was anderes. Oliver Grand ist nicht gerade der Typ für eine Beziehung«, erwiderte ich fast schon abfällig und sah Vika dabei zu, wie sie ihre Yogamatte hinter einem Sessel hervorzog und auf dem Boden ausbreitete.

»Suchst du denn eine Beziehung?«, konterte sie und ich verdrehte die Augen über ihre Schlussfolgerung.

»Nein. Nicht zwingend.« Ungeschickt angelte ich nach meiner Tasse, nur um erneut festzustellen, dass ich bereits ausgetrunken hatte. »Aber das mit mir und Oliver ist anders. Wir sind Kumpel.«

»Kumpel mit starken sexuellen Vibes.« Vika stellte ihren Tee neben sich und ließ sich auf der Matte nieder. »Magst du mitmachen?«

»Ich muss in zwanzig Minuten bei der Bahn sein«, erinnerte ich sie und strich das Shirt glatt, das ich zu einer schwarzen Jeans trug. Es hatte einen maritimen Look, weiß mit dunkelblauen Streifen.

»Außerdem, mein Fräulein, glaub nicht, ich würde nicht merken, wo *deine* Vibes gerade hingehen«, warf ich ihr an den Kopf und Vikas volle Lippen formten sich zu einem breiten Grinsen. Na, dann war ja alles klar. Anscheinend hatten Dani und sie ihr ›Missverständnis‹ gestern noch geklärt.

»Ich habe sie geküsst und obwohl sie beim ersten Mal ziemlich schnell abgehauen ist, scheint sie nicht abgeneigt zu sein, wieder geküsst zu werden.« Fast schon triumphierend reckte Vika den Hals und wirkte äußerst zufrieden mit der Situation.

»Na dann, wann musst du zur Arbeit?« Langsam erhob ich mich, schnappte mir meine Handtasche und sah sie noch einmal durch, ob ich auch wirklich alles dabeihatte, was ich brauchen könnte.

Schlüssel, Portemonnaie, Taschentücher, Lippenpflege, Cuttermesser …

»Erst um elf. Schreib mir unbedingt, wie es war, dein *Date.*« Sie sagte es, als glaube sie nicht so recht daran, dass es sich bei diesem Treffen wirklich um ein solches handelte.

Und irgendwie war ihr Misstrauen auch berechtigt. Ich hatte nie Dates mit Typen, denen ich irgendwo begegnet war. Das war eher Vikas Art und ging zu fünfundneunzig Prozent in die Hose.

Man konnte schon sagen, dass ich ziemlich froh sein konnte, dass sie sich gerade Dani angelacht hatte. Sie gefiel mir an Vikas Seite hundertmal besser als all die komischen Männer und Frauen, zu denen sie sich sonst hingezogen fühlte.

»Mach ich.« Ich warf einen letzten Blick auf mein Handy und verließ die Wohnung. Bei mir drüben holte ich mir meine braunen Boots und ging dann noch einmal zurück, um Vika zum Abschied einen Kuss auf die Wange zu drücken, während sie sich auf ihrer Matte verdrehte.

»Bevor du gehst«, hielt Vika mich noch auf und sah mich mit spitzbübischem Blick an, »wie heißt dein sommersprossiger Ritter denn?«

»Er ist kein Ritter und sein Name ist Ezra«, teilte ich ihr mit und konnte nicht verhindern, dass sich bei seinem Namen ein leichtes Trommeln in meinem Magen ausbreitete, das einem Sommerregen gleichkam und das Lächeln auf meinen Lippen meine Wangen schmerzen ließ.

Nervös nestelte ich am Saum meines Shirts.

Die Uhr, die auf der anderen Straßenseite an der blaugrünen Glasfassade des Rosenbecker-Centers prangte, zeigte drei Minuten vor neun. Ich glaubte, mir müsste bald das Herz aus der Brust springen, so fest wummerte es.

Mittlerweile hatte ich mir sogar schon selbst verboten, nur seinen Namen zu denken, weil mich allein das schon völlig aus dem Konzept brachte. Dabei wollte ich doch ganz dringend einen klaren Kopf bewahren.

Denn wie lieb es mir auch wäre, dass es sich hierbei nur um ein einfaches Date handelte, bei dem man sich nett unterhielt und gegenseitig unauffällig beschnupperte, war es doch viel mehr. Ich hatte vor, ihn auf unsere gemeinsame Vergangenheit anzusprechen, die wir beide verloren hatten.

Der leichte Wind kühlte mir das Gesicht und obwohl es nicht zu warm war, schwitzte ich vor Aufregung.

Als ich einen großen rothaarigen Mann aus einer schmalen Gasse rechts von mir kommen sah, blieb mir im ersten Moment beinahe das Herz stehen.

Er trug eine braune Hose, ein naturfarbenes Hemd und einen dunklen Trenchcoat darüber, die perfekte Kombination, um seriös und geheimnisvoll zugleich auszusehen. Als wäre er dem Cover eines Romans entstiegen. Es fragte sich nur, welches Genre dieser hatte. War es eine Lovestory, ein Actionroman oder ein Drama?

Ich wusste es nicht und meine Gefühle konnte mir da auch nicht helfen. Denn all die Euphorie und die nervöse Panik, die ich mir gemacht hatte, ebbten ganz langsam ab, als er vor mir zum Stehen kam, die Hände in den Manteltaschen, und mich angrinste.

»Hey«, sagte er und seine Augen strahlten heller, als ich es in Erinnerung hatte.

»Hey«, machte auch ich und wusste nicht recht wohin mit mir. Gab ich ihm die Hand? Umarmte ich ihn? Ich wusste es selbst nicht, konnte die Emotionen in mir nicht richtig deuten.

Es war ganz anders, als ich es mir vorgestellt hatte. Nach dem Traum heute Nacht und all den flatternden Gefühlen in meinem Bauch hatte ich erwartet, dass mir das Herz aufgehen würde, wenn ich Ezra wieder begegnete. Dass sich das Kribbeln verschlimmerte und ich mich erinnern würde an das, was wir zwei mal gewesen waren.

Doch die erhoffen Gefühlsregungen blieben aus und trotz der seltsamen Verbundenheit zu ihm, die ich nicht richtig festmachen konnte, empfand ich eine gewisse Entfremdung zwischen uns.

Wir schlenderten nebeneinander ins Lese-Café, dessen dunkelgrüner Fassadenanstrich an vielen Stellen zu bröckeln begann, was dem ganzen Gebäude nur noch mehr Charme gab.

Es waren noch nicht viele Menschen hier, da die meisten an einem Freitagmorgen wohl zur Arbeit gingen, anstatt sich in einem Café zu treffen.

Die Sonne schien durch die großen Schaufenster und wir setzten uns seitlich davon neben eins der deckenhohen Bücherregale, sodass wir die Sonne genießen, aber von außen nicht gleich gesehen werden konnten. Der Geruch von Kaffee und der Süße von Kuchen hing in der Luft und ließ einem das Wasser im Mund zusammenlaufen.

»Richtig schön hier.« Ezra klang, als ob es ihn überraschte, und sah sich in dem kleinen Raum um, der von dunklen Farben und Bücherregalen dominiert wurde. »Warst du schon öfter hier?«, fragte er, zog den Trenchcoat aus und hängte ihn über die Rückenlehne seines Stuhls.

»In letzter Zeit nicht mehr. Früher waren meine Mutter und ich sonntagvormittags hier, haben gelesen und uns mit Apple-Crumble vollgestopft«, erzählte ich und musste mich zusammenreißen, um bei der Erinnerung nicht wehmütig zu werden. Das konnte ich jetzt sicher nicht gebrauchen. Eine Ablenkung musste her und ich zog eine der Menükarten aus einem kleinen Ständer in der Mitte des Tisches.

»Also ist der Apple-Crumble hier wohl gut.« Ezra schmunzelte und ich betrachtete dabei jedes kleine Zucken in seinem Gesicht. Die gerade Nase, die sich ganz leicht kräuselte, wenn er lächelte. Die unzähligen Sommersprossen auf seiner blassen Haut, die sein Gesicht so lebendig wirken ließen. Die graublauen Augen, die aussahen wie der Himmel an einem vollkommenen Herbsttag.

Er kam mir so bekannt vor und doch, wenn ich festmachen wollte, was es war, entglitt mir der Gedanke wieder.

»Ja, ist er«, bestätigte ich und zupfte an den Seiten der Karte herum.

Ezra knetete seine Hände, nahm ebenfalls eine der Karten zur Hand und schien ebenso wenig zu wissen wie ich, was man denn sagen könnte, um sich nicht nur gegenseitig anzuschweigen.

Das konnte ja was werden. Leider war ich nicht Date-erprobt genug, um die Situation souverän zu lösen, und so musste ich zu den Maßnahmen greifen, zu denen ich fähig war: Pragmatismus.

»Alles klar, superpeinliches, erstes richtiges Treffen«, sagte ich laut, schlug die Karte wieder zu und atmete tief durch. »Wie wär's, wenn ich was über mich erzähle und dann erzählst du was über dich? Und wir beide finden heraus, woran es liegt, dass wir nicht aufhören können, einander anzustarren.« Vielleicht war das ein wenig zu direkt gewesen, aber immerhin drucksten wir jetzt nicht weiter herum.

Ezra sah mich zuerst erstaunt an und begann zu lachen. »Ja, du hast wahrscheinlich recht«, gab er leise zu und ich schüttelte den Kopf über uns.

Es war aber auch zu seltsam, dieses Gefühl, sich zu kennen, ohne sich zu kennen. Außerdem wollte ich diese Verliebtheit zurück, die mir allein sein Name schon vermittelte. Doch anscheinend reichte es nicht, sich nur zu sehen. Ich musste ihn auch kennenlernen.

»Also. Ich bin Gemma Henson, zwanzig Jahre alt. Ich liebe das Licht am Morgen und starken Kaffee«, begann ich und faltete die

Hände im Schoß, um die Menükarte nicht weiter zu zerfleddern. »Vor vier Wochen habe ich meine Ausbildung als AIC-Technikerin bei Biolog Medical abgeschlossen und fange Montag an zu arbeiten.«

Ich warf dem Mann mir gegenüber einen erwartungsvollen Blick zu, damit er wusste, dass jetzt er an der Reihe war, und er räusperte sich verhalten.

»Also, mein Name ist Ezra Hittinger. Ich bin vierundzwanzig und liebe Instrumentalmusik«, machte er es genau wie ich, und obwohl es ihn verlegen werden ließ, sah er mir unverwandt in die Augen. »Ich arbeite seit einer Weile für *Scytech Corporation.* Wir stellen Hightechprothesen her. Mit der Entwicklung habe ich aber eigentlich nichts zu tun. Ich bin nur für die Öffentlichkeitsarbeit zuständig. So was wie Werbeaufträge koordinieren und Prospekte erstellen lassen. Klingt jetzt wahrscheinlich langweilig«, tat er es ab und ich konnte ihm nicht zustimmen.

Es fiel mir nicht schwer, ihn mir in einem Büro vorzustellen, in dem alle schicke Anzüge trugen. Wie er zwischen Kollegen stand und mit freundlicher Stimme Aufträge weitergab.

Das Bild, das ich mir in meinem Kopf ausmalte, hatte etwas Normales, Einfaches, aber auch Geregeltes. Es zeigte mir Ezra als stabile Persönlichkeit, ruhig und mit wachem Verstand.

»Ich finde nicht, dass es langweilig klingt.«

»Manchmal ist es das aber schon. Zum Glück ist jedes Jahr die Messe. Da kommt man dann auch mal raus, kann reisen und sich sogar die Stadt ansehen«, erzählte Ezra und ich war froh, dass er weitersprach. Ich hätte nicht gewusst, was ich sonst noch hätte sagen sollen.

»Scytech ist nicht in der Stadt?« Eigentlich wusste ich nicht viel über diese Firma. Außer dass sie eine Tochtergesellschaft von Biolog Medical war.

»Nein. Wir sind fünf Stunden hierhergefahren. Aber ich lass es mir nicht nehmen, jedes Jahr dabei zu sein.«

»Dann warst du vor zwei Jahren auch hier?«, fragte ich ganz gezielt und er nickte.

»Ja, warum?«

Ich runzelte die Stirn, spürte meine Gedanken rasen. Er wohnte also gar nicht hier und war nur jedes Jahr für drei Wochen für die

Messe zugegen. Diese Information klang nach einem weiteren Hinweis; ein kleines Zeitfenster, das ich gezielt im blauen Notizbuch nachschlagen konnte, sobald ich es mir wieder erlauben konnte, mir danach in den Finger zu schneiden.

Es war gut, eine neue Spur zu haben, doch in meinem Bauch drückte es gleichzeitig, so als ob mir womöglich nicht gefallen würde, was ich entdecken konnte.

»Wie haben wir uns nur kennengelernt?«, fragte ich mich selbst und sagte es ganz bewusst so, dass er es auch hörte und nicht nur in meinen Gedanken.

Ezra hob irritiert den Kopf. »Na ja. Im *Coffee Praise*«, erwiderte er mit einem unschuldigen Lächeln auf den Lippen.

»Nein, so meinte ich das nicht«, setzte ich gerade an, da wurden wir von einer jungen Bedienung gestört, die an unseren Tisch kam.

Ich brauchte einen Moment, um mich zu sammeln, weil sie in unsere Zweisamkeit platzte, in der ich kurz vergessen hatte, wo wir waren.

Und es ärgerte mich insgeheim, nicht mein mühsam angesprochenes Thema auszuführen. Hoffentlich kamen wir wieder darauf zurück, denn es war schwer genug, Ezra auf diese seltsame Sache mit den gelöschten Gedanken aufmerksam zu machen. Wie sagte man so was auch, ohne als völlig verrückt dazustehen?

Wir bestellten beide den Apple-Crumble, für mich einen extragroßen Kaffee, für Ezra einen Earl Grey und Orangensaft.

Die Bedienung dankte uns freundlich und dackelte zum nächsten Tisch.

Ich ließ meinen Blick aus dem Schaufenster gleiten und dachte darüber nach, wie ich am besten mit meinen Erkenntnissen rausrückte, ohne mit der Tür ins Haus zu fallen.

Draußen eilten die Menschen hin und her, der gläserne Palast des Einkaufszentrums warf einen türkisfarbenen Schatten auf die Straße. Gegenüber dem Café saß ein Mann im mittleren Alter auf einer Bank und starrte auf sein Tablet. Es herrschte tolles Wetter, um im Freien zu lesen.

Ich konnte mich nicht erinnern, wann ich das letzte Mal ein Buch zur Hand genommen hatte, das nicht mit meiner Ausbildung verbunden war.

»Wie hast du es gemeint?«, erkundigte sich Ezra und ich blinzelte irritiert.

»Wie bitte?«, fragte ich ihn und da ging mir auf, dass er Anschluss an das Gespräch von gerade eben nahm. Für einen Augenblick war ich so erleichtert, dass ich lächeln musste. Dieser Mann war aufmerksamer, als ich ihm zugetraut hatte.

»Du sagtest ...«, begann er und ich nickte.

»Ja, genau. Ich habe mich gefragt, wie wir uns das erste Mal kennengelernt haben«, unterbrach ich ihn und sein Gesicht nahm einen verwirrten Ausdruck an, als sich seine hellen Augenbrauen zusammenzogen.

»Lass mich erklären«, sagte ich, bevor er fragen konnte, und legte meine Hände auf den Tisch. Sie zitterten leicht und ich hoffte inständig, Ezra würde jetzt nicht gleich einfach seinen Mantel nehmen und gehen, wenn ich meine Überlegungen aussprach.

»Tut mir leid, wenn das jetzt total komisch rüberkommt, aber ich denke, wir beide sind uns schon einmal früher begegnet.«

Ezra lachte kurz auf. »Ich denke nicht, dass du mir irgendwas sagen kannst, was mir komisch vorkommt.« Er fuhr sich fahrig mit den Händen durchs rote Haar. »Ich bin doch der Typ, der dir meine Nummer aufgezwungen hat und zusammenhangslosen Kram daherstottert. Außerdem werde ich ja selbst das Gefühl nicht los, wir würden uns von irgendwoher kennen.«

»Ja, das haben wir bestimmt«, ereiferte ich mich und zupfte an dem Klettverschluss meiner Schiene herum, weil meine Nervosität immer mehr anstieg. »Und dann hat man uns das Gedächtnis gelöscht«, fügte ich hinzu und versuchte meiner Stimme Kraft zu verleihen, um überzeugend zu klingen, und wandte meinen Blick nicht von seinem Gesicht ab.

Ezra schüttelte lachend den Kopf, als hätte ich einen Scherz gemacht, doch ich hielt meine Miene unverändert ernst.

Sein Lächeln wurde unsicherer und verschwand dann gänzlich. »Moment, das war kein Witz?«, wollte er wissen und ich schüttelte den Kopf.

»Kein Witz«, bestätigte ich und sah weiterhin in die blauen Augen meines Gegenübers.

»Das Löschen von Gedanken ist illegal«, kam er mit genau den gleichen Floskeln, die wir alle draufhatten. Weil die Medien uns das immer und immer wieder erzählten. Weil wir uns dadurch sicher fühlten, als wäre das die Garantie dafür, dass so was niemals passieren konnte.

»Ich habe auch nie behauptet, dass wir uns dem freiwillig unterzogen haben und das alles von den Gesundheitskassen abgesegnet wurde.« Bitter verzog ich den Mund und unterdrückte die aufkommende Unruhe. Noch war Ezra nicht aufgesprungen oder hatte mich als durchgeknallt bezeichnet.

Er sah aus, als ob er noch etwas sagen wollte, schloss den Mund aber wieder und begann, auf seiner Unterlippe herumzukauen. Forschend betrachtete er mich, als versuchte er zu ergründen, was ich dachte.

»Also illegal«, senkte er seine Stimme und ich nickte nur. »Und hast du dafür irgendwelche Beweise? Oder erinnerst du dich daran?«, wollte er wissen und lehnte sich nach vorn, näher zu mir. »Ich will dich nicht angreifen, Gemma, aber es ist doch eine krasse Behauptung.«

Das war es wirklich. Und total verrückt obendrein. Komisch, dass er immer noch nicht gegangen war. Ich an seiner Stelle hätte schon längst dieses schräge Date beendet und die Beine in die Hand genommen.

»Ich sagte doch, dass es dir komisch vorkommen wird.« Auch ich beugte mich ihm entgegen, sodass wir nun aussahen wie zwei, die die Köpfe zusammensteckten. »Und ja, ich habe Beweise«, flüsterte ich beinahe und konnte nur hoffen, dass er mir auch glaubte. Denn ich hatte keinen meiner Beweise dabei, um sie ihm vorzulegen. Darüber hätte ich mal früher nachdenken sollen.

Ezras Augenbrauen zuckten einen Moment überrascht, dann zogen sie sich wieder zusammen.

Ich atmete tief durch und hielt meine Stimme sachlich, während ich sprach. »Du hast mir selbst gesagt, dass dir das öfter passiert. Dass du Leute siehst, die du zu kennen scheinst und dann wieder nicht. Das passiert mir auch. Sicher hast du auch Träume, oder? Solche, die fast real wirken und dir Emotionen ins Herz zaubern, die unmöglich eingebildet sein können. Hattest du schon Anfälle?«

»Gemma, ich fürchte, ich verstehe nicht«, unterbrach er meinen Redefluss, wich aber nicht vor mir zurück.

»Ich hatte schon welche und meine Mutter auch. Ich habe mir bei einem die Hand angebrochen …« Demonstrativ hielt ich die Schiene hoch, die ich zuvor unter meinem Ärmel versteckt hatte. »... und beim Röntgen hat sich gezeigt, dass ich mir mal so gut wie alle Knochen gebrochen hatte und ich erinnere mich nicht daran. Ich habe von einem Unfall geträumt und meine Mutter hat ihn in einem Anfall erneut durchlebt. Ich wurde von einem Laster überfahren, Ezra, ich weiß es aber nicht mehr, weil es gelöscht wurde.« Ich atmete ein, um ihm auch von dem Buch in meiner Wand zu erzählen, dem ersten Hinweis in diesem verrückten Szenario, doch ich hielt mich selbst davon ab, es ihm anzuvertrauen. Niemals hatte ich irgendjemandem von meinen Tagebüchern erzählt und auch jetzt fühlte es sich falsch an, damit rauszurücken.

Ezra starrte mich mit großen Augen an und ich konnte nicht deuten, ob er mich nun für völlig hirnverbrannt hielt oder möglicherweise glaubte, was ich ihm sagte.

»Und du denkst, mir ist das auch passiert? Ich meine, dass man meine Erinnerungen gelöscht hat, nicht dass ich überfahren wurde.« Wäre das alles nicht so furchtbar ernst, hätte ich über diesen Satz wahrscheinlich gelacht. Doch mir war viel zu elend zumute, da ich nun doch mit der Tür ins Haus gefallen war. Jetzt war es schon zu spät.

»Ja. Das denke ich. Und das würde auch erklären, wieso wir glauben, einander zu kennen. Weil wir uns eben tatsächlich gekannt haben.« Die Zuversicht in meiner eigenen Stimme machte mir Angst. Es auszusprechen machte es so viel realer.

Langsam stieß Ezra den angehaltenen Atem aus und lehnte sich in der gleichen Geschwindigkeit wieder an die Lehne seines Stuhls. »Ach du meine Güte. Und ich dachte, keine Ahnung, wir wären Seelenverwandte oder wiedergeborene Seelen oder so.«

Irritiert blickte ich ihn an. Das hatte er jetzt nicht wirklich gesagt, oder? »Wiedergeborene Seelen?«, fragte ich ihn und es klang so absurd, dass ich doch tatsächlich darüber schmunzeln musste. »Und das ist für dich wahrscheinlicher, als dass man an unseren Erinnerungen herumgeschnipselt hat?«

Verlegen rieb er sich den Nasenrücken. »Keine Ahnung. Ich konnte es mir ja selbst nicht erklären. Aber seit dem Moment, in dem wir uns in diesem Café getroffen haben und du mich angesehen hast, kann ich nicht aufhören, an dich zu denken.«

Da war es wieder. Ein ganz leichtes Kribbeln breitete sich in meiner Magengegend aus und machte all die Sorgen in meinem Kopf ein ganz kleines bisschen leichter. »Oh«, machte ich und wusste nicht, wohin ich sehen sollte.

»Okay, das klang jetzt doch viel kitschiger, als ich gehofft hatte«, ruderte Ezra wieder zurück, die Wangen knallrot vor Scham. Doch ich wusste, dass er es genau so gemeint hatte. Als Zuneigungsgeständnis. »Ich meine, es war schon eine eigenartige Begegnung und … und dann bist du mir so im Kopf geblieben und …«

»Ich versteh schon«, rette ich ihn aus seinem Gestotter und sah ihn wieder an.

Ganz leicht verzogen sich seine Lippen zu einem schiefen Grinsen und ich fragte mich, ob wir uns schon einmal geküsst hatten.

»Das hoffe ich«, sagte er und unser Blickkontakt riss auch nicht ab, als die Bedienung mit unserer Bestellung wiederkam.

13

Weihnachtsmarkt im Sommer

Nachdem wir beschlossen hatten, auf Nummer sicher zu gehen und erst mal über andere Sachen zu reden, wurde unser Gespräch lockerer und wir fanden zu weniger schwerwiegenden Themen. Schlechte Fantasy- und Actionserien zum Beispiel, die wir beide unheimlich gern sahen, obwohl wir wussten, wie unzureichend ausgearbeitet sie waren.

»Letztens habe ich mit Tiger Ninja Battle angefangen. Ich habe noch nie jemanden gesehen, der so offensichtlich danebenschlägt«, erzählte Ezra und nippte an seinem Tee.

»Ja, oder? Richtig peinlich. Ich habe die Serie in einem Rutsch durchgesuchtet«, lachte ich und schob mir süßen, nach Zimt duftenden Apfel in den Mund. Das Zeug war einfach himmlisch. Ich hätte mich da glatt reinlegen können.

»Würde ich auch machen, wenn ich nicht die Messe hätte.« Ezras Blick wanderte zum Schaufenster hinaus, gefühlt zum zwanzigsten Mal in den letzten drei Minuten.

Unauffällig reckte ich den Hals, um zu sehen, nach was er Ausschau hielt, konnte aber nichts Ungewöhnliches entdecken. Nur die Menschen draußen, die in regelmäßigen Abständen vorbeifahrende Straßenbahn, die sich laut klingelnd ihren Weg zwischen den Fußgängern hindurch bahnte, und der Mann, der immer noch auf seiner Bank saß wie eine Konstante in der treibenden Menge.

»Blöde Frage, aber fühlst du dich manchmal, als ob dich jemand verfolgt?«, fragte Ezra mich, die Augen immer noch aus dem Fenster gerichtet, und mir lief ein eiskalter Schauer den Rücken hinunter.

»Ja«, gestand ich ihm und sah, wie der Mann draußen auf der Bank das Tablet sinken ließ und uns direkt anzusehen schien.

Instinktiv wandte ich das Gesicht ab, obwohl es draußen viel heller war als hier drin und die Physik für uns arbeitete. Verunsichert nahm ich meine Tasse und trank den letzten Schluck Kaffee.

Auch Ezra verbarg seine Züge, indem er den Kopf auf die Hand stützte. »Tut mir leid, wenn ich jetzt paranoid klinge. Aber diesen Mann auf der Bank habe ich schon mal gesehen, heute früh in der Bahn. Und jetzt sitzt er da draußen schon, seit wir das Café betreten haben.« Wieder kaute er auf seiner Unterlippe und schüttelte dann den Kopf. »Ach nein, vergiss es. Sicher bilde ich mir das nur wieder ein. Wie hast du das genannt? Einen Anfall?«, fragte Ezra mich.

»Nein, ein Anfall ist schlimmer, voller Flashbacks und total wirren Gefühlen. Das, was du beschreibst, sind Schattenerinnerungen«, erklärte ich schnell und schielte wie zufällig aus dem Schaufenster, um den Mann mit dem Tablet im Blick zu behalten. »Aber ich fühle mich auch schon seit einer Weile verfolgt. Wer weiß schon, ob wir uns das wirklich einbilden? Am Ende ist tatsächlich jemand hinter uns her.« Meine innere Unruhe stieg an und ich fragte mich, ob dieser Mann da draußen der gleiche war, der auch mit mir gestern in der Bahn saß, als ich vom Krankenhaus nach Hause fuhr. Ich hatte mich von ihm angestarrt gefühlt und es danach einfach abgetan. Aber möglicherweise stimmte es ja tatsächlich.

Doch aus dieser Entfernung konnte ich das nicht mit Sicherheit sagen.

»Und wer?«, wollte Ezra von mir wissen und schob nervös Krümel auf seinem leeren Teller umher.

Ich seufzte laut. »Wenn ich das wüsste, wären wir definitiv einen Schritt näher an der Lösung.«

»Welcher Lösung?«

»Na ja, warum das hier alles passiert. Wo unsere Erinnerungen hin sind. Wer sie uns genommen hat. Und wieso.«

Ezra sah mich nur skeptisch an.

»Interessiert dich das denn nicht? Ich kann gar nicht mehr schlafen wegen diesem Scheiß. Meine Anfälle werden schlimmer und meine Mutter ist deswegen sogar im Krankenhaus. Ich werde der ganzen

Sache definitiv auf den Grund gehen«, ereiferte ich mich energisch und spürte die leise Furcht in mir, dass Ezra nicht mitzog. Dass ihm das Ganze zu skurril war und er es lieber nicht so genau wissen wollte.

»Und wenn es gefährlich ist?«, fragte er mich und mir wurde der Hals enger bei der Vorstellung, alles weiter allein durchstehen zu müssen. Es tat so gut, auszusprechen, was mein Leben aus seiner Bahn gerissen hatte. Ich wollte nicht zurück in die erzwungene Schweigsamkeit, wenn wir den Weg doch auch zusammen gehen könnten.

Aber aufgeben war keine Option. Ich musste einfach herausfinden, was passiert war. Selbst wenn ich mich weiter allein durchschlug.

»Ich kann nicht zurück, Ezra. Für mich geht es nur vorwärts.« Mein Blick ruhte auf seinem Gesicht, sodass ich ganz genau sah, wie sich seine Züge von Unsicherheit zu Entschlossenheit wandelten.

Erleichtert atmete ich auf, noch bevor er mir antwortete.

»Dann komme ich mit dir.«

»Ich hatte gehofft, dass du das sagst.« Ein Lächeln glitt mir über die Lippen und die Furcht verflüchtigte sich im Rausch meines neu gefassten Tatendrangs.

»Na dann, lass uns mal losgehen und schauen, ob uns der Typ da draußen wirklich verfolgt«, schnaubte ich und ließ meine Schulter kreisen.

»Du bist total verrückt«, lachte Ezra und seine Sommersprossen wirbelten durcheinander. Doch anstatt mich zu tadeln, machte er die Bedienung auf uns aufmerksam und zahlte für uns beide, was mir eine Wärme in den Bauch zauberte. Denn es bedeutete, dass es sich bei unserem Treffen wirklich und wahrhaftig um ein Date handelte.

Betont nebensächlich schlüpfte Ezra in seinen Trenchcoat und ich schnappte mir meine Tasche. Eben nur zwei Menschen, die sich aufmachten und die keine Ahnung davon hatten, dabei möglicherweise beobachtet zu werden.

Wir verließen das Lese-Café und schlenderten ziellos die Straße entlang. Doch ich fühlte mich dabei wie in einem Film. Als wären wir die Protagonisten einer schlechten Serie, die vor einem Bösewicht flohen. Viel zu surreal, um den Ernst so richtig zu begreifen.

»Und wohin jetzt?« Ezra schob wieder die Hände in die Taschen seines dünnen Mantels und man konnte ihm ansehen, dass er seine lässige Haltung nur spielte. Es juckte ihm sicher genau wie mir in den Fingern, sich nach hinten umzusehen. Doch wir starrten brav weiter geradeaus.

Ich zuckte mit den Schultern. »Du bist nicht von hier. Ich könnte dir ein bisschen was von der Innenstadt zeigen. Wir haben hier einen alten Dom und einen Park mit Aussichtsplattform«, schlug ich vor und Ezra nickte.

»Das klingt nach einem Plan.« Unerwartet zog er seine Hand wieder hervor und griff nach meiner linken. Mir setzte vor Schreck das Herz aus und ich versuchte mir das Gefühl seiner Finger auf meiner Haut genau zu merken. Doch obwohl ich mich bemühte, wieder die Gefühle aus meinem Traum hervorzuholen, blieb es doch viel zu stumm in meinem Innern.

Es war also schwerer als befürchtet. Oder aber, ich wollte einfach nur zu viel in zu kurzer Zeit.

Schließlich war ich noch nie sehr gut darin gewesen, mich schnell zu verlieben. Wieso sollte es jetzt anders sein?

Ezra zog mich zu sich und bewegte mich eine halbe Drehung wie bei einem Tanz. Ich ließ mich führen, obwohl ich nicht verstand, was ihn dazu veranlasste, sich mir so plötzlich zu nähern. Doch weder die Geste noch die Nähe waren mir unangenehm und meine Nase erhaschte den Geruch von Zimt und einem erdigen Aftershave.

»Und? Siehst du ihn?«, fragte er mich leise und ich war kurz irritiert. Doch dann ging mir auf, dass es sich bei dieser Annäherung nur um einen Trick handelte, unauffällig nach hinten zu blicken.

Kurz fragte ich mich, ob ich darüber enttäuscht sein müsste, war es aber nicht. Ich konnte nur daran denken, wie genial diese Idee war. Wie in einem echten Agentenfilm.

Doch mein Anflug von Abenteuerlust verpuffte augenblicklich, als ich den Mann im mittleren Alter sah, der sich genau in diesem Moment hinter den Zeitungsstand schob, den wir gerade passiert hatten. Das war er gewesen! Nur wenige Schritte hinter uns.

Adrenalin platzte wie eine Bombe in meinem Gehirn und flutete rasend schnell meinen ganzen Organismus.

»Ja, o Scheiße. Er verfolgt uns tatsächlich«, flüsterte ich und wünschte, ich hätte es schreien können. Denn soeben bestätigte sich, dass ich mich nicht geirrt hatte, als ich dachte, jemand wäre hinter mir her. Es war keinem Anfall geschuldet gewesen, sondern Wirklichkeit. Verdammt!

Ich drehte mich wieder zurück, ließ Ezras Hand jedoch nicht los. Warm und trocken lagen seine Finger um meinen Handrücken und es wäre schön gewesen, dieses Gefühl weiter auszukosten und in meinem Inneren nach Reaktionen zu forschen. Doch dafür hatten wir keine Zeit.

Wir legten einen Schritt zu und ich führte uns zur belebteren Einkaufsstraße. Unaufhörlich hämmerte mein Puls durch meine Adern. Geschickt wichen wir entgegenkommenden Menschen aus und schlängelten uns vorwärts.

Ich hörte das aufdringliche Klingeln der Straßenbahn und realisierte erst, dass sie sich direkt vor uns über die Straße schob, als Ezra meine Hand fester packte und mich genau in dem Moment mit sich über die Schienen zog.

Mir blieb beinahe das Herz stehen, als wir mit einem gewagten Sprung auf die andere Straßenseite übersetzten und die Waggons keinen Fußbreit hinter uns vorbeiratterten.

Noch bevor ich mich wieder gefangen hatte, führte Ezra uns weiter und hinein in das nächstbeste Bekleidungsgeschäft.

Hier drin roch es nach frischer Wäsche und einer irritierenden Note von Thymian. Doch ich war viel zu sehr außer Atem, um mich wirklich darüber zu wundern, und ging mit dem Mann neben mir in Deckung hinter einem breiten Ständer voll reduzierter Baumwollkleider.

Weicher Stoff schmiegte sich an mein erhitztes Gesicht und ich ließ mich mit der Schulter gegen Ezra sinken.

Wow, was für eine irre Aktion! Noch niemals war ich vor jemandem auf der Flucht gewesen und es hatte sich ganz anders angefühlt, als ich es mir vorgestellt hatte. Viel verwirrender und ohne jeglichen Überblick.

Ezra grinste mich schon fast frech von der Seite an. Ihm schien die ganze Sache eindeutig Spaß zu machen.

»Das mit dem Flüchten hast du echt drauf«, merkte ich an und er wischte mein Kompliment mit einer Handbewegung fort.

»Ich schaue nur zu viele schlechte Actionserien«, behauptete er und ich verbarg mein Gesicht mit den Händen, als ein irres Kichern meine Zunge entlangkitzelte.

In meiner Brust pumpte das Herz unaufhörlich Adrenalin durch meine Adern.

Ezra bewegte sich von meiner Seite fort, drehte sich um und blinzelte vorsichtig über den Kleiderständer nach draußen. Ganz plötzlich zuckte er zusammen und tauchte wieder zu mir herunter.

»War er das?«, wollte ich aufgeregt wissen und sein Gesicht sprach Bände.

»Ja. Er ist vorbeigelaufen.«

»Ach du meine Scheiße«, fluchte ich vor mich hin und atmete in tiefen Atemzügen, um die Aufregung und Anspannung in meinem Körper zu beruhigen.

»Vielleicht hätten wir nicht vor ihm weglaufen, sondern ihn stellen und die Wahrheit aus ihm herausprügeln sollen«, warf Ezra ein und ich hob so skeptisch die Augenbrauen, dass er einfach merken musste, für wie umsetzbar ich diese Idee hielt.

»Hast du so was denn schon mal gemacht?«, erkundigte ich mich und glaubte es nicht. Nach meiner Einschätzung konnte dieser Mann nicht mal einer Fliege etwas zuleide tun. Auch wenn seine Arme nicht gerade schmächtig wirkten, selbst in dem unförmigen Trenchcoat, den er sich mit erhitztem Gesicht von den Schultern streifte.

»Klar, Hunderte Male. Ich bin ein knallharter Schläger«, witzelte er und ich musste lachen, weil es einfach eine zu absurde Vorstellung war.

»Aber sicher«, erwiderte ich belustigt und schrak zusammen, als ein Schatten auf uns fiel.

»Suchen Sie was Bestimmtes?« Eine junge Verkäuferin in einer neonroten Hose ragte direkt neben uns auf und bedachte uns mit einem strengen Blick. Ihr Gesichtsausdruck sah aus, als hätte sie sich als Kind zu oft das Staubsaugerrohr an den Mund gehalten.

»Wir … äm …«, stotterte Ezra und ich kam ihm zu Hilfe.

»Nein danke. Aber Sie haben wirklich einen wunderschönen Boden«, sagte ich das Erste, was mir in den Kopf kam und die Frau betrachtete mich, als wäre ich verrückt geworden.

Wäre das alles nicht ohnehin völlig irrsinnig, hätte ich mich für diesen Satz vielleicht geschämt. Aber so kamen wir beide nur umständlich auf die Beine und verließen das Geschäft so eilig, wie wir es betreten hatten.

Von unserem Verfolger war keine Spur mehr zu sehen und ich schob mir erleichtert meine leicht zerzausten Haare im Nacken zusammen, was mit einer geschienten Hand gar nicht so einfach war.

»Was, wenn der Kerl uns gar nicht wirklich verfolgt hat und das alles nur Zufall war?« Ezra hängte sich lässig den Mantel über die Schulter und blickte sich ebenfalls in alle Richtungen um.

»Dann sind wir noch schlimmer dran, als wir dachten«, antwortete ich ihm und diese Aussage beinhaltete mehr Wahrheit, als mir lieb war.

»Und jetzt?« Ezras helle Augenbrauen hoben sich fragend und ich zuckte fahrig mit den Schultern.

Die Aufregung ebbte langsam ab und wich dem Gefühl, etwas völlig Blödsinniges getan zu haben. Aber wenigstens hatte es Spaß gemacht. Ezra würde hinterher nicht behaupten können, dass unser Vormittag langweilig gewesen wäre.

»Wir wollten doch zum Dom?«, erinnerte ich uns beide und zeigte in die Richtung, in die wir zu gehen hatten.

Es war nicht weit und noch bevor wie den Domplatz erreichten, war klar, dass es sich schwierig gestalten würde, bis zur eigentlichen Sehenswürdigkeit vorzudringen. Ein Kunsthandwerkermarkt, bestehend aus Hunderten von kleinen Holzbuden, erstreckte sich über den gesamten Platz und ergoss sich bis in die Gassen rundherum.

Doch uns störte das eher weniger, schließlich hatten wir kein echtes Ziel. So schlenderten wir zwischen den Ständen umher, immer dicht beieinander, und ließen uns geschnitzte Holzmännchen und energetischen Schmuck anpreisen. Es tat gut, eine kurze Zeit mal an etwas anderes zu denken und die Umgebung auf sich wirken zu lassen. Es war eine tolle Ablenkung und auch meine männliche Begleitung schien interessiert zu sein, obwohl er sich immer mal wieder umblickte, so als erwartete er, unseren Verfolger wiederzusehen.

Wir hielten an einem Stand mit kleinen rosafarbenen Gebäckteilchen und Ezra beugte sich näher heran, um dabei zuzusehen, wie sie von einer großen Frau mit geblümter Schürze hergestellt wurden.

»Ich habe gehört, die sollen lecker sein«, sagte er und griff in die Hosentasche, um sein Portemonnaie herauszuziehen.

Vor meinen Augen verschwamm ganz plötzlich die Umgebung.

Die Dunkelheit der Nacht floss über die Szenerie, die jedoch von Hunderten Lichterketten und Laternen erleuchtet wurde. Meinen Atem stieß ich als kleines Wölkchen aus und meine Fingerspitzen waren so kalt, dass sie bereits taub wurden.

»Ich habe gehört, die sollen lecker sein«, sagte der Mann neben mir, das Gesicht halb in einem wolligen dunkelbraunen Schal versunken. In seinem roten Haar hingen Schneeflocken.

Ich blinzelte mich zurück in die Wirklichkeit.

»Magst du auch?«, fragte Ezra und hielt mir eine Pappschale mit fünf kleinen Teilchen hin, die einen intensiven Duft von Rosenblättern und gebackenem Teig verströmten.

Doch ich konnte ihm auf die Frage nicht antworten, dafür war ich viel zu fasziniert von der Erinnerung, die mir gerade so einfach in den Kopf gesprungen war.

»Wir waren hier schon einmal«, flüsterte ich und Ezra ließ die Schale sinken.

»Wie kommst du darauf?«

»Ich habe mich erinnert.« Wie in Trance drehte ich mich einmal um mich selbst und betrachtete all die Stände und Menschen und spürte tief in mir ein warmes Gefühl, das mich mit Endorphinen überschüttete.

»Wir waren auf einem Weihnachtsmarkt. Genau hier. Und du hast denselben Satz gesagt.«

»Wirklich?« Ezra war so baff, dass er beinahe die Teilchen zu Boden rutschen ließ. »Also haben wir uns tatsächlich früher gekannt?«

»Du glaubst mir immer noch nicht, hm?«, fragte ich ihn, erwartete aber eigentlich keine Antwort. Es war klar, dass er mir nicht vom Fleck weg glauben konnte, was ich sagte. Dafür wirkte das alles viel zu skurril.

»Ich habe letzte Nacht von dir geträumt«, sagte ich ihm und stibitzte mir eins der rosafarbenen Gebäckstücke, das noch echt heiß war.

Ezra sah mich an, der Blick forschend, so als müsste er ein weiteres Mal prüfen, ob seine Begleitung nicht doch ein bisschen zu durchgeknallt für ihn war.

»Und was?« Seine Stimme klang betont neutral und mich befiel ganz kurz ein beklemmendes Gefühl, das Falsche zu tun. Schließlich wollte ich ihn nicht vergraulen, bevor es mit uns überhaupt angefangen hatte.

»Alles sehr dramatisch. Du hast mir gesagt, ich darf nicht zurückgehen«, versuchte ich ebenfalls nebensächlich zu klingen, obwohl ich wusste, dass die Situation damals alles andere als bedeutungslos gewesen war.

»Wohin zurück?« Ezra nahm sich ebenfalls eins der Teilchen und biss vorsichtig davon ab. Heiß dampfte es aus dem Inneren und roséfarbene Creme quoll aus dem Loch.

»Keine Ahnung. Es sah aus wie ein altes Fabrikgebäude«, versuchte ich zu beschreiben, was ich im Traum gesehen hatte, und erinnerte mich an rote Backsteine. Das Bild verblasste bereits in meinem Kopf, wie es mit Träumen nun mal war. Nicht alles konnte man festhalten.

»Und wirst du es suchen?«, erkundigte sich Ezra und ich sah ihn fragend an, weil ich kurz den Faden verloren hatte.

»Das Gebäude?«

»Ja. Du hast doch gesagt, du willst mehr rausfinden. Und wenn du dich hier auf dem Markt an etwas erinnert hast, was hier passiert ist, warum nicht auch in dieser Fabrik?«

Das klang so einleuchtend, dass es beinahe erschreckend war.

»Vielleicht finden wir ja zusammen was raus«, bot er mir an und sein Lächeln war so ansteckend, dass das seltsame schlechte Gefühl wieder verschwand. Wie eine kurze Erscheinung, die für sich gesehen keinen Sinn ergab.

Doch das Herz sackte mir plötzlich in die Hose, als der Blick aus zwei dunklen Augen mich traf.

»Scheiße!«, stieß ich aus und das Gebäckstück rutschte mir aus den Fingern.

In der Menge hinter Ezra, keine zehn Meter von uns entfernt, schob sich unser Verfolger auf uns zu.

Ezra wandte den Kopf um, zuckte zusammen und fasste sofort nach meiner Hand. »Weg hier«, flüsterte er mir zu und schon drängten wir uns mit gesenkten Köpfen durch die Menschenmenge.

Es war nicht zu viel los, doch die Gänge zwischen den Ständen waren schmal und so kamen wir nur langsam voran.

Wieder einmal war ich froh darüber, dass ich so gut wie nie die Orientierung verlor, und zog uns durch das Labyrinth an Gängen hinaus in das Gewirr von kleinen Straßen.

Die letzte Verfolgungsjagd hatte mir mehr Spaß gemacht als diese. Sie war mir noch so unecht erschienen. Doch mit jedem Herzschlag, der mir gegen meine Rippen hämmerte, kam sie mir realer vor. Denn diesmal hatte mir unser Verfolger direkt in die Augen gesehen.

Wenn er uns vorhin nur beschattet hatte, war er jetzt tatsächlich hinter uns her, und ich fürchtete mich davor, was passierte, wenn er uns erwischte. Eine unbestimmte Angst wuchs in mir und ich konnte nicht sagen, ob sie ein irrationaler Anfall war oder eine echte Warnung aus meinem Unterbewusstsein.

»Zurück zu den Straßenbahnen. Wir können die nächstbeste nehmen und von hier verschwinden«, sagte Ezra und klang dabei schon sehr nach den Agenten aus den Serien.

Ich versuchte mich zu konzentrieren. In meinem Kopf tat sich der Stadtplan für die Innenstadt auf und ich führte uns sicher durch die Hintergassen, auf dem Weg zur Haupteinkaufsstraße hinunter.

Wir stolperten das leicht abschüssige Kopfsteinpflaster voran und hörten die eilenden Schritte hinter uns. Obwohl ich mir nur selten die Zeit nahm, mich umzusehen, spürte ich doch, wie der Mann näher kam. Er lief schneller als wir und würde uns erwischen, wenn mir nicht schnell etwas einfiel.

Wieder fegten wir um eine Ecke und ich dachte, mir würde vor Schreck der Kopf explodieren, als sich vor uns ein Gitterzaun zwei Meter in die Höhe erstreckte. Der war natürlich auf keinem Stadtplan eingezeichnet.

Mein erster Gedanke war, darüberzuklettern. Doch meine rechte Hand steckte in einer Schiene und selbst ohne hätten wir es nie schnell genug rübergeschafft, um nicht von unserem Verfolger erwischt zu werden.

»Was will der denn von uns?«, keifte ich in meiner Panik und ließ mich von Ezra gegen die grobe Steinwand drücken, in den Schatten einer Hausecke.

Keine Sekunde später tauchte der Mann auf. Sein Haar war dunkel, sein Gesicht kantig und sein Blick zeigte eine Wut, die mir einen Eisblitz durch die Glieder fahren ließ.

»Ihr blöden Kinder!«, fluchte er mit rauer Stimme und kam einen bedrohlichen Schritt auf uns zu.

Ich schrie auf und wollte die Arme verteidigend nach oben reißen, da sah ich, wie Ezra die Hand zur Faust ballte und dem Mann einen heftigen Schlag gegen den Kopf verpasste.

Ezra taumelte von dem Schwung seines Schlages und fiel beinahe vornüber. Der Mann kam ebenfalls ins Straucheln, verdrehte auf gruselige Art die Augen und klappte einfach vor uns zusammen.

Keinen Millimeter bewegte ich mich, traute mich nicht mal zu atmen, die Arme immer noch in die Luft gehoben, und konnte nicht fassen, dass das gerade tatsächlich passiert war.

»Verdammte Scheiße, tut das weh!«, knurrte Ezra neben mir, schüttelte krampfhaft die Hand, mit der er zugeschlagen hatte, und hüpfte dabei von einem Bein aufs andere.

Unser Verfolger blieb reglos am Boden liegen.

»Oh, wow. Du hast ihn ausgeknockt«, stieß ich hervor und holte tief Atem, als meine Lunge aus Sauerstoffmangel zu brennen begann.

»Scheiße. Ist er tot? Bitte sag mir, dass er nicht tot ist!« Ezra gab seinen Schmerzenstanz auf, rieb sich nur noch die Fingerknöchel und beugte sich vorsichtig über den Mann am Boden.

»Man ist nicht einfach nach einem Faustschlag tot«, behauptete ich, ohne es wirklich zu wissen, und bückte mich ganz langsam hinunter.

Wenigstens erinnerte ich mich daran, wie man einen Puls maß und legte ihm zwei Finger an die Hauptschlagader am Hals. Als ich ein leichtes, gleichmäßiges Klopfen erspürte, zog ich die Hand erschrocken wieder zurück, als könnte der Kerl jeden Moment die Augen aufschlagen und mich packen.

Stolpernd kam ich wieder auf die Füße und griff nach Ezras Arm, um mich zu fangen.

»Er lebt noch«, hauchte ich und sah zu dem Mann an meiner Seite auf, der einen seltsam verschlossenen Gesichtsausduck zur Schau trug. Doch wahrscheinlich stand der arme Kerl nur unter Schock.

»Was tun wir jetzt mit ihm? Wir können ihn doch nicht einfach hier liegen lassen. Was wollte der denn von uns?«, sprudelten die Fragen aus meinem Mund, viel zu aufgewühlt, um auf eine davon eine Antwort finden zu können.

Neben mir atmete Ezra hörbar ein und aus, löste sich von meiner Seite und trat selbst an den am Boden liegenden Mann heran. Kurz betrachtete er ihn genau und begann dann, mit fliegenden Fingern alle Taschen abzutasten. Hosentaschen hinten und vorn, und auch die des grauen Sportsakkos.

»Kein Portemonnaie«, sagte er schließlich und sah zu mir auf.

»Wer hat denn bitte kein Portemonnaie bei sich?«, fragte ich und musterte das Gesicht des Mannes, das seitlich gedreht auf dem Steinboden lag. An seiner Schläfe zeigte sich eine rote Stelle. Dort musste Ezras Faust ihn getroffen haben. Ein Glückstreffer.

Nachdenklich kniff ich die Augen zu schmalen Schlitzen zusammen. Er war der Mann aus der Bahn gestern, da war ich mir ziemlich sicher.

Seit wann folgte er mir wohl? Wurde ich etwa die ganze Zeit beschattet?

»Wahrscheinlich jemand, der nicht identifiziert werden will.«

Ezra schob seine Hand ziemlich umständlich noch ein Stück tiefer in die Taschen des Sakkos und machte einen überraschten Gesichtsausdruck. Dann zog er sie wieder heraus und hielt einen zusammengefalteten Zettel zwischen den Fingern.

Mein Puls raste, als er ihn entfaltete, und ich kam um den Mann am Boden herum, um ihm über die Schulter zu sehen.

»12, 59, 15, 07«, las ich vor und sah noch etliche weitere Zahlenreihen, immer bestehend aus vier Ziffernpaaren.

»Sagt dir das was?« Ezra erhob sich aus der Hocke und ließ zu, dass ich ihm den Zettel abnahm.

»Nein, keine Ahnung, was das bedeutet«, seufzte ich und versuchte, irgendein Muster darin zu erkennen. Zumindest war es kein Sudoku, da war ich mir schon mal sicher.

14

Der Flyer

Ohne ein Wort zu sprechen fuhren wir mit dem Fahrstuhl nach oben. Ich war müde, obwohl erst Mittag war, und meine Nerven lagen blank. Vorhin hatte ich mich noch voller Tatendrang ins Abenteuer stürzen wollen und über unseren Wagemut gelacht. Doch nach der Konfrontation mit einem echten Verfolger hatte mich eine tiefe Angst ergriffen. Ein schreckliches Gefühl, das ich in meinem Traum schon gespürt hatte und das mir sagte, dass sich alles wiederholte und am Ende Menschen sterben würden.

War damals wirklich jemand gestorben?

Im vierten Stock öffnete sich der Fahrstuhl und Ezra brachte mich noch bis an die Wohnungstür. An Vikas, um genau zu sein, da ich mich vor meinen eigenen vier Wänden fürchtete.

Ein Mann hatte uns verfolgt, war uns auf den Fersen gewesen. Keine Ahnung, wie lange schon. Sicher wusste er, wo ich wohnte, was ich machte, wer meine Eltern waren.

Was hielt ihn davon ab, einfach hier aufzutauchen?

Natürlich wusste ich, dass ich dann in Vikas Wohnung auch nicht sicher war. Aber ich konnte es mir zumindest einbilden. Und außerdem, wohin hätte ich sonst gehen sollen?

Ich brauchte länger als sonst, meinen Schlüssel hervorzukramen, und schloss mit zitternden Fingern auf.

Bis auf Sir Francis Drake war niemand hier, obwohl ich ganz intensiv lauschte, hörte ich nichts.

Staub tanzte im Licht, das zum Fenster hereinschien und dem Wohnzimmer eine stille Idylle verlieh.

»Schön hast du's«, merkte Ezra an und ich nickte nur, weil es mir nicht wichtig erschien, ihn darauf hinzuweisen, dass diese Wohnung nicht mir gehörte.

Meine beste Freundin war nicht zu Hause. Leider.

Ich spielte mit dem Gedanken, Ezra hereinzubitten, kam mir dabei dann aber doch zu dreist vor. Erstens weil es nicht meine Wohnung war und zweitens weil ich nicht wollte, dass er irgendwelche Erwartungen in mich legte, die ich möglicherweise nicht erfüllen konnte.

»Danke fürs Heimbringen«, flüstere ich und Ezra zuckte nur verlegen mit den Schultern.

»Keine Ursache. War auch ein bisschen viel heute, da hätte ich dich ja nicht allein gehen lassen können.«

Ich schüttelte den Kopf, sodass mir ein paar Haarsträhnen ins Gesicht fielen. Bei mir waren gerade alle Tage zu viel. »Es tut mir leid. Das ist alles meine Schuld. Ich habe dich da in Sachen reingezogen, die …«

»Nein, Quatsch«, unterbrach er mich sofort und griff nach meiner Hand. Es war allerdings die rechte und so umfasste er nur unsicher meine Fingerspitzen, die vorn aus der Schiene hervorlugten. »Es betrifft mich ja auch. Und ohne dich hätte ich wahrscheinlich nie erfahren, warum ich langsam verrückt werde«, druckste er herum und fuhr sich mit der freien Hand durchs kurze Haar.

»Du wirst nicht verrückt. Du erinnerst dich nur«, korrigierte ich ihn und er lächelte flüchtig.

»Danke für das Date, Gemma.«

Wieder nickte ich lediglich und ließ es unkommentiert. Denn was es auch gewesen war, für ein Date waren reichlich seltsame Dinge passiert.

Er ließ meine Hand los und ich vermisste sofort die Wärme seiner Finger.

»Darf ich dir wieder schreiben?«, fragte er plötzlich und ich sah ihm überrascht in die Augen, weil ich nicht gedacht hätte, dass er sich deswegen Sorgen machte.

»Natürlich. Gern. Vielleicht haben wir das nächste Mal ja sogar ein normales Date«, stellte ich ihm in Aussicht und auf seinen Lippen entstand ein schiefes Grinsen, das etwas in mir berührte. Etwas Bekanntes, sogar Vertrautes.

»Das nächste Mal?«, wiederholte er und seine Wangen verfärbten sich so unvermittelt, dass sich ein leises Kribbeln in meinem Bauch ausbreitete und ich dem spontanen Drang folgte, ihn zu umarmen.

Ich schlang meine Arme um seinen Hals und drückte mich ganz kurz an ihn. Er schien von meinem Überschwang überrumpelt zu sein und legte ganz zögerlich seine Hände auf meinen Rücken, um mich noch etwas enger an sich zu ziehen.

Doch wieder blieb das intensive Gefühl aus, das ich im Traum gespürt hatte und mir so sehr wünschte. Ich atmete seinen angenehmen Duft ein, eine Mischung aus Zimt und Aftershave, und schimpfte mich selbst, zu ungeduldig zu sein. Also gab ich mich damit zufrieden, was ich bereits vorweisen konnte.

Wir waren uns heute sehr viel nähergekommen und hatten zusammen eine Extremsituation durchgestanden, was die Freundschaft, die zwischen uns garantiert zuvor schon bestanden hatte, an die Oberfläche zerrte. Und das war schon eine ganze Menge, denn jetzt war ich mit meiner Vergangenheit nicht mehr so allein.

»Das nächste Mal«, wisperte ich und ließ Ezra ganz langsam wieder los.

»Ich schreibe dir«, versicherte er mir und ich wusste, dass er es tatsächlich tun würde. Nicht so wie Oliver, der das immer nur behauptete.

Ich blieb in Türrahmen stehen und sah ihm hinterher, bis sich die Aufzugtüren schlossen. Jetzt war ich wieder allein mit meinen Gedanken und zog mich auf Vikas Sofa zurück.

Dort saß ich einfach nur zwischen all den bestickten Kissen und starrte aus dem Fenster in den wolkenlosen Himmel, bis sich mein Blick in der Endlosigkeit des Universums verlor und meine Gedanken ins Nichts abdrifteten.

Ich wusste nicht, wie lange ich so saß, aber ich kam erst wieder zu mir zurück, als mein Bein so schlimm eingeschlafen war, dass ich laut aufstöhnte, als ich das Knie bewegte.

Ein Scharren ließ mich zusammenschrecken, obwohl es nur Sir Francis Drake in seinem Käfig neben dem Sofa war.

Ich fühlte mich so überflüssig und wusste nicht wohin mit mir. Wohin mit all den Gedanken, die in meinem Kopf herumschwirrten und die sich nicht einordnen lassen wollten, weil ich viel zu erschöpft war?

Doch mich hier zu verstecken, an einem Ort, an dem ich genauso wenig sicher war wie in meiner eigenen Wohnung, brachte mir auf lange Sicht auch nichts. Außerdem war ich nicht der Typ Mensch, der vor seinen Ängsten davonlief.

Ich wusste nicht, wer der Mann gewesen war, der uns verfolgte, und zu welchem Zweck er uns im Auge behielt. Wer schickte ihn? Und war er Freund oder Feind?

Nichts davon konnte ich auch nur ansatzweise beantworten und beschloss daher, mich erst um die Sachen zu kümmern, die ich planen und erarbeiten konnte.

Doch dafür musste ich von dieser Couch runter, bevor ich noch tiefer in die Kissen sank und es damit endete, dass ich einfach den restlichen Tag verschlief.

Mühsam zwang ich mich selbst auf die Beine, nahm meinen Mut zusammen und schlurfte rüber in meine eigene Wohnung. Sie lag still vor mir und hatte nicht mal ein bisschen der wohnlichen Wärme, wie sie in Vikas Wohnung herrschte.

Ich atmete tief durch und besah mir die Kisten, die noch unausgepackt an der Wand standen, die größtenteils kahlen Wände und die Pflanze auf meinem Bücherregal, die auffällig die Blätter hängen ließ.

Kein sehr schöner Anblick, aber wenigstens war keine eingebildete Leere hier, die versuchte, mich zu erdrücken.

Nur um sicherzugehen, dass ich tatsächlich allein war, schnappte ich mir einen Pfannenwender aus der Küche und sah vorsichtshalber im Schlafzimmer und dem kleinen Bad nach. Selbst den Platz unter dem Bett und den Kleiderschrank kontrollierte ich auf mögliche Eindringlinge und fühlte mich dabei gar nicht mehr so blöd und paranoid wie die letzten Tage. Denn die Gefahr war real.

Mein Herz klopfte laut in der Stille meiner Wohnung, nachdem ich eilig die Fenster im Schlafzimmer geschlossen und verriegelt hatte.

So viel zum Thema, sich seinen Ängsten zu stellen.

Doch lange ertrug ich die Lautlosigkeit nicht und schaltete das Tablet ein, auf dem ich eine der Serien startete, über die Ezra und ich gesprochen hatten. Eine grottenschlechte Fantasysaga, bei der man nicht einmal genau hinsehen musste, um die angeklebten spitzen Ohren, die Plastikkronen und die minderwertigen Perücken zu erkennen. Das zauberte mir immer ein Lächeln auf die Lippen. Ich sah etwa eine halbe Stunde lang dabei zu, wie sich zwei Dynastien zerstritten, sie auf ganz plumpe Weise einen Schauspieler durch einen anderen ersetzten und glaubten, niemand würde es merken, obwohl die beiden sicher zehn Jahre Altersunterschied hatten. Aber na ja, ich schaute diese Serien ja nicht an, weil sie so viel Sinn ergaben, sondern weil die Unsinnigkeit mich unterhielt.

Doch irgendwann wurden meine Hände unruhig und ich begann, nebenher die letzten Kisten auszuräumen, meinen Kleiderschrank fertig zu machen und die Kaffeemaschine anzuschmeißen.

Der Blick in den Kühlschrank zeigte mir, dass mein Brokkoli ganz dringend gegessen werden musste und ich entschloss mich, etwas zu kochen, obwohl ich kaum Hunger verspürte.

Ich hatte es wirklich nötig, wieder Struktur in meinen Tag zu bekommen, und war froh darüber, dass mich von meinem ersten Arbeitstag nur noch das Wochenende trennte. Schon am Montag ging es los.

Jedoch freute ich mich nicht mal mehr halb so viel darauf wie noch vor einer Woche. Denn jetzt wusste ich, dass man mir Erinnerungen genommen hatte und ich bisher nicht ausschließen konnte, dass Biolog Medical die Finger mit im Spiel hatte.

Noch ein Grund mehr, wieso ich ganz dringend Antworten brauchte.

Das Schneiden von Gemüse und das Klappern von Töpfen brachte meine nebeligen Gedanken wieder zurück in ihre geordneten Bahnen. Oder vielleicht waren es auch die zwei Tassen Kaffee, die ich währenddessen in mich reinschüttete.

Ich schaffte es aber, mir im Kopf einen Plan für weitere mögliche Schritte zu erstellen.

Noch immer konnte ich mich nicht überwinden, das Buch in der Wand zu lesen, ohne meine Erkenntnisse wenigstens ein bisschen zu verschleiern, was es schwierig machte, in dieser Hinsicht weiterzukommen.

Doch ich hatte ja mittlerweile noch mehr Anhaltspunkte. Ezra zum Beispiel, der schon die eine oder andere Erinnerung in mir an die Oberfläche gezerrt hatte, und sicher würde ihm das früher oder später auch passieren.

Da gab es den Zettel mit den Zahlenreihen, die wir dem Mann in der Gasse abgenommen hatten und den ich mir mal in Ruhe genauer ansehen konnte.

Das schlechte Gewissen biss mich in den Nacken, als ich an den Mann dachte, den wir ohnmächtig in der Gasse zurückgelassen hatten. Als wir es bis zur Straßenbahn schafften, die uns zur nächsten Bahnstation brachte, rief ich anonym den Notruf, damit sich Sanitäter um ihn kümmerten. Doch mein schlechtes Gewissen blieb.

Dabei war er derjenige, der uns verfolgt hatte. Wer wusste schon, ob er uns nicht angegriffen hätte, wenn Ezra ihm nicht zuvorgekommen wäre.

Ganz bewusst löste ich mich von dem Bild des am Boden liegenden Mannes und spann meine Überlegungen weiter. Denn der dritte Ansatzpunkt, den ich noch hatte, war das Fabrikgebäude aus meinem Traum, auf das Ezra mich gebracht hatte. Falls es denn wirklich existierte.

Ich rief mir gerade das Bild des Backsteingebäudes in Erinnerung, da war mir plötzlich, als würde ich von etwas angezogen werden, ein starkes Gefühl, das mich zwang, den Blick zu heben.

An der Seite des Tresens, in der Nähe meiner Kaffeetasse lagen die drei Origamivögel. Waren sie auch ein Hinweis auf etwas?

Wollte mein Unterbewusstsein mich darauf hinweisen, dass ich diese Spur auch zu verfolgen hatte?

Doch wie sollte ich das anstellen? Das Päckchen hatte keinen Absender gehabt, der Vogel aus dem Buch half mir im Moment genauso wenig wie das Buch selbst und der dritte hatte auf sehr wundersame Weise seinen Weg in meine Tasche gefunden.

Der Einzige, der angedeutet hatte, mehr zu wissen, war Kent bei unserem ersten Besuch in der ShakeBar. Aber der hatte mehr als deutlich gemacht, mir nicht weiterhelfen zu wollen.

Ich schnaubte und griff nach dem grünen Vogel aus dem Krankenhaus, den ich mit spitzen Fingern entfaltete.

»Hoffnung«, las ich das Wort laut vor, das jemand hineingeschrieben hatte, und ließ das leicht vertraute Gefühl auf mich wirken, das mich beim Anblick der Handschrift überkam. Doch es entglitt mir leider viel zu schnell wieder.

Obwohl ich wusste, dass nichts darin stand, entfaltete ich auch den Vogel aus dem Päckchen und betrachtete die Kreismuster, die leider kein geheimer Code waren.

Als ich zu dem Vogel griff, der aus dem Buch gefallen war, bemerkte ich sofort die Andersartigkeit des Papiers. Es war foliert, etwas, was es so kaum noch gab, da es sich nicht so einfach biologisch abbauen ließ. Ich nahm an, dass es schon älter war.

Auch diesen Vogel entfaltete ich und fand im Innern erstaunlich viel Schrift. Es war ein Stück eines Werbeflyers, der mir billige Fabrikation von Wegwerfgeschirr und -besteck aus Plastik anpries. *ler & Sohn* stand in der obersten Zeile, der Anfang des Namens war abgerissen worden, um den Schnipsel quadratisch zu machen.

Skeptisch hob ich eine Augenbraue. Der Flyer musste wirklich uralt sein. Das Herstellen von Produkten aus Einmalplastik war bei uns seit über dreißig Jahren verboten.

Leider fehlte ein Stück des Firmennamens, doch ich brauchte nur den Schriftzug zu lesen, da sprang mir eine Erinnerung in den Kopf.

Es windete stark und ich zog mir die Jeansjacke enger um den Körper. Mein langes Haar peitschte mir ins Gesicht, als ich schnellen Schrittes über einen betonierten Platz auf ein Gebäude zuhielt.

»Dein Ernst? Hier?«, fragte ich die Person neben mir, ein junger Mann mit blauen Strähnchen im blonden wilden Haar.

»Das Beste, was wir auf die Schnelle finden konnten«, antwortete er mir und ich wandte den Blick zum Backsteingebäude vor uns. Auf einem verwitterten Schild stand in schwarzen Lettern Heller & Sohn.

Ich ließ den Flyer in meinen Fingern auf den Tresen sinken und schüttelte nur ungläubig den Kopf.

»Ach du Scheiße«, stieß ich hervor und konnte nicht glauben, dass es Zufall war, dass ich von dem Fabrikgebäude geträumt und gleichzeitig die Lösung in meiner Wohnung herumliegen hatte.

Wahrscheinlich war es genau andersherum. Ich hatte den Vogel aus dem Buch in der Hand gehabt und daraufhin kramte mein Gehirn die Erinnerungen aus meinem Unterbewusstsein und schickte sie mir als Träume. Wie irre!

Ich bemühte mich, gleichmäßig zu atmen und nicht zu hyperventilieren, griff nach meinem Tablet und gab den Firmennamen aus meiner Erinnerung in der Suchleiste des Browsers ein.

Es dauerte nur einen Wimpernschlag, da erschienen die Daten zu *Heller & Sohn*. Doch bevor ich auch nur einen Buchstaben davon lesen konnte, wurde mein Blick von dem Foto angezogen, das ein Backsteingebäude im Sonnenschein zeigte. Es war genau jenes aus meinem Traum. Nicht ganz so heruntergekommen und mit Grünanlagen drum herum, aber ich erkannte es eindeutig wieder.

Ich schluckte schwer gegen den Kloß in meinem Hals an und senkte den Blick zurück auf den Flyer, den ich zur Hand nahm und mit wenigen Handgriffen wieder zu einem Origamivogel zusammenfaltete.

Wer auch immer mir diese Vögel hat zukommen lassen, war mit mir dort gewesen, da war ich mir sicher.

Eine unvermittelte Panik ergriff mich und ich wusste sofort, dass dies eine viel zu wichtige Information darstellte, als dass ich sie nicht verschleierte. Dieser Moment in meiner Erinnerung, der aus den Tiefen meines Unterbewusstseins aufgetaucht war.

Ich dachte nicht lange nach, nahm das Küchenmesser, mit dem ich gerade noch Brokkoli zerteilt hatte, und schnitt mir damit in die Fingerkuppe.

15

Fuchsmann

Als es an der Tür scharrte, schreckte ich aus meiner Konzentration hoch, ließ augenblicklich den Bleistift fallen und griff fast panisch nach dem Pfannenwender. Vielleicht war es eine alberne Waffe, aber wenn man einem so was um die Ohren schlug, fetzte das ganz schön.

Adrenalin rauschte durch mein Blut, als ich vom Sofa aufsprang und meine Füße so platzierte, dass mich nichts so leicht umwerfen konnte.

Das Schloss klapperte, mir rutschte das Herz in die Hose und dann schwang die Tür auf.

»Uaaah!«, brüllte ich, um einen möglichen Angreifer zu erschrecken und in die Defensive zu drängen, und machte dabei einen Satz nach vorn.

Vika schrie auf, stolperte rückwärts, fiel über einen Karton, der hinter ihr im Flur stand und landete polternd auf dem Boden. Mit schreckgeweiteten Augen bleib sie liegen.

»Vika!«, rief ich entsetzt, als mir mein Irrtum aufging, ließ den Pfannenwender fallen und eilte zu ihr.

»Scheiße, Gemma«, schimpfte sie, ließ sich von mir auf die Füße ziehen und wankte kurz auf ihren Pumps. »Wenn du nicht willst, dass ich einfach so in deine Wohnung komme, sag es doch einfach!«

Ich sah sie erst irritiert an und brach dann in schallendes Gelächter aus. So viel Scheiße an diesem Tag und Vika brauchte nur einen Satz ihrer verqueren Logik auszusprechen und ich fühlte mich gleich besser.

»Quatsch, alles gut. Fühl dich wie zu Hause.«

Vika stieg erst mal aus ihren Schuhen und beugte sich dann in ihrem Bleistiftrock nach unten, um sie neben meine an die Wand zu stellen.

»Erklärst du mir trotzdem, warum du mich mit einem Pfannenwender in der Hand angeschrien hast, als ob du dich gleich auf mich stürzt?«

Ich gab einen undefinierten Laut von mir. »Ich hatte ein bisschen Panik allein in meiner Wohnung«, gab ich zu und Vika sah mich verdutzt an.

»Im Ernst? Was ist denn los mit dir? Du bist schon seit Tagen so komisch.« Mit besorgtem Blick musterte sie mich und strich mir mit einer Hand über den Kopf, als wäre ich ein krankes Kätzchen.

»Können wir erst mal reingehen?«, versuchte ich dieses Gespräch in einen sichereren Raum zu bringen als hier so offen im Flur, wo jeder mithören konnte.

Vika widersprach nicht. »Die Päckchen habe ich übrigens gerade für dich angenommen. Das sind die Sachen, die wir Mittwoch gekauft haben«, teilte sie mir mit und schob eins davon mit den Füßen in die Wohnung.

Ich schnappte mir recht umständlich die anderen beiden und hievte sie herein, ohne die rechte Hand zu benutzen. Dieser blöde Haarriss im Knochen war aber auch super ätzend. Zum Glück dauerte der Heilungsprozess heutzutage nicht mehr so lange wie früher. Bei sechs Wochen Gips wäre ich wahrscheinlich noch wahnsinniger geworden, als ich ohnehin schon war.

Vika machte sich gleich daran, den ersten Karton aufzureißen und Kissenhüllen herauszukramen. Damit schmiss sie sich dann gleich auf die Couch, um ihres Amtes als offizielle Dekorationsbeauftragte meiner Wohnung zu walten.

»Uh, was malst du?«, wollte sie wissen, als sie den Zeichenblock auf meinem Wohnzimmertisch entdeckte, und betrachtete das Gekritzel.

Ich ließ die Päckchen einfach am Boden liegen und setzte mich neben sie. »Meine Gedanken waren so wirr, da brauchte ich Beschäftigung«, erzählte ich und betrachtete mein Werk.

Es war ein kreisförmiges Labyrinth, das sich immer weiter nach innen wand und einige schräge Wege beinhaltete, um die Symmetrie zu zerstören. Die Abzweigungen waren unterschiedlich verziert, um alles unübersichtlicher zu machen und weil es mir Spaß gemacht hatte.

»Das wäre ein wahnsinnig geiles Tattoo für den Rücken«, sagte Vika und ich hörte gar nicht richtig hin. Wenn es nach ihr ginge, würde sie sich den ganzen Körper tätowieren lassen.

Doch ich würde darauf achten, dass es nicht so weit kam.

»Du hast dir das Zeichen als Vorbild genommen, oder?«, meinte sie, während sie eins meiner Sofakissen in die neue Hülle stopfte.

»Welches Zeichen?«

Vika nickte in Richtung Schlafzimmer, wo ich direkt auf die gegenüberliegende Wand blicken konnte. Dort prangte das Symbol, das ich Anfang der Woche entworfen hatte. Wieder senkte ich meinen Blick auf das Labyrinth und hob überrascht die Augenbrauen.

Vika hatte recht, es hatte genau den gleichen Aufbau wie das Symbol. Der Kreis, die diagonalen Linien, selbst die Pfeilspitzen und Punkte, die ich gesetzt hatte, wiederholten sich in der Zeichnung vor mir.

»Ist mir gar nicht aufgefallen«, wunderte ich mich. Vika schnappte sich das Kissen in meinem Rücken, was mich nach hinten sinken ließ und aus meinen Gedanken riss.

Ich stand auf, um uns Tee zu kochen und das Licht anzuknipsen. Ohne dass ich es gemerkt hatte, neigte sich der Tag dem Abend zu.

Ich füllte den Wasserkocher und schnappte mir gleichzeitig mein Handy, das auf der Ablage in der Küchenzeile lag.

Keine Nachrichten. Und das, obwohl ich Ezra vorhin geschrieben hatte, dass mir der Name der Fabrik aus meinem Traum eingefallen war.

»Wie war dein Tag?«, fragte ich Vika und sah ihr dabei zu, wie sie mit dem Finger versuchte, den Weg durch meine Zeichnung zu finden.

»Besser als gestern«, antwortete sie mir und hob den Blick. »Und deiner?«

Ich musste nicht raten, um zu wissen, dass sie auf das Date anspielte. »Auch ganz gut«, redete ich drum herum und dachte an Ezra. Wie wir beide Apple-Crumble gegessen und über schlechte Serien gelacht hatten. Doch auch daran, wie wir Hand in Hand durch die Straßen hetzten, auf der Flucht vor einem unbekannten Mann.

Vika warf mir einen ihrer speziellen Blicke zu. »Echt jetzt? Du hast nach gefühlt hundert Jahren ein Date und ich bekomm nicht mehr als ein ›Auch ganz gut‹?«, warf sie mir vor und ich grinste.

»Was soll ich dir denn erzählen?«, erwiderte ich und Vika warf die Arme in die Luft.

»Natürlich alles!«, rief sie aus und mein Grinsen wurde noch breiter.

»Na gut«, sagte ich, erzählte ihr aber bei Weitem nicht alles. Ich berichtete, was Ezra angehabt hatte, wo wir gewesen waren, von den Serien und dem Schlendern über den Kunsthandwerkermarkt. Die Sache mit den fehlenden Erinnerungen und auch unseren Verfolger ließ ich aus.

Wenn es irgendwann so weit kommen sollte, dass ich Vika doch alles erzählen musste, würde sie mir den Hals umdrehen, dass ich ihr das alles verheimlicht hatte. Doch darüber würde ich mir dann Gedanken machen, jetzt fühlte es sich so noch sicherer an.

»Und? Will er dich wiedersehen?« Vika sah mich mit leuchtenden Augen an, so als hätte ich ihr erzählt, ein Traumprinz wäre vorbeigekommen und gedachte, mich zur Königin der Welt zu krönen.

»Ja, ich denke schon«, meinte ich etwas unsicher. Denn wenn ich es recht bedachte, hatte er nur gesagt, dass er mir schreiben würde. Doch ich implizierte einfach mal, dass es bedeutete, mich auch wiedersehen zu wollen.

»Und willst du ihn auch wiedersehen?«, fragte sie weiter und meine Lippen verzogen sich von allein zu einem Lächeln.

»Ja, ich denke schon.«

Ich schaffte es, Vika davon zu überzeugen, dass es ihre Idee gewesen war, dass ich noch einmal bei ihr übernachten sollte. Ihr war es wohl recht, mich im Auge zu behalten. Sie schien zu spüren, dass mit mir etwas nicht stimmte und ich es ihr verheimlichte. Da brauchte ich mir nichts vormachen. Vika machte manchmal einen ziemlich verspuhlten Eindruck, war aber ein sehr einfühlsamer Mensch.

Wir beschlossen noch einen Film zu sehen, eine Komödie, und holten kurzerhand Dani dazu, die sich neben Vika auf die Couch kuschelte, als hätte sie es nie anders gemacht.

Wir witzelten den ganzen Abend, was wohl irgendwann an der Uhrzeit lag, und es war wie ein Aufatmen für die Seele, meine Sorgen einfach auszublenden.

Leider hielt es nicht lange an und ich wälzte mich die ganze Nacht von einer Seite auf die andere, nickte immer nur kurz ein, träumte davon, durch ein mir unbekanntes Labyrinth vor einem Verfolger zu fliehen, der immer näher kam.

Als die Sonne aufging, fühlte ich mich zerschlagen und unendlich müde, schaffte es aber nicht mehr einzuschlafen. Mein Unterleib drückte, meine rechte Hand schmerzte und mein Kopf war ganz schwer. Ich quälte mich jedoch trotzdem aus dem Bett. Vika hatte in der Nacht drei Viertel des Bettes erobert, obwohl es schon so ein Riesending war. Aber selbst ein Doppelbett reichte ihr nicht allein.

Leise schlich ich mich raus, steckte Sir Francis Drake ein paar Kerne zu und ging drüben bei mir erst einmal duschen. Beim Haareföhnen ging mir auf, was mit mir nicht stimmte, als ich es unangenehm an der Innenseite meines Beins herunterlaufen spürte.

Ich bekam meine Tage eine Woche zu früh. Na super, das hatte mir gerade noch gefehlt.

Ich verbrachte den ganzen Tag auf der Couch mit Wärmflasche, Serien und starken Schmerztabletten.

Eigentlich war ich keine Memme, aber als die ersten Krämpfe kamen, wünschte ich mir doch zu sterben. Wenn all die Geheimnisse, die ich zu lüften versuchte, mich tatsächlich in Gefahr brachten und mir jemand nach dem Leben trachtete, sollte er bitte jetzt schon vorbeikommen und sein Werk vollenden.

Okay, vielleicht war ich doch wehleidiger, als ich gern zugab.

Zum Glück wurde es am Sonntag leichter zu ertragen und ich raffte mich auf, um meinen Vater zu besuchen. Er antwortete mir auf meine Nachrichten viel zu knapp und ohne Satzzeichen, woraus ich ableiten konnte, dass er im Moment einsam und deprimiert zu Hause saß. Vor allem heute, wo er sich schwer unter seiner Arbeit begraben konnte.

Um einen Vorwand zu haben, sammelte ich die schmutzige Wäsche zusammen, die ich bisher produziert hatte, und packte sie in einen großen Jutebeutel.

Noch hatte ich mir die Waschküche im Keller nicht angesehen. Angeblich sollte sie hochmodern und sauber sein. Doch ich hatte Vika mehr als einmal darüber schimpfen hören, dass die guten Waschmaschinen immer belegt waren und nur die übrig blieben, die ihre Socken fraßen.

Als ich mich fertig machte, mir die Haare kämmte und vorsichtshalber noch ein paar Schmerztabletten in meine Hosentasche schob, fiel mir auf, dass gestern nichts Seltsames passiert war. Keine Flashbacks, keine neuen Erkenntnisse, keine Anfälle, nicht einmal verdächtige Gefühlsregungen. Es war ein ganz normaler beschissener Samstag gewesen.

Ungewöhnlich im Vergleich zu der letzten Woche, aber auch mal erholsam.

Trotzdem sah ich mich nach allen Seiten um, als ich zur Bahn lief, um mögliche Beschatter zu entdecken. Doch entweder war dort niemand oder sie waren geschickt genug, meiner Aufmerksamkeit zu entgehen.

Es kam mir seltsam vor, diese vertraute Strecke zu fahren und zu wissen, dass ich nicht nach Hause fuhr, weil ich nun woanders wohnte. Zum ersten Mal seit meinem Auszug kam ich zurück in mein Elternhaus.

Und meine Mutter würde nicht einmal dort sein. Ich hätte sie auch gern besucht, aber sie lag immer noch in ihrem künstlichen Dämmerzustand und ich wusste nicht, ob ich es heute ertrug, sie so zu sehen.

Eine Schwere legte sich auf meine Brust und ich hoffte, mein Vater hatte gute Nachrichten für mich. Vielleicht dass sie aufgewacht war und es ihr schon besser ging.

Doch wie sollte es ihr besser gehen, wenn man ihr Erinnerungen genommen hatte, die sie nie wiederbekommen würde. Die Anfälle würden ja dadurch nicht weniger werden.

Ich hatte das Gefühl, mir ging es besser, seit ich wusste, dass wir nicht verrückt wurden. Wenn ich ihr davon erzählte, erinnerte sie sich vielleicht ja an noch mehr Begebenheiten, die sie mir erzählen konnte.

Die Bahn kam mit dreiminütiger Verspätung an, was ungewöhnlich war und mir mal wieder zeigte, dass ich die Fahrpläne viel zu genau kannte.

Langsam schlenderte ich die Straße entlang, vorbei an den gepflegten Gärten und den spielenden Kindern, die mir zuwinkten, wenn sie mich sahen. So viele vertraute Eindrücke.

Wenn mich hierher jemand verfolgte, würde ich ihn sofort daran erkennen, dass ich ihm zuvor nie begegnet war. Denn ich war hier mit quasi jedem bekannt.

»Gemma Henson, junge Dame. Ich habe dich die ganze Woche nicht gesehen. Es gefällt dir wohl in deinem neuen Zuhause«, sprach mich plötzlich eine gebrochene Stimme von der Seite an und ich schreckte zusammen.

An der hüfthohen Hecke stand Elaine Schmitz. Sie schien noch mehr Falten in ihrem verschrumpelten Gesicht zu haben als das letzte Mal, als ich ihr begegnet war, doch ihre Augen glänzten genauso wach und wissbegierig wie eh und je. Diese Frau war schon alt gewesen, als ich noch in Windeln gepupst hatte.

Sie war die typische alte Lady, die alle durch die gehäkelten Gardinen ihres Erkerfensters beobachtete und von jedem einfach alles wusste, weil sie alles mitbekam. Es war so gruselig wie bewundernswert.

»Ja, sehr. Aber wie geht es Ihnen?«, heuchelte ich Interesse, um von mir abzulenken, und hoffte, sie würde es nicht merken. Sonst erzählte sie gleich herum, dass mein Umzug wohl keine gute Idee gewesen war und ich ein unglückliches Kind sein musste. Sie hatte ein Talent dafür, Fakten aufzubauschen und genau den richtigen Leuten weiterzuerzählen.

»Oh, mir geht es fantastisch, danke«, antwortete sie mir und ich glaubte schon, hiermit von dem Gespräch erlöst zu sein. Doch Elaine Schmitz war wohl noch nicht fertig mit mir. »Sogar besser als die letzten zwei Jahre. Ich musste alle zwei Wochen zur Gedankenauslese wegen meines Leidens. Es war wohl schwerer für mich, den Tod meines liebsten Olaf zu verkraften, als ich selbst geglaubt habe. Aber Anfang der Woche haben sie mir gesagt, ich wäre wieder völlig in Ordnung.«

Entgeistert sah ich sie an. Das hatte sie sich doch ausgedacht. Niemand musste zwei Jahre lang alle zwei Wochen zur Gedankenauslese. Wenn es so wäre, dann würde man die alte Schmitz sicher nicht allein in einem Haus wohnen lassen, sondern ihren Angehörigen dringend anraten, sie in betreutes Wohnen zu überstellen. Soweit ich wusste, hatte sie eine Tochter, die sie regelmäßig besuchen kam.

»Entschuldigung, alle zwei Wochen? Sind Sie sich sicher?«, fragte ich nach und klang wohl skeptischer als beabsichtigt, denn das Gesicht von Elaine Schmitz verzog sich zu einer verstimmten Grimasse.

»Kind, glaubst du, ich bin schon so verwirrt, dass ich das nicht mehr genau wüsste?«, schnauzte sie mich an und ich wich einen

Schritt zurück. Sie reagierte heftiger als erwartet. Vielleicht war ich nicht die Erste, die daran zweifelte.

»Okay«, sagte ich nur und dachte darüber nach, wie ich mich jetzt am besten aus der Affäre zog. Doch Elaine übernahm das für mich.

»Am besten, du gehst jetzt weiter zu deinem armen Vater. Er ist wirklich schlecht gelaunt, seit deine Mutter im Krankenhaus liegt«, warf sie mir an den Kopf und ich spürte einen Anflug von Wut in meinem Bauch. Denn ich konnte mir sicher sein, dass sie diese Information nicht von meinem Vater direkt hatte, die schrullige Stalkerin.

Ich hob die Hand zum Abschied und zwang mir ein schmales Lächeln auf, bevor ich mich abwandte und auf unser Haus zueilte.

Doch es wollte mir einfach nicht aus dem Kopf gehen, wie krass es sich anhörte, alle zwei Wochen zur Auslese zu gehen. Das war auch medizinisch gar nicht notwendig. Man schickte Leute wöchentlich zu Therapiesitzungen oder Blutuntersuchungen, das ergab viel mehr Sinn.

Außer Elaine Schmitz war in ihrem Kopf eine geistesgestörte Terroristin, bei der man täglich ganz genau wissen musste, was sie tat.

Bei dem Gedanken musste ich lachen und kramte in meiner Tasche nach dem Türschlüssel.

Na ja, oder jemand anderes aus der Nachbarschaft war gefährlich, denn schließlich wusste die Stalkerin immer, was alle so trieben. Ihr würde als Erstes auffallen, wenn bei jemandem etwas nicht stimmte.

Vor Schreck glitt mir der Jutebeutel von der Schulter und fiel mit einem plumpen Geräusch zu Boden. Eiseskälte breitete sich in meinen Adern aus und ich schlang fröstelnd die Arme um mich.

Hatte sie gesagt, man habe ihr Anfang der Woche gesagt, sie wäre wieder gesund? Anfang der Woche, wo ich ausgezogen war?

O Scheiße! Ich fühlte mich beobachtet, weil mir ein Mann durch die Stadt gefolgt war, dabei wurde ich quasi mein Leben lang von meiner Nachbarin ausspioniert.

Wir dachten uns nichts dabei, weil sie eine alte Schrulle war, die gern tratschte und einem nur auffiel, wenn sie rumerzählte, dass mein Date mich zwanzig Minuten nach Mitternacht zu Hause abgeliefert hatte, obwohl ich noch keine sechzehn war. Skandalös.

Doch wenn ich das Unmögliche in Betracht zog, dann hätte man über sie im Zwei-Wochen-Takt eine lebendige Überwachungskamera.

Was wiederum bedeutete, dass in die ganze Sache mindestens ein Arzt involviert war. Denn jemand, der Informationen aus dem System stahl, stellte keine Rezepte aus und konnte auch keine Personen alle zwei Wochen zur Auslese herbestellen.

»Scheiße!«, stieß ich laut aus und genau in diesem Moment öffnete sich die Haustür.

»Wie lange willst du noch vor dem Haus herumlungern, Gemma?«, fragte mich mein Vater und ich hob den Blick. Sein Gesicht wirkte zerknittert, seine Haare stumpf und strohig und unter seinen Augen zeichneten sich dunkle Schatten ab.

Elaine Schmitz wurde sofort unwichtig.

»O Paps, du siehst ja schrecklich aus«, seufzte ich mitleidig, hob meinen Wäschebeutel auf und trat über die Schwelle, um ihn in die Arme zu nehmen.

»So fühle ich mich auch«, gab er zurück, zog mich ins Haus und schloss die Tür hinter uns. »Ich mache uns erst mal einen Kaffee.« Schlurfend ging er voran in die Küche.

Ich blickte ihm skeptisch hinterher. »Seit wann trinkst du Kaffee?«, wollte ich wissen und er zuckte mit den Schultern.

»Gar nicht. Aber ich vermisse den Geruch. Ohne euch beide ist es hier echt seltsam.«

»O Paps«, rief ich wieder und umarmte ihn noch einmal. Wenn er so was sagte, brach es mir beinahe das Herz. Es stand ja noch schlimmer um ihn, als ich gedacht hatte.

Als er mit der Tasse in der Hand hilflos vor den Knöpfen des Kaffeevollautomaten stand, trat ich zu ihm und machte mir den Kaffee selbst.

Er setzte sich an den großen Küchentisch, fuhr sich erschöpft mit den Händen übers müde Gesicht und ließ sich von mir einen Tee aufbrühen.

»Wie geht's Mama?«, stellte ich die Frage, wegen der ich hauptsächlich hergekommen war, und er seufzte laut auf. Der Geruch von Kaffee hing in der Luft und gab auch mir ein heimeliges Gefühl. Mein Vater hatte recht, dieser Geruch gehört einfach hierher.

»Die Haut regeneriert sich schnell und ihre Blutwerte sind gut. Sie schläft allerdings immer noch, weil sie bisher keine Ursache für ihre plötzliche Psychose finden können.«

»Plötzlich? Was ist denn daran plötzlich?«, schnaubte ich verächtlich und stellte die Tassen auf den Tisch. »Ihr geht es doch schon seit Monaten so.«

»Bei der Gedankenauslese haben sie aber nie etwas gesehen«, hielt er dagegen und es juckte mir in den Fingern, ihm die Wahrheit zu sagen. Dass es daran lag, dass man Teile unseres Gedächtnisses gelöscht hatte.

Aber für ihn galt das Gleiche wie für Vika. Wenn er nichts damit zu tun hatte, würde ich ihn nicht in Gefahr bringen.

»Auch die Gedankenauslese ist nicht unfehlbar, Paps«, grummelte ich und nahm unwirsch einen Schluck Kaffee, der so heiß war, dass er mir die Zunge verbrannte.

»Sie werden schon wissen, was sie tun«, murmelte Papa und war mit den Gedanken ganz woanders. Möglicherweise hatte er mich nicht einmal gehört.

Ich atmete tief durch und brachte mir Mama in Erinnerung, an einem guten Tag. Wie sie, das Gesicht voller Mehl, lachend vor einem völlig ruinierten Kuchen stand, weil ich ihr gesagt hatte, es wäre ein idiotensicheres Rezept.

Das Hantieren in der Küche gehörte einfach nicht zu ihren Stärken. Dafür immer das Positive im Menschen zu sehen und daran zu glauben, dass sich schlussendlich alles zum Guten wendete.

Daran musste ich jetzt auch glauben, obwohl man ihr im Gehirn herumgepfuscht hatte. Mir und ihr. Und Ezra. Wahrscheinlich auch allen anderen Menschen, mit denen ich in dem halben Jahr zu tun gehabt hatte.

»Kann ich dich was fragen?«

Papa hob den Blick von seinem Tee.

»Erinnerst du dich an mein erstes halbes Jahr in der Ausbildung? Wie hast du das empfunden? Wirkte ich sehr gestresst auf dich?«, wollte ich wissen und sein Gesicht wurde noch faltiger, als er die Augenbrauen zusammenzog.

»Puh, da fragst du mich was. Ich habe keine Ahnung. Wenn ich mir das so überlege, kommt es mir vor, als hätte ich die meiste Zeit im Büro verbracht.«

Ich wollte mich darüber wundern, doch eigentlich hieß das doch nur wieder, dass ihm Teile seiner Erinnerung fehlten.

»Hast du mich nie lernen sehen oder … was ist mit Mama? Habt ihr nichts unternommen in der Zeit?«, versuchte ich ihm auf die Sprünge zu helfen und er zuckte nur mit den Schultern.

»Ach, daran erinnere ich mich doch jetzt nicht mehr. Das ist wie lange her? Zwei Jahre, dass du mit der Ausbildung angefangen hast? Das ist eine lange Zeit für einen alten Mann wie mich«, stöhnte er und seine Worte brachten mich unbewusst zum Grinsen.

»So alt bist du noch gar nicht, Paps.«

»Doch, doch. Uralt«, wiederholte er und kratzte sich am Hinterkopf, da wo seine Haare mittlerweile ein bisschen lichter wurden. »Apropos alt. Ich habe noch verstaubte Sachen von dir auf dem Dachboden gefunden.«

Mein Blick zuckte von meinem Kaffee zu ihm.

»Ach ja, was denn?«, tat ich ganz unschuldig und mein Vater hob wieder erschöpft die Schultern.

»Ich habe nicht so genau geschaut. Ein paar Bücher, denke ich.«

Mein Herz pochte wie wild. Mein Verdacht bestätigte sich. Er hatte meine Tagebücher gefunden.

Ich schrieb ja nicht erst seit zwei Jahren Tagebuch, sondern schon so lang ich denken konnte. Nicht immer so furchtbar geheim und unter so schmerzhaften Vorsichtsmaßnahmen wie heute, doch es war mir immer wichtig gewesen, meine Gedanken schriftlich festzuhalten.

»Sicher nichts Wichtiges. Ich schaue gleich mal nach«, sagte ich ihm und wartete erst einmal drei Sekunden ab, bevor ich mich erhob, um bloß nicht zu hektisch zu wirken.

»Wenn sie wirklich nicht wichtig sind, kannst du sie auch da lassen. Wir haben Platz genug«, bot mein Vater mir an und ich lächelte dankbar, obwohl mir eher danach war, in Panik in den ersten Stock zu rennen und die Leiter auszuklappen, um meine Schätze wieder in Sicherheit zu bringen.

Ganz bewusst lenkte ich meine Gedanken auf den Nachgeschmack von Kaffee in meinem Mund und dem ziehenden Schmerz, der immer noch in meinem Unterleib rumorte, und stand vom Tisch auf.

»Bleibst du zum Essen?«, fragte Papa mich, als ich ihm mit der Hand aufmunternd auf die Schulter klopfte.

»Gern, ich habe heute nichts mehr vor.«

Leider, dachte ich bei mir. Denn das bedeutete, dass Ezra sich nicht gemeldet hatte. Da herrschte immer noch Funkstille, die mich wahnsinnig nervös machte.

Immer wieder sagte ich mir, dass es sicher nur an der Gesundheitsmesse lag und er schon schreiben würde, wenn er Zeit dafür hatte.

Gemächlich ging ich die Stufen nach oben und dachte erst an mein altes Zimmer, als ich die geschlossene Tür erblickte. Sie sah aus wie immer und doch wusste ich, dass das Zimmer dahinter der Ort eine Tragödie gewesen war. Meine Mutter hatte einen Anfall gehabt und sich dabei im Wahn selbst verletzt.

Ich brachte es nicht über mich, das Zimmer zu betreten, und ging lieber erst ins Bad, um meine Klamotten in die Waschmaschine zu stopfen.

Während sich meine Pullover und Hosen begannen, sich im Kreis zu drehen, wandte ich mich im Flur der Klappe in der Decke zu, von der eine Schnur mit dickem Knoten herunterbaumelte.

Oben war es dämmerig und die funzelige Energiesparlampe an der Decke half da auch nicht viel weiter. Zu einer Seite waren Regale angebracht, die alle möglichen Elektrogeräte beheimateten, die mein Vater sich vorgenommen hatte zu reparieren. Daneben stand sein Arbeitstisch, einige Werkzeugschränke und ab da stapelten sich Kisten mit Dingen, die man gerade nicht brauchte.

Besagter Karton wartete schon auf mich und war oben ganz dick mit meinem Namen versehen. Erleichtert atmete ich auf, als ich die Klappen öffnete und meine alten Schulbücher entdeckte. Es war nicht die Kiste mit meinen Tagebüchern. Die schlummerte wohl immer noch wohlbehalten in ihrem ganz speziellen Versteck hier oben, zu dem ich nicht einmal hinsah, um mich nicht darauf zu konzentrieren.

Eigentlich gab es nichts mehr für mich zu sehen und doch nahm ich eins der Lehrbücher zur Hand und blätterte es durch.

Das wohlige Gefühl von Nostalgie erblühte in meiner Brust und ließ mich lächeln. Es war mein Mathebuch, voller Anmerkungen und Klebezetteln.

Darunter fand ich meine Bücher von der Ausbildung. Zumindest die unwichtigen. Alles andere lagerte in meinem Regal zu Hause. Auch diese schlug ich auf und brauchte nur ein paar Wörter aufzuschnappen, um genau zu wissen, worum es in dem Kapitel ging. Teils sogar nebensächlicher Kram, doch ich staunte nicht schlecht, als mir aufging, dass ich jeden Absatz auswendig kannte.

Ich dachte an mein erstes Halbjahr in der Ausbildung, das man mir genommen hatte. Und doch gab es da haufenweise Erinnerungen an mein Klassenzimmer, viele gleiche Tage. Mittelmäßiges Essen in der Mensa, immer mal wieder ein Gesprächsfetzen mit Luna und Jessy.

Ich erinnerte mich an stille Abendessen mit meinen Eltern, wie ich auf meinem Bett sitzend über Bücher gebeugt lernte, um das Beste zu geben, was ich geben konnte.

Ich blinzelte und versuchte mich an Vika zu erinnern. Hatten wir irgendetwas unternommen in der Zeit? Was hatten wir an unserem alljährlichen Jahrestag gemacht? Waren wir im Freizeitpark gewesen, so wie wir es uns seit Jahren vorgenommen hatten?

Doch mein Kopf blieb leer. Keine Vika, keine dummen Scherze von Oliver, keine Spitzen von Jessy. Nicht einmal an ein verkochtes Essen von meiner Mama konnte ich mich entsinnen.

Wieso war mir nie aufgefallen, wie viel mir in diesem halben Jahr fehlte?

Angespannt stieß ich die Luft aus und betrachtete das Buch in meinen Händen. Na ja, wenigstens hatten sie mir den Lehrstoff nicht aus dem Kopf gelöscht.

Obwohl das auch mehr als merkwürdig war. Mir war nicht bekannt, dass ein Gerät existierte, mit dem es möglich war, so präzise Gedanken zu löschen. Allein die Schwingungsungenauigkeit der Synapsen würde es schwierig machen, so genau zu rastern. Man konnte gar nicht anders, als überall Minuten wegzunehmen, die man nicht mitnehmen wollte.

Und doch hatte ich meine Ausbildung mit Auszeichnung abgeschlossen. Mir fehlte nichts an Wissen und meine Grundlagen waren perfekt.

Hatte man ein Gerät erfunden, das so genau Gedanken löschen konnte? Und wenn ja, wieso hatte ich nie davon gehört?

Oder hatte ich etwa davon gehört und es vergessen?

»Und? Hast du sie gefunden?«, holte Papa mich aus meinen Überlegungen und ich zuckte erschrocken zusammen.

»Ja, sind nur alte Schulbücher«, sagte ich und musste mich räuspern.

»Dann lass sie einfach hier«, winkte Papa ab und ging rüber zu seinem Arbeitsplatz. »Mir ist eingefallen, ich habe noch das hier entdeckt.« Er trat an etwas Großes, das unter einem Tuch versteckt war, und zog den weißen Stoff mit einem Ruck zur Seite.

Darunter kam ein unfertiges Gestell zum Vorschein. »Was ist das?«, fragte ich ihn und er sah mich irritiert an.

»Ich dachte, du hast das gebaut. Scheint ein Zeichentisch zu sein. Sogar mit Beleuchtung. Es gibt irgendwo da hinten sogar eine zugeschnittene, halb durchsichtige Faserplatte.«

»Ich habe ihn noch nie gesehen«, versicherte ich und fragte mich, ob ich ihn vielleicht auch nur vergessen hatte. Waren die, die uns das antaten, etwa nachlässig gewesen und hatten diese Kleinigkeit vergessen?

Oder war es mein Vater selbst, der ihn gebaut hatte und sich nicht erinnerte?

»Paps, ich bau doch gar keine Tische. Solcher Kram ist doch eher dein Fachgebiet«, wies ich ihn drauf hin und er stemmte mit verwirrtem Gesichtsausdruck die Hände in die Hüften.

»Wenn du es nicht warst und ich auch nicht, kann es nur Ida gewesen sein«, murmelte er und ich nahm ihm das Tuch ab, um die Konstruktion wieder abzudecken.

»Ich erklär dir das, wenn alles vorbei ist«, behauptete ich kryptisch und drehte mich ruckartig zu ihm um. »Wie wär's? Wer auch immer das Ding angefangen hat, du könntest es doch fertig bauen. Erstens brauchst du ganz dringend Ablenkung, um nicht durchzudrehen, wenn du zu Hause bist, und zweitens kann ich das Ding gut gebrauchen.«

Mein Vater legte mir den Arm um die Schultern und zog mich an seine Seite.

Ich vermisste ihn und Mama. Es war für mich an der Zeit gewesen auszuziehen, aber trotzdem änderte es nichts daran, dass die beiden meine Eltern waren. Ich wollte für sie da sein und sie für mich.

Papa konnte schon immer so viel besser kochen als Mama und ich aß so viel, dass es sich anfühlte, als würde mir bald der Bauch platzen. Zum krönenden Abschluss zauberte er selbst gemachtes Zitroneneis.

Er legte es wirklich darauf an, dass ich mich wohlfühlte.

Als der Nachmittag sich dem Ende neigte, holte ich meine Wäsche aus dem Trockner, legte sie zusammen und verabschiedete mich dann, um nicht im Dunklen den Heimweg antreten zu müssen.

Ich schlich mich so aus dem Haus, dass die alte Elaine Schmitz mich nicht bemerken konnte, und wünschte mir, das wäre nur bescheuerte Paranoia und nicht möglicherweise Tatsachen.

Als ich mich gerade durch das Gestrüpp an der Seite des Hauses kämpfte, blieb ich wie angewurzelt stehen, als ich eine Bewegung hinten im Garten wahrnahm. War da jemand? Und wenn ja, wer trieb sich denn in unserem Gärtchen herum?

Ich tippte auf Sharoon, den dreisten Nachbarsjungen. Nur weil er sich jetzt Muskeln zugelegt hatte und einen Kopf größer war als ich, glaubte ich nicht daran, dass er deswegen aufgab, sich Johannisbeeren von unseren Sträuchern zu mopsen.

Ich wollte mich aufrichten und ihn auf frischer Tat ertappen, da erblickte ich einen Typen mit Maske und zog den Kopf wieder ein.

Mein Herz setzte einen Schlag aus und holperte dann weiter, als wäre es auf einem steinigen Weg unterwegs.

Wer zur Hölle war das bitte? Vorsichtig lugte ich durch das Geäst und versuchte, keine Geräusche zu machen.

Mitten auf dem Rasen stand ein Mann mit einer Fuchsmaske, die seinen gesamten Kopf verdeckte. Der Nachbarsjunge war das nicht, denn die Schultern des Typen wirkten eher normal breit in seiner abgewetzten dunkelgrünen Jacke, nicht so aufgepumpt wie die von Sharoon. Reglos verharrte er im Garten, den Blick dem Haus zugewandt. Zumindest nahm ich das an, durch die Maske war nicht viel zu erkennen.

Zwanghaft versuchte ich ruhig zu atmen, doch mein Puls dröhnte mir so laut in den Ohren, dass ich kaum etwas anderes hören konnte. Ganz langsam schob ich die Blätter des Gebüschs beiseite und schob mich vorwärts, ohne mir von den Ästen das Gesicht zerkratzen zu lassen.

Angestrengt behielt ich den Fuchs im Auge, doch als mein Jutebeutel im Geäst hängen blieb, senkte ich nur ganz schnell den Blick, um ihn zu lösen. Einen Moment zu lang, denn als ich zurückblickte, war der Fuchstyp verschwunden.

Wo war er hingegangen?

Minutenlang hockte ich im Gestrüpp und wartete, was noch passierte. Doch es geschah nichts Seltsames mehr.

Ich schob mich weiter, hastete im Schutz der Bäume durch den Garten und kletterte an der Rückseite über die Mauer. Keine Spur von dem Mann mit der Fuchsmaske.

Als ich die Straße entlang zur Magnetschwebebahn marschierte, sah ich mich immer wieder um und wurde von dem Gefühl beschlichen, dass es nicht real gewesen war. Mein Herz wummerte immer noch in meiner Brust und mein Atem ging viel zu schnell.

Hatte ich einen Anfall gehabt? War der Kerl wirklich da gewesen oder hatte ich ihn mir eingebildet?

Nervös strich ich mir durchs Haar und entfernte einen kleinen Ast, der sich darin verheddert hatte.

Ich zwang mich langsamer zu atmen und kramte mein Handy hervor, um mich abzulenken. Und tatsächlich warteten eine Menge Text- und Sprachnachrichten auf mich. Es war Sonntag, die Leute hatten Zeit, um sich zu melden.

Joris wollte wissen, wie es mir ging, und erzählte mir, dass er sich eine Auszeit nehmen und mit seiner Mutter für zwei Wochen in die Berge fahren würde. Mich letzten Donnerstag an der Bahn abzuholen und bis zum Krankenhaus zu begleiten hatte ihn wohl härter getroffen, als ich gehofft hatte.

Jessy war aufgeregt wegen unseres ersten Arbeitstages morgen, Vika wollte sich am Dienstagabend auftakeln, um mit mir um die Häuser zu ziehen, und Luna schickte mir Fotos von ihren Kaninchen.

Der Einzige, der sich nicht gemeldet hatte, war Ezra.

›*Fände ich super. Lass uns das machen!*‹, schrieb ich Vika zu ihrer Idee für Dienstag und sie antwortete mit einer Flut aus Partyemoticons.

›*Das wird episch!!! Aber eine Frage. Und bitte ehrlich sein.*‹, kam dann von ihr und ich wartete gespannt auf ihre Frage. Die jedoch auch nach fünf Minuten noch nicht angekommen war.

Irritiert steckte ich das Telefon wieder in meine Handtasche und versuchte mir vorzustellen, was bei Vika wieder los war, dass sie es nicht schaffte, mir eine Nachricht zu schicken. Doch am wahrscheinlichsten war, dass das WLAN Schluckauf hatte.

Als mein Handy einen Ton von sich gab, dachte ich im ersten Moment, Vika hätte es endlich geschafft, ihre Frage zu formulieren. Als ich jedoch Ezras Namen auf dem Display erblickte, schnellte mein Puls in erschreckende Höhen.

Vergessen waren der komische Fuchsmann und all die anderen Seltsamkeiten des Tages. So aufgeregt, wie ich plötzlich war, brauchte ich drei Versuche, um das Handy zu entsperren, und landete dann genau bei seiner Nachricht. Es war eine Sprachmemo. Oh, wow!

Ohne zu zögern drückte ich auf Abspielen und hielt mir das Telefon ans Ohr, damit nicht die ganze Bahn mithörte.

»Hallo, Gemma«, erklang seine Stimme und ich spürte die Erleichterung, dass ihm nichts passiert war. »Es tut mir so leid, dass ich mich erst jetzt melde. Aber du glaubst es nicht. Die Messe am Wochenende war so brechend voll, ich dachte, mir platzt der Kopf. Danach gab's noch interne Besprechungen und solche Sachen. Und dann kam noch ein Auftrag rein, den ich von hier aus koordinieren muss. Aber okay. Genug gejammert. Jetzt habe ich das ganze Wochenende verpasst. Blöd. Aber wollen wir uns dann vielleicht morgen sehen? Wenn du Lust hast, natürlich nur. Ja, melde dich einfach und dann sehen wir weiter. Ich wünsch dir eine gute Nacht.«

Doch nur die Messe. So wie ich es mir selbst gut zugeredet hatte. Endlich lief mal etwas nicht völlig schief.

›*Hab mir schon Sorgen gemacht. Aber schön, dass du noch lebst.*‹, tippte ich und setzte ein zwinkerndes Emoji dazu, damit er diese Aussage nicht zu ernst nahm. Er musste ja nicht wissen, was für Gedanken ich mir gemacht hatte.

›*Morgen habe ich meinen ersten Arbeitstag. Aber ab 16:00 Uhr habe ich frei. Wenn dir das passt, könnten wir uns zum Abendessen sehen.*‹

›*Ich freu mich drauf.*‹, blinkte die Antwort keine drei Sekunden später auf und ich konnte mir ein Grinsen nicht verkneifen, weil es ganz warm in meinem Bauch wurde. ›*Wann wollen wir denn zu der Fabrik fahren, die du gefunden hast?*‹

Sofort setzte wieder das Adrenalin ein und ich war echt froh, dass ich nicht noch vor dreißig Jahren lebte, wo jeder blöde Anbieter, jede App und jeder intelligente Assistent einen abgehört hatte. Seit des gewonnenen Rechtsstreits gegen die großen Social-Media-Plattformen und des Abhörskandals der alten Heimassistenten waren da eine Menge Sicherheitsmaßnahmen getroffen worden.

Damals hätte ich solche Nachrichten nicht so einfach übers Handy schicken können, ohne mich selbst zu verraten. Hoffte ich. Noch so eine bescheuerte Sache, bei der wir dem Werbeslogan der Regierung trauten.

Ich atmete tief durch, verdrängte mein Misstrauen und dachte über die Frage nach. Ich wusste noch nicht viel von meinem Arbeitsalltag. Das würde ich erst am Montag sehen. Also musste dieser Trip noch warten, auch wenn es mir unter den Fingernägeln brannte, dort hinzufahren und zu sehen, was mir noch alles an Erinnerungen in den Kopf springen würde.

›*Lass uns das morgen besprechen. Da weiß ich sicher mehr.*‹, schrieb ich und ließ mich mit leichterem Herzen tiefer in meinen Sitz sinken.

Alles war gut und wieder auf Kurs. Morgen konnte kommen. Ich war bereit.

16

Erster Arbeitstag

Ich brauchte mehr als ein paar Schluck Kaffee und eine heiße Dusche, um meine Müdigkeit loszuwerden. Meine Nacht war, wie in letzter Zeit üblich, ziemlich schlecht gewesen und zerknautschte Sofakissen zeugten von meiner Unruhe.

Geträumt hatte ich nur wirres Zeug über Kaffee trinkende Füchse, die mich zwingen wollten, ihnen eine Pistole aus den Händen zu reißen, wenn sie damit auf mich zielten.

Nicht einmal die Tatsache, dass ich gleich meinen ersten Arbeitstag bestreiten würde, konnte mich aus dem Stimmungstief ziehen, das mich gefangen hielt.

Ich schlüpfte umständlich in eine Jeans, die mir an den nassen Beinen klebte, und zog ein braun kariertes Hemd über, weil es praktisch war, aber nicht zu schlampig wirkte. Mein Abteilungschef sollte schließlich einen guten ersten Eindruck von mir haben.

Meine zweite Tasse Kaffee füllte ich in einen Thermobecher, schnappte mir meine Tasche und schlurfte aus der Wohnung.

In meinem Bauch rumorte ein ganz schlechtes Gefühl und ich hoffte, dass das nur von meiner Menstruation stammte und kein Unheil vorhersagte.

Vor dem Gebäude auf dem Parkplatz wartete ich auf Jessy, die in einem anderen Abschnitt wohnte, und sah mir währenddessen die Autos an, die hier herumstanden. Seit man das Bahnsystem ausgebaut hatte, benutzten nur noch wenige junge Leute ein eigenes Fahrzeug.

Aus dem Augenwinkel nahm ich eine Bewegung wahr, doch als ich mich zur Seite drehte, war nichts zu sehen, nur die Blätter eines Baumes, die im sanften Wind wiegten.

Was ich früher einfach abgetan hätte, ließ jetzt sofort Misstrauen in mir aufkeimen. War da ein Beobachter, ein Verfolger oder vielleicht sogar der imaginäre Fuchsmann?

Mein Puls beschleunigte sich, ich hielt die Luft an und ging einige Schritte in die Richtung. Ich blickte in die Autos, die hier standen, um zu sehen, ob sich darin jemand versteckte, ging um den Baum herum und wollte mich gerade an die Hecke heranwagen, die den Parkplatz umsäumte, da hörte ich jemanden nach mir rufen.

»Gemma! Was machst du da? Komm, wir sind spät!« Jessys Stimme hallte über den Parkplatz und ich schreckte aus meinem Wahn, einen Beobachter zu finden, der vielleicht nicht mal hier war.

Ich konnte mir vorstellen, dass diejenigen, die mir hinterherspionierten, es sich jetzt zweimal überlegen würden, mir wieder einen Verfolger auf den Hals zu hetzen.

Jessy plapperte in einer Tour über die Möglichkeiten, die ihr der neue Job bot, wenn sie endlich eigenes Geld verdiente. Doch ich hörte ihr nicht richtig zu, nickte nur immer mal wieder, trank meinen Kaffee und versank in meinen eigenen Gedanken.

Ich konnte mir nicht helfen, aber alle Stränge schienen zu Biolog Medical zu führen. Natürlich wollte ich das nicht, da ich den Konzern als gut und wertvoll für die Gesellschaft empfand, doch selbst ich musste mir eingestehen, dass manchmal der einfachste auch der richtige Weg sein konnte.

Wer in dieser Firma war also ein durchgeknallter Verbrecher, der mir meine Erinnerungen geraubt hatte?

Dass es die ganze Firma war, hielt ich für unwahrscheinlich.

Mir kam Elaine Schmitz wieder in den Sinn und dass für ihre Verschreibung der Untersuchungen ein Arzt zuständig sein musste. War es nicht möglich zu ermitteln, wer genau das gewesen war?

»Jessy?«, unterbrach ich sie mitten im Satz und sie sah mich überrascht an. »Sag mal, du kennst dich doch aus mit Computern.«

Jessy lachte auf und stieß mir spielerisch mit dem Ellenbogen in die Seite. »Das ist, als wenn ich dich fragen würde, ob du dich mit Schaltplänen auskennst«, behauptete sie und ich musste lächeln. »Was willst du wissen?«

»Die Nachbarin meiner Eltern hat mir gestern gesagt, sie wäre in den letzten Jahren alle zwei Wochen zur Gedankenauslese bestellt worden«, erzählte ich und Jessy machte ein skeptisches Gesicht.

»Quatsch. Niemand muss über längere Zeit so oft zur Auslese«, sagte sie und ich stimmte ihr da nur zu.

»Sie ist schon sehr alt«, milderte ich ab, damit Jessy nicht gleich Verdacht schöpfte. »Mir geht das aber echt nicht mehr aus dem Kopf. Kann man da im System nachsehen, wie oft sie wirklich da war und welcher Arzt so was verschreibt?«, fragte ich sie ganz direkt und hoffte, so am unauffälligsten zu sein. Redete man um den heißen Brei, meldete sich nur viel zu schnell Jessys Radar für skandalöse Geschichten. Sie hatte ein Faible dafür und konnte ein unerbittliches Verhör führen, bis sie alles wusste, was sie wollte.

»Klar könnte man, aber dafür braucht man Befugnisse, die weder du noch ich haben. Das sind private und medizinische Angaben, die fallen unters Patientenrechtsgesetz«, knallte sie mir hin und ich zuckte mit den Schultern, als ob es ohnehin nicht so wichtig gewesen war.

»Falls du eine Möglichkeit findest, das zu umgehen, um meine Neugierde zu stillen, lass es mich wissen.« Ich verschloss den mittlerweile leeren Kaffeebecher, schob ihn in meine Handtasche und trat schon mal an die Tür der Bahn, die sich gleich an unserer Haltestelle öffnen würde.

»Mach ich«, versprach Jessy mir mit einem süffisanten Grinsen und folgte mir. Neugierde war ein Grund, den Jessy nie infrage stellen würde und der in ihren Augen völlig ausreichte.

Ich konnte nur hoffen, dass sie selbst auch neugierig geworden war, denn dann würde ich meine Infos bald bekommen.

Wir betraten gemeinsam den Seiteneingang zum Gebäude für Wartung und Sicherheit, gingen dann aber getrennte Wege, als sie mit dem Fahrstuhl in den obersten Stock fuhr, während ich die Treppe zum ersten Obergeschoss nahm.

Ich war schon öfter zu meinen Ausbildungszeiten in diesem Stockwerk gewesen, doch jetzt, da ich hier anfangen würde, kam die Aufregung zurück, die ich heute früh vermisst hatte.

Ich wünschte, ich könnte noch so unschuldig an die Sache herangehen wie noch vor einer Woche, als ich noch nichts geahnt hatte.

Doch jetzt sah ich in jeder Person, der ich begegnete, einen potenziellen Feind, jemand, der dazu fähig war, mich an ein Auslesegerät zu fesseln und mir meine Erinnerungen zu stehlen. Jemand, der mich mit einem Lastwagen überrollt hatte.

Ich ging einen langen Flur hinunter, von dem immer wieder überbreite Türen in Werkstätten führten, bis ich bei den Büros angelangte. Hier standen schon Felix und Marcus, die zusammen mit mir ihren Abschluss vor ein paar Wochen gemacht hatten und warteten.

Wir grüßten uns kurz und wurden dann auch schon von einem Anzugträger mit hässlicher Krawatte hereingebeten. Er stellte sich uns vor, doch ich merkte mir nur, dass er den Posten des Abteilungsleiters für Technik und Wartung innehatte, seinen Namen jedoch nicht, weil die Aufregung in mir immer weiter anstieg.

Ich hoffte inständig, meine Schiene an der rechten Hand würde kein Problem darstellen. Denn daran konnte ich nichts ändern.

Im Büro des Abteilungsleiters warteten zwei Männer auf uns, Mentoren, um uns in unserem Einsatzgebiet einzulernen. Beide schienen nett zu sein und schüttelten uns die Hand, wobei es sich bei mir etwas schwierig gestaltete. Doch niemand sagte etwas dazu.

Ich fragte mich gerade, wieso es nur zwei Mentoren waren, da sah der Abteilungsleiter nervös auf die Uhr und entschuldigte sich für die Verspätung des dritten.

»Er wird schon kommen, geht ihr Jungs schon mal, Frau Henson wird draußen auf der Bank warten können«, sprach er die Worte aus, die ich sicher nicht hatte hören wollen, und ich ergab mich meinem Schicksal.

Felix und Marcus wünschten mir noch viel Glück und verzogen sich mit ihren tollen neuen Mentoren den Gang hinunter.

Ich blieb allein zurück, setzte mich auf die Bank im Flur und wartete.

Was war das wohl für ein Mentor, der seine Mentee an ihrem ersten Tag so warten ließ? Entweder er war einfach wahnsinnig gefragt und hatte es deshalb nicht rechtzeitig geschafft, oder er war eine Trantüte und kam nicht aus den Puschen.

Obwohl ich natürlich Ersteres hoffte, bekam ich Letzteres. Eine Stunde ließ er mich warten, ehe er sich bequemte, den Weg auf sich zu nehmen und die zehn Meter durch den Flur zu schlurfen.

Er stellte sich mir als Eduard Meier-Fitz vor und kratzte sich an seinem unförmig über den Hosenbund quellenden Bauch.

Sein Haar auf dem Kopf war bereits ergraut und er trug einen dichten Schnurrbart im Gesicht, der seine schmale Oberlippe verschwinden ließ. Ein schmieriger Handwerker, wie er im Buche stand, und ich wollte nicht wissen, womit ich das verdient hatte.

Ich war Jahrgangsbeste aller Ausbildungszweige der Biolog Medical. Ich hatte eine Auszeichnung bekommen und war in der Zeitung gewesen. Und jetzt hatte ich einen Mentor, dessen Hose ihm wohl nicht weit genug über den Hintern reichte, um seine Ritze vollständig zu verdecken.

So hatte ich mir das sicher nicht vorgestellt.

»Kannst mich Eddi nennen«, sagte er und ich folgte ihm in eine der Werkstätten. Es waren große Räume mit hohen Decken. Überall standen Schränke und Regale voller Material, das man brauchte, um alles Mögliche zu bauen, vom Haartrockner bis zum Killerroboter. Ich liebte diese Räume und doch fühlte ich mich hier heute neben Eddi völlig fehl am Platz.

»So, hm. Ich habe heute nicht mit dir gerechnet. Hatte eigentlich vergessen, dass man mich um diese Mentorensache gebeten hat. Aber wir kriegen das schon hin.« Eddi zog sich die Hose hoch, die jedoch sofort wieder nach unten sackte, und ich hätte am liebsten laut geschrien.

Die blöden Kerle, die mir das halbe Jahr gelöscht hatten, mussten einfach bei Biolog Medical arbeiten. Und jetzt bestraften sie mich dafür, dass ich meinem Beschatter entkommen war.

Zumindest tat es gut, mir das einzubilden.

Mein Bauch rumorte noch stärker und ich wusste, dass es doch die böse Vorahnung gewesen war. Ach verdammt!

»Ich kann dich heute noch nicht mitnehmen, habe langweilige Besprechungen. Wie war noch gleich dein Name?«, fragte er mich und ich zwang mir ein Lächeln auf.

»Gemma«, wiederholte ich zum dritten Mal und hoffte, dass er in seinem Job besser war als mit Namen.

»Ach ja. Gemma. Du kannst hier in der Werkstatt bleiben. Ich habe da noch ein paar Kabel, die man herstellen müsste. Die gehen ständig kaputt und der Lieferant bringt erst nächste Woche neue. Da müssen wir halt ran. Du kannst doch löten, oder?« Er blickte mich erwartungsvoll an und ich brauchte einen Moment, um zu begreifen, dass dies keine rhetorische Frage gewesen war.

»Ich bin ausgelernte AIC-Technikerin«, rief ich ihm ins Gedächtnis und klang dabei pampiger, als ich beabsichtigte.

Eddi schien das aber nicht zu merken und zuckte nur mit den Schultern. »Ich nehme mal an, das heißt Ja«, murmelte er, griff in eine Kiste auf dem Boden und zog ein graues QVA-Kabel heraus.

»Davon brauchen wir sechs. Ungefähr einen halben Meter lang. Schaffst du das?«

Ich bejahte, weil ich fürchtete, dass er hierbei wieder eine Antwort von mir brauchte. Er schnaufte zufrieden und zog ein weiteres Mal seine Hose nach oben. Vergebens.

»Dann lass ich dich mal allein werkeln. Wenn du fertig bist, kannst du einfach heimfahren«, brummte er und stampfte zur Tür. Auf halbem Wege drehte er sich mir jedoch noch einmal zu. »Hast du noch irgendwelche Fragen? Weißt du, wo die Mensa ist?«

»Ich weiß, wo die Mensa ist.« Ich wusste nicht, was schlimmer war, dass er mich für beschränkt hielt oder ich ihn. Er kostete mich Nerven und ich musste mich anstrengen, nett zu ihm zu sein. So was passierte mir wirklich selten.

»Morgen haben wir dann anderes zu tun«, versprach er mir und schwang in einer anspornenden Geste die Faust, was jedoch wenig enthusiastisch rüberkam. »Ach ja, und Mittwoch habe ich wieder diese Besprechungen. Da kannst du vielleicht noch mehr Kabel löten, wenn du Lust hast. Oder du machst besser frei. Brauchst auch keinen Urlaubstag nehmen. Das passt schon.« Damit verließ er die Werkstatt und zog die Tür hinter sich zu.

Entsetzt ließ ich mich auf einen Hocker sinken. Das war doch jetzt einfach nicht sein Ernst gewesen! Nett, das er mir freigab, aber das trug nicht gerade dazu bei, mich wertgeschätzt zu fühlen. In seinen Augen war ich sicher total überflüssig.

Super erster Tag, yeah! Das hatte ich mir wirklich anders vorgestellt.

Genervt nahm ich das QVA-Kabel zur Hand und besah es mir genauer. Ich hatte schon viele davon gesehen, da sie bei den AIC-

Geräten Steuereinheit und Messeinheit miteinander verbanden. Doch selbst gelötet hatte ich sie noch nicht.

Zu meinem Leidwesen war der Stecker vierzigpolig und ich würde mehr als genug zu tun haben, vierzig einzelne Steuerleitungen an die Pins an der Unterseite zu löten. Und das natürlich gleich zweimal, hinten und vorn.

Ich ließ den Kopf auf die Tischplatte sinken. Mein Leben hatte sich in einen Albtraum verwandelt. In diesem Moment war ich keine AIC-Technikerin, sondern nur eine ausgenutzte Aushilfe.

Doch ich tat, was ich konnte, sammelte mir die Stecker zusammen, knipste mir Steuerleitungen in verschiedenen Farben ab, holte einen Lötkolben und Zinn und machte mich an die Arbeit.

Ein Glück schränkte mich die Schiene an der Hand nicht zu sehr ein. Das war Eddi nämlich auch nicht aufgefallen. Vollpfosten!

Ich sah alle zehn Minuten auf die Uhr, um zu sehen, ob ich der Mittagspause schon näher gekommen war. Die Zeit schlich und ich verbrachte viel damit, Vika zu schreiben, wie schrecklich mein Leben doch war.

Sie schickte mir aufmunternde Sprüche, die wenig halfen, doch wenigstens fühlte ich mich dadurch nicht so allein.

Genervt ließ ich das Kabel und die dazugehörige Steckerhülle fallen, als es mir auch beim dritten Versuch nicht gelang, alle Steuerleitungen durch die Zugentlastung zu friemeln.

Jetzt wundere es mich gar nicht mehr, dass diese Kabel ständig kaputt gingen. Einmal hängen geblieben und schon hatte man die Steuerleitungen aus der Lötung gerissen. Etwas, was die Zugentlastung verhindern sollte. Doch das Ding war für fünf oder vielleicht zehn Leitungen ausgelegt, nicht für vierzig. Wer hatte diese blöden Steckerhüllen nur entworfen?

Am liebsten hätte ich laut geschrien, riss mich jedoch zusammen, schnappte mir meine Tasche und machte mich frühzeitig auf zur Mensa. Es würde ja ohnehin niemanden interessieren.

Der große Saal mit riesiger Fensterfront wirkte trotz des warmen Lichtes immer modern und kalt. Da hatte es jemand zu gut gemeint mit den sichtbaren Stahlträgern und den mattweißen Fliesen überall.

Nicht mal die Pflanzenkübel, die man überall aufgestellt hatte, machten es besser.

Ich schlenderte zur Essensausgabe, die ich noch nie so frei von Menschen gesehen hatte, und besah mir das heutige Menü. Die freie Wahl zu haben war auch etwas Neues für mich und ich entschied mich für Zwiebelsuppe, einen Nudelauflauf mit Brokkoli und einen extragroßen Kaffee. Ein süßlicher Duft stieg mir in die Nase, als ich mein Essen mit einem Chip bezahlte, und mein Blick fiel auf eine große Auswahl an Kuchenstücken.

Wir hatten eine Kuchentheke? Zwei Jahre Ausbildung und ich hatte niemals ein Stück davon gekriegt, ja nicht mal zu Gesicht bekommen.

Natürlich krallte ich mir gleich zwei Stücke. Eins für mich, eins für Jessy. Wer wusste schon, ob ihr Vormittag besser gelaufen war als meiner. Vielleicht hatte sie Kuchen ja genauso nötig wie ich.

Ich setzte mich mit meinem Tablett an den Tisch hinten links, zwischen der Infowand und der Yuccapalme. Dort hatten wir oft gesessen und ich hoffte, Jessy würde mich hier finden.

Vorausgesetzt, sie setzte sich zu mir. Vielleicht hatte ihr Vormittag glänzend ausgesehen und sie würde gleich mit ihren tollen neuen Kollegen zu Mittag essen.

Oh, hoffentlich nicht; selbst wenn es gemein war, das zu denken.

Gedankenverloren begann ich zu essen, während immer mehr Menschen die Mensa betraten und der Lärmpegel stetig anstieg.

Am Tisch nebenan sammelte sich eine kleine Gruppe blutjunger Neulinge, die sich noch viel zu neugierig umsahen, um schon mal hier gewesen zu sein. Sicher die neuen Auszubildenden für dieses Jahr. So viel lag noch vor ihnen.

Ich seufzte kauend und vermisste die alten Zeiten. Als wir alle noch zusammen aus dem Unterricht hierhergekommen waren, unbeschwert gelacht und uns die Zukunft in schillernden Farben erdacht hatten.

Heute war ein wahrhaft grauer Tag für mich. Und ich wünschte mir Luna und ihre positive Art herbei.

»Frau Henson. Ganz allein auf der Jagd nach einer guten Partie?«, sprach mich plötzlich jemand von der Seite an.

»Oh, Doktor Grand, ich fürchte, Sie verwechseln mich mit sich selbst«, gab ich zurück, ohne eine Sekunde darüber nachdenken zu müssen, und Oliver Grand grinste mich breit an. Er ging um den Tisch und setzte sich mir gegenüber.

Es war erstaunlich, dass allein Olivers Anwesenheit ausreichte, um den Moment sofort ein Stück bunter zu machen.

»Wie geht's der Hand?«, fragte er und ich hielt demonstrativ die Schiene hoch.

»Erstaunlich gut. Tut eigentlich gar nicht weh.«

Er nickte. »Sollte es auch nicht. Denn Doktor Grand hat dich verarztet, Babe.«

Dieser Satz brachte mich zum Lachen und ich lehnte mich viel gelassener auf meinem Stuhl zurück. »Schön, dass du da bist«, sagte ich und er hob überrascht die Augenbrauen.

»Was ist los?«, wollte er sofort wissen und ich zuckte mit den Schultern.

»Erster Arbeitstag«, seufzte ich und rührte lustlos in meiner Suppe herum.

»Wie läuft's?« Er steckte die Hände über den Tisch, und noch während ich »Beschissen!« sagte, schnappte er sich den Teller mit dem zweiten Stück Kuchen.

»Hey, der ist für Jessy!«, protestierte ich, doch ihn schien das wenig zu interessieren.

»Zur Feier des Tages müsst ihr mir das gönnen«, behauptete er.

»Sie wird dir die Eier zerquetschen, wenn du ihren Kuchen isst«, kündigte ich ihm an und seine Mundwinkel verzogen sich zu einem anzüglichen Grinsen.

»Uuh, ist das ein Verkupplungsversuch?«

»Oliver!«, ermahnte ich ihn, weil mit Jessy in solchen Fällen echt nicht zu spaßen war.

Oliver winkte ab. »Ach du. Was Jessy nicht weiß, macht Jessy nicht heiß.«

»Was weiß ich nicht?«, fragte Jessy plötzlich, die hinter Oliver hervortrat und dem erschrockenen Mann knallhart den Kuchenteller aus der Hand nahm.

Ich musste lachen, weil ihr Timing mal wieder perfekt war.

Schlendernd kam sie auf meine Seite des Tisches und setzte sich neben mich. Sie hatte kein Tablett dabei, was mich nicht wunderte, wenn ich mich nach den Schlangen umsah, die sich vor der Essensausgabe gebildet hatten.

»Gemma. Kuchen? Das wäre doch nicht nötig gewesen«, säuselte sie und lächelte mich zufrieden an.

»Wenn das so ist.« Spaßhaft streckte Oliver seine Hand nach dem Kuchenteller aus und zuckte glücklicherweise schnell genug wieder zurück, als Jessy mit der Gabel nach ihm hieb. Sonst hätte das blutig enden können.

Unauffällig schob ich Jessy mein Tablett auch noch hin, da ich ohnehin kaum etwas herunterbekommen hatte. So war es wenigstens nicht verschwendet.

Sie grinste mich an.

»Warum hast du mir keinen Kuchen mitgebracht?«, beschwerte sich Oliver und ich wollte mir gerade etwas Schlagfertiges einfallen lassen, da platzte es schon aus Jessy heraus.

»Sieh es ein, Grand. Sie liebt mich einfach mehr als dich.« Selbstgefällig schob sie sich eine Gabel voll süßen Teig mit Nüssen und Honig in den Mund.

Ich musste wieder lachen und das drückende Gefühl in meinem Bauch, das mich schon seit heute früh begleitet hatte, wurde sehr viel leichter. »Ich bin so froh, dass ihr hier seid. Allein essen war total seltsam.« Ich trank meinen letzten Schluck Kaffee und fragte mich, ob ich mir noch einen holen sollte. Jedoch wollte ich nicht gehen, wo die beiden gerade aufgetaucht waren.

»Frag mich mal, ich esse seit fünf Wochen allein. War echt nicht witzig, dass ihr so einfach euren Abschluss gemacht habt«, beschwerte Oliver sich und begann zu essen. Schielte aber immer wieder zu meinem Stück Kuchen herüber, das ich noch nicht angerührt hatte.

»Wo sind Ben und Ludwig?«, fragte ich ihn nach seinen Studienkollegen und er schnaubte laut.

»Das Pack hat mich verlassen. Ludwig ist in der Unfallchirurgie im Jenny-Menn-Hospital untergekommen und Ben ist für sechs Monate mit ›Ärzte ohne Grenzen‹ in Kambodscha.«

»Krass«, brachte ich nur heraus und Oliver zwinkerte mir zu.

»Aber ihr seid mir ja von der Clique geblieben. Und mit euch beiden …«

»Ich gehöre nicht zu deiner Clique«, fiel Jessy ihm ins Wort und ich rollte nur mit den Augen. Da saßen wir seit Jahren am gleichen Tisch und noch immer mimte sie die Unnahbare. Doch es wäre auch nur halb so lustig ohne diese Zankereien.

»Aber du könntest es, Jessy.« Olivers Miene bekam etwas Laszives und er ließ seinen Blick auf ihr üppiges Dekolleté fallen.

Jessy stellte den Kuchen ab und schloss demonstrativ die Knöpfe ihrer dunkelblauen Bluse. »Ich lehne dankend ab. In deiner Nähe wird man bloß schwanger.«

»So charmant wie immer«, säuselte Oliver und damit war das Thema wohl beendet. Selbst mir fiel spontan nichts zu sagen ein.

Aber die Schweigsamkeit störte ja auch eigentlich nicht. Jessy machte sich über mein Essen her und ich erbarmte mich, Oliver meinen Kuchen zu überlassen, wenn ich dafür seinen Kaffee bekam.

»Was gibt es denn zu feiern?«, fragte ich ihn, als ich seine Tasse zwischen den Fingern drehte. Vorhin hatte er etwas von ›Zur Feier des Tages‹ gesagt und ich hatte gar nicht nachgehakt.

»Der Antrag für meine Forschung ist durch! Ich bin jetzt stolzer Nutzer eines eigenen kleinen Labors. Man kann sogar die Tür abschließen«, erzählte er mit einer Genugtuung in der Stimme, als hätte er das Mittel zur Unsterblichkeit erfunden.

»Wahnsinn! Glückwunsch!«, rief ich und überhörte gekonnt die tiefere Bedeutung seines letzten Satzes. »Gut, dass wir Kuchen haben.«

»Da reicht Kuchen nicht aus. Das müssen wir größer feiern«, verkündete er und hatte anscheinend schon etwas im Sinn. »Soweit ich mich erinnere, steht *Tanzen gehen* noch aus.« Lässig fuhr er sich mit der Hand durchs widerspenstige Haar und ich schaltete sofort in den Dumme-Antworten-Modus.

»Soweit ich mich erinnere, wolltest du mich deswegen anrufen«, warf ich ihm gespielt pikiert vor, wie jedes Mal, und er verdrehte nur die Augen.

»Morgen Abend, Babe, haben wir ein Date!«

Ich wollte schon zusagen, da fiel mir ein, dass ich schon etwas anderes vorhatte. »Morgen Abend hat mich Vika schon eingespannt«, entschuldigte ich mich und Oliver lehnte sich bei dem Namen meiner besten Freundin gleich ein Stück zu mir hin. Der Schalk sprang in seinen Augen.

»Vika? Das ist die Hübsche mit den abgefahrenen Tattoos, oder?«, wollte er wissen und ich konnte nur lächelnd den Kopf über ihn schütteln.

»Ja, genau. Doch leider ist die seit Neuestem vergeben«, nahm ich ihm die Illusion, in Vika sein nächstes Flirtopfer zu finden.

Jessy neben mir fuhr auf. »Echt jetzt? Mit wem? Doch nicht diese Kleine von nebenan?« Erwartungsvoll starrte sie mich mit großen Augen an.

»Genau. Die Kleine von nebenan. Dani«, bestätigte ich und Jessy reckte triumphierend die Fäuste.

»Ha!«, machte sie, als hätte sie schon geahnt, dass zwischen den beiden mehr war als Freundschaft. Dann hatte sie es definitiv vor mir erkannt.

Oliver nickte und öffnete gönnerhaft die Arme. »Dann soll sie die Kleine von nebenan auch mitbringen. Das wird eine Tanztour, Liebling.« Dann blickte er zu Jessy. »Du bist übrigens auch eingeladen.«

»Und schon wieder verzichte ich lieber«, seufzte sie laut, so als täte es ihr tatsächlich leid.

Ich fand die Idee eigentlich ziemlich gut und konnte mir vorstellen, dass es Vika da genauso erging.

Ich zog mein Smartphone aus meiner Handtasche und schrieb ihr eine kurze Nachricht mit Olivers Vorschlag.

»Erzähle uns lieber was über deine Forschung«, schlug Jessy eine andere Richtung ein und auch ich spitzte die Ohren. Wir hatten zwar öfter darüber geredet, dass er das Projekt genehmigt bekommen musste, aber nie, um was es sich dabei eigentlich handelte.

»Ich versuche mich am Züchten von Bakterien, die Alkohol direkt aus dem Blutkreislauf reinigen können«, erklärte er uns ganz sicher nur die Form für dumme Nichtmediziner und Jessy nickte ihm wohlwollend zu.

»Also ein Nüchternmacher zum Einnehmen«, sagte sie und Oliver lachte.

»So ungefähr. Aber das Beste daran ist …« Er senkte die Stimme und beugte sich verschwörerisch zu uns herüber. »… dass ich als einer von wenigen privilegierten Menschen in diesem Land legal Alkohol herstellen darf.« Das Grinsen in seinem Gesicht reichte beinahe bis zu den Ohren und ich wollte gar nicht wissen, was für Blödsinn er mit diesem Projekt im Sinn hatte. »Für Forschungszwecke selbstverständlich«, fügte er hinzu, als er Jessys entsetztes Gesicht sah, und sie rümpfte auf ihre genervte Art die Nase.

»Selbstverständlich«, wiederholte sie mit sarkastischem Unterton und schob sich den Rest ihres Kuchens in den Mund.

Mein Handy gab einen Ton von sich. Vika hatte mit vielen *Daumen hoch* und Partyhütchen geantwortet. Das war dann wohl eindeutig: Morgen Abend wurde getanzt!

17

Vierter Vogel

Ich hielt es nicht bis sechzehn Uhr aus, auch wenn ich mir vorgenommen hatte zu bleiben, um einen guten Eindruck bei den anderen zu machen. Aber sooft ich mich auch auf dem Flur umsah, mir noch einen Kaffee holte oder schon wieder aufs Klo verschwand, ich begegnete kaum jemandem und niemand schenkte mir große Beachtung.

Mein einziger Lichtblick heute war das Date mit Ezra. Ich hatte ihm geschrieben, dass wir uns schon um halb fünf zum Kaffee im Rosenbecker-Center treffen konnten, und er zeigte sich einverstanden.

Also fuhr ich einfach nach Hause, duschte so lange, bis meine Fingerspitzen ganz schrumpelig waren, und brauchte eine halbe Ewigkeit, bis ich mir etwas zum Anziehen rausgesucht hatte.

Als ich mich endlich in meine marineblaue Strumpfhose gezwängt hatte, die Häkchen am braunen Rock trotz nerviger Schiene geschlossen und die Strickjacke zurechtgerückt hatte, setzte ich mich auf mein Bett und betrachtete mein Spiegelbild.

Meine Augen sahen müde aus, meine Schultern waren angespannt und mich befiel schon wieder dieses furchtbare Gefühl, dass in meinem Leben etwas ganz Gravierendes nicht an seinem richtigen Platz war. Die Leere, die ich vor ein paar Tagen in meiner Wohnung gespürt hatte, war wieder da und setzte sich zu mir wie ein fehlender Freund.

»Was bist du?«, flüsterte ich dem Nichts zu. »Was habe ich vergessen, dass du mich hier immer wieder aufsuchst?«

Irritiert schüttelte ich den Kopf über mich selbst. Jetzt begann ich schon mit meinen Schattenerscheinungen zu sprechen. Doch wenigstens wurde ich heute nicht von meinen Bettlaken in eine Depression gesaugt.

Schon als ich noch bei meinen Eltern wohnte, hatte ich es gespürt. Schlaflosigkeit, wirre Träume und das schreckliche Gefühl im Bauch, das mir einredete, jemanden im Stich gelassen zu haben.

Meine Mutter hatte es immer Allerweltsschmerz genannt.

Doch seit ich in meine Wohnung gezogen war, nahm es ein anderes Ausmaß an. Diese Unruhe, der Drang, etwas zu tun, etwas zu suchen. Oder vielleicht auch jemand. War dieser Jemand Ezra?

»Ezra«, sprach ich seinen Namen aus und dachte an ihn, malte mir sein Gesicht in Gedanken aus. Die schmale Form, die hellen Wimpern, die Sommersprossen, die rotblonden Haare, das verschmitzte Lächeln.

Doch die Gefühle, die wie ein Nachhall in mir wehten, wurden leiser und ich fürchtete, sie würde bald ganz verklingen. Nach dem Traum, den ich von ihm gehabt hatte, mit dem Fabrikgebäude, der Umarmung und all der Verliebtheit in meinem Bauch, war ich so voller Vertrauen gewesen. So zuversichtlich, dass diese Gefühle mich wieder packen würden und eine Sehnsucht in mir stillten, die ich empfand, seit ich seinen Namen in dem Tagebuch gelesen hatte.

Meine Vergangenheit blieb jedoch vergangen, und was gelöscht wurde, konnte nicht wiederhergestellt werden. Ich bildete mir gern ein, dass ich nur genug Hinweise brauchte, damit mein Gedächtnis zurückkam, und klammerte mich an die Fetzen, die mein Unterbewusstsein ausspie.

Aber das Unterbewusstsein war kein Back-up-Speicher. Und egal was ich tat, ich würde meine Erinnerungen nicht wiedererlangen. Das war unmöglich.

Die Zeitanzeige auf meinem Handy sagte mir, dass ich mich jetzt aufmachen sollte, ich blieb aber noch einen ganz kleinen Moment sitzen und atmete tief durch.

Die Leere griff mit kalten Fingern nach meinem Herzen und ich strengte mich an, nicht in Panik zu geraten, sondern sie zu akzeptieren und zu hoffen, dass es mit der Zeit leichter werden würde.

Ich wandte meinen Blick vom Spiegel ab, verabschiedete mich von der Leere, als wäre sie ein Hausgast, und verließ die Wohnung.

Mir war nicht nach Aufzug fahren und so begab ich mich zum Treppenhaus. Der Klingelton meines Handys hallte gespenstisch von den Wänden wider, als ich mich auf Höhe des zweiten Stockwerks befand, und ich suchte nebenher in meiner Handtasche nach ihm.

Ich war überrascht, dass es sich bei dem Anrufer um Jessy handelte, und nahm direkt ab.

»Hey, Jessy«, grüßte ich sie und trippelte die Stufen hinunter zum Ausgang.

»Doktor Hans Larson«, hörte ich Jessy sagen und zog die Stirn kraus.

»Wie bitte?«

»Das ist der Arzt, der deiner Nachbarin die zweiwöchentliche Gedankenauslese verschrieben hat. Und ich muss sagen, seine Gründe dafür sind doch sehr fadenscheinig«, erzählte Jessy und ich riss erstaunt die Augen auf, sah mich aber gleichzeitig nach allen Seiten um, ob irgendwer in der Nähe war, der möglicherweise mithören konnte.

Ein Glück war das Handy sicher.

Am anderen Ende des Parkplatzes stieg gerade eine Gruppe junger Frauen plappernd und lachend aus einem Elektrowagen aus. Sie beachteten mich nicht und gingen in die entgegengesetzte Richtung davon.

»Okay. Wie bist du an die Infos gekommen? Hast du nicht was von Patientenrechtsgesetz gesagt?«, fragte ich Jessy und hoffte, sie hatte sich für mich nicht strafbar gemacht. Ich beschleunigte meine Schritte zur Bahnhaltestelle.

»Ha, mein neuer Chef, der Idiot, hat uns zu einem Wettstreit aufgefordert. Wir sollten nach Sicherheitslücken im System suchen.« Jessys dreckige Hexenlache kitzelte mir im Ohr. »Da gibt's so viele, ich habe meine Kollegen voll in die Tasche gesteckt. Und Beweise vorgelegt. Wenn schon, denn schon.«

Ich fasste mir an den Kopf und konnte nicht glauben, wie durchgeknallt diese Frau manchmal war. Aber na gut, jetzt hatte ich einen Namen und damit ein weiteres Puzzleteil, dem ich nachgehen konnte.

»Wie war der Name des Arztes noch mal?« Schließlich wollte ich mir sicher sein, dass ich ihn mir nicht falsch merkte.

»Hans Larson. Arbeitet seit über zwanzig Jahren bei Biolog Medical als praktizierender Psychologe und in der Forschung. Der Kerl ist richtig irre. Der hat allein in den letzten fünf Jahren sechzehn Forschungsprojekte mitbetreut. Und da ist echt alles dabei, von Medikamenten über mechanische Physiotherapie bis hin zu verfeinerten Auslesealgorithmen. Richtig krasser Typ, ein totales Brain«, schwärmte Jessy von dem Mann, der mich möglicherweise anderthalb Jahre ausspioniert hatte. Wenn er wirklich so schlau war und so bewandert in den verschiedensten Gebieten, durfte ich das nicht auf die leichte Schulter nehmen.

»Du hast ja eine ganze Recherche hingelegt«, sagte ich bemüht, meiner Stimme nicht anmerken zu lassen, wie viel Angst mir dieser Kerl machte, und Jessy schnurrte leise wie ein gekraultes Kätzchen.

»Ich hatte nur drei Minuten, sonst wüsste ich jetzt noch mehr«, behauptete sie, als wäre es eh nichts und gar keine große Leistung, obwohl ich genau wusste, wie stolz sie auf sich selbst war.

»Ach, das passt schon. Den Rest erfrage ich mir auf legalem Weg.« Eilig erklomm ich die Stufen zur Haltestelle hinauf und sah die Bahn schon um die Kurve kommen.

»Das war legal, Gemma. Ich bin beauftragt worden, nach Sicherheitslücken zu suchen. Und da war eine, so groß wie das Freiheitsmahltor. Mein Chef sollte dir lieber dankbar sein, dass du mich da auch so neugierig gemacht hast. Halt mich auf dem Laufenden«, wies sie mich an und ich wusste, dass ich ihr das ganz sicher nicht versprechen würde.

»Hast du jetzt Schluss?«, fragte ich sie, um mich vor der Antwort zu drücken, und stieg in die Bahn ein. Kurz sah ich mich prüfend nach dem Herrn im mittleren Alter um, der Ezra und mich durch die Stadt gejagt hatte. Er war nicht da, nur ein paar Teenager, die auf ihre Handybildschirme starrten, und eine wirklich steinalte Lady mit einem Korb voller Topfpflanzen.

»Ja, habe ich. Wo bist du eigentlich? Musst du länger machen?«, wollte Jessy wissen und ich lachte bitter auf, während mir die Wut wieder durch meine Gedärme brodelte.

»Schön wär's. Aber leider ist mein Mentor Super Mario ohne den Nostalgiecharme. Er hat vergessen, dass er sich jetzt um mich zu kümmern hat und mich zum Kabel löten abgeschoben. Ich bin gegangen, als ich fertig war. Ich könnte echt so kotzen deswegen«, ließ ich es raus und wusste, dass ich damit bei Jessy genau an der richtigen Adresse war.

»Das ist ja mal totale Scheiße!«, stimmte sie direkt mit ein und ich fragte mich, wo sie gerade war, dass sie so lauthals fluchen konnte.

Durch die Umgebungsgeräuschfilterung könnte ich das aber nicht genau bestimmen.

Obwohl Jessy so etwas sicher auch in aller Öffentlichkeit tun würde.

»Wie kann das sein? Du bist genial! Ich verstehe eh nicht, wieso die dich nicht sofort in die Forschung gelassen haben«, schimpfte Jessy weiter und ich zuckte mit den Schultern. Es tat wirklich richtig gut, das von ihr zu hören.

»Weil man erst seine Jahre in der Wartung ableisten muss, bevor die einen in der Forschung aufnehmen. Das ist ja auch in Ordnung. Berufserfahrung und so. Aber mit diesem Typen fühle ich mich schon ein bisschen verarscht.«

»Und wie. Du solltest eine Beschwerde einreichen«, ereiferte sie sich und ich seufzte. Wenn es nur so einfach wäre.

»Am ersten Tag eine Beschwerde einzureichen sieht sicher super in meinem Protokoll aus«, sagte ich recht ernüchtert und Jessy gab mir kleinlaut recht.

Das Einkaufszentrum war so überfüllt wie immer und ich blieb kurz zwischen den umherschlendernden Menschen stehen, um das schillernde blaugrüne Licht zu beobachten, das wellenartig an der bunten Glasfassade nach oben zu schwimmen schien.

Mein Blick wanderte zu den oberen Etagen. Dort irgendwo wartete Ezra auf mich. Ein warmes Gefühl erfüllte meinen Bauch und ein Lächeln entstand ganz von allein auf meinen Lippen.

Dieses Mal würde es wirklich ein ganz normales Date werden. Eines ohne Flucht, mit gewöhnlichen Gesprächen, um sich einfach nur kennenzulernen. Das nahm ich mir zumindest vor.

Ezra fiel mir sofort auf, als ich am oberen Ende der Rolltreppe ankam. Mit einem Handy am Ohr lief er vor *Coffee Praise* auf und ab und überragte mit seinem roten Schopf die anderen Passanten, die mit den Händen voller Einkaufstüten an ihm vorbeieilten.

Das Bild wirkte vertraut auf mich, wie er sich das Telefon ans Ohr drückte, das Gesicht ganz ernst, die Stirn in Falten gezogen.

»Nein. Ich sehe das nicht so«, schnaubte er ins Handy und hob den Blick, als ich näher kam.

»Einen Moment noch«, flüsterte er mir zu und hielt dabei die Finger auf das Mikrofon, damit sein Gesprächspartner es nicht hören konnte.

»Nein. Es handelt sich dabei um eine notwendige Maßnahme. Ich übernehme die volle Verantwortung. Das wird nicht auf Sie zurückfallen.« Er entfernte sich wieder zwei Schritte und kam diese wieder zurück, während er nickte und sich schließlich förmlich verabschiedete.

»Tut mir leid. Die Arbeit«, erklärte er, lächelte schüchtern und ließ sein Handy in die Tasche seines Jacketts gleiten.

»Kein Problem«, winkte ich ab und meine Lippen verzogen sich ebenfalls zu einem Lächeln, während sich betretenes Schweigen zwischen uns ausbreitete.

Wieso war das mit uns beiden nur so schwierig?

Wenn ich da an Oliver Grand und mich dachte, war das hier echt lächerlich. Doch bei Oliver war es mir auch egal, was er über mich dachte. Von Ezra wollte ich, dass er mich mochte. Und ich wollte auch ihn mögen.

»Kaffee«, brachte ich schließlich über die Lippen und wir betraten gemeinsam den Coffeeshop, um uns in der Schlange anzustellen.

»Wie war dein Wochenende so?«, fragte Ezra mich und ließ mir den Vortritt. Er wirkte sehr viel steifer als beim letzten Mal, was mich nervös machte. Immer wieder sah er durch die Glasfront nach draußen, als erwartete er, dass wir wieder beobachtet wurden.

»Ereignislos«, behauptete ich und erwähnte den Mann mit der Fuchsmaske nicht. Schließlich wusste ich nicht mal, ob er real war. Er musste mich nicht für verrückter halten als ohnehin schon. Auch über Elaine Schmitz sagte ich nichts, solange ich keine weiteren Infos über diesen Arzt eingeholt hatte. »Hat gutgetan, dass mal nichts total Durchgeknalltes passiert ist.«

Ezra nickte und schob die Hände in die Hosentaschen. »Gut. Ich habe mir schon Gedanken gemacht, weil ich am Wochenende so beschäftigt war. Wenn dich jemand verfolgt oder angegriffen hätte, dann wäre ich nicht da gewesen und …« Er ließ den Satz unbeendet und das Lächeln auf meinen Lippen wurde breiter.

»Bist du jetzt mein Beschützer, hm?«, forderte ich ihn heraus und es tat gut, nicht mehr so ernst und verkniffen zu sein.

Röte stieg in Ezras Wangen und zog sich bis zu den Ohren. Von der ernsten Miene von vorhin war nichts mehr zu erkennen. »Na ja, nur wenn du das willst, natürlich. Ich meine, es ist deine Entscheidung. Es ist nicht so, dass ich glaube, du könntest das nicht selbst. Ich habe nur dieses Gefühl, wenn ich dich sehe«, stammelte er nervös und ich legte ihm beschwichtigend eine Hand auf den Arm.

»Alles gut. Ich habe nur einen Witz gemacht«, versuchte ich ihn zu beruhigen und er nickte fahrig. Innerlich seufzte ich auf und nahm mir vor, mir meine neckischen Bemerkungen lieber für Oliver Grand aufzuheben.

Ich bestellte mir einen großen Kaffee mit Karamellsirup und einen Blaubeermuffin, während Ezra sich Tee holte. Wie bei unserer ersten Begegnung, genau hier in diesem Coffeeshop.

Ob es Zufall gewesen war, dass wir uns hier getroffen hatten, oder waren wir früher wohl öfter zu *Coffee Praise* gegangen, damals, als wir zusammen gewesen waren?

Ich nahm zumindest an, dass wir das waren, obwohl ich dieses Gefühl noch immer nicht bleibend zurückerlangt hatte. Ganz unvorhersehbar befiel es mich und verschwand dann wieder wie die Schattenerscheinungen. Gefühle aus der Vergangenheit, die ich in der Gegenwart nicht festhalten konnte.

»Lass uns draußen sitzen«, schlug ich vor, als Ezra einen Tisch im hinteren Teil des Cafés ansteuern wollte. Irritiert folgte er mir und ich setzte mich an einen der Außentische, umgeben vom Lärm und Getümmel des Einkaufszentrums. Überall hallten die Schritte und Stimmen der Menschen wider, Sonnenstrahlen warf Meereslichterscheinungen auf den Boden und irritierten damit die Augen, während üppige Pflanzenkübel ihren grünen Duft verbreiteten.

»Gefällt es dir hier draußen besser?«, fragte Ezra mich skeptisch, als ich meinen Kaffee und den Muffin abstellte und meine Tasche an die Lehne meines Stuhls hängte.

»Manchmal«, behauptete ich und setzte mich. Ezra nahm zögerlich Platz. Ihm schien es nicht geheuer zu sein, mitten im Trubel der Leute zu sitzen.

»Ist dir hier nicht zu viel los?«, versuchte er mich davon zu überzeugen, einen anderen Platz zu wählen, und ich zuckte mit den Schultern.

»Vor allem ist den AIC-Geräten zu viel los«, erklärte ich und Ezra sah mich im ersten Moment fragend an, bevor der Groschen fiel.

»Echt?«, wollte er wissen und ich schlug lässig die Beine übereinander.

»Es reicht nicht, um Gedanken zu überdecken, aber sie gehen leichter in den Massen an Eindrücken unter«, erklärte ich und klang dabei furchtbar paranoid. Doch wie hieß es so schön: Nur weil man sich paranoid gab, bedeutete das nicht, dass niemand hinter einem her war! Und wenn jemand behaupten konnte, verfolgt zu werden, dann ja wohl ich.

»Das ist richtig schlau«, gestand Ezra mir zu. »Du weißt eine Menge darüber, wie Gedankenauslese funktioniert, oder?«

»Ich bin AIC-Technikerin. Zumindest versuche ich eine zu sein«, schwächte ich ab, als ich den Tag in Gedanken Revue passieren ließ, und spürte sofort wieder Ärger und Frustration in mir aufsteigen.

Ezra hob fragend eine Augenbraue und ich begann von meinem schrecklichen ersten Arbeitstag zu erzählen, nippte an meinem Kaffee und genoss, dass mein Gegenüber sich für all das interessierte, was ich zu erzählen hatte, wie banal es im Vergleich zu unseren eigentlichen Problemen auch war.

Wir versanken beim Reden in unserer eigenen kleinen Welt und der Lärm des Einkaufszentrums geriet in den Hintergrund, während ich über Eddi Meier-Fitz lästerte und blaugraue Augen mich aufmerksam betrachteten.

»Mal sehen, wie es morgen wird«, sagte ich, um das Thema abzuschließen und nicht allzu negativ dabei zu klingen. »Wenigstens hat er mir Mittwoch freigegeben. Das könnten wir nutzen, um zu dem Fabrikgebäude aus meinem Traum zu fahren.«

Im Kopf ging ich den Bahnplan durch, um herauszufinden, mit welcher wir es am nächsten ans Industriegebiet schaffen würden.

»Das ist eine gute Idee«, bestätigte Ezra und lehnte sich näher zu mir, als würden wir ein Geheimnis besprechen. Vielleicht taten wir das ja sogar. »Wollen wir gleich morgens hin? Dann können wir uns vorher ja noch was zum Frühstücken holen«, machte er gleich wieder ein Date daraus und ich musste lächeln, weil es sich gut anfühlte, so umworben zu werden.

»Ja, klingt gut«, sagte ich ihm zu und berechnete die Route in meinem Kopf um, die wir nehmen konnten. »Die Magnetschwebebahn fährt leider nicht bis in das alte Industriegebiet. Wir müssten ein Stück laufen, damit …«

»Ich habe ein Auto«, fiel Ezra mir ins Wort und ich hob angetan die Augenbrauen. Das war natürlich noch besser als meine Pläne.

»Perfekt. Holst du mich ab?«

»Wann?«, fragte er, doch seine Worte gingen in einem lauten Scheppern unter. Irritiert drehten wir die Köpfe in Richtung einer Kellnerin, die über irgendetwas gestolpert war und ihr Tablett verloren hatte. Glücklicherweise war niemand zu Schaden gekommen und eine andere junge Frau entschuldigte sich in einer Tour dafür, ihre Handtasche so ungünstig abgestellt zu haben.

Ich seufzte und nahm meine Kaffeetasse zur Hand, in der nur noch ein Spuckrest herumschwappte. »Ich wäre um neun schon startklar, wenn das für dich nicht zu früh ist«, sagte ich gerade, als mein Blick auf den leeren Teller fiel.

»Wo ist mein Muffin?«, rief ich erschrocken aus, als ich merkte, dass er verschwunden war, und sah mich um, konnte aber niemanden entdecken, der sich irgendwie auffällig verhielt.

Hatte da gerade ernsthaft jemand unsere Unaufmerksamkeit genutzt und meinen Muffin geklaut? Was für eine Frechheit.

»Ich habe ihn nicht«, lachte Ezra auf, der meine Empörung wohl amüsant fand und ich konnte selbst nicht ganz ernst dabei bleiben. Wann passierte einem denn so was?

»Mann. Ich hatte nicht mal abgebissen«, beschwerte ich mich halb lachend und Ezra erhob sich von seinem Platz.

»Ich hole dir einen neuen«, versprach er mir und ich hielt ihn nicht zurück, weil seine Sommersprossen dabei so süß auf seiner Nase tanzten.

Ich sah ihm hinterher, wie er *Coffee Praise* betrat und sich noch einmal anstellte. Mit spitzen Fingern klaubte ich die zurückgebliebenen Krümel von der Serviette und verschob sie dabei auf dem kleinen Keramikteller. Ein Stück blaues Papier kam zum Vorschein und ich zog es gedankenverloren hervor.

Als ich es jedoch betrachtete, ließ ich es vor Schreck beinahe fallen. Ich hielt einen kleinen hellblauen Origamivogel in den Händen. Silbern schimmerte ein Muster auf seinen Flügeln und ich hatte für einen kurzen Moment das Gefühl, in einem Psychofilm gelandet zu sein.

»O Scheiße«, hauchte ich und sah mich wieder nach allen Seiten um, diesmal jedoch viel verstohlener als zuvor. Hatte derjenige, der mir den Muffin geklaut hatte, auch den Vogel dagelassen?

Ein Zittern erfasste mich, als ich die Faltungen des Papiers löste und das Innere des Blattes betrachtete. ›Vertraue nur auf dein Gefühl.‹, stand dort in krakeliger Schrift und ich konnte nicht sagen, ob es die gleiche Schrift war wie die im letzten Vogel. Doch was sollte das denn bedeuten?

Wieder sah ich mich um. Wieso schickte mir jemand diese Vögel? Und dann noch mit so einem blöden Glückskeksspruch darin?

Wenn diese Person irgendwas wusste, dann sollte sie gefälligst herkommen und mit mir darüber reden.

Das machte mich langsam richtig wütend. Was sollte das denn? Fand das jemand lustig?

Als Ezra sich wieder mir gegenüber niederließ, zerknüllte ich das Papier aus einem Impuls heraus und schob es in meine Hosentasche.

»Blaubeere, richtig?«, erkundigte er sich.

»Ja, danke.« Es kostete mich Mühe, unbeschwert zu lächeln. Die Wohlfühlatmosphäre war zerstört worden und ich fühlte mich beobachtet.

Ezra streckte den Arm quer über den Tisch, um den Muffin auf dem kleinen Teller abzustellen. Dabei rutschte die Manschette seines Hemdes ein Stück nach oben und entblößte eine Armbanduhr.

Ich sah sie nur wenige Sekunden und doch weckte sie sofort das Gefühl von Verbundenheit in mir. Noch bevor Ezra die Hand wieder zurückziehen konnte, griff ich danach und hielt sie fest.

Die Uhr hatte ein braunes Lederarmband, das schon ein wenig abgewetzt wirkte, das Ziffernblatt war einfach gehalten mit einem Riss im Glas, der nicht da gewesen war, als ich die Uhr das letzte Mal gesehen hatte.

Das letzte Mal, ließ ich mir den Gedanken durch den Kopf gehen, und versuchte mich an dieses letzte Mal zu erinnern. Doch das Gefühl entglitt mir, egal wie sehr ich mich darauf konzentrierte.

»Gemma?«, sagte Ezra meinen Namen und ich ließ seine Hand los.

»Entschuldigung, ich … Die Uhr kam mir so bekannt vor«, versuchte ich zu erklären und Ezra nickte leicht, obwohl er wohl kaum verstand, was ich sagen wollte. »Ich meine, ich erinnere mich an sie. Weißt du, wo der Sprung herkommt?«, fragte ich neugierig und spürte den Drang, wieder nach der Uhr zu greifen, sie noch einmal zu betrachten, Nähe zu diesem Gegenstand zu gewinnen.

Ezra schob den Hemdärmel ein Stück zurück und betrachtete selbst die Uhr, als sähe er den Riss im Glas das erste Mal.

»Keine Ahnung. Plötzlich war er da«, behauptete er und legte den Kopf leicht schräg, als er den Blick zu mir hob. »Soll ich sie dir geben?«, wollte er wissen und ich schüttelte den Kopf, auch wenn ich sie ihm am liebsten vom Handgelenk gerissen hätte wie eine total verrückte Irre.

Innerlich ermahnte ich mich zur Ruhe und Vernunft, versuchte die Gefühle zu unterdrücken.

›*Vertraue nur auf dein Gefühl.*‹, hatte in dem Vogel gestanden und es ärgerte mich, dass mir dieser blöde, nichtssagende Spruch gerade jetzt wieder einfiel.

Also nickte ich und Ezra lachte auf, als er meinen Meinungswechsel beobachtete. Mit wenigen Handgriffen öffnete er den Verschluss und reichte sie mir herüber.

Das Armband war noch warm von seiner Haut und ich widerstand dem Drang, daran zu schnuppern. Warum auch immer ich das vorgehabt hatte.

Mit den Fingerspitzen strich ich über das Glas, sah den Zeigern beim Ticken zu und wusste, dass diese Uhr eine ganz besondere Bedeutung für mich hatte.

»Erinnerst du dich an irgendwas?«, erkundigte sich Ezra vorsichtig und ein ganz zarter Hauch von Verliebtheit stieg in mir auf, als ich die Uhr an meine Brust drückte.

»Ich weiß nicht«, flüsterte ich und blinzelte, um mich aus der Benommenheit meiner Emotionen zu lösen, die mich schwindelig machte.

Ezra streckte die Hand aus, damit ich ihm die Uhr wiedergab, und ich zögerte. Zweimal.

Leise lachte er auf. »Wenn du möchtest, kannst du sie dir ja ausleihen«, bot er mir an und ich war so erleichtert, dass er mich wieder nicht für total geistesgestört hielt.

»Gern«, flüsterte ich und die Hitze in meiner Brust brachte mich dazu, zu lächeln.

18

Angstschübe

»Ich finde das nicht richtig«, hörte ich mich sagen und betrachtete das trübe Wasser des Sees, auf dessen Oberfläche sich die grauen Wolken spiegelten. Es war windig und die Kälte zog mir in die Kleider.

»Aber du kannst daran doch nichts ändern«, redete ein Mädchen auf mich ein. Ihre Stimme klang wütend, doch ich spürte, dass sie nur Angst um mich hatte.

»Wenn wir es nicht tun, wird es niemand tun«, kam es aus meinem Mund und ich blinzelte zweimal.

Der See verschwand und die kalte Luft wich der Wärme von Vikas Wohnung. Ich stand an ihrem Küchentresen, ein Messer in der Hand, auf dem Schneidebrett vor mir lagen einige Tomaten. Leise Jazzmusik dudelte im Hintergrund.

»Wie bitte?«, fragte Vika, ohne mir den Blick zuzuwenden, und rührte den Reis in der Pfanne.

»Ach, nichts«, murmelte ich und begann, die Tomaten in kleine Stücke zu zerteilen.

Schon wieder eine dieser seltsamen Erinnerungen, die mich einfach so überfielen. Das ging schon den ganzen Abend so, seit ich von meinem Date mit Ezra zurückgekommen war.

Ich ließ das Messer sinken und tastete in meiner Rocktasche nach der Armbanduhr, die Ezra mir geliehen hatte. Bedacht drehte ich sie zwischen den Fingern, strich über das glatte Material der Bänder und begutachtete das Gehäuse. Hinten hatte es einige Kratzer, die keinem Muster folgten, vorn im Glas war dieser eine Sprung, der sich von der Zwölf bis zur Vier runterzog.

Das Gefühl, das mich befiel, als ich sie zum ersten Mal gesehen hatte, verflog bereits wieder wie der Dampf aus einer langsam abkühlenden Kaffeetasse. Ich versuchte es zu bewahren, mich an das wundersame Pochen und das pure Glück zu klammern, das mich erfüllt hatte, doch es entglitt mir und verschwand zurück in die Leere.

Ich betrachtete jede Unebenheit der Uhr, jede Kerbe und fragte mich, woher sie stammten. Ezra kam mir wie ein vorsichtiger Mensch vor, der sorgsam mit seinem Besitz umging. Dass die Uhr solche Spuren aufwies, zeigte mir, dass etwas passiert war. Vielleicht hatte der Unfall mit dem Lastwagen ja nicht nur mich getroffen.

Doch wieso hatten sie mir alles aus dieser verlorenen Zeit genommen, ja mich sogar wieder zurück in mein Elternhaus zurückverfrachtet, und ihm die Uhr aber gelassen? Ergab das irgendeinen Sinn?

An dem kleinen Rädchen an der Seite entdeckte ich kleine eingravierte Initialen. *E.J.* stand dort und ich runzelte die Stirn. Was bedeutete denn *E.J.*? Ezra Hittinger war es nicht. Das wäre *E.H.*

Ich würde ihn fragen müssen.

»Wann wollen wir morgen Abend denn los? Holt Oliver Grand uns ab?«, erkundigte Vika sich. »Kannst du mir mal die italienische Kräutermischung geben?« Halb drehte sie sich mir zu.

Eilig öffnete ich eine Schublade neben mir und zog einen der beschrifteten Glasbehälter heraus, um ihn ihr zu reichen. »Keine Ahnung«, gab ich zurück, schob die Armbanduhr zurück in meine Rocktasche und nahm das Messer wieder auf, um die Tomaten weiterzuschneiden. »Ich frag ihn, wenn ich ihn morgen in der Mensa sehe.«

»Kannst du ihm nicht eben schreiben?«, fragte Vika und ich zuckte nur mit den Schultern.

»Ich habe seine Nummer nicht.«

Vika schnaubte belustigt und warf mir einen vieldeutigen Blick über die Schulter zu. »Das findet ihr lustig, oder? Diese Sache mit der Telefonnummer?« Es klang eher nach einer Aussage als nach einer Frage.

»Keine Ahnung«, sagte ich wieder und musste schmunzeln, weil es wirklich idiotisch war, wie wir beide uns aufführten. Es wäre ein Leichtes gewesen, Nummern zu tauschen. Doch wir hatten es nie gemacht, nie gebraucht. So funktionierte das nun mal zwischen uns.

»Und du hast echt kein schlechtes Gewissen, Gem?«, wollte Vika plötzlich wissen und nahm mir das Brettchen mit den gewürfelten Tomaten ab, um die Stücke in den Reis zu rühren.

»Dass ich seine Nummer nicht habe?«, erkundigte ich mich in meiner Verwirrung und Vika sah mich an, als würde ich nur einen dummen Witz mit ihr machen.

»Na, du kommst gerade von einem Date mit Ezra wieder, der dir richtig wichtig zu sein scheint, gehst aber morgen Abend mit Oliver ›Höschenjäger‹ Grand aus«, äußerte sie ihre Bedenken und ich zuckte nur mit den Schultern.

»Quatsch. Das mit Oliver ist nicht so, wie du immer tust. Wir sind bloß befreundet. Und das mit Ezra ist …« Ich versuchte das richtige Wort zu finden und landete doch nur beim Standardadjektiv. »… kompliziert. Und selbst wenn es nicht so wäre; du hast so was auch schon gemacht und dir gar nichts dabei gedacht«, hielt ich ihr vor und Vika schob sich die krausen Locken aus dem Gesicht.

»Ja, ich. Aber du doch nicht. Du bist doch die Vernünftige von uns beiden. Ich mach mir Sorgen um dich. Mit dir stimmt doch was nicht in letzter Zeit und du erzählst mir einfach nichts!«, motzte sie mich an und ich ließ geschafft die Stirn auf meinen am Tresen abgestützten Arm sinken. Ich wusste nicht, was ich darauf sagen sollte, kam aber auch gar nicht dazu.

»Ist es wegen Dani?«, platzte es aus ihr heraus und ich war erst mal irritiert.

»Was? Dani?« Irgendwie waren wir in die falsche Richtung abgebogen und ich hatte es nicht mitbekommen.

Vika nahm die Pfanne vom Herd und machte laut seufzend die Platte aus. »Weil … du weißt schon. Du bist meine beste Freundin und ich will nicht, dass du denkst, du wärst mir nicht das Wichtigste auf der Welt. Aber gerade verbringe ich viel Zeit mit Dani, weil sie einfach so … na ja … Und ich mag sie und dann ist sie dabei, wenn wir zusammen was machen, und du bist sauer und redest nicht mit mir und …«

An dieser Stelle unterbrach ich sie, damit sie zwischendurch auch mal Luft holte.

»Ich bin nicht sauer. Und ich kann das voll verstehen. Dani ist toll und es macht mir gar nichts aus, wenn sie mit dabei ist, wenn wir was unternehmen«, versicherte ich ihr und Vika blickte mich mit großen dunklen Augen an, die Pfanne immer noch in den Händen.

»Sicher?«

»Ganz sicher«, bestätigte ich und fragte mich, wie sie schon wieder auf so einen komischen Gedankengang kommen konnte. War ich nicht diejenige gewesen, die neulich an Danis Tür geklopft und sie mit in Kents ShakeBar geschleppt hatte? Das hätte ich doch nicht getan, wenn ich ein Problem mit ihr hätte. »Ich kann nur nicht schlafen«, flüchtete ich mich in eine lahme Ausrede und zog die Kaffeetasse heran, die an der Seite des Tresens stand. Mittlerweile war der Kaffee nur noch lauwarm, aber ich trank ihn trotzdem, weil ich keine Lust hatte, mir einen neuen zu machen.

Vika stellte die Pfanne auf einen Untersetzer zwischen uns und reichte mir anschließend einen Teller aus dem Schrank.

»Ich find zusammen kochen voll schön«, sagte ich, als es mir durch den Kopf schloss, und lächelte Vika an.

Zuerst sah sie mich noch ernst an, weil sie nicht der Meinung war, dass wir mit dem vorherigen Thema schon durch waren, ließ sich dann aber doch zu einem Schmunzeln hinreißen.

»Find ich auch. Sollten wir öfter machen.«

»Das nächste Mal kann Dani ja auch dazukommen«, schlug ich vor und nun war Vikas abgespannte Stimmung endgültig hinfort und sie lachte, wobei ihre Wangen erröteten. Zwar konnte man das auf ihrer dunklen Haut kaum sehen, aber ich kannte sie gut genug, um es zu bemerken.

Als ich nach dem Essen zurück in meine Wohnung schlurfte, erwartete mich dort die bereits vertraute Leere. Ich versuchte sie zu ignorieren, sie durch Musik und heitere Gedanken zu vertreiben und widmete mich schlussendlich den Zahlen auf dem Zettel, den Ezra und ich dem Mann abgenommen hatten, der uns vor ein paar Tagen durch die Straßen der Altstadt verfolgte.

Sie ergaben immer noch keinen Sinn, entsprachen keinen Reihen oder Codes. Die ersten drei Zahlenreihen könnten Uhrzeiten darstellen. Die erste Zahl war nie höher als dreiundzwanzig. Die zweite daneben nie höher als neunundfünfzig. Möglich wäre es.

Leider verflüchtigte sich das Muster darunter und ging in unzusammenhängenden Ziffernkombinationen weiter.

Ich war der Lösung keinen Schritt näher, spürte die Müdigkeit an meinen Gliedern ziehen und wollte gerade von der Couch aufstehen, um mir einen Kaffee zu machen, da war ich schon eingeschlafen.

Die Gefühle, die ich Eddi Meier-Fitz gegenüber empfand, als er mich am nächsten Morgen mit fünfunddreißigminütiger Verspätung an der Werkstatt abholte, schwankten zwischen brodelnder Wut und Verzweiflung.

»Hättest ja zum Auto kommen können«, meinte er, als ich ihn auf die Verspätung hinwies, mit einer Seelenruhe in der Stimme, für die ich ihn gern geschüttelt hätte.

»Sie haben mir nichts von einem Auto gesagt«, warf ich ihm vor und es war wirklich schwer, nicht in einen unhöflichen Tonfall abzurutschen.

»Tja. Blöd«, sagte er nur und ging voran. Heute stand die Wartung von Auslesegeräten an, die außerhalb des Biolog-Medical-Centers betrieben wurden. Besondere Hausärzte, Spezialisten für Hirnforschung, Trauma-Therapeuten und eine Handvoll Krankenhäuser.

Ich folgte meinem Mentor kopfschüttelnd und wusste, dass dies ein wunderbarer zweiter Arbeitstag werden würde. Nicht!

Wir stiegen im Treppenhaus hinunter in die Tiefgarage, wobei mir glücklicherweise der Anblick von Eddis Handwerkerdekolleté erspart blieb, weil er heute eine dunkelgraue Latzhose trug, die seinen viel zu dicken Bauch noch betonte.

Ich wollte gar nicht wissen, wie sein Cholesterinspiegel aussah. Wie konnte man in Zeiten wie unseren noch so dermaßen ungesund aussehen?

Wir stiegen in einen weißen Transporter mit dem Firmenlogo auf der Flanke, die gelbe aufgehende Sonne über einem einfachen Schriftzug.

Im Inneren quietschte das Kunstleder, als ich mich auf den Beifahrersitz hinaufhievte, und es roch wie frisch gereinigt. Was es wahrscheinlich auch war, denn ich konnte nicht einmal das kleinste Körnchen Staub finden.

Eddi startete den Motor und tuckerte langsam aus der Tiefgarage, an mehreren Schranken vorbei, auf die Straße hinaus.

»Eddi«, sprach ich ihn an und kam mir komisch dabei vor, seinen Spitznamen zu benutzen. »Bekomme ich eine Einweisung in unser Vorhaben?«, wollte ich von ihm wissen und sah ihn von der Seite an.

Eddi grunzte und hielt an einer Ampel. »Wir fahren als Erstes zum Ärztehaus in Weststadt und dann zu Doktor Geiz drüben in Letting«, sagte er mir und ich war überrascht, dass ich mit diesen Informationen tatsächlich etwas anfangen konnte.

»Okay«, murmelte ich und dachte an Jessy und Oliver, die beim Mittagessen auf mich warten würden. Letting war ein Stadtteil auf der anderen Seite der Stadt und nicht gerade um die Ecke. »Wo essen wir zu Mittag?«, fragte ich also und Eddi grunzte wieder.

»In der Mensa vom Center, Küken«, antwortete er mir, als wäre das eine völlig verblödete Frage gewesen. »Heute gibt es Kohlrouladen. Die lass ich mir sicher nicht entgehen«, fügte er beinahe schmatzend hinzu und ich ließ diese Aussage lieber unkommentiert. Falls mein Mentor versuchte, sich von seiner guten Seite zu zeigen, gelang ihm das nicht. Eigentlich hatte ich aber eher den Eindruck, als wäre es ihm völlig egal, was ich oder auch andere von ihm dachten.

Seufzend ließ ich mich tiefer in den Sitz sinken und war froh, dass der Kerl wenigstens anständig Auto fahren konnte.

Wir brauchten zwanzig Minuten zum Ärztehaus in der Weststadt, obwohl wir in der Hälfte der Zeit dort hätten sein können und Eddi den wirklich umständlichsten Weg gewählt hatte, den die Straßenkarte in meinem Kopf hergab. Doch ich traute mich nicht, ihm da reinzureden, da ich nicht einschätzen konnte, wie er darauf reagieren würde, und las mir Nachrichten von Joris durch, der mir Fotos von einem Bergsee und Sonnenuntergängen mit seiner Mutter schickte und sich beschwerte, dass ich ihm nichts davon erzählt hatte, dass Vika wohl mit jemandem anzubandeln schien. Wer hatte ihm denn jetzt auch noch davon erzählt?

›Oh Mann, ich will gar nicht daran denken. Und ich will auch gar nichts darüber wissen!!!‹, erreichte mich, als ich ihm eine Entschuldigung schrieb.

Doch keine zwanzig Sekunden später hatte ich eine weitere Nachricht. ›*Ist er so ein großer Muskelprotz oder ein Schlauberger? Oh shit! Oder etwa beides gleichzeitig???*‹

Ich musste schmunzeln, weil Joris total auf dem Holzweg war, und obwohl es mir echt leid für ihn tat, war allen klar gewesen, dass das mit ihm und Vika nie etwas geworden wäre. Auch ihm selbst. Doch dadurch tat es sicher nicht weniger weh.

Da Eddi den Wagen parkte und sich abschnallte, schaffte ich es nicht mehr, Joris zu antworten, und ließ mein Handy zurück in meine Jackentasche gleiten.

»Komm mit, Küken«, wies er mich an und bedachte mich schon das zweite Mal mit dieser blöden Verniedlichung.

Wir gingen um den Transporter herum und Eddi öffnete die Türen an der Rückseite. Von einem Haken an der metallenen Innenwand nahm er einen Werkzeuggürtel herunter und reichte ihn an mich weiter, ehe er sich selbst einen nahm und ihn sich umschnallte.

Ich tat es ihm nach, und als die bedeutungsvolle Schwere der Werkzeuge an meiner Hüfte zog, schlich sich doch ein erwartungsvolles Kribbeln in meine Finger und ein Lächeln trat auf meine Lippen. Jetzt fühlte es sich doch wie ein erster richtiger Arbeitstag an. Ich strich mir routiniert die Haare aus dem Gesicht und befestigte die Strähnen am Hinterkopf mit einem Klämmerchen, das ich aus meiner Hosentasche zog. Jetzt war ich bereit.

Wir betraten einen würfelförmigen Gebäudekomplex und stiegen in einen geräumigen Fahrstuhl, wenngleich das sonnenbeschienene Treppenhaus viel einladender gewirkt hatte. Doch wenn ich mir vorstellte, wie Eddi sich schwer atmend die Stufen hinaufschleppte, war der Fahrstuhl wohl doch die bessere Variante.

Nur die aufsteigenden Zahlen auf der Anzeige verrieten, dass wir uns bewegten und ich spürte leichte Nervosität in mir, die mich mit der Schuhspitze auf den Boden trommeln ließ. Falls mein Mentor sich durch das Geräusch gestört fühlte, zeigte er es zumindest nicht und als sich im fünften Stock die Türen öffneten, atmete ich erleichtert auf und stürmte geradewegs auf den Flur hinaus.

»Langsam«, ermahnte Eddi mich und watschelte mir hinterher auf eine große milchgläserne Tür zu, auf der mit schwarzen Lettern ***Gemein-***

schaftspraxis für Allgemeinmedizin Marina Redel, Sinus Voltár und Leon Novak prangte. Er holte mich ein und öffnete die Tür.

Zu meiner Überraschung hielt er sie für mich auf, sodass ich die Praxis als Erste betreten konnte.

»Danke.« Das war die erste Geste gewesen, die ihn mir halbwegs sympathisch erscheinen ließ und bei der ich mir nicht wünschte, ihn umtauschen zu gehen.

»Klar«, nuschelte er nur, machte sich nichts aus meinem anerkennenden Blick und ging zielstrebig auf die Arzthelferin zu, die an einem großen, steril wirkenden weißen Tresen stand und gerade sehr enthusiastisch einen Anruf beendete.

»Ja genau. Nächsten Montag um halb zwei. Ja … ja … genau. Auf Wiederhören, Frau Blumhart.« Sie hob den Kopf noch, während sie den Knopf an ihrem Headset drückte, und lächelte übertrieben freundlich. »Ah, Eddi. Schön, Sie zu sehen. Das Gerät steht in Raum eins«, säuselte sie und strich sich liebreizend ihr rotbraunes Haar aus dem Gesicht. Hätte sie bei dem Telefonat gerade nicht schon genauso geklungen, wäre es mir vorgekommen, als ob die junge Sprechstundenhilfe mit Eddi flirtete.

»Okay. Danke, Viola«, brummte mein Mentor jedoch unbeeindruckt, als würden ihm täglich irgendwelche jungen Mädels schöne Augen machen, wandte sich ab und wies mir den Weg durch einen hell erleuchteten Flur.

Skeptisch hob ich die Augenbrauen und war noch zu irritiert von Viola, als dass ich mich auf die grausige hellgrüne Kunst an den Wänden konzentrieren konnte. Was vielleicht auch besser so war.

»Ist die immer so?«, traute ich mich zu fragen und schaffte es nicht, meine Skepsis zu verstecken.

»Meistens. Sie ist auf BTS«, sagte Eddi so leise, dass ich ihn kaum verstand.

»Die Boygroup?«, erkundigte ich mich irritiert und er schüttelte nur den Kopf über mich, erklärte es mir aber nicht.

Wir betraten das Patientenzimmer eins, einen Raum in kühlem Grün, geschmückt mit noch mehr schrecklicher Kunst.

Das war mir schon öfter aufgefallen. Ärzte schienen keinen Sinn für gute Kunst zu haben. Alles, was man in Praxen oder Krankenhäusern fand, entbehrte jeglichem Geschmack. Wahrscheinlich gab es für so was einen Katalog, in dem sich ahnungslose Mediziner die scheußlichsten Dinger aussuchen konnten.

Eddi trat an den Bildschirm, kramte in seiner Tasche nach einem Gerät und schloss es an, um die Software zu aktualisieren. »Mach schon mal das AIC-Gerät auf und schau nach, ob da alles im Lot ist«, wies er mich an und ich atmete erleichtert auf, weil ich schon geglaubt hatte, er traue mir so wenig zu, dass er mich nur zusehen ließ.

Also trat ich an das Auslesegerät, stellte erst einmal die Rollen fest und öffnete dann den Klickverschluss des Gehäuses.

In Eile ging ich das Werkzeug im Gürtel durch, um zu sehen, was davon mir nützlich sein könnte und was ich so zur Verfügung hatte.

Am liebsten hätte ich verzückt gequietscht bei der Pracht an neuem, hochwertigem Werkzeug, riss mich aber zusammen, um mir vor Eddi keine Blöße zu geben.

Ich konzentrierte mich auf meinen Job, rief mir den Kontrollplan ins Gedächtnis und testete verschiedene Anschlüsse, kontrollierte die Kabel, pustete den Lüfter durch und wollte mich gerade an Eddi wenden, um zu erfragen, ob er das Wartungsprotokoll am Computer durchlaufen lassen könnte, da öffnete sich die Tür.

Neugierig hob ich den Kopf über das Gerät und erspähte einen Mann im weißen Kittel. Sein Haar war bereits ergraut und ich schätzte ihn anhand seines verbrauchten Gesichtes auf etwa Ende fünfzig. Seine Haltung war autoritär und ich wusste sofort, dass es sich bei ihm um einen Arzt handelte. Wahrscheinlich ein guter, der viel von sich selbst hielt und einen Gottkomplex spazieren trug.

Ich schüttelte den Kopf und wusste selbst nicht, wieso ich solch negative Gedanken hatte. Normalerweise erlaubte ich mir keine so voreingenommenen Urteile über Menschen, die ich nicht kannte.

Ich kannte ihn doch nicht, oder?

Da war so ein seltsames Gefühl in mir, das mich dazu brachte, mich wieder hinter das AIC-Gerät zu ducken, als müsste ich mich verstecken.

»Herr Meier-Fitz. Wieder fleißig?«, erklang die markante Stimme des Arztes und mir lief es eiskalt den Rücken hinunter. Die Aussprache der Worte war sehr klar, aber auch kalt, als würde es ihn nicht wirklich interessieren, was Eddi machte.

Mich versetzte der Klang seiner Stimme in Angst und Schrecken. Mein Puls kletterte nach oben, Panik schoss mir wie Gift durch die Adern und ein beinahe übermächtiger Fluchtreflex nahm Besitz von mir. Nur der Drang, von diesem Mann nicht gesehen zu werden, hielt mich an Ort und Stelle.

Schweiß trat mir auf die Stirn, mein Herz schlug so fest, dass es schmerzte, und ich fürchtete, jeden Moment in Tränen auszubrechen.

»Immer, Doktor Voltár«, antwortete Eddi ihm knapp mit seiner gelangweilten Art.

Mit den Fingern tastete ich das Werkzeug an meinem Gürtel durch und zückte einen der großen Schraubenzieher, um mich damit zu bewaffnen. Mein Kopf wusste, dass es völliger Blödsinn war und mich hier niemand angreifen würde. Doch meine Gefühle überschütteten mich mit der Furcht vor einer schrecklichen Gefahr.

Ich hatte einen Anfall. Und obwohl ich mir dessen bewusst war, konnte ich nichts dagegen tun, außer zu hoffen, schnellstmöglich hier rauszukommen.

Grüne OP-Tücher flimmerten vor meinen Augen, ein unregelmäßiges Piepen erfüllte den Raum und ich konnte nicht richtig atmen. Ich hatte kein Gefühl für meinen Körper, so als wäre er verschwunden, und hörte Stimmen, die sich gegenseitig anschrien. Ich konnte nicht verstehen, was sie sagten, aber eine von ihnen war eindeutig die von Doktor Voltár.

»Hey, Küken«, sprach mich jemand an und ich schreckte aus der Erinnerung wie aus einem Traum. Eddi hatte sich zu mir heruntergebeugt und blickte mich aus kleinen Augen stirnrunzelnd an. »Noch da?«, fragte er mich und ich nickte, meine Kehle viel zu trocken, um zu sprechen.

»Ich lass jetzt den Softwarecheck durchlaufen. Schau auf die Lämpchen«, brummte er gelassen und drehte sich wieder dem Bildschirm zu.

Ganz langsam löste ich mich aus meiner verkrampften Haltung und horchte erst, ehe ich mich im Raum umsah.

Der Arzt war wieder gegangen, der Fluchtreflex blieb jedoch und ich war mir ganz sicher, dass dieser Mann etwas mit meinen gelöschten Erinnerungen zu tun hatte.

19

Tanzen bis aufs Blut

Mir war kalt. Es war jedoch keine Kälte, der man mit einem guten Kaffee, einer heißen Wärmflasche und flauschigen Socken beikommen konnte, sondern eine solche, die sich in den Knochen festsetzte und einem alle Kraft aus dem Körper saugte.

Ich machte meine Arbeit, zeigte mich vor Eddi als die perfekte Zuarbeiterin und vereinbarte beim Mittagessen mit Oliver Grand, wann er Vika, Dani und mich heute Abend von unserem Wohnblock abholen sollte. Wir machten unsere Witzchen, ich lächelte und kommentierte Jessys spitze Bemerkungen. Sogar Joris schrieb ich und überzeugte ihn davon, seinen Spontanurlaub trotz Liebeskummer zu genießen.

Doch das alles zog an mir vorbei wie ein getrübter Schleier, da sich meine Gedanken die ganze Zeit an einem anderen Ort aufhielten.

Mittlerweile hatte ich schon so viele Hinweise, so viele Schnipsel meines verlorenen halben Jahres, und doch ließ sich daraus kein Bild zusammenlegen. Als hätte ich nur die Randstücke eines Puzzles, aber nichts, mit dem ich es füllen konnte. In der Mitte prangte weiter die Leere, die mir immer deutlicher wurde. Umso mehr ich herausfand, desto offensichtlicher spürte ich, dass etwas fehlte.

»Nicht trödeln, Gem, es ist schon kurz vor halb zehn«, rief Vika durch meine geöffnete Wohnungstür und fluchte über ihre Schuhe.

Ich saß auf der Bettkante, aufgebrezelt mit einer silbergrauen Strumpfhose, zerrissenen Jeansshorts und einem kurzen Strickpullover, der mir immer über die Schulter rutschte und mein dunkelgrünes Spitzenbralette offenbarte. Ein Outfit, in dem ich mich für gewöhnlich unbesiegbar sexy fühlte.

Heute fehlte mir aber jeder Antrieb. Fahrig zupfte ich mir den Ärmel meines Pullovers über die Schiene an meiner Hand.

Mein Blick ruhte auf dem Zeichen, das Dani und Vika an meine Wand gemalt hatten. Mit den Augen folgte ich dem Kreis, bis er von den Pfeilen durchbrochen wurde. Die Leere saß wieder bei mir, schob ihre eisigen Finger in meine Brust und zerdrückte mir Herz und Lunge.

Am liebsten hätte ich Vika gesagt, es ginge mir nicht gut, und mich auf meiner Couch eingeigelt. Allerdings vermutete ich, dass es dadurch nur schlimmer wurde. Und dass sowohl Vika als auch Oliver das nicht so einfach hinnehmen würden.

»Gemma, los!«, rief genau in dem Moment Vika aus dem Flur und ich schloss die Augen, wandte meinen Blick von dem Zeichen an der Wand ab.

Es kostete mich Mühe, mich von der Leere zu befreien, die mich umklammerte, und stemmte mich wie in Zeitlupe von meinem Bett hoch. Ich griff nach meinen schwarzen Chucks, schaffte es gerade noch, an meine Tasche zu denken, und las Ezras Uhr am Küchentresen auf. Behutsam legte ich sie mir um. Sie war zu weit, sodass ich sie rechts um die Schiene tragen musste. Ich betrachtete den tickenden Sekundenzeiger und hoffte, dass sie mir ein klein wenig Kraft schenken würde.

Vika packte mich am Arm, kaum dass ich die Wohnung verlassen hatte, und drehte mich einmal im Kreis. Überrascht taumelte ich, kam aber einigermaßen elegant wieder zum Stehen.

»Heiß und casual. Ich bin begeistert«, lobte sie mich und ich lächelte schmal.

»Danke.« Ich sah einmal an Vika herunter, die sich für einen recht androgynen Stil entschieden hatte, der aus einer taillenhohen Kostümhose und einer cremefarbenen, ärmellosen Bluse mit Stehkragen bestand, die ihren langen schmalen Hals betonte und sich hervorragend von ihrer dunklen Haut abhob.

»Wow«, sagte ich ehrlich beeindruckt und Vika lachte geschmeichelt auf. Sie verpasste mir einen freundschaftlichen Klaps gegen die Schulter und riss mich damit ein kleines Stück aus der drückenden Stimmung, die sich immer noch hartnäckig in meiner Brust festgesetzt hatte.

»Wo ist Dani?«, fragte ich gerade, als neben mir die Tür aufging und eine kleine, schmale Göttin in einem dunkelblauen Kleidchen heraustrat. Es hatte den gewohnt klaren Schnitt, den Dani bevorzugte, war dabei aber so kurz, dass man hinten die Klammern der Strapse sah, wenn sie sich leicht nach vorn lehnte.

Selbst mir blieb der Mund offen stehen. Da hatte sich aber jemand ganz schön ins Zeug gelegt.

»Wollen wir?«, fragte sie unschuldig lächelnd und ging an uns vorbei zum Treppenhaus, als wir uns nicht von der Stelle rührten.

»Scheiße, wie soll ich denn bei dem Aufzug die Finger von ihr lassen?«, raunte Vika mir zu und Dani vor uns zuckte mit den Schultern.

»Sollst du ja nicht«, kam es von ihr und Vika blinzelte perplex.

Ich brach in Gelächter aus, obwohl ich nicht gedacht hatte, heute noch wirklich echt lachen zu können. Aber wir hatten Dani wohl falsch eingeschätzt. Vielleicht war sie wirklich das liebliche Mädchen von nebenan, aber sie wusste definitiv, was sie wollte.

Oliver Grand wartete auf dem Parkplatz vor dem Gebäude an einen silbergrauen Wagen gelehnt, dessen Lack die Farben des Sonnenuntergangs reflektierte.

Er sah gut aus mit seiner dunklen Jeans und dem weißen T-Shirt, das kurze blonde Haar wild verstrubbelt.

»Ladys«, begrüßte er uns und grinste breit, als wir aus dem Haupteingang heraus- und auf ihn zukamen. Er öffnete Vika und Dani die hintere Tür, um mich auf den Beifahrersitz zu bitten.

Leichte Nervosität drängte sich an die Oberfläche, als er mir zuzwinkerte.

»Dunkelgrün ist das neue Schwarz, hm?«, meinte er, als er den Wasserstoffmotor startete und beinahe lautlos das Auto in Bewegung setzte.

»Nur für dich, Baby«, säuselte ich zurück und Oliver Grand lachte herzhaft. Er war wirklich bester Laune und steckte mich sofort mit seiner leichten Art an.

Die Fahrt dauerte nicht lang, höchstens eine Viertelstunde, und wir sangen gerade aus vollem Halse die Songs aus Olivers Soundanlange mit, als er den Wagen am Straßenrand parkte und den Motor abstellte.

Tiefe Basstöne dröhnten durch den Boden, sodass ich ihn bereits unter den Füßen spüren konnte, als ich aus dem Wagen stieg. Wir befanden uns im neuen Industriegebiet. Riesige graue Klötze umgaben uns, die zu dieser Uhrzeit verwaist lagen.

Doch keine fünfzig Meter von uns entfernt standen ein paar Menschen herum, allesamt dermaßen aufgetakelt, dass ich mir beinahe underdressed vorkam. Oliver lotste uns mit lässigem Gang und den Händen in den Hosentaschen zum Eingang des Clubs, der sich hinter einer Hausecke verbarg.

Eine Schlange an Menschen hatte sich hier auf einem dunkelroten Teppich gebildet, die alle darauf warteten, von einem bulligen Türsteher in die dunklen, mit basslastiger Musik geschwängerten Räume eingelassen zu werden.

»Hier war ich noch nie«, brachte Vika heraus und nahm wie selbstverständlich Danis Hand in ihre.

»Ich auch nicht«, sagte ich überflüssigerweise, denn sie wusste genau, dass ich so gut wie nie Tanzen ging. Das lag nicht in meiner Natur. Zum einen weil ich mich viel lieber unterhielt, als von lauter Musik beschallt zu werden, zum anderen weil ich mich nicht gerade für die beste Tänzerin hielt.

Doch heute hieß ich die rhythmischen Klänge willkommen, die mir durch die Haut zu dringen schienen und meinen ganzen Körper in Schwingung versetzten.

Anstatt uns in die Schlange zu stellen, begrüßte Oliver mit einem Handschlag den Türsteher, der ihn, mit uns drei Mädels im Schlepptau, einfach durchwinkte.

Wir passierten den Eingangsbereich, wo an der Kasse ein weiterer Bekannter von unserem Assistenzarzt saß und uns allen einen im Schwarzlicht schimmernden Stempel auf den Handrücken drückte, ohne Eintritt von uns zu nehmen.

»Du bist wohl öfter hier«, rief ich Oliver zu, als er mich bei der Hand nahm und mit sich durch einen dunkelroten Samtvorhang in einen großen Raum zog, dessen Luft erfüllt war mit Nebel, neonfarbenen Lichtspielen und dem Geruch von laszivem Parfüm.

»Zu oft!«, brüllte er zurück und war doch kaum zu hören, da die hämmernde Musik mir bereits die Ohren verstopfte und selbst meine Gedanken übertönte.

»So geil!«, kreischte Vika und ließ sich von Dani direkt auf die Tanzfläche ziehen.

»Was trinken oder tanzen?«, wollte Oliver wissen und ich nickte in Richtung der Bar.

Er bestellte uns etwas auf einem Bildschirm und zahlte es per Smartpay mit seinem Handy. Eine viel zu dünne Kellnerin brachte uns daraufhin zwei Flaschen mit einer pink fluoreszierenden Flüssigkeit darin. Ohne zu fragen, was es war, setzte ich an und trank einen so zuckersüßen Schluck, der mir beinahe die Zunge kandierte.

»Oh«, machte ich, doch es war so laut um uns, dass ich mich nicht einmal selbst hören konnte.

»Schmeckt's?«, rief mir Oliver ins Ohr und ich verzog skeptisch den Mund, woraufhin er lachte. Zumindest sah ich, wie er es tat, hören konnte ich es nicht.

Eine kurvige Frau in einem knallengen roten Kleid drückte sich an uns vorbei und wir verließen die Bar, um zum Rand der Tanzfläche zu schlendern. Dort bewegten sich viele Körper, manche schnell und zackig, andere langsam und eng umschlungen.

Ich suchte mit den Augen nach Vika und Dani, fand sie aber nicht. Dafür war es hier drin zu dunkel und schummrig. Gesichter verschwammen im zuckenden Licht und ließen sich nicht mehr erkennen.

Immer wieder schwang eine Schwarzlichtlampe durch den Saal und ließ alles Weiße unnatürlich hell aufleuchten. Gefärbte Haare, Zähne, Knöpfe, Oberteile, Unterwäsche.

Ich nahm noch einen Schluck aus meiner Flasche. Diesmal schmeckte es nicht ganz so widerlich und kitzelte mich am Gaumen.

Obwohl das hier alles gar nicht meine Welt war und ich für diese Art von Musik nicht viel übrighatte, zwang mich der Rhythmus in meinem Bauch dazu, im dröhnenden Takt mitzuwippen, und auch Oliver neben mir bewegte sich.

Es gab keinen bestimmten Zeitpunkt, in dem unser leichtes Geschwanke zu Tanzen wurde, und ganz schleichend schaffte Oliver Grand es, mich mit sich auf die Tanzfläche zu ziehen, ohne dass es mir selbst bewusst war.

Ich ließ die Musik einfach auf mich wirken, versuchte alles loszulassen, was mich in der letzten Zeit so mitgenommen hatte, ohne es zu benennen.

Oliver nahm mir die Flasche mit dem süßen Zeug ab und stellte sie irgendwohin, um anschließend die Hände auf meine Hüften zu legen und mich näher an sich zu ziehen.

Es war so warm hier drin, dass mir bald der Schweiß im Nacken herunterrann, obwohl meine Bewegungen nicht sehr ausladend waren. Ich wurde mitgerissen, wurde Teil einer pulsierenden Masse, dachte nicht und wollte auch nicht denken.

Olivers Hände strichen unter den Saum meines Pullovers und umfassten meine Taille. Seine Finger prickelten heiß auf meiner Haut, machten mich ganz weich und entfachten ein schmerzhaftes Gefühl von Sehnsucht in meinem Innern.

Obwohl ich nicht nachdachte und es auch nicht verstehen konnte, öffnete sich die Leere wieder in mir und drängte sich wie Gift durch meine Adern. Jede streichelnde Berührung, jeder Druck gegen meine schwingende Hüfte machte die Leere unerträglicher, bis sie noch lauter als die Musik in meinen Ohren kreischte.

Kopflos schlang ich meine Arme um Olivers Hals und zog sein Gesicht zu mir herunter. Verzweifelt drückte ich meine Lippen auf seine, schmeckte das süße Zeug auf seiner Zunge und drängte meinen Körper näher an seinen, um die dröhnende Leere zum Schweigen zu bringen.

Brodelnde Hitze breitete sich in meinem Bauch aus, als Oliver seine Hände um meinen Hintern schloss und mich nach hinten drängte. Die Welt verkehrte sich, zuckende Lichter wurden von tiefen Blautönen abgelöst, die mir in die Pupillen stachen, wenn ich die Augen flimmernd öffnete.

Oliver zog mir den Pullover über den Kopf, küsste die Haut an meinem Hals, in der das Gift der Einsamkeit brandete und mir ein Schluchzen entrang, das auch ein Stöhnen hätte sein können.

Ich wurde gegen kalte Fliesen gedrückt, Olivers Lippen wieder auf meinen, seine Hände wer weiß wo. Seine Erektion drückte sich durch seine Hose hart gegen meinen Bauch. Ekstatisch krallte ich meine Finger in seine Haare und spürte einen dumpfen Schmerz in meiner Rechten, die sich gegen die Schiene stemmte.

Gerade wollte ich mich in dem schrecklich schmerzenden Chaos der Gefühle einfach verlieren, als Oliver plötzlich von mir weggezerrt wurde.

Erschrocken riss ich die Augen auf und schnappte atemlos nach Luft, als ein Typ in einem Kapuzenpullover Oliver mit der Faust ins Gesicht schlug. Es knackte, dunkles Blut rann ihm aus der Nase. Irritiert starrte ich darauf, da ich nicht das erwartete Rot zu Gesicht bekam. Das grellblaue Licht des Toilettenvorraumes verfälschte die Farben zu einem dunklen Lilaton.

»Oh Scheiße, Oliver«, brachte ich endlich heraus, als all die Informationen mein Gehirn erreichten, das schlagartig wieder zu denken begann. Ich wollte zu ihm stürmen, ihm irgendwie helfen, als der unbekannte Typ mich am linken Handgelenk packte und mit sich zog.

Ungelenk stemmte ich mich gegen ihn, versuchte mich ihm zu entziehen, doch sein Griff umschloss meine Hand wie eine Fessel. Er riss die Toilettentür auf und mir schlug eine Wand aus dröhnendem Beat entgegen.

Der Typ zerrte mich ungerührt weiter.

»Lass mich los!«, brüllte ich wütend. Was für ein Arschloch war das bitte, einfach so jemandem die Nase zu zertrümmern und dann ein Mädchen wegzuschleppen. So ein verdammter Höhlenmensch!

Zornig trat ich nach ihm und erwischte ihn in der Kniekehle. Augenblicklich knickte er nach vorn ein und stolperte, ehe er sich wieder fing. Leider hatte er mich dabei nicht losgelassen.

»Bist du total gestört!?«, kreischte ich und versuchte wieder nach ihm zu treten, da drehte er sich zu mir um und zog mich mit einem einzigen Ruck so nah zu sich heran, dass ich seinen Atem auf meinem Gesicht spürte.

Sein Gesicht wurde von der Kapuze in Dunkelheit gehüllt und das Schwarzlicht, das nun den ganzen Raum gespenstisch bunt aufleuchten ließ, half nicht gerade dabei, sein Gesicht richtig zu erkennen.

»Wer war das, den du da geküsst hast?«, grollte er so laut, dass ich ihn gerade so verstehen konnte.

War der völlig durchgeknallt? »Was? Was geht dich das an?«, keifte ich zurück und zerrte an meinem Arm, den er immer noch nicht hergeben wollte. Vielleicht hätte ich Angst haben müssen, aber so verwirrt, wie meine Emotionen gerade waren, empfand ich einfach nur Wut.

»Ich will nicht, dass dir dieser Typ die Zunge in den Hals steckt!«, kam die Antwort so angepisst, dass sie vor Eifersucht nur so troff.

»Warum sollte mich interessieren, was du willst?«, brüllte ich und trat dem fremden Kerl mit voller Kraft mit der Hacke auf den Fuß. Leider trug ich nichts mit Absatz und seine Springerstiefel schienen verstärkt zu sein. Verdammte Scheiße!

Der Typ starrte mich an, ich konnte es spüren, doch das diffus zuckende Licht machte es mir unmöglich, seinen Gesichtsausdruck zu erkennen. Okay, jetzt bekam ich es doch mit der Angst zu tun.

Mit einem Ruck drehte er mir den Arm um, sodass die Innenseite meines Unterarms nach oben zeigte.

Im ersten Moment dachte ich, er wolle mir den Arm verdrehen, zuckte zurück, erwartete einen Schmerz. Doch dann fiel mein Blick auf die Haut an meinem Handgelenk und auf einen Schlag schüttete mein Körper Unmengen an Adrenalin aus. Mit vor Schreck geweiteten Augen starrte ich auf das Zeichen an meinem Unterarm, das im Schwarzlicht des Clubs aufglimmte.

Es war ein durch zwei Pfeile durchbrochener Kreis. Genau wie der, den ich auf meinen Notizblock gezeichnet hatte. Das Symbol, das Vika für mich an die Wand gepinselt hatte.

Es war mir auf die Haut gemalt.

Wie zum Kuckuck war es dort hingeraten?!

Ich war so geschockt, dass ich nicht gleich bemerkte, dass der Fremde mich losgelassen hatte. Erst als ich meinen Blick von dem Symbol auf meiner Haut losreißen konnte, hob ich den Kopf, um dem unbekannten Typen im zuckenden Licht ins Gesicht zu sehen. Ich kniff die Augen zusammen, um ihn besser zu sehen, hätte ihm am liebsten die bescheuerte Kapuze vom Kopf gerissen.

Doch sein Blick fand nicht den meinen. Seine Augen fixierten einen Punkt hinter mir. »Scheiße!«, fluchte er. Ich konnte es zwar nicht hören, aber an seinen Lippen ablesen.

Verwirrt drehte ich den Kopf, um zu sehen, was da hinter mir war, erblickte jedoch nur die wabernde Masse an Leibern, die sich im Takt der Bässe bewegten.

Als ich mich zurückwandte, war der Fremde verschwunden. Einfach weg. Hatte mich knallhart stehen lassen. Allein, mit dieser komischen Zeichnung auf dem Arm.

20

Zu viel

Es fühlte sich an, als zerspränge mir jeden Moment der Schädel, da sah ich keine fünf Schritte von mir entfernt die Toilettentür aufschlagen und Oliver in den Saal taumeln.

Er drückte sich Klopapier gegen die blutende Nase und musste sich mit einer Hand an der Wand abstützen, um nicht umzufallen.

Sofort rannte ich zu ihm, rammte dabei aus Versehen einen Typen im Karohemd, der gegen ein Mädel fiel, das dabei ihre pinkfarbene Limonade verschüttete. Doch ich achtete nicht weiter darauf und packte Oliver am Arm, um ihn zu stützen.

Er blicke mich mit tränenden Augen an, erkannte mich und ließ sich von mir vorwärtsführen. Oliver lehnte sich schwer gegen mich, fluchte in einer Tour und passierte mit mir den roten Vorhang in die Eingangshalle. Hier war die Musik wenigstens weit genug entfernt, dass man sich unterhalten konnte.

»Verfluchter Scheiß«, jammerte der verletzte Riese an meiner Seite. Blut rann ihm über die Finger und tropfte auf sein weißes T-Shirt. Seine Nase hatte einen ungesunden Rechtsdrall.

»Ich denke, sie ist gebrochen«, sagte ich zu ihm, als er sich gegen einen der Tische der Garderobe lehnte.

»Denke ich auch«, nuschelte Oliver und neigte den Kopf nach unten.

Eine Frau kam auf uns zugeschlendert und zuckte zusammen, als sie das Blut sah. »Ach du meine Güte! Oliver, bist du das?«, sprach sie uns an und er hob nur schnell die Hand zum Gruß.

»Mel, kannst du mir einen Eisbeutel bringen?«, bat er sie erstaunlich nett und sie nickte eilig.

»Soll ich auch einen Krankenwagen rufen?«

»Ne, lass mal. Ich habe meine eigenen Leute«, wehrte er ab und ich betrachtete ihn besorgt. Ein Bluterguss breitete sich bereits in seinem Gesicht aus. Angestrengt griff er in seine Hosentasche und zog sein Handy heraus, um es mir zu reichen. »Ruf Benjamin an. Der holt mich sicher ab und bringt mich direkt in die Radiologie«, wies er mich an und fluchte wieder.

Mel kam mit einem Coolpack zurück, das Oliver sich sofort auf die Stirn packte.

Ich entsperrte auf Olivers Anweisungen hin das Telefon und suchte den richtigen Kontakt heraus. Nervosität hatte mich befallen, machte mich fahrig und zittrig, und ich spürte, wie meine Zunge sich nach dem rosafarbenen, pfuisüßen Zeug sehnte. Was verdammt war da drin gewesen?

Benjamin nahm nach dem dritten Klingeln ab und lachte erst einmal herzhaft auf, als ich ihm erzählte, was vorgefallen war. »Ich wusste, dass das früher oder später passieren würde. Bin gleich da«, beendete er das Gespräch und legte auf.

Verwirrt starrte ich auf das Handy und versuchte, die letzten Minuten zu begreifen.

Ich hatte mit Oliver rumgemacht und … Oh Shit, ich hatte mit Oliver Grand rumgemacht! Welches Pferd hatte mich denn da geritten?

Verstohlen warf ich einen Blick auf mein linkes Handgelenk, das sich im weißen Licht der Garderobe blass und leer zeigte.

Die kühle Nachtluft wehte vom Eingang zu uns herüber und ließ mich frösteln. Mein Körper war vollkommen durchgeschwitzt und ich hatte keine Ahnung, was aus meinem Pullover geworden war.

»Wer war der Spinner?«, fragte Oliver mich unvermittelt und musterte mich aus schmalen Augen.

»Gute Frage, nächste bitte.« Missgelaunt schnalzte ich mit der Zunge und verschränkte die Arme vor der Brust, die nur durch ein schmales, halb durchsichtiges Stück grünen Stoffes bedeckt wurde.

»Du kanntest ihn nicht?« Oliver schien überrascht zu sein und ich zuckte nur mit den Schultern.

Ja, ich kannte ihn nicht. Aber er kannte offensichtlich mich. Und das besser, als mir lieb war.

Mein Körper begann zu zittern und das nicht nur wegen der Kälte, sondern auch wegen dieser aberwitzigen Situation. Eine von vielen in letzter Zeit. Obwohl ich glaubte, in Panik verfallen zu müssen, schwang da doch eine seltsame Taubheit in meinem Kopf mit, die sich nur ganz langsam wieder verzog.

»Geh wieder rein. Du musst dir von mir nicht den Abend verderben lassen«, sagte Oliver plötzlich und ich dachte, ich hätte mich verhört.

»Bist du bescheuert? Ich lass dich doch jetzt nicht allein. Ich komm mit ins Krankenhaus«, fuhr ich ihn heftiger an als gewollt und er schüttelte den Kopf, verzog jedoch sofort schmerzerfüllt das Gesicht.

»Ach komm. Mach kein Drama. Benjamin holt mich ab und dann wird eh alles nur stinklangweilig.« Er sah mir in die Augen, musste meinen besorgten Blick sehen und lächelte schwach. Blut klebte ihm an der Oberlippe. »Wirklich, Gemma. Wenn du mitkommst, fühl ich mich dir nur verpflichtet und so soll das zwischen uns doch nicht sein«, sagte er ernst und ich nickte, obwohl ich das gar nicht wollte.

Aber ich verstand schon. Er machte sich unnötig Sorgen, da könnte nach der Knutscherei so was wie eine Pärchendynamik in mir hochkommen. Wenn er wüsste, dass ich nie beabsichtigt hatte, ihn zu küssen. Fragte sich nur, wieso es überhaupt passiert war.

Dabei wollte ich doch bloß seinen freundschaftlichen Gefallen erwidern. Er war auch ins Krankenhaus gekommen, als meine Mutter eingeliefert worden war.

Aber wenn er es so wollte, dann bitte.

Genervt verdrehte ich die Augen und rieb mir die kalten Arme.

»Ich bleib noch bei dir, bis Benjamin auftaucht. Danach kann ich ja Vika und Dani suchen.«

»Einverstanden«, murmelte Oliver und schob sich das Coolpack über die verquollenen Augen. Ich musterte sein Gesicht und konnte quasi mit ansehen, wie seine Nase anschwoll. »Pass nur auf deine Augen auf. Nicht dass du deine Mädels in einer Situation vorfindest, die du nicht sehen wolltest«, witzelte er etwas übermütig und ich lachte nervös auf.

»Na, wenn du schon Witze machen kannst, dann hat der Typ wohl nicht fest genug zugeschlagen«, gab ich zurück und er grunzte gequält. Für ein Lachen reichte es wohl nicht mehr.

Wir warteten weiter und Mel gesellte sich zu uns. Sie hatte wohl nicht genug zu tun und flirtete recht hemmungslos mit Oliver. Und das, obwohl sein Gesicht zertrümmert war.

Wäre ich nicht so aufgelöst, hätte ich darüber gelacht. Doch ich trat nur nervös von einem Bein aufs andere. Immer wieder ging mein Blick zu meinem Handgelenk, bis ich mir ein Herz fasste, die beiden kurz allein ließ und die paar Schritte rüber zur Kasse ging. Der Typ, der dort saß, hatte die Augen geschlossen und hielt, mit dem Kopf an die Wand gelehnt, ein Nickerchen. Die Digitaluhr an der Anzeige der Kasse zeigte halb zwei an.

Schockiert riss ich die Augen auf. Wo war denn die Zeit hingegangen? Wir hatten doch nur ein bisschen getanzt. Oder?

Fast schon widerwillig hielt ich meinen Arm unter die Schwarzlichtröhre, die den Stempel auf meiner Hand sichtbar machen sollte.

Sofort tauchte wieder das sonderbare Zeichen auf, bei dem ich von vornherein gespürt hatte, dass es zu mir gehörte. Dass es wichtig war. Anscheinend so wichtig, dass ich es mir auf die Haut tätowiert hatte. Denn egal wie fest ich daran rieb, darüberleckte und es herunterzukratzen versuchte, es blieb.

Ein weiteres Rätsel in meinem wirren Kopf, der langsam zu schmerzen begann. Die duselige Benommenheit, die meinen Körper befallen hatte, löste sich in blanke Panik auf.

Schnappatmung befiel mich und die Musik dröhnte mir wieder so laut in den Ohren, dass ich es nicht mehr aushielt.

Die Welt drehte sich vor meinen Augen, schlug mir auf den Magen und ich musste mich setzen, um mich nicht auf der Stelle zu übergeben.

»Alles in Ordnung mit dir?«, wurde ich gefragt und erkannte erst nach mehrmaligem Blinzeln, dass Mel mir die Hand reichte.

Ich ergriff sie und ließ mich von ihr auf die Füße ziehen.

»Mir ist nur ein bisschen schlecht«, gestand ich und sie lachte hell auf.

»Zu viel am BTS genippt?«, vermutete sie und ihr Grinsen bekam etwas Schalkhaftes.

»Am was?«, erkundigte ich mich irritiert und ging mit ihr die wenigen Schritte zu Oliver zurück.

»Pinkfarbendes Blubberwasser? Viel zu süß, um es zu schlucken?«, half sie mir auf die Sprünge und ich nickte. Runzelte aber sofort die Stirn.

»BTS? Wie die Boyband?«, fragte ich nach und erinnerte mich daran, dass ich genau das heute Morgen schon einmal gefragt hatte.

»Das ist eine Droge, Kind. Ein leichtes Halluzinogen. Verstärkt Glücksgefühle und tötet das Zeitgefühl.« Mel erklärte es mir, als wäre ich ein lernresistenter Grundschüler.

Der letzte Rest Taubheit fiel von mir ab und die Erkenntnis traf mich wie ein Vorschlaghammer. Das war doch jetzt nicht wahr? Der krönende Abschluss zu einem völlig durchgeknallten Abend. Wut flammte in mir auf und mein giftiger Blick richtete sich auf Oliver Grand.

»Du hast mich unter Drogen gesetzt?!«, fuhr ich ihn so heftig an, dass er tatsächlich zusammenzuckte.

»Das ist nur Pillepalle-Zeug. Das macht nicht mal süchtig. Alle in diesem Club trinken es. Das gehört hier dazu«, verteidigte er sich. Zumindest glaubte er, dass dies seiner Verteidigung diente. Tat es aber nicht.

»Sei froh, dass deine Nase schon zertrümmert ist, Freundchen!«, keifte ich ihn an und konnte es einfach nicht fassen. Meine Scheiße, man hatte mir Drogen eingeflößt. Kein Wunder waren meine Gefühle durchgedreht und ich hatte mich Oliver an den Hals geschmissen. Wahrscheinlich war das sogar seine Absicht gewesen.

Die Tür eines Autos wurde geräuschvoll zugeschlagen und ein Mann kam mit schnellen Schritten durch die Dunkelheit. Als das Licht des Eingangs ihn beschien, erkannte ich den Radiologen wieder.

Oliver stieß sich sofort vom Tisch ab und dankte Mel für das Coolpack.

»Oh ja, super Timing«, schimpfte ich und setzte ihm nach, als er auf seinen Freund zuging. »Flieh vor mir, du Dreckskerl!«

»Es tut mir leid, okay. Ich dachte, das lockert dich ein bisschen auf«, sagte er erstaunlich ruhig. Leider ließ sich sein Gesichtsausdruck durch den Bruch in der Nase und dem sich ausbreitenden Bluterguss schlecht deuten.

»Ruf mich bloß nicht an!«, schimpfte ich lauthals und als ich merkte, dass ich unabsichtlich einen Witz gerissen hatte, zeigte ich ihm den Mittelfinger.

Benjamin grüßte mich nur kurz per Handzeichen und führte Oliver zum Auto. Die Dunkelheit verschlucke die beiden und dann waren sie weg.

Wäre ich nicht immer noch so wütend gewesen, wäre ich mir jetzt wahrscheinlich verlassen vorgekommen. Doch in meinem Bauch brodelte das Gefühl, von Oliver Grand in unserer Freundschaft betrogen worden zu sein.

Verdammt!

Schnaubend wandte ich mich ab und stiefelte energisch der lauten Musik entgegen. Schier unerträglich kräftige Beats ließen den Raum erzittern und ich fühlte mich gar nicht mehr nach Tanzen und Spaß. Schweißnasse Körper rempelten mich an, Hände griffen nach mir und wollten mich zurück in die wabernde Masse an Menschen ziehen, die berauscht war von der schlechten Luft, dem pulsierenden Rhythmus, der die Organe zum Schwingen brachte, und dem pinken fluoreszierenden Zeug, an dem sie alle nippten.

Ich wollte einfach nur noch nach Hause, mir einen Kaffee kochen und laut weinen. Doch da wir mit Olivers Auto hergekommen waren, würden wir zurück wohl auf ein Taxi angewiesen sein.

Was für ein völlig beschissener Abend.

Wenn ich doch nur Vika finden könnte.

»Vika!«, brüllte ich gegen die ohrenbetäubende Musik an und hörte meine eigene Stimme selbst kaum. »Vika!«, schrie ich noch einmal und sah mich suchend in der Menge an zuckenden Leibern um.

Die Panik kam zurück, verdrängte die Wut und ließ mich zittern. Vielleicht lag das an den Drogen, die Oliver mir gegeben hatte. Vielleicht aber auch daran, dass sie stetig an Wirkung verloren und die grausame Realität über mir zusammenbrach.

Mir war, als brannte sich das Zeichen auf meinem Arm in meine Haut, ich musste jedes Mal hinsehen, wenn das Schwarzlicht über mich zuckte.

Orientierungslos irrte ich durch den Club, suchte alle Sitznischen ab und wurde schlussendlich fündig. In der Nähe der Bar fand ich Dani und Vika, nicht ganz so schlimm ineinander verschlungen, wie Oliver und ich es gewesen waren, aber nah dran.

Wäre ich nicht kurz davor, in Tränen auszubrechen, hätte ich wahrscheinlich den Anstand gehabt, sie nicht zu stören. Doch jetzt, am Rande meiner Besinnung, konnte ich nicht anders, als auf sie zuzustürmen.

Die beiden fuhren erschrocken auf, als ich vor ihnen zusammenbrach und auf die Knie sank. »Gemma!«, nahm ich kaum hörbar noch wahr, während der Beat mich in den Wahnsinn trieb und meine Nerven bis zum Zerreißen spannte.

Hände griffen nach mir, zogen mich auf die Füße, wobei sich meine Strumpfhose nur widerwillig vom klebrigen Boden löste. Vika drückte mich an sich und schob sich mit mir am Rand des Saals entlang bis zu einer schwarzen Tür, die halb hinter einem dunkelroten Samtvorhang versteckt lag. Dani drückte sie auf und wir drei stolperten hinaus in eine schmale Seitengasse.

Mir liefen bereits die Tränen über die Wangen, und obwohl die Musik leiser wurde, als die Tür sich schloss, pulsierten Kopfschmerzen hinter meiner Stirn im gleichen Takt.

»Schatz, was ist passiert?«, fragte meine beste Freundin mich und zog mich in ihre Umarmung. »Und wo ist Oliver Grand?«

»Mein Leben geht den Bach runter. Es wird immer schlimmer«, flennte ich in ihren Stehkragen hinein und sie streichelte mir übers Haar.

»Wegen Oliver?«, wollte sie wissen und klang alarmiert.

Doch ich schüttelte den Kopf. Kalte Luft strich über meinen Rücken und ließ mich erzittern.

»Nein«, grummelte ich und schaffte es nur unter Anstrengung, meinen Kopf zu heben. »Dem wurde von irgendeinem Typen die Nase gebrochen und er hat sich von einem Freund abholen lassen.«

»Echt jetzt?« Vika sah mich mit großen Augen an und strich mir immer wieder über meine nackten Arme.

»Ja, verdammt! Und der Typ hat versucht, mich zu entführen. Und er wusste von dem Tattoo. Nicht mal ich wusste davon. Alles wird mir zu viel. Ich kann einfach nicht mehr«, heulte ich lautstark und Vika zog mich wieder an sich.

»O nein, Liebling, hattest du wieder einen Anfall?«, flüsterte sie mir zu und ich riss mich aus ihrer Umarmung.

Ich hielt es nicht mehr aus. Wenn ich noch länger schwieg, würde ich durchdrehen. All die Hinweise ergaben einfach keinen Sinn. Es war ein Rätsel ohne Lösung.

»Gemma.« Vika rüttelte mich und suchte verzweifelt meinen Blick. Ihre Augenbrauen waren furchtsam zusammengezogen, ihre getuschten Wimpern ließen ihre Augen riesengroß erscheinen. »Rede mit mir. Hör endlich auf, es mir zu verheimlichen«, sagte sie eindringlich und ich schrak zusammen.

»Du weißt doch gar nicht, was es ist«, warf ich ihr vor und wedelte wild mit den Armen in der Luft herum.

»Weil du mir nichts erzählst! Ich sehe doch, wie beschissen es dir geht, und du kommst mir immer mit den gleichen lahmen Ausreden. Ich bin deine beste Freundin! Rede verdammt noch mal mit mir!« Sie schrie es beinahe heraus und ich wich einen Schritt zurück, stieß dabei gegen Dani, die mit hochgezogenen Schultern unseren bescheuerten Streit verfolgte. Ich hatte schon vergessen, dass sie da war.

Leicht schüttelte ich den Kopf, wandte mich ab und lief in der finsteren Gasse auf und ab. Wir hatten den Club durch einen Notausgang verlassen, das grün leuchtende EXIT-Schild warf einen ungesunden Schimmer auf Vikas Gesicht.

Ich atmete tief durch, versuchte einen klaren Kopf zu kriegen und all die wirren Emotionen runterzuwürgen. Doch sie kamen immer wieder hoch und brannten mir wie Erbrochenes auf der Zunge.

Vika hatte ja recht und ich hätte schon längst mit ihr reden sollen. Aber was, wenn es falsch war, sie einzuweihen?

»Wenn ich's dir erzähle, bring ich dich vielleicht in Gefahr«, flüsterte ich und ein eisiger Schauer lief mir den Rücken hinab. Hier in der einsamen Gasse zu stehen kam mir auch nicht gerade sicher vor.

»Na und? Lass mich das gefälligst selbst entscheiden!«, fuhr sie mich an und verschränkte die Arme vor der Brust. »Du wirst es mir erzählen, und wenn ich es aus dir rausprügeln muss.«

Ich sagte nichts, wusste gar nicht, wo ich anfangen sollte, und warf einen verstohlenen Blick auf Dani, die verschüchtert von Vika zu mir sah und wieder zurück.

»Wie wäre es, wenn wir nach Hause fahren? Und dann redet ihr dort«, ergriff sie unerwartet das Wort und ich nickte. Das war wirklich eine gute Idee. Ganz dringend wollte ich mich bei Vika auf der Couch zusammenrollen und einen richtig starken Kaffee trinken.

»Es ist eh spät genug«, kommentierte Vika knapp und seufzte laut. »Ich rufe uns ein Taxi.« Behände zog sie ihr Handy aus ihren großen

Hosentaschen und tippte darauf herum, während sie auf die breite Straße zuhielt, die wir von hier aus sehen konnten.

Dani und ich folgten ihr und ich wusste nicht, ob ich mich vor ihrer Entschlossenheit, in meine Geheimnisse einbezogen zu werden, fürchten sollte, oder insgeheim nicht doch einfach nur erleichtert war, die Last nicht mehr allein tragen zu müssen.

21

Geteiltes Leid ist halbes Leid

Ach du Scheiße«, hauchte Vika und drückte sich ein graues Kissen ins Gesicht. »Ach du Scheiße«, wiederholte sie lauter und linste über den geknufften Rand zu mir herüber.

»Du musst das Tagebuch lesen, Gemma! Auf der Stelle!«, befahl sie mir und ich schüttelte energisch den Kopf.

Ich hatte ihr alles erzählt. Absolut alles.

Angefangen bei dem Bericht über die Reaktion der Gedankenauslese auf Schmerz, den ich mit fünfzehn in einer Fachzeitschrift gelesen hatte, und meiner Idee, meine Tagebücher von da an geheim zu führen. Bis aus Spaß irgendwann ernst geworden war und die Angst, zu vergessen, mich beschlich und mich völlig paranoid gemacht hatte. Zumindest dachte ich das lange.

Noch nie hatte ich irgendjemandem von meinen Tagebüchern erzählt. Doch kaum hatte Vika mich mit einem Kaffee und einer flauschigen Decke auf mein Sofa verfrachtet, floss es einfach so aus mir heraus und ließ sich nicht mehr stoppen.

Ich wollte es aber auch gar nicht stoppen. Es machte mich irre, das alles für mich zu behalten. Und jetzt, wo ich schon angefangen hatte, konnte ich ihr auch alles sagen.

Das Zeichen auf dem Block, das ich ihr beim Telefonat gezeigt hatte. Das Päckchen mit der ersten Origamitaube. Der Umzug, das Buch in der Wand, der zweite Vogel, Ezra, es ging immer so weiter und es war verstörend, dass das alles nicht länger als anderthalb Wochen her war.

»Das geht nicht einfach so. Ich muss das tarnen. Und ich kann mir ja kaum den Arm aufschlitzen, um das ganze Ding durchzulesen«, hielt ich dagegen und Vika starrte mich mit riesigen Augen an.

»Gemma Coleen Henson! Du hast ja wohl kaum vor, jemals wieder zu einer Gedankenauslese zu gehen? Ich werde es jedenfalls nicht mehr tun«, schimpfte sie und zeigte mit ausgestrecktem Finger auf das Buch in der Mitte der Gegenstände, Hinweise und Rätsel, die ich in den letzten Stunden alle auf meinem Wohnzimmertisch aufgereiht hatte.

Der Notizblock mit dem Kreiszeichen, vier Zettel, die einmal Origamitauben gewesen waren, das blaue Buch, das ich aus dem Bad holen musste, damit Vika mir glaubte und aus dem ich sie die erste Seite hatte lesen lassen. Die Visitenkarte mit Ezras Nummer, seine Armbanduhr mit dem Sprung im Glas, der Zettel mit den Ziffernreihen von dem Verfolger aus der Gasse und eine ganze Menge gelber Klebezettel, auf denen Vika etwas notiert hatte. *Fabrik* zum Beispiel, *Weihnachtsmarkt*, *Unfall*, *schreiendes Mädchen*, *Typ aus dem Club* …

»Nein, habe ich nicht. Nicht solange wir diese Angelegenheit nicht durchgestanden haben«, schnaubte ich und nahm einen großen Schluck lauwarmen Kaffee.

»Was ist dann das Problem? Schlag es auf, lies es durch. Selbst ohne die fehlenden Seiten kann da eine Menge hilfreicher Kram drinstehen«, fuhr Vika fort und warf mir das Kissen gehen die Brust.

Ich verschüttete Kaffee auf meiner Jogginghose. Na toll.

Gern hätte ich geglaubt, dass es so einfach war, wie Vika es sich vorstellte, aber das war es nicht. Meine Gefühle sagten mir etwas anderes. Und hatte der blöde Origamitauben-Glückskeksspruch nicht gesagt, ich sollte auf meine Gefühle vertrauen?

Und die signalisierten mir gerade, dass ich auf keinen Fall so einfach das Buch lesen konnte, ohne Vorsichtmaßnahmen zu ergreifen.

Mir flatterte der Magen und meine Hände begannen zu schwitzen, wenn ich nur daran dachte, dass ich dadurch Geheimnisse in meinen Kopf packte, die andere mir wegnehmen würden.

»Ich kann nicht«, keuchte ich und spürte erst jetzt, dass ich den Atem angehalten hatte. »Das ist zu gefährlich. Ich kann's dir nicht erklären. Es fühlt sich einfach so an.«

Mit zittrigen Fingern holte ich ein Taschentuch aus einer Box und tupfte damit die Kaffeeflecken von der flauschigen Decke.

Vika seufzte laut und lehnte sich in den Kissen zurück. »Du bist die mit dem Loch im Schädel. Was kann ich da noch dagegen sagen?«, räumte sie mir widerwillig ein und strich sich die Locken aus dem Gesicht.

»Okay, Theorie!«, schoss es plötzlich aus ihrem Mund und sie setzte sich wieder auf, die Beine in einem verdrehten Schneidersitz. »Du hast am Anfang deiner Ausbildung herausgefunden, dass Biolog Medical superböse ist und bist damit zu einer Rebellengruppe gegangen, die mit dir zusammen den Konzern stürzen wollte.«

Ich räusperte mich vernehmlich, um sie in ihren wirren Spinnereien zu unterbrechen, doch sie beachtete mich gar nicht.

»Biolog Medical hat davon aber Wind bekommen und dich mit einem Laster überfahren lassen, um dich auszuschalten. Weil sie aber dann doch ein schlechtes Gewissen hatten, haben sie dein Leben gerettet und dir und der ganzen Welt die Erinnerungen beschnitten.«

»Quatsch«, wehrte ich ab. »Das klingt nach einem total unlogischen Actionfilm. Biolog Medical ist doch kein großer Organismus, der gut oder böse sein kann. Das ist eine Institution. Sie wird von Menschen geführt. Klar können da auch ein paar Verrückte dabei sein, aber …«

»So wie Doktor Voltár und der andere Schnippi, der deine Nachbarin als Überwachungskamera missbraucht hat«, unterbrach mich Vika und hob herausfordernd die Augenbrauen.

»Du bist die Königin der voreiligen Schlüsse, Vik«, warf ich ihr vor und strampelte mich aus meiner Decke, um neuen Kaffee zu kochen. »Und eine Rebellengruppe? Echt jetzt? Du tust gerade so, als würden wir in einem Polizeistaat leben.«

Die Müdigkeit schlich sich immer weiter in meine Knochen, ließ mich einfallslos werden und meine Augen tränen.

Mit geübten Handgriffen befüllte ich die Kaffeemaschine und schaltete sie ein. Surrend erwachte sie zum Leben und ich schloss ganz kurz die Augen. Diese Geräusche liebte ich, das Rattern und Summen, Gluckern und Rauschen.

»Ich habe mir noch mehr dazu ausgedacht«, gestand mir Vika grinsend und kam zu mir hinter die Theke, um die Kanne eben auszuwaschen. »Die Origamidinger schickt dir bestimmt das Mädchen aus dem Traum, Ezra ist dein vergessener Ehemann und der Kerl aus dem Club, der Oliver eine verpasst hat.« Erwartungsvoll sah sie mich an und machte eine Kunstpause. »Er ist dein verschollener Bruder, den sie bei der Gedankenauslese aus deinem Gehirn rausgelöscht haben.«

Eigentlich wollte ich sie nur ungläubig anstarren, doch das Lachen gluckerte schon über meine Lippen, ohne dass ich es verhindern konnte. Das klang einfach zu bescheuert.

»Aber klar, super realistisch«, meinte ich und nahm die Kanne von ihr entgegen, um sie gerade noch rechtzeitig unter die Kaffeemaschine zu stellen.

»Glaubst du mir nicht?«, kicherte jetzt auch Vika und setzte sich mit Schwung auf meinen Tresen. »Warte, bis du meine zweite Theorie gehört hast.« Sie brauchte keine Aufforderung, um weiterzusprechen, und ich holte die Hafermilch aus dem Kühlschrank.

»Aliens haben Biolog Medical übernommen«, begann sie und ich musste noch heftiger lachen. »Um dies zu verhindern, hast du dich einer satanischen Sekte angeschlossen, die mithilfe von Bannkreis-Tätowierungen auf der Haut Dämonen beschwört, um die Aliens zu bekämpfen.«

»Nein«, versuchte ich sie davon abzuhalten und streckte die Hände aus, um sie ihr vor den Mund zu drücken. Doch sie wehrte mich nur ab.

»Warte, warte. Ezra ist in Wirklichkeit dein Schutzdämon. Die Origamitauben hast du in der Vergangenheit selbst gebastelt und lässt sie dir jetzt durch einen ausgeklügelten Plan zukommen, weil du dich selbst auf die Spur bringen willst, dass Doktor Voltár und der andere, von dem ich mir den Namen nie merke, einen Wurmlochgenerator bauen, damit die Welt sich selbst verschlingt. Und der Kerl aus dem Club …« Sie holte tief Luft.

»Jetzt kommt's«, prophezeite ich und konnte nicht mehr aufhören, den Kopf zu schütteln.

»Ist dein eigener Halbdämonen-Sohn. Aus der Zukunft!«, offenbarte sie und ich konnte nicht leugnen, dass Vika trotz der langen Nacht noch außerordentliche Kreativität zeigte.

»Alles klar, dann müssen wir nur noch rausfinden, wo er seine Zeitmaschine geparkt hat«, sagte ich sarkastisch und in diesem Moment schaltete sich die Kaffeemaschine ab.

»Die ist natürlich unsichtbar«, dozierte Vika und ließ sich von mir ihren Kaffee reichen. Dann streckte sie ganz plötzlich den Rücken durch. »Oh! Mir kommt noch eine Idee.«

»Hat die auch was mit Aliens zu tun?« Ich füllte auch meine Tasse mit dunklem Gebräu und rührte Milch hinein.

»Ne, aber gefühlsfähige Killerroboter, die unsere Gedanken stehlen, um sich selbst menschlicher zu machen«, sagte sie bedeutungsschwanger und ich rollte mit den Augen.

»Ich verzichte. Lass uns lieber die realen Fakten betrachten und überlegen, was wir wirklich wissen oder rausfinden können.« Träge schlurfte ich mit meinem Kaffee zurück zum Sofa und setzte mich auf die Kante.

Auf dem langen Stück des Ecksofas seufzte Dani gerade im Schlaf und wälzte sich auf die andere Seite.

Sie hatte es kaum vom Taxi in den Aufzug geschafft und war dann direkt eingeschlafen, als ihr Kopf die Kissen berührte.

Vika kam zu mir und folgte meinem Blick zu Dani. Ihre Augen sahen ganz weich aus und bekamen einen solch liebevollen Ausdruck, dass ich sie gern fest gedrückt hätte.

Ein klein wenig biss mich auch der Neid, dass sie gerade so verliebt war und ich nicht. Doch vor allem freute ich mich für sie. Es fühlte sich so nach Normalität an, dass es sich wie Balsam auf meine verwirrte Seele legte.

Auch das Lachen tat mir gut, selbst wenn alles nicht weniger verwirrend geworden war.

»Zeig noch mal den Arm«, bat Vika mich, nachdem sie ihren Kaffee abgestellt hatte, und ich streckte ihr bereitwillig meine Linke hin. Sie hob sich mein Handgelenk nur wenige Zentimeter vor die Augen und betrachtete eingehend meine Haut. »Man sieht aber echt gar nichts. Das ist ganz sicher eine Lasertätowierung«, murmelte sie und ich zuckte mit den Schultern. Meine Gedanken drifteten ab, zurück in den Club zu dem Typen, der mich von Oliver weggezerrt hatte.

Ich konnte spüren, dass er zum Rätsel gehörte. Wenn ich ihn fand, dann konnte ich rausfinden, was hier gespielt wurde.

»Wenn wir Schwarzlicht hätten, würde ich es dir sofort zeigen«, seufzte ich und kratzte mich umständlich mit der geschienten Hand an der Stirn.

Draußen dämmerte es bereits und ein Blick auf die Uhr sagte mir, dass es kurz vor fünf war.

Das war's dann wohl mit Schlafen.

»Dani hat so was in ihrer Wohnung, glaube ich. Wir schauen es uns einfach nachher an.« Vika ließ meine Hand wieder los, nahm ihren Kaffee zwischen die langen Finger und beugte sich nach vorn. Während sie ihre volle Unterlippe knetete, betrachtete sie all die Gegenstände auf dem Tisch, griff nach dem Flyer der Plastikfabrik und notierte noch etwas auf einem Klebezettel. *Ausflug mit Ezra*, schrieb sie darauf und es durchfuhr mich wie ein Schock.

»Scheiße!«, rief ich aus und schnappte mir mein Handy, das vor mir auf dem Tisch lag. Heute war Mittwoch! Ezra und ich hatten uns verabredet, um nachher zu der Fabrik zu fahren. Das hatte ich bei all dem Gefühlschaos gestern total vergessen. »Wir wollten heute dahinfahren. Er holt mich hier ab.«

Vika sah mich erstaunt an. »Oh, wow, wann?«, fragte sie ganz aufgeregt, packte meinen Arm und schüttelte mich.

Mein Handy zeigte mir eine Nachricht von Ezra an. Gestern um halb zwölf in der Nacht verschickt.

Frustriert kniff ich die Augenbrauen zusammen. Zu dem Zeitpunkt hatte ich wohl gerade angefangen, mit Oliver zu tanzen. Und ich erinnerte mich viel zu genau daran, was danach passiert war.

Eins war schon mal sicher. Diese pinke Droge verschleierte keine Gedanken für die Auslese, sonst wäre sie sicher längst verboten worden. So wie Alkohol zum Beispiel.

›Ich hol dich um neun ab und bringe Muffins mit. Freu mich auf dich.‹, hatte er geschrieben und mein schlechtes Gewissen verpasste mir einen schmerzhaften Schlag in den Nacken. Ich hatte mit Oliver rumgeknutscht. Und wer weiß, was noch passiert wäre, wenn der Typ mit dem Kapuzenpullover ihm keine verpasst hätte. Dann wäre meine feine Jungfräulichkeit dahin gewesen und ich hätte Ezra nie wieder in die Augen sehen können. Würde ich ja auch so schon nicht können, das war sicher.

Vika hatte mich noch darauf hingewiesen, dass es kompliziert werden könnte, und ich hatte gutgläubig darüber gelacht, mir nie vorstellen können, dass zwischen Oliver und mir jemals etwas Körperliches sein könnte.

Und dann war es körperlich geworden, ausschließlich körperlich. Mein Herz machte keine Sprünge, wenn ich an ihn dachte, und bei dem Gedanken, dass wir uns geküsst hatten, legte sich nur ein schaler Geschmack auf meine geschwollene Zunge.

Am liebsten hätte ich sogar behauptet, dass ich es überhaupt nicht gewollt und er mich mit Drogen gefügig gemacht hatte. Doch das entsprach nicht der Wahrheit.

Ich hatte es gewollt. In diesem schrecklichen Moment, in dem mich die Einsamkeit innerlich zerfraß, hatte ich versucht, das Loch in meiner Seele mit irgendetwas zu stopfen. Und Oliver Grand war mir da nur recht gewesen.

Ich hatte ihn benutzt, so wie er mich benutzt hatte. Wäre die Sache mit BTS nicht gewesen, hätte man behaupten können, wir wären quitt.

»Um neun«, beantwortete ich Vikas Frage und sah auf die aktuelle Uhrzeit. »Also in vier Stunden.«

»Hast du vor, noch zu schlafen?«

Ich schüttelte den Kopf und ließ das Handy sinken. »Ne. Dann bin ich nachher noch viel matschiger als jetzt«, winkte ich ab und nahm einen großen Schluck Kaffee, der so heiß war, dass es wehtat. Die perfekte Temperatur also.

»Dann bleib ich wach, bis du losgehst. Oh Mann, das ist so aufregend. Erzähl mir unbedingt, was ihr findet«, quiekte Vika und klatschte in die Hände. Ihr schien das ganze Koffein im Blut nicht gutzutun. Sie war viel zu aufgedreht dafür, dass wir nicht geschlafen hatten und sie von mir den größten Hammer unseres Lebens offenbart bekommen hatte.

»Mach ich«, versprach ich und dachte an Ezra, fragte mich, wie er in das ganze Szenario hineinpasste? Wer war er gewesen, bevor er vergessen hatte? Wer war ich gewesen? Und was waren wir jetzt?

Offensichtlich kein Pärchen, sonst hätte ich mich wohl kaum Oliver Grand an den Hals geschmissen.

Aber trotzdem glaubte ich daran, dass wir damals zusammen gewesen waren. Die Gefühlsschnipsel, die ich immer wieder auffangen konnte, bewiesen es mir. Doch leider ließen sie sich nicht festhalten und verwehten ganz schnell im stetigen Strom der Gedanken.

Vielleicht gab es einfach kein Zurück mehr, redete ich mir gut zu und spürte das schlechte Gewissen noch heftiger in mir wüten. Es war so feige, mir selbst zu sagen, dass es halt einfach nicht ging, ohne es wirklich versucht zu haben.

Es war Ezra. Ich hatte ihn in mein Buch geschrieben und das qualifizierte ihn zu einem der wichtigsten Menschen in meinem Leben. Er stand dadurch auf einer Stufe mit meinen Eltern und Vika. Womöglich hatte ich ihn mal geliebt.

Und ich hatte mit einem anderen Typen rumgemacht.

Der Gedanke war so niederschmetternd, dass mein Bauch drückte und ich mein Gesicht stöhnend in meinen Händen vergrub.

»Du hast ein schlechtes Gewissen«, deutete Vika meine Geste richtig.

»Ja, und wie«, maulte ich und lehnte mich nach hinten, den Blick gegen die Decke gerichtet. »Ich bin mir sicher, dass ich mal megakrass in Ezra verknallt war, und jetzt habe ich mit Oliver Grand geknutscht.«

»Ich hab's dir ja gesagt«, schlug sie mir ungeniert um die Ohren und mit einem süffisanten Lächeln auf den Lippen.

»Das ist echt nicht lustig, Vika«, schimpfte ich lauter und Dani bewegte sich im Schlaf. Sofort senkte ich die Lautstärke. »Wie soll ich ihm denn nachher in die Augen sehen? Wie hast du das denn früher gemacht?«

Vika warf einen verstohlenen Blick zu ihrer Freundin und zuckte mit den Schultern. »Ich habe einfach kein so starkes Gewissen wie du. Und die Typen waren mir auch eigentlich ziemlich egal. War keine gute Phase von mir«, gestand sie und ich tätschelte ihr freundschaftlich die Schulter.

Wir schwiegen, beide in eigenen Gedanken, und betrachteten noch einmal die Gegenstände auf dem Tisch. Vika streckte den Arm aus und zeigte auf die Klebezettel mit den beiden Namen der Ärzte, bei denen ich das Gefühl hatte, sie hätten etwas damit zu tun.

»Dieser eine, Larson, der steckt doch in einer Menge Projekte drin, oder? Kann man da nicht schauen, welche davon er zusammen mit dem anderen gemacht hat?«

Ich nickte leicht. Das wäre zumindest ein guter Anhaltspunkt. »Ich schaue am Donnerstag mal im internen System nach, ob es da was im freien Archiv gibt.«

»Und wenn nicht, kannst du ja wieder Jessy fragen«, schlug Vika vor und verpasste mir damit noch einen sprichwörtlichen Schlag in den Magen.

»Und sie auch noch mit reinziehen? Es reicht doch, wenn ich dich in Gefahr bringe«, schnaubte ich und Vika schlang mir die Arme um den Oberkörper.

»Ich bin doch nicht in Gefahr, Schatz«, behauptete sie und zog mich ganz fest in eine Umarmung. »Bisher gab es doch noch gar keine echte Bedrohung.«

»Ich wurde von einem Typen überwacht, der Ezra und mich durch die Innenstadt verfolgt hat«, hielt ich dagegen und ließ mich wie ein schlaffer Sack gegen sie sinken.

Vika gab mir einen Kuss aufs verstrubbelte Haar. »Wer weiß, vielleicht wollte der nur mit euch reden?«

Ich schnaubte laut. »Klar, und die Zahlen aus seiner Tasche sind die Abholzeiten für seine Tochter vom Ballettunterricht«, blaffte ich und Vika drückte mich noch fester.

»Oder sein Videospiel-Highscore«, ergänzte sie keck und ich musste lächeln. Sie verstand es wirklich, meine Sorgen klein werden zu lassen.

22

Verlassener Ort

Wir schliefen doch ein, aneinandergelehnt auf meinem Sofa, und wurde um etwa Viertel vor neun unabsichtlich von Vika geweckt, die mir im Schlaf die Hand ins Gesicht klatschte.

Zum Glück hatte ich schon irgendwann in der Nacht geduscht und musste mich nach dem panischen Zähneputzen nur noch eben in die Klamotten schmeißen, die Vika mir rausgesucht hatte, und schnappte mir dann den Kaffee im Thermobecher, den Dani für mich bereithielt.

Bevor ich aus der Tür eilte, gab ich Vika einen Kuss auf die Wange und schnappte mir die Armbanduhr, die noch zwischen all den anderen Dingen auf dem Tisch lag, damit ich sie Ezra zurückgeben konnte. Sie hatte mir leider keine weiteren Erkenntnisse gebracht.

Unten am Wagen lehnte Ezra und wartete auf mich. Ein widerliches Déjà-vu-Gefühl überkam mich dabei und rieselte mir nasskalt über den Rücken. Genau so hatte Oliver Grand gestern auch an seinem Auto gestanden. Sogar an derselben Stelle.

Er hatte die Ärmel seines Businesshemds bis zu den Ellenbogen hochgekrempelt und hielt mir einen Kaffeebecher und eine Papiertüte entgegen, in der sich höchstwahrscheinlich ein Muffin befand.

Als ich allerdings auf ihn zugeschlendert kam, senkte er die Hände und ein enttäuschter Ausdruck trat auf sein Gesicht.

»Du hast schon Kaffee«, sagte er nüchtern und er tat mir sofort leid wie ein Hund, den ich getreten hatte. Wenn er nur wüsste, wie fest.

Ich wechselte meinen Kaffee von links in die Rechte, auch wenn es mit der Schiene schwierig war, und nahm Ezra den Kaffeebecher aus der Hand.

»Kaffee kann man nie genug haben«, behauptete ich und sah lächelnd zu ihm auf, damit er wusste, dass ich mich wirklich darüber freute. Auch wenn es mir schwerfiel, in das Graublau seiner Augen zu blicken.

Es war ernst gemeint, dass ich mich über den zweiten Kaffee freute. Mein Kopf war so duselig und ich hätte nach dieser Nacht einen Tag im Bett gut gebrauchen können.

Doch zu diesem Lagerhaus zu fahren war wichtiger und wer wusste, wann ich das nächste Mal freihaben würde. Auch für Ezra gestaltete es sich nicht so leicht, von der Messe fernzubleiben. Er hatte mit einem Kollegen einen Deal gemacht und würde sich dafür morgen doppelt so lang die Beine in den Bauch stehen müssen. Wie hätte ich da absagen können?

Ezra öffnete mir die Tür und ich bekam wieder dieses grässliche Déjà-vu-Gefühl. Er wusste es zwar nicht, aber es fühlte sich an, als verhöhnte er mich für den gestrigen Abend, indem er alles wie Oliver Grand machte.

Ich setzte mich ins gemütliche Innere des Wagens und schnallte mich recht umständlich an, da ich ja immer noch zwei Becher in den Händen hielt.

»Und wohin geht's?«, fragte Ezra mich, nachdem auch er sich gesetzt hatte und geräuschvoll die Autotür zuschlug.

Ich nannte die Adresse für das integrierte Navigationssystem und Ezra fuhr los.

Mir war nicht nach Small Talk und so schlürfte ich den Kaffee zum Mitnehmen als Erstes, weil er schneller abkühlen würde als der im Thermobecher. Draußen zogen die Bäume und Straßenlaternen vorbei. Nur wenige Menschen gingen im morgendlichen Sonnenschein spazieren. Ein Hund kläffte dem Auto nach.

Im Wagen selbst war es so still, dass ich meinen eigenen Herzschlag hören konnte und versuchte, an irgendwas zu denken, doch mein Kopf war so schwer, dass ich die Augen kaum offen halten konnte.

Ein Mädchen reichte mir ein T-Shirt und eine dunkle Jacke und kratzte sich am zerzausten haselnussbraunen Schopf. Sie richtete sich auf und schnaubte, ihr spitzes Näschen rümpfend. »Wo ist denn der zweite Schuh?«, murmelte sie und bückte sich, um unter eine Bank zu sehen.

»Lass doch einfach. Ich habe doch noch welche«, sagte ich zu ihr und zog mir das graue T-Shirt über den Kopf. Auf meinem linken Unterarm klebte ein großes weißes Pflaster.

»Gemma?«, sprach mich jemand an und ich schreckte aus dem Schlaf hoch.

Hecktisch blinzelnd hob ich den Kopf von der Fensterscheibe und konnte mir ein Gähnen nicht verkneifen.

»Du bist richtig müde, was? Wir hätten uns auch später treffen können«, meinte Ezra neben mir und löste seinen Gurt.

»Nein, nein. Schon okay.« Meine Stimme klang rau und schlaftrunken und ich nahm einen großen Schluck Kaffee, von dem ich froh sein konnte, dass ich ihn mir im Schlaf nicht über die Beine gekippt hatte.

Ezra stieg aus und ich sah ihm dabei zu, wie er sich das Hemd zurechtstrich und den Sitz seines Gürtels korrigierte, während ein Windstoß ihm durchs rote Haar strich.

Ich nahm mir einen Moment, ihn einfach nur zu betrachten und den ersten Becher Kaffee auszutrinken. Er war ein gut aussehender Kerl, das konnte ich nicht leugnen. Seine Art war ruhig, aber bestimmt, und ich mochte es, wie schüchtern er manchmal war.

In meinem Innern rührte sich nichts und ich versuchte mir vorzustellen, dass ich gestern mit Ezra in dem Club gewesen wäre und nicht mit Oliver Grand. Wie es gewesen wäre, wenn seine Hände meine Hüften gehalten, seine Lippen meinen Mund geküsst hätten. Ich horchte ganz genau auf meinen Herzschlag, versuchte nicht das winzigste Kribbeln in meinem Bauch zu verpassen und bildete mir ein, mit meinen Händen in sein Haar zu fahren, um ihn an mich zu drücken.

Doch es passierte immer noch nichts. Vielleicht war ich einfach nur zu erschöpft für Gefühlsduselei oder aber ich war nicht in Ezra verliebt.

Vielleicht musste ich es mir einfach eingestehen. Meine Erinnerungen waren gelöscht worden. Und meine Gefühle mit ihnen verflogen.

»Komm, Gemma. Ich habe auch noch den Muffin für dich, wenn du aussteigst«, scherzte Ezra, der die Arme am Autodach abgestützt hatte und schräg zu mir herunterlinste. Seine Lippen zierte ein schalkhaftes Lächeln und seine Augen strahlten eine solche Wärme aus, dass mein schlechtes Gewissen sich um ein Vielfaches verstärkte.

Er mochte mich, ich sah es ganz genau. Er mochte mich mehr. Vielleicht so, wie es für ihn früher auch gewesen war. Jetzt fühlte ich mich noch mehr wie eine schlimme Verräterin.

Zögerlich löste ich den Gurt und öffnete die Autotür.

Ein Windstoß zog durch meine Kleider und blies mir das Haar aus dem Gesicht. Hier war es sehr viel windiger als in der Innenstadt.

Mein Blick glitt die grauen Gebäude entlang. Lang gezogene schmutzige Klötze mit großen Industriefenstern, die größtenteils staubblind und gesprungen waren.

Ezra reichte mir die Papiertüte und ich griff zögerlich danach, obwohl mir gar nicht nach Essen zumute war.

»Ich lass ihn im Auto. Für die Rückfahrt«, informierte ich ihn, öffnete die Beifahrertür wieder und stellte Muffin und Termobecher im Fußraum ab, um die Hände frei zu haben. Ich war mit der Schiene schon eingeschränkt genug.

»Ich glaube, wir müssen noch eine Straße weiter, aber das Navi hat mir da keine Parkmöglichkeit angezeigt«, sagte er gerade zu mir, als sich meine Füße von ganz allein in Bewegung setzten. Meine Schritte führten mich vorwärts, den gesprungenen Asphalt entlang, aus dem das Unkraut sprießte.

Zu meiner Rechten klaffte ein dunkler Hauseingang, in dem die Tür fehlte, und ich fühlte mich in den Traum zurückkatapultiert.

Aus diesem Eingang war Ezra gekommen und hatte mir gesagt, ich dürfe nicht weitergehen.

Meine Schritte beschleunigten sich, schon kam der Maschendrahtzaun in Sicht und dahinter das Fabrikgebäude. Roter Backstein, ein verwittertes Vordach und eine Flut an Emotionen, die mich wie angewurzelt stehen bleiben ließen.

In meiner Brust tobten Angst, Schmerz, unbestimmte Hoffnung und das Verlangen, Leben zu retten. Wie in meinem Traum zog es mich zu dem Gebäude hin, als würde dort immer noch jemand auf mich warten, dem ich helfen musste, weil sonst etwas furchtbar Schlimmes passierte. Oder passiert war?

»Ein Zaun«, schnaubte Ezra neben mir, stemmte die Hände in die Hüften und blickte sich nach beiden Seiten um. »Entweder wir klettern drüber oder suchen nach dem Tor«, schlug er vor und ich schüttelte den Kopf.

Ich wusste, wie wir reinkommen konnten. Keine fünfzig Meter von uns entfernt sah ich das Wellblech am Zaun stehen, einige aufgeweichte Kartons stapelten sich drum herum, doch ich wusste mit Sicherheit, dass sich dahinter ein Loch befand.

Die nasse Pappe zerfiel regelrecht zwischen den Fingern, als ich sie zur Seite schob und das Wellblech ein Stück anhob.

»Woher hast du das gewusst?«, fragte Ezra mich und kurz trat ein leichter Unterton von Misstrauen in seine Stimme. Intensiv betrachtete er mich, so als suchte er nach etwas in meinem Gesicht.

»Ich habe davon geträumt«, antwortete ich ihm und schlüpfte hindurch. Meine Haare blieben an einem Stück offenem Draht hängen und ich riss mir schmerzhaft ein paar aus.

Ezra folgte mir.

»Du warst auch in dem Traum«, gestand ich ihm und brach damit zum ersten Mal das Schweigen von mir aus. Ich wollte ja gar nicht so ungesprächig sein und es tat mir ehrlich leid, dass ich gerade heute Ezra so schmähte. »Du hast mir gesagt, ich solle nicht zu dem Gebäude zurückgehen, weil es gefährlich wäre.«

»Und hast du auf mich gehört?«, wollte er wissen und ließ das Wellblech wieder gegen den Zaun sinken.

Ich drehte mich zu ihm um und unsere Blicke trafen sich. »Natürlich nicht«, sagte ich verschmitzter als beabsichtigt und schämte mich sofort, als sich auch auf seinen Lippen ein Lächeln ausbreitete. Schließlich durfte ich dem Jungen keine Hoffnungen machen, wenn mein Herz doch gar nicht involviert war.

Schnell wandte ich mein Gesicht ab und stapfte auf das Fabrikgebäude zu. Irrerweise erwartete ich, mit den Beinen gleich im Asphalt zu versinken und keinen Schritt weiterzukommen. Der Wind blies hier auf dem offenen Platz noch stärker, doch wir kamen in ganz normalem Tempo vorwärts.

Dies hier war schließlich kein Traum, auch wenn es mir ein bisschen so vorkam. Wir waren wirklich hier und ich konnte dieses Gebäude vor uns betreten, um zu sehen, was sich darin befand.

»Waren da noch mehr Leute in deinem Traum?«, fragte Ezra mich plötzlich und schloss zu mir auf.

»Nein, nur du«, antwortete ich ihm wahrheitsgemäß und dachte an den Traum zurück. Er hatte mich in den Arm genommen, mich an sich gepresst und ich hatte so viel für ihn empfunden. Genervt biss ich mir auf die Unterlippe.

Es war, als hätte ich den sauberen Duft nach Zitrone und Kernseife wieder in der Nase und ein angenehmer Schauer lief mir den Rücken hinunter. Ein dumpfer Nachhall vergangener Gefühle.

Leichte Nervosität legte sich auf mich mit jedem Meter, den wir uns näherten. Und dann standen wir vor zwei großen metallenen Flügeltüren. Die eine hing schief, bei der anderen blätterte der weiße Lack ab.

Zögerlich legte ich die Hand auf den Türgriff und zog sie auf. Ein herzzerreißender Schrei von rostigem Metall gellte durch die Stille des verlassenen Industriegebietes und ließ mich heftig zusammenzucken.

Zwei helle Scheinwerfer kamen durch die Nacht auf mich zugerast und neben mir ertönte der Schrei eines Mädchens.

Ich schüttelte mich, lenkte meine Gedanken weg von dem Unfall, der in mir hochkam, und konzentrierte mich darauf, meine verkrampften Finger von dem Türgriff zu lösen.

»Alles in Ordnung?«, fragte Ezra mich und legte mir eine Hand auf den Rücken. Ganz dicht stand er neben mir, der Blick besorgt auf mich gerichtet.

Ich holte tief Luft, spürte den Druck auf meiner Lunge und räusperte mich, als kein Wort aus meiner Kehle dringen wollte. »Ja. Da sind nur so viele Gefühle. Erinnerungsfetzen. Aber nichts, was bleibt. Nur die Angst, dass alles schiefgegangen ist«, flüsterte ich in die Stille und Ezra nickte benommen.

»Okay. Sollen wir lieber wieder heimfahren?«

»Auf keinen Fall«, schnaubte ich, riss mich zusammen und trat ins Gebäude. Ich würde wohl kaum einen Rückzieher machen. Es war offensichtlich, dass ich bereits hier gewesen war, da war die Chance groß, meinem Unterbewusstsein noch mehr zu entlocken.

Ein dunkler Flur erstreckte sich vor uns und öffnete sich nach rechts und links in helle Räume mit hohen Decken. Kaum etwas war darin, ein paar klapperige Stühle, ein altersschwacher Tisch, Staub und verwelktes Laub, das durch zerschlagene Fenster hereingeweht worden war.

Man sah die Abdrücke in den Böden an den Stellen, an denen mal schwere Maschinen gestanden hatten, und überall ragten Rohre und zerfranste Kabel aus den Wänden.

Diese Fabrik wirkte gänzlich verlassen, nur das Pfeifen des Windes und der Widerhall unserer Schritte waren zu hören.

»Da ist eine Treppe«, machte Ezra mich darauf aufmerksam und ich betrachtete das morsche Ding widerwillig.

»Geh du schon mal nach oben. Ich sehe mir noch die beiden Türen da hinten an«, schlug ich vor und fühlte mich doch ein wenig zu kühn bei dem Vorschlag, ihn wegzuschicken und allein hier unten zu bleiben.

Doch es fühlte sich richtig an, die letzten Meter ohne ihn zu tun, und auf was konnte ich mich schon verlassen, wenn nicht auf mein Gefühl. Auch wenn es mich ärgerte, dass der Spruch im letzten Origamivogel damit recht behielt.

Ezra strich mir auf vertraute Weise die Schulter entlang und verließ mich, um nach oben zu steigen.

Ich wartete ab, bis er um eine Ecke verschwunden war, sog tief die staubige Luft in die Lunge und schmeckte einen sauren Geschmack auf der Zunge.

Keine Ahnung, wie lange sich giftige Partikel von geschmolzenem Einwegplastik in der Luft halten konnten, aber vielleicht wollte ich das auch nicht wissen.

Langsam schob ich mich vorwärts, tiefer in die Dunkelheit des Flures, der bei zwei geschlossenen Türen endete. Die Treppe hielt sie im Schatten und ich betrachtete erst die eine, dann die andere.

Wie von unsichtbaren Fäden gehalten, zog es mich zur linken Tür und ich legte meine Hand zitternd auf die kalte Klinke. Ich nahm mich zusammen, drückte sie runter und erwartete im ersten Moment, dass sie abgeschlossen sein könnte. Doch das war sie nicht.

Erstaunlich leicht glitt sie auf und gab den Blick frei auf einen quadratischen Raum. Da er an der hinteren Seite des Gebäudes gelegen war, besaß er Industriefenster an zwei Seiten, die sich sicher vier

Meter hoch bis unter die Decke erstreckten. Staub tanzte im Sonnenlicht, das große flimmernde Kästchenmuster auf den Boden warf.

Der Raum war nicht so leer wie die zuvor. An der einen Wand waren Tische aufgestellt, die ein U formten. Darauf standen die Überreste von alten Röhrenbildschirmen. Kabelgewirr lag auf dem Boden darunter. Eine Leine war durch den halben Raum gespannt und trennte den hinteren Bereich mit einem fleckigen Laken vom Rest.

Ganz vorsichtig trat ich ein, setzte viel zu bedacht einen Fuß vor den anderen, spürte, dass dies hier ein ganz besonderer Ort war. Denn mein Inneres fühlte sich hier drin nicht so leer an wie sonst. Gefühle tanzten wie goldschimmernde Staubkörner durch die Luft und ich versuchte, alles in mich aufzusaugen, was dieser Ort für mich bereithielt.

Angst, Anspannung, Wut und Hektik. Aber auch Freundschaft, Zuversicht, Wärme. Ein helles Lachen erklang in meinem Kopf und meine Augen blieben an etwas Schwarzem hängen, das halb unter dem Laken hervorschaute, hinter das ich mich noch nicht zu blicken gewagt hatte.

Ich beugte mich hinunter, griff danach und zog es hervor. Es war ein Schuh. Ein schwarzer Springerstiefel.

»Wo ist denn der zweite Schuh?«, hörte ich die Stimme des Mädchens in meinen Gedanken. Das Mädchen, das mir die Kleider gegeben hatte. Das Mädchen aus dem Café, das mir einen Briefumschlag überreicht hatte. Das Mädchen, das am Straßenrand stand und schrie, als ein Lastwagen mich erfasste.

Ein Kloß setzte sich in meine Kehle, entschlossen griff ich nach dem Laken und zog es zur Seite.

Dahinter stand die Bank aus meinem letzten kurzen Traum.

Wie erstarrt blickte ich auf das Holz. Eine Staubschicht lag darüber. Ich war tatsächlich schon hier gewesen. Und nicht nur vor dem Gebäude, sondern auch hier drin. Ich hatte mich hier umgezogen, war vielleicht sogar länger geblieben.

Mein Blick wanderte weiter. Noch eine Leine mit Sichtschutz trennte den Teil mit der Bank von der Ecke des Raumes.

Mein Körper kribbelte, ich fühlte mich wie elektrisiert, als ich nach der Kante des Tuches fasste und es ebenfalls zur Seite schob.

Durch den Ruck zerriss jedoch die alte Schnur und das Leintuch segelte vor mir zu Boden.

Für den Bruchteil einer Sekunde, genau in dem Moment, in dem das Laken den Blick auf das Dahinter freigab, sah mir ein Mann entgegen. Er war nicht wirklich hier, entstammte meinem Unterbewusstsein, und doch war es, als sahen mich seine Augen an.

Der Augenblick war zu kurz, als dass ich sein Gesicht hätte erkennen können, seine Haar- oder Augenfarbe. Nicht mal seine Gestalt. Und doch brach eine Flut an Gefühlen über mich herein, die mich nach hinten taumeln ließ.

Schwindel, Kribbeln auf jedem Millimeter meiner Haut, drängende Zuneigung, glühende Leidenschaft, unendliche Sehnsucht.

Verwirrt und verunsichert trat ich von den Matratzen zurück, die hinter dem Leintuch auf dem Boden lagen, an der Bank vorbei und zurück ins hereinfallende Licht der Sonne.

»Hast du was entdeckt?«, fragte eine Stimme neben mir und ich schrak so sehr zusammen, dass ich über den hinter mir liegenden Schuh stolperte und zu Boden ging.

Ich knallte hart mit dem Hinterteil auf und schnappte hysterisch nach Luft.

Ezra beugte sich über mich, das Gesicht selbst erschrocken und griff nach meinem Arm, um mich auf die Beine zu ziehen.

Meine Eingeweide gefroren zu einem eiskalten Klumpen, als ich ihm ins besorgt aussehende Gesicht sah.

Denn er war es nicht! Er war nicht der Mann, den ich geliebt hatte. Nicht der Mann, den ich gerade für einen Wimpernschlag in meinem Kopf hatte aufblitzen spüren.

Er war nicht Ezra.

23

Zweifelsohne

Danke für den Muffin«, sagte ich zu dem Mann neben mir, während ich mir die letzten paar Krümel reinzwang, und versuchte zu lächeln. Es fiel mir unglaublich schwer, gelassen zu bleiben, wo mein Kopf doch schier unter der Menge an Gedanken explodierte.

Der Mann, den ich für Ezra gehalten hatte, nickte mir zu und konzentrierte sich wieder auf die Straße. Er hatte versucht, mich sanft darüber zu befragen, ob ich mich in diesem letzten Raum an irgendwas Neues erinnert hätte, was uns weiterhelfen könnte. Doch als er ›uns‹ sagte, hatte ich zum ersten Mal nicht das Gefühl, dass er sich und mich meinte. Sondern ihn und andere.

Denn wenn er nicht Ezra war, der Mann aus meinem Notizbuch, wer war er dann? Ein Spion, der sich an meine Fersen geheftet hatte, um an irgendwelche Informationen zu kommen? Ein Trickbetrüger, der sich an meiner Unwissenheit zu bereichern versuchte und mich abzocken wollte?

Mein Misstrauen wuchs ins Unendliche und ich konnte nicht bestimmen, ob es sich dabei um berechtigte Zweifel handelte oder nur meine paranoide Ader durchbrach, die sich ja in der letzten Zeit stärker ausprägte.

Heimlich linste ich zu ihm, betrachtete sein rotes Haar, die blassen Lippen, die freundlichen Sommersprossen. Er bemerkte mein Schielen und warf mir ein kurzes Lächeln zu, das viel zu warmherzig für jemanden war, der mich gerade hinterging.

Irritiert sah ich weg, zerknüllte die leere Papiertüte und nahm meinen Thermobecher zur Hand, um einen tiefen Schluck Kaffee zu nehmen. Vielleicht würde sich mein Gehirn dadurch wieder ein bisschen entspannen.

Wenn er ein Spion war, dann von wem? Biolog Medical? Die Leute von dort, die mir das alles angetan hatten? Was wollten die denn bitte über mich herausfinden? Sie hatten doch schließlich meine Gedanken ausgelesen und dann gelöscht, sie müssten doch alles über mich wissen.

Oder gab es eine zweite Partei? Die Polizei? Geheimdienst?

Ich schüttelte kaum merklich den Kopf und trank noch einen Schluck von dem schwarzen Gold, das mir angenehm warm und bitter die Kehle nach unten floss.

Möglicherweise bauschte ich die Sache auch viel zu sehr auf. Geheimdienst wäre schon ein bisschen zu krass. Danach käme ja direkt Vikas Killerroboter-Theorie.

Also kleiner denken, nahm ich mir vor und unterdrückte den Drang, unruhig auf meinen Hintern herumzurutschen. Denn auch wenn ich äußerlich gechillt wirkte, hatte ich eine Scheißangst vor dem Mann neben mir.

»Das hat dich ganz schön aufgewühlt, hm?«, brach er plötzlich das Schweigen und ich zuckte mit den Schultern, wollte ihm die Wahrheit nicht mehr mitteilen.

Ein aufmerksamer Blick aus dem Fenster zeigte mir, dass wir uns nicht mehr weit von meinem Wohnhaus befanden. Sehr gut, dann wäre diese schreckliche Fahrt endlich vorbei und ich könnte in meine Wohnung fliehen.

»Ich fand es auch ziemlich unheimlich da«, versuchte Fake-Ezra es noch einmal und ich konzentrierte mich gezwungen, um meinem Kopf eine glaubwürdige Lüge zu entlocken.

»Eigentlich bin ich ein bisschen enttäuscht. Tut mir leid, dass das nicht so rüberkommt. Ich war gestern Abend lang mit Freunden unterwegs, in einem total komischen Club. Ich bin eigentlich gar nicht der Typ dafür, aber ein Kumpel hatte was zu feiern und ich habe deshalb nicht viel geschlafen.«

Jetzt, wo ich wusste, dass er nicht der war, für den ich ihn hielt, war selbst mein schlechtes Gewissen wegen Oliver und dem Rumgemache verblasst.

»Enttäuscht, warum?«, ließ Fake-Ezra sich nicht mal ein bisschen von meinen Ausschweifungen ablenken und hielt an einer roten Ampel.

»Na ja. Ich hatte mir mehr versprochen. Bestimmt bin ich mal in dem Fabrikgebäude gewesen, aber erinnern konnte ich mich nicht. Wieder ein Hinweis, der ins Nichts läuft«, tat ich unzufrieden und zog eine genervte Schnute.

»Wir haben ja immer noch den Zettel von dem Verfolger. Bist du da schon weitergekommen?«

Die Ampel schaltete auf Grün. Nur noch ein paar Kreuzungen und ich war zu Hause.

»Nein. Kein Stück. Könnte einfach alles sein. Muss ja auch gar nichts mit mir zu tun haben. Vielleicht sind es irgendwelche Sportergebnisse«, nörgelte ich weiter und Fake-Ezra neben mir atmete tief durch.

»Das wird schon«, sagte er ein bisschen lahm und ich fragte mich einen ganz kurzen Moment, ob er von mir genervt war. Seine Miene verriet nichts, aber das musste ja nichts bedeuten.

Die Stimmung fühlte sich immer seltsamer an, während mir Panik den Nacken nach oben kroch. Ich saß in dem Auto eines Mannes, der sonst wer sein konnte.

Als mein Wohnblock in Sicht kam, schoss mir das Adrenalin noch heftiger durch den Körper, als ich kurz erwartete, er würde nicht abbiegen, sondern einfach weiterfahren. Doch er tat es nicht. Er verlangsamte den Wagen und hielt direkt vor meiner Tür.

Als er den Motor abstellte, musste ich mich zwingen, nicht panisch aus dem Wagen zu springen, schnallte mich in aller Seelenruhe ab und stieg mit einem absichtlichen Seufzer aus dem Auto.

»Danke auch fürs Fahren«, wandte ich mich an Fake-Ezra und prostete ihm mit dem Thermobecher zu.

»Gern, wann immer du mich brauchst«, antwortete er mir und lächelte so unschuldig, dass ich unsicher wurde und meine Paranoia ein wenig leiser schrie.

Was, wenn er kein Gegner, sondern auch ein Opfer war, so wie ich? Wenn man ihm das Gedächtnis genommen hatte und ihn nun glauben ließ, er wäre Ezra. Mein Ezra.

Aber war das möglich? Jemanden glauben zu lassen, er wäre jemand anderes? Denn es war ja schließlich technisch unmöglich, Gedanken und Erinnerungen einzusetzen, die man nicht selbst gedacht und erlebt hatte.

»Bis dann«, sagte ich nur knapp und verschwand durch die Eingangstür in den dunklen Flur und direkt durch die Tür ins Treppenhaus, um von Fake-Ezra nicht länger gesehen zu werden.

Jetzt war ich doch noch geflohen und hoffte, dass es ihm nicht aufgefallen war.

Kopflos rannte ich die Stufen nach oben, als wäre jemand hinter mir her, stürzte auf unseren Flur und knallte dabei beinahe mit einem jungen Mann zusammen, der gerade durch die Tür treten wollte.

Ich kannte ihn nicht, wie die meisten meiner Nachbarn, und er grüßte nuschelnd, was ich allerdings ignorierte. Im Moment hatte ich dafür keinen Kopf und wollte nur zu meiner Freundin und mich bei ihr in Sicherheit fühlen. Ich klopfte fest gegen ihre Tür und wartete ungeduldig, während ich meinen eigenen Schlüssel aus der Hosentasche fummelte.

Nichts rührte sich und erst jetzt ging mir auf, dass nur ich heute freihatte und Vika sich sicher schon längst im Museum aufhielt.

Kurz überlegte ich, bei Dani zu klopfen, doch die hatte die ganze Enthüllung gestern verschlafen und ich hatte keine Kraft, noch einmal von vorn anzufangen.

Aus einem Impuls heraus drehte ich mich um und schloss meine eigene Wohnung auf. Natürlich hätte ich auch zu Vika gehen können, auch wenn sie nicht da war, aber ich hätte mich nur von der gemütlichen Atmosphäre und dem Sicherheitsgefühl einlullen lassen.

Und das wollte ich nicht. Ich brauchte einen klaren Kopf und gute Ideen. Das Fabrikgebäude war zwar keine Enttäuschung gewesen, wie ich es Fake-Ezra erzählt hatte, aber wirklich weitergekommen war ich dadurch auch nicht.

Mein Blick wanderte durch meine kleine Wohnung und erst als ich es mir selbst bewusst machte, dass ich wie eingefroren in der offenen Tür stand, merkte ich, dass ich nach der Leere Ausschau hielt, auf ihre kalten Finger wartete, die nach mir fassen und mein Herz zerquetschen würden.

Doch es blieb aus und obwohl ich hätte erleichtert sein müssen, spürte ich eine tiefe Enttäuschung in mir aufkommen, die mir die Tränen in die Augen trieb.

Denn schlimmer, als etwas Wichtiges vergessen zu haben, war die Tatsache, es nicht mal mehr zu vermissen.

Ich schloss schnell die Wohnungstür hinter mir, stellte den leeren Thermobecher auf dem Küchentresen ab und legte meinen Schlüssel daneben. Mit klammen Fingern zog ich mein Handy aus der Hosentasche. Auf dem Bildschirm leuchtete mir eine Nachricht entgegen. ›*Von Ezra*‹, stand dort und es schmerzte mich, dass es eine verdammte Lüge war. Dieser Typ war nicht Ezra und ich wusste, dass ich so einiges tun würde, um eine Nachricht vom echten Ezra zu bekommen.

Wut brodelte in meinem Magen hoch und meine Augen brannten noch heftiger. Doch jetzt zu heulen würde auch nichts bringen und am Ende hätte ich nur Kopfschmerzen.

Kurz entschlossen entsperrte ich das Handy, ignorierte die Nachricht und änderte den Namen in den Kontakten. ›*Anderer Typ*‹, stand jetzt dort und ich drückte mit einem grimmigen Gesichtszug auf Speichern.

Ich atmete tief durch und überlegte mir, noch mehr Kaffee zu machen, ließ es aber sein, weil auch ich manchmal vernünftig sein konnte, und verfasste stattdessen eine Sprachnachricht für Vika.

»Hey du, ich bin wieder zurück und es war so krass«, hörte ich mich selbst sagen und meine Stimme klang belegt und unglücklich. »Ich war auf jeden Fall schon mal da und hab da vielleicht sogar kurzzeitig gewohnt. Ich bin dort mit dem Mädchen aus dem Traum gewesen und mit Ezra auch.« Ich holte tief Luft und torkelte zu meinem Sofa rüber. Meine Knie gaben nach und ich zitterte am ganzen Leib.

»Aber Vik, der Typ, den ich im Café getroffen habe. Der große mit den roten Haaren. Ich weiß jetzt, dass er nicht Ezra ist. Zumindest nicht mein Ezra. Es ist so verwirrend.« Ein Schluchzen drängte sich aus meinem Mund und ich schickte die Sprachnachricht ab, bevor ich in Tränen ausbrach. Hicksend griff ich nach den Taschentüchern und schnäuzte mir geräuschvoll die Nase. Angestrengt versuchte ich mich zu beruhigen, schnappte mir meine Kuscheldecke, die über dem Tisch ausgebreitet war, und wickelte mich hinein.

Jetzt lagen all die zusammengetragenen Gegenstände wieder offen auf dem Tisch.

Gerade hatte ich das Gefühl, mich genug im Griff zu haben, die Sprachnachricht fortzuführen, da klingelte das Handy auf meinem Schoß.

Vika!

Sofort nahm ich ab und presste mir das Ding ans Ohr.

»Oh, verdammte Scheiße! Wer ist er? Hast du ihn damit konfrontiert? Was hat er gesagt?«, prasselten ihre Fragen auf mich ein und ich holte immer noch zittrig Atem.

»Ich habe es ihm nicht gesagt. Ich traue ihm nicht mehr. Da stimmt doch was nicht.« Ich wollte noch mehr sagen, doch Vika unterbrach mich.

»Und wie da was nicht stimmt! Hast du das Gefühl, er verarscht dich oder horcht dich aus?« Sie sprach so schnell, dass ich kaum mitkam.

»Keine Ahnung. Es lässt sich gerade schwer sagen, ob das echte Gefühle aus der Vergangenheit oder nur schlimme Paranoia sind«, erklärte ich ihr und ging viel zu milde mit meinen Erkenntnissen um.

»Stellt er immer nur dir Fragen und erzählt nie selbst was? Wie viele Hinweise kamen schon von ihm? Hat er dir irgendwas von sich aus erzählt oder einfach nur das bestärkt, was du gesagt hast?«, wollte sie wissen und senkte die Stimme.

Ich runzelte nachdenklich die Stirn und rief mir unsere Treffen in Erinnerung. Das erste im *Coffee Praise*, in dem ich so an ihm hängen geblieben war, nur weil er den Namen Ezra benutzt hatte. Die zufällige Begegnung auf der Gesundheitsmesse, wo er wissen wollte, was ich arbeite. Jessy hatte ihn gefragt, ob das ein Verhör werden sollte.

»Ich habe recht, oder?«, drang Vikas Stimme aus dem Lautsprecher an meinem Ohr. »Er horcht dich aus.«

»Ich weiß nicht«, sagte ich unbestimmt und wusste, dass Vika es als *Ja* auffassen würde.

»Scheiße. Und was jetzt?«

»Woher soll ich das wissen, Vik!«, platzte es angsterfüllt aus mir heraus und Vika seufzte gequält.

»Du musst das beschissene Buch aus deiner Wand lesen, Gem! Das ist der einzig logische Schritt. Schon immer! Du bist doch total bescheuert, es nicht zu tun. Also tu es endlich!«, zischte Vika energisch und grüßte freundlich irgendjemanden, der wohl an ihr vorbeiging.

»Bist du im Museum? Störe ich gerade?«, machte ich mir Sorgen um sie und hoffte sehr, der Kurator erwischte sie nicht beim Telefonieren.

»Alles okay. Lenk nicht ab! Finde einen Weg. Wenn du dir nicht die Arme aufschneiden kannst, was gibt es noch, was die Gedankenauslese stört, wenn es denn unbedingt sein muss, dass du an deinen unnötigen Sicherheitsvorkehrungen festhältst?«, schnaubte sie und ihre Stimme hatten einen leichten Hall, da sie vermutlich gerade durch einen sehr großen Saal ging. Das Klappern ihrer Absätze wurde fast gänzlich von einem Filter getilgt.

Ich strengte meinen Kopf an. »Nichts Legales«, knurrte ich und versuchte mich zu erinnern, was wir in der Einheit für Störfaktoren gelernt hatten, kam aber auf kein umsetzbares Ergebnis. Wenn ich wegen der blöden Drogensache nicht so wütend auf Oliver gewesen wäre, hätte ich ihn fragen können, aber so …

Ein neuer Gedanken kam mir.

»Vik, weißt du, warum Alkohol verboten wurde?«, erkundigte ich mich bei ihr und ich konnte förmlich vor mir sehen, wie sie skeptisch die Augenbrauen hob und sich fragte, ob sie auf so was wirklich antworten müsste.

»Weil er voll ungesund ist«, antwortete sie mir und der Stein in meinem Magen löste sich ein wenig.

»Auch. Aber vor allem hat sich die Polizei dafür stark gemacht, weil ein Großteil von Verbrechen und Unfällen unter Alkoholeinfluss stattfanden und sie die Erinnerungen der Verdächtigen danach aber nicht erfolgreich auslesen konnten.« Es war schon irgendwie ironisch, dass ich Vika eine Geschichtslektion erteilte, wo sie doch die Historikerin von uns beiden war.

»Okay? Du hast also vor, dich zu besaufen?«, fragte sie skeptisch und ich nickte, auch wenn sie es nicht sehen konnte. Denn das war ein guter Plan. Riskant, aber er würde mich hoffentlich einen entscheidenden Schritt vorwärtsbringen.

»Na dann, viel Spaß dabei, irgendwo Alkohol herzubekommen. Vor vierzig Jahren konntest du den noch im Supermarkt kaufen, aber jetzt … Ich bezweifle, dass du viele Dealer in deinem Bekanntenkreis hast.«

»Lass das meine Sorge sein«, beendete ich das Gespräch, riss mir die Decke vom Körper und machte mich auf zu Biolog Medical. Denn heute würde ich dort, trotz aller Differenzen, in der Cafeteria mit Oliver Grand zu Mittag essen.

Ich hatte keinen Hunger, im Gegenteil, mein Magen rebellierte. Was einerseits an der Anspannung lag, teils aber auch die Müdigkeit sein könnte, die sich als bleierner Schmerz in meinem Hinterkopf festgesetzt hatte.

Leicht nervös holte ich mir am Automaten einen Kaffee und schlenderte mit dem heißen Becher zu unserem Tisch im hinteren Teil der Cafeteria.

Es war gefühlt ganz Biolog Medical hier versammelt, zu viele Menschen und eine Geräuschkulisse, die ich von diesem Ort nicht gewohnt war. Und das, obwohl ich zwei Jahre hier zur Ausbildung hergekommen war.

An unserem Tisch saßen Jessy und Miles aus der IT-Abteilung. Zuerst erschien mir das Bild der beiden seltsam. Aber eigentlich hatten sie sich schon immer verstanden und jetzt, wo Jessy ihr Ausbildung abgeschlossen hatte, waren sie ja sogar Kollegen.

»Gemma«, rief Jessy meinen Namen, als ich mich zwischen den Pflanzenkübeln herumdrückte, um die beiden nicht zu stören, und winkte mich zu sich. »Ich dachte, du hast heute frei.« Sie musterte mich mit zusammengekniffenen Augen, als könnte sie mir ansehen, was bei mir gerade alles schieflief. Ich zog mir einen Stuhl raus, hängte meine Umhängetasche an die Lehne und setzte mich.

Obwohl mein Ziel Oliver gewesen war, kam es mir durchaus gelegen, auch auf Jessy zu treffen. Mit ihr hatte ich auch noch etwas zu besprechen. Schließlich wollte ich ja nach den gemeinsamen Projekten der beiden Doktoren im System suchen. Jedoch hatte mein nicht gerade kompetenter Mentor mir noch keine Systemlogins besorgt und ich dacht nicht im Traum daran, zu warten, bis er es auf die Reihe bekam.

Miles beäugte mich durch seine dicken Brillengläser.

»Habe ich auch. Ich muss was erledigen. Hast du Oliver gesehen?«, erkundigte ich mich und sie hob eine Augenbraue, ein Kunststück, das ihren skeptischen Gesichtsausdruck perfekt in Szene setzte.

»Bist du schwanger?«, fragte sie ganz direkt und mein Mund verzog sich zu einem Grinsen, obwohl das eigentlich gar nicht witzig war. Aber es war halt einfach Jessy.

»Ich weiß, es ist kaum zu glauben, aber um schwanger zu werden reicht kein Augenzwinkern. Auch nicht, wenn es sich um Oliver

Grands Augen handelt«, erklärte ich ihr in ihrem eigenen leicht spöttischen Ton und auch Jessy begann zu grinsen.

»Schade, dass du keinen Kuchen dabeihast«, meinte sie nur und Miles sah zunehmend verwirrter aus.

»Ich bin Gemma«, stellte ich mich vor, als sein Blick wieder einmal zu mir wanderte, und er nickte mir zu.

»Miles«, sagt er knapp und verknotete seine mageren Finger ineinander.

Ich schlürfte an meinem Kaffee, der nicht gerade gut schmeckte, und beschloss zu warten und nach Oliver Ausschau zu halten.

»Wenn ich Kuchen hätte, könnte ich dich auch sicher wieder um etwas bitten, oder?«, nahm ich den Gesprächsfaden wieder auf und Jessy lachte dreckig.

»Wieder ein Geheimnis?«, versuchte sie mir zu entlocken und beugte sich in meine Richtung.

»Nicht so spannend, wie du vielleicht hoffst«, behauptete ich und versuchte, keinen Seitenblick auf Miles zu werfen, der unserem Gespräch interessiert folgte. »Ich brauch nur ein bisschen Hilfe mit dem internen System. Von meinem Mentor, dem Vollpfosten, habe ich noch keinen Zugang bekommen. Allerdings müsste ich demnächst mal was über Projektbeteiligungen im Institut nachlesen«, erklärte ich, als wäre es das Alltäglichste in meinem neuen Job, und Jessy schnaubte laut.

»Wer ist denn dein Mentor?«, stellte Miles ganz forsch eine Zwischenfrage und schlug die Beine übereinander.

»Eduard Meier-Fitz«, gab ich ihm Auskunft und er riss die Augen auf, was sie hinter seinen Gläsern zu riesigen Glupschern machte.

»Eddi? Was hast du angestellt?«, wollte er von mir wissen, ein unsicheres Lächeln im Gesicht.

Ich zuckte mit den Schultern. »Was soll ich angestellt haben?«, gab ich zurück und fühlte mich schuldig, selbst wenn ich nicht einmal wusste, worum es eigentlich ging.

»Man bekommt doch nicht Eddi Meier-Fitz als Mentor, wenn man eine reine Weste hat. Wie waren deine Noten?«

Ich blinzelte noch irritiert, da antwortete auch schon Jessy für mich. »Sie war die verdammte Jahrgangsbeste. Sie hat einen Landespreis bekommen«, ereiferte sie sich energisch und Miles stieß einen Pfiff aus.

»Dann, Gemma, wurde ein sehr großer Fehler begangen oder irgendjemand möchte dich bestrafen. Hast du mal jemanden umgebracht?«, erkundigte er sich und ich brauchte einen Moment, um zu erkennen, dass es sich beim letzten Satz um einen Witz handelte.

»Nicht dass ich wüsste«, gab ich also zurück und ein eiskalter Schauer ließ mich zittern. *Nicht dass ich wüsste.*

Oliver ließ sich in der Cafeteria entweder nicht blicken oder ich hatte ihn verpasst. Jedenfalls gab mir Jessy das Versprechen, mir Angestellten-Logindaten fürs interne System zu besorgen und schlenderte dann mit Miles zurück zu ihren Büros, während die beiden sich gegenseitig viel zu gemeine Kommentare an den Kopf warfen, die mich schon schmerzten, obwohl sie gar nicht an mich gerichtet waren. Ich kannte Miles nicht, Jessy aber dafür ziemlich gut und es schien fast so, als hätten sie ihre ganz eigene Art des Flirtens entwickelt. Denn die Körpersprache war dann doch sehr eindeutig.

Ich machte mir keine weiteren Gedanken darüber, da ich eh schlecht darin war, solche Beziehungskisten zu bewerten oder in irgendeiner Art dabei behilflich zu sein.

Das sah man ja schon an mir. Ich hatte meine Liebe vergessen, dachte, mich in einen Betrüger verlieben zu müssen, und hatte im Endeffekt nur unter Drogeneinfluss mit einem Kumpel rumgemacht. *Richtig stark, Gemma, tolle Leistung*, gratulierte ich mir selbstironisch und verließ das Gebäude über den Glastunnel im achten Stock rüber ins Forschungsinstitut eins.

Eine digitale Anzeige neben den Aufzugstüren listete mir die Labore und die dort Forschenden auf.

Ich musste nicht lange suchen, um ihn zu finden. Oliver Grand, Labor 605. Also lief ich zur Treppe hinunter in den sechsten Stock und ging dort einen Flur entlang, dessen Wände ein hellblauer Streifen zierte. Es roch hier seltsam chemisch und die Lichtröhren an der Decke ließen alles unnatürlich hell erscheinen.

Ich kam an mehreren Glastüren vorbei. Hinter einer werkelten zwei Frauen an einer abenteuerlichen Apparatur aus Kolben und

Schläuchen herum. Durch eine andere erblickte ich einen Mann, der sich mit dicken Kopfhörern lässig in einem Sessel zurücklehnte und auf einen Bildschirm starrte, auf dem in schneller Abfolge unterschiedliche Portraitfotografien gezeigt wurden.

Als ich mich Tür Nummer 605 näherte, wurde ich langsamer und versuchte mir Worte zurechtzulegen, die ich zu Oliver sagen würde, um zu bekommen, was ich wollte. Es war ein heikles Thema, bei dem ich nicht vorhersehen konnte, wie er reagieren würde. Außerdem spürte ich in meinem Bauch, dass ich immer noch wütend auf ihn war und ihm eigentlich lieber aus dem Weg gegangen wäre.

Aber ich setzte meine Prioritäten und da musste mein Konflikt mit Oliver sich erst einmal hintenanstellen. Vielleicht war es ja auch gar nicht so schlecht, dass ich nicht gerade gut auf ihn zu sprechen war. Er wusste schließlich, was er angestellt hatte und ich würde an sein schlechtes Gewissen appellieren.

Langsam trat ich an die Tür heran und warf durch das Glas einen Blick in den Raum dahinter. Das Labor maß nicht gerade viele Quadratmeter, glich eher einem Schuhkarton. An der Wand standen Tische aufgereiht, auf denen eine kupferfarbene Apparatur stand und einige Messbecher und Metallbehälter. Auf einem weißen Drehstuhl sah ich Oliver, der in einem weißen Laborkittel steckte und sich über ein Mikroskop beugte.

Was nützte es ihm bitte, wenn er das Labor abschließen konnte, wenn die Tür aus Glas war. Da hatte jemand aber noch viel schmutzigere Fantasien, als ich gedacht hatte.

Fester als beabsichtigt klopfte ich mit den Fingerknöcheln gegen das Glas der Tür und das Geräusch hallte durch den ganzen Gang.

Olivers Kopf schoss nach oben und als er mich sah, wanderten sein Mundwinkel nach oben. Doch dann schien ihn mein genervter Gesichtsausdruck wohl daran zu erinnern, dass er ein fieser Scheißkerl war und sein Lächeln erstarb zuckend.

Er winkte mich zu sich herein und ich öffnete die Tür. Jetzt konnte ich einen besseren Blick auf alles werfen und entdeckte noch einen beleuchteten Glasschrank, in dem sich Dutzende Petrischalen aufreihten. Da Oliver nicht in Stockwerk neun oder darüber sein Büro hatte, wo man ohne Genehmigung keinen Zutritt hatte, nahm ich an, dass es sich bei den Bakterien um etwas Harmloses handelte. Schließlich sollten sie ja nur Alkohol fressen, soweit ich mich erinnerte.

Olivers Gesicht sah aus der Nähe furchtbar aus. Die Nase, die gestern Abend noch schief gewesen war, hatte man zurechtgerückt und der Bruch würde in Kürze verheilt sein. So weit waren wir mit der Medizin ja mittlerweile. Doch das Schlimme war der Bluterguss, der sich von der Nase aus über sein halbes Gesicht ausbreitete wie ein verlaufender Tintenfleck.

»Gemma Henson. Was verschafft mir die Ehre?«, fragte er und seine Stimme hatte trotz seines ernsten Gesichtes einen herausfordernden Ton, der so typisch für ihn war und der mich immer zu frechen Antworten anstachelte.

Ich zwang mich allerdings, weiterhin eine gewisse Genervtheit nach außen zu tragen und schob lässig meine Hände in die Hosentaschen.

»Ich brauche etwas von dir. Es ist illegal und du darfst keine Fragen stellen. Aber ich verspreche, diese Bitte wird einmalig bleiben«, sagte ich die zurechtgelegten Worte und wartete auf Olivers Reaktion.

In meiner Vorstellung hatte er jetzt von mir wissen wollen, um was es sich denn handelte, doch er zuckte nur mit den Schultern, drehte sich zu einem Schrank unter seinem Labortisch, schloss ihn auf und holte eine Glasflasche mit Schnappverschluss hervor. Er hielt sie mir hin, die durchsichtige Flüssigkeit schwappte darin und ein dicker Kloß bildete sich in meinem Hals.

Ich war so überrascht, dass Oliver Grand zu wissen schien, was ich von ihm wollte, dass ich zeitverzögert die Hand hob und ihm die Flasche abnahm. Auf einem weißen Etikett stand das Datum von gestern.

»Der ist nicht schmackhaft, aber trinkbar. Falls du dich abschießen willst, wirst du nicht lang brauchen. Falls du es langsam angehen möchtest, kannst du ihn auch mit Saft oder Limonade verdünnen«, gab er mir Anweisungen und ich war echt von der Rolle, wie einfach er es mir machte. Dabei hatte ich doch nur einmal böse geschaut.

»Und du gibst mir die Flasche einfach so?«, erkundigte ich mich misstrauisch und ließ Oliver nicht aus den Augen.

Er seufzte laut und fuhr sich fahrig mit der Hand durchs kurze blonde Haar.

»Gemma. Ich kenn dich doch«, sagte er mit Bestimmtheit und es lag kein Schalk darin. Er meinte es ernst und er verarschte mich auch nicht. »Heute Nacht hast du mich zur Sau gemacht, weil ich dir eine harmlose Partydroge gegeben habe. Die ist so harmlos, dass selbst die Regierung sie bisher nicht verboten hat. Und jetzt stehst du hier und bittest mich um Alkohol. Ich vertraue dir und du wirst deine Gründe haben.« Behutsam nahm er mir die Flasche wieder aus den Händen, die ich hielt, als könnte sie jeden Moment explodieren, öffnete meine Umhängetasche und schob sie sorgfältig hinein. »Außerdem soll ich doch keine Fragen stellen«, fügte er hinzu und sah mich verschwörerisch an.

Ich war noch nicht restlos überzeugt. »Und was, wenn ich dich verpetze? Schließlich bin ich seit gestern nicht gerade gut auf dich zu sprechen«, behauptete ich und bildete mir ein, das Gewicht der Flasche auf meiner Schulter verstärkt zu fühlen, als würde mich diese illegale Substanz in den Boden ziehen.

Auf Olivers Lippen erschien ein schmales Lächeln. »Wirst du nicht, Süße. Schön, dass du vorbeigekommen bist.«

Ich schnaubte laut und ließ den Blick zur Seite gleiten, damit er bloß nicht auf die Idee kam, dass jetzt alles wieder in Ordnung war. Auch wenn es mir zunehmend schwererfiel, meinen Ärger über ihn aufrechtzuerhalten.

Ich verabschiedete mich nicht, verschloss nur die Tasche sorgfältig und wandte mich zum Gehen.

»Ich ruf dich an«, rief er mir frech hinterher und ich schüttelte nur den Kopf über ihn.

Heute Nacht hatte ich mir vorgenommen, noch lange wütend auf ihn zu sein, doch seine bereitwillige Kooperation hatte mich milde gestimmt und möglicherweise, in ein paar Tagen, verzieh ich ihm die ganze Scheiße mit dem rosafarbenen Zeug sogar. Denn ich hatte zurzeit wahrlich schlimmere Sorgen, als mich über die Dreistigkeit von Oliver Grand aufzuregen.

24

Nächtliche Lektüre

Ein Glas und Orangensaft standen auf meinem Wohnzimmertisch bereit und ich beäugte den Alkohol in der Flasche. Er war vollkommen durchsichtig und schwappte darin, als wäre es nur gewöhnliches Wasser.

Doch als ich mich vorsichtig am Schnappverschluss zu schaffen machte und er sich mit einem Ploppen öffnete, stieg mir ein so beißender Geruch entgegen, dass es sich hier unmöglich um Wasser handeln konnte. Es roch medizinisch wie Lösungsmittel und ich konnte mir nicht vorstellen, dass das früher jemand freiwillig getrunken hatte. Oder immer noch tat, denn nur weil es verboten war, hieß das ja nicht, dass sich auch jeder daran hielt.

Doch ich trank ihn ja nicht pur. Ich würde ihn in einem stark verdünnten Verhältnis mit dem Orangensaft mischen. Die Maße hatte Vika mir aus ihren Museumsarchiven geholt. Dort gab es ein Nachschlagewerk aus den frühen 1990ern, das über Mischgetränke und Betrunkenheitszustände abhängig von Gewicht und Mageninhalt berichtete.

Daher hatte Vika mich auch gezwungen, eine doppelte Portion von dem Kartoffel-Spinat-Auflauf zu essen, den sie zusammen mit Dani zubereitete, während ich meine Nacht auf ihrer Couch nachholte.

Nur mit Mühe hatte ich sie davon abhalten können, darauf zu bestehen, bei mir zu sein, wenn ich das Buch aus der Wand las. Sie wirkte noch viel aufgeregter, als ich es war. Doch glücklicherweise war Dani auf meiner Seite und schaffte es sehr geschickt, Vika ein wenig von mir abzulenken, sodass ich in meine Wohnung verschwinden konnte.

Jetzt tat mir der Bauch weh von all den Kartoffeln. Aber immerhin besser, als vom ersten Schluck Alkohol vom Stuhl zu fallen.

Denn das sollte ich auf jeden Fall verhindern. Es musste mir gelingen, genau die Balance zu halten, auf ein Maß, das die Auslese störte. Zu nüchtern wäre sehr schlecht, aber auch auf keinen Fall so betrunken, dass ich nicht mehr wusste, was genau ich tat. Ich brauchte meine ganze Konzentration für diese Sache.

Mit kalten Fingern umschloss ich die Flasche und füllte ein wenig vom Inhalt in den Messbecher, um es anschließend in einem hohen Glas mit dem Orangensaft zu vermischen.

Davon musste ich nun ein paar kleine Schlucke trinken und in etwa fünfzehn Minuten konnte ich dann loslegen. So weit meine Berechnungen.

Ich konnte nur hoffen, dass es so auch funktionierte und die Infos, die Vika mir aus diesem Buch rausgesucht hatte, wirklich stimmten.

Doch wenn ich endlich wissen wollte, was hier eigentlich abging, musste ich es tun und dieses Buch, das ich vor über eine Woche aus meiner Wand gezogen hatte, endlich lesen.

Eine Zeit lang hatte ich darauf vertraut, dass Ezra und ich dem Geheimnis gemeinsam auf die Schliche kommen würden. Aber Ezra war nicht Ezra und ich begann, auch alles andere infrage zu stellen, weil ich nicht erraten konnte, wer dieser Mann tatsächlich war und was er damit bezweckte, in mein Leben getreten zu sein.

Ich atmete tief durch und griff nach dem Glas, während sich alle Muskeln in meinem Körper vor Anspannung zusammenzogen. Adrenalin wurde ausgestoßen und ließ meine Haut unangenehm kribbeln. Ich rutschte nervös auf dem Sofa hin und her, bis ich das Glas endlich an die Lippen setzte und den ersten winzigen Schluck auf der Zunge schmeckte. Zuerst hatte ich das Gefühl, nur Orangensaft im Mund zu haben, doch dann brannte ein fürchterlich bitteres Feuer meine Kehle hinab, das ich bis in meinen Magen spürte.

Es schüttelte mich und ein Hustenreiz spannte sich in meiner Lunge. Igitt, wie widerlich war das denn bitte?! Kein Wunder, dass das Zeug verboten war, wenn man sich überlegte, was es jetzt mit meinen Magenschleimhäuten und der Leber anstellen würde. In alten Filmen hatte das anders ausgesehen. Aber vielleicht hatten die da auch etwas anderes getrunken, nicht zwangsläufig selbst gebranntes Zeug aus einem Labor.

Angeekelt nahm ich noch einen Schluck, diesmal etwas mehr, um das Gefühl von Desinfektionsmittel nicht zu oft auf der Zunge zu haben, und setzte gleich danach die Orangensaftflasche an, um mir damit den Mund auszuspülen. Es half nicht wirklich.

Vor mir auf dem Tisch lag bereits das in blauen Stoff gebundene Notizbuch, daneben Fake-Ezras Uhr.

Es war ein seltsames Gefühl, die Uhr zu betrachten, denn selbst wenn der Mann mit den tanzenden Sommersprossen nicht Ezra war, bekam ich immer noch Herzklopfen bei ihrem Anblick. Ich war mir ziemlich sicher, dass sie tatsächlich Ezra gehört hatte, dem echten Ezra, meinem Ezra. Doch wie der Fake in deren Besitz gekommen war, blieb ungelöst.

Die Minuten schlichen geradezu dahin, während ich darauf wartete, dass irgendetwas passierte. Doch auch nach den berechneten fünfzehn Minuten fühlte ich mich so wie immer.

Mit einem tiefen Seufzen stemmte ich mich aus den Sofakissen hoch und nahm ungeduldig das Glas zur Hand, um noch einmal etwas von dem Ekelgebräu zu trinken. Ich konnte mir wenigstens einreden, dass es nicht so sehr wehtat, wie sich mit einem Cuttermesser in die Hand zu schneiden.

Ich wartete unruhig weitere zehn Minuten, beschloss, dass es so weit sein musste, und nahm das Buch zur Hand.

Zögernd ließ ich den Daumen über das Material gleiten und konnte es kaum erwarten, alles zu erfahren, genau wie ich mich auch davor fürchtete, die erste Seite aufzuschlagen.

Was, wenn mir der Inhalt nicht gefallen würde und alles ganz anders passiert war, als ich es mir vorstellte?

Mit dem Wunsch, in meinem Glas wäre Kaffee und kein Alkohol, nahm ich einen letzten Schluck und schlug dann mutig die erste Seite auf.

27. Juli

Umzug lief gut. Paps hat sich fast von einem Schrank erschlagen lassen.
Bin super aufgeregt. Ausbildung beginnt in zwei Wochen.
Vika♥ wird morgen in die Wohnung 8 schräg gegenüber einziehen. Dann leben wir quasi zusammen. Wie wir uns das immer vorgestellt haben.
Wir müssen unbedingt zusammen kochen.
Tante Laura hat mir zur Feier des Tages ein Set Töpfe geschenkt.

→ Mama, Papa, Vika, Tante Laura, Malte♥

Über mich selbst spottend verzog ich das Gesicht und blätterte auf die nächste Seite.

Malte. An den hatte ich ja ewig nicht mehr gedacht. Er war mein Schwarm in der Schule gewesen und ich hatte mich nicht einmal getraut, ihn anzusprechen. Ich war wirklich ein feiges Küken gewesen.

13. August

Ausbildung ist wahnsinnig spannend.
Erste Woche war klasse, fürchte aber,
dass es nicht lange so locker bleibt.
Ist eine Menge Lehrstoff, der auf uns
zukommt.
Das Mädchen, das in ORGANISCHE
CHEMIE hinter mir sitzt, scheint nett
zu sein. **Luna**. Habe mich ein bisschen
mit ihr unterhalten. Fühle mich in der
Cafeteria noch etwas verloren.
Bei Vika waren sie in der ersten Woche
nicht so nett wie bei uns. Geht ganz
schön ab in der Historiker-Branche.
Sie hat auf einer Party einen Kerl kennengelernt. Giuseppe. Ich mag ihn nicht.

Allein wohnen ist toll. Mama ruft jeden Tag an.

-> Mama, Papa, Vika, Tante Laura

22. August

Die Waschmaschine im Keller hat meinen Lieblingspullover gefressen. Ich HASSE sie offiziell!!!!! Hoffe, Vika geht die Woche mit mir shoppen.
Luna ist meganett. Essen jetzt immer zusammen.
Alle Fächer, die mit Mathematik zu tun haben, liegen mir sehr. Aber ANATOMIE ist mein Schreckensfach. Wie soll man so viele lateinische Begriffe auswendig lernen können? Wofür brauchen wir die überhaupt?
Joris hat endlich einen Ausbildungsplatz. Und sogar genau, was er wollte. Die haben seine Anmeldung verbummelt. Steigt jetzt später ein.

→ Mama, Papa, Vika, Tante Laura

23. August

Habe Malte im Center in der Walde gesehen. Mein Herz ist beinahe stehen geblieben. Habe aber wieder nicht mit ihm geredet.

→ Mama, Papa, Vika, Tante Laura, Malte

Es folgten noch ein paar belanglose Einträge über meine Malte-Verliebtheit, die zum Glück bald abflachte. Die Ausbildung forderte mich. Ich sah Vika viel zu selten und lernte bei einer Gruppenarbeit Jessy kennen, die sich zu Anfang wohl gar nicht gut mit Luna verstanden hatte.

Schließlich kam ich zur ersten Begegnung mit Oliver Grand, in der ich seine Alibifreundin gespielt hatte, und stellte fest, dass mein damaliges Ich von dem Medizinstudenten wohl ein bisschen zu sehr begeistert gewesen war.

Wenn ich mir das jetzt vorstellte, schämte ich mich dafür.

09. September

Vika hat grad wenig Zeit für mich.
Sie darf Praktikum im Museum machen
und ihr neuer Kurator ist ein Arbeits-
tier.
Bin allein durch die Straßen gezogen
und hab in einer Gasse eine
Milchshake bar gefunden. Der Besitzer
KENT ist meganett. Ich kann
nicht verstehen, warum er nicht zur
Gedankenauslese geht.

→ Mama, Papa, Vika, Tante Laura, Luna

Hier klemmte die Serviette zwischen den Seiten, die ich auf den Tisch legte, um ungehindert weiterzublättern.

Immer wieder nippte ich an dem Getränk, das mit jedem Schluck weniger schlimm zu schmecken schien.

12. September 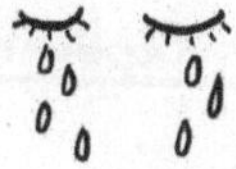

Vika ist nur noch am Lernen. Und wenn sie das nicht ist, geht sie auf komische Partys, auf die ich keine Lust habe. Haben uns gestern gestritten. Richtig schlimm! Fühl mich schlecht dabei aber Vika hat zurzeit echt ein Rad ab.

Sehe Luna jetzt öfters. Hab sie mit in die ShakeBar genommen.

Ausbildung ist grad sehr anspruchsvoll, mag aber meine Lehrer.

-> Mama, Papa, Vika, Luna

20. September

Vika soll bleiben, wo der Pfeffer wächst!!!

→ Mama, Papa, ~~Vika~~, Luna, Jessy

Irritiert starrte ich auf die Liste der mir wichtigsten Personen und konnte nicht fassen, dass ich Vika tatsächlich daraus gestrichen hatte. Seit ich damit angefangen hatte, war sie immer fester Bestandteil dieser Auflistung gewesen. Egal wie sehr wir uns gefetzt hatten. Wir waren wie Schwestern, in guten wie in schlechten Zeiten. Schwestern liebten sich nicht weniger, nur weil sie sich mal nicht ausstehen konnten. Meine Einträge gaben nicht genug her, als dass ich genau wusste, was vorgefallen war, aber wir beide mussten uns wirklich schlimm gestritten haben.

Ich las weiter, fand Vika aber auch bei den Einträgen danach nicht wieder. Unser Freundschaftsbruch war wohl anhaltend gewesen. Erschreckend. Da konnte ich glatt froh sein, dass wir das beide vergessen hatten.

Auch wenn ich versucht war, einige belanglos erscheinende Ereignisse zu überspringen, um zu dem wirklich wichtigen zu gelangen, dort wo die Seltsamkeiten ihren Anfang genommen hatten, zwang ich mich, jedes Wort zu lesen und zu überdenken.

Und es gab wirklich ein paar Stellen, die mich stutzen ließen. Zum Beispiel, dass ich glaubte, in ›Anatomie‹ durchzufallen, weil ich mir nicht einen bescheuerten Knochen merken konnte. Von dem ganzen anderen Zeug ganz zu schweigen. Denn ich musste nur daran denken und vor meinem inneren Auge breitete sich das Skelett samt allen Bezeichnungen aus, so detailreich, wie ich mir sonst nur Straßenkarten merken konnte.

Wann hatte ich das alles gelernt?

Eine böse Vorahnung breitete sich übelerregend in meinem Magen aus und ich hoffte inständig, dass ich nur fantasierte und so etwas gar nicht möglich war.

Doch der nächste Eintrag bestärkte diese Vermutung nur.

23. September

Vor einer Woche habe ich eine Datei gesehen, die nicht für meine Augen bestimmt gewesen ist. Ich bin in SYSTEMSICHERHEIT irgendwo falsch abgebogen und in einem Projektordner gelandet.

Um sie besser zu lesen, habe ich mir einige Aufzeichnungen aus dem Ordner aufs Tablet gezogen und die Pläne darin sahen so interessant aus, dass ich sie kurzerhand aus dem Plotter rausgelassen habe, um sie mir genau anzusehen.

Herr Bellish hat gesagt, wir sollen lesen, was uns interessiert, um ein Gefühl für die Arbeit der Firma zu bekommen. Alle einsehbaren Dateien wären für uns frei zugänglich und

daran sei nichts Verbotenes.
Aber ich habe zu dem Zeitpunkt auch nicht gewusst, dass Jessy eine Sicherheitsbarriere im System gecrasht hat, um Herrn Bellish eins reinzuwürgen. Die beiden können sich nicht ausstehen und Jessy hat eine böse Ader.
Umso länger ich über diesen Schaltplänen und den Daten auf meinem Tablet brüte, desto mehr bin ich davon überzeugt, dass da jemand ein Gerät für eine neuartige Art von Gedankenlöschung entwickelt. Eine die die Zellen nur leert und sie nicht verödet.
Damit man sie in einem zweiten Schritt wieder füllen kann. In Form von Simulationen, die mit dem ausgelesenen Gedankenmaterial ergänzt werden,

sodass man sie als real empfinden kann.
Es klingt so gruselig, dass ich mir nicht vorstellen kann, dass so was legalisiert werden könnte. Eigentlich sollte ich da garnicht drüber nachdenken, weil ich diese Infos ja nicht mal [redacted] haben sollte.
Aber es lässt mich nicht los und deshalb schreibe ich es nun doch auf.

Für gewöhnlich hielt ich meine Einträge kurz, damit ich sie in fünf Minuten schnell runterschreiben konnte. Doch dieser war sehr viel ausführlicher. Vielleicht fehlte aus diesem Grund meine Liste der mir wichtigsten Personen. Vielleicht war ich auch nur zu aufgewühlt gewesen.

Die Haut um meine Augen spannte vor Anstrengung und ich fühlte mich wie elektrisiert.

Verdammte Scheiße!

Ein Gerät zum Leeren von Synapsen, um sie anschließend mit einer Simulation zu füllen? Das klang in meinen Ohren wie Science-Fiction. Doch das hatte man über die Gedankenauslese vor fünfzig Jahren auch noch gesagt.

Aber das könnte zumindest erklären, wieso mir ein halbes Jahr fehlte, ohne dass mir ein halbes Jahr fehlte. Wenn es gelöscht und durch eine Simulation ersetzt worden war, erinnerte ich mich an eine Zeitspanne, die niemals passiert war.

Aber selbst bei einer Simulation wäre es ja nur wie ein Film, den man mit allen Sinnen wahrnahm. Man würde sich daraus aber trotzdem nur das merken, was man auch erfassen konnte.

Es wäre also immer noch unmöglich, mich dazu zu bringen, das gesammelte Anatomiewissen in mein Hirn zu prügeln.

Außer sie hatten es geschafft, mehr in die leeren Synapsen zu stopfen als nur eine Simulation.

Gedanken und Vermutungen überschlugen sich und kalter Angstschweiß überzog meine Stirn und meinen Nacken.

Zittrig legte ich das Buch beiseite und stemmte mich auf die Füße. Mein Kreislauf schwankte gefährlich und ich musste mich mit den Händen am Regal festhalten, während mir immer schwummriger wurde.

Okay, das war dann wohl der Alkohol. Interessant und auch irgendwie beängstigend, wie mein Kopf zunehmend in Watte gepackt wurde und meine Gedanken langsamer flossen.

Ich schüttelte energisch den Kopf, um wieder klarer zu werden, und setzte mich vorsichtshalber zurück aufs Sofa.

Es musste für mich damals wie ein Schock gewesen sein, diese Daten zu lesen, und ich wünschte mir, die Ordner und Pläne vor mir zu haben, um mir ein Bild davon zu machen, wie ich zu diesen Erkenntnissen gelangt war.

30. September

Ich brauch einen neuen Stift

Ich wollte es wirklich dabei belassen, aber ich kann nicht. Habe mit einem Professor aus Amerika gechattet, der theoretische Ideen zum Einsetzen von Gedanken und Informationen in seiner Vorlesung bespricht, und er behauptet, dass es sehr wohl möglich wäre. Und moralisch äußerst verwerflich.

Das sehe ich auch so und es hat mir echt Angst gemacht.

Ich habe versucht, zu dem Labor zu gelangen, in dem die Forschung laut der Daten untergebracht ist. Niemand dort. Der zehnte Stock ist vollkommen leer.

Aber da gibt es noch ein Gebäude, das mir komisch vorkommt. Bin dem

Hausmeister begegnet, der behauptet, der Trakt wäre leer und schon seit Jahren unbenutzt. Doch ich habe Menschen gesehen, die dort ein und aus gehen. Post wird dorthin geliefert. Und der Stromverbrauch ist gigantisch, dafür, dass da angeblich niemand ist. Ich weiß nicht, was ich machen soll, aber ich <u>muss</u> etwas tun.

Gedanken auslesen kann ich nachvollziehen. Es dient einem gesundheitlichen Zweck, tut niemandem weh und stützt das selbst gewählte freie Leben.

Aber Gedanken, Erinnerungen, Lebensabschnitte zu löschen und durch etwas Unwirkliches zu ersetzen, kommt mir falsch vor. Was wenn ich eines Morgens aufwache und das, an was ich mich

zu erinnern glaube, ist so nie passiert?
Es wäre schrecklich und würde aus mir einen anderen Menschen machen als das, das ich bin.

Ein Schluchzer drängte sich meine Kehle nach oben und ich musste mir die Tränen von der Wange wischen, damit sie nicht auf die Buchseiten tropften. Ein emotionaler Sturm hatte mich bei den letzten Worten gepackt. Meinem damaligen Ich recht zu geben, tat mir in der Seele weh. Es war schrecklich, aufzuwachen, jeden Morgen aufs Neue, dabei hatte ich nicht einmal gewusst, dass ein halbes Jahr aus meinen Erinnerungen absoluter Schwachsinn war. Doch vielleicht hatte ich es gespürt, hatte mich vor dem Einschlafen herumgewälzt und die Erinnerungen vermisst, die mir fehlten, weil das in meinem Kopf nicht echt war und nicht zu mir gehörte.

Um mich wieder zu beruhigen, nahm ich das Glas zur Hand und leerte es in einem Zug. Möglicherweise nicht die schlaueste Idee von mir, aber wenigstens hörten meine Augen auf zu tränen und gleichmäßiges Atmen brachte mich wieder in die Spur zurück.

Nervös blätterte ich weiter.

19. Oktober

Habe recherchiert und über einen Jornalisten vom Zentralen Newsblog von einer Gruppe erfahren, die sich DIE AKTIVISTEN nennt. Sie findet Informationen über illegale und moralisch verwerfliche Machenschaften in Firmen und politischen Einrichtungen und macht sie dann über verschiedene Kanäle öffentlich.
Dachte, die könnten mir vielleicht auch helfen. Man weiß über sie allerdings nur, dass sie nicht zur Gedankenauslese gehen. Hab mal mit Kent aus der ShakeBar geredet, der kennt eine Menge Leute, die das auch nicht machen, und hat mich zu einem Mann namens Gertmund geschickt.
Lange Rede, kurzer Sinn: Ich habe

jetzt eine Telefonnummer und traue mich nicht anzurufen.
Tom sagt auch, ich soll's lieber nicht tun. Wer weiß schon, was das für Menschen sind und was die mit so heiklen Infos anfangen. Wenn die mich überhaupt ernst nehmen und mir helfen wollen.

→ Mama, Papa, Luna, Jessy,
ein ganz bisschen
♥ Oliver…

Irritiert blätterte ich zurück, um zu sehen, ob ich eine Seite übersprungen hatte. Wer war denn Tom? Wo kam der denn plötzlich her? Doch ich hatte mir selbst keinen Hinweis hinterlassen, hatte es wohl als unwichtig empfunden.

Ein Alltagseintrag folgte, in den ich schon einmal reingelesen hatte. Ich schrieb von einem Karlson, dem ich beim Lernen für einen Test geholfen hatte, und von Tom, der mich zum Frühstück einlud. Vergeblich suchte ich nach Vika und konnte mir nicht vorstellen, was denn da zwischen uns passiert war.

26. Oktober

Hab heute Jackson in der ShakeBar* getroffen. Er gehört zu den Aktivisten und hat sich von mir die Daten zeigen lassen. Ich war mega aufgeregt und bin so froh, dass er mich ernst genommen hat. Er bespricht es mit seinen Leuten und kontaktiert mich dann.
Ich hoffe, ich tue das Richtige.

-> Mama, Papa, Luna, Jessy

27. Oktober

Ich sollte nicht so oft schreiben, aber ich muss es irgendwie festhalten. Jackson hat sich gemeldet. Sie brauchen mehr Beweise, die sie verwenden können, um das Ganze richtig zu untermauern, damit sie nicht als unglaubwürdig hingestellt werden. Da meine Daten unvollständig sind, ist es zu riskant. Zum Glück wollen sie mir dabei helfen, die Daten zu beschaffen. Ich treffe morgen einen Typen namens KREISEL. Der soll wohl ein <u>Hacker</u> sein.
Er muss verdammt gut sein, wenn er in die Sicherheit von Biolog Medical reinwill.

→ Mama, Papa, Luna, Jessy

Mit angehaltenem Atem blätterte ich weiter. Einerseits war es wie ein spannender Roman, den man nicht aus der Hand legen wollte. Andererseits fühlte es sich auch so echt an, als würde ich es gerade miterleben. Eben weil ich es schon erlebt hatte.

Ich wünschte, ich könnte mich tatsächlich erinnern.

26. November

Habe meine Zwischenprüfung gerade so bestanden. Lernen fällt mir schwer, weil meine Gedanken die ganze Zeit auf Abwegen sind. Die ganze Geheimnistuerei raubt mir den Schlaf. Abigail sagt, ich soll einfach mehr Kaffee trinken, dabei ist das Zeug in großen Mengen mega ungesund. Sie hat mir ein Buch geliehen, damit ich mich ablenke.
So eine Informationsbeschaffung kann lange dauern, weil man ja nicht auffliegen will. Allerdings fühle ich mich manchmal beobachtet. Werde ich paranoid?
Mama macht sich Sorgen um mich, findet, ich sehe so blass aus in letzter Zeit. Und Luna bringt mir jetzt sogar schon Snacks mit in den Unterricht, weil ich angeblich abgenommen habe. Voll lieb, aber auch unnötig. Ich stehe das schon durch.

→ Mama, Papa, Luna♡

01. Dezember

War mit Tom auf dem Weihnachtsmarkt.

Durch meinen Kopf schoss eine Erinnerung, die ich schon einmal gehabt hatte. Fake-Ezra und ich vor einem Stand für süße Teilchen. Schnee war vom Himmel gefallen und der Markt war mit Lichtern geschmückt gewesen.

Fake-Ezra hieß also eigentlich Tom. Wir waren befreundet gewesen. So weit hatten mich meine Gefühle also nicht belogen. Wieso nur hatte er gesagt, sein Name wäre Ezra?

Es hat sogar angefangen zu schneien.
ICH LIEBE SCHNEE!!!
Haben uns gegen Ende allerdings in die Wolle gekriegt. Tom ist nicht davon überzeugt, das ich den Aktivisten trauen sollte. Er findet auch, ich würde zuviel wirbel machen.
Irgendwie scheint er nicht zu verstehen, wie schlimm das eigentlich ist, dass die Forschungsgruppe versucht, ein solches Verfahren zu entwickeln.
Morgen nimmt mich Abigail mit zu einem Treffen mit den anderen mit. Dann lerne ich endlich alle kennen.
Jackson holt mich morgen früh ab.
Ich schwänze den Unterricht, aber das hier ist wichtiger.

→ Mama, Papa

Wissbegierig blätterte ich um und erkannte, dass dies hier die Stelle war, an der ich die Seiten aus dem Buch gerissen hatte. Nur der Haftnotizzettel blickte mir ganz unschuldig entgegen.

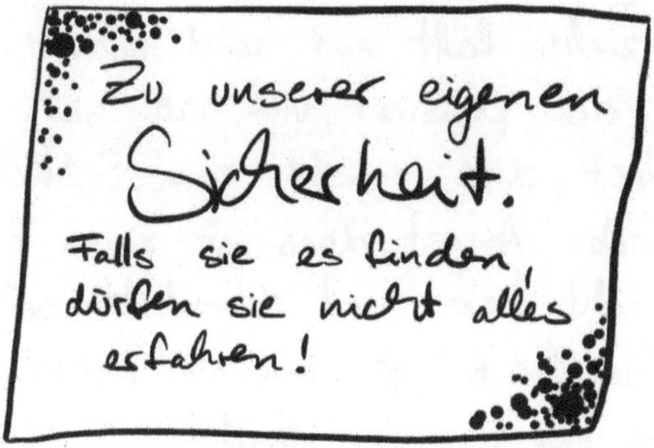

Ich atmete ein und wieder aus. Jetzt konnte ich mir denken, welche Informationen ich da versteckt hatte. Die Identität der Aktivisten. Und vielleicht sogar ihren Treffpunkt.

Ich blinzelte und sah hinter meinen geschlossenen Lidern das Fabrikgebäude aufblitzen. Das Puzzle aus Geheimnissen bekam mehr Teile und ich begann, ein klareres Bild zu sehen.

Prüfend ließ ich die hinteren Seiten durch die Finger gleiten und stellte fest, dass nur noch zwei Einträge folgten. Was eigentlich ganz gut war, da mein Kopf langsam richtig duselig wurde. Das Zimmer schwankte auch schon, wenn ich nur auf der Couch saß, und eine schwere Traurigkeit legte sich immer fester um mein Herz.

Ich blätterte wieder um und da war er endlich. Ezras Name.

31. Dezember

Ein Jahr ist vorbei und eine Bilanz zu ziehen fällt mir echt schwer. Es ist viel passiert, viel hat sich verändert, das meiste zum Schlechteren. Ich habe Angst, dass ich einen Fehler gemacht habe und damit Menschen in Gefahr bringe, die mir immer wichtig waren und geworden sind.
Ezra sagt, das gehört dazu, aber ich denke, er weiß, dass wir uns übernommen haben und uns einem Gegner gegenübersehen, der mehr Geld und mehr Macht hat als wir.
Ich habe seit geraumer Zeit die böse Vorahnung, dass wir aufgeflogen sind und die Geier nur darauf warten, sich auf uns zu stürzen. Ezra ist da anderer Meinung, aber ich kann es spüren.

Am liebsten würde ich einen Rückzieher machen, weglaufen, doch wir sind zu weit gegangen, um jetzt noch alles hinzuschmeißen. Hier steht mehr auf dem Spiel als nur ein paar ersetzte Erinnerungen. Hier geht es um die Zukunft des eigenen ICHs für jeden Menschen auf dieser Welt. Es wäre selbstsüchtig, jetzt aufzugeben. Wir sind kurz vorm Ziel.

Noch eine Woche und alle werden wissen, was wir wissen. Ungeschönt und ehrlich. Ohne die blöden Werbesprüche, die sich Doktor Sinah und die anderen ausdenken, um ihre grotesk verdrehte Idee zu präsentieren, als wäre sie etwas Gutes. Als etwas, was die Menschheit bereichert, anstatt ihr zu nehmen, was ihr so eigen ist:

Unperfekt zu sein!

Der Kloß in meinem Hals ließ sich nicht schlucken.

Auch hier hatte ich keine Ahnung, woher Ezra nun gekommen war und wie wir zueinander standen. Doch das brennende Gefühl in meinem Bauch, das immer stärker wurde, seit ich seinen Namen gesehen hatte, lag nicht allein am Alkohol, den ich intus hatte. Da war mehr dran und mein Herz schlug mir bis zum Hals, wenn ich an die winzige Erinnerung dachte, die ich von ihm hatte. Dieser kleine Augenblick, als das Leinentuch zu Boden segelte und er in meinem Kopf aufgeblitzt war.

Mein Herz hatte ich verschenkt, das war sicher.

Tränen liefen mir über die Wangen, ehe ich sie fortwischen konnte, und ich hätte nicht gedacht, dass Alkohol einen so sentimental werden ließ. Zumindest nahm ich an, dass es der Alkohol war. Ich hatte gehört, dass man dadurch ausgelassener wurde, doch ich neigte wohl zum Heulen.

Vor Gefühlsduselei hätte ich beinahe den zweiten wichtigen Namen überlesen. Noch ein Arzt, der ebenfalls involviert war. Doktor Sinah. Ich musste mir vornehmen, mich morgen auch über ihn oder sie zu erkundigen.

05. Januar

Etwas ist schief gelaufen. Ich bin mir sicher, die wissen Bescheid und wir sind in Gefahr! In Lebensgefahr!!!

Aber ich muss zurück. Ich kann sie nicht im Stich lassen. Ich kann Ezra nicht im Stich lassen.

→ Mama, Papa, Ezra

Schluchzer purzelten ungehindert über meine Lippen und ich spürte tief in mir, dass es nicht gut für uns ausgegangen war. Offensichtlich nicht, sonst säße ich jetzt nicht hier ohne Erinnerungen und stattdessen mit einer verdammten Simulation im Kopf.

Die Traurigkeit wurde noch schlimmer, füllte die Leere, die immer noch auf mich lauerte, und riss mich mit sich in einen Strudel aus Dunkelheit und Schmerz. Ich hörte einen Schrei in meinem Kopf, schmeckte Tod in der Luft und konnte nur hoffen, beten, dass es nicht Ezra gewesen war, der damals wegen all dem sein Leben gelassen hatte.

Es schüttelte mich und ich sackte nach vorn zusammen. Das Buch fiel vor mir auf den Tisch, rutschte über das glatte Holz und riss die Serviette aus der ShakeBar mit sich auf die andere Seite von der Tischkante.

Nach Luft ringend sank ich zu Boden, musste mich abstützen, um nicht zur Seite zu fallen, und tastete halb blind vor Tränen nach dem Notizbuch.

Mit den Fingerspitzen bekam ich es zusammen mit der Serviette zu fassen und legte es sorgfältig wie einen zärtlich geliebten Schatz auf meinen Schoß.

Auf der Rückseite der Serviette war mit schwarzem Filzstift eine Telefonnummer geschrieben.

Hicksend holte ich Luft, schaffte es kaum, mich zu beruhigen, und griff, ohne darüber nachzudenken, nach meinem Handy, das zwischen die Kissen der Couch gerutscht war.

Mit bebender Unterlippe wählte ich die Ziffern und vertippte mich zweimal wie in einem bösen Traum, in dem man es einfach nicht schaffte, die richtige Nummer zu wählen.

Endlich gelang es mir, auf den grünen Hörer zu drücken, und ich hielt mir das Gerät ans Ohr, während ich mühsam versuchte, wieder auf die Beine zu kommen.

Es war schwerer als gedacht und meine Gedanken drifteten immer schneller in ein dunkles Nichts ab, das mich zunehmend stärker zu sich zog.

Duuut … duuut … duuut …

Mein Kopf wurde immer schwerer, mein Körper sehnte sich danach, einfach auf den weichen Teppich zu sinken und einzuschlafen.

Es knackte in der Leitung und ich schreckte zusammen, als sich jemand meldete.

»Hallo?« Rau und verschlafen drang die Stimme eines Mannes an mein Ohr und auf meinen Armen stellten sich die Härchen auf.

Mein Mund fühlte sich plötzlich ausgedörrt an, die Zunge klebte fest am Gaumen und ich fragte mich, wie ich so dumm sein konnte, einfach so eine fremde Nummer anzurufen, ohne zu wissen, was ich sagen wollte. Und das auch noch mitten in der Nacht.

»Hallo?« Nun klang die Stimme etwas wacher und ich horchte angestrengt in mich hinein, um festzustellen, ob sie mir bekannt vorkam. Doch meinem Körper war nicht mehr zu trauen, der Alkohol übernahm ihn und ich hatte das Gefühl, von außen auf mich herabzublicken, während er mich steuerte.

»Gemma?«, fragte der Mann am anderen Ende der Leitung und ich schreckte so heftig von meinem Namen zusammen, dass mir das Handy aus den Fingern glitt und mit einem ekeligen Splittergeräusch gegen die Kante meines Wohnzimmertisches krachte.

25

Puzzleteile

Schnellen Schrittes nahm ich eine Treppenstufe nach der anderen, hetzte um eine Ecke und wischte mir immer wieder über die Augen, um klarer zu sehen. Doch meine Umgebung blieb im Nebel, gefüllt mit schwarzen Schatten, die nach mir haschten, an meinen Kleidern zupften, mich die Stufen hinunter in den Abgrund zerren wollten.

Ich schrie, kämpfte dagegen an, trat und schlug um mich und schaffte es schließlich, den oberen Absatz zu erreichen. Die Dunkelheit wurde dichter, beeinträchtigte mein Sehvermögen und ich tastete panisch nach dem Türknauf, während mir die Schatten ganz langsam die Luft abschnürten.

Meine Finger ertasteten das kalte Metall, mein Blut rauschte mir in den Ohren und ich drehte ihn herum.

Ein Fauchen drang die Treppe nach oben, rollte auf mich zu und ich hechtete durch die Tür und warf sie hinter mir ins Schloss. Mit zitternden Fingern schob ich den Riegel vor und atmete tief durch.

Der Flur, auf dem ich stand, war hell erleuchtet und erstreckte sich vor mir in die Unendlichkeit. Ein elektrisches Summen hing in der Luft und irgendwo weiter hinten flackerte eine der Neonröhren.

Vorsichtig trat ich an eine der Türen, die links und rechts vom Flur abgingen, und drückte die Klinke. Abgeschlossen. Die gegenüber auch. Ein eiskaltes Schaudern erfasste mich und ich versuchte mich zu erinnern, wie ich hierhergelangt war. Doch mein Kopf war völlig leer. Alles war weg. Man hatte mir alles genommen.

Doch wenn ich die Türen öffnen könnte, würde ich wiederbekommen, was ich verloren hatte.

Ich rüttelte an der nächsten und der übernächsten, keine ließ sich bewegen, keine gewährte mir Einlass in meine Erinnerungen. Immer panischer rannte ich von einer zur anderen, bettelte, brüllte, schlug meinen Kopf gegen das Holz.

Meine Fingerknöchel platzten auf, als ich mit aller Kraft dagegentrommelte, und die Verzweiflung packte mein Herz so fest, dass es zerquetscht und der letzte Tropfen Hoffnung herausgepresst wurde.

Weinend brach ich zusammen, rollte mich auf dem gefliesten Boden zu einer Kugel zusammen und wollte einfach nur noch sterben.

Eine warme Hand legte sich auf meine bebende Schulter und ich zuckte nach oben, in der Erwartung, mich wieder gegen irgendetwas verteidigen zu müssen. Doch neben mir kniete der Mann mit der Fuchsmaske und zog mich in eine Umarmung.

Der Schreck katapultierte mich aus meinem Traum in die Wirklichkeit zurück und ich riss die Augen auf.

Mein Herz raste immer noch und mir war, als könnte ich immer noch die Arme um mich spüren, die mich gerade trösten wollten.

Ansonsten fühlte ich mich absolut beschissen. Mein Kopf tat weh, meine Glieder schmerzten wie im Fieber und mein Mund war trocken wie die Wüste.

Gleißend helles Sonnenlicht stach mir schmerzhaft in die Augen und als irgendwo eine Kaffeemaschine eingeschaltet wurde, dröhnte mir das Röhren und Gluckern in den Ohren.

Mühsam schob ich die Hand an meine Lippen, wischte mir Teppichfasern aus dem Mundwinkel und drehte mich schwerfällig vom Bauch auf den Rücken.

Ich war wie ein Walfisch an Land, unfähig, mich zu bewegen, und durch mein eigenes Gewicht erstickend.

Eine Schublade wurde geöffnet und Besteck klimperte. Die Kaffeemaschine schaltete sich von allein ab. Meine Nase fing den Kaffeegeruch ein und ich dachte, auf der Stelle zu verschmachten, wenn ich nicht sofort eine Tasse schwarzes Gold bekam.

Millimeterweise richtete ich mich auf und wunderte mich nicht, dass ich im Wohnzimmer auf dem Boden zwischen Sofa und Couchtisch gelegen hatte. Neben mir auf dem Boden lag mein Handy, das Display völlig zersplittert. Keine Ahnung, was passiert war, nachdem es mir entglitten war, aber wahrscheinlich war ich einfach nur eingeschlafen. An Ort und Stelle.

Jemand summte in der Küche und obwohl ich sie um die Ecke nicht sehen konnte, ging ich stark davon aus, dass es sich dabei um Vika handelte. Sie weckte mich sicher nur, um endlich zu erfahren, was ich herausgefunden hatte. Na ja, wenigstens machte sie mir Kaffee.

Ächzend kraxelte ich auf die Couch, fühlte mich dreimal so schwer und stieß dabei mit meinem Hintern beinahe das leere Glas und die Glasflaschen auf dem Tisch um. Ich schenkte den Flaschen einen bösen Blick und spürte jede Falte auf meiner Stirn als dumpfer Schmerz in meinem Kopf.

Verdammtes Teufelszeug! Gut, dass es verboten worden war. Ich wollte gar nicht wissen, wie viele meiner Gehirnzellen ich heute Nacht damit gemeuchelt hatte.

Wenigstens war mir nur etwas flau im Magen und ich musste mich nicht übergeben wie die Leute in den alten Filmen. Das wäre ja noch die Krönung gewesen.

Ich versuchte nach Vika zu rufen, doch meine Zunge klebte trocken am Gaumen und ich bekam nur ein Krächzen heraus.

Das eifrige Rascheln und Klappern in der Küche verstummte und ich erwartete jeden Augenblick eine hochgewachsene dunkle Schönheit um die Ecke spazieren zu sehen, die mir meine heiß ersehnte Tasse Kaffee bringen würde. Doch es rührte sich nichts.

Irritiert blinzelte ich, lauschte und fragte mich, ob zu den Nachwirkungen von Alkohol auch Halluzinationen gehörten. Allerdings hatte ich davon noch nie gehört.

Der Duft von frischem Kaffee hing mir auch weiterhin in der Nase fest und ich war mir ziemlich sicher, dass ich mir den nicht einbildete.

Stöhnend kam ich auf die Beine und schwankte leicht auf meinen butterweichen Knien. Die Übelkeit wurde stärker, ließ sich aber aushalten.

»Voll nicht witzig, Vik«, stöhnte ich genervt und wankte dem Kaffeegeruch entgegen. »Alkoholnachwirkungen sind voll der Dreck. Ich brauch eine Schmerztablette zu meinem …« Der Rest des Satzes verlor sich, als ich an den Tresen trat und ein Mädchen erblickte, das sich so flach wie möglich gegen die Wand drückte, als könnte ich sie auf diese Weise nicht entdecken.

Ihr Gesicht war blass und sie sah mich aus hellbraunen Augen erschrocken an. Auf ihrem weißen Unisex-T-Shirt war ein Kaffeefleck oben am Kragen.

»Ich bin nicht eingebrochen«, brachte sie mit piepsig hoher Stimme heraus und zog die Schultern bis zu den Ohren, als erwartete sie, dass ich gleich auf sie losgehen würde.

Doch ich konnte nicht anders, als wie eingefroren dazustehen und sie anzustarren wie einen verdammten Geist.

Denn das war das Mädchen aus meinem ersten komischen Erinnerungstraum. Wir hatten gemeinsam in einem Café gesessen. Sie hatte geschrien, als der Lastwagen mich erfasste.

Sie sah älter aus, eigentlich gar kein Mädchen mehr, schon eine junge Frau. Nussbraunes widerspenstiges Haar fiel ihr ins Gesicht und sie bewegte ihre Hand ganz langsam, auf meine Reaktion lauernd, um es sich nach hinten zu streichen.

»Wie bist du reingekommen?«, war das Erste, was mir einfiel zu sagen, und ich sah sie hart schlucken.

»Ich habe einen Schlüssel«, flüsterte sie und ich glaubte ihr.

Zuckend löste ich mich aus meiner Starre, horchte auf die wirren Gefühle in meiner Brust und wusste, dass ich sie vermisst hatte.

Abigail, verknüpfte mein Kopf meine lückenhaften Erinnerungen mit dem, was ich heute Nacht in dem Buch gelesen hatte, und eine einzelne Träne stahl sich in meinen Augenwinkel.

»Ich habe von dir geträumt«, gestand ich ihr und Abigails Augen weiteten sich noch ein Stück.

»Du erinnerst dich an mich?«, fragte sie japsend und stieß sich von der Wand ab.

»Na ja, erinnern ist nicht ganz richtig. Ich …« Meine Gedanken wanderten zu der kurzen Sequenz, die mir erst gestern eingefallen war. »Ich habe den zweiten Schuh gefunden«, sagte ich und wusste nicht mal, ob Abigail sich denn an diese Situation erinnern würde oder den Zusammenhang herstellen konnte.

Doch weiter gingen meine Gedanken nicht, da hatte sich Abigail mir schon ungestüm an den Hals geschmissen und mich dabei beinahe von den Füßen geholt.

»Du weißt, wer ich bin! Ich glaub, ich spinne!«, quietschte sie mir ins Ohr und ich glaubte, mir würde gleich der Schädel explodieren.

»Abby, nicht so laut. Ich habe irre Kopfschmerzen«, beschwerte ich mich und sie verstummte augenblicklich, drückte mich aber weiterhin an sich.

Ihr Haar roch blumig und ich hatte keine Ahnung, was ich jetzt tun sollte. Die Gedanken rasten geradezu durch meinen geschundenen Kopf und ich fühlte mich immer noch zu duselig, um diese richtig zu fassen zu bekommen.

Vor mir stand ein fleischgewordenes Stück meiner Erinnerungen. Nicht dass dadurch sehr viel mehr zurückgekommen wäre, als mein Unterbewusstsein mir bisher mitgeteilt hatte, aber es war endlich jemand, dem ich meine Fragen stellen konnte. Und das war ein verdammt erleichterndes Gefühl.

Still tranken wir Kaffee und ich nahm aus dem Augenwinkel wahr, wie Abigail mich die ganze Zeit über verstohlen anblickte. Mir ging es ja nicht anders, doch ich zwang mich, in meinen Kaffee zu starren und auf die Wirkung der Schmerztablette zu warten, die ich vorhin mit einem halben Liter Wasser eingenommen hatte. Mein Bauch gluckerte jetzt, aber ich fühlte mich schon etwas besser und jeder Schluck Kaffee erweckte mich mehr zu neuem Leben.

Als nur noch der Kaffeesatz in meiner Tasse schwappte, erhob ich mich von meinem Hocker und trat hinter den Tresen in die Küche, um mir einen zweiten zu machen.

»Willst du auch noch einen?«, fragte ich meine Einbrecherin, die mir nickend ihre leere Tasse hinschob. Ich wusste, dass ich es komisch finden sollte, dass jemand in meine Wohnung kam, ob nun mit Schlüssel oder ohne, aber das war es nicht. Nicht bei Abigail. Ich musste nur in ihr spitzes Gesicht und die elfenhaften Augen blicken und in mir erwachte sofort so ein Kleine-Schwester-Gefühl für sie.

»Wie kann es sein, dass du weißt, wer ich bin?«, wollte sie wissen und schob sich ein paar Haarsträhnen hinter die leicht abstehenden Ohren, was den Elfenlook nur noch verstärkte.

Ich zuckte mit den Schultern. »Bevor ich letzten Dienstag eingezogen bin, hatte ich keinen blassen Schimmer, dass ich überhaupt etwas vergessen hatte. Aber dann ist mir hier aus einem Versteck mein eigenes vergessenes Tagebuch in den Schoß gefallen. Und jetzt … na ja, ich habe seitdem versucht herauszufinden, was das zu bedeuten hat.«

Ich dachte zurück an den Abend und mein Entsetzen. Und wie der Vogel aus dem Buch gefallen war.

Nein, es hatte schon früher begonnen. Damals hatte ich es nicht einordnen können, aber der erste Anhaltspunkt war die Zeichnung gewesen, die ich am Tag davor auf einen Notizblock gekritzelt hatte. Und dann war der erste Origamivogel zu mir gekommen.

»Bist du zufällig diejenige, die mir die Vögel schickt?«, fragte ich Abigail erwartungsvoll und sie machte ein fragendes Gesicht.

»Was für Vögel?«, stellte sie eine Gegenfrage und damit war es auch schon wieder vom Tisch.

»Egal.« Ich machte eine abwinkende Handbewegung, spülte unsere Tassen aus und setzte neuen Kaffee an. Als die Maschine zu rödeln begann, drehte ich mich wieder meinem unerwarteten Gast zu.

»Wieso jetzt?«, erkundige ich mich und lehnte mich mit dem Hintern an die Küchenzeile hinter mir. »Du tauchst genau dann auf, wo ich endlich so weit bin zu verstehen, was eigentlich abgeht. Das kann doch kein Zufall sein.«

Abigails Lippen verzogen sich zu einem spitzbübischen Grinsen, genau wie in meinem Traum. »Du hast angerufen«, sagte sie schlicht.

»Natürlich«, murmelte ich, weil ich es mir eigentlich selbst hätte beantworten können.

»Die Jungs haben mich zu dir geschickt, weil es unauffälliger ist, als wenn die hier auftauchen. Dein Wachhund hätte sie sofort bemerkt. Aber mit einem Mädchen rechnet er nicht. Sag mal, hast du was zu essen da?«

Die Frage kam unerwartet, sodass ich mit Verzögerung reagierte. Ich runzelte die Stirn, während ich den Kühlschrank öffnete. »Welcher Wachhund?«

Im mittleren Fach stand noch eine Portion Auflauf, die Vika mit gestern Abend mitgegeben hatte. Den konnte man sicher auch kalt essen.

»Der dreckige Spitzel von Doktor Larson. Der hat dir vor zwei Jahren auch schon am Arsch geklebt und offensichtlich ist er zurück. Der scheint wohl zu ahnen, dass wir wieder da sind«, grollte Abigail und ließ sich von mir eine Gabel reichen.

»Der ältere Mann in dem grauen Mantel«, ging mir sofort auf und Abigail, die sich den ersten Bissen Kartoffelauflauf in den Mund schob, sah mich irritiert an.

»Nein. Groß, jung, gut aussehend«, nuschelte sie und schluckte runter. »Hat ein charmantes Lächeln, rote Haare. Sieht nett aus, ist aber ein verdammtes Drecksarschloch!«, schimpfte sie und mir gefror vor Schreck das Blut in den Adern.

Denn sie konnte niemand anderen als Fake-Ezra meinen. Nein, wie war sein Name? Tom?

»Bist du dir sicher, dass er zu denen gehört?«, fragte ich und merkte zu spät, wie unsicher meine Stimme dabei klang. Mir musste alle Farbe aus dem Gesicht gewichen sein, denn ich fühle mich, als würde ich gleich umkippen.

Okay, mir war bewusst gewesen, dass mit ihm etwas nicht stimmte, aber ich hatte immer noch gehofft, dass das alles ein großes Missverständnis und Ezra … nein, Tom, auch nur ein Opfer seiner Umstände war.

»Oh ne, er hat dich schon wieder eingelullt? Wie hat er es gemacht? Die Kaffeemasche? Oder die schlechten Actionserien?« Abigail war von ihrem Hocker aufgesprungen und fuchtelte mit der Gabel in der Luft herum.

Es war schockierend, dass ich all diese Fragen mit *Ja* beantworten konnte. Und doch war es etwas anderes gewesen, was mich sofort auf ihn aufmerksam gemacht hatte.

»Er hat behauptet, sein Name wäre Ezra«, brachte ich erstickt heraus und es hinterließ einen bitteren Geschmack, jetzt mit Sicherheit zu wissen, dass er es mit Absicht gemacht hatte.

Denn Abigail belog mich nicht. Ich konnte es in ihren Augen und in meinem Herzen erkennen.

Das Mädchen starrte mich so entsetzt an, dass ich mich kurz fragte, ob sie überhaupt noch atmete.

»Scheiße«, stieß sie gedehnt aus und setzte sich langsam wieder. »Das erzählen wir ihm besser nicht«, nuschelte sie kopfschüttelnd und schob sich mehr Kartoffeln in den Mund.

Es juckte mir in den Fingern, sie nach Ezra zu fragen, dem echten, und doch tat ich es nicht, hatte das Gefühl, es wäre unangebracht in einer solch ernsten Situation.

»Abby? Aus welchem Grund bist du hier? Was sollst du mir sagen? Was passiert jetzt als Nächstes?«, lenkte ich vom Thema ab und die Kaffeemaschine verstummte hinter mir. Endlich mehr Kaffee!

»Ich nehme dich mit zu den anderen«, eröffnete sie mir und ich machte große Augen. Damit hatte ich irgendwie nicht gerechnet, obwohl es naheliegend war. Aber es würde eine krasse Konfrontation mit der Vergangenheit sein, mit Menschen, die mich kannten und mit denen ich schon so einiges durchgestanden hatte, an die ich mich aber kaum erinnerte. Ich besaß über sie nur die paar Fetzen aus dem Buch und den Rest hatte ich womöglich vernichtet, um sie zu schützen.

»Einfach so?«, fragte ich und meine Stimme klang so unsicher, wie ich mich fühlte. Plötzlich war ich mir nicht mehr so sicher, ob ich dafür schon bereit war. Schließlich hatte ich mir sogar Alkohol besorgt, um bloß jede Information über sie weiterhin vor der Gedankenauslese zu verschleiern. Wie dumm wäre es da, loszuziehen und meinen Kopf mit neuen Infos zu füllen. »Ich meine, wenn du mich mitnimmst, dann sehe ich euch. Dich habe ich auch schon gesehen. Man kann jetzt all diese Infos aus meinen Erinnerungen auslesen.«

Abigail sah mich verständnislos an. »Klar, die kommen vorbei und saugen dir die Erinnerungen im Schlaf ab«, sagte sie sarkastisch und ich seufzte laut.

Okay, meine Paranoia hatte ein neues Level erreicht.

»Das ist eine ernste Sache. Wenn die …«, versuchte ich mich klar auszudrücken und wurde unterbrochen.

»Eine schlaue Frau hat mir mal gesagt: Wenn wir immer in Angst leben, leben wir schlussendlich gar nicht«, hielt sie dagegen und traf damit genau den Punkt. Ich hatte Angst. Eine Angst, die irgendwo aus den Tiefen meines Gehirns hervorquoll und meine Sicht trübte.

»Wer soll das denn gesagt haben?«, schnaubte ich, um abzulenken, und verschränkte die Arme vor der Brust.

»Du, Gemma. Und jetzt sei nicht so eine Mimose. Wir sind uns des Risikos alle bewusst. Außer du hast heute was Besseres zu tun«, forderte sie mich heraus und stemmte ihre Hände in die Seiten. Eine störrische Haarsträhne fiel ihr wieder in die Augen.

Sie hatte ja recht. Wenn ich Antworten wollte, musste ich mitkommen. War meine Vorsicht noch gerechtfertigt oder hatte ich mich schon so reingesteigert, dass ich es nicht mehr richtig beurteilen konnte?

Doch ich durfte Abigail vertrauen. Ich wusste es einfach. Und vielleicht würde ich ja auch Ezra treffen. Denn ihre Bemerkung vorhin ließ den Schluss zu, dass er nicht tot war.

Mein Herz setzte einen Schlag aus.

»Was soll ich schon vorhaben?«, entgegnete ich mit einem halben Lächeln, gab mich geschlagen, als mir siedend heiß einfiel, dass heute Donnerstag war und ich eigentlich um acht auf der Arbeit hätte sein müssen. »Oh verdammte Scheiße!«, rief ich und mein Gehirn schüttete Unmengen an Adrenalin aus, das durch meine Adern rauschte wie kochendes Öl. »Scheiße, scheiße, scheiße«, fluchte ich weiter und sah mich panisch nach meinem Handy um, bis mir einfiel, dass es als Matsche am Boden lag.

26

Dafür und dagegen

Da mein Handy unwiederbringlich zerstört war, Abigail unglaublicherweise keins besaß und Vika bereits im Museum war, klingelte ich Dani aus dem Bett, die mir ihr Telefon wie in Trance reichte. Es war bereits halb zehn, doch sie schien noch lange nicht ausgeschlafen zu haben. In ihrer Wohnung roch es nach frischer Farbe und der blaue Schmierfleck auf ihrer Wange legte nahe, dass sie sich wohl die halbe Nacht künstlerisch betätigt hatte.

Schnell tippte ich die Nummer der Personalhotline von Biolog Medical ein und meldete mich für heute und morgen krank. Zum Glück fragte die Frau am Hörer nicht weiter nach und trug es einfach ins Protokoll ein.

Ich bezweifelte, dass Eddi mich vermissen würde. Der konnte mir eh gestohlen bleiben. Und solange die ganze Sache hier noch lief, traute ich mich auch nicht unbedingt zurück ins Center. Eine gruselige Gänsehaut breitete sich auf meinem ganzen Körper aus, wenn ich daran dachte, dass ich in den letzten anderthalb Jahren sicher immer mal wieder einem der Leute aus dem Forschungsprojekt über den Weg gelaufen war und sie genau gewusst hatten, wer ich war und was sie mir angetan hatten.

Dani wünschte mir halb im Schlaf eine gute Besserung und wankte zurück in ihr Bett. Sie hatte nicht einmal mitgekriegt, dass ich nicht wirklich krank war. Vielleicht aber auch besser so.

Abigail führte mich durchs Treppenhaus in den angrenzenden Gebäudetrakt und von dort aus durch die Hintertür im Keller nach draußen.

»Bist du so auch reingekommen?«, fragte ich sie, weil mir der Weg extrem kompliziert vorkam, und sie zuckte mit den Schultern.

»Ne, aber da war ich auch allein. Wenn der Agent dich sieht, folgt er uns und dann haben wir ein echtes Problem.« Sie sah sich aufmerksam nach allen Seiten um und hatte dabei trotzdem die unauffällige Lässigkeit einer Person, die nach verspäteten Freunden Ausschau hielt. Sie machte das hier definitiv nicht zum ersten Mal.

»Agent, das klingt richtig gefährlich«, meinte ich und spazierte neben Abigail her zu einem parkenden Auto.

»Ist er auch, Gemma! Vergiss das nie! Du warst vor anderthalb Jahren so davon überzeugt, dass er nur ein Freund ist, der sich sorgt, und dann ist wegen ihm ein ganzer Soldatentrupp auf uns losgegangen, als wären wir verdammte Terroristen!«, schimpfte sie und zog einen Schlüsselbund aus der Hosentasche ihrer ausgeblichenen Bluejeans.

Stirnrunzelnd versuchte ich mir das vorzustellen, aber es gelang mir nicht so richtig. »Wo haben denn Wissenschaftler einen Soldatentrupp her?«, erkundigte ich mich und hoffte, sie würde nur maßlos übertreiben.

Abigail entsperrte den Wagen und öffnete die Fahrertür. »Private Sicherheitsfirma. Üble Leute. Gewehre mit Betäubungsmunition dabei. Richtig krasse Scheiße. Wärst du nicht zurückgekommen und hättest uns gewarnt, wären wir jetzt alle erinnerungslose Freaks«, knallte sie in ihrer Wut heraus und ließ sich ins Innere des Autos gleiten.

Auch ich stieg ein und ein Stein legte sich mir in den Magen. *So wie ich*, ging es mir durch den Kopf, aber ich sprach es nicht aus, denn auch Abby schien sofort zu merken, dass ihre Aussage nicht gerade sensibel gewesen war.

Sie klappte bereits den Mund auf, um sich zu entschuldigen, da wechselte ich einfach das Thema.

»Ich hätte ehrlich gesagt nicht erwartet, dass du schon Auto fährst«, sagte ich leichthin und musterte Abigail, die ich nicht älter als siebzehn einschätzte, obwohl ihr Gesicht auch auf ein deutlich jüngeres Mädchen hätte schließen lassen.

»Ob ich es kann oder ob ich es darf?«, fragte sie scheinheilig, schnallte sich an und startete den Motor.

»Da gibt es einen Unterschied?« Unsicher griff ich ebenfalls nach dem Sicherheitsgurt.

»Na ja, fahren konnte ich schon mit vierzehn, aber einen Führerschein ohne vollständiges Gesundheitszeugnis zu bekommen stellt eine gewisse Herausforderung dar«, offenbarte sie mir, dass sie keine Fahrerlaubnis besaß und manövrierte uns auf die Straße, ohne dass ich die Chance bekam zu protestieren.

Aber was hätte ich auch sagen sollen. Ich hatte selbst keinen Führerschein und ganz sicher wäre ich jetzt nicht wieder ausgestiegen, wo die Chance, noch mehr Antworten zu bekommen, so nah war.

Eine Nervosität ergriff mich, die mich ganz hibbelig machte, und ich fuhr mir fahrig übers Haar, um es zu glätten. Schließlich wollte ich bei den Menschen, die mir gleich begegnen würden, einen guten Eindruck hinterlassen.

Wahrscheinlich hätte ich duschen sollen, aber ich wollte Abigail nicht warten lassen und so hatte ich mich nur eben umgezogen und die Zähne geputzt.

»Wohin fahren wir und wer wird dort sein?«, erkundigte ich mich, um nicht vor Ungeduld umzukommen, und überlegte mir gleichzeitig, wo die Straße, die wir befuhren, uns eventuell hinführen würde.

»Freebie«, antwortete Abigail mir und meinte damit den Bezirk Hardwood, der größtenteils aus Sozialbauten bestand und den viele Menschen bewohnten, die sich dem Gesundheitssystem auf die eine oder andere Weise verweigerten. »Und wir sind vollzählig. Na ja, zumindest fast. David hat uns nach der Sache mit dem Unfall verlassen und ist ausgewandert. Keine Ahnung wohin.« Sie bog von der Hauptstraße auf einen Zubringer ab, der uns schneller an unser Ziel bringen würde.

»Dir ist schon klar, dass mein Hirn blanko ist und ich nicht weiß, wer denn alles dazugehört?«, machte ich sie auf meine Gedächtnislücke aufmerksam, die sie wohl wieder vergessen hatte, und sie nickte eifrig, ohne den Blick von der Straße zu nehmen.

»Tut mir leid«, sagte sie nur, ohne mir noch mehr über die anderen zu sagen, und konzentrierte sich kurzzeitig auf die komplizierte Verkehrsführung.

Ich ließ sie und starrte aus dem Fenster. Die Sonne schien grell vom Himmel, wie schon den ganzen Sommer, und spiegelte sich im Lack unzähliger vorbeisausender Autos.

»Es war ein Mehrheitsentscheid. Ich will's dir nur vorher sagen. Es stand vier zu zwei, ob wir dich zu uns holen und mal alles durchsprechen, wie und ob es weitergeht«, brach sie die Stille irgendwann und ich stolperte über ihre Worte.

»*Ob* es weitergeht?« Ich war überrascht, auch ein wenig enttäuscht. Aus irgendeinem Grund hatte ich angenommen, dass die ganze Sache mit der Gedankenlöschung jetzt immer noch genauso schlimm sein müsste wie damals, als ich es entdeckt hatte. Doch die Aktivisten schienen sich da wohl nicht mehr so sicher zu sein.

»Lass uns das besprechen, wenn wir da sind«, vermied sie ganz diplomatisch eine Antwort und ich lehnte mich mit einem Knoten im Bauch in meinem Sitz zurück.

»Wer war dagegen?«, fragte ich und Abby versteifte sich neben mir.

»Du weißt doch eh nicht mehr, wer sie sind«, versuchte sie sich wieder um eine Antwort zu drücken, aber diesmal ließ ich sie nicht.

»Dann kann ich sie nach der Vorstellungsrunde aber wenigstens böse niederstarren«, erklärte ich mit einer gespielten Leichtigkeit in der Stimme und Abigail ließ sich tatsächlich ein wenig davon anstecken.

»Leon und Jackson«, sagte sie die Namen widerwillig und zumindest einer davon kam mir aus meinem Tagebuch bekannt vor. »Aber nimm es ihnen nicht zu übel. Sie haben ihre Gründe.«

Abigail parkte den Wagen in einer Seitenstraße im Herzen von Hardwood und führte mich durch ein hohes Holztor in einen kleinen Innenhof, der von schmutzigen Gebäuden umrahmt wurde, an denen sich der Efeu durch den Putz fraß.

Ich war mittlerweile so aufgeregt, dass meine Hände schweißnass waren und ich unruhig von einem Fuß auf den anderen trat.

Große Industriefenster durchzogen die Fassade und blickten auf uns herunter wie alte, blinde Wächter einer vergangenen Zeit. Obwohl hier alles viel kleiner und heimeliger wirkte, hatte ich doch ein ähnliches Gefühl, wie als Tom und ich den Vorplatz der Plastikfabrik betreten hatten.

Ob Ezra wohl auch dort drin war?

Unsere Schritte hallten leise über den Hof und es wirkte, als wäre niemand hier und das Gebäude schon seit Jahren verlassen. Doch dann zerriss das Quietschen einer Tür die Stille und ein großer junger Mann stürmte aus dem Gebäude auf uns zu, die Arme weit geöffnet. Ich nahm an, er würde Abigail begrüßen, doch als er plötzlich mich in seine bärigen Arme nahm und einmal im Kreis wirbelte, schrie ich erschrocken auf.

»Aaaah, Henson! Du bist wieder da«, brüllte er lachend, sodass ich das Gefühl hatte, die Wände um uns herum erzitterten bei dem Bass seiner Stimme, und er schob mich ruckartig eine Armeslänge von sich, ohne meine Schultern loszulassen. »Und du siehst gut aus! Die kurzen Haare stehen dir.«

Ich war so überrumpelt, dass ich nicht wusste, wie ich reagieren sollte und mein Gesicht zu einer erschrockenen Maske gefroren war. »Äh, danke«, sagte ich leise und sah Hilfe suchend zu Abigail, die einfach weiterging und durch die Tür ins Innere des Gebäudes verschwand.

Sie ließ mich doch jetzt nicht ernsthaft allein mit diesem fremden, übergriffigen Kerl.

»Okay«, meinte er und ich richtete meinen Blick wieder auf sein Gesicht. »Du weißt gar nicht, wer ich bin, richtig?«

Ich zuckte mit den Schultern, während ich entschuldigend lächelte, um meine Unsicherheit zu überspielen.

Endlich ließ er mich los und neigte den Kopf wie zu einer Verbeugung. »Johannes Kreisel mein Name, Ritter der Rechtschaffenen. Stets zu Diensten, wenn es sich um das unerlaubte Betreten fremder Netzwerke handelt«, stellte er sich recht eigentümlich vor und schob sich sein wildes blondes Haar aus dem Gesicht.

Und da blitzte bei mir ein vertrautes Gefühl auf, als wären wir uns schon einmal begegnet, und ich erinnerte mich an den Flashback, als ich zum ersten Mal den Fabrikflyer auseinandergefaltet hatte. Er und ich hatten vor dem Backsteingebäude gestanden und der Wind war durch unsere Kleider gefahren.

»Du hattest mal blaue Haare«, kam es mir erstaunt raus und das Grinsen, das sich auf Johannes Kreisels scharf gezeichneten Lippen ausbreitete, war so strahlend, als hätte ich ihm einen Heiratsantrag gemacht.

»Ey«, machte er und lachte auf. »Doch nicht alles weg.« Mit seiner prankigen Hand wuschelte er mir so heftig durchs Haar, dass ich spürte, wie sich ein Vogelnest am Hinterkopf bildete.

Na toll. Da versuchte ich einen guten Eindruck zu machen und jetzt sahen meine Haare beschissen aus.

»Echt jetzt?«, maulte ich ihn an, versuchte das Chaos auf meinem Kopf zu beheben und blieb mit den Fingern schmerzhaft in den Knoten hängen.

»Du glaubst nicht, wie froh ich bin, dich zu sehen«, platzte es übermütig aus ihm heraus und wir strebten wie von allein auf die Tür zu. »Darf ich dich noch mal drücken?«

»Nein!«, schoss es aus meinem Mund und ich hoffte, ihn damit nicht vor den Kopf gestoßen zu haben. Doch Kreisel lachte nur und öffnete mir die Tür. Dahinter führte ein schmaler Gang in einen hohen Raum, der sich über die gesamte Fläche des Gebäudes erstreckte. Auf etwa drei Meter Höhe war am hinteren Ende eine metallene Ebene eingezogen, auf der ein containerartiger Raum thronte. Die Treppe dazu sah sehr klapprig aus und klang auch so, als jemand mit schweren Schritten die Stufen hinunterkam. Es war ein Mann, dunkle Haare, schlaksige Gestalt. Sein Blick glitt zu mir und ein genervter Ausdruck trat auf sein Gesicht. Er machte sofort wieder kehrt und stieg die Treppe zurück nach oben.

Das war dann wohl Jackson oder Leon gewesen. Denn seine Abneigung war überdeutlich.

Ich atmete angestrengt und spürte Johannes Kreisels schwere Hand, die mir sanft die Schulter tätschelte, als wollte er mir Mut zusprechen.

Der Raum an sich war quasi leer, nur ein paar Tische standen herum, überfüllt mit Elektronik, und dahinter führte ein Tor in einen anderen Teil des Gebäudes, aus dem Abigail mit zwei Männern getreten kam. Der eine trug ein graues Shirt, der andere einen weinroten Pullover.

»… wäre es doch. Sie hat ein Recht darauf«, hörte ich Abby sagen und der eine Typ im grauen Shirt verschränkte die Arme vor der Brust. Sowohl er als auch der andere kamen mir irgendwie vertraut vor und doch ließ sich das Gefühl nicht festhalten. Wie so oft.

Ob einer von ihnen Ezra war, konnte ich nicht sagen. Meine Gefühle gaben mir keine konkreten Zeichen, was mich verunsicherte.

Johannes Kreisel schob mich vorwärts an die Stelle, an der das Fenster einen Sonnenfleck auf den Boden warf. Auch Abby und die beiden Männer strebten darauf zu.

»Henson«, sprach mich der im weinroten Pullover an, der einen arabischen Einschlag in seinen Genen haben musste. Zumindest ließen sein Hautton und die verträumt wirkenden Augen darauf schließen.

Auch er legte die Arme um mich und drückte mich kurz an sich wie eine verloren geglaubte Freundin. Sein Lächeln war so echt, dass ich ein schlechtes Gewissen bekam, nicht zu wissen, wer er war und wie er hieß.

Wie musste es wohl für sie sein, mich zu sehen? Nach anderthalb Jahren ohne Kontakt. Ob sie in der Zeit gewusst hatten, dass ich mich nur nicht mehr meldete, weil man mir die Erinnerung an sie geklaut hatte?

»Wo sind Leon und Tabby?«, fragte er in die Runde und ließ mich wieder los, ohne die ganze Sache so aufzubauschen, wie Kreisel es getan hatte.

»Tabby schläft. Er hat die ganze Nacht Akten gewälzt. Ich weiß aber Bescheid«, antwortete der ihm und zog ein Handy aus seiner Gesäßtasche. »Und Leon macht mal wieder einen auf Bad Boy«, ergänze er und Abigail schnaubte laut.

»Wohl eher Diva«, korrigierte sie mit einem Augenrollen und lehnte sich neben dem Mann im grauen Shirt gegen die Wand.

Es war anstrengend, alles, was sie sagten, zu interpretieren, doch ich schloss durch ihre Aussagen darauf, dass es sich bei dem Typen auf der Treppe wohl um Leon handelte. Super erste Begegnung.

Auch an ihn erinnerte ich mich kein Stück und doch konnte ich ihn schon nicht leiden. Ob wir uns früher wohl gut verstanden hatten?

»Also. Wie sieht's aus, Kreisel?«, fragte der Mann im grauen Shirt und legte Abigail wie selbstverständlich einen Arm um die Schultern. Und auch ihr schien diese Geste geläufig zu sein, denn sie nahm es hin, als wäre es eine Selbstverständlichkeit.

»Henson ist hier«, wies Kreisel auf das Offensichtliche hin und alle Blicke richteten sich auf mich.

»Hey«, hauchte ich schwach, weil ich mich gezwungen fühlte, etwas zu sagen, und kam mir dabei total bescheuert vor.

»Müssen wir uns jetzt vorstellen?«, erkundigte sich der Typ im weinroten Pullover verunsichert und Abby zuckte mit den Schultern.

»Muss ziemlich beschissen sein, wieder auf null zurückgestellt zu werden«, kommentierte eine eiskalte Stimme von oben und ich sah zu

Leon auf, der hinter uns auf der Mitte der Treppe stand und gelangweilt auf einem Kaugummi herumkaute.

Alles in mir sträubte sich gegen das Klischee, das er verkörperte. Nein, wir hatten uns ganz sicher auch damals schon nicht gemocht.

Ich wusste nichts Schlaues darauf zu erwidern, also ließ ich es sein und hielt mich dicht bei Kreisel, der mir ein Gefühl von Sicherheit gab.

Der Mann im grauen Shirt seufzte laut und begann, alle Namen aufzuzählen, als würde er sich meiner erbarmen.

»Kreisel, Ajif, Abigail«, sagte er und zeigte auf die jeweiligen Personen. »Ich bin Jackson und das ist Leon.«

Enttäuschung zog mir die inneren Organe zusammen und mein Herz wurde ganz schwer, als mir schmerzhaft aufging, dass keiner von ihnen Ezra hieß. Er war also nicht hier. Gehörte er womöglich gar nicht zu den Aktivisten und ich hatte da etwas falsch verstanden?

Leon stieg die Stufen klappernd nach unten und brachte meine Gedanken in die Wirklichkeit zurück. Er schlenderte betont lässig an uns vorbei und lenkte mich wunderbar von meiner Enttäuschung ab, indem er ein säuerliches Gefühl von Abscheu in mir weckte. Er war so ein Poser, wie er sich auf Jacksons anderer Seite an die raue Steinwand lehnte und sich das schwarze Haar aus der Stirn strich.

»Also, was geht jetzt? Henson ist hier und hat von Tuten und Blasen keine Ahnung?«, flappste Leon und ich verschränkte abwehrend die Arme vor der Brust.

»Sie hat angerufen, also wird was zurückgekommen sein. Außerdem hat sie mich erkannt«, sprang Abby für mich ein, noch bevor ich den Mund aufmachen konnte.

»Und sie wusste, dass meine Haare damals blau waren«, ergänzte Kreisel und wollte mir wieder auf die Schulter klopfen, doch ich ließ ihn nicht. Ich wollte für mich selbst sprechen und Leon und Jackson die Stirn bieten. Sie forderten mich heraus und ich schob trotzig das Kinn nach vorn.

»Ich bin bei meinen Eltern ausgezogen und habe dann mein eigenes Tagebuch hinter einem Verteilerkasten gefunden«, erklärte ich und war einen Moment schockiert darüber, dass ich es einfach gesagt hatte. Es hatte ewig gedauert, bis ich es Vika gestehen konnte, und jetzt kam es einfach aus meinem Mund heraus.

Doch die Gesichtsausdrücke der anderen legten nahe, dass sie es sowieso schon gewusst hatten.

Ich trat einen halben Schritt nach vorn, um nicht neben Johannes Kreisels ausladender Statur im Schatten unterzugehen. »Ich weiß, dass eine Projektgruppe bei Biolog Medical ein neues Gerät zum Löschen von Erinnerungen entwickelt hat und dass sie die gelöschten Sequenzen mit Simulationen füllen.«

»Weißt du auch, dass sie es darüber hinaus geschafft haben, neues Wissen direkt ins Langzeitgedächtnis einzupflanzen? Wissen, Emotionen, abrufbare Signale zum Stimulieren des Muskelgedächtnisses. Das volle Programm«, wollte Jackson mit ernster Miene wissen und die Information traf mich wie ein Schlag.

Während ich versuchte, keine Miene zu verziehen, ratterten in meinem Kopf die Gedanken. Übelkeit schwappte in meinem Magen.

Das würde erklären, wo mein Anatomiewissen herkam und wieso ich jeden Abschnitt aus meinen Lehrbüchern auswendig aufsagen konnte.

Doch das Gruselige an der Vorstellung war, was man noch damit anstellen konnte. Natürlich klang es im ersten Moment super praktisch, Dinge zu können, ohne sie lernen zu müssen, wie fremde Sprachen oder Lehrinhalte.

Vika und ich hatten jedoch schon oft genug darüber diskutiert, zu was so etwas führen würde. Wenn man anfing, den Menschen Wissen ins Hirn zu pflanzen, wieso nicht auch positive Gefühle, gute Eigenschaften, Moralvorstellungen. Und das alles nur im besten Fall. Und am Ende hätte man einen perfektionierten Charakter, der jedoch nicht mehr viel mit dem Menschen gemein haben würde, der er einmal gewesen war.

Die Perfektionierung der Menschheit! Der letzte Eintrag, den ich in mein Tagebuch geschrieben hatte, ergab für mich plötzlich einen Sinn.

Und ich hatte zu Vika immer gesagt, dass es unmöglich sein würde, so ein Gerät zu bauen. Verdammt, wie sehr ich mich doch geirrt hatte.

»Das konnte ich mir schon fast denken«, behauptete ich, obwohl mir das Blut in den Ohren rauschte und ich mich vor Schock am liebsten gesetzt hätte.

»Kreisel«, gab Jackson das Wort ab und der Mann neben mir entsperrte sein Handy.

»Laut den Aufzeichnungen, die Tabby und ich aus dem gesicherten Server ziehen konnten, brauchen sie nur noch wenige Tage, vielleicht eine Woche, um die letzten Tests zu machen, und wollen das Ganze dann in nicht ganz zwei Wochen dem Aufsichtsrat vorstellen. Und wir haben uns die Werbepräsentation angesehen, die ist richtig gut, hat uns fast bekehrt. Ehrlich! Die werden damit durchkommen, da bin ich mir zu neunundneunzig Prozent sicher«, eröffnete er uns und mir wurde noch elender.

»Zwei Wochen. Das erklärt auch, wieso die plötzlich so nervös sind und den Agenten wieder auf Gemma angesetzt haben.« Ajif sah aufgeschreckt von einem zum anderen.

»Aber ich wusste doch eigentlich gar nichts mehr«, gab ich zu bedenken und Leon schnaubte verächtlich.

»Ja, aber wir kennen dich noch, Teufelskind. Wegen dir stehen wir jetzt auf der Abschussliste«, zischte er bösartig und mir platzte spontan der Kragen.

»Na hör mal«, pöbelte ich zurück und wurde von Jackson unterbrochen, der mir unfein über den Mund fuhr.

»Das ist nicht ganz falsch und der Grund, wieso Henson nicht hier sein sollte. Wenn wir das Projekt jetzt noch abschießen wollen, dann schaffen wir das ohne sie eher als mit ihr.« Seine dunklen Augen wurden noch schmaler, als er die Brauen entschlossen zusammenzog.

»Jackson, das ist und bleibt Wahnsinn. Dass Tom Hittinger wieder da ist, beweist doch, dass das Überraschungsmoment nicht zu uns zurückgekehrt ist. Die werden uns wieder ausfindig machen und diesmal sicher wirklich hochnehmen«, ereiferte sich Abigail, was mir einen heftigen Stich ins Herz versetzte. Sie hatte angedeutet, dass sich die Aktivisten uneinig waren, aber ich dachte nicht, dass Abigail dagegen war.

»Ich riskiere nicht meinen Hals für so eine Scheiße«, blaffte Leon und Kreisel schüttelte demonstrativ den Kopf.

»Es ist verantwortungslos, sich davon zurückzuziehen. Wir wissen, was die da wirklich entwickelt haben. Die netten Werbesprüche werden alle einlullen, aber nur, weil die mit Halbwahrheiten spielen.«

Ich war da ganz seiner Meinung, hielt mich jedoch erst einmal zurück.

Jackson fuhr sich genervt über seinen dunklen Bartschatten und schnaubte resigniert. »Also ist Kreisel dafür, weiterzumachen, und ich auch. Leon und Abby dagegen«, fasste er zusammen. »Ajif?«

»Ich finde, das muss Henson entscheiden. Sie hat von uns allen am meisten riskiert und das meiste verloren«, sagte er und seine fast schon philosophisch anklingenden Worte jagten mir einen Schauer den Rücken hinunter. Denn ich musste mich unweigerlich fragen, was genau er meinte. Meine Erinnerungen? Oder noch mehr?

Eisige Kälte strömte durch meinen Körper, als hätte irgendwer einen Hahn aufgedreht, und es schüttelte mich, als ich an die Leere in meiner Wohnung dachte, die mich mit ihren Krallen zu zerreißen drohte.

»Ja, nur dass das Prinzesschen sich da gar nicht mehr dran erinnert.« Leon hob herausfordernd seine gepiercte Augenbraue.

»Es ist nicht weniger schlimm zu spüren, dass etwas fehlt. Das treibt einen in den Wahnsinn«, verteidigte ich mich bissig und löste meine Arme aus der Verschränkung, um die Hände zu Fäusten zu ballen. Doch ich wünschte mir gleich, ich hätte mich nicht dazu hinreißen lassen, Leon eine Erwiderung entgegenzuschleudern, die ihm nur noch mehr Futter gegen mich gab.

Die Schiene stach mich dabei unangenehm und ich musste danach greifen, um sie wieder zurechtzurücken.

»Mimimi«, verspottete Leon mich und ich hätte ihm gern ins Gesicht geschlagen.

»Was hast du da an der Hand?«, wollte Jackson wissen, als hätte er gar nicht mitbekommen, dass Leon gerade auf mich losging. Er klang dabei ziemlich anklagend, als hätte ich ihm etwas verheimlicht, auf das er ein Anrecht hatte, es zu wissen.

»Eine Schiene. Ist gebrochen«, hielt ich mich knapp und zog den Ärmel meines Shirts darüber.

Was ging denn bitte hier ab? Ich war direkt in ein Wespennest getreten und um mich herum wurde ein Streit ausgetragen, von dem alle meinten, dass ich Teil davon sein müsste.

»Okay, Schluss!«, rief Jackson und erstickte damit sowohl Leons nächsten gemeinen Kommentar als auch die immer lauter werdende Diskussion zwischen Abigail und Kreisel. »Egal wie wir uns entscheiden, Henson geht nach Hause. Ich habe keine Lust, dass das ganze

Desaster wieder von vorn losgeht«, bestimmte er und ich hatte genug davon. Ich taumelte zwischen Ärger und Fassungslosigkeit.

Vielleicht war es damals so gewesen, als ich Teil dieser Gruppe war und er mir hatte sagen können, was ich zu tun hatte. Doch jetzt war ich es nicht mehr und ich fühlte mich wie ein Fremdkörper, der nicht mehr in seine alte Form passte.

Ich würde mir nicht gefallen lassen, dass Jackson hier auf großer Bestimmer machte. Dafür war einfach zu viel Scheiße passiert. Er konnte doch nicht ernsthaft glauben, mir die ganze Problematik zu offenbaren und mich dann einfach nach Hause schicken zu können.

»Und was, wenn ich nicht gehe? Das hier ist auch meine Mission. Die Sache betrifft mich genauso«, fuhr ich ihn an und seine schmalen Augen verdüsterten sich, als er einen bedrohlichen Schritt auf mich zutrat.

»Das war keine freundliche Bitte, Henson. Ich lass dich nicht wieder mitmachen!«, knurrte er verbissen und hob mahnend den Zeigefinger.

Meine Güte, ich fühlte mich, als würde ich gegen eine Wand reden. Genervt verdrehte ich die Augen.

»Ich brauch einen Kaffee«, schnaubte ich, um ihn nicht gleich erwürgen zu wollen.

»Vielleicht gar keine schlechte Idee. Wir beruhigen uns wieder und dann reden wir wie Erwachsene.« Abigail hob beschwichtigend die Hände und schob Jackson wieder ein Stück von mir weg.

»Oh, das sagt ja die Richtige«, foppte Leon sie und spielte wohl darauf an, dass sie von allen Anwesenden die Jüngste war.

»Habt ihr eine Küche?«, fragte ich an Kreisel gewandt, um mich schnellstmöglich der Szenerie entziehen zu können. Ich musste hier einfach raus, den Kopf frei kriegen und alles noch mal ordnen. Und das am besten mit einem Kaffee in der Hand.

Er zeigte die klapprige Metalltreppe nach oben und ich dankte ihm mit einem Nicken.

Meine Schritte klapperten auf den rostigen Stufen, aber ich kam oben an, ohne abzustürzen und auch ohne von den anderen beachtet zu werden.

Der Container sah von innen wie ein gewöhnliches Zimmer aus. Küchenzeile mit Kühlschrank, angelaufenem Spülbecken und Kaffeemaschine mit Kanne, die erstaunlich neu aussah für den verranzten Rest. Ein Tisch mit sechs Stühlen stand an der Wand, ansonsten war das Zimmer kahl und nichtssagend. Ein großer Wasserfleck zog sich die Wand entlang, deren Fenster in die Halle runterzeigten, wo die Aktivisten immer noch viel zu lebhaft diskutierten.

Als ich hergekommen war, hatte ich gedacht, ich wüsste, was ich wollte. Ich hatte nach Antworten gesucht und sie bekommen. Doch mir war nicht klar gewesen, was dieses Wissen nach sich ziehen würde. Es hatte Folgen, zu wissen, dass etwas Gefährliches im Gange war. Ging man dagegen vor, brachte man sich in Gefahr. Ließ man es laufen, machte man sich mitschuldig.

Systematisch öffnete ich die Schränke, bis ich eine Holzbox fand, auf der ganz groß ›Abbys Kaffee‹ stand und darunter eine roter Haftnotizzettel mit dem Hinweis ›Finger weg, Jungs!‹.

Ich zählte mich jetzt mal einfach nicht dazu und bediente mich. Tassen fand ich auch, allesamt mit hässlichen Firmenlogos bedruckt. Aber na gut, Hauptsache Kaffee.

Während meine Hände die so gewohnten Handgriffe taten und die Kaffeemaschine bestückten, drifteten mein Gedanken wieder ab.

Noch immer blieb der Hergang der Vergangenheit für mich eindimensional und farblos. Ich wusste lediglich, dass wir damals versucht hatten, unsere Informationen über das schreckliche Projekt öffentlich zu machen, vorher aufgeflogen waren und hatten fliehen müssen.

Und dann? Ich war geschnappt worden und man hatte mir die Erinnerungen durch eine Simulation ersetzt. Aber was war aus den anderen geworden? Was hatten sie in den vergangenen anderthalb Jahren gemacht? Und wieso hatte man sie nicht auch geschnappt? Schließlich hatten sie alles, was sie brauchten, aus meinem Kopf. Oder etwa nicht?

Wenn Tom wirklich der Spitzel war, für den sie ihn mir verkauften, welchen Zweck erfüllte er, wenn sie die Informationen ohnehin schon lange hatten?

Es ließ sich also darauf schließen, dass Tom entweder auf eigene Faust agierte oder für eine andere Seite arbeitete, die wir noch nicht kannten.

Na ja, oder die von Biolog Medical hatten die Infos überhaupt nicht.

Ich war schließlich nicht erst seit gestern paranoid, auch wenn ich mir nicht vorstellen konnte, wie ich es geschafft hatte, Monate vor der Gedankenauslese zu verschleiern. Außer …

Es fiel mir wie Schuppen von den Augen.

Der Unfall mit dem Lastwagen!

Ich hatte multiple Knochenbrüche erlitten und sicher war auch das eine oder andere Organ zerquetscht gewesen. Keine Ahnung, wie sich dieses Schmerztrauma auf die Auslese ausgewirkt hatte, aber anscheinend genug, um für sie die Erinnerung von einem halben Jahr unbrauchbar zu machen. Oder zumindest dem Zeitraum, in dem ich mit den Aktivisten zu tun gehabt hatte. Denn sonst wären sie sicher auch schon längst aufgemischt worden.

Aber ich konnte mir nicht vorstellen, dass ich absichtlich in einen Laster gerannt war, nur um Gedanken zu verschleiern. Das wäre dann doch etwas zu krass, egal wie ich damals drauf gewesen war.

Die Treppenstufen knallten und ein Blick aus dem Fenster zeigte mir Abigail, wie sie mit rotem Kopf und wutverzerrter Miene nach oben kam. Der Kaffee war gerade durchgelaufen und ich holte eine zweite Tasse aus dem Schrank, um uns beiden einzugießen.

Sie riss die Tür auf und ich hielt ihr schon die Tasse entgegen, was ihr Gesicht sofort etwas aufhellte. »Du bist noch toller, als ich dich in Erinnerung habe«, brummte sie immer noch etwas missmutig und nahm mir das heiße Ding ab.

Ich lehnte mich mit dem Hintern gegen die Küchenzeile. »Perfekt. Dafür habe ich dich gar nicht mehr in Erinnerung.« Eigentlich hatte ich es als Scherz gemeint, doch meine Stimme schaffte es nicht, das rüberzubringen, weil die Wahrheit einfach zu bitter auf der Zunge schmeckte.

Eilig spülte ich es mit dem ersten Schluck Kaffee hinunter und verbrannte mir dabei böse die Zunge.

»Das tut mir echt leid«, murmelte Abigail mit einem schweren Seufzer, der nach Schuld und schlechtem Gewissen klang. »Aber ich bin trotzdem richtig glücklich, dass du da bist«, fügte sie hinzu und einen Moment glaubte ich, sie würde gleich in Tränen ausbrechen. Doch sie fasste sich und strebte mit ihrem Kaffee auf die Tür zu.

»Ich geh wieder runter und versuche, den Sauhaufen zur Vernunft zu bringen.« Sie wandte ihr Gesicht ab und ich hörte sie noch schniefen, ehe sie die Tür hinter sich schloss. Wie seltsam es doch war, wenn alle einen kannten und man selbst keine Ahnung hatte. Leon hatte es gesagt: Es war ziemlich beschissen!

Diese Situation sollte eigentlich voller Antworten sein und doch hatte ich das Gefühl, nur Fragen gegenüberzustehen. Ich hatte Informationen zu den technischen Details meiner Vergangenheit bekommen. Doch Abigail, Kreisel, Ajif, sie alle waren neue Rätsel, die ich zu lösen hatte. Und Jackson und Leon erst recht. Was hatten die beiden nur für ein Problem mit mir?

Vielleicht hatte ich auch zu viel erwartet, zu viele schlechte Serien geschaut, in denen gut organisierte Space-Rebellen im Kampf gegen böse Allianzen eine unüberwindbare Bruderschaft bildeten.

Doch das hier waren keine Rebellen, hier wollte niemand irgendwen stürzen und einen Krieg anzetteln. Das sagte schon das Wort *Aktivisten*. Keine Waffen und Einbrüche. Sondern Informationen sammeln und die an die richtigen Stellen zur Veröffentlichung weiterleiten.

Und ich wollte doch auch keinen Krieg. Was war also richtig? Was konnte ich tun?

Die Treppe klapperte wieder und ich sah automatisch hin, auch wenn ich es lieber nicht getan hätte, um so zu tun, als wäre ich cool und mit wichtigen Gedanken beschäftigt. Denn es war Jackson, der mich mit seiner Anwesenheit beehrte.

Ich erwartete einen blöden Spruch von ihm, als er die Küche betrat, er überraschte mich jedoch und blieb stumm. Er ging so weit und sah mich nicht einmal an. Als wäre ich gar nicht da, strebte er auf den Kühlschrank zu und stellte sich so in die Kühlschranktür, dass er davon verdeckt wurde, als versuchte er, einen Wall zwischen uns zu errichten.

Glas klirrte gegeneinander und er kam mit einer Flasche Limo wieder zum Vorschein.

Ich beobachtete ihn ganz genau, versuchte in seiner Miene zu lesen, in seiner Haltung, und machte keinen Hehl daraus. Schließlich war ich nicht diejenige, die andere mit Ignoranz strafte.

Einen Moment hielt er inne, schnaubte genervt und drehte sich dann in meine Richtung. Ein kleiner Schreck durchfuhr mich, als er plötzlich zielstrebig auf mich zuschritt. Ich stellte den Kaffee ab und versuchte mir schon Worte zurechtzulegen, die ich erwidern konnte, falls er wieder versuchen sollte, mich nach Hause zu schicken. Den Blick desinteressiert auf das Etikett seiner Limonadenflasche gerichtet, winkte er mich stoisch zur Seite, nur um an die Schublade zu gelangen, gegen die ich gelehnt hatte.

Vor den Kopf gestoßen trat ich zurück und konnte nicht fassen, dass er, nachdem er einen Flaschenöffner hervorgekramt hatte, ernsthaft ohne ein Wort wieder verschwinden wollte.

»Hey!«, rief ich und packte ihn am Saum seines T-Shirts. »Was ist dein Problem? Was hast du gegen mich?«

Endlich drehte er mir das Gesicht zu und sein Blick kreuzte meinen. »Was ich gegen dich habe?«, fragte er mich so fassungslos, als wäre es das Selbstverständlichste auf der Welt, wütend auf mich zu sein. Mit einem Ruck schüttelte er meine Hand ab, wich jedoch nicht zurück, sondern kam sogar noch einen bedrohlichen Schritt näher. »Nur weil du dich an die Dinge nicht erinnerst, sind sie trotzdem passiert, Henson!«, warf er mir an den Kopf und ich fragte mich einen schrecklichen Moment, was ich getan hatte und ob er vielleicht zu Recht pissig auf mich war.

»Dann sag mir, was passiert ist«, forderte ich ihn auf und hielt seinem stechenden Blick stand. Seine Augen hatten die Farbe von gemahlenem Kaffee.

Ich sah sein Widerstreben, wie er sich überlegte, einfach wegzugehen. Sein kantiger Kiefer mahlte.

»Wie soll ich es verstehen, wenn du es mir nicht sagst?«, versuchte ich es mit weicherer Stimme und hoffte, ihn so zum Reden zu bewegen.

»Wir hatten einen Plan. Einen guten.« Sein Ton war schneidend scharf. »Aber der war zum Scheitern verurteilt, als du angefangen hast, dich mit Tom Hittinger zu treffen und ihm brühwarm alles zu erzählen. Du hast uns verraten und jetzt ist es nicht anders. Du triffst dich wieder mit ihm und gefährdest damit uns alle. Wegen deiner Vertrauensseligkeit ist alles den Bach runtergegangen und wir wurden angegriffen von Männern mit Gewehren. Wir mussten uns wochenlang verstecken wie Tiere!«, warf er mir wütend vor und in mir zog sich alles zusammen.

Mein Kopf begann zu schmerzen und mein Puls rauschte in den Ohren. Ich wich einen Schritt zurück.

Ich fühlte mich hundeelend und hilflos seinen Vorwürfen ausgeliefert. Was er sagte, ging mir nahe, auch wenn ich ihn gar nicht mehr kannte. Doch seine Meinung war mir ganz sicher einmal wichtig gewesen.

»Das ist nicht fair, mir das jetzt vorzuwerfen«, kam es brüchig aus meinem Mund.

»Nicht fair?«, konterte er sofort und ein Entsetzen legte sich auf sein Gesicht, das mich erschaudern ließ. »Ich habe dich sterben sehen, Gemma! Die Straße war voller Blut und wir mussten dich …« Er kniff die Lippen so fest aufeinander, dass sie blutleer erschienen, und ich war mir nicht sicher, ob er Wut oder Tränen zurückhielt. »Ich war dagegen, dass du wieder hier bist. Das wird nur noch schlimmer enden. Also vergiss einfach wieder alles und geh nach Hause.«

»Ich will nicht wieder alles vergessen. Die Leere zerreißt mich, Jackson«, versuchte ich ihm begreiflich zu machen und wusste gar nicht mehr so genau, worüber wir jetzt eigentlich wirklich sprachen. Wollte er mich loswerden, um seine Mission nicht zu gefährden oder um sich selbst zu schützen?

»Ach ja? Das hast du die letzten anderthalb Jahre doch auch super hingekriegt.«

Er traf mich damit schlimmer, als er es tun sollte. Ich brachte kein weiteres Wort mehr heraus.

Es sah aus, als wollte er sich abwenden und gehen. Doch er zögerte einen Augenblick zu lange, sodass ich die Verletztheit in seinen Augen aufblitzen sah.

Was hatte ich ihm damals nur angetan? Was war ich für ein Mensch gewesen, dass er immer noch so wütend auf mich sein konnte?

Es war nur ein Impuls, ein Gefühl, von dem ich mich leiten ließ, weil Gefühle gerade das Einzige waren, auf dass ich mich noch verlassen konnte. Ich streckte mich nach ihm aus und noch bevor Jackson zurückweichen konnte, umarmte ich ihn.

Meine Arme schlang ich um seinen Brustkorb, mein Gesicht lag an seinem Hals und es brauchte nur einen Atemzug und die Welt stellte sich auf den Kopf.

Denn Jackson roch nach Kernseife und Zitrone.

Von diesem Geruch hatte ich geträumt, hatte ihn geliebt und mein Herz setzte einen Schlag aus. Mein Bauch wurde von Kribbeln geflutet, als löste sich darin eine Brausetablette auf, und meine Seele schrie in Sehnsucht auf.

Erschrocken schnappte ich nach Luft, überrollt von meinen eigenen Emotionen, und konnte gar nicht reagieren, als Jackson mich in einer energischen Bewegung von sich schob.

»Vergiss es einfach wieder«, schnaubte er und drehte sich von mir weg. Doch er ging nicht, er floh, und alles in mir schrie, er solle bleiben.

»Ezra!«, rief ich seinen Namen und er hielt im Türrahmen einen winzigen Moment inne.

»Geh wieder nach Hause, Gemma. Wir brauchen dich hier nicht«, sagte er leise und schneidend scharf.

Und mir brach es das Herz.

27

Schwesternliebe

Ich bat Abigail, mich nach Hause zu fahren. Meine Stimmung war so niederdrückend, dass auch sie es spürte und mich in Ruhe ließ, bis sie am Straßenrand hinter meinem Wohnblock hielt und den Motor abstellte.

»Nimm es dir nicht zu Herzen. Nur weil du bei der Sache nicht dabei sein sollst, heißt das nicht, dass wir dich nicht mögen«, sagte sie und legte mir eine Hand auf die Schulter.

Schnell entzog ich mich ihr und schnallte mich ab. Nicht weil ich die Aufmunterung nicht gebraucht hätte, denn am liebsten wäre ich ihr um den Hals gefallen, sondern weil ich sonst die Tränen nicht hätte zurückhalten können.

Es war furchtbar genug, dass ich Ezra nicht auf den ersten Blick erkannt hatte, da mein Gehirn so ausgespült war. Ich hatte angenommen, bei der Heftigkeit der Gefühle, die mich immer wieder heimsuchten, würde ich mich wieder erinnern, wenn ich ihm gegenüberstand.

Selbst Tom hatte ich eher wiedererkannt als ihn. Zwar wusste ich damals nicht, wer er wirklich war, aber zumindest hatte der Funke des Erkennens existiert.

Bei Jackson hatte ich es nicht gewusst, nichts gespürt. Bis sein Geruch mir etwas davon zurückgebracht hatte. Ab diesem Moment war ich mir sicher gewesen und mein Herz spielte noch immer völlig verrückt, während schreckliche Enttäuschung jede Zelle meines Körpers schmerzen ließ.

Wieso war ich so dumm gewesen, anzunehmen, dass, sobald ich ihn fand, sich alles fügen würde?

Denn das hatte es nicht. Im Gegenteil. Ich fühlte mich so miserabel wie schon lange nicht mehr. Und das sagte ich nach anderthalb Wochen, in denen ich erkannt hatte, dass mir im Gehirn rumgepfuscht worden war, man meine Mama ins Krankenhaus eingeliefert hatte, ich mir meine Hand gebrochen hatte, von einem Kerl unter Drogen gesetzt und vom anderen fies belogen worden war, illegalerweise Alkohol konsumiert und anschließend erfahren hatte, dass in der Firma, für die ich arbeitete, verrückte Wissenschaftler versuchten, die Menschheit zu entmenschlichen.

Wenn ich mir das vor Augen führte, wirkte es beinahe kindisch, wegen der Zurückweisung meiner Gefühle so angeschlagen zu sein.

Ich stieg aus dem Wagen und straffte die Schultern.

»Jackson macht sich nur Sorgen um dich«, behauptete Abigail und ich schnaubte.

»Jackson ist ein Arschloch«, gab ich kaltschnäuzig zurück und wünschte, ich würde es auch so empfinden. Es brannte mir schier ein Loch in die Brust und ich hoffte tatsächlich, die Gefühle wurden sich wieder abschwächen und in den Tiefen meines Unterbewusstseins verschwinden, wo sie hergekommen waren.

»Danke fürs Fahren«, fügte ich hinzu und brachte es nicht über mich, einfach die Autotür zuzuschlagen, selbst wenn es ein würdiger Abgang gewesen wäre. Daher beugte ich mich noch einmal ins Innere des Wagens und drückte Abigail ganz kurz, ehe ich mich abwandte, die Tür schloss und zügigen Schrittes die Straße überquerte.

Aus dem Augenwinkel sah ich Abby davonfahren und hielt auf den Hintereingang zu, um mich genauso wieder ins Gebäude zu schleichen, wie ich rausgekommen war.

Da ich weder eine Uhr noch ein funktionierendes Handy besaß, fragte ich mich, wie spät es mittlerweile war. Ich schätzte früher Nachmittag und der Geruch nach Frittiertem in unserem Hausflur bestätigte das. Mittagessenszeit.

Als ich meine Wohnungstür aufschloss, erkannte ich, dass der Geruch aus meiner Küche stammte. Dani stand dort in einer hellgrünen Schürze und ließ beinahe meinen Pfannenwender fallen, als sie viel zu aufgekratzt zu mir herumwirbelte. »Sie ist da, Vika!«, kreischte sie erleichtert über das Knistern des heißen Fettes hinweg, als hätte man mich bereits als vermisst gemeldet.

Vika kam wie ein Irrwisch aus dem Schlafzimmer gestolpert und warf sich mir um den Hals, noch ehe ich meine Schuhe ausziehen konnte.

»Ich konnte dich nicht erreichen und dann habe ich dein Handy gefunden und ich wusste einfach nicht, was ich tun sollte«, kam es in einem Wortschwall aus ihr heraus und sie drückte mir schier die Luft aus der Lunge.

»Es ist mir heute Nacht runtergefallen«, stöhnte ich auf und befreite mich umständlich aus ihren Fängen. »Alles gut. Beruhigt euch«, ermahnte ich die beiden, schlappte aus meinen Schuhen und stellte sie an die Wand neben der Tür.

»Wo warst du? Dani hat gesagt, du wärst krank.« Ihr Blick lag streng auf mir und sie wedelte aufgebracht mit den tätowierten Armen vor meinem Gesicht herum.

Seufzend trat ich an ihr vorbei und setzte mich auf den Hocker am Tresen, auf dem Abigail vorhin gesessen hatte. Unsere Tassen standen immer noch hier.

»Nein, bin ich nicht. Das habe ich nur der Personaltante von Biolog am Telefon erzählt, um nicht hingehen zu müssen«, klärte ich auf und fragte mich, wie verpennt man sein konnte, um das nicht zu checken. Dani war schon ein wundersames Wesen.

»Und wo ich war, kann ich nicht erzählen. Zumindest nicht, solange Dani noch vorhat, zur Gedankenauslese zu gehen.«

»Ich?«, fragte Dani irritiert, schob gebratenes Gemüse im Teigmantel auf einen Servierteller und schaltete meinen Herd aus. »Ich bin noch nie bei der Gedankenauslese gewesen«, gestand sie uns und wir glotzten sie beide erstaunt an.

»Was? Echt nicht? Wie kann das sein? Wie finanzierst du dein Leben?«, wollte Vika sofort wissen und kam um den Tresen zu ihr herum.

Dani zuckte mit den schmalen Schultern und schob sich verlegen die kreisrunden Brillengläser auf der Nase nach oben, wobei sie unseren Blicken auswich.

»Ich bin eine Merrick. Danielle Merrick. Hast du das Namensschild an der Tür nicht gelesen?«, sagte sie kleinlaut und ich dachte, ich hätte mich verhört, während Vikas unverständlicher Gesichtsausdruck darauf hinwies, dass bei ihr der Groschen nicht gefallen war.

»Merrick wie *Merrick Motors*?«, musste ich einfach nachfragen und Dani nickte leicht. Und ich hatte gedacht, die Sache konnte nicht noch verrückter werden. »Dein Vater hat die Wasserstoffmotoren erfunden?«

»Er ist mein Großvater und erfunden hat er sie nicht. Das erste Patent dafür wurde schon 1807 angemeldet. Er hat sie nur effizient und umweltfreundlich gemacht und so den Kampf gegen die Ölindustrie gewonnen«, erklärte sie uns, als ob es alltäglich wäre, und Vika war so perplex, dass sie keinen Ton rausbrachte.

»Und wieso wohnst du dann in unserem Wohnblock und nicht im Bonzenviertel?« Wir wohnten zwar in keinem Sozialbau, aber es war schon die billigste Kategorie, die man durch staatliche Mittel finanzieren konnte.

»Ich mag reiche Menschen nicht«, erklärte Dani knapp und nahm Teller aus meinem Küchenschrank. »Und jetzt gibt's erst mal Essen und wir lassen dieses mir absolut unangenehme Thema fallen. Okay?« Streng sah sie erst zu mir und dann zu Vika, die leicht nickte, aber kein Wort sagte. Untypisch für Vika. Ich hoffte sehr, zwischen den beiden war immer noch alles im Lot.

»Danach können wir dich auch zum Krankenhaus begleiten, wenn du magst«, fügte Dani plötzlich hinzu und Vika richtete sich plötzlich wie vom Blitz getroffen auf.

»Oh ja, Mist. Dein Pa hat mich angerufen, weil er dich nicht erreicht hat. Das wollte ich dir eigentlich als Erstes erzählen. Sie haben deine Ma aus dem künstlichen Koma geholt und du kannst sie heute besuchen, wenn du Zeit hast.«

Mein Herz schlug plötzlich doppelt so schnell und mir war gar nicht mehr nach Essen zumute, obwohl mir gerade noch das Wasser im Mund zusammengelaufen war, als ich den Reis und das gebackene Gemüse gesehen hatte.

Meine Mama. Seit einer Woche war sie nun im Krankenhaus und ich hatte auf diesen Anruf meines Vaters eigentlich gewartet. Doch durch die ganzen neuen Erkenntnisse war es dann doch etwas in den Hintergrund geraten und ich schämte mich dafür, nicht schon früher zu ihr gefahren zu sein.

»Ich muss sofort los«, platzte es aus mir heraus und ich wollte gerade aufstehen, da drückte Vika mich an den Schultern auf den Hocker zurück.

»Du wirst erst essen. Wenn du schon nicht schläfst, solltest du wenigstens das tun«, ermahnte sie mich und ich wollte etwas erwidern, doch sie ließ mich nicht. »Nein, nein, bei so viel Kaffee, wie du mittlerweile trinken musst, um wach zu bleiben, kannst du mir nicht erzählen, du hättest einen ausgeglichenen Schlafrhythmus. Hast du eigentlich schon eine ruhige Nacht gehabt, seit du hier eingezogen bist?«

»Ist heute der Tag der heiklen Offenbarungen?«, hielt ich dagegen, um nicht antworten zu müssen, und Dani zuckte wieder mit den Schultern, während sie uns Essen auftat.

»Ja, genau der ist heute. Steht im Kalender«, behauptete Vika und ließ mich dabei nicht aus den Augen.

Ich atmete tief durch und ließ meinen Blick rüber zu meinem Wohnzimmertisch gleiten, auf dem das Buch aus meiner Wand lag. Die Alkoholflasche war verschwunden und ich hoffte, Vika oder Dani hatten das schreckliche Zeug entsorgt. Doch was dort noch lag, war die Armbanduhr, die Tom mir gegeben hatte und die eigentlich Ezra gehörte.

E.J. war an dem kleinen Rädchen an der Seite eingraviert und jetzt ergab auch das endlich einen Sinn. Ezra Jackson.

Johannes Kreisel hatten sie nur Kreisel genannt und mich Henson. Mir hätte auffallen können, dass es sich dabei um seinen Nachnamen handelte.

Meine Brust zog sich zusammen und das Atmen fiel mir schwerer, als meine Gedanken von dem Namen zu dem Mann sprangen. Sein Haar war dunkelbraun, genau wie seine Augen, das Gesicht eckig, die Figur eher drahtig. Rein äußerlich eigentlich nicht unbedingt mein Typ, weshalb ich nicht im Traum daran gedacht hätte, dass er *Ezra* sein könnte. Doch meine Gefühle waren eindeutig und ich war mir hundertprozentig sicher.

Aber er hatte mich weggeschickt.

Mühsam schluckte ich den Kloß in meinem Hals und versuchte, nicht in Tränen auszubrechen. Meine Emotionalität lag sicher nur an dem Schlafmangel, den Vika erwähnt hatte. Mir ging es gut. Ganz sicher.

Was sollte mich ein Kerl jucken, den ich eigentlich vergessen hatte.

Die Leere strich mir wie ein kalter Luftzug über die Haut, grüßte und versuchte mich an der Hand fortzuführen. Weg von meinen rationalen Gedanken, hin zu einem schwarzen Abgrund, in den sie mich stoßen würde.

»Gemma?«, riss Vika mich aus meinen Gedanken und ich blinzelte irritiert. Eine Träne löste ich aus meinen Wimpern und ich wischte sie eilig weg.

»Alles gut«, log ich und klang nicht besonders überzeugend. Vika griff nach meinen Händen und drehte mich zu sich. Ihr warmer Blick war forschend und sorgenvoll. Warum versuchte ich es überhaupt zu verheimlichen?

»Ich habe vorhin Ezra getroffen.« Meine Stimme klang gebrochen und gequält.

Vika machte riesige Augen. »Was? Den echten oder den Fake?«, wollte sie wissen und drückte meine Finger fester. Meine Rechte schmerzte dabei, aber das war mir egal.

»Den echten.« Ich hätte ihr an dieser Stelle erzählen können, dass der Fake eigentlich Tom hieß und höchstwahrscheinlich für Leute arbeitete, die ein Gerät gebaut hatten, das Gedanken, Erinnerungen und sogar Fähigkeiten einsetzen konnte. Es wäre so einfach gewesen, das Thema zu wechseln und nicht über Ezra zu sprechen. Aber es war nur ein alberner Verdrängungsgedanke, der mich nirgendwo hinbringen würde.

»Und? Wie ist er so? Wiedersehen unter Liebenden?«, fragte Vika vorsichtig und schien die Antwort schon zu kennen. Nämlich, dass es nicht gut gelaufen war.

»Er ist ein Arschloch und er will mich nicht bei sich haben«, sagte ich und es schmerzte mich schrecklich, es auszusprechen. Dabei sollte es mir nicht so wehtun. Ich kannte ihn im Prinzip ja gar nicht mehr, wusste nichts über ihn, und doch wollte ich mich auf dem Boden zusammenrollen und mir die Seele aus dem Leib heulen.

Vika versuchte mich zu umarmen, doch ich hielt sie zurück. »Nicht. Sonst weine ich gleich«, wehrte ich ab und drückte mir die Fingerspitzen auf die Augen, ganz fest, bis das Brennen dahinter wieder abklang.

»Aber manchmal muss man halt weinen«, behauptete sie und ich schüttelte den Kopf.

»Aber nicht jetzt. Ich gehe gleich meine Mama besuchen. Und außerdem habe ich doch eigentlich keine Ahnung, was zwischen uns vorgefallen ist. Oder was da überhaupt war. Vielleicht bilde ich mir den Scheiß auch nur ein und in Wirklichkeit war ich nur heimlich in ihn verliebt und er wollte nie was von mir. Wer weiß das schon«, schnaubte ich genervt, obwohl ich alles andere als genervt war, und Vika legte doch den Arm um mich, um mich an sich zu ziehen.

Diesmal wehrte ich mich nicht, aber es ging auch schon wieder. Darüber zu reden half mir, meine Gedanken und Gefühle zu ordnen. Und Vika nahm mich ja glücklicherweise ernst.

»Er weiß das doch sicher. Ihr solltet darüber reden«, schlug Vika vor und drückte mir einen Kuss auf den Scheitel.

»Ich denke nicht, dass er jemals wieder vorhat, mit mir zu reden. Und ich habe auch keinen Bock drauf, für Sachen zur Schnecke gemacht zu werden, an die ich mich nicht mal erinnere.«

Ich blinzelte und hatte plötzlich das Gefühl, auf einer Straße zu stehen.

Es war weder Nacht noch hatte der Lastwagen, der auf uns zufuhr, die Scheinwerfer an, aber lautes Stiefelgetrappel drang an mein Ohr, während mein Herz raste wie ein Überschallzug.

Menschenstimmen riefen durcheinander und ganz in der Nähe luden Männer in blauen Latzhosen gerade große Kisten in einen Truck.

»Lauf, Gemma!«, brüllte eine Stimme. Ezra. Meine Hand lag in seiner.

»Das schaffen wir nicht. Die sind direkt hinter uns, selbst wenn wir es bis zur Brücke schaffen, die haben uns, bevor wir den Stadtkern erreichen.« Leon tauchte neben uns auf. Abigail stieß einen herzerweichenden Schluchzer aus und wurde von ihm mit sich auf die andere Seite er Straße gezogen.

Angst und Schock saßen in meiner Brust, meine Lunge brannte eisig bei jedem Luftholen. Der Lastwagen kam näher und eine wahnwitzige Idee rauschte durch meinen Kopf.

Meine Finger öffneten sich und ich ließ Ezras Hand los.

»Jetzt isst du erst mal was und dann geht's dir sicher wieder ein bisschen besser«, riss Vika mich in die Wirklichkeit zurück und ich holte so erschrocken Luft, dass sie zurückzuckte.

»Ich habe mich selbst vor den Lastwagen geschmissen!«, rief ich meine neue Erkenntnis heraus und konnte nur schnappend atmen, so sehr wüteten die Emotionen in meinem Körper.

»W…was?«, stotterte Vika und war zu perplex, um zu begreifen.

»Ich habe es zur Ablenkung gemacht, damit die anderen fliehen konnten. Typen mit Gewehren waren hinter uns her und dann dachte ich, wenn ich einen Unfall provoziere, ist in einer Minute die Erstversorgung da und sie hätten keine Chance mehr, uns ohne Zeugen zu erwischen.« Mein Magen rumorte, mein Kopf war ein Chaos und meine Stimme klang so stockend, dass ich nur hoffen konnte, dass Vika mich überhaupt verstand.

»Du hättest sterben können! Wie bist du auf so eine bescheuerte Idee gekommen? Und wen hast du da denn zu retten versucht?«, stürmten Vikas Fragen auf mich ein und ich zuckte mit den Schultern.

»Das war in dem Moment nicht so wichtig. Da ging es schon um Leben und Tod«, sagte ich und Vika nickte nur, bohrte zum Glück nicht tiefer nach.

»Und wer sind die jetzt, die du da gerettet hast?«, wollte sie jedoch wissen und schob mir einen Teller hin, den ihr Dani still reichte.

»Menschen, die mir geholfen haben und denen ich vertraut habe«, flüsterte ich und nahm gedankenverloren die Gabel in die Hand.

Ich hatte ihnen vertraut. Ezra und Abigail, Kreisel, ja sogar Leon. Und dann hatte ich mich beinahe selbst umgebracht. Auch wenn ich gerade noch einen Abklatsch meiner damaligen Gefühle empfunden hatte, konnte ich mir kaum vorstellen, wie verzweifelt man sein musste, so etwas zu tun.

»Richtig irre. Aber wo war ich die ganze Zeit?«

Ich blickte zu Vika auf. »Du? Ich fürchte, wir haben uns über irgendwas gestritten und unsere Freundschaft beendet.«

»Nicht dein Ernst! Niemals!«, rief sie, ließ ihre Gabel fallen und schlang ihre Arme um mich, um mich im Übermut mit ihrer freundschaftlichen Schwesterliebe zu zerquetschen.

Vika musste überraschend noch mal zurück ins Museum und ich lehnte Danis Angebot ab, mich allein zu begleiten. Das war nett von ihr, aber wir standen uns noch nicht nahe genug.

Ich nahm jedoch dankend ihr altes Handy an, dass sie vor ein paar Monaten durch ein neueres Modell ersetzt hatte. Selbst wenn es für sie als älter galt, war es immer noch neuer als das, das ich letzte Nacht zerstört hatte.

Kaum legte ich meine SIM-Karte ein und das Back-up lud sich aus der Cloud herunter, trudelten sechs Anrufhinweise von meinem Vater rein.

Ich machte mich fertig und verließ die Wohnung. Der Gedanke, gleich meine Mutter zu sehen, ließ einen Knoten in meinem Magen entstehen. Ich hatte so viele Informationen zusammengetragen, so viel Vergessenes, und konnte nur hoffen, dass es ihr genauso helfen würde wie mir.

Eilig verließ ich das Haus und lief den Weg entlang zur Bahnhaltestelle.

Zu spät ging mir auf, dass es vielleicht keine gute Idee gewesen war, den Vorderausgang zu nehmen. Mein Blick fiel auf den Wagen, mit dem Tom mich gestern abgeholt hatte. Er stand zwischen anderen Autos auf dem Parkplatz, der von dem L-förmigen Wohnblock eingerahmt wurde. Der Lack glänzte in der Mittagssonne.

Ein Schwall aus Frustration und Ärger überflutete mich und offenbarte mir das Ausmaß dessen, was mir dieser Penner an Lügen aufgetischt hatte.

Er hatte mir erzählt, sein Name wäre Ezra, um mich auf seine Seite zu ziehen und Informationen aus mir herauszukitzeln. Dieser verdammte Hundesohn!

Mir brannten spontan die Sicherungen durch. Statt weiter zur Bahnstation zu laufen, marschierte ich über das Stück Grün auf das Auto zu. Auch wenn es verlassen wirkte, ließ ich mich nicht davon abbringen, und als ich nur noch wenige Meter entfernt war, rührte sich jemand darin und Tom stieg zögerlich aus dem Wagen.

Ich hatte es doch gewusst!

Mein Puls stieg und eine unbändige Wut brach aus mir heraus, als ich ihn sah, wie er unsicher die Beine ausschüttelte und die Hand zum Gruß hob.

Entweder er war unschuldig oder ein verdammt guter Schauspieler. Doch auch wenn ich mir Ersteres wünschte, schien die Tatsache, dass er hier auf dem Parkplatz herumlungerte, obwohl er mir erzählt hatte, ganz viel Zeit auf der Gesundheitsmesse verbringen zu müssen, doch mehr nach Letzterem auszusehen.

Doch diese Konfrontation kam mir sehr gelegen, um all das rauszulassen, was sich in mir heute angestaut hatte. Meine Emotionen waren gerade völlig aus dem Gleichgewicht geraten und meine Enttäuschung über diese ganze beschissene Situation, all die Geheimnisse, Halbwahrheiten und Lügen machte mich rasend.

Nichts war so, wie es schien. Tom war nicht Ezra und Ezra war nicht der, den ich mir erhofft hatte.

»Gemma. Hey«, grüßte Tom freundlich und fuhr sich durch die verstrubbelten roten Haare.

»Hey, was machst du denn hier?«, wollte ich ganz unschuldig wissen und war wirklich gespannt auf seine Ausrede.

Er zuckte mit den Schultern und biss sich auf die Unterlippe. Wahrscheinlich rasten seine Gedanken gerade wild durch seinen Kopf, auf der Suche nach einer guten Erklärung.

»Ich wollte zu dir. Ich … ähm … ich hatte nur noch nicht den Mut, auszusteigen und zu klingeln«, behauptete er und ich konnte echt nicht fassen, dass es sogar ziemlich glaubwürdig klang. Ich glaubte ihm trotzdem nicht.

Er musste mir meine Verwunderung angesehen haben, denn er schob die Hände in die Hosentaschen und lächelte schief. »Du bist gestern, nachdem wir in dieser Fabrik waren, so schweigsam gewesen. Ich dachte, vielleicht geht's dir nicht gut. Und dann hast du auch nicht auf meine Nachrichten geantwortet. Also …«

»Mein Handy ist kaputt«, unterbrach ich ihn schnell und musste mich zusammenreißen, ihn nicht anzuknurren. Ich ließ aus, dass ich mittlerweile Ersatz hatte. Denn das ging ihn nun einen Scheiß an.

Toms Schultern entspannten sich leicht. »Soll ich dir da irgendwie aushelfen? Wir bekommen Firmentelefone gestellt und …«

Ich winkte ab. »Ne du, lass mal, Tom«, meinte ich und merkte zu spät, dass ich nicht Ezra gesagt hatte.

»Tom?«, fragte er mich sofort und in seinen Augen blitzte etwas auf, nur ganz kurz, was mich zusammenzucken ließ und mir einen eiskalten Schauer den Rücken hinunterjagte.

Scheiße, möglicherweise war diese Begegnung eine dumme Idee gewesen. Aber jetzt war es ohnehin schon passiert und ich konnte meiner Wut auch ruhig freien Lauf lassen.

»Ja, das ist dein Name, nicht wahr?«, sagte ich lässiger, als ich mich fühlte, und war viel forscher, als ich beabsichtigt hatte. »Und du arbeitest für Doktor Larson.«

Meine Instinkte schrien, ich solle weglaufen, als Tom etwas zu langsam, um natürlich zu wirken, die Hände aus den Hosentaschen zog. »Mit wem hast du geredet?«, wollte er wissen und seine Stimme hatte ihre Sanftheit verloren. Seine ganze Haltung veränderte sich, die Schüchternheit seiner Züge wich einer ernsten Autorität und als er die Schultern straffte, wirkte er um ein Vielfaches muskulöser. Es war, als verwandelte er sich in eine andere Person. In Tom. Auch wenn ich schon vorher ein unbestimmtes Gefühl von Wiedererkennen gespürt hatte, verstärkte es sich und ich wusste, dass ich nun nicht mehr Fake-Ezra, sondern wirklich Tom gegenüberstand.

Es war eine verdammt beschissene Idee gewesen, kopflos hierherzustürmen.

»Mit niemandem. Mein Unterbewusstsein hat mir auf die Sprünge geholfen«, log ich und blickte ihn herausfordernd an, obwohl mir echt die Muffe ging, als er einen Schritt auf mich zukam.

»Ich bin auf deiner Seite, Gemma«, behauptete er und ich war mehr als irritiert, denn das konnte ich mir gerade wenig vorstellen. Vielleicht wäre er gern auf meiner Seite oder wollte, dass ich auf seiner war. Aber ich war meilenweit davon entfernt, ihm das abzukaufen.

»Ach ja? Habe ich dir zu verdanken, dass die mir die Erinnerungen gelöscht haben?«, wollte ich wissen und spürte meine Wut von Neuen erwachen. Warum sollte ich mich von ihm auch einschüchtern lassen? Weil er groß war und Muskeln hatte? Wenn er mir etwas hätte antun wollen, hätte er es schon längst tun können. Doch er stand bewegungslos da, wie erstarrt. Meine Worte mussten ihn getroffen haben.

»Ich war das nicht …«, begann er und ich schnitt ihm das Wort ab, bevor er noch mehr Blödsinn labern konnte.

»Nein, die waren das. Aber bist du schuld daran, dass die mich gefunden haben, Tom?«, wurde ich präzisier und stemmte die Hände in die Hüften, was durch die Schiene nicht ganz so energisch wirkte, wie ich es mir gewünscht hätte. Aber mein stechender Blickt tat das seine und Tom wandte den Blick ab.

»Tom«, forderte ich ihn noch einmal auf und meine Stimme blieb steinhart.

»Ja.«

Ich schnaubte und hätte gern wie ein Cowboy auf den Boden gespuckt. Aber dafür war ich dann doch nicht tough genug. »Dann bist du nicht auf meiner Seite! Steig in dein Auto und verschwinde aus meinem Leben«, schnauzte ich ihn an und er biss die Zähne so fest zusammen, dass sein Kieferbogen stärker hervortrat.

»Das bringt doch nichts, Gemma. Ich bin nicht der Einzige, der dich beobachtet«, versuchte er mit Vernunft zu mir durchzudringen und ich rollte mit den Augen.

»Ach ja, da gibt es ja noch unseren Verfolger, den du geschlagen hast. Gehörte der zu dir oder erzählst du mir jetzt, dass noch eine zweite Partei hinter mir her ist?«, blaffte ich Tom an. Jetzt ergab alles einen Sinn. Tom hatte mich auf ihn aufmerksam gemacht, wir waren weggelaufen und bevor er etwas zu uns sagen konnte, was Tom entlarvt hätte, schlug er ihn bewusstlos. Mit nur einem Fausthieb. Mir hätte einfach auffallen müssen, wie unwahrscheinlich es war, dass ein untrainierter Werbefuzzi einen Agenten niederstreckt.

Tom blickte nur an mir vorbei ins Nichts, als versuchte er, diese für ihn sicher bescheuerte Situation so schnell wie möglich hinter sich zu bringen. Doch mir reichte das als Antwort. »Was hast du damit bezweckt? Mochtest du ihn nicht? Wolltest du mein Vertrauen gewinnen? War das abgesprochen oder hast du wenigstens richtig Anschiss dafür bekommen?«

»Gemma«, seufzte er genervt meinen Namen und es hatte einen bekannten Klang. »Diese Unterhaltung haben wir schon mal geführt.«

Ich zuckte mit den Schultern und spürte meinen Ärger langsam schwächer werden. Meiner Wut war Genüge getan und die Erschöpfung packte mich im Nacken. Zeit zu gehen.

»Woher soll ich das wissen, Tom? Mir wurde das Gehirn gebraten«, schnauzte ich ihn an und beendete damit dieses Gespräch. Für immer!

Auf dem Absatz meiner Altherrenschuhe drehte ich mich um und stolzierte in Richtung der Bahnhaltestelle davon, ohne mich noch einmal nach ihm umzusehen.

28

Mutter-Tochter-Gespräche

Ich stieg aus dem Aufzug und trat durch die Feuerschutztür in den Gang, in dem das Zimmer meiner Mutter lag. Sie war noch immer im gleichen Raum untergebracht und es hatte etwas Beklemmendes, im grässlichen Licht der Neonröhren vor der Tür zu stehen.

Das letzte Mal, als ich sie hier besucht hatte, war sie so furchtbar blass gewesen, dass es mich gegruselt hatte.

Außerdem erinnerte mich der Flur an den superschrägen Traum, den ich letzte Nacht im Suff gehabt hatte. Endlich mal etwas, bei dem ich mir ganz sicher war, dass es sich dabei nicht um eine Erinnerung handelte.

Zaghaft klopfte ich an und hörte die brummende Stimme meines Vaters, der mich hereinbat. Sofort drückte ich die Türklinke herunter und öffnete die sich schwerfällig bewegende Tür.

»Gemma.« Papa stand von dem Stuhl am Bett auf, auf dem er gesessen hatte, und umarmte mich fest. »Ich konnte dich nicht erreichen«, sagte er und ich nickte. Seine Umarmung tat einfach so gut, dass ich einen Moment länger verweilte. Selbst wenn die Sicherheit darin nur eine Illusion meiner Kindheit war.

»Ja, mein Handy ist kaputt gegangen. Vika hat mir Bescheid gesagt.« Zaghaft löste ich mich von ihm und trat an seine Seite, um einen Blick auf Mama zu erhaschen, die nicht mehr ganz so kalkweiß war und mir sogar zulächelte.

»Hey, Mama«, grüßte ich sie und mir fiel ein Stein vom Herzen.

Kraftlos streckte sie die Hand nach mir aus. »Hey, Süße«, erwiderte sie und ich nahm ihre kühlen Finger in meine.

»Wie geht's dir?«, fragte ich sie, auch wenn sie das sicher schon hundertmal gefragt worden war, seit man sie geweckt hatte. Aber ich war ihre Tochter, also durfte ich das.

»Keine Ahnung. Ich fühle mich ganz gut, meine Arme sind wieder komplett verheilt«, antwortete sie mir und mein Blick glitt an ihrem Arm entlang, an dem die Haut wieder so war wie früher auch schon. Glatt, mit einigen Leberflecken und rauen Stellen, wie man sie nun mal hatte.

»Leider haben die Ärzte nicht rausgefunden, was den Anfall ausgelöst hat. Sie schicken morgen einen Spezialisten«, klärte Papa mich auf und ich fürchtete, dass selbst das nichts nützen würde. Denn ich bezweifelte, dass er ein Spezialist für verrückte Wissenschaftler war, die wild Gedanken löschten.

Papa zog einen zweiten Stuhl ans Bett heran, damit wir uns beide setzen konnten.

Ich dankte ihm und streckte meine müden Beine aus. Doch nicht nur meine Beine waren schwer, mein ganzer Körper schrie nach Schlaf, den ich ihm in der letzten Zeit viel zu selten gönnte. Es gab einfach so viele Dinge, die wichtiger waren als zu schlafen.

Ich gähnte herzhaft und wusste nicht, wieso mich die Erschöpfung gerade jetzt heimsuchte. Aber wahrscheinlich weil das Adrenalin so langsam aufgebraucht war für heute. Zumindest hoffte ich das irgendwie.

Doch wach sollte ich wohl trotzdem bleiben, da ich ganz dringend mit Mama zu reden hatte. Über das, was sie sich angetan hatte, über die Flashbacks, die sie für Halluzinationen hielt. Ich musste ihr erzählen, was es damit auf sich hatte. Seit ich wusste, was wirklich los war, fiel es mir viel leichter, damit umzugehen und es richtig einzuordnen, sodass ich nicht mehr an meiner angeblichen Verrücktheit verzweifelte.

»Paps? Kann ich ein bisschen mit Mama allein reden?«, bat ich ihn und er blinzelte überrascht, stand aber sofort von seinem Stuhl auf.

»Klar. Soll ich dir einen Kaffee holen?«, erkundigte er sich und ich wäre ihm am liebsten noch einmal um den Hals gefallen.

»Oh ja, bitte. Du bist mein Lebensretter!«, rief ich lechzender als beabsichtigt und meine Eltern lachten leise darüber. Er verabschiedete sich für eine Viertelstunde und ich wandte meine Aufmerksamkeit meiner Mutter zu, sobald er die Tür geschlossen hatte.

»Das muss sehr verwirrend für dich sein, Gemma. Aber ich versichere dir, ich hatte nicht vor, mich umzubringen. Mein Lebenswille ist einwandfrei«, begann Mama das Gespräch und mir wurde der Hals ganz trocken.

»Ich weiß, Mama«, versicherte ich ihr und räusperte mich leise. »Ich weiß, was wirklich passiert ist.«

»Es war nur ein Anfall. Ich war nicht ich selbst«, versicherte sie mir mit leiser Stimme und ich drückte ihre Hand fester.

»Nach was hast du gesucht?«, fragte ich sie, ohne auf das einzugehen, was sie gesagt hatte. Denn es war sowieso nicht richtig. Wir hatten keine Anfälle, nur Schattenerscheinungen, die sich verrückt und fremd anfühlten, weil wir die Erinnerungen dazu verloren hatten.

»Wie bitte?« Mama sah mich aus ihren grauen Augen verwirrt an. In ihrem schmalen ungeschminkten Gesicht wirkten sie kleiner und die Wimpern heller als sonst.

»Du hast die Bodendielen in meinem Zimmer aufgerissen und dir dann immer einen Schnitt verpasst, um deine Gedanken für die Gedankenauslese unbrauchbar zu machen. Also, was hast du gesucht?« Ich rutschte näher an die Stuhlkante und beugte mich zu ihr, um nicht so laut sprechen zu müssen. Denn man konnte nie wissen, ob die Wände nicht Ohren hatten.

Paranoia ahoi!

»Woher weißt du das mit der Gedankenauslese?«

»Weil ich das so mache, Mama. Und unter den Dielen in meinem Zimmer habe ich früher meine Tagebücher aufbewahrt«, gestand ich ihr und versuchte mich an einem schmalen Lächeln.

»Das funktioniert wirklich? Das war keine Wahnvorstellung?« Sie war irritiert und ich konnte es ihr nicht verdenken. Immer wieder hatte ich diese Momente, in denen ich aus der Wirklichkeit zu gleiten schien.

»Ja, das funktioniert wirklich. Ein Schnitt setzt ein kleines Schmerztrauma frei und das überdeckt etwa fünf Minuten der Vergangenheit und auch ein paar danach«, erklärte ich ihr und sie schüttelte nur fassungslos den Kopf.

»Es ist zu verrückt, was ich gesucht habe. Das kann ich dir nicht sagen«, meinte sie plötzlich noch leiser und ich reckte den Hals, um sie noch zu verstehen.

»Sag es mir trotzdem. Ist doch egal, ob es verrückt klingt. Das ist wichtig für mich.«

Sie schloss für ein paar Minuten die Augen, die Stirn in Falten gelegt, und sah älter aus als niemals zuvor. Meine Sorge um sie schmerzte mir in der Brust.

»Ich habe nach Zeit gesucht. Vergangener Zeit«, erklärte sie kleinlaut und es klang für mich kein Stück verrückt. Es erinnerte mich sogar wieder an den Traum von heute Nacht, in dem ich hinter verschlossenen Türen nach meiner Erinnerung suchen wollte.

»Das ist gar nicht verrückt«, versicherte ich ihr und ließ den Blick zu den Fenstern gleiten, sah Häuserdächer und grüne Bäume, ohne sie wahrzunehmen. »Das hatte ich auch schon.«

Mama zuckte zusammen und erschreckte mich gleich mit. »Wie meinst du das? Hattest du einen Anfall? Oh Gott, ist es etwa vererbbar?«, wurde sie lauter und versuchte sich mehr aufzurichten. Doch ich hob beschwichtigend die Hände, damit sie sich nicht zu sehr anstrengte.

»Nein, Mama, ist es nicht. Du hast keine Krankheit«, redete ich auf sie ein und nahm wieder ihre Hand, um sanft über ihren Handrücken zu streichen. »Wir sind Opfer eines Verbrechens geworden. Man hat uns Erinnerungen gelöscht und all diese verrückten Gefühle und Flashbacks sind nur die Nachwirkungen dieser Löschung«, klärte ich sie auf und sie sah mich verstört von der Seite an.

»Gemma? Geht es dir wirklich gut?«

Ich verdrehte sie Augen, auch wenn ich mir vorstellen konnte, wie absurd das im ersten Moment klang. »Ich bin nicht verrückt, Mama. Alles, an was du dich erinnerst in diesen kurzen Momenten, in denen alles richtig verrückt zu werden scheint, ist schon mal passiert!«, redete ich energisch auf sie ein, doch ihre Miene verschloss sich ängstlich.

»Nein, Gemma. Das kann gar nicht sein. Ich habe mir eingebildet, ein Lastwagen hätte dich überfahren«, hielt sie dagegen und ihre Stimme zitterte leicht.

»Ein Lastwagen hat mich überfahren!« Am liebsten hätte ich es herausgeschrien, aber ich ließ es lieber. »Das ist wirklich passiert.«

»Was?« Sie sah mich so erschrocken an, dass es mir leidtat, es ihr so unsensibel mitgeteilt zu haben. Mutete ich ihr zu viel zu?

Ich atmete tief durch und nahm mich selbst zusammen, um Ruhe zu bewahren. Das hier war schließlich ein heikles Thema. »Hast du den Unfall denn gesehen? Warst du dort? Kannst du mir sagen, wie du dich an diesen Unfall erinnert hast?«, fragte ich sie ganz langsam, damit alles nicht so übereilt klang und eine unwichtige Note bekam. Doch wissen musste ich es trotzdem. Es gab einfach keine gute Erklärung dafür, dass gerade meine Mutter dabei gewesen sein könnte.

»An dem Tag deines Umzugs stand ich auf dem Parkplatz vor diesem Gebäude und plötzlich war mir, als hätten wir Winter und mein Handy würde in der Manteltasche klingeln. Ein Mann war dran, ein Arzt. Er sagte mir, du hättest einen schweren Unfall gehabt und würdest zur Notoperation im Krankenhaus liegen. Ich sollte schnell kommen, weil dein Zustand sehr kritisch wäre und du möglicherweise nicht mehr lange leben würdest.« Während sie es aussprach, verlor ihr Gesicht die wenige Farbe, die es vorher gehabt hatte, und sie klammerte sich so fest an meine Finger, dass es wehtat. Aber ich ließ sie. Es musste schwer für sie sein, daran zu denken, und trotzdem spürte ich nur Erleichterung.

»Ich habe es aber überlebt«, versicherte ich ihr und holte sie so aus ihren Erinnerungen zurück.

Sie blinzelte ein paarmal und zog mich dann zu sich herunter, um mich in ihre Arme zu schließen. Ihr Haar roch nach Desinfektionsmittel und ich vermisste ihren sonst so blumigen Geruch.

»Es war nur eine Halluzination, Gemma. Nichts davon ist passiert«, behauptete sie und sagte es sich eigentlich selbst.

»Doch. Es ist passiert!«, versuchte ich zu ihr durchzudringen und löste mich vorsichtig aus ihrer schwachen Umarmung. »Ich wurde vor einer Woche geröntgt und da kam raus, dass beinahe jeder Knochen in meinem Körper mal gebrochen war. Es ist passiert! Ich erinnere mich daran.«

»Aber wenn das wahr ist und alles andere auch … Das ergibt doch gar keinen Sinn«, flüsterte sie und ihr Blick zuckte wirr im Raum herum, als suchte sie nach etwas.

»Was meinst du?«, erkundigte ich mich vorsichtig und berührte sie an der Schulter, um ihre Aufmerksamkeit zurückzubekommen.

»Als sie mich betäubt haben, da habe ich geträumt.« Ihr Blick heftete sich auf einen Punkt an der Wand.

Ich wartete, ob sie weitersprechen würde, doch sie blieb stumm. »Und was?«, sprach ich sie daher an. Es machte mich wahnsinnig, ihr jeden Satz aus der Nase ziehen zu müssen.

»Wir waren in einem hellen Raum. Es war aber kein Krankenhaus.« Ihre Stimme war nur noch ein Flüstern und es wirkte, als würde sie mich überhaupt nicht mehr wahrnehmen und mit jemand anderem reden, der sich weit weg befand. »Du bist operiert worden, viele Male, und ein Arzt erklärte mir, dass der Unfall ein tiefes Trauma bei dir ausgelöst hatte, sie es aber durch neue Technologie beheben könnten.«

Fassungslos starrte ich sie an. Jetzt war meine Müdigkeit endgültig in die Flucht geschlagen, mein Puls ging nach oben und ich musste tief einatmen, um den Druck auf meiner Brust loszuwerden. »Und daran erinnerst du dich?«

Sie schüttelte den Kopf. Das Sonnenlicht verfing sich in ihren Haaren. »Es ist so unwirklich, dass ich nicht behaupten würde, dass es eine Erinnerung ist. Vielleicht versucht mein Verstand nur meine Wahnvorstellungen zu verarbeiten«, relativierte sie und entglitt mir wieder. Ich verstärkte meinen Griff an ihrer Schulter.

»Es sind keine Wahnvorstellungen! Erinnerst du dich an noch mehr? Hat irgendwer eine Simulation erwähnt?«, wollte ich wissen und konnte es gerade noch unterdrücken, sie zu schütteln.

Sie sah mich so erschrocken an, dass ich mir sicher sein konnte, dass sie das hatten. Es war eine Bestätigung dafür, dass ich tatsächlich in dieser Simulation gewesen war.

»Woher weißt du das?«, fragte sie streng und ich legte frustriert den Kopf in den Nacken.

»Mama, wie oft noch? Weil es passiert ist«, sagte ich es ihr noch einmal, doch sie wollte es wohl einfach nicht glauben.

»Aber du warst nicht bei Bewusstsein«, wies sie mich darauf hin und ich schlug in meiner Hilflosigkeit die Hände vors Gesicht.

»Ich habe es auf anderem Weg herausgefunden. Erinnerst du dich, ob sie dich auch an diese Simulation angeschlossen haben?«

»Mich? Wieso sollten sie so etwas tun? Ich wurde doch nicht überfahren.«

Ich ließ es sein, ihr zu erklären, dass es nichts mit dem Unfall zu tun hatte, weil das nur noch mehr wäre, was sie nicht begreifen würde, und verlegte mich darauf, noch mehr Informationen von ihr zu bekommen.

»Weißt du denn noch, wie der Arzt hieß oder wie er aussah?«, fragte ich und hätte gern meine Finger ineinandergekrallt. Die Schiene ließ mir da jedoch nicht genug Freiraum dafür.

»Nein. Das war alles viel zu verschwommen«, wehrte sie ab und ich war froh, dass sie nicht behauptet hatte, es sei unwichtig, weil es ja ihrer Meinung nach nie passiert war. Doch dann trat Erkennen in ihren Blick. »Obwohl. Ich glaube, er hatte einen Mädchennamen als Nachnamen.«

War da nicht was in meinem Buch gewesen?

»Sinah?«, half ich ihr auf die Sprünge und sie richtete den Blick auf mich. Als wäre ihr auf einmal wieder eingefallen, dass ich hier war, starrte sie mich an wie einen Geist.

»Gemma, du machst mir Angst. Das kannst du nicht wissen. Es ist nur in meinem Kopf passiert.«

Frustration krampfte mir den Bauch zusammen und ich wünschte, ich könnte laut schreien. »Ist es nicht!«, knurrte ich genervt und ballte die eine Hand.

»Vielleicht bist du ja gar nicht meine Gemma. Vielleicht bist du gar nicht hier und ich fantasiere schon wieder.« Mama richtete sich langsam im Bett auf und zog sich vor mir zurück, als wäre ich ein Monster, das vorhatte sie zu fressen.

Meiner Mutter ging es wohl noch viel schlechter, als ich erwartet hatte. Ich dachte, mit ihr reden zu können, ihr zu helfen, und jetzt schien alles nur noch schlimmer zu sein als vorher.

»Ich bin es wirklich. Ich bin wirklich hier«, erklärte ich ihr, doch sie zog sich nur die Decke vor den Körper, als würde sie sie vor mir schützen.

»Ich will, dass du gehst«, sagte sie mit einer solchen Kälte in der Stimme, die mein geschundenes Herz noch schlimmer verletzte.

»Mama.«

»Verschwinde und lass mich in Ruhe!«, schrie sie und griff nach dem Wasserglas, das auf ihrem Nachtschrank stand.

Erschrocken duckte ich mich, als sie es nach mir warf, und wich ihm nur um Haaresbreite aus. Es zersprang an der Wand hinter mir und Wasser und Scherben flogen in alle Richtungen.

Verwirrt und zitternd trat ich den Rückzug an und rannte zur Tür, ehe sie mich mit ihrem E-Reader treffen konnte, der ebenfalls zu Bruch ging.

»Mama!«, quiekte ich vor Angst und klammerte mich an die Türklinke.

»Geh aus meinem Kopf raus!«, kreischte sie und ich floh eilig aus dem Zimmer, ehe sie noch etwas nach mir werfen konnte.

Ich zitterte so stark, dass meine Beine mich kaum hielten, und eine Krankenschwester kam auf mich zugelaufen, der Gesichtsausdruck alarmiert.

»Geht es Ihnen gut?«, fragte sie mich und schob mich zu einer Bank, damit ich mich setzen konnte.

»Meine Mutter. Ihr müsst meiner Mutter helfen«, brachte ich heraus und schon tauchten noch mehr Menschen in grünen und weißen Klamotten auf, die an uns vorbei ins Zimmer liefen.

»Sie bluten«, teilte mir die Krankenschwester mit und wies mich an, sitzen zu bleiben, bis sie mit einer Pinzette und einem Pflaster zurück war.

Sie zog mir eine kleine Scherbe aus der Wange, betupfte die Wunde mit Desinfektionsmittel und der Wundsalbe, die ich auch zu Hause hatte, und klebte mir anschließend ein großes weißes Pflaster darüber.

Ich war noch so unter Schock, dass ich es einfach geschehen ließ und gar nicht begreifen konnte, was gerade geschehen war. Mama war total ausgerastet, war gar nicht in der Lage gewesen zu verstehen, dass die Dinge, die in ihrem Kopf waren, Schattenerinnerungen waren.

Es ging ihr nicht einfach nur schlecht, es ging ihr um einiges beschissener als mir, was nur einen Schluss zuließ: Sie hatten meine Erinnerungen gelöscht und durch eine Simulation ersetzt. Die meiner Mutter aber nicht!

Sie hatten knallhart die Erinnerung an ein halbes Jahr gelöscht und sie dann sich selbst überlassen. Ein Kollateralschaden.

Ich war fassungslos. Und stinkwütend.

Selbst wenn ich heute Morgen noch nicht sicher gewesen war, was ich mit meinem Wissen jetzt anstellen würde, jetzt war ich es.

Die Krankenschwester verschwand ins Zimmer meiner Mutter und ich zog sofort Danis altes Handy aus der Hosentasche. Das Back-up hatte sogar meinen Anrufverlauf gespeichert und ich drückte, ohne zu zögern, auf die letzte von mir gewählte Nummer.

Beim dritten Tuten nahm er ab und ein lautes Schnauben war zu hören.

»Henson, ich werde meine Meinung nicht ändern«, sagte Ezra mit genervtem Ton und ich verfluchte meinen Körper dafür, beim Klang seiner Stimme sofort Endorphine auszuschütten.

»Mir egal, was du denkst oder was du dir vorgestellt hast. Ich werde ganz sicher nicht zu Hause sitzen und so tun, als wäre alles in bester Ordnung. Die haben meine Mama gelöscht und sie in den Wahnsinn getrieben. Ich lass mich nicht aufhalten! Ich werde rausfinden, wie ich die fertigmachen kann, bis ihre Ärsche auf Grundeis gehen und sie sich wünschen werden, sich nie mit mir angelegt zu haben. Und wenn du mir nicht hilfst, mache ich es allein«, ratterte ich runter, ohne ein einziges Mal Luft zu holen, und legte dann einfach wieder auf.

Ich war bereit für den Kampf und Ezras Ablehnung würde mich sicher nicht aufhalten.

29

Nachholbedarf

Papa bestand darauf, mich nach Hause zu fahren. Lieber wäre ihm zwar gewesen, wenn ich mit in mein Elternhaus gekommen wäre, aber ich hatte jetzt keinen Kopf dafür, mich von meinem Vater ausfragen zu lassen.

Denn ich plante einen Krieg, während ich still im Auto saß, hinausstarrte und an einem furchtbar schlechten Kaffee nippte. Draußen zog gerade eine dichte Wolkendecke am Himmel auf und kündigte Regen an, den es schon seit Wochen nicht mehr gegeben hatte.

Ich freute mich darauf. Ich mochte Regen. Am Handy checkte ich den Wetterbericht und fand meine Vermutung bestätigt. Heute Nacht sollte es losgehen.

Der bewölkte Himmel passte auch viel besser zu meiner Situation als das immer blaue Himmelszelt dieses schrecklich schönen Sommers.

Ich seufzte und sah wieder auf mein Telefon, mit dem ich vorhin einen äußerst kühnen Anruf getätigt hatte. Natürlich wäre es nicht nötig gewesen, Ezra in meinen Entschluss einzuweihen. Aber es hatte sich richtig angefühlt, ihm unter die Nase zu reiben, dass ich machen konnte, was ich wollte.

Zwar hatte ich behauptet, es ganz allein zu tun, aber jetzt, wo ich mich ein Stück weit beruhigt hatte, der erste Schreck überwunden war und die Schnittwunde in meiner Wange pochte, wurde mir klar, dass ich das ganz allein nicht schaffen konnte.

Ich brauchte jemanden, der mir half, Informationen zu sammeln, jemanden, der sich mit dem Sicherheitssystem von Biolog Medical auskannte und Ahnung von Auslesegeräten hatte. Und wen gab es da Besseres als Jessy.

Sie war die beste Chance, die ich hatte, und trotzdem sträubte ich mich, sie einzuweihen. Denn sie war noch eine Person, die ich dadurch in Gefahr brachte.

Vika nahm die Situation nicht ernst genug, wusste aber auch nicht die heikelsten Informationen, die ihr möglicherweise gefährlich werden konnten.

Jessy würde ich jedoch alles erzählen müssen, sie würde darauf bestehen, alles bis ins winzigste Detail zu erfahren, und mich so lange ausquetschen, bis der letzte Tropfen Wahrheit aus mir heraus wäre.

Und von ihr anschließend zu verlangen, nicht mehr zur Gedankenauslese zu gehen, stellte einen zu hohen Preis dar. Denn Jessy würde mehr verlieren als ein bisschen finanzielle Unterstützung vom Staat. Sie saß in der Sicherheitsabteilung von Biolog Medical, sie würde ganz sicher ihren Job verlieren, für den sie so hart geackert hatte, um ihn zu bekommen.

Doch trotz aller Bedenken war sie meine beste und vielleicht auch einzige Option, um weiterzukommen.

Papa setzte mich auf dem Parkplatz vor meinem Gebäudekomplex ab und sagte mir sicher dreimal, dass ich jederzeit anrufen solle, falls es mir nicht gut ging oder ich drüber reden wolle, was gerade im Krankenhaus passiert war. Egal zu welcher Uhrzeit.

Ich umarmte ihn fest und versicherte ihm, dass ich schon klarkam.

Sein Auto verschwand die Straße nach unten und ich sah ihm nach, ließ mir den Wind durch die Haare fahren und atmete tief durch. Auch mit Koffein im Blut fühlte ich mich zerschlagen und müde. Ich hatte es ganz dringend nötig, mal wieder eine Nacht gut und lange zu schlafen.

Aber erst nachdem ich bei Jessy gewesen war, die demnächst von der Arbeit zurück sein müsste.

Ehe ich das Wohnhaus betrat, ließ ich meinen Blick über den Parkplatz wandern, fand Toms Auto jedoch nicht. Also hatte er entweder meinem Wunsch entsprochen und sich vom Acker gemacht oder war zu einer unauffälligeren Überwachung übergegangen.

Leider tippte ich auf Letzteres.

Jessy wohnte nicht weit weg, eigentlich sogar im gleichen Gebäude, nur in einem der anderen Abschnitte, die alle durch Treppenhäuser miteinander verbunden waren. Zwar stellte es sich als ziemlich umständlich heraus, von Abschnitt D zu A zu gelangen, als einfach den Weg draußen über den Parkplatz zu nehmen, doch so wurde ich wenigstens von niemandem dabei gesehen. Mir begegnete kaum jemand und ich achtete auch darauf, möglichst unauffällig zu wirken.

Energisch klopfte ich gegen Jessys Wohnungstür und klingelte nach einigen Augenblicken sogar, bekam aber keine Antwort. Sie war dann wohl noch nicht zurück und der Blick aufs Handy sagte mir, dass ihre Bahn erst in drei Minuten an der Haltestelle draußen ankommen würde. Vorausgesetzt, sie nahm den direkten Weg heim.

Nervös trat ich von einem Bein aufs andere und bekam fast einen Herzschlag, als ganz plötzlich das Handy in meinen Fingern zu klingeln begann. Das Geräusch war so schrill, dass es auf dem langen, leeren Flur widerhallte wie ein Alarmsignal.

Eilig nahm ich ab, ohne darauf zu achten, wer denn da anrief, und hielt mir mit rasendem Herzen das Handy ans Ohr.

»Ja?« Hektisch sah ich mich um, als erwartete ich, dass jeden Moment die Wohnungstüren um mich herum aufgerissen werden würden und Menschen mit Betäubungsgewehren auf mich losgingen. Doch es rührte sich nichts.

»Hallo, Frau Henson. Mein Name ist Belinda Klock, ich arbeite im Gesundheitsservice von Biolog Medical. Schön, dass Sie abnehmen. Wir konnten Sie vorhin nicht erreichen.«

Irritiert zog ich die Stirn in Falten und wünschte mir, ich hätte aufs Display gesehen, bevor ich den Anruf annahm. Doch jetzt war's schon zu spät.

»Aha. Und wieso rufen Sie an?«, wollte ich wissen und klang patziger, als ich es beabsichtigt hatte.

»Es tut uns wirklich sehr leid, Sie zu bemühen. Aber es gab in unserem System einen winzigen Fehler beim Ablegen der Krankenakten vom Montag letzter Woche. Sie waren zur Gedankenauslese da und wir müssten Sie bitten, diese zu wiederholen, um Ihr Gesundheitszeugnis wieder zu vervollständigen. Ich könnte Ihnen gleich heute einen Termin geben.« Die Stimme der Dame klang ruhig und so, als hätte sie diese Sätze schon sehr oft in ihrem Leben gesagt, bei mir lösten sie jedoch Angst aus, die sofort in Ärger überschwappte.

Natürlich sind genau die Akten von meiner Gedankenauslese fehlerhaft. Welch ein Zufall, spottete ich in meinem Kopf und schnaubte. Diese hinterhältigen Penner wollten doch nur herausfinden, was ich bereits wusste. Sicher hatte Tom mich verpetzt, der Wichser.

Mühsam fasste ich mich, damit meine Stimme neutral klang und ich die ahnungslose Tante des Servicecenters nicht niedermachte.

»Nein. Ich kann heute nicht«, brachte ich heraus und drehte mich zur Wand.

»Oh, ich sehe gerade in Ihrer Akte, dass Sie krankgemeldet sind. Wäre dann Montag besser?«, bemühte sich die Frau am Telefon, deren Namen ich total überhört hatte, und ich schüttelte energisch den Kopf.

»Nein. Auch schlecht«

»Dann schlagen Sie mir doch am besten einen Termin vor und ich sehe nach, ob da noch was frei ist.«

Mein Kopf schmerzte, meine Nerven lagen blank. »Wie wär's mit niemals! Ich werde einfach nicht mehr zur Gedankenauslese gehen«, zischte ich gefährlicher als beabsichtigt und konnte meine Wut über die ganze Situation kaum zurückhalten.

»Frau Henson? Sind Sie sich da sicher? Laut Ihren Daten arbeiten Sie doch als Technikerin bei uns? Da wäre es doch kontraproduktiv, Ihren Job aufs Spiel zu setzen wegen einer so simplen Untersuchung. Das ist doch nicht, was Sie wollen«, säuselte sie ins Telefon und mir platzte endgültig der Kragen. Wahrscheinlich hatte sie es nicht als Drohung gemeint, aber es war bei mir wie eine angekommen.

»Wissen Sie was, stecken Sie sich Ihre ›simple Untersuchung‹ in den Arsch. Ganz sicher komme ich nicht mehr zur Gedankenauslese, um mich aushorchen zu lassen. Maßen Sie sich nicht an, mir zu sagen, was ich will!«, schnauzte ich sie unverblümt an und legte auf.

Schon der zweite wütende Anruf in kürzester Zeit. Mein inneres Gleichgewicht war völlig aus dem Takt geraten und die ständige Übermüdung trug sicher auch nicht gerade dazu bei.

»Interessant. Wie kommt's?«, sprach mich plötzlich jemand von hinten an und ich wirbelte zu Jessy herum, die neben ihrer Wohnungstür stand, den Schlüssel schon in der Hand, eine Augenbraue skeptisch in die Höhe gezogen.

Wie ich es vorhergesehen hatte, zwang Jessy mich mit der ganzen Sache rauszurücken, als ich angefangen hatte, die grobe Geschichte zu erzählen. Ihr reichte nicht der Überblick, sie wollte wirklich verstehen, wie das alles passiert war, während sie mir nebenher wirklich guten Kaffee aus ihrem Vollautomaten einflößte, der mich wach hielt.

Von den Schattenerscheinungen, dem Buch in der Wand, die Sache mit dem falschen und dem echten Ezra. Ich erzählte ihr, dass sie der Grund dafür war, dass ich überhaupt je an die Daten gelangt war, und sie hatte dabei nur geschmunzelt. Doch die technischen Möglichkeiten der Forschungsgruppe wirkten auch auf sie verstörend und sie stellte ständig wichtige Detailfragen, die ich ihr größtenteils nicht beantworten konnte, was sie mehr als frustrierte.

Jessys Wohnung hatte große Ähnlichkeit mit meiner, nur dass ihre Wände in einem kräftigen Petrol gestrichen waren und sie statt einer Couch mehrere große senfgelbe Sessel besaß, die so bequem waren, dass ich darin beinahe einschlief, als Jessy uns neuen Kaffee machte.

»Und ich dachte, du benimmst dich komisch, weil du dein Herz an Oliver Grand verloren hättest«, witzelte Jessy ganz unpassend und stellte mir einen Teller mit Schokoladenkeksen auf den messingfarbenen Beistelltisch.

»Das ist kein Spaß, Jessy!«, ermahnte ich sie und nahm mir einen der Kekse, die verführerisch nach dunklem Kakao und weißem Zucker rochen. »Das ist alles ein großer Haufen Scheiße und ich weiß nicht, wie ich den bezwingen soll, ohne darin unterzugehen.«

Jessy rümpfte auf ihre pikierte Art die Nase. »Bist du sicher, dass du solche Vergleiche mit einem Keks in der Hand machen solltest?«, fragte sie und ich warf ihr einen genervten Blick zu. »Okay, ist ja schon gut. Du hast recht. Das ist richtig krass. Und du hast richtig reagiert. Du darfst auf keinen Fall zur Gedankenauslese gehen.«

Ich seufzte laut und ließ mich noch tiefer in die Kissen sinken. »Ja, du aber jetzt auch nicht mehr. Wenn die herausfinden, dass ich dir alles erzählt habe, bitten die dich als Nächstes zur Kasse.«

»Ich war erst vor zwei Monaten, so schnell wird das also nicht passieren«, wehrte sie ab und ich hob ungläubig die Augenbrauen.

»Ach ja? Das habe ich bis vorhin auch gedacht.«

Ich hatte wirklich geglaubt, noch eine Weile damit durchzukommen, und dann hätte ich weitergesehen, so in einem Dreivierteljahr oder noch später.

Jessy schlug ein Bein unter und knabberte an einem der Kekse, den Blick konzentriert auf die Topfpflanze gerichtet, die in der Tür zum Schlafzimmer stand. »Das Problem ist ja eigentlich nicht die Auslese an sich. Die sollte anonym sein und nur die psychische Gesundheit des Patienten prüfen«, meinte sie und lehnte sich nachdenklich zurück. »Wenn das Ganze funktionieren soll, wie du es beschrieben hast, darf sich ja kein Mensch an das, was du in diesem halben Jahr gemacht hast, erinnern, sonst wäre es ja aufgefallen. Somit ist vielleicht einfach bei jedem rumgelöscht worden. Bei mir, bei Luna, bei Vika, bei deinem Vater, deiner Mutter, beim Bäcker um die Ecke, beim Typen, dem du morgens mal im Flur begegnet bist, egal wem. Da darf ja niemand ausgelassen werden. Das wäre eine Riesenaktion.

Und wenn sich der Kerl aus dieser Bar und auch deine Aktivistenfreunde noch daran erinnern, dann ist ja offensichtlich, dass diese Wissenschaftler die Gedankenauslese dafür benutzen, nach dir und deinen Aktivitäten zu suchen und zu löschen.

Das muss ein krasser Eingriff ins Protokoll gewesen sein, als die dafür den Algorithmus eingespielt haben«, beendete sie ihre Überlegungen und ich wusste, dass ich die Richtige gefragt hatte, mir zu helfen.

»Kannst du das nachprüfen? Oder ist das zu illegal für dich?«, fragte ich vorsichtig und Jessy lachte freudlos auf.

»Gemma, ich bin bei der Systemsicherheit. Wenn man mir anträgt, dass da jemand am Ausleseprotokoll herumgepfuscht hat, ist das mein verdammter Job, das nachzuprüfen und dagegen vorzugehen«, tönte sie laut und ich zuckte bei dem Gedanken zusammen.

»Du willst doch damit jetzt nicht brühwarm zur Firmenleitung rennen, oder?«, mahnte ich sie, doch sie schüttelte den Kopf.

»Als ob … Wenn die es geschafft haben, dass der Algorithmus bis jetzt nicht entdeckt wurde, lässt der sich mit an Sicherheit grenzender Wahrscheinlichkeit auch nicht zurückverfolgen. Und ich werde einen Teufel tun und die richtig schön vorwarnen, dass ich ihnen auf der Spur bin. Die haben dir richtig was angetan, Gemma! Die lassen wir nicht davonkommen!«, bestärkte sie mich und biss mit einer triumphierenden Geste in ihren Keks. »Außerdem erklärt das einiges. Ich habe jedes Mal, wenn ich Miles ansehe, das Gefühl, wir hätten schon mal Sex gehabt, aber ich kann mich beim besten Willen nicht daran erinnern.« Nachdenklich kaute sie und ich wusste nichts dazu zu sagen. Dieser Themenwechsel war dann doch zu krass für mich.

»Was aber auch bedeutet, dass dieser Sex irgendwas mit dir zu tun haben muss. Sonst hätten die den ja nicht gelöscht«, philosophierte sie weiter und ich hob abwehrend die Hände.

»Okay, ich glaube, ich möchte das in diese Richtung nicht weiterdenken«, sagte ich halb scherzhaft und wir mussten tatsächlich beide darüber lachen.

Meine Wangen taten dabei richtig weh und ich fragte mich, wann ich das letzte Mal gelacht hatte.

»Ja, lach nur. Die halbe Stadt leidet wegen dir wahrscheinlich an Schattenerscheinungen. In den Annalen der Zeit wird man es *die große Verwirrung* nennen«, spann Jessy es weiter und richtete sich plötzlich auf. »Apropos Verwirrung. Loverboy und du«, wechselte sie schon wieder das Thema und sprach dabei von Ezra. Dem echten Ezra. Dabei hatte ich nur am Rande erwähnt, dass wir möglicherweise eine Beziehung oder so geführt hatten. In meinem Bauch brach sofort ein Schmetterlingsgeschwader aus, das ich mit allem verfluchte, was mir einfiel.

»Was glaubst du, wie ist das mit euch passiert? Ich meine, du bist echt nicht der Typ, der sich einfach so verliebt und ganz sicher nicht in so einer krassen Situation wie bei euch«, traf Jessy wieder mal genau ins Schwarze und mir schwirrte sofort der Kopf.

Ich rief mir Ezra Jackson vor Augen und obwohl er zweifelsohne attraktiv war, hätte ich jetzt nicht behaupten können, dass ich ihn auf den ersten Blick anziehend fand. Und besonders gut benommen hatte er sich auch nicht.

Ich zog ein Kissen aus meinem Rücken und schlang meine Arme darum, während mein wundes Herz in meiner Brust flatterte wie ein sterbender Nachtfalter.

»Keine Ahnung«, murmelte ich und schloss für einen kurzen Moment die vor Müdigkeit brennenden Augen.

»Hm«, machte Jessy und das Polster raschelte leise, als sie sich aus ihrem Sessel erhob. »Gut. Halten wir fest: Ich werde morgen unauffällig das System durchforsten und nach Hinweisen auf besagtes *Projekt des Bösen* und den Algorithmus suchen. Und du wirst jetzt erst mal schlafen gehen und dich gefälligst daran erinnern, wie das mit dir und Loverboy passiert ist. Denn das interessiert mich wirklich brennend«, schwärmte Jessy und als ich die Augen mühsam wieder öffnete, sah ich ein anzügliches Grinsen auf ihren Lippen.

»Das ist keine Daily Soap, Jessica«, maulte ich halbherzig und ließ mich von ihr aus dem Sessel ziehen.

»Sagt wer?«, lachte Jessy und gab mir einen Klaps auf den Po, damit ich auch wach genug war, um den Heimweg anzutreten.

30

Durchnässt

Regen prasselte gegen die Fensterscheibe und trieb mich sanft aus dem Schlaf. Ich erwachte mit dem Gefühl eines Kusses auf den Lippen und Sehnsucht im Herzen, konnte mich an den Traum, in dem ich mich gerade noch befunden hatte, aber nicht mehr erinnern.

Wie erschlagen lag ich zwischen den Kissen, die nach Vika und Lavendel rochen, und brauchte eine Weile, bis ich mich fragte, wieso ich denn so viel Platz hatte.

Widerwillig schlug ich die Augen auf und sah mich blinzelnd in Vikas Schlafzimmer um. Von meiner besten Freundin keine Spur.

Ich hatte mich gestern in ihre Wohnung zurückgezogen, da ich es allein in meiner nicht ausgehalten hätte. Da ich der Leere nicht hatte begegnen wollen, war ich nicht mal reingegangen, sondern direkt auf Vikas Couch und von dort in einem geliehenen Shirt ins Bett.

Doch Vika war wohl nicht nach Hause gekommen. Zumindest hatte sie nicht in ihrem Bett geschlafen, da ihre Seite noch so glatt und gemacht aussah wie gestern Nachmittag.

Ein Blick auf mein Handy, das auf Vikas Ladestation lag, teilte mir mit, dass wir bereits kurz vor Mittag hatten. Wow, ich hatte wirklich lang geschlafen. Mein Körper hatte es wohl dringend nötig gehabt und trotzdem fühlte ich mich, als hätte mich jemand verprügelt. Meine Rückenmuskulatur war verspannt, meine Gelenke schmerzten bei jeder Bewegung und ein Pochen wohnte hinter meinen Schläfen. Meine Fingerspitzen waren kalt und fühlten sich taub an, als ich eine Nachricht an Vika schrieb.

›*Habe dein Bett besetzt. Sorry. Bist du geflohen?*‹, tippte ich noch im Bett liegend und bemerkte dann einen verpassten Anruf.

Es war die Servicenummer von Biolog Medical. Genervt legte ich das Handy zur Seite. Als ob ich die zurückrufen würde. Sie wollten mich nur dazu überreden, zur Gedankenauslese zu erscheinen. Doch da konnten sie lange warten.

Und was konnten sie schon tun, wenn ich nicht hinging? Nichts.

Ich brauchte eine ganze Weile, um mich selbst davon zu überzeugen, aufzustehen und nicht in trüben Gedanken zu versinken. Meine Kopfhaut juckte und ich fühlte mich verschwitzt und ekelig. Der Regen spülte die Welt vom Staub der heißen Tage rein und ich musste ganz dringend unter die Dusche, um mir den Stress und die Verspannungen abzuwaschen.

Wassertropfen trommelten unermüdlich weiter gegen die Scheiben und beruhigten die wirren Gedanken in meinem Kopf, die keinem Ziel folgten und immer wieder im Kreis herumtanzten. Wieder und wieder kamen sie auf das Gefühl auf meinen Lippen zurück, das ich aus dem Traum mitgebracht hatte und bei dem ich mir sicher sein konnte, von wem dieser Traum gehandelt hatte.

Egal wie wütend ich auf ihn war und wie blöd er sich benommen hatte, die Gefühle aus der Vergangenheit zeigten mir eindeutig, dass ich ihn trotzdem vermisste. Und jetzt, wo er ein Gesicht und eine Stimme hatte, sogar noch mehr.

Ezra.

Wie war das mit uns nur passiert? Jessy hatte mich das gestern schon gefragt und ich hatte keine Antwort gewusst. Der Einzige, der mir das beantworten konnte, war Ezra selbst und die Blöße würde ich mir ganz sicher nicht geben.

Wahrscheinlich glaubte er sogar, ich hätte das sowieso alles vergessen. Wäre zumindest eine Erklärung, wieso er keinerlei Rücksicht auf meine Gefühle nahm.

Ich schüttelte den Kopf über mich und huschte, meine Kleider von gestern an die Brust gedrückt, nur im T-Shirt über den Flur rüber in meine Wohnung. Die Leere hielt sich ausnahmsweise von mir fern, als ich mich schnell aus Shirt und Höschen pellte und mich unter den viel zu heißen Strahl der Dusche stellte. Auch wenn es kaum auszuhalten war, ließ ich es so, bis ich mich daran gewöhnt hatte, und versuchte dann, meine verkrampften Schultern zu entspannen.

Es brachte nur wenig und nachdem ich meine Haare und die blöde Schiene an der Hand geföhnt hatte, machte ich mir erst mal einen Kaffee, bevor ich mir etwas zum Anziehen raussuchte, worin ich mich wohlfühlte.

Auch wenn es Sachen gab, in denen ich sicher einen schickeren Eindruck gemacht hätte, brauchte meine Seele jetzt meine dunkelbraune Lieblingscordhose, ein helles Shirt, das schon völlig ausgeleiert war, und ein Jeanshemd, bei dem ich die Ärmel hochkrempelte, ungeachtet der Tatsache, dass ich so die Schiene an meiner Hand aller Welt präsentierte.

Aus einem Anflug von Nostalgie, die wohl aus meiner Amygdala gekrochen kam, legte ich mir sogar Ezras Uhr um, die den Schmerz meines Herzens etwas linderte.

Auch wenn ich mir wünschte, dass mich seine Ablehnung nicht so getroffen hätte, tat sie es trotzdem und ich würde damit leben müssen. Denn der Gedanke, zu ihm angekrochen zu kommen, widerstrebte mir so sehr, dass sich mir die Nackenhaare aufstellten.

Eigentlich hatte ich vorgehabt, ihm die Uhr zurückzugeben. Doch vielleicht behielt ich sie auch einfach und genoss die Emotionen, die damit verbunden waren, egal was sie nun wirklich zu bedeuten hatten.

Während ich meinen Kaffee austrank, warf ich einen Blick aufs Handy, nur um festzustellen, dass Vika nicht geantwortet hatte. Komische Sache, denn selbst wenn sie bei der Arbeit war und ihr bescheuerter Kurator ihr die Mittagspause mal wieder verlegte, schaffte sie es für gewöhnlich trotzdem, zwischendurch ein kotzendes Emoticon zu schicken.

Nachdenklich zog ich die Unterlippe zwischen die Zähne und tippte noch eine Nachricht. Dann noch eine. Bis mir auffiel, dass sie anscheinend nicht mal bei ihr angekommen waren.

Musste ich mir Sorgen machen?

Akku leer? Handy in den Tee gefallen? Obwohl es Hunderte von Erklärungen gab, begann mein Magen nervös zu flattern. Es war einfach zu viel Kacke am Dampfen, als dass ich mir die Situation so einfach schönreden konnte.

Ich ließ das Handy ihre Nummer wählen, wartete auf das Freizeichen und versuchte mir keine Horrorszenarien auszudenken. Erst mal würde ich alle wichtigen Quellen befragen.

Ich schnappte mir meinen Schlüssel, verließ meine Wohnung und klopfte nebenan an Danis Tür. Sie würde wissen, wo Vika sich herumtrieb, und wenn nicht, dann konnte ich mir immer noch Sorgen machen.

Eine Frauenstimme erklärte mir, dass der angerufene Teilnehmer zurzeit nicht erreichbar war und ich legte frustriert auf, als sich vor mir auch schon die Tür öffnete.

Dani blinzelte verschlafen durch den Türspalt und schlang sich verlegen mit einer Hand den Gürtel eines Morgenmantels um den Körper. Ihr blondes Haar war so verstrubbelt, dass man glauben konnte, ein Sturm wäre durch ihre Wohnung gefegt.

Wie konnte man um diese Uhrzeit noch schlafen? Es war beinahe halb eins.

»Gemma«, sagte Dani erleichtert, als hätte sie sonst wen erwartet, und lächelte mich an wie die Unschuld höchstpersönlich.

»Hey, Dani. Tut mir leid, dass ich störe. Aber weißt du, wo Vika ist? Ich kann sie nicht erreichen und sie war auch heute Nacht nicht zu Hause. Da dachte ich …« Mein Satz ging verloren, als ich mit ansah, wie Danis Gesicht sich von blass zu rosa und dann dunkelrot verfärbte.

»Vika!«, rief sie in ihre Wohnung hinein und ein leises Rumpeln ertönte, ehe Vika nur mit einer Universe-Panty bekleidet aus dem Schlafzimmer taumelte.

Die Erkenntnis traf mich und ich dachte, ich müsste vor Scham im Boden versinken. »Oh, wow. Das ist jetzt richtig peinlich für mich«, sagte ich trocken, um meine Unsicherheit zu überspielen, und Vika lachte albern und total aufgedreht. Völlig aufgeputscht lief sie in die Küche und setzte Wasser auf.

»Komm doch rein«, lud Dani mich ein, nahm mich am Arm, bevor ich ablehnen konnte, und zog mich in die Wohnung, die ich sicher freiwillig nicht betreten hätte. Ich wollte hier ja schließlich niemanden bei irgendetwas stören.

»Ich habe mir nur Sorgen gemacht«, erklärte ich mein Auftauchen und ließ mich von Dani in den Küchenbereich schieben. Vika schnappte sich das violette Shirt, das über dem Küchentresen hing, und zog es sich über, während Dani klammheimlich im Schlafzimmer verschwand.

Na ja, wenigstens hatte es mich von Ezra abgelenkt.

»Jetzt siehst du mal, wie es mir gestern ging. Außerdem musste ich ja irgendwohin, weil jemand mein Bett beschlagnahmt hat«, erklärte Vika wie selbstverständlich und ich rollte mit den Augen.

»Als ob ich so viel Platz verbrauchen würde«, spottete ich, auch wenn ich wusste, dass das nicht der wahre Grund war. Umständlich setzte ich mich auf einen der hohen Stühle, die vor dem Tresen standen, und fühlte mich doch etwas dreist, einfach so hier eingefallen zu sein.

»Dani verbraucht weniger Platz.« Vika lachte und Dani kam aus dem Schlafzimmer zurück, bekleidet mit einem seidenen Hängerchen und einer flauschigen Strickjacke. Ohne die Brille wirkten ihre Augen riesengroß und ließen ihr Gesicht noch viel puppenhafter erscheinen als ohnehin schon. Sie war wirklich das zuckersüßeste Ding, das Vika hätte abschleppen können.

Obwohl, wenn ich es recht bedachte, war es vielleicht auch andersherum vor sich gegangen.

»Muss ich etwa eifersüchtig sein?«, witzelte ich und Vikas Grinsen wurde so breit und strahlend, als wäre sie die Sonne höchstpersönlich.

»Und wie du eifersüchtig sein musst«, verkündete Vika triumphierend und umarmte Dani von hinten, als sie sich ihren Weg an uns vorbei zu dem Regal mit den Tassen bahnte.

Auch meine Lippen verzogen sich zu einem Lächeln und ein winziger Samen von Glück sprang in meine Seele über.

Auch wenn es natürlich nicht wünschenswert war, ein halbes Jahr Erinnerung zu verlieren, war ich doch froh, Vika in meinem Leben zu haben. Sie war wie eine Schwester für mich, und sie mit Dani zu sehen war ein perfekt ausgewogenes Bild. Es passte einfach alles.

Außer dass heute Freitag war. »Musst du gar nicht arbeiten?«, fragte ich Vika irritiert und der Wasserkocher schaltete sich selbst ab.

»Ich habe es dir nachgemacht und mich krankgemeldet. Ab Montag habe ich dann eine Fortbildung und danach ist mein allerliebster Kurator für drei Wochen im Iran bei irgendwelchen superwichtigen Ausgrabungen«, band sie mir auf die Nase und reichte Dani eine Teedose vom obersten Regalbrett.

»Wenn wir frühstücken wollen, müssen wir was besorgen gehen. Ich habe nicht eingekauft«, meinte Dani gähnend und füllte Teeblätter in kleine Siebe, die sie in die drei Tassen legte. Mich hatte sie also schon eingeplant. Gut zu wissen.

Ich erhob mich vom Hocker. »Okay. Wisst ihr, was? Ihr beide wacht erst mal in Ruhe auf und ich besorge solange was zu essen«, schlug ich vor und erstickte jeden Protest im Keim. »Ich will nicht Zeuge eurer Post-Sex-Stimmung sein.«

Dani sah mich erschrocken an, Vika drückte ihr grinsend einen Kuss in den Nacken und ich machte, dass ich aus der Wohnung kam.

Da der Regen nicht nachgelassen hatte, zog ich festes Schuhwerk und einen marineblauen Regenmantel an. Ich stopfte mir nur ein paar Scheine und einen Wachsbeutel in die Jackentasche, um meinen Rucksack nicht zu bemühen, der nicht wasserdicht war.

Zum Glück musste ich nur die Straße entlang und würde direkt beim Supermarkt ankommen.

Ich nahm die Treppen und schlenderte aus dem Hinterausgang hinaus, um nicht ums Haus herumlaufen zu müssen und weil ich hoffte, so unbemerkter zu bleiben. Auch wenn ich nicht wusste, ob diese Tür nicht auch überwacht wurde. Tom hatte schließlich gesagt, er wäre nicht der Einzige, der mich beobachtete.

Die Luft war kühler als erwartet, zog mir in den leichten Regenmantel und ließ mich erschaudern. Geschickt wich ich einer riesigen Pfütze aus, die sich in einer Vertiefung auf dem Gehweg sammelte, und zog die Kapuze tiefer ins Gesicht.

Bis auf mich traute sich wohl niemand auf die Straße, da ich weit und breit keine Menschenseele entdecken konnte. Alle saßen sie in ihren erleuchteten Zimmern und tranken sicher einen heißen Tee zu ihren spannenden Romanen.

Ein grauer Van kam von hinten angefahren und bremste so abrupt neben mir, dass das Wasser, das in einem kleinen Bach bergabfloss, mich von der Seite anspritzte und mir das rechte Hosenbein durchnässte.

»Echt jetzt?!«, rief ich genervt, als sich der Cord vollsog und an meiner Wade festsaugte.

Neben mir schob sich die Tür des Wagens auf und mir sah ein Typ entgegen. Zumindest nahm ich an, dass er ein Typ war, denn sein Gesicht war von einer Strumpfmaske verdeckt.

Mir blieb kaum Zeit, mich darüber zu wundern, da packte er mich schon am Kragen und zerrte mich mit einer einzigen kraftvollen Bewegung ins Wageninnere. Ich verlor die Orientierung, stieß mit der Schulter gegen etwas Hartes und wurde von Armen so fest umklammert, dass ich mich nicht rühren konnte.

Der Schrei, den ich ausstieß, als die Panik mich wie ein Untier überfiel und mir die Sinne vernebelte, ging im Quietschen der sich schließenden Seitentür unter.

Der Wagen setzte sich ruckelnd in Bewegung und ich versuchte mit den Beinen zu treten, meine Arme zu befreien und spürte dann einen unangenehmen Stich im Nacken.

Kälte breitete sich in Windeseile in meinem Körper aus und auch wenn ich ihm befahl, sich weiter zur Wehr zu setzen, sackte ich in mir zusammen und mein Verstand dämmerte ins Nichts davon.

Es war mir, als hätte jemand in einem stockfinsteren Zimmer eine Lampe eingeschaltet, denn wie auf Kopfdruck war ich wieder wach. Und panisch.

Ich saß auf einem erhöhten Sessel, den Blick aus einem Fenster gerichtet, von dem aus ich auf kleinere Häuser herabsehen konnte. Es goss immer noch wie aus Kübeln.

»Ah, da sind Sie ja wieder, Fräulein Henson. Gut, dann warten wir eben noch auf meine Kollegin und können dann beginnen«, sagte eine Männerstimme, die meine Panik nur noch mehr anfachte. Ich sah die Person dazu zwar nicht, aber ich wusste sofort, dass es sich dabei um Doktor Voltár handelte.

Und jetzt erkannte ich auch das Zimmer wieder. Eddi und ich waren erst Dienstag hier gewesen, um das AIC-Gerät zu warten und upzudaten.

Mein Blut raste so wild durch meine Adern, dass ich mir einbildete, es rauschen zu hören, als ich den Schiebewagen mit dem Gerät neben mir entdeckte, das schon zur Gedankenauslese bereitstand.

Ich versuchte aus dem Stuhl zu springen, doch meine Handgelenke steckten in metallenen Klemmen, die mich an die Armlehnen fesselten. Ezras Uhr hatten sie mir dafür am Arm nach oben geschoben und sie drückte sich mir unangenehm ins Fleisch. Sie war stehen geblieben und gab mir keinen Aufschluss darüber, wie lange ich ohnmächtig gewesen war.

Ich hätte gern lauthals geflucht, aber meine Zunge war wie am Gaumen festgeklebt. Sie fühlte sich pelzig und schwer an, was wahrscheinlich an den Nachwirkungen der Betäubung lag, die sie mir verpasst hatten.

Einen kleinen irrationalen Moment lang ergriff mich die Angst, dass sie die Auslese bereits an mir durchgeführt hatten, als ich betäubt gewesen war, bis mir aufging, dass das unmöglich war. Bei einem Sedativum, das so stark war, dass es mich sofort ausgeknockt hatte, war es unmöglich, die Gehirnströme störungsfrei abzutasten.

Energische Schritte hallten durch den Flur vor der Tür und etwas klimperte hinter mir.

»Da ist sie ja schon«, sagte Doktor Voltár und in mir krampfte sich alles zusammen.

Hektisch sah ich mich um, versuchte etwas zu finden, was mir helfen konnte, mich zu befreien, als eine große Hand sich auf meine Brust legte und mich zurück in die Lehne drückte.

»Bist du verrückt geworden!«, zischte eine dunkle Frauenstimme, die mir auch sofort bekannt vorkam.

Als ich mühsam den Kopf drehte, versperrte mir jedoch ein Mann in schwarzer, robuster Kleidung das Blickfeld, der die Statur und Haltung eines Soldaten hatte. Finster blickte er auf mich herab, die Züge hart und kantig, und er schüchterte mich zusätzlich ein, als er mir deutlich die Schusswaffe präsentierte, die an seinem Gürtel griffbereit hing.

Angst platzte in meinem Kopf, mein Atem ging schneller, meine Gedanken waren vernebelt von der Panik, die ich immer wieder zurückzudrängen versuchte.

»Mach keinen Wirbel, es ist notwendig. Wir stehen einen Schritt vor der Vollendung und können nicht riskieren, dass sie es jetzt noch sabotiert.«

Etwas raschelte. »Aber sie weiß doch nichts«, schnaubte die Frau, als könnte ich sie nicht hören.

Verzweifelt versuchte ich mein nicht geschientes Handgelenk in den Fesseln zu drehen, die viel zu eng saßen. Sie waren mit einem Schnappverschluss befestigt, der so leicht zu öffnen wäre, wenn man nur eine Hand frei hätte.

Sofort trat der Soldatenkerl einen Schritt vor mich, sodass er mich ganz genau im Visier hatte, und schüttelte grimmig den Kopf, als wollte er mir verbieten, mich zu wehren.

»Agent Hittinger hat uns gemeldet, dass sie ihn enttarnt hat. Er ist davon überzeugt, dass sie wieder Kontakt zu den Aktivisten hat«, flüsterte Doktor Voltár, war aber in seiner Erregung nicht leise genug, als dass ich es nicht hören konnte.

»Hat er Beweise?«

»Nein, aber wir werden sie gleich haben.«

Mir zog sich bei diesem Satz alles zusammen und ein ersticktes Schluchzen brach aus mir heraus. Scheiße, scheiße, scheiße! Ich biss mir auf die Unterlippe, um bloß nicht in Tränen auszubrechen, auch wenn ich am liebsten laut geheult hätte.

Immer war ich so akribisch gewesen im Verschleiern meiner Gedanken, hatte mein Buch versteckt, mir sogar Alkohol besorgt, um bloß nichts preisgeben zu können. Und dann hatte ich auf Abigail gehört, mich breitschlagen lassen und war ohne Vorsichtmaßnahmen in ihr Auto gestiegen. Ich würde sie alle verraten, sobald man mich an dieses beschissene Gerät anschloss.

Das durfte ich nicht zulassen, das durfte jetzt einfach nicht passieren.

Doktor Voltár kam um den Stuhl herum und lächelte mich gönnerhaft an, als wäre ich nur für eine Vorsorgeuntersuchung vorbeigekommen. Dieses Monster!

»Nein, tun Sie das nicht«, kam es mühsam über meine Lippen, auch wenn ich eigentlich nicht hatte betteln wollen, und wurde gleichzeitig von Bildern aus meinem Unterbewusstsein attackiert, in denen Männer uns durch Straßen jagten, Furcht meinen ganzen Kopf ausfüllte und Abigail verzweifelte Schreie von sich gab.

»Das tut auch gar nicht weh, Fräulein Henson. Machen Sie sich keine Sorgen«, sagte der Doktor im Plauderton. Als er versuchte, mir die Diodenmaske aufzusetzen, riss ich den Kopf herum und schnappte mit den Zähnen nach seiner Hand, als wäre ich ein tollwütiger Hund.

Der Arzt fluchte und seine Brille rutschte ihm auf der geraden Nase hinunter. Sein Gesicht wirkte hager und geradezu gutmütig, mit grauen Strähnen in seinem noch sehr vollen Haar. Doch ich ließ mich nicht täuschen, spürte, dass er ein Monster ohne Gewissen sein konnte.

Eine Geste mit der Hand und der Soldat kam auf mich zu und packte nach meinem Kiefer, um meinen Kopf still zu halten.

»Lasst das! Ihr Verrückten! Ihr scheiß Verbrecher!«, beschimpfte ich sie und riss so fest ich konnte an meinen Fesseln, als Doktor Voltár mir die Haube auf den Kopf setzte.

Mein linkes Handgelenk tat dabei furchtbar weh, die Haut schürfte an dem kalten Metall entlang, doch ich riss noch einmal daran, als ich aus den Augenwinkeln sehen konnte, wie der Doktor das Gerät neben mir einschaltete. Das AIC-Gerät stand von mir abgewandt, sodass ich die Einstellungen nicht sehen konnte, und ich wünschte mir, ich könnte noch einmal in der Zeit zurückreisen und das beschissene Ding sabotieren.

Die Ironie der Situation, dass gerade ich daran beteiligt gewesen war, es funktionstüchtig zu halten, riss mich für einen winzigen Moment aus meiner Panik und ich spürte, wie an meiner rechten Hand die Fessel nachgab.

Die Schiene um meine Hand war zu dick für den Verschluss. Er war nicht richtig eingeschnappt und ich witterte meine Chance. Die einzige, die ich wahrscheinlich kriegen würde.

Ich musste handeln, sofort!

Ich atmete tief ein, spürte das Adrenalin, das mich berauschte und die Panik in den Hintergrund drängte, und begann dann zu schreien. Energisch warf ich meinen Kopf hin und her, sodass der Sicherheitskerl nur damit beschäftigt war, meinen Kiefer festzuhalten, zog in dem Moment ruckartig meine Rechte, bei der mit einem leisen Plopp der Verschluss aufschnappte, was durch mein Geschrei glücklicherweise übertönt würde.

Kaum ließ der Widerstand nach, befreite ich die Hand aus der Schelle und tat das, was mir noch übrig blieb zu tun, um mich und die anderen zu retten.

Ich griff nach dem grauen vierzigpoligen QVA-Kabel, das aus dem Gehäuse hing wie der Schwanz einer Ratte und zerrte so fest daran, dass die Steuerleitungen im Stecker aus den Lötstellen gerissen wurden.

Ha! Jetzt sollten sie mal zusehen, wie sie mich jetzt noch auslesen wollten. Niemand hatte dieses bescheuerte Kabel vorrätig. Das wusste ich aus eigener stundenlanger Löterfahrung.

Doch ich durfte das Überraschungsmoment nicht verschenken, musste so weit kommen wie ich nur konnte und mit viel Glück schaffte ich es vielleicht hier raus.

Also löste ich mit der nächsten Handbewegung die zweite Schnalle. Der Sicherheitsmann ließ meinen Kopf los, um mich zu packen, da wand ich mich auch schon aus dem Stuhl und versuchte, an ihm vorbei zur Tür zu stürmen.

Die Frau, die ich dabei fast umrannte, schrie erschrocken auf, taumelte zurück und stieß einen Stuhl um, über den ich beinahe stolperte, da zückte der Sicherheitskerl die Handfeuerwaffe und hielt sie mir von der Seite an die Schläfe, während er um mich herumkam.

Mein Herz setzte einen Schlag aus, mein Verstand überschlug sich, doch meine Hände schienen von ganz allein zu reagieren. Sie schossen nach oben, drückten den Lauf der Waffe zur Seite, verdrehten dem Mann die Hand und ich hielt nur eine Sekunde später selbst die Waffe auf ihn gerichtet. Meine Fingerspitzen betätigten die Entriegelung und ich zielte meinerseits mit ausgestreckten Armen auf den Kopf des Sicherheitsmannes, während ich drei Schritte rückwärts an dem Stuhl vorbei auf die Tür zu machte.

Alle starrten mich an, als könnten sie nicht glauben, was gerade geschehen war. Und ich konnte es ja selbst nicht glauben, hatte nicht gewusst, dass mein Körper zu solchen Handgriffen fähig war. Und doch fühlte es sich an, als hätte ich es schon Hunderte von Malen getan.

Ohne weiter darüber nachzudenken, trat ich die Flucht an, stürmte, die Waffe noch in der Hand, aus der Praxis und zum Treppenhaus, das ich so schnell ich konnte nach unten hetzte.

»Stehen bleiben!«, brüllte die raue Stimme des Sicherheitsmannes und ich fragte mich für eine Nanosekunde, ob jemals irgendein Mensch während einer Flucht auf so einen Befehl reagiert hatte.

Seine Schritte klangen schwer und waren langsamer als meine. Ich erreichte die Tür unten und stieß sie auf, ohne den Typen noch einmal zu Gesicht zu bekommen. Doch trotzdem drängte mich die Gefahr in meinem Rücken dazu, weiterzurennen.

Mein Herz hämmerte wie ein Presslufthammer, mein Atem brannte bei jedem Luftholen im Hals und in der Lunge, als hätte ich Säure getrunken. Regen prasselte auf mich herab, durchnässte mir die

Klamotten, drang mir in die Schuhe, als ich Straßenecke um Straßenecke nahm, bis ich bekannteres Terrain erreichte. In der Nähe blinkten die Lichter eines Einkaufszentrums, in dem ich schon einmal gewesen war, und die Straße runter sah ich Menschen mit Regenschirmen von Hauseingang zu Hauseingang hetzen.

Ich sah mich um, drehte mich im Regen einmal um meine eigene Achse, bis ich mir sicher sein konnte, dass ich entkommen war.

Schnell stellte ich mich in den Schatten einer Hausmauer und versuchte verzweifelt zu Atem zu kommen. Dunkle Punkte tanzten vor meinen Augen und ich ließ mich einfach auf den nassen Asphalt nieder. Da ich schon durchgeweicht war, machte das auch keinen Unterschied mehr.

Erst jetzt ging mir auf, dass mein Regenmantel fehlte und ich immer noch die Waffe in der Hand hielt. Erschrocken ließ ich sie in eine Pfütze vor mir fallen, als hätte ich mich an dem glatten Metall verbrannt.

Verdammte Scheiße, was war da gerade passiert?! Seit wann hatte ich denn bitte diese total abgefahrenen Geheimagentenmoves drauf?

Mein Körper hatte gewusst, wie man jemandem eine Waffe abnahm und in dem Moment hatte ich sogar gespürt, wie sie zu benutzen war.

Jetzt war nichts mehr davon übrig, nur eine vage Erinnerung an das, was ich gerade getan hatte. Als hätte mein Körper von allein reagiert.

Muskelgedächtnis, schoss es mir durch den Kopf und war schockiert von mir selbst. Wann hatte ich das gelernt?

Während sich mein Puls etwas beruhigte, schaffte ich es, meine Umgebung wieder klar wahrzunehmen. Ich saß hinter einer Reihe Mülltonnen, nur eine Seitenstraße vom Fluss entfernt.

Die Gelegenheit für mich, diese verdammte Waffe loszuwerden. Auf keinen Fall wollte ich dieses Ding bei mir haben und es graute mir davor, sie wieder zu berühren.

Ich rappelte mich mühsam auf, überwand mich, die Waffe aufzuheben, und knickte beinahe ein, als meine Knie unter mir nachgaben. Die Muskeln in meinen Beinen zuckten und ich schleppte mich, die Schusswaffe unter dem klatschnassen Jeanshemd verborgen, die Straße entlang bis zur Flusspromenade, an der sich nur wenige Menschen aufhielten. Die meisten saßen in den Lokalen und Cafés, nur mit sich selbst beschäftigt, und beachteten die zitternde Frau nicht, die sich mitten in einem Regenschauer auf eine Brücke stellte und über die Brüstung ins rauschende Wasser sah.

Wie zufällig ließ ich die Waffe fallen, sah sie platschend im dunklen Wasser verschwinden und zitterte immer schlimmer, als die Hitze der Flucht aus meinem Körper entwich.

Doch nicht nur der Regen setzte mir zu, auch die schwindende Anspannung brachte eine emotionale Welle mit sich, die mich beinahe umriss.

Meine Güte, ich war entführt worden! Man hatte versucht, mich zur Gedankenauslese zu zwingen, und wer weiß, was sie danach mit mir gemacht hätten! Womöglich einfach wieder gelöscht.

Ich erschauderte heftig und musste mich am Brückengeländer abstützen, um nicht zusammenzubrechen.

Es war klar gewesen, dass hier alles auf einer sehr illegalen Ebene ablief, aber ich hatte es bisher nicht am eigenen Leib gespürt und war schockiert darüber, was Menschen für das Erreichen ihrer Ziele taten.

Das musste ein Ende haben. Ich musste mich damit an die Polizei wenden. Schließlich war gerade ein offensichtliches Verbrechen passiert.

Dort reinzuschneien und ihnen zu sagen, dass man mir das Gedächtnis gelöscht und durch eine Simulation ersetzt hatte, würde man mir weder glauben, noch konnte ich es beweisen.

Doch diese Entführung konnte ich beweisen! Nur eben an das AIC-Gerät der Polizei anschließen und die letzten paar Stunden auslesen lassen und sowohl Doktor Voltár, als auch der Sicherheitsfuzzi und die Frau, die dazugekommen war, wären sowas von dran.

Nur mein Ziel hielt mich noch auf den Beinen und ich tapste durch eine graue, regengetränkte Welt, die gar nichts mehr Romantisches an sich hatte.

Die Uhr im Turm der Polizeistation zeigte mir, dass es bereits nach vier am Nachmittag war. Wann hatten die mich erwischt? Um halb eins?

Ob Vika mich schon vermisste und krank vor Sorge alle anrief, die wir kannten? Zuzutrauen war es ihr.

Als ich durch die Schiebetüren trat, rutschte ich beinahe auf dem glatten Boden weg und schreckte damit den todesgelangweilten Typen auf, der hinter dem Tresen sofort aufsprang und auf mich zukam.

»Alles in Ordnung mit Ihnen?«, fragte er alarmiert und ich schlang mir zitternd die Arme um den Körper.

Nur mit äußerster Mühe konnte ich mich zusammenreißen, nicht auf der Stelle in Tränen unterzugehen, denn dann hätte ich sicher kein Wort mehr rausgebracht.

»Man hat mich entführt und versucht, zur Gedankenauslese zu zwingen.« Meine Stimme war so dünn, dass ich fürchtete, es wiederholen zu müssen. Doch der Polizeibeamte griff sich sofort sein Funkgerät von der Brust und drückte den Knopf.

»Unterkühlte junge Frau im Foyer. Sie behauptet, entführt worden zu sein«, gab er schnell durch und es knackte in der Leitung.

Er hielt Abstand zu mir, ohne dass ich wusste wieso, und zeigte mir den Weg durch eine große Flügeltür ins Innere des Gebäudes.

Eine Frau in Uniform kam auf uns zugeeilt, legte mir sofort eine wärmende Decke um die Schultern und rieb mir darunter die Arme warm. »Ach du meine Güte«, schnaubte sie nur und versuchte meinen Blick aufzufangen.

»Hallo. Ich bin Esther Murr«, stellte sie sich vor, als ich in ihre Richtung blinzelte, und ließ mich von ihr durch einen Flur in ein kleines Zimmer schieben, wo sie mich zu einer kleinen Couch manövrierte.

Sie setzte sich mir gegenüber auf einen Stuhl und ihr langer blonder Zopf fiel ihr über die Schulter, als sie sich zu mir vorbeugte.

»Magst du mir deinen Namen verraten?«, fragte sie mich ganz vorsichtig, als ob ich jeden Moment beim Hauch ihrer Worte auseinanderbrechen könnte.

Ich wusste, dass es mir in jedem anderen Fall total albern vorgekommen wäre, doch ich fühlte mich tatsächlich, als würde ich in meine Einzelteile zerfallen, die ich mit Gewalt zusammenhalten musste. Auch wenn die Decke mich wärmte, zitterte ich immer noch und fühlte mich, als hätte mich irgendetwas Grauenvolles ausgekotzt.

»Gemma Henson«, brachte ich zwischen Zähneklappern heraus und sie nickte nur, ohne sich irgendetwas zu notieren.

»Du sagst, jemand hat dich entführt. Wann war das?«, wollte sie sanft wissen und ich fragte mich, ob das echt so wichtig war. Aber es war eine leicht zu beantwortende Frage, die mich nicht sofort in das Loch aus zerschlagenen Emotionen riss.

»So um halb eins«, spuckte ich die Worte aus und wickelte die Decke enger um mich. »Ich wollte einkaufen und wurde in einen Van gezerrt«, gab ich meine Informationen preis und zog schniefend die Nase hoch.

»Das muss erschreckend gewesen sein«, sagte die Polizistin mitfühlend und ich glaubte ihr tatsächlich, dass ihre Worte mehr waren als nur einstudierte Sätze.

Es klopfte leise an der Tür und sie erhob sich eilig. »Entschuldige mich kurz.« Sie öffnete die Tür einen Spaltbreit und wechselte leise Worte mit jemandem, der auf dem Flur stand und den ich nicht sehen konnte.

Ich sank tiefer in die Kissen der Couch und wischte mir mit der Decke über das immer noch nasse Gesicht.

Esther Murr wandte sich wieder mir zu und ich blinzelte zu ihr hoch. »Hör zu, Gemma. Ich werde für einen kurzen Moment woanders gebraucht, aber ich bin in einer Minute wieder zurück. Es kann dir hier nichts passieren«, versicherte sie mir und ich nickte, wusste nicht, was ich davon halten sollte, wollte auch gar nicht drüber nachdenken.

Die Frau verließ das Zimmer und schloss die Tür so sanft, dass ich es kaum hörte.

Oh Mann, was tat ich hier nur? Fahrig sah ich mich um, mintgrüne Wände, unzählige Topfpflanzen und ein Regal mit Büchern. So hatte ich mir eine Polizeistation von innen nicht vorgestellt.

Die Klinke wurde heruntergedrückt und ich las eben den Titel auf einem Buchrücken fertig, ohne ihn mir zu merken.

Jemand stellte einen Kaffeebecher vor mir ab und ich seufzte erleichtert auf. Gerade wollte ich mich dafür bedanken und nach dem heißen Becher greifen, da fiel mir auf, dass es nicht die Frau war, die mich in den Raum gebracht hatte.

Es war Tom.

Ich zuckte so erschrocken zurück, dass ich den Kaffee umstieß, der Deckel abplatzte und sich das heiße Gebräu auf den Laminatboden ergoss.

Mein Herzschlag galoppierte wieder los, ein stummer Schrei verstopfte mir die Kehle und machte mir das Atmen schwer.

War das ein verdammter Horrorfilm?

»Hallo, Gemma«, sagte er und seine Stimme hatte etwas Geschäftliches, jedoch ohne die Kälte vom letzten Mal.

Und ich hatte ernsthaft gehofft, ich würde ihn nach meiner Standpauke gestern nie wiedersehen.

»Was machst du hier?«, stieß ich anklagend hervor und setzte mich kerzengerade auf. Die Decke rutschte mir von den Schultern, doch ich hatte jetzt keinen Kopf dafür. Das Adrenalin schenkte mir neue Kraft, doch ich wusste auch, dass das nicht lange halten würde.

»Ich bin berechtigt, einen Deal auszuhandeln«, behauptete er und ich schnaubte ungläubig.

»Einen Deal? Für wen?«

»Doktor Sinus Voltár und seine geschätzten Kollegen«, bestätigte Tom meine geradezu lächerliche Vermutung und Wut zuckte durch meinen Bauch wie ein Gewitter.

Wie dreist konnte man sein?!

»Niemals. Er soll im Gefängnis verrecken!«, spuckte ich die Worte aus, die mir wie bittere Galle auf der Zunge lagen, und Tom ließ sich auf dem Stuhl nieder, auf dem gerade noch die Polizistin gesessen hatte. Er wirkte so selbstsicher, dass ich kotzen wollte.

»Du solltest dir lieber anhören, was er dir für dein Schweigen anbietet«, setzte Tom an und ich schüttelte energisch den Kopf, was das kalte Wasser in meinen Haaren dazu brachte, mir über die Schultern zu tropfen. Widerliches Gefühl.

»Es gibt nichts, was jemand wie er mir anbieten könnte«, behauptete ich kühn und stellte mir vor, welche Geldsummen er wohl aufwenden würde, meine Gunst zu erkaufen. Denn selbst wenn er mir eine ganze Insel schenken würde, wäre es nicht genug.

»Ach ja? Auch nicht, wenn es um deine Mutter geht?«, sagte Tom erschreckend sachlich und mir blieb die Erwiderung auf der Zunge kleben.

Der Satz knallte mir gegen die Brust wie ein Amboss und drückte mich nach hinten in die Kissen. Ich konnte kaum atmen.

»Was?« Meine Stimme war nur noch ein Hauch, meine Augen aufgerissen, meine Coolness völlig dahin. Hinter meinen Schläfen begann es zu pochen und meine geschiente Hand schmerzte plötzlich entsetzlich. Vielleicht fiel es mir auch gerade erst auf.

»Wenn du jetzt einfach wieder nach Hause gehst, die ganze Sache vergisst und dein Leben lebst wie vor dem Moment, als dir aufgefallen ist, dass mit dir was nicht stimmt, werden Doktor Voltár und seine Kollegen sich deiner Mutter annehmen und ihr die Behandlung zukommen lassen, die du auch genossen hast. Ich nehme an, ein schlaues Köpfchen wie du wird bemerkt haben, dass es dir wesentlich besser geht als deiner Mama.« Er dehnte das Wort *Mama* ein kleines bisschen aus, was das Ganze noch viel bedrohlicher wirken ließ.

Wie hatte ich je glauben können, dass dieser Mann sanftmütig und schüchtern wäre? Was für ein abgefuckter Schauspieler war er bitte? Und war das jetzt sein wahres Gesicht oder nur ein neues Theaterstück?

»Du redest wie ein Bösewicht aus einem schlechten Film«, sagte ich, um seiner unterschwelligen Drohung keinen Raum zu geben, und verschränkte die Arme vor dem zitternden Körper.

»Musst du ja wissen. Ich tue meinem Gehirn so einen Dreck nicht wirklich an.« Elegant wie ein Raubtier erhob er sich von dem Stuhl und schloss die oberen zwei Knöpfe seines Jacketts. »Überleg es dir schnell, Gemma. Wenn Polizeihauptmeister Esther Murr das Zimmer wieder betritt, erlischt das Angebot«, machte er mir zusätzlichen Druck und ich schnaubte.

»Wenn sie zurückkommt, schließt sie mich an ein AIC-Gerät an und ihr wandert alle ins Gefängnis! Inklusive dir«, warf ich ihm an den Kopf und versuchte ihn mit einem giftigen Blick zu erdolchen.

Tom hielt ihm stand, kam einen bedrohlichen Schritt auf mich zu. »Das hoffst du. Sicher ist nur, dass deiner Mama dann keiner mehr helfen kann, Gemma. Du glaubst doch nicht wirklich, dass hier keine Vorsichtsmaßnahmen getroffen wurden. Alle Daten des Simulationsprojektes können vernichtet werden und das Gerät wäre erst mal unbrauchbar. Wenn du diesem Deal nicht zustimmst, wird es keine Möglichkeit mehr geben, deiner Mutter zu helfen. Sie wird immer mehr dem Wahnsinn verfallen. Langsam, aber sicher. Und es wird deine Schuld sein, wenn sie sich womöglich irgendwann selbst etwas antut.«

Mein Magen rumorte und mir wurde so schlecht, dass ich mich am liebsten übergeben hätte. Ich wollte den Mund öffnen, um etwas zu erwidern, doch Tom ließ mir nicht die Zeit.

»Und vielleicht solltest du auch an deine kleinen Freunde denken. Die Aktivisten sind keine Wohltätigkeitsorganisation. Sie stehlen Firmengeheimnisse und veröffentlichen diese. Das ist Industriespionage. Du glaubst doch nicht, dass sie glimpflich davonkommen, wenn die Polizei sie in deinen Gedanken entdeckt«, setzte er noch einen drauf und giftige Verzweiflung mischte sich explosiv in die Wut und die Übelkeit in meinem Bauch.

»Ihr verdammten Scheißkerle!«, fluchte ich laut und erhob mich zitternd. »Das macht ihr doch mit Absicht! Ihr setzt mich unter Druck und ich muss dann darauf hoffen, dass ihr hinterher euer Wort haltet«, warf ich ihm an den Kopf. »Als ob ihr irgendwas für meine Mama tun würdet!«

»Gemma, bitte. Nimm den Deal an. Du hast gar keine andere Wahl, wenn deine Mutter wieder gesund werden soll.« Seine graublauen Augen wirkten im Licht der warmen Stehlampe dunkel wie das Meer.

Ich versuchte trotzig zu wirken, fühlte mich jedoch nur verloren. »Wieso? Damit ihr fröhlich weiter Verbrechen begehen könnt und ungeschoren davonkommt?«

Tom seufzte laut. »Weil ich auf deiner Seite bin und dir nur helfen will. Ich werde dafür sorgen, dass die Abmachung eingehalten wird«, behauptete er und ich glaubte ihm kein Wort.

»Quatsch. Wieso sollte ich dir vertrauen?«, schnaubte ich und er legte den Kopf resignierend in den Nacken, als redete er mit einem bockigen Kind, das nicht verstehen wollte.

»Solltest du vielleicht nicht«, gestand er mir jedoch ein und richtete seinen Blick wieder auf mich. »Aber ich meine es ernst. Ich bin auf deiner Seite.«

Ich schüttelte wieder den Kopf und wandte mich von ihm ab, um ihn nicht länger ansehen zu müssen.

»Tu mir einen Gefallen und trag Ezras Uhr nicht mehr«, sagte er plötzlich und trat an die Tür. »Da haben wir einen Peilsender drin installiert.«

Die Tür fiel hinter ihm ins Schloss und in meinem Gehirn ratterte es, als wäre es mit Zahnrädern gefüllt.

Was sollte ich jetzt nur machen? Tun, was richtig war, oder meine Mutter retten? War nicht beides richtig?

Das emotionale Gewitter in meinem Bauch entlud sich, wurde ganz zu Verzweiflung und Tränen stiegen mir ungehindert in die

Augen. Ein Schluchzen schüttelte mich und ich öffnete mit zitternden Fingern den Verschluss der Uhr, die ich wie einen übergroßen Käfer panisch in die Kaffeelache am Boden fallen ließ.

Die Welt war doch völlig verrückt geworden. Und ich anscheinend auch, denn ich hatte meine Entscheidung schon längst getroffen. Mit steifen Gliedern erhob ich mich von der Couch und ging ein paar wackelige Schritte auf die Tür zu.

Meine Mama hatte ein Glas nach mir geworfen, hatte mich für eine Halluzination gehalten und ich wusste, dass ich ihr nicht helfen konnte. Wenn also nur die kleinste Wahrscheinlichkeit bestand, dass die sie wieder hinkriegen würden, musste ich es versuchen.

Danach konnte ich die Widerlinge immer noch zum Teufel jagen.

Ich schämte mich dafür, so schwach zu sein und nicht das konsequent Richtige zu tun, doch ich öffnete trotzdem die Tür und trat raus auf den Gang. Den Blick gesenkt, lief ich eilig den Flur entlang zur Flügeltür, die mich ins Foyer führte.

Der Polizist, der dort am Tresen saß, sah auf, rief mir etwas nach, doch ich rannte weiter, wurde schneller und trat wieder hinaus in den Regen, der mich kalt und herzlos empfing wie das Ende der Welt höchstpersönlich.

Schluchzer schüttelten mich, Tränen vermischten sich mit dem Regenwasser und ließen meine Haare an den Wangen kleben. Wie in Trance ging ich weiter, achtete nicht darauf wohin. Einfach nur weg, damit alles schnell vorüber war.

Arme packten mich und zogen mich in eine dunkle Nische zwischen zwei Häusern.

Ich schrie auf, fürchtete, dass jetzt alles wieder von vorn losging, und schlug so fest zu wie ich konnte. Meine Faust traf jedoch nur die Luft, ich verlor das Gleichgewicht und die Arme, die an mir gezerrt hatten, schlossen mich in eine Umarmung.

Trotz nassen Regens und laufender Nase nahm ich den warmen Geruch von Kernseife und Zitrone wahr und klammerte mich so fest an den Mann, wie ich nur konnte. Er zog mich unter ein kleines Vordach und hüllte mich mit sich in seine nasse Jacke.

Ich heulte all meinen Schmerz und meine Verzweiflung heraus und Ezra hielt mich fest, während der Regen alle Geräusche um uns herum verschluckte, als wären wir die letzten Menschen auf Erden.

31

Heimkehr

Eine Straße weiter stand das braune Auto, mit dem Abigail mich gestern abgeholt hatte. Ezra umfasste meine Hand, was sich total ungewohnt und gleichzeitig seltsam vertraut anfühlte. Mit einem Druck auf den Autoschlüssel öffnete sich die Verriegelung und er hielt mir die Tür zur Rückbank auf, durch die ich schnell ins Innere des Autos kletterte. Sofort wurde das Rauschen des Regens durch Prasseln auf Metall abgelöst.

Frierend rieb ich mir die Arme, machte mir Sorgen, dass ich mit meiner nassen Hose das ganze Auto einsaute, als Ezra hinter mir den Kofferraum öffnete und fluchend darin herumwühlte.

Der Deckel des Kofferraums knallte kurz darauf laut zu und Ezra kam mit einer Tasche in der Hand auf die andere Seite des Wagens. Meine Augen folgten seinen Bewegungen, als er die Tür aufriss und sich zu mir auf die Rückbank drängte, als würden wir auf einen unsichtbaren Fahrer warten. Er beugte sich nach vorn zum Armaturenbrett und drückte den Knopf für die Standheizung.

Ich war noch zu verwirrt, um zu fragen, was genau er vorhatte, fühlte mich müde und ausgelaugt, als hätte mir jemand alle Lebensenergie aus dem Körper gesaugt und nur eine zitternde Hülle zurückgelassen.

Das Geräusch des Reißverschlusses ließ mich zusammenzucken, als Ezra die pralle Sporttasche aufzog und mehrere Kleidungsstücke und ein Handtuch herausholte.

»Zieh dich aus«, befahl er mir und ich war im ersten Moment so irritiert, dass er es mir im Gesicht ansehen musste.

Laut seufzend warf er mir das Handtuch auf den Schoß. »Du musst dich umziehen, sonst holst du dir den Tod, bevor die Heizung von der alten Mühle überhaupt anspringt. Und bis zu dir sind es fünfundzwanzig Minuten Fahrt«, klärte er mich auf und zeigte auf die Klamotten, die er herausgesucht hatte.

»Höchstens dreiundzwanzig. Und das nur, wenn wir an der Einsteinstraße zwei Ampelphasen stehen müssen«, korrigierte ich ihn mit schwacher Stimme und er lachte auf, als wäre es ein alter Witz zwischen uns.

Ohne weitere Ankündigung schälte er sich aus seiner olivgrünen Jacke, die sich so mit Wasser vollgesaugt hatte, dass sie beinahe schwarz aussah. Dann zog er sich den Kapuzenpullover über den Kopf. Sein T-Shirt rutschte dabei nach oben und offenbarte eine Narbe an seinen Rippen, die ich jedoch nur wenige Sekunden betrachten konnte.

»Gemma«, sagte er meinen Namen, um mich daran zu erinnern, dass ich etwas zu tun hatte, und zog sich dann das dunkelrote Langarmshirt über, das er sich aus der Tasche gesucht hatte. Es stand ihm verdammt gut und zeichnete den Kontrast zwischen dem blassen Teint seiner Haut und dem dunklen Haar weicher. Hatten seine Lippen schon immer eine so schöne Farbe gehabt?

Und wie konnten seine Schultern so viel breiter wirken als in dem Kapuzenpullover davor?

Blinzelnd wand ich meinen Blick ab, begriff nicht, was mein Verstand da mit mir machte, und versuchte, mit kalten Fingern die Knöpfe meines Jeanshemdes zu öffnen, was gar nicht so leicht war. Ich kam mir dumm und unfähig vor, scheute mich aber auch davor, meinen Sitznachbarn darum zu bitten. Die Blöße konnte ich mir dann doch nicht geben.

Die ganze Situation war auch so peinlich genug. Er hatte mich in meinem schwächsten Moment gesehen und ich würde daran sicher noch eine Weile knabbern, um darauf klarzukommen.

Nach dem dritten Misslingen ließ ich es einfach sein und zog mir das Hemd über den Kopf, wie Ezra es mit seinem Pullover getan hatte. Ehe ich jedoch das Shirt folgen ließ, schielte ich zu Ezra hinüber, der mich mit so großen Augen ansah, als wäre ich der Geist der vergangenen Weihnacht.

»Schau weg«, forderte ich ihn auf, als er meinen Blick nicht beachtete, und er hob skeptisch die Augenbrauen.

»Du hast auch hingesehen, als ich mich umgezogen habe«, sagte er nur und hätte ich nicht am ganzen Körper geschlottert, wäre mir sicher die Röte in die Wangen gestiegen.

»Das ist was anderes«, behauptete ich plump und starrte Ezra noch einen Atemzug verbissen in die Augen, die noch viel dunkler aussahen als das letzte Mal. Es war richtig schwer für mich, gegen den Drang anzukämpfen, die Lider niederzuschlagen, und ich seufzte lautlos auf, als er das Gesicht dem Fenster zuwandte.

»Als ob ich das nicht alles schon gesehen hätte«, grummelte er und ich hatte jetzt wahrlich nicht die Nerven, genauer darüber nachzudenken, was das zu bedeuten hatte.

So schnell ich konnte schälte ich mich aus dem Oberteil und dem tropfenden Bralette.

Notdürftig trocknete ich mich mit dem Handtuch ab und rubbelte mir die Haare, bevor ich nach dem ersten Kleidungsstück griff, das Ezra mir hingelegt hatte. Ich achtete kaum darauf, was es war, wollte nur der Kälte entgehen und sicherstellen, nicht völlig entblößt zu sein, sollte Ezra sich dazu entscheiden, doch wieder zu mir zu sehen. Ich zog T-Shirt und Pullover über und machte dann untenrum weiter.

Schuhe, Socken und die Cordhose, die so schwer war, dass sie mit einem lauten Geräusch in den Fußraum klatschte.

Zuerst überlegte ich mir, das Höschen anzubehalten, doch selbst das klebte so widerlich an meiner Haut, dass ich es nicht über mich brachte, damit in die trockenen Sachen zu steigen.

Nachdem ich die Jogginghose über den Hintern gezogen hatte und überall trockenen Stoff auf meiner Haut fühlte, atmete ich erleichtert auf. Wieder nahm ich Ezras Geruch wahr, alle Sachen rochen nach ihm und ich konnte es nicht lassen, die Nase in den Kragen des Pullovers zu drücken, was mir ein unerwartetes Kribbeln im Bauch verschaffte.

Was war das nur mit uns? Und was war es gewesen?

Hatte er mich nicht zum Teufel gejagt, als wir uns gestern gesehen hatten? Und jetzt tauchte er plötzlich irgendwo im Nirgendwo auf, genau in meinem verlorensten Moment.

»Wieso bist du hier?«, flüsterte ich und Ezra warf einen Blick zu mir herüber. Missmutig zuckte er mit den Schultern.

»War grad in der Nähe«, behauptete er und stemmte sich von der Bank, um zwischen den beiden Vordersitzen nach vorn zu klettern.

»Blödsinn. Wir sind hier am anderen Ende der Stadt. Als ob du zufällig hier bist.« Gern hätte ich ihn angefaucht, doch mir fehlte die Kraft für Wut oder Ärger. Es bereitete mir schon große Mühe, es ihm gleichzutun und mich neben ihm auf den Beifahrersitz fallen zu lassen.

Ezra schwieg und ich wusste, er würde nicht mehr antworten, als er sich anschnallte und den Motor anließ.

Auch ich legte den Sicherheitsgurt an und zog dann die Knie an den Körper. Meine Zehen schauten unten aus der zu langen Jogginghose raus und ich versteckte sie in dem flauschigen Stoff.

Wir fuhren die Straße entlang, die Scheibenwischer arbeiteten auf Hochtouren und ich hatte trotzdem das Gefühl, keine drei Meter weit zu sehen. So würde die Fahrt doch sehr viel länger als dreiundzwanzig Minuten dauern.

»Ich habe gesehen, wie die dich in den Van gezerrt haben«, sagte er plötzlich und mir rieselte eine grausig kalte Gänsehaut über den ganzen Körper. »Ich war nicht schnell genug, dich da wieder rauszuholen, also musste ich dich suchen gehen.« Seine Stimme klang tonlos und ich wusste nicht, wie ich seine Worte einzuordnen hatte. Er hatte gesehen, wie ich entführt worden war und musste mich deshalb suchen? Was ging es ihn denn an? Laut seiner eigenen Aussage wollte er ja schließlich nichts mit mir zu tun haben.

»Du warst also bei meinem Wohnblock? Was hast du da gemacht? Wolltest du zu mir?«, fragte ich ganz direkt und versuchte seinen Blick für eine Sekunde aufzufangen, doch er sah konsequent nach vorn. »Beobachtest du mich etwa?« Immer noch keine Antwort. »Also ja«, deutete ich sein Schweigen und lehnte mich im Sitz nach hinten.

»Wie lange schon?«, wollte ich wissen und Ezra schüttelte den Kopf.

»Lass es einfach«, knurrte er und fasste das Lenkrad fester.

»Wieso? Weil du diesmal nicht weglaufen kannst oder weil es dir peinlich ist, zuzugeben, dass du ein Stalker bist?«, stichelte ich weiter und fragte mich, wie belastbar seine Nerven wohl waren und wie er jetzt reagieren würde.

War er einer, der alles still aussaß oder ging er mir gleich an die Gurgel?

Und wie sollte ich eigentlich mit ihm reden? Ihn wie einen Fremden zu behandeln, den ich gestern das erste Mal getroffen hatte, kam mir so falsch vor. Aber gleichzeitig konnte ich nicht auf Ereignisse zurückgreifen, die wir gemeinsam erlebt hatten. Die ganze Situation war total verrückt und meine Gefühlsregungen und Körperreaktionen machten die Sache nicht weniger verwirrend.

»Du bist genauso wie davor«, tadelte Ezra mich und brachte mich damit zum Schmunzeln.

»Das fasse ich jetzt mal als Kompliment auf«, hielt ich dagegen und spürte langsam, wie die Temperatur im Auto merklich stieg. Die Heizung war also endlich angesprungen.

Ich wusste nichts mehr zu sagen, empfand das Gespräch als einseitig und schleppend und ließ mich tiefer in den Sitz sinken. Hier hatte ich gestern auch gesessen, voller Aufregung, und gehofft, meiner Vergangenheit zu begegnen. Doch in meiner Vorstellung war es herzlicher ausgefallen als in der kalten, erschreckenden Realität.

»Ich habe dich nicht gestalkt«, nahm Ezra den Gesprächsfaden wieder auf und ich sah ihn erstaunt an. Ich hatte ehrlich nicht mehr damit gerechnet. »Nur immer mal wieder nachgesehen, ob du dich schon in Schwierigkeiten gebracht hast.«

»Ach ja? Hast du gewusst, dass die mich entführen würden?«

Ezra zuckte mit den Schultern. »Du bist immer für Überraschungen gut«, behauptete er und ein bitterer Zug bildete sich um seinen Mund. Missmutig und angriffslustig.

Der Kerl musste eine Menge Aggressionen mit sich herumschleppen.

Ich dachte zurück an die letzten Tage und an alles, was ich angestellt haben könnte. Tom zu sagen, dass ich wusste, wer er war, zum Beispiel. Richtig dumme Aktion von mir.

Alkohol zu trinken war auch nicht mein hellster Moment gewesen. Oder mich von Oliver Grand auf Drogen setzen zu lassen.

Und da fiel es mir wie Schuppen von den Augen. »Hast du Oliver Grand die Nase gebrochen?«, fragte ich ohne Überleitung und Ezra verzog keine Miene.

»War das der Kerl, dem du die Zunge in den Hals gesteckt hast?« Obwohl es wie eine Frage klang, war es keine. Es war ein Bekenntnis.

Er hatte es getan, und soweit ich das beurteilen konnte, tat es ihm nicht leid.

»Was ist falsch mit dir?«, fauchte ich ihn an. Man konnte doch nicht einfach irgendwem die Nase brechen, nur weil man pissig auf die ganze Welt war.

Ein bitterer Knoten bildete sich in meinem Magen, weil sich meine Gefühle insgeheim wünschten, dass Ezra es aus Eifersucht getan hatte. Doch bisher sah es nicht so aus, als ob er noch großes Interesse an mir zeigte.

Ja, klar, gerade eben hatte er mich noch in seinen Armen gehalten und sich von mir vollheulen lassen. Aber … Ach, keine Ahnung.

Ezra schwieg, sagte mal wieder nichts dazu, während ich daran dachte, dass er mich an der Hand aus der Toilette in diesem Club gezerrt und mich angeschrien hatte, um mir am Ende die Tätowierung an meinem Handgelenk zu zeigen.

Geistesabwesend strich ich mit den Fingern über die Stelle am Arm.

Was hatte es mit diesem Symbol nur auf sich, das mich die letzten zwei Wochen begleitete und immer wieder aus meinen Fingern kam, sobald ich einen Stift zur Hand nahm?

»Dieses Symbol auf meinem Arm. Du hast davon gewusst«, flüsterte ich und endlich warf Ezra mir einen kurzen Blick zu. Irgendwie bedeutend und doch für mich nicht fassbar.

»Du ja wohl offensichtlich nicht mehr«, sagte er patziger, als ich ihm abnahm, und ich ignorierte es, da er mich damit nur reizen wollte.

»Haben die anderen das auch? Ist das unser Gangbranding?«, stellte ich meine Vermutung auf und fragte mich gleichzeitig, wie schlau es von Vika gewesen war, mir das Ding an die Wand zu pinseln. Als wenn ich mir ›*Mitglied einer Geheimorganisation*‹ aufs T-Shirt drucken würde.

»Nein«, entkräftete Ezra jedoch meine Gedanken.

»Also habe nur ich diese Tätowierung?«, erkundigte ich mich irritiert. Ich war nie so ein riesiger Freund von Tätowierungen gewesen, es war also unwahrscheinlich, dass ich es mir aus Jux hatte stechen lassen. Und wieso hatte ich mir gerade dieses Zeichen ausgesucht?

»Nein«, zerstörte Ezra auch diesmal wieder meine Überlegungen und ich sah ihn erwartungsvoll an, wartete auf eine Erklärung.

Doch er mied absichtlich meinen Blick, die Augen finster auf die Straße gerichtet.

»Oh, wow. Danke fürs Gespräch«, schnaubte ich und verschränkte die Arme vor der Brust.

Die Minuten verstrichen. Eine Kreuzung reihte sich an die nächste und dann waren wir auch fast schon bei mir zu Hause. Genervt rang ich mit mir, noch etwas zu sagen, da mein Stolz es mir verbot. Doch andererseits hatte Ezra mich gerade am Ende der Stadt aufgegabelt und mich nach Hause gefahren, ohne zu meckern oder mir irgendwelche Vorwürfe zu machen. Er hatte meine Dankbarkeit verdient.

»Danke fürs Abholen«, flüsterte ich also.

Er nickte nur, sagte nichts dazu und ich gab es auf, aus ihm schlau werden zu wollen.

Der Regen ließ gerade etwas nach, als Ezra den Wagen eine Straße von meinem Wohnblock entfernt parkte und aus dem Auto stieg. Ich zog die Kapuze des Hoodies über und schob die Beine der Jogginghose nach oben, ehe ich meine nackten Füße auf den nassen Asphalt setzte. In die Schuhe wollte ich nämlich jetzt nicht mehr rein.

Erwartungsvoll drehte ich mich zu Ezra, stellte mich darauf ein, ihm einen kurzen Abschiedsgruß zuzurufen und dann allein nach Hause zu verschwinden, da schlug er die Autotür zu und verriegelte den Wagen.

Da er bereits loslief, konnte ich ihm nur verwirrt folgen und rannte neben ihm durch den Regen auf den Hintereingang eines anderen Gebäudeteils zu.

Wir schlüpften hinein und die Fliesen des Flures fühlten sich noch kälter unter meinen Füßen an als der Asphalt draußen.

Ezra schüttelte sich, als wäre er ein nasser Hund, und Regentropfen perlten aus seinen Haaren. Er fuhr sich mit der Hand hindurch, um sich die dunklen Strähnen aus der Stirn zu streichen.

»Wieso kommst du mit? Hast du Angst, die klauen mich gleich wieder?« Schnell stieg ich die ersten Stufen des Treppenhauses nach oben ins höher gelegene Erdgeschoss.

»Meine Cousine ist noch hier«, sagte er knapp.

»Deine Cousine?«

»Abigail?«, half er mir auf die Sprünge, weil er erwartet zu haben schien, dass ich so etwas wissen müsste. Mir kam es jedoch eher wie eine Offenbarung vor, die mir endlich einen kleinen Einblick in all die mysteriösen Verbindungen zwischen den Aktivisten gab. Das erklärte, wieso er ihr gestern so selbstverständlich den Arm um die Schulter gelegt hatte.

»Sie hat behauptet, du würdest dich an sie erinnern«, meinte er plötzlich und ich wünschte mir, es würde der Wahrheit entsprechen.

»Na ja, *erinnern* wäre zu viel. Ich habe mal von ihr geträumt. Aber das heißt nicht, dass ich weiß, wer sie ist«, erklärte ich und lief neben Ezra her, der seinen Weg so selbstverständlich durchs Gebäude nahm, als wäre er ihn schon unzählige Male abgelaufen. Vielleicht war es ja sogar so.

»Hast du auch von mir geträumt?«, wollte er auf einmal wissen und schob die Hände in die Hosentaschen, was wohl lässig aussehen sollte, aber eher nervös wirkte. Die Frage hatte nicht so beiläufig geklungen, wie er sich vielleicht wünschte.

Verstohlen betrachtete ich ihn von der Seite, seine harten Gesichtszüge, die ihm die Jungenhaftigkeit nahmen, die er sonst wohl gehabt hätte. Seine schmalen Augen, die auch immer wieder zu mir sahen und von viel zu schönen Wimpern umrahmt wurden.

»Ich denke schon«, beantwortete ich seine Frage zögerlich und dachte an den Traum, in dem ich auf das alte Fabrikgebäude zugerannt war. Tom war hinter mir zurückgeblieben und ich hatte irrtümlich angenommen, dass es dann auch er gewesen sein musste, dessen Arme ich um mich gespürt hatte, als meine Angst mich zu erdrücken drohte. Doch es war Ezra gewesen. Sein Name war mir im Nachhinein im Kopf herumgeschwirrt, doch sein Gesicht hatte ich nicht gesehen. Da war nur seinen Geruch gewesen, seine Wärme und das starke Gefühl, das mich zu ihm zog.

Der Nachhall geisterte durch meinen Körper, machte mich weich und ich widerstand nur knapp dem Drang, näher zu Ezra zu treten, mich bei ihm einzuhaken und meinen Kopf an seine Schulter zu legen.

Meine Güte!

Ezra fragte nicht weiter nach, möglicherweise weil es zu peinlich wäre, und ich spekulierte genau darauf.

Als wir meinen Flur erreichten, ging mir zum ersten Mal auf, dass ich überhaupt keinen Haustürschlüssel mehr hatte. Der war nämlich in meinem Regenmantel gewesen, der ja ebenfalls weg war.

Oh, na super! Verrückte Wissenschaftler hatten meine Schlüssel. Obwohl sie sicher auch andere Methoden hätten, sich Zugang zu meiner Wohnung zu verschaffen, wenn sie es wirklich darauf anlegten.

Da Ezra behauptet hatte, Abby wäre hier, klopfte ich an und keine Sekunde später wurde die Tür aufgerissen. Erschrocken taumelte ich einen Schritt zurück und wurde direkt in einen Schraubstock aus verschiedenen Armen gezogen, die mir die Luft aus der Lunge pressten.

»Oh Schatz, ich habe mir Sorgen gemacht!«, heulte mir Vika in das eine Ohr.

»Ich dachte, ich verliere dich schon wieder!«, kreischte mir Abby ins andere und mir klingelte der Schädel.

»Keine Luft«, japste ich übertrieben, damit sie von mir abließen, und sie lockerten sofort ihren Griff um mich.

»Haben die dich zur Gedankenauslese gezwungen?«, wollte Abby sofort wissen und Angst lag in ihren Augen, die ich nachempfinden konnte. Gleichzeitig wunderte es mich, dass Ezra mich nicht danach gefragt hatte, obwohl es ihn ja genauso in Gefahr brachte wie Abby und die anderen.

»Sie haben es versucht, aber ich konnte entkommen«, berichtete ich knapp und Vika drückte mich wieder fester an sich, sodass ich mit dem Gesicht an ihren Brüsten klebte.

»Mein Baby«, jammerte sie laut und ich machte mich umständlich von ihr los. Mein feuchtes Haar haftete mir an der Stirn.

»Kommt mal wieder runter und lasst mich durchatmen. Ich brauche jetzt erst mal Kaffee«, meckerte ich und trat in die Wohnung. Vika lachte auf, auch wenn ich die Tränen in ihren Augen sah, und ich strich ihr beruhigend über den Rücken.

Gerade wollte ich zur Küchenzeile laufen, da sah ich aus dem Augenwinkel, dass Ezra immer noch im Hausflur stand und unentschlossen meine Wohnung betrachtete.

»Komm rein«, forderte ich ihn auf und er sah mir in die Augen. Ein irritierend intensiver Blick, der so voller Fragen war, dass die Stille zwischen uns lauter dröhnte als alles andere. Mein Herzschlag stolperte.

Ezra trat ein, machte nur diesen einen Schritt über die Schwelle und wie durch Zauberhand füllte er die quälende Leere, die sich durch seine Anwesenheit auflöste wie ein Albtraum im glitzernden Morgenlicht eines vielversprechenden Tages.

32

Algorithmus des Bösen

Die Tür zum Schlafzimmer war nur angelehnt, sodass ich noch alles hören konnte, was im Wohnraum gesprochen wurde. Mit müden Gliedern zog ich mir Ezras Pullover über den Kopf und hatte für einen kurzen Moment das Gefühl eines Kusses im Nacken, als sich der Geruch des Kleidungsstücks in meiner Nase festsetzte. Am liebsten hätte ich seine Sachen einfach behalten, doch ich wusste natürlich, dass das nicht ging.

Außerdem trug ich kein Höschen. Das lag jetzt noch klatschnass in meiner Cordhose im Fußraum von Ezras Auto.

Ich versuchte nicht daran zu denken, zog mir bequeme Sachen aus meinem Schrank und nahm einen Schluck Kaffee aus der Tasse, die ich auf meinem Nachttischchen abgestellt hatte.

»Es war halt echt komisch, deshalb habe ich Gemma angerufen und wir haben das Handy nebenan klingeln gehört. Und da war dann plötzlich Abigail auf der Couch. Das war so verwirrend«, erzählte Vika gerade den anderen und ich konnte mir vorstellen, wie das für sie gewesen war. Als wenn man aus Versehen in einen Film gefallen wäre.

»Wo hast du sie gefunden?«, fragte Abigail und ich lauschte noch intensiver, während ich in meine eigene Jogginghose schlüpfte.

»Das war mehr Glück als Verstand. Zuerst war ich beim Labor von Hella Goldregen. Doch da waren die Lichter aus, also bin ich weiter zur Praxis von Sinus Voltár. Ich war noch nicht ganz dort, da rannte sie keine hundert Meter weit entfernt über die Straße und ins Polizeipräsidium«, berichtete Ezra und ich konnte am Ton seiner Stimme nicht ausmachen, was er über all das dachte.

»Sie ist zur Polizei gegangen?«, kam es erschrocken von Abigail und es raschelte laut.

»Sie wurde entführt und Leute wollten sie zur Gedankenauslese zwingen. Ich finde es sehr logisch, damit zur Polizei zu gehen«, empörte sich Vika laut, als wenn ich sie alle nicht hören würde. »Ich verstehe eh nicht, wieso ihr daraus so ein Geheimnis macht und nicht einfach gleich zur Polizei gegangen seid.«

Ich ließ mir Zeit damit, mir ein anderes Oberteil anzuziehen und in die Ärmel der flauschigen Strickjacke zu schlüpfen, um noch weiterzulauschen und nicht selbst reden zu müssen. Mein Kopf war müde, meine Augen waren vom vielen Weinen angeschwollen und mein rechtes Handgelenk schmerzte mehr, als es sollte.

»Weil es am Anfang noch kein Verbrechen gab«, antwortete Ezra. »Wir wollten damit zur Presse. Aber dann haben die uns Söldner auf den Hals gehetzt und Gemma ist …« Er brach ab und wir allen wussten, was er hatte sagen wollen. ›Gemma ist von einem Lastwagen zerquetscht worden.‹

»Aber dann war es doch schlau, jetzt zur Polizei zu gehen«, meinte Vika und ich erhob mich matt vom Bettrand.

»Das Projekt wird sie dadurch nicht aufhalten. Aber sie hat sowieso nichts gesagt«, erwiderte Ezra und nun konnte ich eindeutig den scharfen Ton heraushören. »Sie hat einen Rückzieher gemacht. Nicht wahr?«, rief er so auffordernd, dass ich mir sicher sein konnte, dass er die Frage an mich gerichtet hatte.

»Wieso?«, wollte Abigail wissen. »Gemma?«

Schnell nahm ich meine Tasse zur Hand und öffnete die Tür einen Spaltbreit, um in den Wohnraum zu schlüpfen. Der Blick aus Ezras dunklen Augen traf mich wie ein Messer in die Brust.

Er wusste, dass ich mit Tom geredet hatte.

Doch der Blick hielt nur kurz an, dann drehte er sich demonstrativ von mir weg und tat, als begutachtete er mein Bücherregal.

»Wie bist du aus der Praxis rausgekommen, Henson? Haben die dich gehen lassen, weil du brav mitgespielt hast?«, schnaubte er verächtlich den Büchern zu und das Misstrauen, das aus seiner Stimme troff, quetschte mir das Herz zusammen.

»Du hast sie doch nicht mehr alle. Ich habe mich freigekämpft. Ein Wachmann hat mir eine Pistole an den Kopf gehalten und ich musste sie ihm abnehmen. Ich habe alles getan, damit die mich nicht auslesen und euch finden. Also komm mir nicht so!«, keifte ich ihn an und spürte die Wut meine müden Glieder beleben. Oder aber es war der Kaffee.

Vika hinter mir gab ein kehliges Geräusch von sich und stellte ihre Teetasse neben sich auf den Küchentresen. »Der hatte eine Waffe? Und du hast sie ihm abgenommen?«, fielen ihr die Worte schockiert aus dem Mund.

»Ich weiß, wie verrückt das klingt, aber es ist so passiert. Er hielt mir die Pistole an den Kopf und ich … keine Ahnung. Plötzlich hatte ich sie in der Hand«, berichtete ich energisch, fuchtelte mit einer Hand in der Luft herum und Ezra lachte auf. Verhalten und mit einer bitteren Note, wandte sich aber nicht wieder mir zu.

»Leon wird stolz auf dich sein. Wir haben das mit dir bis zum Erbrechen geübt«, warf er ein und mir fiel plötzlich der seltsame Traum wieder ein, den ich vor ein paar Tagen gehabt hatte. Ein Fuchs hatte mich angebrüllt, ihm die Waffe abzunehmen. Also war es tatsächlich das Muskelgedächtnis gewesen, dass mich aus dieser Situation gerettet hatte. Aber wieso ein Fuchs?

»Da vergisst du alles, aber so was bleibt hängen«, fügte er vorwurfsvoll hinzu.

»Man kann nur das Kurz- und Langzeitgedächtnis löschen. Kein Muskelgedächtnis, kein Unterbewusstsein und auch keine Gefühle«, gab ich zurück und der scharfe Ton meiner Worte spiegelte wider, wie sehr mich sein albernes Verhalten ärgerte. Was konnte ich denn dafür, dass ich mich nicht mehr erinnerte? Wie oft wollte er mir das noch vorhalten? Ich konnte es nun mal nicht ändern.

»Ach ja?«, sagte Ezra provokant, drehte sich aber immer noch nicht zu mir um, strafte mich weiter mit Ignoranz.

»Ja«, bestätigte ich, weil er mir nicht zu glauben schien und es mir doch wichtig war, dass er es verstand. »Kannst du mich bitte ansehen, wenn du mit mir redest?« Energisch kam ich auf ihn zu und stellte meine Tasse mit Nachdruck ins Bücherregal neben ihm. Der Kaffee schwappte über und hinterließ dunkelbraune Tropfen auf dem papierenen Einband von *Zeigerwelten*.

»Gemma«, versuchte Vika mich zu besänftigen und Abigail erhob sich mit alarmiertem Gesichtsausdruck vom Sofa.

Ezra drehte den Kopf in meine Richtung, verschränkte die Arme vor der Brust und zeigte nur Verbissenheit.

»Aber du hast trotzdem einen Deal mit ihm gemacht. Nicht wahr?«, warf er mir vor und mich durchzuckte der eiskalte Blitz aus Schuldbewusstsein. »Mit Tom Hittinger. Ich habe gesehen, wie er dir zur Polizei hinterherkam wie ein dunkler Schatten.«

Sein Blick bohrte sich in meinen und ich hielt ihm nicht stand, sah weg, blickte auf die Kaffeeflecken, die von dem glatten Einband abperlten und am Rand vom Papier aufgesaugt wurden.

Mein Ärger zog sich wieder zurück, ließ Müdigkeit und Verzweiflung wieder aufleben.

»Was? Tom war da?«, schaltete sich jetzt auch Abigail ein und ich konnte nur an meine Mama denken.

»Hast du dich von dem manipulativen Scheißkerl einwickeln lassen? Weil er so nett *Bitte* gesagt hat?« Er wollte es nicht wirklich wissen, er wollte mich nur vorführen.

»Er hat gesagt, sie helfen meiner Mutter, wenn ich nichts sage. Und dass Mama nicht zu retten ist, wenn ich sie anschwärze. Was hätte ich denn machen sollen?«, verteidigte ich mich und spürte, wie mir die Zweifel über die Haut krabbelten, vielleicht doch die falsche Entscheidung getroffen zu haben.

»Henson! Wie kannst du ihm das glauben? Er bescheißt dich. Die werden keinen Finger rühren und spielen mit deiner Unsicherheit, damit sie ihre Präsentation durchkriegen.« Verärgert zog er die Augenbrauen zusammen, was seinen stechenden Blick nur noch verstärkte.

»Aber es geht um meine Mama!« Meine Stimme brach und ich blinzelte verzweifelt gegen das Brennen auf meiner Netzhaut an. Mein Gleichgewicht schwankte und ich umklammerte mit der geschienten Hand die Strebe meines Regals.

»Wehe, du heulst jetzt!«, knurrte Ezra drohend und meine Unterlippe begann zu zittern.

»Jackson!«, fuhr Abigail ihn an, trat an meine Seite und streckte die Hände nach mir aus, die ich jedoch mit einer abwehrenden Bewegung zurückwies.

Ich wollte jetzt nicht getröstet werden, hatte es wahrscheinlich auch nicht verdient und riss mich so gut ich konnte zusammen, um bloß nicht wieder zusammenzubrechen.

»Wie kannst du so ein fieser Drecksack sein? Krieg dich wieder ein, verdammt!«, blaffte Abigail ihren Cousin an und er beachtete sie gar nicht.

»Das hier ist eine ernste Sache.« Er trat einen Schritt auf mich zu, den finsteren Blick auf mich gerichtet, und drückte Abigail zur Seite, die dazwischengehen wollte. »Die Zukunft der Welt steht auf dem Spiel und du hältst dich mit sentimentalem Blödsinn auf. Du sagst, du willst etwas tun, dabei sein. Aber du bist nur ein weinerlicher Kloß, der sich hinter seiner Unwissenheit versteckt!«, zischte er, das Gesicht viel zu nahe bei mir, und mir rutschte die Hand aus.

Ezra zuckte zurück und doch erwischte ich ihn mit der flachen Hand im Gesicht. Das Klatschen war so unnatürlich laut wie in einem schlecht gemachten Film.

Mein Atem ging hicksend, mein Körper zitterte und meine linke Handfläche brannte so sehr, als hätte ich sie auf eine heiße Herdplatte gelegt. In meinem Kopf herrschte Ausnahmezustand, und ich wusste nicht mehr, was ich denken, fühlen oder sagen sollte.

Ezra schloss für einen Moment verbissen die Augen, bewegte seinen Unterkiefer knackend und stieß zischend die Luft aus. Ungläubig sah ich, wie sich seine Lippen zu einem halben Lächeln verzogen.

»Da war ja was«, schnaubte er und ich blinzelte ihn verwirrt an.

»Ach ja? Was war da?«, wollte ich wissen und spürte die Wut erst, als ich sie in meinen Worten hörte.

»Deine Schläge sieht man nicht kommen«, behauptete er und etwas in seinem Blick sagte mir, dass es nicht das erste Mal war, dass ich ihm eine gelangt hatte. Was auch immer für eine Beziehung hinter uns lag, so ganz konfliktfrei schien sie nicht gewesen zu sein. Ich wartete darauf, dass es mir leidtun würde. Tat es aber nicht.

»Weil ich so nett aussehe?«, spottete ich und ließ das Regal los.

»Nein. Weil du mit links zuschlägst«, erklärte er und ein arrogantes Lächeln zog über seine Lippen.

»Du bist so ein Arschloch!«, zischte ich, griff mir meinen Kaffee und trat von Ezra zurück.

Vorsichtig rieb er sich die Wange, die sich langsam rötlich verfärbte. Einen Handabdruck, wie im Comic, sah man nicht, aber ich hatte ihn trotzdem ganz schön heftig erwischt.

»Ich würde ja sagen, das wussten wir beide bereits. Aber du hast es wohl vergessen«, hielt er dagegen und ich hätte ihn am liebsten wieder geschlagen.

»Hör auf damit! Glaubst du denn, es quält mich nicht, so viel vergessen zu haben? Und du bohrst auch noch in der Wunde herum. Ich muss total geschmacksverirrt gewesen sein, als ich mich in dich verliebt habe«, beschimpfte ich ihn und nun zuckte er zusammen. Die Überheblichkeit fiel ihm aus dem Gesicht und er stieß mit der Schulter gegen das Regal, als er einen Schritt zur Seite machte.

Er erwiderte nichts, wandte nur den Blick ab und eine unnatürliche Stille legte sich über die Szenerie, in der wir uns gerade noch angeschrien hatten.

Selbst Vika und Abigail sagten nichts, standen nur daneben und sahen nicht zu uns. Als wären sie in einen Streit reingeplatzt, der sie nichts anging.

Mein Ärger wurde von dem seltsamen Stimmungsumschwung geschluckt und ich atmete tief durch. Definitiv hatte ich gerade etwas Falsches gesagt und alle wussten es, nur ich verstand mal wieder nur Bahnhof.

Ein lautes Bollern an der Tür zerstörte die Stille und ließ uns alle zusammenschrecken. »Aufmachen! Polizei!«, brüllte eine laute Stimme und ich wäre wahrscheinlich genau wie die anderen zurückgewichen, wenn ich sie nicht sofort erkannt hätte.

»Nicht witzig, Jessy!«, rief ich zurück und ging zur Tür, froh darüber, dieser super merkwürdigen Situation zu entfliehen.

Schwungvoll zog ich die Tür auf und Jessy lehnte kokett am Türrahmen wie eine sehr kurvige Barsängerin. Allerdings trug sie eine hellblaue Jogginghose und ein T-Shirt mit Fuchsprint.

»Ich habe deinen *Algorithmus des Bösen* gefunden«, teilte sie mir ohne Einleitung mit. »Die haben es echt schwer auf dich abgesehen. Gruseliger Scheiß, den die da abziehen.« Überrascht hielt sie inne, als sie bemerkte, dass ich nicht allein war. »Oh, wow, eine Versammlung und ich wurde nicht eingeladen«, schnüffelte sie und zog die Nase kraus.

»Das ist meine Freundin Jessy. Systemsicherheit bei Biolog Medical. Das sind Abigail und Ezra«, stellte ich schnell vor und zeigte auf die beiden, die mich ansahen, als hätte ich nun völlig den Verstand verloren.

»Uh, Loverboy«, sprang Jessy sofort an und musterte Ezra so unverhohlen, als wäre er eine Werbeanzeige. Gern wäre ich vor Scham im Boden versunken. »Habt ihr schon drüber geredet?«, wollte sie gleich wissen und ich schüttelte den Kopf, während mir die Röte in die Wangen schoss.

»Nein, haben wir nicht.« Er hatte mich bisher nur beleidigt und ich ihn geschlagen. »Komm einfach rein«, wies ich sie streng an und drückte die Tür hinter ihr mit Nachdruck zu. »Der Algorithmus«, kam ich schnell aufs eigentliche Thema zurück und wünschte inständig, dass sie Infos hatte, die uns weiterbringen würden. Irgendwas, damit ich meiner Mutter helfen konnte.

»Du kannst doch nicht einfach jedem von uns erzählen«, empörte sich Ezra, von dem ich gehofft hatte, dass ich ihn wenigstens für eine kleine Zeit mundtot gemacht hätte. Abigail schien zu irritiert zu sein, um sich dazu zu äußern.

»Habe ich auch nicht. Gestern hast du mir gesagt, ich soll mich um meinen eigenen Kram kümmern. Und das tue ich. Ihr könnt ja einfach wieder in euer Loch kriechen«, schnauzte ich zurück und schleppte mich zum Küchentresen, um mich raufzuhieven. Kaffee kleckerte auf meine Hose, was aber jetzt auch schon egal war.

»Dicke Luft?«, fragte Jessy und sah zu Vika, die vieldeutig mit den Schulten zuckte und einen Schluck Tee aus ihrer Tasse nahm.

»Gut läuft's nicht«, murmelte sie und ich verschluckte mich beinahe an meinem Kaffee.

»Der Algorithmus!«, sagte ich noch einmal mahnend zu Jessy und Ezra verschränkte wieder die Arme vor der Brust, als ginge ihn das alles nichts an. Doch er machte keinerlei Anstalten, die Wohnung zu verlassen und Abigail ließ sich hinter ihm wieder aufs Sofa sinken.

»Ich habe den ganzen Tag drangesessen und es war eine bescheuerte Fummelarbeit, aber vor ziemlich genau neunzehn Monaten hat jemand neue Befehle in das Ausleseprotokoll eingeschmuggelt, die da sicher nicht reingehören. Die haben gezielt nach Erinnerungen mit dir gesucht und sie anschließend bei allen, je nach Intensität, gerastert oder sogar ganz gelöscht«, erzählte Jessy und nahm mir die Kaffeetasse aus den Händen, um selbst einen Schluck zu trinken.

»Also wie wir vermutet haben«, seufzte ich und schwang die Beine auf die andere Seite des Tresens, um an die Kaffeemaschine zu gelangen. Von Jessy würde ich meinen Kaffee eher nicht mehr zurückbekommen, also brauchte ich einen neuen.

»Wie bist du an diese Daten rangekommen?«, fragte Ezra und Misstrauen schwang in seinen Worten.

»Systemsicherheit bei Biolog Medical. Hat Gemma doch gesagt«, speiste Jessy ihn ab und wäre ich nicht so erschöpft, hätte ich ihn sicher ausgelacht. »Das Problem ist nur, dass der Algorithmus unüberwacht in den Gehirnen von Leuten herumgelöscht hat. Dich haben die Spinner bestimmt mit Absicht gelöscht und dann an ihre tollen neuen Teufelsgeräte angeschlossen. Aber zum Beispiel deine Mutter ist sicher nur zu einer Routineuntersuchung gegangen und wurde dann einfach mal ohne Kontrolle vom Programm weggeblitzt.«

Meine Finger vergaßen, was sie tun sollten, rutschten an der Kaffeemaschine ab und ich drehte mich abrupt wieder zu Jessy um.

»Wie können die so was einfach tun?«, entfuhr es mir und ich war fassungslos. Wieso hatte das niemand gemerkt?

Wenn es um mich ging, war natürlich bei meiner Mutter das meiste weggelöscht worden, weil sie nun mal meine Mutter war. Aber da gab es doch noch so viel mehr Leute, mit denen ich zu tun gehabt hatte und die jetzt alle mit Schattenerscheinungen herumliefen. War es das wirklich wert?

Vika kam zu mir und legte mir fürsorglich einen Arm um die Taille.

»Das heißt aber auch, dass, wenn sie deine Mutter an das neue Gerät anschließen, sie sie wieder hinkriegen könnten«, versuchte Jessy mich aufzumuntern und reichte mir gnädigerweise meinen Kaffee zurück, der mittlerweile nur noch lauwarm war.

Ich trank ihn auf ex.

»Das werden sie aber nicht machen. Zumindest nicht, bevor sie mit ihrer Präsentation durch sind und die ganze Welt davon überzeugt haben, dass sie mit ihrem ›tollen neuen Teufelsgerät‹ eine wirklich sensationelle Errungenschaft gemacht haben«, meldete sich Ezra zu Wort und trat ebenfalls, meinem Blick weiterhin ausweichend, an den Tresen heran. Die Rötung auf seiner Wange wurde deutlicher.

»Wa… was? Wann ist die Präsentation?«, wollte Jessy schockiert wissen und runzelte die Stirn, den Blick auf sein Gesicht geheftet.

»In einer Woche«, klärte er sie auf und Jessy stieß zischend die Luft aus.

»Ich brauche mehr Kaffee«, murmelte ich und drehte mich wieder zur Kaffeemaschine. Vika zog meine Hände weg.

»Du brauchst erst mal was zu essen«, sagte sie zu mir und öffnete den Kühlschrank, während Jessy Ezra weiter mit Fragen löcherte.

»Woher wisst ihr das?«, schnaubte sie und stemmte Jessy-like ihre Hände in die Hüften.

»Wir haben Leute, die sich spielend in euer System hacken können«, stichelte Ezra und ich wusste gleich, wie Jessy reagieren würde.

»In mein System? Das will ich aber erst mal sehen!«, empörte sie sich provokant und ich schüttelte den Kopf über die beiden.

»Hey! Hier geht es um meine Mama! Macht euren Schwanzvergleich später«, fuhr ich sie an und bekam von Vika einen Apfel in die Hand gedrückt, was die Autorität meines Ausrufs immens schmälerte.

Das Sofa quietschte leise, als Abigail sich davon erhob und sich ebenfalls zu uns gesellte. Sie sah so müde aus, wie ich mich fühlte, und ich hätte ihr am liebsten gesagt, sie könne sich doch ein wenig hinlegen. Doch den Rat sollte ich wohl selbst mal befolgen.

»Das ist total die bescheuerte Zwickmühle«, sagte sie und schob sich nervös ein paar Haarsträhnen hinters Ohr. »Wenn wir sie anschwärzen und das Ganze auffliegt, können sie Gemmas Mutter nicht helfen. Aber wenn wir sie Gemmas Mutter helfen lassen, kommen sie mit der Präsentation durch«, fasste sie unsere Situation zusammen.

»Wieso können wir sie nicht anschwärzen und das Gerät dann selbst benutzen?«, wollte Jessy wissen und ich schüttelte den Kopf.

»Wenn sie festgenommen werden, löschen sie vorher alle Daten und das Gerät wird nutzlos«, erzählte ich und sah die irritierten Blicke der anderen. »Das hat Tom mir gesagt.«

Es schüttelte mich, als ich daran dachte, wie er in dem Aufenthaltsraum der Polizei vor mir gestanden hatte, chic, wie aus dem Ei gepellt, Drohungen auf den Lippen.

»Als ob die nicht irgendwo eine Sicherungskopie versteckt haben. Das ist doch Quatsch!« Jessy verschränkte die Arme vor der Brust.

»Die könnte aber überall sein. Ich würde mich zu diesem Zeitpunkt nicht darauf verlassen, die auch wirklich zu finden«, hielt Ezra dagegen.

Der Druck auf meinen Kopf erhöhte sich. Es hing so viel von dieser verdammten Entscheidung ab. Die Welt, wie wir sie kannten, würde sich verändern, sollte dieses Gerät genehmigt werden. Die Wahl sollte mir leichtfallen, aber das tat sie nicht. Ich wollte schon wieder weinen und Panik zerquetschte mein Herz.

»Ich kann mich doch nicht zwischen meiner Mutter und der Zukunft entscheiden«, jammerte ich und klammerte mich an den Apfel. Mein Blick richtete sich von allein auf Ezra, Halt suchend, und er sah mich ebenfalls an.

Der Streit, den wir gerade noch ausgetragen hatten, löste sich einfach auf und ich wusste, dass er hier war, um mir zu helfen. Egal wie hässlich die Sache werden sollte. Denn irgendwas war da immer noch zwischen uns.

»Sollst du auch nicht, Schatz«, sagte Vika, riss mich aus der kleinen Welt, in der ich mich kurz mit Ezra aufgehalten hatte. In die nur wir beide passten. »Solche Entscheidungen sollte niemand treffen müssen.« Sie strich mir beruhigend über den Rücken.

»Tja, wenn uns aber nicht schnell etwas einfällt, um beides gleichzeitig auf die Reihe zu kriegen, dann müssen wir hier eine Entscheidung treffen. Wenn wir nichts tun, ist das die Entscheidung«, machte Jessy uns auf das Offensichtliche aufmerksam, das wie ein rosa Elefant im Raum stand.

»Ich kann das nicht«, hauchte ich und wünschte mir, es wäre Ezra, der den Arm um mich legen würde, und nicht Vika. »Solange die meine Mama bedrohen, kann ich nichts machen.« Ich sah von einem zum anderen und blinzelte die Tränen fort, die auf meiner Netzhaut brannten.

»Aber Gemma«, ergriff er genau in diesem Moment das Wort. »Sie werden deiner Mutter nie helfen, solange du frei und mit all deinen Erinnerungen an diese Entführung herumläufst«, sagte er das Hoffnungsloseste, was ich mir vorstellen konnte, und ich musste die Augen schließen, um nicht zu weinen.

Niemand sagte etwas, meine Gedanken rasten durch meinen Kopf. Einer schlimmer als der andere und ich wusste selbst nicht, wie ich es schaffte, die Lider wieder zu öffnen. Doch ich tat es und blickte direkt zu Ezra.

Hatte ich ihm wirklich gerade noch eine gescheuert? Wo war all die Wut hin, wieso war alles so ausweglos?

»Okay, ich mach dir einen Kaffee«, seufzte Vika leise und löste sich zaghaft von mir. Sie gestand sich also auch ihre Ideenlosigkeit ein.

Doch in Abigails Gesicht arbeitete es noch immer. »Wir müssen also einen Weg finden, sie dazu zu zwingen, deiner Mama zu helfen. Irgendwas, was sie nicht in die Schusslinie geraten lässt, weil sie sonst alle Daten löschen, aber genug Druck macht.«

»Und an was hast du da gedacht?«, fragte Jessy interessiert und nahm mir behutsam den Apfel aus den Händen, den ich zwischen den Fingern so zerdrückt hatte, dass er bereits weiche Stellen aufwies.

»Keine Ahnung. Sie bezahlen, wenn sie's machen? Uns einschleimen? Ihren Vorgesetzten einreden, dass die sich wohltätig zeigen müssen, wenn sie ihre Präsentation nächste Woche halten wollen.« Abigail kratzte sich an der Nase. »Vergesst es lieber wieder. Ich bin einfach nicht böse genug, um mir was Diabolisches einfallen zu lassen.«

Vika tat so plötzlich einen Schrei, dass ich zusammenzuckte, gegen sie stieß und ihr beinahe die Tasse aus der Hand gefallen wäre.

Doch sie achtete gar nicht darauf, stellte die Tasse ab und packte mich an den Schultern. Ihre Augen leuchteten förmlich. »Wir behaupten einfach, jemand anderes war's!« Es fehlte nur noch, dass sie mich schüttelte. Ich war noch viel zu daneben, um zu begreifen, was sie eigentlich sagen wollte. »Das mit dem Algorithmus des Bösen. Meine Güte! Das wird der Knaller!«

»Was?«, fragte ich irritiert nach und Jessy lachte auf.

»Das ist genial!«, rief auch sie und trommelte mit den Händen auf den Tresen.

»Ich raff es nicht«, stieß ich aus, spürte aber den Hoffnungsschimmer in meinem Herzen aufblühen. Vika schlag wieder ihre langen Arme um mich.

»Ja, überlegt doch mal. Der Algorithmus ist doch schuld, dass es deiner Mutter beschissen geht. Wenn wir behaupten, keine Ahnung, Rebellen wären es gewesen, die da was manipuliert haben, und das öffentlich machen, dann muss Biolog Medical da doch drauf reagieren. Schließlich lässt sich der Algorithmus laut Jessy doch nachweisen«, erklärte sie und mein Kopf brauchte zu lange, um hinterherzukommen.

»Wegen einer Person werden die sicher keinen Aufstand veranstalten«, behauptete Ezra, doch er klang nicht mehr so sicher dabei wie gerade noch.

»Oh, ihr Kleingläubigen«, säuselte Jessy und lehnte sich kokett an den Tresen. Die bedrückte Stimmung war wie fortgewischt. »Hier geht es nicht um eine Person. Durch den manipulierten Algorithmus wurden Hunderten, vielleicht sogar Tausenden Menschen Stunden oder auch ganze Tage und Wochen weggelöscht. Außerdem leben wir in einer gesundheitsfanatischen Gesellschaft. Das sind alles Hypochonder. Wir müssen nur behaupten, dass sie alle an Schattenerscheinungen leiden und es gibt eine Massenpanik. Das zwingt die Penner so was von dazu, deiner Mama zu helfen. Wenn sie es nicht tun und nach der Präsentation kommt raus, sie hätten schon längst helfen können, wird der Vorstand von Biolog ihnen den Arsch aufreißen.«

»Wir müssen ein Terrorvideo drehen!«, quietschte Vika und zerquetschte mich vor Freude in ihrer Umarmung.

»Was? Nein. Das ist völlig absurd«, stieß ich hervor und Vika lachte auf.

»Wer hat Lust auf eine Museumsführung?«, verkündete sie und ich sah wieder zu Ezra, der lächelte. Mein Herz setzte einen Schlag aus.

»Du bist total verrückt.« Abigail schüttelte nur ungläubig den Kopf und Vika zwinkerte ihr zu.

»Selbstverständlich, mein Schatz.«

33

Die Leere

Es brauchte einige Anläufe und noch einen Kaffee, ehe ich den Plan verstand. Wir hatten vor, ein gefälschtes Terrorvideo zu drehen, in dem wir behaupteten, den Algorithmus vor neunzehn Monaten selbst eingespeist zu haben. Das würde die Aufmerksamkeit darauf lenken und Biolog dazu zwingen, meiner Mutter zu helfen, um einer immensen Rufschädigung zu entgehen. Der Druck der Öffentlichkeit würde so groß werden, dass sie so schnell wie möglich handeln mussten, wenn sie nicht wollten, dass die Menschen das Vertrauen in die Gedankenauslese verloren. Die verrückten Doktoren würden mit ihrem Gerät also schneller anrücken müssen und zwar bevor die Präsentation nächsten Freitag stattfand.

So verlor die Gruppe ihr Druckmittel gegen mich und ich könnte sie wieder sabotieren, indem ich gleich danach mit all dem zur Polizei ging.

Wenn sie den ganzen Scheiß dann aus Panik löschten, wäre das ja nur gut für uns.

Irgendwie logisch, aber trotzdem brauchte ich sehr lange, um es in meinen Kopf zu bringen. Aber was wunderte es mich, meine Woche war wirklich nervenaufreibend genug gewesen und mein Körper signalisierte mir klar, dass ich mich auszuruhen hatte.

Auch wenn Vika am liebsten sofort in den Kampf gezogen wäre, schafften wir es, sie davon zu überzeugen, dass ein wenig Planung nicht schaden konnte, und verabredeten uns für Sonnenaufgang am Angestellteneingang auf der Rückseite des Museums.

»Ich rede mit den anderen darüber. Sie werden helfen wollen«, behauptete Abigail und warf ihrem Cousin einen Seitenblick zu, den dieser mit einem Nicken quittierte.

Ezra verhielt sich ungewöhnlich ruhig, weniger aggressiv und ich fragte mich, woran das lag. Nicht an der Ohrfeige, denn nach der hatte er noch fröhlich weitergestichelt. Was hatte ich danach gesagt?

Sein Blick wanderte wieder zu mir, sprach Bände, die ich nicht zu lesen vermochte, und ein Berg aus unausgesprochenen Worten türmte sich zwischen uns auf, den wir jedoch weiter ignorierten.

Abigail verabschiedete sich mit einer Umarmung und einem »Bis Morgen«. Ezra sah mich nicht an, als er die Wohnung verließ, die Stirn in Falten gelegt, die Gedanken weit entfernt. Und dann waren sie gegangen und Ezras Abwesenheit hinterließ ein Loch, in dem nichts war.

Jessy und Vika kochten in meiner Küche Nudeln mit Tomatensoße und unterhielten sich über Vikas Flamme, die nicht hier sein konnte, weil sie einen wichtigen Termin mit einer Galerie hatte. Und Vika wurde nicht müde zu betonen, wie sehr sie sie vermisste, obwohl sie erst seit wenigen Stunden weg war.

Jessy gab ihre Sprüche zum Besten, Vika lachte und beide sahen geflissentlich darüber hinweg, dass ich nicht in der Stimmung war, etwas zum Gespräch beizutragen. Brav aß ich meine Nudeln, wurde zu noch einer zweiten Portion genötigt und verabschiedete anschließend Jessy, die sich davonmachte, ehe der Abwasch anfiel.

»Ich bleibe heute Nacht bei dir«, kündigte Vika mir an und ließ heißes Wasser ins Spülbecken plätschern. »Ich mag dich nicht allein lassen.«

Zustimmend brummte ich und schob den kleinen Rest Tomatensoße auf meinem Teller hin und her. Wenn diese ganze Sache hier irgendwann vorbei war, musste ich mir mal frischen Basilikum kaufen.

»Mir geht grad auf, dass wir immer bei mir pennen. Hast du eigentlich schon mal in deinem Bett geschlafen, seit du eingezogen bist?«, fragte sie mich und warf mir einen Blick über die Schulter zu. »Ich finde dich immer bei mir oder auf der Couch.«

Ohne es zu wollen, versteifte ich mich und blickte sie an wie ein Kaninchen in der Falle. Ich war davon ausgegangen, dass es niemandem auffallen würde. »Nein«, wisperte ich, weil mir die Luft fehlte. Wenn ich nur an das Bett dachte, fühlte sich meine Lunge an, als hätte mir jemand einen Sack Zement auf die Brust gelegt und ich spürte den nahenden Anfall in meinen Eingeweiden wie ein Ungeheuer, das mich mit sich in die Tiefen des Nichts reißen wollte.

»Ich kann nicht in meinem Bett schlafen. Da stimmt was nicht. Es fühlt sich falsch an.«

Vika drehte sich mir halb zu, legte den Kopf schief und machte einen ungläubigen Gesichtsausdruck, der mir sagte, dass ich mich nicht so anstellen solle.

Und ich wusste genau, was das für mich bedeutete. »Bitte zwing mich nicht dazu. Vika, bitte«, flehte ich und Vika schnaubte laut.

»Und wie ich dich zwingen werde. Das ist doch total verrückt, Gem. Es ist nur ein Bett!«, behauptete sie und versenkte einen Topf im Wasser. »Du kannst doch nicht immer auf der Couch schlafen. Das ist nicht gut für deinen Rücken. So kommt dein Schlafrhythmus nie wieder ins Lot.«

»Es sind die Schattenerscheinungen«, hielt ich dagegen und gestand es mir endlich auch selbst ein. Sie hatte ja recht, ich konnte so nicht weitermachen. Aber musste das wirklich heute sein? »Deswegen kann ich nicht schlafen. Und vor allem nicht hier in dieser Wohnung, in meinem Bett. Da ist irgendwas passiert und das reißt mich regelrecht in Depressionen, wenn ich mich ins Bett lege.«

»Und was ist da passiert?«, fragte Vika mich und ließ sich von mir die schmutzigen Teller reichen.

»Wenn ich es wüsste, würde es mich nicht als Schattenerscheinung quälen«, machte ich sie auf das Offensichtliche aufmerksam und sie tippte sich verstehend an die Stirn.

»Na, dann wird es ja Zeit, es herauszufinden«, ließ sie dennoch nicht locker.

»Vik, echt jetzt?«, meckerte ich los und wurde direkt unterbrochen.

»Und wie! Du gehst jetzt erst mal duschen, ich mache hier alles sauber, wir schauen uns noch einen ultrakitschigen Liebesfilm an und dann schlafen wir in deinem Bett«, kündigte sie mir an und ich gab es auf, noch etwas zu erwidern. Vika war fest entschlossen, das durchzuziehen, und ich konnte mich ja immer noch davonschleichen, wenn sie eingeschlafen war. Auch wenn ich mir dafür ihren Zorn zuziehen würde, war das immerhin besser, als von einem Anfall erstickt zu werden.

Ergeben schlich ich ins Bad, duschte länger als sonst und wusch mir den Regen von der Haut, der zusammen mit den Abgasen der vergangenen Generationen an mir klebte. Vielleicht hatten wir den Klimawandel verhindert, aber unsere Umweltsünden würden uns noch sehr lange heimsuchen.

So wie meine fehlenden Erinnerungen. Ich konnte nur hoffen, dass sie nicht nur aus Verfehlungen bestanden.

Schnell wickelte ich mich in ein flauschiges Handtuch, um nicht zu frieren, und öffnete zum ersten Mal die Schiene an meinem Handgelenk, um zu sehen, wie es darunter aussah. Die Schwellung war zurückgegangen und nur einige verblassende grüngelbe Flecken waren übrig geblieben. So weit, so gut. Vorsichtig schmierte ich mir die Haut mit schmerzlindernder Wundheilsalbe ein und legte die Schiene wieder an, die ich noch mindestens eine Woche zu tragen hatte.

Als ich die Salbe zurück in meinen Badschrank räumte, fiel mein Blick auf die Klappe in der Wand. Der Ort, an dem meine Notizbücher versteckt waren. Mein aktuelles und das blaue, mit dem alles begonnen hatte. War das echt erst zehn Tage her?

Ohne lange darüber nachzudenken, stieg ich auf den Klodeckel und krallte meine Finger in den Rand der Klappe. Mein Handtuch fiel mir dabei runter, doch ich ließ es einfach liegen und ertrug den kalten Luftzug auf meiner vom heißen Duschwasser erhitzten Haut.

Ungeschickt klaubte ich das blaue Buch mit einer Hand hervor und schlug es an der Stelle auf, an der ich aufgehört hatte zu schreiben. Weil wir entdeckt worden waren und ich mich vor einen Lastwagen geworfen hatte.

Schnell suchte ich mir einen Stift, der hinter die Creme gerutscht war, und begann zu schreiben.

Verrückte Wissenschaftler bauen
ein Gerät zur Gedanken ein-
pflanzung. Ich habe versucht,
sie aufzuhalten, wurde von
einem Lastwagen überfahren
und anschließend von selbigen
Wissenschaftlern um ein halbes
Jahr erleichtert – bedeutet: gelöscht!
So wie alle Menschen, die mit
mir in der Zeit zu tun hatten.
Mama ist wegen krasser Schatten-
erscheinungen im Krankenhaus.
Paps geht es so lala. Hat wohl viel
gearbeitet in der Zeit.

Ezra benimmt sich wie ein Arsch,
was meinen Körper nicht davon ab-
hält, sich in seiner Gegenwart
wie ein verliebter Teeny zu fühlen.

Noch während ich es schieb, spürte ich, wie mein Magen flau wurde und ein Lächeln sich auf meine Lippen zwingen wollte. Das war doch total verrückt und ließ sich trotzdem nicht abstellen.

»Na gut«, murmelte ich vor mich hin und schrieb schnell die Liste der mir wichtigsten Personen darunter, ehe ich das Buch zuklappte und zurück an seinen Platz schob.

Ezra hatte ich mit aufgelistet, denn auch wenn es mir widerstrebte, brannte es mir dennoch unter der Haut, als wäre ich ein Glühwürmchen.

Ich legte den Stift zurück auf die Ablage und nahm das Cuttermesser zur Hand, das dort immer auf mich wartete. Zugegeben, ich hatte schon längst den Überblick verloren, was sich in meinem Kopf nun auslesen ließ und was nicht. Aber sicher war sicher.

Auch wenn ich jedes Mal aufs Neue dachte, den Schmerz bereits zu kennen, fluchte ich unterdrückt, als ein Blutstropfen auf meiner Fingerkuppe perlte und ich den Schnitt schnell mit einem Stück Klopapier abdrückte.

Noch mit meinem Finger beschäftigt, trat ich nackt aus dem Bad und wollte meine Klamotten vom Boden aufklauben, die ich dort achtlos fallen gelassen hatte. Mein Blick fiel jedoch sofort auf den fein säuberlich zusammengelegten Stapel Kleider, die noch auf der Bettkante lagen.

Ezras Sachen. Ich hatte vergessen, sie ihm mitzugeben.

Ich dachte an die Ohrfeige, die ich ihm verpasst, und an die gemeinen Worte, die er zu mir gesagt hatte. Würde ich je verstehen, was genau sein Problem mit mir war?

Meine Gedanken wanderten weiter zu dem Moment, in dem er mich aus dem Regen unter das Vordach gezogen hatte und ich an seiner Schulter all meinen Schmerz hinausweinte. Er war für mich da gewesen, auf eine ganz besondere Art, die wie ein weicher Nachklang aus der Vergangenheit zu mir drang und mir das Herz leichter werden ließ.

Seufzend griff ich nach dem T-Shirt, das ganz oben lag. Es war hellgrau und roch so unwiderstehlich gut, als ich meine Nase hineindrückte, dass ich am liebsten geheult hätte, weil ich die Leere schon wieder so überdeutlich spürte.

Auch wenn ich mich wie ein verlogenes Miststück fühlte, weil ich Ezra noch vor ein paar Stunden geschlagen hatte, zog ich mir das Shirt über den Kopf und beschloss, es anzubehalten.

Der Dreistigkeit Genüge getan, schlüpfte ich in meine eigene Jogginghose und ergänzte den Gammellook durch flauschige Stricksocken, die Tante Laura mir gemacht hatte.

»Wird Dani dich nicht vermissen?«, fragte ich meine Freundin, als ich zurück ins Wohnzimmer kam, und Vika sah von ihrem Handy auf, ein viel zu süßes Lächeln auf dem Gesicht. Die beiden hatten unter Garantie gerade miteinander geschrieben.

»Sie lässt dir Grüße ausrichten. Ihr Treffen in der Galerie lief super und sie wird sich die ganze Nacht in neue Projekte stürzen«, teilte Vika mir mit und ich ließ mich neben sie aufs Sofa fallen.

»Dafür hatte sie letzte Nacht wohl keine Zeit«, machte ich ein Witzchen und sie sprang sofort darauf an.

Der Film geriet in Vergessenheit, als Vika ins Schwärmen geriet, und ich ließ sie, weil es guttat, so zu tun, als wäre die Welt völlig in Ordnung und wir nur zwei beste Freundinnen, die über normale Dinge redeten.

Bis zu dem Zeitpunkt, an dem Vika gähnend beschloss, dass es Zeit zu schlafen wäre, weil wir morgen in aller Frühe auf den Beinen sein mussten. Womit sie recht hatte und doch graute es mir davor, mich meinem Bett zu nähern.

»Wenn du magst, schau ich auch für dich drunter, ob sich da Monster verstecken«, scherzte Vika und zog mich auf die Matratze, in mein beigefarbenes Bettzeug, von dem ich fürchtete, es würde mich jeden Moment erdrosseln.

»Was sagt Dani eigentlich dazu, dass du bei anderen Frauen im Bett schläfst?«, unternahm ich einen letzten Versuch, aus der Sache wieder rauszukommen, und sah dabei zu, wie Vika es sich an der Wandseite gemütlich machte.

»Wirklich?«, lachte Vika albern und man hörte ihr die Müdigkeit überdeutlich an. »Du bist quasi meine Schwester. Und mit Verlaub, wenn du Dani nackt gesehen hättest, dann wüsstest du, dass ich nie wieder eine andere anfassen werde«, murmelte sie in mein zweites Kissen und ich schüttelte nur grinsend den Kopf.

Was auch immer.

»Mit Verlaub«, wiederholte ich ihre alberne Formulierung, gab mir selbst einen Ruck und legte mich zurück. Ich verrenkte halb meinen Arm, um die Nachttischlampe auszuknipsen, schloss die Augen und wartete mit klopfendem Herzen darauf, dass die Dunkelheit mich verschlingen würde.

Der Boden war kalt unter meinen nackten Füßen und Holzdielen knarzten, als ich einen Schritt nach vorn trat. Graue Vorhänge schwebten im Nichts, ließen mich nicht erkennen, was dahinter lag.

Ein leichtes Glimmen in der Ferne zog mich an, ließ mich in einen Wald aus grauen Vorhängen eintauchen, die seidig weich durch meine Finger glitten.

Das Glimmen wurde heller, doch noch bevor ich es erreichen konnte, umfassten Hände zärtlich meine Taille, zogen mich mit sanftem Druck zur Seite, und ich drehte mich der Person zu, die mich an sich zog. Noch bevor ich reagieren konnte, legten sich weiche Lippen auf meine und heiseres Seufzen klang in meinen Ohren, als sich die Hände über meinen Po bewegten und mich nah an einen warmen Körper drückten.

Mit dem Geruch von Zitrone in der Nase liebkoste ich Ezras Hals, die weiche Stelle unter dem Ohr, und schob meine Finger in sein dunkles Haar. Er schmiegte sich noch enger an mich, küsste mich mit einem Lächeln auf den Lippen, sodass die Emotionen geradezu in meinem Inneren tobten. Ohne nachzudenken ließ ich mich in die Gefühlsflut fallen, die mir über die Haut tanzte, meinen Bauch zum Kribbeln brachte und heiße Schauer überallhin schickte.

Die Mauer in meinem Rücken war rau und die Schatten der Nacht umhüllten uns wie ein schützender Kokon. Wie ein Wall gegen die Welt, die uns zusetzen und auseinandertreiben wollte. Doch das würde sie niemals schaffen, unsere Herzen gehörten zusammen.

Ich presste meine Hüfte fester gegen seine, bekam einfach nicht genug, wollte noch mehr.

»Jetzt?«, hauchte Ezras Stimme ungläubig, der meine Geste richtig deutete, und ich küsste ihn mit einer Leidenschaft, die mich den Verstand kostete.

»Jetzt oder nie«, flüsterte ich an seinen Lippen und die Welt kippte zur Seite, bettete uns in grauer Bettwäsche.

Tief sank ich in die Matratze ein, umschlang den Körper meines Geliebten, der seine Fingerspitzen über meine nackte Haut wandern ließ.

All meine Kleider waren verschwunden, die kalte Luft drückte Eisblumen gegen die Fensterscheiben und trotzdem schien mich die Hitze förmlich aufzuzehren. Meine Muskeln zuckten, als Ezra nach meinem Oberschenkel packte und mich noch enger an sich zog.

Erregung tanzte in dunklen Flecken durch den Raum, klebte an unserer Haut, drängte uns zueinander hin.

»Ich hoffe, ich mach nichts falsch«, murmelte Ezra an meiner Schulter und ein angespanntes Zittern ging durch meinen Körper, als er Küsse mein Schlüsselbein entlang setzte.

»Halt die Klappe«, kicherte ich und konnte die Liebe, die ich empfand, wie schweren Honig auf der Zunge schmecken.

Ein Schmerz mischte sich bitter in den Geschmack, der mich für einen Moment aus meinem Kopf katapultierte und dann verging wie eine Schneeflocke, die man mit dem Mund auffing.

Ekstase durchzog meinen Körper auf der Suche nach Erleichterung, während wir uns in einem Takt bewegten und ich mich an den Mann *über mir klammerte wie eine Ertrinkende. Ohne ihn wollte ich nicht mehr sein. Ohne ihn konnte ich nicht mehr sein. Ich würde mit ihm gehen, wenn er fortmusste.*

»Gemma«, stöhnte er meinen Namen und in mir zog sich alles bittersüß zusammen, um in einem Schwarm aus bunten Flammen zu explodieren und alle Schatten aus unserem kleinen Reich zu verbannen.

Die graue Bettwäsche raschelte, mein Kopf fühlte sich völlig leer und ganz leicht an, und ich konnte ein Lachen nicht unterdrücken. Ezra zog mich mit sich auf die Seite und ich bettete meinen Kopf auf seinem Arm, während er sein Gesicht in meinen Haaren barg.

»Mein Leben ist wie ein Labyrinth«, flüsterte er und zog die Bettdecke über uns wie einen Schutzschild gegen die Kälte, die sich durch die Fensterritzen hereinschlich. »Und das Ziel bist immer du.«

Ich drückte mein Gesicht an seine Brust, genoss die Endorphine, die mir durchs Blut tanzten, und spürte, wie sich eine Träne aus meinem Augenwinkel stahl.

Und dann war er plötzlich verschwunden, das Bett war leer, meine Füße kalt und Schnee fiel vom Himmel auf mich herab. Die Schatten kamen aus den Ecken gekrochen, so schnell, dass ich sie nicht alle gleichzeitig im Blick behalten konnte. Erschrocken sprang ich auf, konnte nirgendwohin und schrie Ezras Namen, als die dunkle Kälte mich übermannte.

Jemand rüttelte mich und ich schreckte aus dem Schlaf, den ersterbenden Schrei noch auf den Lippen.

Panisch rappelte ich mich hoch, tastete nach der Nachttischlampe, die ich dabei vom Tisch riss, und befreite mich in Windeseile aus der Bettdecke, die meine Füße zu fesseln versuchte.

»Gemma, beruhig dich. Es ist nichts passiert. Du hast nur geträumt«, redete Vika auf mich ein und ich hörte ihre Schritte, als sie aus dem Bett aufstand und das Deckenlicht einschaltete. Es flammte viel zu hell auf, stach mir in den Augen, die ich eilig schloss.

Mein Atem ging viel zu schnell, mein Nacken war schwitzig und die Haare klebten unangenehm daran. Mit dem Rücken stand ich an meinen Schrank gelehnt, nur weit weg vom Bett, und spürte, wie mir immer mehr Tränen aus den Augen quollen.

»Schatz, was ist passiert?«, fragte Vika vorsichtig und kam zu mir, um mich in ihre Arme zu schließen. Doch ich ließ sie nicht, wandte mich ab und spürte die Leere, die gar nicht im Bett auf mich lauerte, sondern in mir.

»Ich habe geträumt …«, brachte ich stockend heraus und wusste gleich, dass es kein Traum gewesen war. Energisch wischte ich mir die Tränen von den Wangen, versuchte langsamer zu atmen, mich wieder zu beruhigen.

»Und was?« Vika blinzelte sich den Schlaf aus den Augen. Es musste mitten in der Nacht sein.

»Vielleicht war es auch eine Erinnerung«, gestand ich und spürte, wie die Sehnsucht mich zurück in den Traum zog. Zurück zu Ezra.

»Und wo soll die herkommen?«, wollte meine Freundin wissen und ich schüttelte unwillig den Kopf, weil es mir so nebensächlich erschien.

»Keine Ahnung. Aus dem Unterbewusstsein? Wer weiß das schon. Es gibt so vieles, was wir noch nicht verstehen«, schnaubte ich und betrachtete das Bett, die zerwühlten Decken.

Die Bettwäsche war nicht grau wie in meinem Traum, aber wir waren definitiv hier in diesem Zimmer gewesen. In diesem Bett. Genau an dieser Stelle.

»Und an was hast du dich erinnert?«

Meine Hände zitterten und ich krallte die Finger in Ezras Shirt, dem sein Geruch anhaftete, und ein Schluchzer drückte sich so übermächtig durch meinen Hals nach oben, dass ich erstickt wäre, hätte ich ihn zurückgehalten.

»Ezra und ich … wir haben … wir waren …« Es gelang mir nicht, es auszusprechen, denn das Verlustgefühl zerstörte mich, als ich verstand, wie sehr wir uns geliebt hatten. »Das mit uns beiden war was Echtes«, flüsterte ich und wäre am liebsten zu Boden gesunken, um mich ganz dramatisch in meinem Herzschmerz zu suhlen. Doch das hätte es womöglich nur schlimmer gemacht. »Wir waren nicht einfach nur zusammen. Es war was Einzigartiges … und ich habe es vergessen«, schluchzte ich lauter und konnte die Tränen nicht weiter aufhalten.

Vika zog mich an sich und dieses Mal ließ ich sie.

»Aber du kannst doch gar nichts dafür«, redete sie auf mich ein und ich schüttelte nur den Kopf.

Jetzt wusste ich, wieso Ezra so furchtbar wütend auf mich war. Ich war selbst wütend auf mich. Wie hatte ich so etwas unendlich Wichtiges vergessen können. Keine Gedankenlöschung der Welt hätte mich davon trennen sollen.

Es war einfach unmöglich, dass ich fröhlich vor mich hin gelebt hatte, mir einbildete, dass ich möglicherweise Tom mochte und mit Oliver geknutscht hatte. Und ich ihn nicht einmal erkannte, als Ezra vor mir stand.

Wieso hatten meine Gefühle nicht Alarm geschlagen, wieso war mir die leere Stelle in mir so lange nicht aufgefallen? Wie hatte ich sie nicht deuten können?

Jetzt, wo ich wusste, was mir fehlte, war es einfach undenkbar, es nicht früher erkannt zu haben.

»Wir sollten noch etwas schlafen«, schlug Vika vor und strich mir mit der Hand über den Rücken, um mich zu beruhigen.

»Ich kann … jetzt nicht mehr … schlafen«, hickste ich und bekam einen Schluckauf von all dem verkrampften Weinen. Nicht sehr episch, doch etwas, was mich aus meiner Gedankenspirale rausriss.

»Leg du dich wieder hin. Ich mach mir einen Kaffee. Ich muss nachdenken«, sagte ich mit rauer, weinerlicher Stimme und löste mich aus Vikas Umklammerung.

»Bist du sicher? Soll ich mit dir …«

»Nein«, unterbrach ich ihr Angebot und öffnete die Tür zum Wohnzimmer. »Ich brauche Zeit allein. Aber danke.«

Vika nickte nur und ich schloss die Tür hinter mir. Im Wohnzimmer war es dunkel und der schmale Streifen Licht, der unter der Tür hereingeschienen hatte, wurde in diesem Moment von Vika gelöscht, die meiner Bitte nachkam und sich wieder schlafen legte.

Lediglich die Digitaluhr im Bücherregal glomm leicht und zeigte mir, dass es erst kurz vor halb vier war. Noch zwei Stunden bis Sonnenaufgang. Bis ich Ezra wieder traf.

Und ich hatte keine Ahnung, was ich zu ihm sagen sollte.

34

Fünfter Vogel

Der Wind pfiff über die Straße, die uns von der Bahnstation zum Hintereingang des Museums fürs 20. Jahrhundert führte. Die Dämmerung war so weit fortgeschritten, dass sich die Straßenlaternen gerade abschalteten. Ich wickelte mich enger in die Jacke, die ich trug, obwohl ich mir darunter einen dicken Strickpullover angezogen hatte. Doch seit dem Regen gestern hatte es merklich abgekühlt und der Wetterumschwung drückte mir auf den müden Kopf.

Heute Nacht wäre mir nach einer ganzen Badewannenladung Kaffee gewesen, doch ich hatte mich auf eine Tasse beschränkt und anschließend Vikas Kräuterteevorrat geplündert, der mir dabei half, das Magengrummeln unter Kontrolle zu bekommen. Denn hibbelig war ich auch so schon genug.

Vika lief bibbernd neben mir, einen Teebecher in der Hand, den sie erfolgreich vor Jessy verteidigte, die so genervt dreinblickte, dass man damit Armeen in die Flucht hätte schlagen können.

Jeder Schritt machte mich nervöser, klang überdeutlich in meinen Ohren, wummerte zusammen mit meinem Herzschlag.

»Warum genau musste es zu Sonnenaufgang sein?«, brummte Jessy missmutig, strich sich eine blonde Haarsträhne aus dem Gesicht und steckte sie zurück in ihren unordentlichen Dutt.

»Keine Ahnung«, seufzte Vika und legte ihren Arm auf meiner Schulter ab. »Weil's cool klang.«

Da ich schon seit zwei Stunden auf den Beinen war, zeigte ich mich als Wachste zwischen den beiden Schlaftabletten und zog dann auch noch das Schritttempo an, als wir nur noch wenige Meter hatten.

Ich zwang mich, nicht langsamer zu werden, der Angst in meiner Brust keinen Raum zu geben, als wir die Gasse erreichten und um die letzte Ecke bogen, die Ezra und mich trennte.

Sie waren alle dort. Abigail in einem braunen Wickelkleid, die sich an Leon drückte, der ihr die Arme warm rieb. Der hünenhafte Kreisel lehnte neben einem schmalen Mann mit hellen Locken an der Mauer. Die anderen hatten das letzte Mal seinen Namen erwähnt, doch ich konnte mich nicht mehr erinnern. Ajif ging auf und ab und war somit der Erste, der uns die Gasse betreten sah.

Ezra stand mit dem Rücken zu uns, drehte sich aber um, als Ajif ihn ansprach.

Mein Puls raste, meine Haut brannte und ich musste mich dazu zwingen, meine Hände in den Taschen meines Mantels zu lassen, um sie nicht nach ihm auszustrecken, als sein Blick direkt auf mich fiel.

Letzte Nacht hatte ich nur einen kleinen Einblick in die wahren Gefühle zwischen uns bekommen und konnte mich trotzdem kaum halten, ihm nicht sofort in die Arme zu fallen und mich an ihn zu schmiegen.

Wie albern, wenn man bedachte, dass ich ihm vorgestern das erste Mal bewusst begegnet war. Doch wie ich es selbst gesagt hatte: Erinnerungen ließen sich löschen, Gefühle nicht.

»Guten Morgen, die Ladys«, begrüßte uns Kreisel viel zu fröhlich für die Uhrzeit und wurde dafür von Jessy mit einem abfälligen Schnauben bestraft.

»Wieso treffen wir uns eigentlich bei einem Museum?«, fragte der junge Mann mit den hellbraunen Locken und trat zur Seite, um Vika durchzulassen, die ihn um einen Kopf überragte.

Sie gähnte herzhaft und rieb sich die Augen, ehe sie an die metallverstärkte Tür trat, die von einem gläsernen Vordach geschützt wurde.

»Requisiten«, teilte sie ihm einsilbig mit und trat an eine Klappe an der Wand, die sie mit einem kleinen Schlüssel öffnete. Dahinter erschien ein Zahlenfeld.

Ich blieb am Rand stehen, mit einem Sicherheitsabstand zu Ezra, und gesellte mich zu Kreisel, der mich angrinste wie eine alte Freundin. Vielleicht war ich die ja sogar.

»Na?«, sagte er zu mir und ich atmete als Antwort nur hörbar ein und wieder aus.

Mir war nicht nach reden zumute und er nickte nur, als kannte er das schon von mir. Ein seltsames Gefühl, das mich leider nicht genug beschäftigen konnte, da mein Magen drückte und meine Aufmerksamkeit zu Ezra schwankte. Er sah nicht in meine Richtung, ob nun mit Absicht oder weil ich für ihn gerade nicht interessant genug war.

Ich konnte mich nicht entscheiden zwischen dem Drang, ihn auf unsere Vergangenheit anzusprechen, und der Angst vor Zurückweisung. Denn bisher waren wir zwei uns nur uneinig gewesen, er hatte seine Abneigung gegen mich deutlich zur Schau getragen und noch deutlicher artikuliert. Ich wusste nicht, ob ich das so früh am Morgen, nach dem Traum von heute Nacht, so einfach wegstecken würde.

»Müssen wir auf irgendwelche Kameras achten?«, wollte Leon wissen, als würde es ihn schon nerven, danach fragen zu müssen, und schob Abigail zur Seite, als wäre sie ihm auf einmal lästig geworden.

Ein Hauch von Verletztheit zeigte sich auf ihrem Gesicht, als sie die Lippen zusammenkniff, und ich spürte sofort, dass da was in der Luft lag.

»Das ist ein Museum für Zeitgeschichte, kein Hochsicherheitsgefängnis. Was will man hier schon klauen? Eine Wachsfigur von Helmut Kohl?«, schnaubte Vika, gab den Code ein und nahm einen Schluck aus ihrem Teebecher, als die Tür ein Summen von sich gab und sich automatisch öffnete.

Schnell strömten wir ins Innere des Gebäudes, durch einen dunklen Flur, an einer Garderobe vorbei in den Restaurationssaal, den Ort, an dem Vika die meiste Zeit ihrer Arbeit verbrachte.

»Am besten nichts anfassen«, wies sie uns an und zog prompt die Hand des schmalen Mannes zur Seite, die er nach einem glänzenden Orden ausgestreckt hatte, der zwischen anderen Dingen, wie geprägten Uniformknöpfen und Bannern, auf einem Tisch ausgebreitet lag. »Wenn wir hier unten keine Party schmeißen, wird uns niemand stören. Das Personal für die Ausstellung kommt erst um acht Uhr und auch nicht hier runter. Meine Kollegin bekommt in den nächsten Tagen ein Baby und mein verehrter Herr Kurator ist glücklicherweise seit heute Nacht für drei Wochen im Iran«, verkündete sie uns und schaltete die Deckenbeleuchtung ein, die den Saal in unnatürlich hellem Licht erstrahlen ließ.

In der Mitte des Raumes stand aufgebockt ein kleines taubenblaues Auto. Ein Trabi, Vikas kleiner Schatz, den sie im Vorbeigehen tätschelte wie ein Kind.

Sie führte uns weiter nach hinten und wir dackelten ihr brav hinterher, schweigend, ob nun aufgrund der einschüchternden Größe des Raumes oder der frühen Uhrzeit.

In Vikas Kopf schien der Plan schon fertig zu sein, als sie uns durch die Regalreihen des Archivs führte und Kiste um Kiste herauszog und an uns weiterreichte, damit wir sie raus in den Restaurationssaal brachten. Darin befanden sich Teile von unterschiedlichsten Uniformen, Dekorationsstoffrollen und sogar eine Kamera, die noch analog filmte und daher weder GPS-Daten noch sonstigen Schnickschnack verraten konnte.

»Das hast du dir ziemlich genau ausgedacht, hm?«, bewunderte Kreisel Vikas Tatendrang, nahm vorsichtig die Kamera aus ihrer aus Polyester hergestellten Schutztasche und drehte sie bewundernd in den Händen.

Nebenher wurde sich einander vorgestellt und ich erfuhr endlich, dass der gelockte Jüngling Tabby genannt wurde.

Leon, Ezra und Ajif bauten unter Vikas Anweisungen eine Kulisse auf, während Jessy und Abigail sich zusammensetzten, um ein Skript zu schreiben. Was schließlich zu einer sehr lebhaften Diskussion führte, als Kreisel und Tabby begannen sich einzumischen und ihren fachkundigen Senf dazuzugeben.

Ich ließ sie machen und setzte mich auf einen Tisch in der Nähe, um alles zu überblicken und meinen Gedanken nachzuhängen. Mein Blick wanderte jedoch immer wieder zu Ezra und ich beobachtete ihn dabei, wie er zusammen mit Leon ein großes Stück Stoff an einem Regal befestigte, um es als Hintergrund für das Video zu nutzen. Aufmerksam musterte ich ihn, wie er sich bewegte, Leon Zeichen gab. Die wechselnden Ausdrücke in seinem Gesicht, die Form seiner Hände, der Schwung seiner Lippen.

Als spürte er, dass ich ihn betrachtete, wandte er mir für einen Moment den Blick zu und es durchzuckte mich, als würde eine Schlange mir ins Herz beißen. Wir sahen beide schnell woanders hin wie unreife Teenager und das flaue Gefühl in meinem Bauch wurde ein Flattern, als ich mich an unsere Küsse erinnerte, an die Nähe, die wir zueinander gehabt hatten. Nicht bloß körperlich, sondern vor allem emotional. Wir hatten uns geliebt, verdammt!

Und wieder war es mir unbegreiflich, wie ich so etwas hatte vergessen können.

»Ich denke, so können wir es lassen«, beschloss Vika, als sie noch ein paar leere Holzkisten ins Set getragen hatten, um es belebter wirken zu lassen, und öffnete dann die Kartons mit den Uniformen, um die Größen zu schätzen.

Leon stellte sich dazu und sah ihr dabei über die Schulter, was Abigail am Tisch bei den anderen viel zu interessiert verfolgte, als dass da nicht irgendwas zwischen ihr und Leon sein konnte.

Dabei hatte ich vorgestern den Eindruck gehabt, die beiden könnten sich nicht ausstehen. Das schrie laut nach etwas Kompliziertem.

Erst als Ezra sich neben mir auf der Tischplatte niederließ, bemerkte ich, dass er zu mir gekommen war. Mein Herz setzte aus, Adrenalin rauschte durch meine Adern und ich musste mich sehr zusammenreißen, um nicht erschrocken aufzuspringen und die Flucht zu ergreifen.

Ich sah nicht zu ihm, versuchte mich nicht seltsam zu verhalten und spürte trotzdem, wie sich die Muskulatur in meinem Rücken verkrampfte. Ganz leicht ließ ich die Beine baumeln, nur um nicht völlig unbewegt dazusitzen, und wartete darauf, dass er etwas sagte.

Doch er schwieg und die Stille zwischen uns machte mich wahnsinnig. Der Berg an ungesagten Worten wuchs immer weiter an, türmte sich zu einem Gebirge auf und drohte auf uns runterzubrechen, da bewegte Ezra sich neben mir.

Verstohlen schaute ich dabei zu, wie er sich unauffällig umsah, einen der überall herumliegenden Museumsflyer griff und ihn aufschlug. Empörung stieg in mir auf, als ich im ersten Moment dachte, er hätte vor, darin zu lesen und mich wieder zu ignorieren.

Doch stattdessen faltete er das Papier und riss es zurecht, bis sich daraus ein kleines Quadrat ergab. Ich folgte den Bewegungen seiner langen Finger, die die Seiten akkurat aufeinanderlegten, die Kanten glatt strich, eine Ecke reinfaltete. Erst als er beinahe fertig war, erkannte ich, was er eigentlich tat und da hielt er sie mir auch schon hin.

Mir schlug das Herz bis zum Hals. Auf Ezras flacher Hand lag eine Origamitaube.

»Du hast sie mir geschickt«, flüsterte ich, weil ich mich vollkommen atemlos fühlte, und brauchte erst einen weiteren Wink von Ezra, um den Vogel entgegenzunehmen.

Er sah genauso aus wie die anderen, die ich gefunden hatte, nur etwas kleiner und aus dem gräulichen Graspapier des Museumsflyers. Unsere Finger berührten sich dabei nicht und doch war es wie ein elektrischer Schlag, das Origami entgegenzunehmen.

»Ich dachte, vielleicht helfen sie dir«, antwortete Ezra, nicht lauter als ich, als versuchten wir, die Welt nicht auf uns aufmerksam zu machen.

»Wobei?« Vorsichtig hob ich den Blick, traute mich, ihn anzusehen, sein Gesicht zu betrachten, das immer noch nach vorn gerichtet war, als vermied er den Augenkontakt.

»Dich zu erinnern«, sagte er knapp und ich nickte, selbst wenn ich nicht wusste, ob es wirklich so funktioniert hatte, wie er es sich vorstellte.

Als ich den ersten Vogel bekam, wusste ich nichts damit anzufangen. Doch ohne ihn hätte ich den zweiten aus dem Buch nicht deuten können. Sie hatten mir geholfen, den Spuren zu folgen wie ausgestreute Brotkrumen. Durch sie hatte ich mich an so einiges erinnert, nur eben nicht an Ezra.

»Du weißt, dass wir zusammen waren … sind … so was?«, sprach er mich an und wandte mir endlich sein Gesicht zu. Im grellen Licht des Restaurationssaal war in seinen Augen jede Einzelheit zu erkennen. Der Kranz um seine Iris, die sich wie Sterne nach außen zackten, die verschiedenen Brauntöne, bläuliche Flecken am Rand. Es war mir, als hätte ich in meinem Leben noch niemandem so direkt in die Augen gesehen. Es knisterte überall, die Härchen an meinen Armen stellten sich auf und ich hielt für einen Moment die Luft an.

Er hatte »sind« gesagt.

»Ja«, hauchte ich und saß da wie festgefroren, während in meinem Inneren alles durcheinanderflog wie bei einem Hausabriss. Mein Herz wummerte im Takt eines Presslufthammers, mein Blut schien statisch aufgeladen zu sein und ich hielt den Vogel immer noch zwischen den Fingern wie einen seltenen Schatz.

»Man löscht nur Erinnerungen, keine Gefühle«, zitierte er, was ich ihm gestern an den Kopf geschmissen hatte.

»Richtig«, bestätigte ich daher und er zog seine markanten Augenbrauen zusammen, ein Gesichtsdruck zwischen Verärgerung und verstecktem Schmerz.

»Ich wusste das. Aber … du hast mich nicht erkannt. Ich stand vor deiner Tür und du hast mich angesehen wie einen völlig Fremden«, erklärte er mir und ich sah ihn überrascht an.

»Wann standest du denn vor meiner Tür?«, wollte ich sofort wissen und Ezra zuckte ganz kurz mit den Schultern.

»Ist zwei Wochen her. Bei deinen Eltern zu Hause. Ich habe dir ein Päckchen gebracht. Getarnt, falls die dich noch beobachten.«

Es fiel mir wie Schuppen von den Augen. Der Postbeamte mit der dunklen Uniform war *er* gewesen. Ich hatte ihn nicht nur nicht erkannt, diese Begegnung hatte ich sogar schon wieder vergessen. Dabei hatte ich sogar eine Schattenerscheinung bei ihm gehabt.

»Wenn wir es nicht tun, Gemma, wird es niemand tun«, murmelte ich die Worte, von denen ich mir eingebildet hatte, er würde sie zu mir sagen. Wahrscheinlich weil er es tatsächlich einmal zu mir gesagt hatte.

»Wie bitte?«, erkundigte Ezra sich und ich schüttelte den Kopf, rang nach Worten.

»Oh meine Scheiße«, stieß ich aus. »Ich hätte es wissen können. Es tut mir so leid. Ich wünschte, es wäre leicht zu erklären, aber das hat was mit Synapsen zu tun und …«, versuchte ich es zumindest und wusste, dass es zu weit gehen würde, ihm jetzt eine Lehrstunde über das menschliche Gehirn und die Bahnen zwischen Langzeitgedächtnis und dem Zentrum für Gefühlsverarbeitung zu halten. Also ließ ich es sein und versuchte, mich von meinem schlechten Gewissen nicht noch weiter runterziehen zu lassen.

»Danke für die Vögel«, sagte ich stattdessen recht plump und hob demonstrativ den in meinen Fingern hoch.

»Das sind Tauben«, verbesserte er mich und auf seinen Lippen erschien etwas, was fast ein Lächeln sein könnte. »Das ist was Romantisches«, sagte er, als könnte ich es sonst nicht verstehen.

Im ersten Moment schwieg ich, weil ich nicht wusste, was ich darauf antworten sollte. Mir sprangen nur dumme unnütze Fakten durch den Kopf, die mir über die Zunge perlten, um die Stille zwischen uns nicht wieder ertragen zu müssen, die sich anschlich und sich mir um den Hals legte. »Tauben sind aber ziemlich fiese Viecher. Die haben eine Hackordnung, in der sie den Untersten zerpicken, bis er stirbt«, rutschte es mir raus, da in meiner Vorstellung nichts Unromantischeres existierte als Tauben, und doch wünschte ich mir, ich hätte etwas Besseres zu sagen gehabt. Etwas mit mehr Taktgefühl für die Geste, die Ezra mit diesem Origamivogel ausdrücken wollte.

Seine Mundwinkel zuckten jedoch, als könnte er sich nicht entscheiden, ob er darüber lachen wollte oder nicht.

»Ja, ich weiß.« Und entschied sich dafür, zu lachen. »Das hast du mir damals auch gesagt. Du bist einfach gut darin, Romantik zu zerstören«, eröffnete er mir und es war beschämend wie erleichternd, dass ich wohl in meiner vergessenen Zeit genau die gleichen Dummheiten gemacht hatte und er mich trotzdem mochte.

Weiter vor sich hin lachend lehnte er sich etwas zurück, sah viel entspannter aus als noch vor ein paar Minuten. Der schalkhafte Ausdruck seiner schmalen Augen ließ meinen Bauch so heftig kribbeln, dass ich nicht anders konnte, als zu lächeln.

»Wie war das mit uns? Wie ist das passiert?«, traute ich mich zu fragen und hoffte, die Stimmung dadurch nicht zu ruinieren.

»Wie wir zusammengekommen sind? Es hat einfach gepasst«, behauptete er und ich sah ihn skeptisch an.

»Wie soll ich mir das vorstellen?«

Ezra schmunzelte, biss sich auf die Unterlippe, sah auf seine Hände, dann zu mir und wandte den Blick schließlich in den Raum. »Na ja, da waren du und ich und ein Haufen Pläne, bis in die Nacht, und da war es halt dann einfach so«, sagte er und mein Blick blieb an seinen Lippen hängen, die so weich aussahen, dass ich sofort auf dumme Ideen kam.

»Klingt aber auch nicht sehr romantisch«, hörte ich mich tonlos antworten und wusste gar nicht, wo denn noch die Worte dafür hergekommen waren.

»War es aber«, erwiderte Ezra und sah mich so verschmitzt an, dass es mir das Herz schmolz. Vielleicht war er auf den ersten Blick nicht mein Typ gewesen, aber Charme hatte der Junge zur Genüge. »Wenn du die Romantik nicht gerade zerstört hast«, warf er mir an den Kopf, legte den Kopf zur Seite und fokussierte mit fragendem Blick etwas hinter mir.

Die Blase, in der mein Kopf gesteckt hatte, zerplatzte und die Welt um uns herum kehrte so plötzlich zu mir zurück, dass ich vor den Geräuschen und dem hellen Licht zurückzuckte.

Es wurde ein paar Tische weiter immer noch über das Skript diskutiert und Vika tauchte wie aus dem Nichts neben mir auf.

»Ich habe Kaffee gemacht. Aber am besten nur in der Küche trinken. Wenn hier irgendwo etwas auskippt, bringt mich mein Kurator um, wenn er wieder da ist«, informierte sie uns und legte mir eine Hand auf die Schulter. Mit einem Kopfnicken zeigte sie ans andere Ende des Saals, wo ich eine dunkle Holztür erspähte. »Außer mein Herzenswunsch erfüllt sich und sein Flugzeug stürzt ab.«

Sie verließ uns wieder, viel zu sehr damit beschäftigt, alles im Blick zu behalten, um zu merken, dass sie uns gestört hatte.

»Dein Stichwort«, meinte Ezra zu mir und sah mich an, als erwartete er, dass ich sofort aufspringen und wegrennen müsste. Dabei wollte ich nichts lieber, als hier neben ihm sitzen zu bleiben.

»Ja«, machte ich daher nur, bewegte mich aber nicht vom Fleck und die Stille legte sich nun doch wieder über uns wie eine dämpfende Schicht Staub.

Es dauerte einige Sekunden, bis auch Ezra begriff, dass Kaffee wohl nicht reichte, um mich von ihm wegzulocken, nicht jetzt, wo wir zum ersten Mal richtig miteinander gesprochen hatten.

Ich liebte Kaffee und ich hatte ihn auch nötig. Aber anscheinend liebte ich Ezra Jackson noch mehr.

Wie verrückt! Vor zwei Wochen hatte ich noch geglaubt, in meinem Leben keine ernsthafte Beziehung geführt zu haben, und jetzt saß ich neben einem Mann, dem ich mein Leben geschenkt hatte. Im wahrsten Sinne des Wortes, denn ich war, um ihn zu schützen, vor einen Lastwagen gerannt.

»Vielleicht trinke ich auch einen«, brach Ezra die Wortlosigkeit zwischen uns, stand vom Tisch auf und wartete, bis ich mich ebenfalls zögerlich erhob.

»Okay«, murmelte ich mehr zu mir selbst als zu ihm und lächelte verlegen.

Wirklich sehr verrückt.

Er ließ mir den Vortritt in die winzige Küche, die durch die gedeckten Farben und das Tageslicht, das durch ein Fenster hereinschien, richtig wohltuend für die Augen war.

Erst als Ezra die Tür hinter uns schloss und die Stimmen der anderen aussperrte, ging mir auf, dass wir allein waren. Nur wir zwei.

Mein Puls dröhnte in meinen Ohren und meine Handflächen schwitzten. Sowieso war mir viel zu warm in meinem dicken Pullover, doch ich traute mich auch nicht, ihn so einfach auszuziehen. Welchen Eindruck würde ich da auf Ezra machen, wenn die Tür hinter uns zufiel und ich direkt begann, mich auszuziehen?

»Kein Zucker, ein Schluck Milch, richtig?«, fragte Ezra mich, der schon die Kanne aus der Kaffeemaschine nahm und zwei der Tassen umdrehte, die Vika auf der Arbeitsplatte bereitgestellt hatte.

Mir fiel auf, dass seine Stimme völlig aggressionsfrei klang. Als hätte sich sein Ärger in Luft aufgelöst. War er etwa tatsächlich nur wütend auf mich gewesen, weil ich vergessen hatte, dass ich ihn liebte?

Ich nickte auf seine Frage. »Du weißt so viel über mich. Und ich weiß gar nichts über dich«, gab ich zu und nahm die Kaffeetasse in Empfang, die er mir reichte.

»Ja. Dieses Wissen musste ich mir schwer erkämpfen. Du bist eine harte Nuss, Gemma Henson«, behauptete er und rührte drei Löffel Zucker in seinen Kaffee.

Ich versuchte mir vorzustellen, wie das damals mit uns gewesen war. Wir hatten wegen meiner Entdeckungen bei Biolog Medical zusammengearbeitet, hatten in der ShakeBar gesessen, geredet, uns in der verlassenen Plastikfabrik getroffen, Pläne geschmiedet.

Es war nur meine Fantasie, die mit mir durchging, aber ich stellte mir vor, wie wir nebeneinandersaßen, die Tischplatte voller Listen und Pläne, ein oder zwei Laptops. Vielleicht war es spät in der Nacht gewesen. Wir hatten uns im Quatschen verzettelt und dann hatte er mich geküsst. Oder ich ihn?

Es war leichter vorstellbar, dass es einfach so passiert war, als ich zuerst gedacht hatte.

Mein Blick fiel wieder auf Ezras Lippen, die in den Kaffee pusteten und sich dann für einen vorsichtigen Schluck um den Rand der Tasse legten. Wie gebannt sah ich dabei zu, wie sich ein Milchluftbläschen an seine Oberlippe setzte und er es mit der Zunge wegnahm.

In meinem Bauch flatterte es, mein Mund war ganz trocken und ich fragte mich, wie es ihm ging. Da hatte er mir vor zwei Wochen ein Päckchen gebracht, mir gegenübergestanden, mir immer wieder die Vögel zugesteckt. Im Krankenhaus, im Einkaufszentrum, in dem ich mit Tom gesessen hatte. Er hatte meinen Muffin geklaut. Doch obwohl wir zwei uns damals wohl sehr nahe gewesen waren, hatte er mich noch kein einziges Mal berührt. Okay, bis auf die Umarmung im Regen. Doch das war eine Ausnahmesituation gewesen.

»Macht es dich nicht wahnsinnig, dass du mich nicht einfach küssen kannst?«, fragte ich aus einem Impuls heraus und klammerte mich an meine Tasse.

Ezra erstarrte mitten in der Bewegung. Ganz langsam drehte er sich mir zu und stellte den Hafermilchkarton, mit dem er sich den Kaffee noch mehr hatte verdünnen wollen, wieder auf der Arbeitsplatte ab. Sein Gesichtsausdruck wirkte verschlossener als gerade noch, als wollte er seine Gefühle nicht preisgeben. Als hätte er Angst, verletzt zu werden. Von mir. Schon wieder.

»Ich habe geträumt«, sagte ich, weil er sich nicht rührte, und trat einen Schritt näher auf ihn zu. »Von dir und mir.« Ich stockte, spürte ein Ziehen in meinem Inneren, wenn ich daran dachte. Und es wurde noch schlimmer, als ich mir bewusst machte, dass der Mann aus meinem Traum auch der Mann vor mir war. Diese Lippen hatten mich geküsst, diese Hände mich berührt und an ihn gezogen.

War es wirklich passiert?

»Was hast du geträumt?« Seine Stimme klang lauernd, als wüsste er nicht, ob er es wirklich hören wollte.

»Wir waren zusammen …« Mühsam schluckte ich und trat noch einen Schritt näher an Ezra heran. »Ich denke, wir waren in meiner Wohnung … die Bettwäsche war dunkelgrau, draußen hat es geschneit und wir haben …«, wieder stockte ich, weil ich mich nicht traute, es auszusprechen, aus Angst ich könnte mich lächerlich machen. Mein Herz klopfte mir bis zum Hals.

»… miteinander geschlafen«, beendete er meinen Satz, wusste genau, wovon ich sprach, und seine Stimme war rau und belegt. So wie in meinem Traum. Meiner Erinnerung.

»Du hast zu mir gesagt, dass dein Leben ein Labyrinth ist.« Vorsichtig stellte ich die Kaffeetasse zur Seite, damit sie mir nicht durch die zitternden Finger rutschte.

»Und das Ziel bist immer du.« Auch er kam mir näher, den Blick auf mein Gesicht geheftet, und mir kamen beinahe die Tränen bei all den verschütteten Emotionen, die nun alle auf einmal an die Oberfläche gerissen wurden.

Zögerlich hob ich die Hand und legte sie auf Ezras Brust, über sein Herz, berührte den Stoff seines T-Shirts. Seine Haut darunter war warm und sein Geruch, der mich anzog wie Honig die Fliegen, benebelte meinen Kopf.

Heiß schossen mir die Gefühle meines Traums durch den Körper und doch wich ich nicht zurück. Weil es sich richtig anfühlte. Weil mein Herz mir sagte, dass es nirgendwo anders sein wollte.

»Ja«, sagte Ezra und ich verstand nicht. Verwirrt sah ich ihn an, unfähig, eine Frage in meinem Kopf zu formulieren. Meine Knie wurden ganz weich, als Ezras brennender Blick auf meinen Mund fiel.

»Es macht mich wahnsinnig, dich nicht einfach küssen zu können«, brachte er heiser heraus und schluckte so hart, dass ich es sehen konnte.

Als hätte es einen Startschuss gegeben, bewegten wir uns gleichzeitig aufeinander zu und seine Lippen legten sich so unendlich weich auf meine, dass alles andere in einem Nebel aus Bedeutungslosigkeit verschwand. Ich schlag ihm die Arme um den Nacken, griff in sein dunkles, störrisches Haar, während seine Hände sich sofort auf meinen Hintern legten und mich an ihn zogen.

Zu viele Reize prickelten über meine Haut, ließen all die Sehnsucht und Einsamkeit frei, die ich in den letzten anderthalb Jahren empfunden hatte, aber nicht einordnen konnte. All die schlaflosen Nächte, in denen ich mich im Bett herumwälzte, weil ich spürte, dass mir etwas fehlte. Die Leere in meiner neuen Wohnung, die mich in den Abgrund hatte reißen wollen.

Ezra packte mich fester, hob mich von den Füßen und setzte mich auf der Küchenzeile ab, wo ich mir prompt den Kopf am Hängeschrank anstieß.

Ein Lachen brach aus mir heraus und all die Endorphine in meinem Körper halfen nicht gerade dabei, ernst zu bleiben.

»Du bist die schlimmste Romantikkillerin, die mir je begegnet ist«, beschwerte Ezra sich ebenfalls lachend und ich ließ meinen Kopf auf seine Schulter sinken, konnte mich kaum halten und wollte ihm doch noch näher sein.

»Du hast mich doch hier hochgesetzt«, gab ich zurück und hauchte ihm einen Kuss auf den Hals, was das Kribbeln in meinem Bauch nur noch mehr steigerte.

»Du … nein … Ach, vergiss es.« Er legte seine Hände um mein Gesicht, zog mich wieder zu sich und küsste mich mit der Übung eines Mannes, der dieselbe Frau schon unzählige Male geküsst hatte. Er wusste ganz genau, was er tat, wo er mich berühren musste, damit meine Gefühle außer Kontrolle gerieten und ich mich noch näher an ihn drückte.

Es fühlte sich wie das erste und das hundertste Mal gleichzeitig an und es war für diesen Augenblick irrelevant, ob ich mich an all die Momente erinnerte, die wir in der Vergangenheit miteinander teilten, weil meine Gefühle es nicht vergessen hatten.

Da ging die Tür auf und wir schreckten so plötzlich auseinander, dass ich mir den Kopf ein zweites Mal am Hängeschrank stieß.

»Skript steht, wir können anfangen«, verkündete Vika und sah zu spät hin, um sofort zu merken, in was sie da reingestolpert war. Hinter ihr sahen Leon, Abigail und Ajif durch die geöffnete Tür hinein, als sie erschrocken erstarrte.

»Äh, sorry«, sagte meine beste Freundin langsam, als wüsste sie selbst noch nicht, wie sie damit jetzt umgehen wollte, uns beim Knutschen erwischt zu haben.

»Na endlich«, seufzte Leon hinter ihr nur und Abigail kicherte wie ein kleines Mädchen.

»Wir kommen gleich«, rief Ezra mit einem verschmitzten Lächeln und brachte mich zum Lachen.

35

Upload

So.« Ajif schob sich Gemüsechips in den Mund und lehnte sich zurück. »Da sind wir also wieder. Genau wie vor zwei Jahren. Und unserem verloren geglaubten Ziel einen Schritt näher.«

Ich ließ mir die Tüte reichen und sank gegen Ezra, der neben mir saß und versuchte, einen Zauberwürfel zu lösen. Da fingerte er schon seit einer Stunde dran herum, seit ich ihm gezeigt hatte, dass ich das Ding in unter dreißig Sekunden wieder hinbekam. Und das, obwohl ich immer noch die blöde Schiene trug.

Nachdem das Video gedreht und im Museum alles wieder aufgeräumt worden war, hatten wir uns Frühstück besorgt und waren in das verlassene Gebäude gefahren, in dem sich die Aktivisten gerade aufhielten.

Wir verbrachten unsere Zeit mit Kartenspielen und Quatschen, während Kreisel das Terrorvideo zusammenschnitt und niemanden reinreden ließ, weil ihn Leons ständige Anweisungen ganz kirre machten.

Draußen wurde es gerade dunkel und Abigail ging herum, um die unterschiedlichsten Arten von Laternen zu entzünden. Manche davon liefen sogar noch mit Gas oder hatten altmodische Kerzen aus Wachs, die ein wunderschön warmes Licht verströmten.

»Nur ohne Dave«, ergänzte Tabby, der vor ein paar Minuten aus seinem ziemlich langen Mittagsschlaf erwacht war. »Und dafür mit Vika und Mylady Systemsicherheit.«

Jessy sah von ihrem Handy auf und richtete sich in Kreisels Hängematte ein Stück weit auf, um zu uns herüberzusehen.

»Wenn ihr versucht, mich mit dem Spitznamen zu ärgern, macht ihr was falsch. Er gefällt mir richtig. Hat was von Domina«, schmunzelte sie und zwinkerte dabei Kreisel zu, der sich dadurch an seinem Kaffee verschluckte. »Obwohl, als Domina würde ich mich wohl eher Miss Sterious nennen«, fügte sie nachdenklich hinzu und Leon schüttelte sich wie eine Katze, die man mit kaltem Wasser übergossen hatte.

»Uh, wow. Zu viel Information«, blaffte er und Jessy verdrehte sehr divenhaft die Augen.

»Wir sind übrigens so weit«, verkündete Kreisel und riss uns damit aus unserer Lethargie, die sich nach all den Spannungen der letzten Tage mal richtig gut angefühlt hatte. Wie eine kleine Zeit Erholung.

Ich legte die Chipstüte zur Seite, erhob mich schnell und half Ezra auf die Beine, der schwerer war, als ich bei seinem schlaksigen Körperbau vermutet hätte.

»Ich lade es gerade hoch«, trieb Kreisel uns zur Eile und wir kamen an seinen Tisch, der im hinteren Teil der Halle stand, überschattet durch den Küchencontainer.

Wie gebannt blickten wir auf den Bildschirm und sahen dabei zu, wie der kirschgeleefarbene Ladebalken sich immer weiter füllte. Es dauerte keine Minute und doch fühlte es sich wie eine Ewigkeit an, die wir dicht gedrängt um den Tisch standen und warteten.

Mein Herz schlug schneller und um meine nervösen Hände zu beschäftigen, fasste ich nach Ezras.

»Online«, hauchte Kreisel, als sich die Seite neu aufbaute und einen Link zur Verfügung stellte, den er in die von Tabby vorgefertigten E-Mails kopierte.

Nur ein Klick und er schickte sie, mit Umwegen über verschiedene Server der Welt, an drei große Nachrichtenstationen in der Stadt.

Und das war's. Es fühlte sich komisch an, gar nicht so erleichternd, wie ich gedacht hatte, und auch ohne großen Knall, wie es sich für ein bedeutendes Ereignis gehörte.

Kreisel nahm nur einen Schluck Kaffee, ließ sich auf seinem Stuhl zurücksinken und bekam von Jessy die Schultern getätschelt. Tabby klatschte sich mit Abigail ab, Ajif fuhr sich aufatmend mit der Hand durchs dichte Haar und Leon entfernte sich von uns, um mit polternden Schritten die Metalltreppe nach oben zu schlendern, als ginge ihn das alles nichts mehr an.

Ich lockerte meinen Griff um Ezras Hand, die ich beinahe zerquetscht hatte, und er legte mir seinen Arm um die Taille. Ein seltsames Gefühl, aber auch ziemlich gut.

»Und jetzt?«, fragte ich ratlos und sah von einem Gesicht zum anderen.

Jessy, die sich aus Kreisels Schlafplatz befreit hatte, zückte wieder ihr Handy. »Ich schreibe eben Vika, dass es raus ist.«

Vika war nach der Museumsaktion nach Hause gefahren und hatte sich mit Dani getroffen. Sie hätte hier sowieso nichts ausrichten können und vermisste ihre Freundin.

»Jetzt machen wir Feierabend für heute«, brummte Kreisel und leerte seine Tasse. »Macht Leon oben Kaffee?«

»Ich fürchte eher nicht«, sagte Abigail und streckte müde die Arme über den Kopf.

»Ich geh Kaffee machen«, erklärte sich Tabby bereit und folgte Leon nach oben.

Kreisel starrte auf den Bildschirm vor sich, auf dem unterschiedlichste Programme liefen. »Was jetzt aus dem Ganzen wird, müssen wir abwarten.« Er drehte sich auf seinem Stuhl zu uns und streckte seine langen Beine bis zu Jessys Schuhspitzen.

»Hey, Großer, nicht zu übermütig werden«, schalt sie ihn und machte demonstrativ einen Schritt über seine Beine hinweg. »Und ich kann euch sagen, was daraus wird«, dozierte sie und steckte ihr Handy wieder in ihr kleines Handtäschchen. »Die Nachrichten werden voll davon sein und alle werden halb durchdrehen. Vor allem weil das Medical-Center sonntags geschlossen hat.«

»Und dann?«, fragte ich weiter und versuchte mir vorzustellen, wie die Leute in der Medienstation die Mail öffnen würden, erst Unglaube, dann Erschrecken sich in ihren Gesichtern abzeichnete. Erkundigungen würden eingeholt werden, Biolog Medical darauf angesetzt, ihre Systeme zu checken.

Denn die Terroristen im Video behaupteten, vor neunzehn Monaten einen ›Virus‹ in das Ausleseprotokoll eingeschleust zu haben, um wahllos in den Gehirnen von Menschen herumzupfuschen.

Die Story des Jahres!

»Das müssen wir sehen, wenn es so weit ist. Und ich wette mit euch, dass der Frankensteinclub da mitmischen wird, vor allem, weil wir Gemmas Mutter so deutlich als Vorzeigeopfer erwähnt haben. Die haben wir auf jeden Fall stinksauer gemacht«, behauptete Ezra und strich mir beruhigend die Seite entlang.

»Frankensteinclub? Ist das jetzt der offizielle Terminus?«, fragte Kreisel irritiert und blieb ungehört.

»Wer wütend ist, begeht Fehler«, ergänzte Ezra.

»Hoffen wir es. Wenn sie nicht anbeißen, kann meiner Mama nichts mehr helfen und wir brauchen einen neuen Plan«, schnaubte ich und musste ein Gähnen unterdrücken. Ich war so müde, dass ich entweder sofort schlafen gehen oder eine Kanne voll Kaffee vernichten musste.

»Ein Problem pro Tag, Henson«, belehrte mich Ajif und schulterte eine Umhängetasche. »Ich werde mich jetzt aufmachen. Schlaft gut, wir sehen uns morgen.«

»Grüß Heidi von uns«, sagte Abigail, als er sie kurz drückte und uns andere mit einem Handzeichen verabschiedete.

»Wo geht er hin?«, fragte Jessy irritiert, was mich ebenfalls interessierte, und Kreisel lachte auf.

»Nach Hause. Hast du gedacht, wir wohnen hier? Sich hier sozial zu engagieren ist nicht unser Hauptberuf. Wir haben Wohnungen und Jobs und in Ajifs Fall sogar eine Frau«, erklärte er und Jessy hob ungläubig die Augenbrauen.

»Okaaay«, meinte sie gedehnt, zwinkerte zweimal und legte den Kopf schief. »Und wo wohnst du?«, wollte sie wissen und man konnte sich des Eindrucks nicht erwehren, dass sie mit dem Gedanken spielte mitzugehen. Grinsend wandte ich mich von den beiden ab und löste mich von Ezras Seite, um Tabby hinterherzugehen. Es war zwar interessant zu sehen, wie Jessy mit ihrer Art von Flirten mal nicht weiterkam, doch jede Faser meines Körpers sehnte sich nach Kaffee, egal ob ich demnächst schlafen gehen würde oder nicht.

Vielleicht hatte Vika recht. Mein Koffeinkonsum war ungesunder, als ich mir eingestehen wollte.

»Heute Nacht wohne ich in dieser Hängematte«, antwortete Kreisel gerade, ohne auf Jessys deutlichen Unterton einzugehen, und lächelte unschuldig, als er auf die Hängematte neben sich deutete, die an zwei Pfeilern festgemacht war. »Tabby macht wohl wieder Nachtwache«, ergänzte er und ich sah nur, wie er sich Ezra zudrehte, als ich am Fuße der klapprigen Metalltreppe ankam und die ersten Stufen nahm.

»Also egal was ihr macht, ich gehe jetzt schlafen. Ich kippe gleich um. Fahrt ihr nach Hause? Gemma?«, rief Abigail mir hinterher und ich hielt auf den ersten Stufen inne.

»Ich, ja«, meinte Jessy und würdigte Kreisel keines Blickes. »Aber ich weiß nicht, ob das für Gemma so schlau wäre«, ergänzte sie und ich lehnte mich über das einfache Treppengeländer, das in der Verschweißung ächzte, als ich mein Gewicht darauf abstützte.

»Wieso?«, fragte ich und wich gleich wieder vor dem Geländer zurück, um keinen Unfall zu provozieren.

»Na ja, jeder kann unser Video im Internet finden. Sobald die verrückten Wissenschaftler darauf aufmerksam werden, wissen die doch sofort, dass Gemma damit was zu tun haben muss«, erklärte Jessy in die Runde und blickte dabei ganz besonders Ezra an, als wäre er allein dafür verantwortlich, mich davor zu bewahren. Als könnte ich nicht selbst auf mich aufpassen.

»Sie werden den Agenten wieder auf sie hetzen«, stimmte er ihr zu und ich kam stirnrunzelnd die Stufen wieder hinunter.

»Tom?«, fragte ich, weil ich mich immer noch nicht mit dem Gedanken anfreunden konnte, dass er ein ›Agent‹ war. Ein hinterhältiger Dreckskerl, Lügner und Verbrecher auf jeden Fall. Aber ›Agent‹ klang so furchtbar offiziell und es kam mir so abwegig vor, dass er sich für seine Arschigkeit bezahlen ließ.

»Dann wird es wohl besser sein, wenn sie erst mal bei uns bleibt«, schlussfolgerte Ezra aus Jessys Blick und diese nickte zustimmend.

»Brav«, lobte sie ihn und es hätte mich nicht gewundert, wenn sie ein Leckerli aus ihrer Tasche gezogen hätte. Doch für solche Scherze war sie wohl ebenfalls schon zu müde.

»Das sagst du doch nur, weil ihr beide dann weiter rumknutschen könnt«, kam plötzlich Leons Stimme spottend vom oberen Ende der Treppe, die er, ungeachtet des Lärms, den seine Schritte auf den klapprigen Stufen machten, wieder nach unten bretterte.

»Schön wär's, wenn das der einzige Grund wäre«, gab Ezra jedoch ohne einen Hauch von Ärger zurück, während mir Leons blöder

Spruch schon wieder sauer aufstieß, und ich bekam doch prompt von ihm einen abschätzigen Blick ab, als er an mir vorbeiging.

Was hatte der Kerl eigentlich für Probleme?

»Sie kann bei mir schlafen. Da liegt immer noch die Matratze von Heidi«, bot Abigail an und lächelte mir müde zu. »Sie hat auch nur einmal drauf geschlafen. Sie kommt nicht oft mit.«

»Danke«, sagte ich nur und beschloss, dass ich keinen Kaffee mehr trinken würde und darauf hoffte, der Schlaf würde mich schnell finden und erholsamer sein als sonst.

Noch während ich darüber nachdachte, wie ich wohl heute Abend Zähne putzte, sah ich, wie Leon wie zufällig seine Hand an Abigails Taille entlangstreichen ließ, an ihr vorbeischritt, ohne sie anzusehen, und dann durch eine Tür am hinteren Ende der Halle verschwand.

»Also dann, gute Nacht«, sagte Abigail einen kleinen Tick zu schnell und war auch schon auf dem Weg zu der Tür, durch die Leon gegangen war.

Wieder machte sich ein sorgenvolles Gefühl in meinem Bauch breit. Es war einfach zu auffällig, dass zwischen den beiden etwas lief, und der Ausdruck, der sich immer wieder auf Abigails Gesicht zeigte, vermittelte mir nicht den Eindruck, als wäre das alles Friede, Freude, Pfannekuchen.

Jessy verabschiedete sich ebenfalls. Glücklicherweise hatte sie ein Auto und musste jetzt des Nachts nicht mehr mit der Bahn heim. Kreisel verschanzte sich in seiner Hängematte, als Tabby mit einer Kanne Kaffee für seine Nachtschicht wieder aus der Küche kam und sich hinter den Bildschirm klemmte, auf dem er verschiedene Nachrichtenseiten öffnete.

Ezra führte mich auf einen Flur, von dem mehrere Türen abgingen, die wohl mal Büros oder Ähnliches gewesen waren. Jetzt standen sie leer und die altmodischen Wandtattoos lösten sich bereits von dem hell gestrichenen Untergrund, der schmutzig aussah im dämmrigen Licht der Glühbirne, die kahl von der Decke baumelte.

»Hier wohnt ihr also«, sagte ich zu Ezra, der sich ein Grinsen nicht verkneifen konnte.

»Vorübergehend«, meinte er nur und zeigte auf eine geschlossene Tür zu unserer Rechten. »Hier schläft Abby.«

Ich lehnte mich neben dem Türrahmen an die Wand und sah ihm ins Gesicht. Sein markanter Kiefer kam im harten Licht noch deutlicher zur Geltung und mein Blick wanderte wie von allein auf seine Lippen.

»Und wo wohnst du sonst? Hast du auch eine Wohnung so wie Kreisel und Ajif?«, erkundigte ich mich und dachte gleichzeitig nur daran, ihn wieder zu küssen.

»Nein«, antwortete er mir und ich war etwas überrascht. Ezra holte tief Luft und machte einen Schritt von mir weg, lehnte sich mir gegenüber an die Wand des schmalen Flurs. »Aber meistens habe ich einen Job. Das ist schon viel wert.«

»Meistens«, wiederholte ich leise für mich, weil mir erst wieder aufging, dass sein Leben nicht in den geregelten Bahnen verlief wie meines. Ich hatte die Schule abgeschlossen, mir eine Ausbildung ausgesucht und sie auch für mich selbstverständlich bekommen. Der Staat finanzierte den Kauf meiner Wohnung, mein Arbeitsplatz war sicher.

Doch Jessy hatte es gestern erst gesagt. Die Menschen waren gesundheitsfanatisch. Wer kein vollständiges Gesundheitszeugnis hatte, bei dem fragte man sich sofort, was denn mit ihm nicht stimmte. Als wäre man automatisch ein Psychokiller, weil man sich weigerte, dass einem das Gehirn ausgelesen wurde. Eigentlich krasse Diskriminierung, wenn ich jetzt so darüber nachdachte.

»Tut mir leid, ich hätte nicht fragen sollen«, verspürte ich das Bedürfnis, mich zu entschuldigen, weil ich mir plötzlich so überprivilegiert vorkam, und sah auf einen Farbfleck auf dem Boden.

»Gar nicht schlimm. Du darfst mich alles fragen«, bot er mir an und es war ein Lächeln in seiner Stimme. »Schließlich will ich, dass du mich kennenlernst. Damit du vielleicht wieder mit mir zusammen sein willst.«

Mein erster Impuls war es, die zwei Schritte zwischen uns zu überbrücken, ihn in an mich zu drücken und ihm zu sagen, dass ich für immer mit ihm zusammen sein wollte, egal ob wir uns kannten oder nicht. Doch ich hob nur den Blick, drängte den Gefühlswirbel in meinem Innern zurück und versuchte auf meinen Verstand zu hören. Denn der sagte mir, dass wir uns vor zwei Tagen erst wiedergetroffen hatten und er alles andere als nett zu mir gewesen war.

»Du meinst, obwohl du dich wie ein Arschloch verhalten hast?«, sagte ich daher, um ihn herauszufordern und ihm die Gelegenheit zu geben, es zu erklären.

Er behauptete, mich zu lieben und trotzdem war er so wütend auf mich gewesen, nur um ganz plötzlich seine Meinung wieder zu ändern.

»Ich würde ja sagen, es tut mir leid. Aber ich fürchte, ich brauchte das, um durchzukommen. Dass du einfach wieder da warst und so naiv und unwissend herumstolziert bist, hat mich echt fertiggemacht«, flüsterte er, als wäre es nicht dafür bestimmt, von irgendwem gehört zu werden. Unruhig fuhr er sich mit der Hand durchs störrische Haar und verlagerte sein Gewicht von einem Bein aufs andere und wieder zurück.

»Wieso?«, wollte ich wissen und Ezra schnaubte, hob den Blick, um mich direkt anzusehen.

Seine Augenbauen zogen sich schmerzvoll zusammen und für einen Moment tauchte der Ausdruck eines gebrochenen Mannes in seinen Augen auf, der mir ins Herz stach wie ein Messer.

Sofort stieß ich mich von der Wand ab, ging zu ihm und legte ihm die Arme um die Mitte.

»Gemma«, sagte er meinen Namen und das Lächeln auf seinen Lippen zitterte ganz leicht. »Ich habe siebzehn Monate, drei Wochen und zwei Tage geglaubt, du wärst tot. Dich auf einem Bild in der Zeitung zu sehen, wie du lächelnd einen Preis überreicht bekommst, war ein krasser Schock für mich. Doch dann vor dir zu stehen und du erkennst mich nicht, als wärst du eine andere Frau, eine andere Gemma, die nicht meine ist … Das war, als würde ich dich ein zweites Mal verlieren.« Er zog mich an sich, drückte mich so fest, dass ich kaum atmen konnte, und barg sein Gesicht in meinem Haar. »Ich war wirklich wütend auf dich«, gestand er mir und ich verstand es. Irgendwie.

Mein Puls raste viel zu laut, Ezras Atem streifte meinen Hals und ich krallte meine Hände in seinen Pullover.

»Was hat dich umgestimmt?«, traute ich mich leise zu fragen und er atmete tief ein und wieder aus.

»Du«, meinte er schließlich, hob den Kopf wieder und schob mir eine Strähne aus dem Gesicht. Seine Finger strichen meine Wange entlang, was mir noch mehr Hitze in den Kopf steigen ließ. »Du hast gesagt, du musst total bekloppt gewesen sein, dich in mich zu verlieben. Als wäre das die ganze Zeit schon klar gewesen. Ich dachte, mir fällt gleich das Herz aus dem Mund.«

Ich lächelte, als ich seine Worte hörte. Mein erster Impuls war es, ihm darauf hinzuweisen, dass dieses Sprichwort anders ging. Doch ich hielt den Mund, um nicht wieder die Romantikkillerin zu sein.

Doch Ezra hob wissend die Augenbrauen. »Du wolltest wieder die Stimmung zerstören«, sagte er mir auf den Kopf zu.

»Nein, wollte ich nicht«, verteidigte ich mich, als er lachend seine Stirn an meine lehnte. Die Schmetterlinge in meinem Bauch wurden noch heftiger aufgescheucht.

»Ich sehe es in deinem Gesicht, wenn du mit dem Hammer ausholst«, tadelte er mich und führte mir wieder einmal vor Augen, wie gut er mich kannte.

»Idiot«, beschimpfte ich ihn wenig ernst und er küsste mich. Schon wie heute Vormittag rissen mich meine Gefühle einfach mit und ich wurde umfangen von einem Wirbel aus bekannter Verliebtheit und neuen Berührungen.

Seine Lippen schmiegten sich so zärtlich an meine, dass mir ein Kribbeln über die Haut tanzte und mich ganz weich werden ließ.

Mit den Händen wanderte ich seinen Rücken nach unten, spürte die Muskeln unter dem Stoff des Pullovers, die sich anspannten, wenn ich darüberstrich. Ich presste mich an Ezra, ließ mich immer und immer wieder küssen, sein wundervoller Mund auf meinem, wie eine Erfüllung meiner Sehnsüchte.

Eine Tür knallte lautstark zu und ich taumelte wie benommen aus dem Irrsinn meiner Gefühle in die Realität zurück.

Leon rauschte in schnellem Schritt den Flur nach unten, das Gesicht zornverzerrt. »Nehmt euch ein Zimmer«, stieß er missmutig aus, riss die Tür neben uns auf und verschwand dahinter. Auch diese landete geräuschvoll im Schloss.

Verwirrt blinzelte ich. »Was ist eigentlich mit dem los?«, fragte ich Ezra fassungslos und konnte es echt nicht verstehen. Wie konnte man denn so beschissen drauf sein?

»Das ist halt Leon. Denk dir nichts dabei«, tat er es jedoch ab und ich schüttelte vehement den Kopf. »Wir sind seit zehn Jahren beste Freunde. Er war einfach schon immer so.«

»Ihr seid beste Freunde?«, fragte ich ungläubig und konnte es mir nicht vorstellen, dass Leon zu irgendwem Freundschaft empfand.

Ezras Mundwinkel zuckten und das Grinsen, das daraus entstand, war so furchtbar hinreißend, dass es mich so schnell wieder besänftigte, als hätte er Sojasahne über meinen Ärger gegossen.

»Falls es dich beruhigt zu wissen: Ihr habt euch noch nie ausstehen können.« Lachend drückte er mir einen Kuss aufs Ohr.

»Habe ich schon gespürt«, bestätigte ich und lehnte seufzend meine Stirn an seine Brust. »Und damit gehst du in Ordnung?«

»Es ist Leon. Was soll ich machen?« Fahrig zuckte er mit den Schultern und strich gleichzeitig mit den Händen meine Hüften entlang.

Es blitzte und flammte überall in meinem Bauch und ich genoss das Gefühl so unglaublich, weil es so guttat, endlich gefunden zu haben, was mir so lange Zeit aus dem Herzen gerissen worden war. Ich fragte mich, ob die alte Gemma, die ich vor der Gedankenlöschung gewesen war, dieses Gefühl so hatte auskosten können wie ich, die ich erlebt hatte, wie es war, ohne es zu leben. Sicher nicht.

»Was ist da eigentlich zwischen ihm und Abby?«, erkundigte ich mich, weil wir ja gerade beim Thema waren, und Ezras Hände hielten in der Erkundung meiner Rundungen inne.

»Was? Nichts. Was soll denn da sein?«, wollte er wissen und der herausfordernde Ton in seiner Stimme ließ mich zurückrudern. Da war wohl jemand nicht eingeweiht worden und verschloss die Augen vor dem Offensichtlichen.

Einen Moment spielte ich mit dem Gedanken, ihn darauf hinzuweisen, dass da wahrscheinlich mehr war als bloßes Nebeneinanderbestehen, doch der Unwille, der sich in seinem Gesicht zeigte, hielt mich davon ab.

»Ach nichts. Er ist nur auch echt gemein zu ihr«, schwenkte ich um und hauchte ihm einen Kuss auf die Lippen. »Ich gehe besser schlafen.«

Gerade machte ich mich von ihm los, da zog er mich mit einem Ruck wieder an sich und küsste mich so stürmisch, dass es mir den Atem verschlug und mir schwindelig wurde.

»Gute Nacht, Gemma«, sagte er zu mir, als wären es die bedeutendsten Worte des ganzen Universums, lächelte noch einmal mit einem verträumten Blick in den Augen und ließ mich gehen.

»Gute Nacht, Ezra.« Ich trat an die Tür von Abigails Zimmer und wünschte mir eigentlich nur, mit Ezra zu gehen, neben ihm einschlafen zu dürfen.

Obwohl wir realistisch betrachtet dann wohl eher weniger schliefen.

Ezra wartete, bis ich die Tür geöffnet hatte, hielt mich mit seinem Blick fest und einen Augenblick konnte ich spüren, dass auch er mich nicht gehen lassen wollte. Doch er riss sich zusammen und verschwand in dem Zimmer, in das auch Leon gegangen war.

Als ich die Tür hinter mir leise schloss, war die Finsternis beinahe vollkommen. Es dauerte jedoch nur wenige Momente, bis sich meine Augen an die Dunkelheit gewöhnten und im Licht einer entfernten Straßenlaterne, das durch das kleine Fenster sickerte, den Raum besser erkennen konnte.

Es war nicht viel da, was man sehen musste. Zwei Matratzen an der linken Wand, eine mit säuberlich hergerichtetem Bettzeug, die andere zerwühlt und mit Kleidungsstücken übersät, die aus dem Koffer daneben quollen.

Es war leicht zu erkennen, welche von beiden Abigail gehörte, und ich ließ mich laut seufzend auf die gefaltete Bettdecke sinken. Was für ein Tag! Mein Herz schlug immer noch schneller, wenn ich nur an Ezra dachte, und ich lächelte in mich hinein. Den Status Single hatte ich hiermit wohl abgelegt.

Pech für all meine Verehrer, dachte ich im Scherz und doch fiel mir sofort Oliver Grand wieder ein. Ihn in diesem Club zu küssen war nicht mal ansatzweise mit dem zu vergleichen, was mit mir passierte, wenn Ezra mich nur schräg ansah.

Dass Ezra Oliver eins auf die Nase gegeben hatte, machte jetzt sogar noch mehr Sinn und eine Welle aus Scham schwappte über meine kribbelige Euphorie. Meine Güte, was hatte ich mir nur dabei gedacht, aus Sehnsucht zu Ezra mit einem anderen rumzumachen.

Was, wenn Ezra nicht da gewesen wäre? Hätte ich meine Jungfräulichkeit dann an Oliver Grand verloren? In einer Clubtoilette?

Moment. Ich war gar keine Jungfrau mehr.

Der letzte Gedanke riss mich aus meinem Karussell aus Beschämung und ich schlag erschrocken die Arme um meinen Oberkörper.

Für mich fühlte es sich vielleicht wie ein Traum an, aber dieser Sex zwischen Ezra und mir war ja wirklich passiert. Oh, wow. Mein Gehirn war unfähig, das wirklich zu begreifen.

Also versuchte ich es auch nicht und zog mir den Strickpullover über den Kopf, um mich bettfertig zu machen.

Erst als ich meine schwarzen Altherrenschuhe aufschnürte, ging mir auf, dass Abigail hätte hier sein müssen, es aber ganz offensichtlich nicht war. Sie hatte behauptet, ins Bett gehen zu wollen, war aber auch Leon hinterhergegangen.

Eine kleine Sorge keimte in meiner Brust, die ich versuchte von mir zu schieben und mich stattdessen aus meiner dunkelgrünen Hose schälte, die Klamotten neben die Matratze legte und unter die Bettdecke schlüpfte.

Der grobe Stoff von zu oft gewaschener Bettwäsche lag kalt an meinen nackten Beinen und ich schloss die Augen, nur um mich einem Kopf voller Gedanken gegenüberzusehen.

Der Druck an den Schläfen schmerzte leicht. Ich hätte den Kaffee doch trinken sollen.

Ein paar Mal wälzte ich mich hin und her, dachte an Ezra, an das Video und auch an meine Mutter. Ab und zu fuhr ein Auto über die nahe gelegene Straße und erhellte das Zimmer mit seinen Scheinwerfen.

Sechs Stück waren es schon gewesen, als die Tür ganz leise quietschte und das Patschen von bloßen Füßen zu hören war, die sich zu der Matratze neben mir schlichen.

Schniefend zog Abigail die Nase hoch und atmete dann zittrig wieder aus, sodass ich sofort wusste, dass sie geweint hatte.

Textilien raschelten, noch ein Schniefer und ein unterdrücktes Schluchzen verklangen im Raum und dann verkroch sich Abigail unter ihrer Decke, die sie sich bis zu den Ohren hochzog.

»Abby?«, sprach ich sie an, weil es mir viel zu wehtat, sie weinen zu hören, als dass ich einfach darüber hätte hinwegsehen können.

Wieder raschelte es. »Sorry, habe ich dich geweckt?«, flüsterte sie und bemühte sich redlich darum, ihrer Stimme einen normalen Ton zu geben. Doch ich ließ mich nicht täuschen, schälte mich schnell aus meiner Decke und eilte zu ihr.

Ohne etwas zu sagen, legte ich mich zu Abigail auf die Matratze und schloss sie in meine Arme.

Es reichte diese einfache Geste und bei Abigail brachen die Dämme. Leise begann sie zu heulen und ich spürte, wie ihre Tränen von dem Kragen meines T-Shirts aufgesogen wurden.

Ihr Körper fühlte sich ausgekühlt an, als wäre sie draußen gewesen, und ich rieb ihr beruhigend über den Rücken.

»Ich bin für dich da«, sagte ich, ohne viel darüber nachzudenken, und Abigail klammerte sich an mich, als wäre ich das Einzige, was sie jetzt noch zusammenhielt.

»Ich … kann es … dir nicht sagen«, hickste Abigail verweint und ich drückte ihr einen schwesterlichen Kuss auf den Scheitel.

Ich hatte keine Geschwister, doch wenn ich eine kleine Schwester gehabt hätte, dann würde es sich genau so anfühlen.

»Ich weiß. Es ist wegen Leon«, flüsterte ich, weil Abigail es nicht aussprechen konnte.

»Er ist so ein Arschloch«, schluchzte sie in meine Haare und ich hielt sie noch fester.

»Warum gibst du dir das dann?«, fragte ich ganz leise und Abigail zitterte in meinen Armen.

Wir lagen lange so. Drei weitere Autos zogen an der Straße vorbei und Abigail wurde ruhiger. Ihre Atmung wurde flacher, ihre Körperspannung wich und ich dachte schon, sie wäre eingeschlafen, als sie plötzlich antwortete.

»Weil ich ihn liebe«, sagte sie und ich wusste leider, was sie meinte.

36

Nachrichten

Kaffee gluckerte durch die Kaffeemaschine und rann in dunklen Tropfen in die Kanne, die sich langsam füllte. Der herbe Geruch verteilte sich belebend im Raum und ich wartete geduldig, bis das Summen und Gluckern erstarb.

Im Hintergrund dudelte das Lied irgendeiner Werbesendung aus den Lautsprechern des Laptops, den Kreisel hoch in die Küche gebracht hatte.

Aus dem Augenwinkel sah ich Schauspieler mit strahlenden Gesichtern über eine Wiese tanzen und füllte nebenbei Kaffeetassen.

Die ersten beiden stellte ich vor Kreisel und Abigail ab, die am Tisch saßen. Kreisel war damit beschäftigt, die Schärfe des Beamers an der Küchenrückwand richtig einzustellen, Abigail lag mit dem Kopf auf der Tischplatte.

Ihre Augen waren verquollen und sie verbarg ihr Gesicht hinter einem Vorhang aus fuchsbraunem Haar. Behutsam strich ich ihr über den Rücken und ging dann, um meine eigene Tasse und die Sojamilchpackung zu holen.

»Ah, Henson, du bist die Beste«, seufzte Kreisel, als er sich auf einen Stuhl plumpsen ließ und seine Tasse zu sich heranzog.

Draußen knarzte die Metalltreppe und Ajif trat durch die geöffnete Küchentür. »Ihr glaubt nicht, was da draußen los ist«, meinte er schnaufend und legte zwei riesige Papiertüten auf dem Tisch ab, die verdächtig nach frisch Gebackenem dufteten.

»Oh super, Frühstück«, freute sich Kreisel, der an unverwüstlich guter Laune litt.

»Normalerweise redet morgens niemand beim Bäcker. Schon gar nicht an einem Sonntag in der Früh. Heute hat sich einfach jeder unterhalten, alle hatten schon erste Infos aus dem Radio und eine ältere Frau hat lautstark gerufen, dass sie wahrscheinlich gar nicht an Alzheimer erkrankt ist, sondern dass Biolog Medical ihr die Erinnerungen gestohlen hat.« Ajif gestikulierte mit den Händen in der Luft herum. »Das ist der Wahnsinn! Wie war's heute Nacht? Was hat Tabby gesagt?«

»Das Video wurde gefunden und auf sämtlichen sozialen Medien vielfach geteilt. Es gibt auch schon siebenunddreißig Forendiskussionen. Zuerst war die Mehrheit der Meinung, es wäre ein Fake oder eine missglückte Werbestrategie. Mittlerweile tendieren alle eher dazu, es für wahr zu halten, nachdem sich ein Arzt aus dem Jenny-Menn-Hospital mit eingeschaltet und den Zustand der im Video erwähnten Patientin bestätigt hat«, berichtete Kreisel, während er sich seelenruhig Agavensirup in den Kaffee rührte.

Ich war völlig von der Rolle, starrte ihn an und merkte dabei zu spät, dass ich meine Tasse nicht gerade hielt. Kaffee schwappte über und riss mich aus meinem Entsetzen.

»Das ist krass. Damit habe ich echt nicht gerechnet«, meinte Ajif und setzte sich neben Abigail, die nicht mal den Kopf hob.

Ich bot Ajif einen Kaffee an, während ich ein Tuch zum Aufwischen holte. Er lehnte jedoch ab.

In meinem Bauch herrschte ein mulmiges Gefühl. Bisher war es so verlaufen, wie wir es uns ausgedacht hatten, und trotzdem machte es mir, jetzt, wo es real war, mehr Angst als geahnt. Wir sagten nur die Wahrheit in unserem Lügenvideo und doch fühlte es nicht gut an, alle mit der Nase daraufzustoßen, dass mit ihnen etwas nicht stimmen konnte. Es hatte wie ein gutes Druckmittel geklungen, alle ins Chaos zu stürzen. Doch jetzt wurde mir erst richtig bewusst, dass wir Menschen damit in Sorge versetzten, sie um den Schlaf brachten. Wir konnten nur hoffen, dass alles gut ging und die Sorge nicht in Panik umschlagen würde.

»Kreisel, mach den Ton lauter«, rief Ajif plötzlich und wir alle hoben den Blick auf die Wand, auf der gerade eine Nachrichtensendung zwischengeschaltet wurde.

Selbst Abigail schob sich die Haare hinters Ohr.

»Gestern Abend ging auf der Videoplattform UType ein Video online, das beunruhigende Informationen enthält. Eine Gruppe, die sich selbst ›Die Terroristen‹ nennt, behauptet darin, vor neunzehn Monaten das Ausleseprotokoll der AIC-Geräte des Gesundheitsimperiums Biolog-Medical-Group infiltriert zu haben. Durch die analoge Aufnahme des Videos, die wohl erst im Nachhinein digitalisiert worden ist, kann die Polizei weder die Täter durch moderne Verfahren identifizieren noch Hinweise auf den Aufenthaltsort dieser Gruppe herausfiltern«, sagte eine junge Nachrichtensprecherin mit einer festbetonierten blonden Tolle auf dem Kopf.

Langsam erhob ich mich aus der Hocke, ließ den Lappen einfach liegen, trat an den Tisch und legte wie in Trance Abigail die Hände auf die Schultern.

Die Treppe klapperte wieder und Ezra und Leon kamen in die Küche gestürmt. »Geht es schon los?«, wollte Ezra wissen, doch ich konnte den Blick einfach nicht von dem Geschehen auf der Wandprojektion abwenden.

»Hier sehen wir einige Ausschnitte aus dem vermeintlichen Terrorvideo«, erklärte die blonde Frau, deren Name gerade unten eingeblendet wurde. Ich achtete jedoch nicht darauf.

Rechts oben wurde ein dunkles, verpixeltes Viereck gezeigt, auf dem vier vermummte Personen auszumachen waren. »Der Virus, den wir eingespeist haben, ist so konzipiert, wahllos Erinnerungsfetzen zu rastern oder sogar zu löschen. Das Chaos ist auf unserer Seite. Biolog Medical soll fallen. Das …«, knurrte eine verzerrte Stimme aus den Lautsprechern des Laptops. Auch wenn ich versuchte, Leons Stimme darin zu erkennen, war es mir nicht möglich. Kreisel hatte ganze Arbeit geleistet.

Jetzt wäre eigentlich der Teil gekommen, in dem Leon sich darüber ausließ, dass Gedankenauslese staatliche Kontrolle war und dass wir so auf einen Polizeistaat zusteuern würden. Doch das Bild in der oberen rechten Ecke wurde kurz schwarz und ein anderer Teil des Videos wurde gezeigt.

»Die Folge sind Schattenerscheinungen, die zu Wahnsinn führen werden. Seht euch nur die Frau an, die vor neun Tagen ins Jenny-

Menn-Hospital eingeliefert worden ist. Sie ist dem Wahnsinn bereits erlegen. Und euch wird es auch so ergehen, wenn ihr nicht gemeinsam gegen die …« Der Abschnitt endete abrupt und schon wieder war die gesellschaftskritische Aussage nicht gezeigt worden.

»Echt jetzt. Die kicken den besten Teil«, beschwerte sich Leon lautstark, wandte sich ab und öffnete den Kühlschrank.

»Wir haben bereits eine Frau vor Ort, um die Fakten zu prüfen. Wir schalten zu Linda Witten«, berichtete die Nachrichtensprecherin gelassen und das Bild teilte sich in zwei Hälften. Auf der linken Seite erschien eine Frau in einer sportlichen braunen Jacke, die ihr dunkles Haar in einem strengen Dutt trug.

»Guten Morgen, Linda. Wie sieht es bei dir aus?«, fragte die Blonde.

»Guten Morgen, Kim«, gab Linda zurück und ihr Gesichtsausdruck wurde noch verkniffener als zuvor, wobei sich tiefe Falten in ihre Stirn gruben. »Ich stehe vor dem Jenny-Menn-Hospital.«

Die Kamera zoomte heraus und man sah eine Menschenmenge sowie auch einige andere Reporter, die sich auf dem Platz vor dem Krankenhaus drängten. »Schon heute Nacht hat das Personal aufgrund von vermehrter Nachfrage nach der Patientin X alle Schotten dicht gemacht. Die Patientin, die im Video der Terroristen genannt wurde, ist, zuverlässigen Quellen nach, tatsächlich hier in Behandlung.«

Mir wurde ganz anders zumute und erst als Abigail den Kopf zu mir hob und meine Hände berührte, merkte ich, dass ich ihr unbewusst meine Finger in die Schultern gekrallt hatte. Mühsam löste ich mich aus der Umklammerung und murmelte eine Entschuldigung. Die rechte Hand schmerzte schon wieder in der Schiene.

»Sie war vor neun Tagen wegen geistiger Verwirrung und daraus folgender Selbstverletzung eingeliefert worden. Die Ursache ihres Zustandes konnte zu dem Zeitpunkt nicht festgestellt werden. Nach noch unbestätigten Informationen steht der zuständige Arzt bereits in Verbindung mit der Biolog-Medical-Group, um den öffentlichen Anschuldigungen der Terroristen nachzugehen.«

Abigail stand von ihrem Stuhl auf, um Leon dabei zu helfen, den Tisch zu decken, und obwohl die Brötchen, die Ajif mitgebracht hatte, ihren Duft in der ganzen Küche verströmten, wurde mir schlecht bei dem Gedanken, jetzt etwas zu essen.

Jemand drückte mir meine Tasse wieder in die Hand und ich blickte kurz auf, um zu sehen, wie Ezra nach der Sojamilch griff, um meinen schwarzen Kaffee damit zu ergänzen.

Er sagte nichts, musste gar nichts sagen, die Lippen angespannt aufeinandergekniffen, den Blick wieder der Nachrichtensendung zugewandt.

»Danke, Linda«, verabschiedete Kim sie und Linda verschwand aus dem Bild. »Selbstverständlich halten wir Sie auf dem Laufenden«, richtete sie sich direkt an die Zuschauer und setzte ein so unechtes Lächeln auf, als wäre sie nur eine aufziehbare Puppe. »Schalten Sie in einer Stunde wieder ein. Wir werden den Gehirnexperten Doktor Stephan Bellem bei uns haben und mit ihm über die Möglichkeit des Gedankenlöschens und dessen hypothetische Folgen sprechen.«

Kreisel stellte den Ton leiser, als das Wetter eingeblendet wurde, und ich traute mich trotzdem kaum zu atmen. Mein Kopf war leer und voll zugleich, als wollte er explodieren, und ich nahm hastig einen Schluck Kaffee, um mich auf etwas anderes zu konzentrieren.

»Krass. Es hat funktioniert«, sprach Ajif als Erster, der sich bereits an seinen Brötchen bediente.

»Hoffen wir es mal. Wenn der Frankensteinclub nicht eingreift, dann weiß ich nicht, ob Biolog Medical weiß, was man mit meiner Mutter anstellen soll«, warf ich ein und setzte mich zaghaft auf den freien Stuhl zwischen Abigail und Ezra. Abby schien ebenfalls keinen so großen Appetit zu haben, während Ezra schon das zweite Brötchen aufschnitt.

»Leute, wir müssen uns was Besseres als ›Frankensteinclub‹ ausdenken. Das klingt nach einem schlechten Film aus dem Jahr 1980«, warf Kreisel ein und ich wollte etwas dazu sagen, als Ezra mich mit der Schulter anstupste.

»Sie werden eingreifen. Das ist die perfekte Werbestrategie für sie. Wenn sie deine Mutter wieder hinkriegen, sind sie die Helden, die Biolog Medicals Ansehen retten, und das hilft ihnen bei ihrer Präsentation in zehn Tagen garantiert nur«, brachte Ezra ganz sachlich vor und beruhigte mich damit tatsächlich.

Ich brauchte jetzt keine einfühlsamen Reden. Ich brauchte Fakten, an die ich mich klammern konnte.

»Und wenn sie deine Mutter an ihr neues Gerät anschließen, dann können wir uns das sogar aus der Nähe anschauen«, ergänzte Abigail und lächelte mir müde zu.

Befangen nickte ich, trank noch einen Schluck Kaffee, um das Lächeln nicht erwidern zu müssen, und seufzte in mich hinein.

Ein gedämpftes Klingeln drang an mein Ohr und Kreisel und Ajif fingen sofort an, ihre Hosentaschen abzuklopfen.

»Meins ist es nicht«, meinte Leon nur und biss in sein Frühstück.

»Meins auch nicht.« Kreisel zog sein Handy aus der Gesäßtasche und legte es auf den Tisch.

Es dauerte noch einen Moment, bis mir aufging, dass es meins war, das da klingelte. Schnell fingerte ich es aus der geheimen Tasche meines übergroßen Strickpullovers.

»Wo hat sie das denn jetzt her?«, wollte Kreisel wissen und auf Abigails Gesicht erschien, das erste Mal an diesem Tag, ein ehrliches Lachen. »Du hast Taschen in deinem Pullover? Wie geil!«

Meine Aufmerksamkeit galt jedoch dem Display. Jessy rief an.

»Ja?«, fragte ich, nachdem ich abgenommen hatte, und versuchte das nervöse Grummeln in meinem Bauch zurückzudrängen, das mir vorgaukelte, es müsste etwas furchtbar Schlimmes passiert sein.

»Oliver Grand stand vor meiner Tür«, sagte Jessy ohne weitere Einleitung.

»Was?«, erkundigte ich mich irritiert, weil ich nicht wusste, was ich mit dieser Information anfangen sollte.

»Er hat dich gesucht, war zuerst an deiner Tür und ist dann zu mir gekommen, weil du nicht auffindbar warst«, ratterte Jessy runter und schnaubte laut. »Wo zum Geier hat der meine Adresse her?«

Schnell ordnete ich meine Gedanken. »Oliver Grand? Was wollte er denn?«

Ezras Blick streifte mich und ich konnte ihm förmlich ansehen, wie er sich in Erinnerung rief, wo er diesen Namen schon einmal gehört hatte.

»Er hat dich gesucht und wollte von mir deine Nummer, um dich anzurufen. Ich habe sie ihm aber nicht gegeben. Der Blödmann bekommt von mir doch nicht die Gelegenheit, deine kleine Liebelei mit Loverboy zu stören«, empörte sie sich und ich konnte mir nicht vorstellen, dass Oliver mich wegen eines Dates aufsuchen wollte. Dafür war der Zeitpunkt einfach zu unpassend.

»Hat er noch irgendwas gesagt?«, versuchte ich sie beim eigentlichen Thema zu halten und sie schnaubte noch einmal.

»Er meinte, es ginge um ein Gespräch, das ihr im Krankenhaus geführt habt. Aber Näheres wollte er nicht sagen, das solltest wohl nur du hören«, erzählte sie und ich atmete tief durch.

Oliver und ich waren nur einmal zusammen im Krankenhaus gewesen. Ich hatte ihn gefragt, was die Folgen bei dem Löschen von Gedanken wären, und er hatte mir die Symptome beschrieben, die meine Mutter aufwies.

Ungläubig schmunzelte ich. Damals hatte er versucht, es mir auszureden, doch jetzt wollte er natürlich darüber reden, dass ich recht gehabt hatte und meine Vorahnung präziser gewesen war als eigentlich möglich.

Doch wollte ich wirklich mit ihm darüber sprechen? Eigentlich nicht. Er hatte mit der Sache nichts zu tun und ich würde ihn da jetzt auch nicht unnötig mit hineinziehen.

Vielleicht wenn alles vorbei war. Sollten wir es denn so weit schaffen.

»Miles hat vorhin übrigens auch angerufen. Wir sollen alle zu einem Krisentreffen antreten und wurden mit doppelter Bezahlung für die heutigen Stunden gelockt. Ich geh dann gleich los und werde die schön mit der Nase auf den Algorithmus des Bösen stoßen lassen«, berichtete Jessy auf die Schnelle und klang dabei in Eile.

»Aber nicht zu auffällig, ja? Schütze dich auch selbst«, warnte ich und sie lachte auf.

»Ich komm schon klar. Keine Sorge, Gem.« Und schon hatte sie wieder aufgelegt.

»Was war los?«, wollte Ezra sofort wissen, doch da stellte Kreisel den Ton schon wieder lauter.

»… Pressekonferenz, die gerade auf dem Platz vor dem Biolog-Medical-Center stattfand«, sagte die Frau mit der blonden Tolle gerade und Adrenalin schoss mir durch die Adern, als ich neben Personen aus dem Firmenvorstand auch Doktor Voltár auf dem Bild entdeckte, das gerade in der Nachrichtensendung eingeblendet wurde.

Ein Mann in einem steingrauen Anzug stand am Rednerpult. Ich kannte sein Gesicht von Zeitungsartikeln und internen Informationsblättern. Sein Name war Ludwig Kramer, Vorstandsvorsitzender der Biolog-Medical-Group. »Es ist einfach nicht möglich, dass Terroristen solch einen großen Einfluss auf das Ausleseprotokoll haben, wie behauptet wird«, sagte er in so ruhigem Ton, dass ich ihm gern geglaubt hätte. »Es ist wichtig, nicht in Panik zu verfallen. Die Biolog-Medical-Group wird alles Erdenkliche tun, um dieser Situation Herr zu werden. Die IT-Abteilung wird nach diesem angeblichen Eingreifen suchen und, wenn nötig, das genaue Ausmaß feststellen. Im zweiten Schritt werden alle AIC-Geräte mit einem Back-up von vor dem Vorfall ausgestattet, sodass es auch in Zukunft wieder völlig ungefährlich sein wird, zur Gedankenauslese zu gehen, die nur Ihrer eigenen Gesundheit dient.«

»Aber klar doch«, schnaubte Leon verächtlich und ein Funken Wut züngelte in meiner Brust, nur weil er sich äußerte. Wegen dieses Blödmanns hatte Abigail sich heute Nacht die Augen aus dem Kopf geweint, und auch wenn ich das Gefühl hatte, aufgrund meiner fehlenden Erinnerung würde mich das eigentlich nichts angehen, hätte ich dem Kerl doch zu gern eine verpasst.

Die Nachrichtensprecherin kommentierte gerade die Rede des Vorstandsvorsitzenden und schaltete dann zurück zur Pressekonferenz.

»Sie wird bei uns in guten Händen sein«, hörte ich die Stimme von Doktor Voltár, die sofort alle Alarmglocken in meinem Kopf läuten ließ. Ich musste ihn nur sehen, dort auf dem Pult vor dem Center, sein graues Haar streng nach hinten gekämmt, die Zuversicht in seiner Haltung, und ich hätte mich am liebsten auf der Stelle übergeben. Dieses Dreckschwein hatte meine Mutter gelöscht, mich einer experimentellen Methode zur Gedankeneinsetzung unterzogen, mich entführt, mir gedroht, und jetzt stand er da so selbstgefällig und spielte sich als Retter auf.

Genau das war unser Plan gewesen und doch tat es mir weh, es zu sehen.

»Nach einer gründlichen Untersuchung mit den neuesten Messgeräten werden wir mehr wissen. Sollte tatsächlich das Löschen von Gedanken die Ursache für das schlechte Befinden der Patientin sein …«, sagte er, als halte er es eher für unwahrscheinlich.

»Schlechtes Befinden«, spottete ich leise über seinen Euphemismus, die Wut im Bauch wie ein Feuersturm, doch er sprach bereits weiter.

»… haben wir moderne Techniken, die gestörten Synapsen neu zu stimulieren, um die Schattenerscheinungen zu minimieren. Machen Sie sich keine Sorgen. Die Biolog-Medical-Group wird dafür sorgen, dass es auch weiterhin allen gut geht. Danke«, schloss er und ich hätte am liebsten meine Kaffeetasse nach der Projektion an der Wand geworfen. Doch das hätte niemandem geholfen, weder mir noch den anderen. Und auch nicht der armen Tasse.

»Das sind keine gestörten Synapsen«, schnaubte ich laut und erhob mich energisch von meinem Stuhl. »Synapsen werden verödet. Die sind tot. Da kann er so viel herumstimulieren, wie er will, da wird nichts wieder zurückkommen.«

»Henson«, sagte Ezra in beschwichtigendem Ton und stand ebenfalls auf.

Es passte mir in meiner Rage gar nicht, dass er meinen Nachnamen benutzte, und ich sah ihn wütend an.

»Gemma«, korrigierte er sich sofort, als hätten wir das so schon mal gehabt und er wüsste genau, was dieser Blick zu bedeuten hatte. »Ich weiß, das ärgert dich. Aber natürlich lügt er. Er kann ja kaum zugeben, dass er ein neumodisches Gerät erfunden hat, das Gedanken wieder einsetzen kann. Das würde bei so unruhiger Stimmung doch keiner positiv aufnehmen.« Er griff nach meinem Oberarm, um mich in eine Umarmung zu ziehen.

»Du hast ja recht«, seufzte ich resigniert. Mein Kopf ruhte an seiner Schulter und schon allein sein Duft brachte mein Nerven dazu, sich wieder zu beruhigen und meinen Bauch zum Flattern.

Die anderen sprachen nicht, klapperten nicht mit Geschirr, als hätten sie sich für ein paar Momente in Luft aufgelöst und ließen mir die Zeit, mich wieder zu sammeln.

»Durch den Pressewirbel ist Biolog Medical gezwungen, deine Mutter schnellstmöglich wieder auf die Beine zu bringen. Und Doktor Voltárs Gottkomplex spielt uns da auch in die Hände. Wenn sie vorzeigen, dass es deiner Mutter wieder gut geht, beruhigt sich die Lage viel schneller«, wiederholte Ezra noch einmal für mich, was wir schon vorgestern Abend alles besprochen hatten, und ich nickte.

Wieder schreckte ein Klingeln uns auf und ich starrte irritiert auf das Handy, das ich neben meiner Kaffeetasse auf dem Tisch hatte liegen lassen. Das Display leuchtete tatsächlich auf und ich löste mich schnell aus der Umarmung, um nachzusehen, wer anrief.

Erstaunt riss ich die Augen auf und nahm sofort an. »Paps«, hauchte ich ins Telefon und presste es mir ganz nah ans Ohr.

»Gemma! Geht es dir gut?«, rief mein Vater viel zu laut, sodass mir die Ohren schellten.

»Ja. Alles gut, Paps«, beschwichtigte ich ihn, während Kreisel den Ton der Nachrichten schon wieder lauter drehte.

»Wirklich? Hast du die Nachrichten schon gesehen? Soll ich dich zu Hause abholen?«, fragte er völlig zusammenhangslos, da sah ich auf der Wand, wie eine wackelige Kamera einer Menschenmenge hinterherrannte, die auf einen von Sicherheitspersonal abgesperrten Bereich zueilte. Männer in weißen Kitteln schoben dort ein Bett aus dem Gebäude und auf einen bereitstehenden Krankenwagen zu.

»Ich bin bei Freunden. Es geht mir gut«, sagte ich, hörte mir jedoch selbst schon nicht mehr zu, da ich meine Mama in dem Bett erkannte.

Blass und mit geschlossenen Augen, fest eingeschnürt auf der transportablen Liege.

»Sie holen gerade Mama ab«, erzählte Papa und seine Stimme klang ganz aufgelöst. »Biolog Medical will sich darum kümmern. Ich weiß gar nicht, was … Dass diese Terrorgruppe das gemacht hat, ist einfach unfassbar. Ich …«, stammelte Papa sich zusammen und ich konnte kaum atmen, wusste nicht, ob ich weinen oder lachen wollte, jetzt, wo all das keine Theorie mehr war, sondern tatsächlich passierte. Hier und jetzt.

»Soll ich dich wirklich nicht abholen? Du musst nicht allein sein, weißt du …«, setzte er noch einmal an und ich unterbrach ihn wie im Automatismus.

»Nein, Paps, wirklich. Alles gut. Ich bleib lieber bei meinem Freund«, meinte ich und merkte erst danach, dass ich »meinem Freund« gesagt hatte. Mein Blick huschte erschrocken zu Ezra, der mich ebenfalls ansah. Seine Mundwinkel zuckten, als wäre er nicht sicher, dass er sich in dieser Situation darüber freuen durfte.

»Okay. Gut. Aber ruf an, falls was ist. Ich bin immer für dich da, Schatz«, versicherte mir mein Vater auf ungewohnt sentimentale

Weise und ich begriff, dass es hier gar nicht um mich ging, sondern um ihn. Er wollte nicht allein sein.

»Mach ich. Weißt du, was, fahr doch zu Margo. Du weißt doch, wie sie ist. Sie bildet sich immer ein, jeden Schnupfen zu haben. Die braucht jetzt sicher jemanden, der ihr sagt, dass alles in Ordnung ist mit ihr«, schlug ich ihm vor, seine Schwester zu besuchen, und spürte doch das schlechte Gewissen, ihn so einfach abserviert zu haben.

»Das ist eine gute Idee«, antwortete er mir und klang dabei etwas weniger angespannt.

Ich legte auf und ließ mich wieder von Ezra umarmen, der seine Arme diesmal viel fester um mich schloss.

37

Montag

In der Bahn am Montagmorgen war es ungewohnt voll für die frühe Uhrzeit, und wie Ajif es schon berichtet hatte, redeten alle miteinander.

Es war ungewohnt, dass die Menschen nicht nur schweigend auf ihre Smartphones, auf die Zeitung auf dem Tablet oder aus dem Fenster starrten. Es wurde berichtet, gewettert, leise Befürchtungen ausgetauscht. Und sie alle hatten das gleiche Ziel: das Biolog-Medical-Center.

Mit jeder Station stiegen mehr Leute ein, sodass es langsam klaustrophobisch eng wurde und ich die Füße auf den Sitz zog, um nicht die Beine von dem Mann vor mir zerquetscht zu bekommen.

Welch ein Wahnsinn!

Ich seufzte müde, da meine Nacht albtraumgeplagt und sorgenvoll gewesen war. Ich unterdrückte ein Gähnen und nippte stattdessen am meinem schon fast leeren Thermobecher.

Obwohl wir uns heute in aller Früh noch gesehen hatten, vermisste ich Ezra bereits, der mich nur ungern hatte gehen lassen. Viel zu gefährlich, sich jetzt in die Höhle des Löwen zu wagen, hatte er gemeint und ich mit den Augen gerollt.

Ich hatte nun mal einen Job, den würde ich sicher nicht hinschmeißen, nur weil die ganze Stadt sich plötzlich einbildete, an Schattenerscheinungen zu leiden. Oder es auch wirklich taten.

Doch es war auch egal, ich konnte mir nicht vorstellen, dass ihre Symptome wirklich so schlimm waren. Und dass sie hinterher alle wie meine Mutter enden würden, war eine glatte Lüge.

Ich kämpfte darum, meine Augen offen zu halten, und kuschelte mich enger in meine leichte Jacke mit dem weichen Baumwollfutter, während die Magnetschwebebahn beinahe lautlos dahinglitt.

Das Stimmengewirr wurde ein Hintergrundrauschen in meinem Kopf und meine Fantasie schickte mich zurück zu Ezra, dessen Blick brennend auf meinem Gesicht lag. Seine Lippen, die sich meinen näherten, mein Körper, der sich an seinen schmiegte, all die Gefühle, die über meine Haut pulsierten wie dröhnende Basstöne.

Die Türen der Bahn öffneten sich und ich wurde aus dem Halbschlaf gerissen, als Menschenmassen an mir vorbeiströmten und mich dabei immer wieder anstießen.

Auch ich kam schwankend auf die Füße und ging schnellen Schrittes als Teil der Masse den Bahnsteig entlang und die Stufen hinunter zum Medical-Center.

Ein Glück konnte ich durch den Nebeneingang an Gate drei schlüpfen und dachte, dem Chaos entronnen zu sein, nur um in die nächste panische Menge zu stolpern.

Ein hochgewachsener Mann mit grünem Kittel eilte an mir vorbei und schlug mir dabei beinahe den Kaffeebecher aus der Hand. Erschrocken taumelte ich zurück und stieß wiederum selbst mit einer älteren Dame zusammen, die einen ganzen Stapel Tablets mit sich herumschleppte und unentwegt in ein Headset redete.

Alle waren in vollem Aufruhr. Und das, obwohl das Medical-Center erst ein einer Viertelstunde öffnete.

Wir hatten nur ein paar Minuten Videomaterial ins Netz gestellt und die Hölle war aufgebrochen. Erstaunlich und auch beängstigend, wie leicht es doch war, eine ganze Stadt so in Bewegung zu versetzen.

Was sagte ich da. Gedankenauslese wurde landesweit durchgeführt. In anderen Städten musste es bei den Biolog-Medical-Zweigstellen ähnlich abgehen.

Meinen Becher an mich drückend, eilte ich in den inneren Hof, um den engen Gängen und vollgestopften Aufzügen zu entgehen. Ständig blickte ich mich um, aus Angst, irgendwo Doktor Voltár in die Arme zu laufen, und hielt den Kopf gesenkt. Dumm, dass der Frankensteinclub aus vier Leuten bestand und ich weder wusste wie Doktor Larson aussah noch Doktor Sinah. Und ob ich Hella Goldregen nach unserem Zusammenstoß in der Praxis von Sinus Voltár wiedererkennen würde, konnte ich auch nicht sagen.

Meine Mutter musste hier auch irgendwo sein. Ich nahm an, dass man sie in die kleine Unfallstation gebracht hatte, wo sich einige Patientenzimmer befanden. Biolog Medical war schließlich kein Krankenhaus, es gab nicht unendlich viele Orte, an die sie sie gebracht haben konnten.

Mit etwas Glück schaffte ich es vielleicht, sie zu besuchen, um zu sehen, wie es ihr mittlerweile ging.

Und ob sie mich wiedererkannte. Meine Kehle wurde enger und ich keuchte, als ich schnellen Schrittes die Außentreppe in das Gebäude für Wartung und Sicherheit nahm. Ich konnte nur hoffen, Eddi würde mich heute nicht wieder eine halbe Stunde warten lassen.

Zu meiner äußersten Überraschung erblickte ich seine schwammige Gestalt, die er wieder in eine blaue Latzhose gekleidet hatte. Mit sicher tausend Falten auf der Stirn tippte er etwas in ein zerkratztes Tablet ein und hob nicht mal den Blick, als ich zu ihm trat.

Geduldig wartete ich ein paar Sekunden und wollte mich gerade geräuschvoll räuspern, da schnaubte Eddi und verzog schmatzend den Mund.

»Noch kurz. Das hier ist kompliziert«, sagte er zu mir und ich gestattete mir, einen Blick auf den Bildschirm zu werfen, jetzt, wo er mich offensichtlich doch schon bemerkt hatte.

Er gab Daten in das Arbeitsprotokoll des heutigen Tages ein. Ich schüttelte innerlich den Kopf über ihn.

»Lass mich das doch machen«, bot ich ihm an, nahm ihm aber gleichzeitig das Ding aus der Hand und vervollständigte die Daten in Sekundenschnelle.

»Du hast aber 'nen Zahn drauf«, brummte Eddi anerkennend und ich hob nur skeptisch die Augenbrauen. Dieser Typ glaubte wohl immer noch, ich wäre ein absoluter Neuling in meinem Job. Dabei waren meine Kenntnisse in den Abläufen dieser Firma sicher auf einem neueren Stand als seine.

»Ich wette, wir haben heute jede Menge zu erledigen«, gab ich zurück und reichte ihm das Tablet, das er in die Gesäßtasche seiner Hose schob.

»Zu viel. Die wollen, dass wir auf alle Geräte ein altes Back-up aufspielen. Hat wohl irgendwas mit diesem Hackerangriff zu tun, von dem sie in den Medien reden. Seit die IT da wirklich was gefunden hat, drehen alle völlig durch. Die haben mich doch echt gefragt, ob ich eine Stunde früher hier sein kann, der Saftladen. Hab denen 'nen Vogel gezeigt und ausgeschlafen«, erzählte er mir redelaunig wie nie und ich musste grinsen.

Da drehte alle Welt völlig durch und ich geriet an den Einzigen, den die ganze Sache nicht juckte. Bisher hatte ich Eddi nur für eine Plage gehalten, doch der heutige Tag würde an seiner Seite so viel angenehmer werden als mit all den Panikmachern, die in diesen Gängen unterwegs waren.

Eddi kramte in seiner Brusttasche herum und zog dann einen schmalen USB-Stick hervor, den er mir mit seinen wurstigen Fingern reichte.

»Da. Bewahr' mal auf«, meinte er gelassen, als wir in wirklich gemächlichem Tempo den Flur entlanggingen. »Aber nicht verlieren. Da ist das Back-up drauf. Und die IT-Fuzzis reagieren empfindlich, wenn so was wegkommt.«

Wer reagierte bitte nicht empfindlich, wenn Firmensoftware verloren ging und somit in falsche Hände geraten konnte?

Fassungslos nahm ich den Stick entgegen und konnte mich nur immer wieder fragen, wer Eddi so dermaßen eins auf die Birne gegeben hatte, dass bei ihm da drin jetzt alles klapperte.

Es dauerte den halben Tag, die AIC-Geräte in den oberen Behandlungsräumen zurückzuspielen, bis endlich Menschen hinaufgelassen werden konnten, die sich gestresst und angsterfüllt in Behandlung begaben, um mögliche Löschungen ausfindig machen zu lassen.

Gefühlt das ganze Personal war gerade im Medical-Center anwesend, jede noch so kleine Hilfskraft, um die Fluten an Patienten aufzufangen, die sie bestürmten.

Sicherheitspersonal und Freiwillige der Polizei waren anwesend, um Krawalle zu unterbinden, was alle nur noch mehr in Spannung versetzte.

Es war beinahe unmöglich, länger als eine Minute ungestört seiner Arbeit nachzugehen, ohne dass jemand ins Zimmer platzte, um etwas zu holen, sich zu erkundigen, wann sie das Gerät denn freigeben könnten oder uns einfach nur strafend dabei zusahen, wie Eddi und ich gelassen die Systeme prüften.

Obwohl mich das Bienenstock-Feeling immer wieder völlig aus der mühsam zusammengeklaubten Konzentration riss, machte sich mein Mentor wirklich gut als Ruhepol, was ich heute sehr zu schätzen wusste.

Besonders als ich Felix, aus meiner Ausbildung, mit seinem Mentor auf dem Flur begegnete und er aussah, als würde er jeden Moment zusammenbrechen vor Stress.

Eddi entließ uns sogar früher in die Mittagspause, damit er bei all den Gerichten, die heute angeboten wurden, auch wirklich die Auswahl hatte, und ich konnte mich nur darüber freuen.

Obwohl wir alles langsam angingen, war ich verschwitzt von dem Stress, der in der Luft hing wie Wasserdampf in einer Sauna.

Da Vika mir heute Morgen das Versprechen abgenommen hatte, etwas zu Mittag zu essen, holte ich mir einen kleinen Salat und Kuchen.

Da wir so früh dran waren, gab es den noch und ich kaufte wohlweislich zwei Stücke.

›Kommst du heute zum Essen in die Cafeteria?‹, schrieb ich Jessy eine kurze Nachricht, als ich mich allein an unseren Tisch gesetzt hatte, und bekam keine Sekunde später schon eine noch knappere Antwort.

›ne. bring den kuchen hoch‹

Grinsend lehnte ich mich auf meinem Stuhl zurück und zog den stummeligen Zopf auf meinem Hinterkopf nach. Sie hatte zu viel zu tun für Groß- und Kleinschreibung, aber nicht, um sich von mir Kuchen bringen zu lassen. Als ob sie es gerochen hätte.

Unmotiviert aß ich den Salat und sah mich immer wieder nach Oliver Grand um, dessen Anwesenheit ja auch nicht verwunderlich gewesen wäre.

Mein Magen fühlte sich noch viel mulmiger an, wenn ich an ihn dachte und daran, dass er mich gestern gesucht hatte. Einerseits hatte ich das Bedürfnis, mit ihm über die Vorkommnisse zu reden, seine fachkundige Meinung zu hören und dabei einfach ein lockeres, zwangloses Gespräch zu führen. Doch andererseits fürchtete ich mich auch davor, da ich nicht wusste, ob ich ihn wirklich in diese ganze Sache einweihen wollte, wo er doch bisher so schön außer Gefahr geblieben war.

Das Schicksal nahm mir die Entscheidung ab. Er tauchte nicht auf, bis ich mein Kuchenstück aufgegessen hatte, und ich stahl mich mit Jessys Teller und einer Gabel davon, als es in der Cafeteria unangenehm laut wurde.

Es war so eine Fülle an Mitarbeitern hier, dass mir ganz schwindelig wurde und ich drängte mich schnell hinaus durch einen der Glasgänge, die zwischen den Gebäuden hin und her führten, und dann die Treppen nach oben, in den Turm der Systemsicherheit.

Auch hier liefen die Leitungen bereits heiß und ich entdeckte Jessy an einem der langen Schreibtische, auf dem mehrere Bildschirme befestigt waren. Ihre Finger flogen geradezu über die ergonomische Tastatur und sie hob ohne innezuhalten den Blick zu mir, als ich den Kuchenteller am Rande ihres Tisches abstellte.

»Beste Freundin der Welt«, brachte sie ihren Dank zum Ausdruck, lächelte kurz und verlor sich schon wieder in den Zahlen und Grafiken auf ihren Monitoren.

»Wieso bekommst du Kuchen?«, meckerte Miles vom Platz neben ihr und Jessy zuckte vielsagend mit den Schultern.

»Weil ich einfach besser bin als du«, schnalzte sie und ich drückte ihr eben die Schulter zum Abschied, da ich mir fehl am Platz vorkam.

»Gem, warte«, hielt sie mich jedoch zurück und winkte mich näher. »Deine Mutter ist in der lokalen Unfallstation G6 in Zimmer drei«, teilte sie mir schnell mit und ich nickte ihr dankend zu.

Da meine Mittagspause bereits vorbei war, konnte ich mich jetzt nicht sofort dorthin begeben und war insgeheim auch etwas erleichtert darüber. Ich liebte meine Mama und wünschte mir, dass es ihr schnell besser ging. Doch ich hatte auch Angst davor, dass es ihr trotz der Bemühungen von Biolog Medical und dem Zutun des Frankensteinclubs nicht besser gehen würde und sich die Ereignisse unserer letzten Begegnung wiederholten.

Doch egal wie sehr ich mich fürchtete, ich musste zu ihr. Ich war ihre Tochter. Ich musste auch sichergehen, dass es ihr wirklich besser ging, ehe ich mich entschließen konnte, zur Polizei zu gehen.

Also traf ich mich wieder mit Eddi, befreite noch mehr Auslesegeräte von *Algorithmen des Bösen* und wurde ganz plötzlich von einer Erinnerung heimgesucht, als wir das Gesundheitszentrum zum Innenhof hin verließen. Vor uns erstreckte sich das gesamte Areal der Biolog Medical, das sich noch etwa einen Kilometer in die Länge zog, bis zu den Herstellungsstätten für Pharmaka. Und dahinter kamen dann noch die Chemieabfall-Neutralisierungsanlagen, bevor das Gelände endete, wie eine eigene kleine Stadt.

Mein Blick fiel auf einen schmalen Gebäudeteil, der zwischen dem Ausbildungskomplex und dem Turm mit den Forschungslaboren eingeklemmt war.

Mehrere gläserne Brücken führten über das schmale Stück hinweg und ich bekam das starke Gefühl, schon einmal vor der unauffälligen Tür gestanden und mit einer Haarnadel in dem altmodischen Türschloss herumgefingert zu haben. Seltsam, dass es kein Transponderschloss besaß wie alle anderen Gebäude auch.

Eine Vorahnung ergriff mich. Hatte ich in meinem Tagebuch nicht geschrieben, ich wäre mir sicher, dass die Gruppe der Wissenschaftler ihr Höllengerät nicht in dem ausgeschriebenen Labor im obersten Stockwerk des Forschungskomplex entwickelte, sondern in einem anderen verlassenen Teil? Diesem hier zum Beispiel?

»Müssen wir nicht auch die Geräte in diesem Gebäude da warten?«, fragte ich Eddi unschuldig und er folgte träge mit den Augen meiner ausgestreckten Hand.

»Ich dachte, es steht leer«, brummte er und ich schüttelte energisch den Kopf, hoffte, er würde bei all der Unordnung in seinem Gehirn mir mehr glauben als seiner Erinnerung.

»Ich habe Leute rein- und rausgehen sehen. Welche mit Kittel«, behauptete ich, als läge dadurch auf der Hand, dass durch die Anwesenheit von Ärzten auch AIC-Geräte vorhanden sein müssten. »Wenn es leer steht, gut, dann haben wir weniger zu tun. Aber nachsehen sollten wir ja schon«, versuchte ich unschuldig zu klingen und klimperte mit den Wimpern.

Eddi grunzte nur zustimmend, schlug die angegebene Richtung ein und kramte in seinen tiefen Hosentaschen nach einem angelaufenen Schlüsselbund.

Das war leichter gewesen als gedacht. Kein misstrauischer Blick, keine nervige Diskussion. Eddis einfaches Gemüt hatte heute richtige Vorteile für mich.

Die weiß lackierte Metalltür sah schon genauso abgerissen aus wie die Fassade des Gebäudeabschnitts, wie ein vergessener Schandfleck zwischen neumodischen Türmen. Jedoch dadurch auch besonders unauffällig, weil ein schweifender Blick einfach darüber hinwegglitt und sich in den gläsernen Gebilden darüber verlor.

Eddi schob den Schlüssel ins Schloss, von dem ich erwartete, dass es klemmen würde. Doch er ließ sich butterweich umdrehen und auch die Tür schwang ohne das kleinste Quietschen auf. Eine Gänsehaut krabbelte mir über den Rücken und die Arme, als wir in den sanft beleuchteten Gang blickten, der so viel weniger verlassen aussah, als das Gebäude einem vorgaukelte.

Schulterzuckend trat Eddi ein, als merkte er gar nicht, wie befremdlich skurril die ganze Situation war, und ließ seine schweren Schritte durch den Gang hallen, der uns weiter zu einer geöffneten Tür führte.

Meine Kopfhaut kribbelte nervös und ich fragte mich, was uns wohl erwarten würde. Meine Vorstellung ging von monströsen Weltzerstörungs-Laserkanonen bis zu einem leeren Raum, weil ich mich schlichtweg geirrt hatte.

Leise klassische Musik tanzte durch die Luft, das Summen von Elektrizität kitzelte in den Ohren.

Eddi trat in die große lichtdurchflutete Halle, die sich vor uns auftat, und schnaubte laut. »Hast recht. Hier stehen 'ne Menge Geräte. Aber ob das AICs sind, kann ich jetzt nicht so genau sagen«, wandte er sich laut an mich und seine Stimme hallte von den kahlen weißen Wänden wider.

Aus den Augenwinkeln nahm ich eine Bewegung wahr und schrak hinter Eddi zurück, als eine hochgewachsene Frau sich eine Diodenmaske vom Kopf riss, von einem Behandlungsstuhl aufsprang und sofort auf uns zuhielt.

»Entschuldigen Sie. Hier ist Unbefugten der Zutritt untersagt«, fuhr sie uns streng an und ich wusste sofort, dass ich sie kannte. Die dunkle Stimme, das knochige Gesicht, die fahle Haut. Es war Hella Goldregen, die Quotenfrau des Frankensteinclubs.

»Hab kein Schild gesehen«, hielt Eddi unbeeindruckt dagegen und schob sich den Werkzeuggürtel an der Hüfte zurecht. »Wir sind

AIC-Techniker und müssen alle Auslesegeräte mit dem alten Back-up bespielen. Da soll keins mit diesem Virus übrig bleiben, wissen Se«, brummte er gleichmütig und ließ seinen Blick über die Geräte gleiten, die hier überall herumstanden.

Ein langer Tisch mit allerlei Kabeln, Lötstellen, Metallteilen, Platinen und weiterem Kram zum Bau eines gedankeneinpflanzenden Frankensteingeräts stand an der hinteren Wand. Mehrere ausgeweidete AIC-Gehäuse lagen am Boden herum. Unbeschriftete Kisten, verschiedene Laptops und der Behandlungsstuhl, neben dem ein Aufbau stand, aus dem überall noch Kabel heraushingen, da er noch keine Außenverkleidung besaß. Auf dem Bildschirm, der darauf angebracht war, prangte der Schriftzug *Vorgang abgebrochen*.

»Wir haben hier aber keine AIC-Geräte. Und selbst wenn, können wir uns selbst darum kümmern. Verlassen Sie sofort das Gebäude«, sagte sie und man konnte an der Spannung ihrer Schultern sehen, wie sehr sie sich zusammenreißen musste, uns nicht anzuschreien.

Da fiel ihr Blick auf mich, die ich mich halb hinter Eddis massigem Körper versteckt hielt, und ihr Gesicht wurde noch blasser als ohnehin schon. »Gemma Henson«, entfuhr es ihr, nahm sich aber sofort wieder zusammen und verbarg jegliche Gefühlsregung hinter einer verkniffenen Maske. Sie lächelte verkrampft und trat einen Schritt auf mich zu.

»Da Sie schon einmal hier sind. Was halten Sie davon, sich eben mit mir unter vier Augen zu unterhalten? Ich hätte da eine kurze Frage an Sie«, meinte sie und ihre Stimme tropfte geradezu vor Scheinheiligkeit, was starke Fluchtgefühle in mir hervorrief.

»Ich muss arbeiten«, kam es wie aus der Pistole geschossen aus meinem Mund und ich wollte nur noch hier weg.

»Würden Sie mir Ihre Kollegin für ein paar Minuten leihen?«, wandte sie sich an Eddi und ich starb tausend Tode aus Angst vor seiner Antwort.

»Na, hör'n Se mal, Lady. Wir nehmen unsern Job sehr ernst. Trödeln ist nicht drin an einem Tag wie diesem. Einen schönen Tag noch«, verabschiedete er sich so gelassen wie sonst auch und schob mich vor sich her aus dem Raum.

Ein Stein fiel mir vom Herzen und als wir draußen ins Sonnenlicht traten, schaffte ich es auch wieder durchzuatmen.

»Die mag dich wohl nicht«, raunte Eddi mir zu und schloss mit rasselndem Schlüsselbund die Tür wieder hinter uns zu.

Ich war sprachlos und erleichtert und wäre ihm gern um den Hals gefallen. Es war ja schon unfassbar, dass er mit mir so einfach in das Gebäude spaziert war, aber dass er verstanden hatte, dass zwischen der Frau und mir etwas ganz gewaltig nicht stimmte, wandelte das Bild, das ich bisher von ihm gehabt hatte.

»Danke, Eddi«, seufzte ich.

Wir entfernten uns von der Tür und gingen über den Innenhof weiter zum Forschungskomplex.

»Ich kann dich gut leiden, Küken«, sagte er nur und ich musste grinsen.

Wir traten durch die automatische Schiebetür und wurden von dem sterilen Zug des Lüftungssystems getroffen.

Meine Gedanken schweiften ab, als wir auf den Fahrstuhl warteten, und ich konnte nur den Kopf über mich schütteln. Es war mal wieder selten dämlich gewesen, so einfach in das Gebäude zu spazieren. Was hatte ich mir davon versprochen?

Jetzt hatte ich natürlich die Gewissheit, dass sich die Geheimbasis des Frankensteinclubs dort befand, aber vorsichtig war ich nicht gerade gewesen. Was, wenn sie mich wieder gepackt und Eddi gleich mit gelöscht hätten?

Es war nur Doktor Hella Goldregen da gewesen, doch ich hätte es besser wissen müssen.

Wie der Moment, in dem ich Tom gesagt hatte, dass ich wusste, wer er wirklich war. Dumm, einfach nur dumm.

Aber jetzt war es passiert und ich musste hoffen, dass es nicht zu schlimme Folgen hatte.

Im dritten Stock traten wir aus dem Aufzug und wollten uns bis zum hintersten Labor durchschlagen, in dem laut Plan ein AIC-Gerät auf uns wartete, als etwas zu summen begann und Eddi ein Handy hervorzog.

»Chef«, grüßte er und ich hob interessiert den Blick. War da der Abteilungsleiter für Technik und Wartung dran? Oder nannte Eddi noch andere Leute ›Chef‹?

Er brummte ein paar Mal und seufzte dann laut, als würden ihm die Informationen, die gerade weitergegeben wurden, nicht besonders gut in den Kram passen.

»Jaja. Schon verstanden. Ich schick sie rüber«, sagte er und legte auf, ohne sich zu verabschieden. »Küken, du sollst zum Chef kommen. Der mag was mit dir besprechen«, wandte er sich an mich und ich hob überrascht die Augenbrauen.

»Der Abteilungsleiter für Technik und Wartung?«, fragte ich nach, um wirklich sicherzugehen, und meine Gedanken begannen zu rasen.

»Jep. Was will der denn von dir?«

Unsicher hob ich die Hände. »Keine Ahnung«, gab ich zu und unterdrückte die Panik, die sich sofort in meinem Kopf meldete, als hätte sie nur auf den Augenblick gewartet, an dem alles schieflaufen würde.

»Wird schon. Ich mach solange mal weiter«, meinte Eddi knapp, klang dabei kein Stück mitfühlend und ging auch schon den Gang nach unten, als wäre ich jetzt nicht mehr sein Problem.

Verstand einer mal diesen Typen.

Krampfhaft redete ich mir ein, dass dies hier ganz normal war und zu jedem anderen Zeitpunkt auch hätte passieren können. Wahrscheinlich ging es nur um irgendwelche Formulare. Oder man entschuldigte sich bei mir, Eddi zu meinem Mentor gemacht zu haben, und teilte mich jemand anderem zu. Obwohl ich langsam der Meinung war, mich an Eddi gewöhnen zu können, so seltsam er auch manchmal war.

Ich stellte mir sogar vor, dass durch das Büro des Abteilungsleiters regenbogenfarbene Puschelmonster hüpften, die ich einzusammeln hatte, nur um nicht daran zu denken, dass der Grund dafür das Terrorvideo sein könnte.

Was, wenn sie herausgefunden hatten, dass ich etwas damit zu tun hatte? Oder der Frankensteinclub intervenierte, um mich loszuwerden? Ich hätte nicht in das blöde, runtergekommene Gebäude laufen sollen. Wie bescheuert ich doch gewesen war, ihnen deutlich zu machen, was für eine elendige Schnüfflerin ich sein konnte.

Als ich ins Gebäude für Wartung und Sicherheit schlich und nirgendwo Polizeibeamte zu sehen waren, atmete ich schon einmal auf und klopfte zaghaft an die Bürotür, vor der ich vor einer Woche schon einmal gewartet hatte.

»Herein«, hörte ich es von innen und öffnete die Tür.

Der Abteilungsleiter saß an seinem Schreibtisch. Wieder trug er einen klassischen Anzug und seine Krawatte war noch hässlicher als bei unserem letzten Zusammentreffen.

»Guten Tag, Frau Henson. Setzen Sie sich«, bot er mir an und ich ließ mich zaghaft auf den schlichten Stuhl sinken, der vor dem Schreibtisch stand.

»Sie wollten etwas mit mir besprechen?«, fragte ich, als wüsste ich von nichts, was ich jemals angestellt hätte, und schaffte es sogar, ein wenig zu lächeln. Wieso hatte ich mir beim letzten Mal seinen blöden Namen nicht gemerkt?

»Ja, genau. Ich habe gerade einen internen Anruf erhalten. Jemand aus der Belegschaft hat mir mitgeteilt, dass Sie an schweren Schattenerscheinungen leiden würden«, eröffnete er mir und ich war zu verwirrt, um zu reagieren. »Seit diesem Video ist hier ja einiges los und wir nehmen diese Sache wirklich ernst. Die Gesundheit unserer Mitarbeiter ist essenziell. Wenn Sie von der Missetat dieser Terroristen also auch betroffen sind und unter Schattenerscheinungen leiden, müssen Sie mir das mitteilen«, brachte er sein Anliegen genauer hervor und ich versuchte festzustellen, ob er das wirklich ernst meinte oder es irgendeine Art von Falle darstellte. Doch er sah mir ernsthaft besorgt entgegen und ich wusste immer noch nicht, was ich jetzt tun sollte. Lügen oder die Wahrheit sagen? Was brachte mir hier mehr Vorteile? Sollte ich die Ahnungslose spielen, der es gut ging, oder das arme Opfer des manipulierten Ausleseprotokolls?

»Wer hat Sie denn angerufen?«, fragte ich, um Zeit zu gewinnen, und der Abteilungsleiter schürzte die schmalen Lippen.

»Das muss ich leider vertraulich behandeln«, hielt er dagegen und ich war mir sofort sicher, dass es Doktor Goldregen gewesen war. Ich war bei ihr aufgetaucht und sie hatte mich an meinen Chef verpetzt, um mich aus dem Weg zu haben.

»Es geht mir blendend. Keine Schattenerscheinungen«, kam mir die Lüge wie selbstverständlich über die Lippen und ich schlug die Beine übereinander, was mich lässig aussehen lassen sollte.

Der Mann vor mir seufzte und faltete seine langen Finger auf der Tischplatte ineinander. »Ich würde Ihnen wirklich gern glauben, Frau Henson. Ich habe versucht, das Ausleseergebnis Ihrer letzten Vorsorgeuntersuchung anzufordern, um das nachzuprüfen«, erklärte er mir und ich wusste, was jetzt kam. Schöne Scheiße. »Aber die Daten sind wohl bei einem Fehler im System verloren gegangen und laut der Akten haben Sie noch keinen neuen Termin vereinbart, um die Akte wieder zu vervollständigen«, führte er aus und ich spürte, wie mein Ärger wieder hochkochte. Es war einfach eine Dreistigkeit, zu behaupten, ein Fehler im System hätte meine Ergebnisse verschluckt und nicht etwa ein paar Verrückte, die meine Freunde fangen und deren Gehirn waschen wollten.

»Das ist ja wohl nicht mein Fehler, wenn die Daten verloren gegangen sind«, empörte ich mich etwas zu energisch, sodass der Mann hinter dem Schreibtisch irritiert blinzelte, und ich lehnte mich sofort wieder ein Stück zurück, um nicht zu aggressiv zu erscheinen.

»Das weiß ich doch. Aber mir sind die Hände gebunden. Ich kann Sie erst wieder zur Arbeit freigeben, wenn Sie die Untersuchung nachgeholt und sich auf Schattenerscheinungen haben prüfen lassen«, eröffnete er mir und ich holte tief Atem, um nicht in die Luft zu gehen.

»Ich werde also suspendiert?«

»Nein, Frau Henson. Gar nicht. Sie werden beurlaubt«, sagte er mit beschwichtigender Stimme und lächelte schleimig. »Das heißt: volles Gehalt«, fügte er hinzu, als würde das alles besser machen, und ich schnaubte laut auf. »Machen Sie einen Termin zur Vorsorge aus, gehen Sie hin und melden sich dann bei mir. Mehr ist es nicht. Und falls Sie tatsächlich an Schattenerscheinungen leiden, die Ihnen vorher nicht bewusst waren, ist es doppelt wichtig, sich deswegen in Behandlung zu begeben. Vor allem in Zeiten wie diesen, bei einem Job wie Ihrem«, schloss er und entließ mich aus dem Gespräch.

38

Besuch

Ich brauchte siebenundzwanzig Versuche, um bei der Hotline einen Mitarbeiter zu erwischen, der mir gestand, dass der nächste freie Termin für die Vorsorgeuntersuchung in vier Monaten war.

Wutschnaubend ließ ich ihn mir geben und stand dann belämmert auf der Außentreppe vor dem Gebäudekomplex für Wartung und Sicherheit.

Wenn ich meinem Chef Glauben schenkte, wäre ich dann wohl jetzt die nächsten vier Monate beurlaubt. Na wunderbar.

Unter normalen Umständen hätte ich mich vielleicht darüber gefreut, doch ich mochte meinen Job, den ich noch nicht mal seit einer Woche hatte.

Wenigstens musste ich jetzt keine Angst mehr vor der Auslese an sich haben. Schließlich hatte ich eigenhändig dafür gesorgt, dass der Algorithmus wieder von den Geräten verschwand. Nun würde alles wieder laufen, wie es sollte.

Unschlüssig stand ich herum, atmete tief die frische Sommerluft ein und beschloss dann, dass ich mich nicht länger davor drücken konnte, meiner Mutter einen Besuch abzustatten.

Eiligen Schrittes machte ich mich auf den Weg zur Unfallstation, die weiter außen lag, damit sie leichter von der Straße aus erreichbar war. Jetzt, wo ich mich endlich dazu überwunden hatte, konnte ich gar nicht schnell genug dort ankommen.

Es war nicht einfach, bei all den Menschen, die hier unterwegs waren, den direkten Weg zu nehmen, doch keine fünf Minuten später erreichte ich die großen Flügeltüren, die mit rotem und gelbem Klebeband markiert worden waren.

Als mir der typische Geruch von Desinfektionsmitteln entgegenkam, verstärkte sich der Schmerz in meiner Hand wieder und ich schüttelte die rechte vorsichtig aus. Zielstrebig trat ich an den Tresen, hinter dem eine Krankenpflegerin saß und unprofessionell etwas auf ihrem Handy tippte.

»Wie bist du denn hier reingekommen?«, fragte sie mich irritiert, als sie mich bemerkte, nahm schnell die Füße herunter und starrte mich feindselig nieder.

»Ähm, durch die Tür«, erwiderte ich und zeigte hinter mich.

Die Krankenpflegerin erhob sich von ihrem Bürostuhl. »Ach, von innen«, seufzte sie dabei und blickte in die andere Richtung einen Flur entlang. »Da draußen ist nämlich heute die Hölle los. Jeder döselige Reporter versucht sich hier reinzuschleichen und ein paar Fotos von der armen Frau aus den Nachrichten zu schießen«, erklärte sie mir und ich nickte.

»Ja, meine Mutter. Mein Name ist Gemma Henson und ich würde gern zu ihr, um sie zu besuchen«, nahm ich ihren Gesprächsfaden einfach auf und lächelte nervös. Die Stunde der Wahrheit war gekommen und ich konnte nur hoffen, dass es meine Mutter wirklich schon besser ging.

»Oh, das geht nicht«, ließ die Pflegerin meine Gedanken jedoch sofort zerplatzen und ich verschränkte angespannt die Arme vor der Brust.

»Wie bitte? Wieso nicht?«, wollte ich wissen und die Krankenpflegerin zuckte entschuldigend mit den Schultern.

»Das ist eine Anweisung von oben. Selbst wenn du ihre Tochter bist, was du mir nachweisen müsstet, darf nur der behandelnde Arzt zu ihr. Tut mir leid.«

»Aber ich bin ihre Tochter. Familie. Sie müssen mich zu ihr lassen, wenn ich das will«, versuchte ich es noch einmal und sie sah mich mitleidig an.

»Es tut mir wirklich leid. Aber wir haben nicht mal den Ehemann zu ihr lassen dürfen«, gestand sie mir und ich wollte das einfach nicht glauben. Was ging hier jetzt wieder ab?

Wenn ich es genau bedachte, wusste ich eigentlich genau, was hier abging. Sie schlossen meine Mutter an ihr Höllengerät an und wollten verhindern, dass irgendwer das mitbekam. Am wenigsten ich.

Ich war ja so naiv gewesen. Wie hatte ich glauben können, dass der Frankensteinclub seinen Trumpf gegen mich so einfach aus der Hand geben würde. Es war alles wie vorher. Sie hatten meine Mutter und ich konnte nichts tun, um ihr zu helfen, außer abzuwarten.

Ohne zu zögern zückte ich mein Handy und wählte meinen Vater an. Es erklang nicht mal ein Signalton, da ging er schon ran.

»Gemma. Ist alles in Ordnung bei dir?«, frage er mich sofort und ich hielt mir das Handy vom Ohr weg, um keinen Gehörsturz zu bekommen.

»Ja, alles gut. Du, ich bin gerade auf der Arbeit und wollte Mama besuchen, wenn ich schon mal hier bin. Aber die sagen, ich darf nicht zu ihr. Und du wohl auch nicht?«, schilderte ich ihm die Lage und ich hörte ihn am anderen Ende der Leitung tief durchatmen.

»Ja, das ist richtig«, bestätigte er mir und ich hätte am liebsten jemanden geschubst vor Wut. Am liebsten einen von diesen bescheuerten Wissenschaftlern. Eine Treppe runter. Oder vor einen Güterzug.

»Das können die nicht machen, Paps. Das ist keine Quarantänestation. Du hast Rechte. Sie ist deine Frau!«, empörte ich mich lautstark, damit es die Krankenpflegerin auch ja mitbekam, die hinter ihrem Tresen immer kleiner zu werden schien. Selbst wenn das von mir unfair war, da sie ja auch nur die Befehle anderer befolgte.

»Ich weiß, Gemma. Aber ich wollte da jetzt keinen unnötigen Wirbel machen. Deine Mutter ist auch so schon genug im Licht der Aufmerksamkeit. Ich will das auf keinen Fall weiter anstacheln. Und am wenigsten will ich dich mit reinziehen« Papa klang müde und ich hätte ihn gern einmal fest umarmt.

Unauffällig checkte ich den Weg von hier bis zum Treppenhaus. Da es alles Feuerschutztüren waren, durften die nicht abgeschlossen werden. Wenn ich mich gut anstellte, schaffte ich es vielleicht bis in den dritten Stock. Schließlich hatte Jessy ja schon den genauen Standort meiner Mutter für mich ermittelt.

Vorausgesetzt, es gab kein Wachpersonal.

»Ist das Gemma?«, hörte ich die Stimme meiner Tante Margo und lächelte leicht, weil Papa sich meinen Rat zu Herzen genommen hatte und zu seiner Schwester gefahren war. Gut für ihn.

»Ja. Ist sie. Grüße von deiner Tante«, gab er wieder, was Margo im Hintergrund nuschelte.

»Grüße zurück«, richtete ich aus und wollte gerade ansetzen, irgendetwas Banales zu sagen, um das Gespräch zu beenden, da fiel er mir ins Wort.

»Gemma, versprich mir bitte, dass du nichts Dummes anstellst, ja? Ich kenne dich und deinen Dickkopf. Mama ist in guten Händen und mit etwas Glück ist sie bald wieder die Alte. Dann können wir sie sehen, wann immer wir wollen.«

Ich lachte auf, weil er den Nagel einfach auf den Kopf traf, und seufzte laut.

»Versprechen kann ich das nicht. Aber ich bemühe mich, okay?«, kam ich ihm entgegen und verwarf meinen Plan, mich zu ihr zu schleichen. Das wäre sicher auch nicht gut ausgegangen.

»Pass auf dich auf. Und melde dich, wenn wieder was ist«, bat Papa mich und ich nickte.

»Ist gut, bis dann.«

Immer noch leicht genervt schob ich das Handy zurück, bedachte die Krankenpflegerin mit einem letzten prüfenden Blick, nur um ihr ein bisschen Angst zu machen, und verließ erhobenen Hauptes die Unfallstation.

Aus Mangel an Aufgaben und aufgrund meiner Beurlaubung holte ich meine Sachen aus meinem Spind und machte mich auf zur Bahn.

Zum Glück hatte ich mir von Vika meinen Ersatzschlüssel aufdrängen lassen und nicht darauf beharrt, dass wir sowieso gleichzeitig heimkommen würden. Die Bahnfahrt dauerte gefühlt viermal so lang wie sonst, während sich leichte Kopfschmerzen bei mir einstellten. Wieso hatte ich heute Mittag auch keinen Kaffee getrunken?

Das starke Bedürfnis, Ezra anzurufen, überkam mich, nur um seine Stimme zu hören. Er hatte sich gestern nicht dazu geäußert, als ich ihn ohne nachzudenken meinen Freund nannte, schien aber ganz offensichtlich auch nichts dagegen zu haben.

Ungeduldig wackelte ich mit den Füßen, sah mich immer wieder um, ob ich irgendwen sah, der mich zufälligerweise beobachtete und gedachte, mich bei der nächsten Gelegenheit zu entführen. Es schien mir niemand wirklich verdächtig, vor allem weil das meiste Schüler waren, die ihre letzten Unterrichtsstunden gehabt hatten.

Also zog ich doch das Handy wieder hervor und suchte in meinen Kontakten nach einem kleinen lilafarbenen Space Invader, den ich anstelle eines Namens vor die Nummer gesetzt hatte.

Zögernd drückte ich darauf und ärgerte mich über mich selbst, dass ich so zurückhaltend war. Er hatte gesagt, dass er mich mochte, mich sogar liebte, da würde ich ihn ja wohl anrufen dürfen.

»Schon fertig?«, begrüßte er mich und mir ging sofort das Herz auf.

»Hey, du«, hauchte ich mehr, als dass ich es sagte, und konnte das Lächeln kaum unterdrücken, das sich von allein auf meine Lippen zauberte. Dabei war mein Tag von Enttäuschungen gespickt gewesen und doch brauchte es nur Ezra, um alles wiedergutzumachen. Welch eine seltsame Entwicklung, wenn man verliebt war.

»Gibt's was Neues?«, fragte er und ich war froh, dass er eine Frage stellte, auf die ich antworten konnte. Mein Kopf war gerade nämlich einfach geleert worden und mit dem Gedanken an Ezra vollgestellt worden.

»Einiges«, seufzte ich und obwohl ich vorgehabt hatte, mehr von seiner Stimme zu hören, als mich reden zu lassen, berichtete ich ihm von meinem Tag, der sich nach allem, was in letzter Zeit passierte, leider schon nicht mehr als verrückt bezeichnen ließ.

Ich erzählte von Eddi und den Auslesegeräten, von dem heruntergekommenen Gebäudeabschnitt, in den wir eingebrochen waren, und von der Wissenschaftlerin Doktor Hella Goldregen.

»Bist du verrückt geworden!«, fuhr Ezra sofort auf. »Was, wenn sie dich gepackt hätten und direkt gelöscht? Du bist wieder eine Gefahr für sie, Gemma!«

»Eddi hat mich doch gerettet«, verteidigte ich mich kleinlaut, wusste aber selbst, dass das nur ein dünnes Argument für meine Dummheit war.

»Und was, wenn nicht?« Er versuchte wütend zu klingen, doch ich konnte die Panik in seiner Stimme hören.

»Ist jetzt sowieso egal. Die haben mich wegen möglichen Schattenerscheinungen beurlaubt. Und der nächste freie Vorsorgetermin ist im Oktober. Das ist doch Wahnsinn!«, empörte ich mich, um abzulenken, und stieg aus der Bahn.

Noch einmal sah ich mich nach allen Seiten um und fühlte mich irgendwie sicherer mit Ezra am Handy, der im Notfall mitbekommen würde, falls die mich noch einmal versuchen sollten zu entführen. Denn er hatte recht. Auch wenn sie mich nicht zu meiner Mutter ließen, blieb ich immer noch eine Gefahr für sie.

»Nimm das ja nicht auf die leichte Schulter. Die wollen dich nicht in der Nähe haben. Wer weiß, was die da schon wieder aushecken«, schimpfte Ezra weiter und ich schlüpfte durch die Tür meines Gebäudekomplexes, um schnellstmöglich in meine Wohnung zu kommen.

Ich stellte mir bereits sehnsüchtig vor, wie sich der Duft von frischem Kaffee in meiner Wohnung ausbreitete. Das disharmonische Brummen und Gluckern, wenn das heiße Wasser sich in dunkles, flüssiges Gold verwandelte.

»Keine Ahnung. Vielleicht sollten wir das schnell rauskriegen. Aber ich brauch jetzt erst mal einen Kaffee. Was machst du heute noch?«, fragte ich ihn und fühlte mich dabei wunderbar ungezwungen, obwohl es ein ganz schön seltsames Gefühl war, mit Ezra einfach so zu telefonieren. Meinem Freund.

Ich grinste schon wieder wie eine Bekloppte, kramte den Schlüssel aus meiner Handtasche und schloss auf.

»Keine Ahnung«, antwortete er mir belustigt, als wüsste er genau, welche Intention hinter meiner Frage steckte. Und er hatte ja recht. Ich wünschte mir, dass wir uns sehen konnten.

Das Handy zwischen Ohr und Schulter eingeklemmt, schmiss ich meinen Schlüssel auf den Tresen vor der Küchenzeile und ließ die Handtasche von meiner Schulter gleiten.

Da nahm ich eine Bewegung im Augenwinkel wahr, schreckte herum und traute meinen Augen nicht.

Auf meinem Sofa saß Tom.

»Scheiße«, entfuhr es mir laut und mir wäre beinahe das Handy runtergefallen. »Ich melde mich später wieder«, würgte ich Ezra ab und legte auf.

»Wer war das denn am Telefon?«, erkundigte er sich und lächelte mir so unschuldig zu, als hätte ich ihn hierher eingeladen.

»Was tust du in meiner Wohnung?!«, fuhr ich ihn an, machte einen hastigen Schritt in die Küche und griff mir den Pfannenwender, der über dem Herd an einem Haken hing. Angst und Panik flutete über mich hinweg, machte mich wirr.

»Ich bringe dir deine Sachen zurück«, erläuterte er, als wäre es selbstverständlich, und deutete auf den Regenmantel und den Schlüsselbund, die demonstrativ auf meinem Wohnzimmertisch lagen.

Das erklärte natürlich auch, wie er hier reingekommen war. Obwohl ich Tom auch zutraute, andere Methoden anzuwenden.

Meine Hände begannen zu zittern und ich klammerte mich fester an das Küchenutensil. War er hier, um mich zu entführen? Scheiße, scheiße, scheiße!

»Verschwinde!«, keifte ich und blieb, wo ich war, die ganze Länge des Zimmers zwischen uns.

»Das kann ich nicht, Gemma. Du musst damit aufhören«, redete er auf mich ein und erhob sich elegant wie eine Raubkatze von meinem Sofa.

»Verschwinde!«, rief ich noch lauter und hob den Pfannenwender wie eine Waffe, damit ich im Notfall zuschlagen konnte, sollte er es wagen, sich auf mich zuzubewegen. Oh, hoffentlich tat er das nicht!

»Du verstehst nicht. Ich bin auf deiner Seite!«, wurde auch er lauter und ich schüttelte den Kopf, zwang mich, nicht zurückzuweichen, als er einen Schritt in meine Richtung machte.

»Ich habe dir gesagt, ich sorge dafür, dass die Bedingungen unseres Deals erfüllt werden. Aber du bist losgezogen und hast diese bescheuerte Terrornummer durchgezogen«, warf er mir vor und ich schnaubte laut.

»Als ob ich dir vertrauen würde. Du arbeitest für die, Tom. Du hast meiner Mama gedroht! Du hast mir gedroht! Du bist nicht auf meiner Seite«, erwiderte ich streng und wunderte mich darüber, dass meine Stimme bei all der Furcht in meinem Bauch noch so standhaft klingen konnte.

»Doch, das bin ich. Ich mag dich, Gemma! Ich musste das alles sagen, damit du aufhörst, dich in Gefahr zu bringen. Ich will nicht, dass dir was passiert«, erläuterte er mir und ich hätte gern laut gelacht, doch dafür fehlte mir die Ausgelassenheit.

»Mich zu mögen bedeutet nicht, auf meiner Seite zu sein. Auf meiner Seite ist man gegen ein Gerät, das Gedanken einsetzen kann. Verstehst du? Das ist nicht richtig«, schnaubte ich, spürte, wie meine rechte Hand in der Schiene schmerzte, weil ich die Hand zur Faust geballt hatte.

»Dafür ist es doch längst zu spät. Das Gerät ist fertig und wird auf jeden Fall zum Einsatz kommen. Wenn es so gefährlich wäre, würden die Doktoren es doch nicht an sich selbst anwenden. Es ist unabwendbar. Das ist die Zukunft. Kannst du dir vorstellen, was das für Möglichkeiten beinhaltet? Sprachen erlernen im Handumdrehen, Wissen, das dir direkt ins Gehirn geimpft wird. Jeder Mensch könnte medizinische Grundkenntnisse einfach so bekommen, als wären wir alle ausgebildete Rettungssanitäter.« Seine Augen leuchteten geradezu, so fasziniert war er von den Möglichkeiten, die sich durch diese Technik bieten würden.

Es war erschreckend. Denn leider barg es auch Risiken, die ich nicht bereit wäre, dafür einzugehen.

»Eine Armee aus gleichgeschalteten Soldaten könnte man damit aber auch erschaffen. Persönlichkeiten bis zur Unkenntlichkeit umgestalten. Stell dir vor, wie Politiker so was für sich nutzen könnten, wenn plötzlich allen eingepflanzt werden würde, die Person zu wählen, den Regeln zu folgen. Das ist ein Eingriff in den freien Willen. Das darf niemals passieren!«, zeigte ich ihm die andere Seite der Medaille auf.

Meine Güte, wir hatten uns so darauf eingeschossen, den Frankensteinclub aus dem Weg zu räumen, dass wir das Offensichtliche übersehen hatten: Das Gerät war fertiggestellt.

Tom hatte recht. Das Gerät kam auf jeden Fall zum Einsatz. Wenn ich zur Polizei ging und sie festgenommen wurden, würden alle erfahren, dass ein Gerät existierte, mit dem man Gedanken einsetzen konnte. Selbst wenn die Doktoren alle Daten löschen sollten, würde man die Sicherungskopie ausfindig machen oder neue Leute darauf ansetzen. Wir konnten uns einfach nicht sicher sein, dass dieses Projekt der Entmenschlichung fallen gelassen werden würde, sollte es bekannt werden.

Tom verschränkte demonstrativ die Arme vor der Brust, sodass sich seine Armmuskulatur unter den Hemdärmeln spannte.

Wie hatte ich ihn nur je für einen netten, schlaksigen Sonderling halten können?

»Das wird niemals passieren«, sagte er mir, als wüsste er das wirklich. »Doktor Voltár hat mir versichert, dass sie verantwortungsbewusst mit diesen Geräten umgehen werden.«

Es war eigentlich nicht lustig, doch der Stress, der mir den Schweiß in den Nacken trieb, und die Panik ließen ein hysterisches Lachen aus mir herausbrechen.

»Oh ja, sehr verantwortungsbewusst, dieser Herr«, knurrte ich und fasste mir an den Kopf. »Die haben mich entführt, Tom! Die wollten mich zur Auslese zwingen, um irgendwen zu finden, auf den sie Söldner hetzen können, um ihnen wie mir die Erinnerungen wegzulöschen. Das ist doch krank!« Ich holte tief Luft, fühlte mich, als schnürte sich mein Brustkorb immer enger zusammen. »Hast du meine Mutter gesehen? Deine Doktoren sind total durchgeknallt. Verantwortungsbewusstes Handeln am Arsch! Du bist ein intelligenter Mensch, Tom. Du musst das doch sehen«, appellierte ich an seine Vernunft und er stöhnte entnervt auf.

»Hör auf. Glaubst du, du gewinnst etwas, wenn du sie zwingst, deine Mutter zu heilen? Dass du dann einfach zur Polizei spazieren kannst, wie es dir gefällt? Du gefährdest etwas ganz Großes, Gemma! Bitte, halte dich einfach raus«, appellierte er wieder an mich und der Ton in seiner Stimme hatte etwas Verzweifeltes an sich. Mir wurde eiskalt.

»Du warnst mich davor, dass sie mir etwas antun werden, obwohl du gerade noch behauptest hast, sie … Das ist doch paradox!«

»Gemma, wir drehen uns im Kreis«, schnaubte er, gab seine abwehrende Haltung auf, die Lippen zu einem wütenden Strich zusammengedrückt. »Du versuchst mich zu überzeugen und ich dich. Und am Ende wirst du tot auf einer Straße liegen.«

Er meinte es nicht als Drohung, ich konnte es in seinen Augen lesen, die viel zu traurig aussahen für jemanden, der ein knallharter Agent sein sollte. Keine Ahnung, ob es wirklich stimmte, dass er mich mochte, doch sein Blick sagte mir, dass er Angst hatte, dass ich wieder vor einen Lastwagen rennen würde.

»Nicht, wenn du es verhinderst«, sagte ich so eindringlich wie ich nur konnte und Tom wandte den Blick ab.

Er ließ seinen Nacken knacken, ging schnellen Schrittes zur Wohnungstür und ließ sie geräuschvoll hinter sich ins Schloss fallen.

39

Klebrige Finger

Ich wickelte mich in mein flauschigstes Handtuch, fühlte mich furchtbar müde, obwohl erst Nachmittag war und ich vor dem Duschen eine sehr große Tasse Kaffee getrunken hatte.

Wahrscheinlich reichte bei mir eine Tasse einfach nicht mehr, um wach zu werden.

Dafür waren meine Gedanken hellwach und in einem ständigen Karussell gefangen, das mich langsam, aber sicher wahnsinnig machte.

Wir gingen in die falsche Richtung. Unser Plan hatte einen ziemlich großen Haken und das machte mir eine verdammte Angst.

Ungelenk stieg ich in meine Unterhose, kämpfte mit einer dunkelgrünen Leggins und zog mir Ezras T-Shirt über den Kopf. Mit geschlossenen Augen atmete ich seinen Duft ein, der immer noch in der Baumwolle hing, und wäre am liebsten einfach ins Bett gesunken, um die Augen nicht wieder aufmachen zu müssen.

Doch schlafen wäre fatal, unser Plan war hinüber und ich sollte mich jetzt bei den anderen melden, damit wir …

Erschrocken riss ich die Augen wieder auf und stürzte aufgescheucht aus dem Schlafzimmer. Ich hatte Ezra nicht zurückgerufen! Nachdem ich ihn so plötzlich abgewürgt hatte, musste er ja denken, dass sonst was passiert war.

Doch ich kam nur wenige Schritte weit, da lief ich in eine Person rein, die mitten im Wohnzimmer stand. Mein Herz machte einen Sprung wie in einem Horrorfilm, ich taumelte rückwärts und ein klägliches Krächzen entfloh meiner Kehle.

Ebenfalls erschrocken drehte Ezra sich zu mir um und ich griff mir an die Brust, wo mein Herzschlag schmerzhaft hart gegen meine Rippen hämmerte.

»Was ist nur los mit euch?«, keifte ich ihn an und hätte ihm am liebsten eine verpasst. »Ist heute der *Lasst-uns-bei-Gemma-einbrechen-Tag?*« Was fiel den Menschen denn plötzlich allen ein, unangemeldet in meiner Wohnung aufzutauchen?

»Ich … Du hast nicht zurückgerufen. Ich dachte, es ist was passiert«, hielt Ezra dagegen und nahm meinen scharfen Ton auf. »Ich habe geklingelt und niemand hat aufgemacht.«

»Ich war unter der Dusche«, schnaubte ich und atmete mehrmals tief durch. Ganz langsam verebbte der Schreck und mein Gemüt beruhigte sich wieder.

»Tut mir leid«, lenkte ich ein, weil ich mich nicht streiten wollte. Vor allem nicht mit ihm. »Es scheinen nur irgendwie alle zu glauben, wenn sie einen Schlüssel besitzen, dürfen sie einfach reinkommen.«

Ich stellte mir erst gar nicht die Frage, wie Ezra das geschafft hatte. Schließlich hatte Abigail mir schon gesagt, dass sie einen Schlüssel besaß. Wieso sollte Ezra dann nicht auch einen haben.

»Was soll das jetzt heißen?«, fragte er irritiert und ich strich mir immer noch etwas zittrig das nasse Haar aus dem Gesicht.

»Tom war hier«, brauchte ich nur zu erwähnen und Ezras Schultern verspannten sich sichtbar.

»Hier in deiner Wohnung?«, empörte er sich sofort, überbrückte den Abstand zwischen uns und griff nach meinen Oberarmen, um mich näher an sich zu ziehen. Als könnte er mich jetzt vor dem beschützen, was vor einer halben Stunde passiert war.

»Ja«, schnaubte ich und wollte mich im ersten Moment wieder von ihm wegstemmen, weil Tom nichts gemacht hatte, was diesen Überschwang an Beschützerinstinkt gerechtfertigt hätte.

Doch als meine Wange an Ezras Schulter zum Ruhen kam, fühlte es sich viel zu gut an, um den Kopf wieder zu heben. Das Drücken im Bauch wurde leichter und ergänzt durch ein eigenartiges Gefühl von Zuhause.

»Was wollte er? Hat er dir was getan?« Ezra strich mir den Rücken entlang, als müsste er mich wärmen, und meine Haut prickelte unter seiner Berührung.

»Nein, alles gut. Er hat mir nur Regenmantel und Schlüssel wiedergebracht«, erzählte ich und konnte mir einen sarkastischen Ton nicht verkneifen. Als ob er nur deswegen hier gewesen wäre.

»Wieso hatte er deinen Schlüssel?«, wollte Ezra wissen und ich legte ihm die Arme um die Taille, damit er sich nicht in etwas Unwichtiges reinsteigerte. Ezras Ärger brauchte ich jetzt nicht.

»Ist bei der Entführung liegen geblieben«, hakte ich den Punkt schnell ab und sprach gleich weiter. »Ezra, wir haben ein Problem. Ich kann nicht zur Polizei gehen.«

Er hob den Kopf, um mich anzusehen. Sein Gesichtsausdruck glich einem Gewitter. »Das ist jetzt nicht dein Ernst? Was Tom auch gesagt hat ...«

»Nein, es ist nicht wegen Tom«, unterbracht ich ihn harsch. »Es ist wegen dieser Maschine. Sie ist fertig, Ezra! Verstehst du? Wenn bekannt wird, dass so ein Gerät existiert, werden die es benutzen! Wenn nicht Biolog Medical, dann zumindest das Militär oder irgendwer anders mit genauso wenig Skrupel. Die Wissenschaftler verhaften zu lassen bringt überhaupt nichts mehr!«

»Doch, natürlich! Sie sind Verbrecher! Sie haben uns jagen lassen und dir das Gehirn gebraten«, hielt Ezra dagegen und ich löste mich aus seiner Umklammerung.

»Also ist es nicht okay, den freien Willen der Menschheit zu opfern, um meine Mama zu retten, aber sehr wohl, damit du deine Rache bekommst?«, schnaubte ich und dachte daran, wie er mir erst vor wenigen Tagen eine Standpauke gehalten hatte, dass ich die Sache nicht ernst genug nahm. »Das ist heuchlerisch.«

Der Mann vor mir schwieg. Doch es war ein angespanntes Schweigen, eines, in dem er seinen Ärger innerlich explodieren ließ, um mich nicht anzuschreien.

Und ich konnte es ja auch verstehen. Ich war auch wütend, verängstigt, verletzt. Sie hatten mir schlimme Dinge angetan, die ich ihnen nicht verzeihen konnte. Doch die Sache war einfach größer als wir.

Ezras Hände zitterten, er wich meinem Blick aus und ich trat wieder einen Schritt näher zu ihm. Sanft berührte ich seinen Arm.

»Haben wir nicht genau deshalb damit angefangen? Um sie aufzuhalten, damit dieses Gerät niemals eingesetzt wird?«, sagte ich leise und versuchte, Ezras Blick aufzufangen. Seine Augen waren so dunkel. »Wir haben den Moment verpasst, in dem es einfach nur gereicht hat, sie anzuschwärzen.«

»Du willst also aufgeben?« Seine Stimme war leise und doch so herausfordernd, dass ich eine Gänsehaut bekam.

»Nein. Auf keinen Fall«, schnaubte ich und massierte meine Schläfen, um den Druck im Kopf loszuwerden. »Aber einen neuen Plan habe ich auch nicht. Wir können ja schlecht einbrechen und das Ding heimlich stehlen.«

»Und dann die verehrten Doktoren in eine Grube voller Alligatoren werfen«, brachte Ezra ein, dessen Ärger sich wohl langsam auflöste und der seine Hände wieder um meine Taille schob.

Mein Bauch kribbelte so schlimm, dass ich kaum denken konnte.

»Haha, sehr witzig«, maulte ich und sah ihn direkt an. »Aber du verstehst das Problem, ja?«

»Ja«, knirschte er und zog wütend die Nase kraus. »Leider. Ich fürchte nur, dass wir kaum Zeit haben, um uns etwas Neues auszudenken. Ich schreib den anderen, damit die auch ihre Gehirne anschmeißen. Wissen wir schon, wie es deiner Mutter geht?«

»Sie lassen mich nicht zu ihr. Die wollen sicher nicht, dass ich einen Blick auf ihr Höllengerät werfen kann«, empörte ich mich und fühlte mich so schrecklich hilflos. Wir standen quasi vor dem Nichts.

Deswegen war auch Tom sicher auch hier gewesen. Um mir die Ausweglosigkeit unserer Situation aufzuzeigen. Und um mich zu warnen.

Irgendwas war mit Tom, das konnte ich fühlen. Ob es nun Zweifel an seiner Mission waren oder er mich wirklich mochte und sich Sorgen um mich machte, konnte ich nicht genau sagen.

»Was, wenn wir Tom um Hilfe bitten?«, griff ich nach jedem Strohhalm und Ezra stieß einen gefährlichen Laut aus. »Ich glaube, er versucht das Richtige zu tun. Wir haben geredet und ich habe …«

»Nein, Gemma!«, unterbrach er mich energisch und ich zuckte vor dem Ton in seiner Stimme zurück. Mit Tom traf ich bei ihm immer einen Nerv. »Nicht schon wieder. Ich weiß, es musst dich tierisch nerven, dass ich dich an Sachen erinnern will, die dir weggelöscht wurden. Aber du darfst ihm nicht vertrauen!«, redete er auf mich ein, stemmte eine Hand in die Seite und fuhr sich mit der anderen durchs störrische Haar.

Ja, das nervte mich wirklich. Ständig wiesen mich alle darauf hin, als wären wir dazu gezwungen, die Fehler der Vergangenheit zu wiederholen. »Aber du weißt doch gar nicht, was er gesagt hat«, betonte ich und hatte wirklich Mühe, ihn nicht wütend anzufunkeln, als der Ärger wieder in mir aufflammte.

»Er hat gesagt, du sollst aufhören, gegen ihn zu arbeiten und dass er auf deiner Seite ist«, ratterte Ezra runter und es war erschreckend, wie genau er es wiedergeben konnte. »Habe ich recht?«, fragte er mich und seine Stimme hatte etwas Provozierendes, was mich dazu reizte, alles abzustreiten und ihn anzulügen, nur damit er nicht recht behielt.

»Aber es ist anders als das letzte Mal. Es ist seitdem doch viel mehr passiert«, behauptete ich pampig, um die Frage nicht zu beantworten, und verschränkte die Arme vor der Brust. »Früher konnte er sich vielleicht einreden, dass alles moralisch korrekt abgelaufen ist. Aber jetzt gibt es eindeutige Beweise dagegen. Ich bin davon überzeugt, dass wir ihn auf unsere Seite ziehen können«, ereiferte ich mich und hielt Ezras starrem Blick stand, der mich weniger beeindruckte, als ihm wohl lieb war.

»Ja, und dann stand plötzlich eine Horde Söldner vor unserer Haustür, hat uns durch die Straßen gejagt und am Ende wurdest du …«

»Oh, sag es nicht!«, schimpfte ich, ging an ihm vorbei in die Küche und ließ ihn einfach stehen, um noch mehr Kaffee zu kochen. Ich wollte es nicht schon wieder hören. Es musste sehr traumatisch für alle gewesen sein, dass ich fast gestorben wäre. Aber da ich mich nicht daran erinnerte, konnte man es nicht als Druckmittel gegen mich verwenden. Dieser Vorwurf zeigte mir nur immer wieder auf, dass ich ein Stück meiner Vergangenheit verloren hatte.

»Gemma«, knurrte er wütend und ich sah ihn absichtlich nicht an. »Ich will nicht, dass du dich wieder auf die ganze Scheiße mit ihm einlässt. Um dich davon abzuhalten, kette ich dich in meinem Keller fest, wenn nötig«, schnaubte er und ich fuhr bei der Ernsthaftigkeit in seiner Stimme schockiert zu ihm herum.

»Ach, eine Wohnung hast du nicht, aber einen Keller«, sagte ich ihm patzig ins Gesicht, was mir als Erstes einfiel, und schmeckte sofort den bitteren Geschmack der Reue auf der Zunge, als ich Ezras geschockten Gesichtsausdruck sah.

»Oh, wow. Das war jetzt sogar für deine Verhältnisse fies«, stellte er trocken fest und in seinen Augen blitzte Verletztheit. Er nickte knapp, wandte sich mit zusammengekniffenen Lippen von mir ab und stiefelte in Richtung Schlafzimmer davon.

»Ezra«, rief ich ihm resigniert hinterher und hätte meinen Kopf am liebsten auf die Arbeitsplatte geknallt. Jetzt hatten wir doch gestritten und ich konnte an der Spannung in der Luft erspüren, dass mein Kommentar wirklich böse gewesen sein musste, obwohl ich nicht genau festmachen konnte wieso.

Wahrscheinlich fehlten mir dafür schon wieder irgendwelche Erinnerungen.

»Ach du Sch…«, hörte ich es aus dem Schlafzimmer zischen und ich stieß mich sofort von der Küchenzeile ab, um hinüberzueilen.

Ezra stand da, die Augen geweitet, den Blick auf die Zeichnung an der Wand gerichtet. Helles Zeichen auf auberginefarbener Wand. Das späte Nachmittagslicht fiel durchs Fenster und zeichnete tanzende Lichtflecken über den unterbrochenen Kreis, die zwei Pfeile, die kleinen Punkte.

Wie zufällig strich sich Ezra über das Handgelenk am rechten Arm und ich wusste intuitiv, dass auch er diese Tätowierung hatte. So wie ich. Wir beide.

»Ich habe es gezeichnet, schon länger her. Es hat sich besonders angefühlt, da haben Vika und Dani es als Überraschung an die Wand gemalt«, verspürte ich das Bedürfnis, es zu erklären, und traute mich kaum zu Ezra aufzusehen, weil etwas Schweres auf mir lastete, seit ich das Schlafzimmer betreten hatte. Als hätte es eine besondere Bedeutung, mit ihm in diesem Raum zu sein.

»Wann?«, wollte er mit belegter Stimme wissen und ich blinzelte zu ihm auf, aus Furcht, er könnte in Tränen ausbrechen. War Ezra der Typ, der weinte?

»Keine drei Minuten später hast du an der Tür geklingelt und mir ein Päckchen gebracht«, erinnerte ich mich zurück an den Morgen, an dem alles angefangen hatte. Der Tag vor meinem Umzug. Wie viel sich seitdem doch verändert hatte.

Ezra blieb stumm und mir hing ein Kloß im Hals fest, der mich kaum sprechen ließ.

»Das ist unseres, oder? Deins und meins?«, fragte ich ganz leise, weil es plötzlich so offensichtlich schien, und berührte zaghaft seine rechte Hand.

Seine Finger spreizten sich, verschränkten sich mit meinen, sodass unsere Handgelenke sich an der Stelle berührten, an der wir die Tätowierungen hatten.

Die Luft im Raum war so voller unausgesprochener Worte und lauernder Gefühle, dass mir die Brust ganz eng wurde.

Ich öffnete den Mund, um zu sagen, dass es schon sehr kitschig von uns gewesen war, sich an dieser Stelle Tätowierungen zu machen, die genau übereinanderpassten, wenn wir uns an den Händen hielten. Nur um der schweren Atmosphäre zu entfliehen.

Doch Ezra schien tatsächlich eine Antenne dafür zu haben, wenn ich vorhatte, etwas auszusprechen, was jegliche Romantik zerstörte. Genau in diesem Augenblick zog er seine Hand aus meiner, drehte sich ruckartig zu mir um und umschloss mein Gesicht mit seinen warmen Fingerspitzen.

»Wag es nicht, jetzt was Dummes zu sagen«, drohte er mir im Flüsterton und drückte seine Lippen auf meine. Jegliche unausgesprochenen Worte zerfielen augenblicklich zu Sternenstaub und rieselten glitzernd auf uns nieder.

Gerade mal japsend Luft holen konnte ich noch, da schob Ezra mich schon mit dem Rücken gegen meinen Kleiderschrank. Er presste seinen Körper so eng an meinen, dass Tausende bunte Farben in mir zerplatzten und jeden Millimeter meiner Haut zum Kribbeln brachten. Seine Hände zogen mich noch fester in den Kuss, der diese tiefe Sehnsucht in mir weckte, die nichts und niemand aus meinem Kopf entfernen konnte. Seine Zungenspitze glitt über meine Lippen, machte mich schwindelig und ich spürte ein heißes Ziehen in meinem Bauch, das mich aufstöhnen ließ.

Seine Hände lösten sich von meinem Gesicht, wanderten so schamlos über meine Haut, dass ich nicht mehr wusste, wo oben und unten war. Mein Puls raste und ich konnte kaum atmen.

»Ezra«, keuchte ich und blinzelte angestrengt. »Das geht viel zu schnell.« Gerade hatten wir noch gestritten und jetzt fühlte es sich so an, als würden wir uns gleich die Klamotten vom Leib reißen. Mein

Kopf kam nicht hinterher und mein Herz war schon weiter, als ich gedacht hatte.

Energisch drückte ich ihn ein Stück von mir weg und holte erst einmal tief Atem. Auch Ezra schnappte nach Luft, gab einen kläglichen Laut von sich und schlug einmal frustriert mit der Faust gegen den Kleiderschank.

»Das geht viel zu langsam. Du machst mich verrückt«, warf er mir vor und auch wenn er ärgerlich klang, erzählte sein Blick etwas anderes. Etwas über Liebe, Verständnis und der unstillbaren Sehnsucht, bei mir zu sein.

Seine Augen wanderten von meinem Gesicht weiter nach unten.

»Trägst du etwa mein T-Shirt?«, fragte er leise und ein verschmitztes Lächeln versteckte sich in seinem Mundwinkel. Mein Herz zerschmolz mir in der Brust und ich zog ihn wieder näher zu mir, legte meine Stirn an seine, immer noch die Schrankwand im Rücken.

»Ja«, gab ich zu, egal wie peinlich es war. Doch meine Wangen war eh so erhitzt, dass das jetzt auch nicht mehr ins Gewicht fiel.

»Ich habe dich vermisst.« Seine Stimme war rau und seine Worte bedeuteten so unendlich viel mehr, als dass man es hätte erklären können. Er hatte geglaubt, dass ich tot wäre. Siebzehn schreckliche Monate lang.

Und ich hatte ihn ebenfalls vermisst, als nagende, zerstörerische Leere in meinem Innern, die jeden Tag lautlos nach ihm geschrien hatte.

Vorsichtig beugte ich mich vor und küsste die geschwungene Form seiner Lippen, zog mit den Fingern die harte Kante seines Kiefers nach, blickte in die schmalen braunen Augen, die ich nie hätte vergessen dürfen.

»Haben wir uns früher auch gestritten?«, erkundigte ich mich flüsternd, weil ich ausnahmsweise mal nicht das Bedürfnis verspürte, den Moment zu zerstören.

»Andauernd.« Das schelmische Lächeln brach durch und seine Nasenspitze strich sanft an meiner entlang. »Aber wir haben das immer ganz gut wieder ausgeglichen.«

Mein Bauch flatterte so heftig, dass ich glaubte abzuheben. »Soso«, sagte ich nur und musste ebenfalls grinsen. Wir waren also die Art von Pärchen gewesen, die Unstimmigkeiten mit Sex auflöste. Kam mir in diesem Moment sehr wahrscheinlich vor.

»Lass mir noch Zeit«, bat ich ihn. Wir hatten uns gerade erst wieder. Ich musste doch erst einmal herausfinden, wer der Mann vor mir eigentlich war, der seine Hände auf meinen Hüften platzierte, als gehörten sie da hin.

»Ich war nie derjenige, der dich zu irgendwas gedrängt hat. Du hast immer mich überfallen«, erklärte er und ich schüttelte süffisant den Kopf.

»Leicht zu behaupten, so im Nachhinein.«

Er zwickte mich in die Seite, genau an der Stelle über dem Hüftknochen, an der ich besonders kitzelig war. Erschrocken quiekte ich auf, bog mich von seiner Hand weg und floh zwei Schritte durch die Tür ins Wohnzimmer.

»Manchmal ist es echt schrecklich, dass du so viel von mir weißt«, schnaubte ich, jedoch mehr im Scherz, und Ezra lachte, wenn auch mit einem Funken Wehmut darin.

Er folgte mir in die Küche, wo ich damit fortfuhr, die Kaffeemaschine zu präparieren und uns zwei Tassen Lebenselixier zuzubereiten. Vielleicht wäre es auch nicht schlecht, mal was zu essen. Hatte ich denn was da?

Ezra berührte mich am Arm, zog mich wieder zu sich, noch bevor ich den Kühlschrank öffnen konnte, und für einen kleinen Augenblick sah ich den niedergeschlagenen Ausdruck auf seinem Gesicht, eher er seine Nase in meine Haare drückte.

»Ezra?« Alle Gedanken an Essen oder Kaffee traten sofort in den Hintergrund, als ich spürte, wie er mich umarmte. Mein Körper reagierte anders darauf, als wüsste er, dass etwas sehr Ernstes vor sich ging.

»Wenn wir sie irgendwie zwingen … können sie dir dann deine Erinnerungen zurückgeben?«, fragte er mich stockend, vorsichtig, als hätte er Angst, mich damit zu verletzen, und ich schüttelte ganz leicht den Kopf.

»Nein.« Sanft strich ich ihm mit der Hand über den Rücken.

»Aber wenn sie sie irgendwo gespeichert haben, dann könnten sie sie doch wieder einsetzen«, meinte er und ich schüttelte wieder den Kopf. Wenn es nur so einfach wäre.

»Sie haben sie nicht. Der Schmerz vom Unfall wird sie unbrauchbar für die Auslese gemacht haben«, erklärte ich ihm, was ich mir bisher hergeleitet hatte. »Besser so. Wenn sie meine Erinnerungen hätten, wüssten sie auch von dir und den anderen. Dann bräuchten sie ja Tom nicht mehr, der mir hinterherschleicht.« Ich versuchte mich an einem leichten Ton, um die Stimmung wieder zu heben und Ezra aus dem Loch zu ziehen, in das er sich gerade selbst hineinmanövrierte.

»Jetzt weiß ich nicht, was mir lieber wäre«, seufzte er, ebenfalls nicht mehr so schwermütig, und legte sein Kinn an meiner Schulter ab, was sich seltsam anfühlte, da er etwas größer war als ich. Meine Finger fuhren wie von allein in sein dunkles Haar. Meine Güte, er roch einfach so gut und war mir ständig so nahe. Es war so ungewohnt und unglaublich gut gleichzeitig.

»Du kannst ihn echt nicht ausstehen«, kommentierte ich seinen Unmut gegen Tom und wusste nicht, ob ich wirklich darüber lachen sollte. Denn das mit Tom war einfach zu verwirrend, als dass ich es richtig hätte einordnen können.

»Na ja, er ist die Konkurrenz. Er hat sich damals heftig an dich rangemacht«, behauptete er. »Und ich wette, er hat es diesmal nicht anders gemacht.«

›*Ich mag dich, Gemma! Ich will nicht, dass dir was passiert*‹, hatte ich plötzlich Toms Stimme wieder im Ohr und dachte daran, wie er mir zu Anfang vorgegaukelt hatte, Ezra zu sein. War es mehr als eine Taktik gewesen, um an Informationen zu kommen? Abigail hatte schon gemeint, dass wir das Ezra besser nicht erzählten, und ich stimmte ihr zu.

Ezra schob mein Haar zur Seite, um meinen Hals zu küssen. Sofort brach das Kribbeln wieder aus und krabbelte mir als Gänsehaut über den ganzen Körper. Noch ein bisschen und ich würde bei all dem Gefühls-hin-und-Her bald kollabieren.

»Er macht nur seinen Job«, versuchte ich noch Ezras letzte Aussage abzuschwächen, da setzte er seine Lippen wenige Millimeter weiter unten auf meinen Hals.

Hicksend atmete ich ein, als die Emotionen unerwartet heftig durch mich hindurchschossen, mein Herz aussetzte, Endorphine durch meine Adern jagten.

»Ah, da war die Stelle«, murmelte Ezra an meiner Haut und ich hatte Mühe, die Finger meiner Linken zu öffnen, die sich in sein Haar gekrallt hatten.

»Hörst du wohl auf damit«, wollte ich motzen und klang dabei viel zu schmachtend, um irgendwen davon zu überzeugen. Nicht mal mich selbst. Denn als Ezra mich wieder dort küsste, war ich mir nicht mehr so sicher, ob ich denn wirklich noch die Zeit brauchte, die ich mir vorhin noch erbeten hatte.

Von wegen, er hatte nichts gemacht und ich immer ihn überfallen. Verführt hatte er mich, der fiese Kerl, und jetzt schob er die Schuld auf mich.

Sofort beneidete ich mein vergangenes Ich um all die Erfahrungen, die es gemacht hatte. All die ersten Berührungen, die es mit Ezra geteilt hatte und die ich niemals wiederbekommen würde.

So viel Bedeutsames war mir genommen und durch Belanglosigkeiten wie Schulstoff ersetzt worden.

Und wer wusste schon, was sie mir noch alles eingepflanzt hatten.

Ezra schaltete die Kaffeemaschine an, ohne mich loszulassen, und ich lehnte mich gegen ihn, während ich mir die leicht schmerzenden Finger der geschienten Hand massierte.

Und plötzlich schoss mir ein Gedanke durch den Kopf. Ich erinnerte mich an Hella Goldregen aus dem verlassenen Gebäude, die sich eine Diodenmaske heruntergerissen hatte, als Eddi und ich den Raum betraten. Und an etwas, was Tom gesagt hatte.

»Sie benutzen das Gerät an sich selbst«, flüsterte ich und schaltete die Kaffeemaschine wieder aus, um mich von dem Geblubber nicht ablenken zu lassen.

Ezra sah mich irritiert an, doch mir war gerade ein Licht aufgegangen. Ein ziemlich gewaltiges.

»Tom hat gesagt, dass alle Wissenschaftler, die mit dem Gedankeneinsetzgerät zu tun haben, es selbst regelmäßig benutzen. Ich habe heute in der Geheimwerkstatt Doktor Goldregen gesehen, die das gemacht hat«, ratterte ich runter und konnte vor Aufregung nicht mehr still stehen. »Stell dir vor, wir machen es wie sie. Sie haben meine Erinnerungen gelöscht und durch irgendwelche unwichtigen Sachen ersetzt. Wenn wir das Gerät hacken, dann können wir ihnen einsetzen, was wir wollen«, begann ich meine Idee zu formulieren und löste mich aus seiner Umarmung, um im Zimmer umherzulaufen.

»Wie den Gedanken, dass sie verschissene Arschlöcher sind, die sich direkt aus dem Fenster stürzen sollten?«, warf Ezra ein, stützte sich auf dem Tresen ab und folgte mir mit dem Blick.

»Nein, wir müssen größer denken. Den Scheiß an der Wurzel packen.«

»Also Gehirne löschen und das Gerät verschwinden lassen?«, fragte Ezra und klang skeptisch, obwohl ihm die Idee insgeheim sicher gefiel. So gut kannte ich ihn bereits.

»Dann wären wir nicht besser als sie«, schnaubte ich und strengte mein müdes Gehirn an. »Wir müssten ihnen irgendwie weismachen, dass ihr Gerät nicht funktioniert. Das wäre eine Kleinigkeit, so ein winziger Gedanke, und trotzdem würden sie die Präsentation absagen müssen. Wenn wir Glück haben, zerstören sie es selbst, wenn nicht, wird es eingemottet. Wir müssen also rausfinden, wie das Gerät funktioniert«, überlegte ich weiter und Ezra lachte bitter auf. Fragend sah ich zu ihm rüber.

»Das ist doch mal ein Plan. Schade, dass wir die Schaltpläne nicht mehr haben«, sagte er und zog sein Handy aus der Hosentasche, auf dem er etwas tippte.

»Wir hatten mal Pläne davon?« Die Worte verließen meinen Mund und sofort erinnerte ich mich an den Tagebucheintrag, den ich von mir gelesen hatte. Im Unterricht war ich auf Daten gestoßen und hatte den dazugehörigen Plan ausgeplottet.

Wenn ich die Pläne tatsächlich zu Gesicht bekam, könnte ich mit dem Wissen, das ich jetzt am Ende meiner Ausbildung hatte, sicher viel mehr anfangen als damals.

»Du hast sie uns mitgebracht. Weil sie aber immer bei dir waren, nehmen wir an, dass die sie jetzt wiederhaben. Kreisel schreibt, er hat auch keine digitalen Aufzeichnungen davon gemacht. Das hast du wohl nicht gewollt«, teilte Ezra mir mit und legte sein Handy auf dem Tresen ab.

Obwohl ich mein paranoides Ich verstehen konnte, ärgerte es mich jetzt trotzdem.

»Und es gibt keine Kopien? Ich kann mir nicht vorstellen, dass wir nicht mal …« Der Rest des Satzes verlor sich irgendwo, als mein Blick an dem Bild über dem Sofa hängen blieb.

Meine Augen waren bei dem Wort *Schaltplan* immer wieder dort hingewandert. Ein eingerahmtes Stück eines wahllosen Schaltplans, den ich äußerst dekorativ fand.

Und von dem ich keine Ahnung hatte, wann ich ihn ausgesucht, gerahmt und aufgehängt hatte. Außerdem war der Rahmen auffällig tief für so ein einfaches Stück Papier.

»Nein. Das wäre einfach zu krass«, brachte ich noch heraus, da hatte ich mich schon in Bewegung gesetzt, stieg aufs Sofa und holte das Bild von dem Nagel, den Dani dort eingeschlagen hatte.

»Das ist jetzt nicht dein Ernst«, entfuhr es auch Ezra und er kam mir fassungslos hinterher. Wir ließen uns auf der Couch nieder und öffneten in Windeseile der Rahmen, um einen Haufen DIN-A4-große Schaltplanstücke aus dem Inneren herauszunehmen.

Ich war auf einmal so aufgeregt wie als Kind vor meinen Geburtstagsgeschenken. Es war zu unglaublich, um wahr zu sein. Sie hatten mich vor anderthalb Jahren gelöscht und all meine Sachen aus der Wohnung und wieder in mein Elternhaus geschafft. Aber ihnen war nicht aufgefallen, was das für ein Bild an meiner Wand war? Na ja, wenn man ehrlich war, hatte ich es all die Jahre selbst nicht gemerkt. Nie hatte ich mich gefragt, ob der Plan an meiner Wand eine tiefere Bedeutung haben könnte.

»Das ist einfach so krass«, wiederholte ich mich und konnte die Papiere nur anstarren, während sich mein Körper in vollem Aufruhr befand.

»Tja, jetzt müssen wir nur noch rausfinden, wie wir das wieder zusammenpuzzeln müssen.« Ezra hielt wahllos zwei Papierstücke aneinander und drehte sie hin und her, fand aber keine passende Stelle.

Schnell nahm ich die gebrauchte Kaffeetasse vom Wohnzimmertisch und spürte nichts mehr von der Müdigkeit, die mich vorhin noch so runtergezogen hatte. Wir breiteten die ersten Planteile auf der Tischplatte aus.

»Gut, dass ich auf so was stehe«, summte ich und besah mir die einzelnen Abschnitte. Hauchdünnes Plotterpapier, etliche Seiten, von denen ich immer mehr aus dem Rahmen herauszog. Viele steife Linien zogen sich über das Papier, begannen hier und endeten dort, voll mit Markierungen, die so aus dem großen Ganzen herausgelöst leider keinen Sinn ergaben.

Ezra machte Kaffee, die Zeit verging, und ich merkte es nur daran, dass draußen plötzlich die Sonne unterging. Mittlerweile war ich mir ziemlich sicher, dass *ich* diesen Plan auseinandergeschnitten hatte, denn er war dazu gedacht, von niemand anderem wieder zusammengesetzt zu werden als demjenigen, der das System dahinter kannte.

»Kannst du mir keinen Hinweis geben?«, fragte ich Ezra, als ich langsam an die Grenzen meiner Geduld stieß. Genervt seufzte ich, als er nur mit den Schultern zuckte und von einer Frühlingsrolle abbiss, die er bei mir im Tiefkühlfach gefunden und für uns aufgebacken hatte. Vika sei Dank.

»Oh super, Gemma, da hast du dich ja für sehr schlau gehalten«, schnaubte ich über mein damaliges Ich, lehnte mich genervt in die Kissen meines Sofas zurück und nahm mir ebenfalls eine Frühlingsrolle. »Was ist mit den Seiten, die in meinem Buch fehlen? Habe ich die dir gegeben? Hast du die noch?«

Ezra atmete tief durch. »Die habe ich verbrannt, nachdem ich dachte …« Er stockte, sprach es wieder nicht aus. »Aber da stand auch nichts über den Plan drin. Nur Kram über dich und mich, die anderen und unsere Vorhaben, um das Böse zu zerschlagen.«

Ich schürzte resigniert den Mund. Irgendwas musste ich mir damals doch ausgedacht haben, um das Ganze im Fall der Fälle wieder zusammenzusetzen.

Doch leider waren mir in der Zwischenzeit noch mehr Lücken an meiner Idee aufgefallen, das Höllengerät zu manipulieren.

»Selbst wenn ich es schaffe, den Plan zusammenzusetzen, ist er ja immer noch zwei Jahre alt«, sagte ich und lehnte meinen Kopf an Ezras Schulter. Meine Gedanken schweiften zu Jessy, die mir schon vor Stunden hätte sagen können, dass ich da etwas Großes übersah. »Außerdem besteht so ein Prozess immer aus Hard- und Software. Also brauchen wir auch das Programm«, formulierte ich meine Gedanken und ließ für einen kleinen Moment zu, mich an Ezras Seite, hier in meiner kleinen Wohnung, einfach wohlzufühlen. Ohne Druck, ohne Leere. Ihn hier zu haben kam mir noch vertrauter vor, als hätten wir schon Hunderte von Malen auf diese Weise hier gesessen.

»Wir müssen deiner Mutter also einen Besuch abstatten«, schlug er vor und schien es genauso zu genießen wie ich.

Ich schnaubte laut, rückte noch näher an den Mann neben mir heran und legte ihm ganz dreist die Arme um den Bauch. Er schien nichts dagegen zu haben, im Gegenteil, er strich mir die Seite entlang und küsste meine Haare. Sein Herzschlag klang ungewöhnlich schnell, als ich meine Wange an seine Brust schmiegte. Pure Geborgenheit breitete sich in mir aus.

»Die lassen niemanden zu ihr. Nicht mal meinen Vater«, fielen meine Worte dafür sehr nüchtern aus und Ezra hielt in seiner Bewegung inne.

»Diese Scheißkerle«, schimpfte er und ich dachte an das Telefonat mit Papa. Wie er gesagt hatte, er wolle keinen unnötigen Wirbel machen und ich solle nichts Dummes anstellen.

Denn genau das würden wir tun müssen, um zu ihr zu gelangen: etwas Dummes.

»Vielleicht können wir ein bisschen Druck machen. Ich meine, die müssen mich ja zu ihr lassen, oder? Wir könnten uns doch wieder an die Presse wenden«, überlegte ich laut und spürte abermals die Angst und das Drängen, meine Mutter zu sehen. Ich vermisste sie, ihr Lachen und die offenen Gespräche. Und ihren Kuchen, egal wie missraten er war.

»Gute Idee. Ich rufe Tabby an. Der hat die besten Kontakte. Und Kreisel wegen der Software.« Ezra tastete seine Hose nach dem Handy ab und stellte dann fest, dass er es auf dem Küchentresen hatte liegen lassen.

»Nichts gegen Kreisel, aber für so was brauche ich Jessy«, meinte ich und ließ ihn widerwillig von der Couch aufstehen.

Sein Lachen kitzelte über mein Haar, als er sich aus den Kissen erhob. Er schnappte sich sein Handy und wählte schon die erste Nummer.

Ich beugte mich wieder nach vorn, rieb mir die Augen und betrachtete noch einmal jede Kleinigkeit auf der Seite, die gerade obenauf lag. Verschiedene Widerstände in einer Reihe, eine Zahlenmarkierung, die … Moment, wo gehörte die dazu?

Schnell nahm ich mir noch eine Seite und fand an den Rändern ähnliche versteckte Zahlen, die sich jedoch nirgendwo zu wiederholen schienen. Also vielleicht doch nur Zufall und kein versteckter

Hinweis? Es war zum Haareraufen und ich gab ein genervtes animalisches Knurren von mir.

»Nein, das ist nur Henson, die versucht, den Plan wieder zusammenzusetzen«, sagte Ezra ins Telefon und ich war kurz davor, einfach aufzugeben, alles auf den Boden zu schmeißen und laut loszuschreien.

Es war so frustrierend. Noch ein Rätsel mehr auf der Liste vieler Rätsel.

»Tabby sagt, er war dabei, als du das Ding zerschnitten hast. Du hast dir was notiert. Zahlenreihen«, gab Ezra an mich weiter und ich runzelte die Stirn.

»Zahlenreihen?«, fragte ich irritiert und dachte sofort an den Zettel, den Tom dem Verfolger in der Stadt aus der Tasche gezogen hatte. Aber wieso sollte gerade er einen Hinweis besitzen, der mir jetzt mit dem Plan helfen sollte?

Doch wie verrückt es auch klingen mochte, nachdem ich den Zettel zwischen meinen Büchern im Regal herausgekramt und auf meinem Schoß aufgefaltet hatte, fiel es mir wie Schuppen von den Augen. Zahlenpaare. Ich fand keine gleichen Zahlen auf dem Schaltplan, weil ich wahllos Zahlenpaare erschaffen hatte, die zur Verwirrung natürlich gleichzeitig auch Uhrzeiten hätten sein können. Das war so durchtrieben verrätselt, dass ich es mir glatt zutraute.

Und tatsächlich. Die Markierung mit der 12 passte an die 59, die 15 an die 07 und ich hätte heulen können vor Erleichterung.

»Danke, Tabby«, rief ich und Ezra drehte sich überrascht zu mir um.

»Du hast es?« Seine Augen schienen vor Freude zu leuchten und ich empfand es genauso. Schnell beugte er sich zu mir herunter und drückte mir einen Kuss auf den Mund, was mich so überraschte, dass ich es nicht genießen konnte. Okay, ich hatte mich an die ganze *Ich-habe-jetzt-plötzlich-einen-Freund*-Sache wohl doch noch nicht so ganz gewöhnt.

»Jap. Und bei euch?«, erkundigte ich mich schnell, um von dem seltsamen Moment abzulenken.

»Tabby wird dir für morgen ein Kamerainterview vor dem Medical-Center einrichten. Damit die ganze Welt weiß, wie grausam Biolog mit dem Zusammenhalt von Familien umgeht. Die Uhrzeit folgt noch.«

Ein Interview. Vor einer Kamera. Mein Magen rumorte ungut bei dem Gedanken. Ob ich das hinbekam? Laut stieß ich die Luft aus meiner Lunge und fuhr mir mit den Händen durch die wirren Haare. Schon wieder kam viel zu viel auf einmal auf mich zu.

Doch eins nach dem anderen. Ich ging los, um mir einen Klebestift zu holen, und pappte dann ein Puzzleteil ans nächste. Der Plan wuchs, passte an mir völlig unerwarteten Stellen plötzlich zusammen und bedeckte bald die Hälfte meines Wohnzimmers. Es roch nach Plottertinte, meine Finger hatten schwarze Schlieren und klebten überall.

Und doch hatte es etwas Meditatives wie das Erstellen von Labyrinthen oder Sudoku, und ich vertiefte mich so in die Arbeit, dass ich erschrocken zusammenzuckte, als Ezra mich an der Schulter berührte. Blinzelnd kam ich in die Realität der Welt zurück.

»Es ist spät«, sagte er nur und sofort überfiel mich die Panik, dass dieser Satz einen Abschied darstellte und er jetzt zurück in sein verlassenes Haus fahren würde.

»Lass mich nicht allein«, fuhr ich auf, ließ den Klebestift einfach auf dem Boden liegen und erhob mich mit steifen Gliedern und schmerzendem Rücken.

Leise lachend zog er mich von den auf dem Boden ausgebreiteten Plänen weg und drückte mir galant einen Kuss auf den klebrigen Handrücken.

»So hat das das letzte Mal auch angefangen«, sagte er lächelnd und ich verstand nicht.

»Was hat angefangen?«, wollte ich wissen.

»Dass ich immer hiergeblieben bin«, erklärte Ezra, bückte sich, um dem Kleber einen Deckel aufzusetzen, und zog mich dann sanft hinter sich her um den Plan herum ins Schlafzimmer.

»Zuerst die Tage, dann die Nächte und irgendwann gab es plötzlich eine Kommode mit meinen Sachen und meine Lieblingsbücher und …« Seine Gedanken schweiften ab und er ließ den Satz unbeendet, doch mir war auch so schon klar, was er mir mitzuteilen versuchte.

»Du hast hier gewohnt«, ging mir endlich auf und ich verstand, was genau vorhin bei unserem Streit an meinem letzten Satz so fies gewesen war.

»Ja«, bestätigte er. »Mit dir.«

Seine Augen sahen nur mich an und ich schämte mich in Grund und Boden. Ich hatte ihm vorgeworfen, keine Wohnung zu haben, obwohl wir beide hier gewohnt hatten. Dies hier war seine Wohnung.

Hatte ich es nicht irgendwie auch gespürt? Die ständige Leere, als ob eine Person fehlte, war hier drin immer am schlimmsten gewesen. Vor allem im Schlafzimmer. Wenn das Zeichen an der Wand ein Symbol unserer Liebe zeigte, war es auch kein Wunder mehr, dass ich mich bei dessen Anblick immer nur noch schlimmer und nicht besser gefühlt hatte.

Stille legte sich auf uns und ich spürte den Drang, mich zu entschuldigen.

»Ich wohne erst seit zwei Wochen hier. Aber ich habe es nicht geschafft, allein in dem Bett zu schlafen«, flüsterte ich und Ezra fing meinen Blick mit seinen warmen braunen Augen auf. »Ich habe immer auf der Couch oder bei Vika übernachtet. Einmal hat Vika versucht, mich zu zwingen, aber ich musste mitten in der Nacht wieder aufstehen. Weil … weil …« Ich stockte, traute mich nicht, den Rest auszusprechen. Meine Finger klebten unangenehm und ich fragte mich, ob es Ezra gar nicht störte, meine Hand zu halten. Warm strich sein Daumen über meinen Handrücken. »Die Wohnung war furchtbar leer, weißt du. Und am schlimmsten leer war das Bett«, endete ich endlich, spürte, wie mir die Röte in die Wangen kletterte und wollte am liebsten für ein paar Minuten ins Bad verschwinden. Unter dem Vorwand, mir die Hände waschen zu müssen, eben einmal durchatmen.

»Ich liebe dich auch«, sagte Ezra mit belegter Stimme, den meine Worte mehr rührten, als ich gedacht hätte, und der Kuss seiner Lippen fühlte sich so sanft und unschuldig an wie ein erster Kuss.

Mir klopfte das Herz bis zum Hals.

»Lass uns schlafen. Morgen ist auch noch ein Tag.«

40

Livesendung

Egal wie lange ich darüber nachdachte, ich konnte mich nicht erinnern, jemals so gut geschlafen zu haben. Zumindest nicht in den letzten anderthalb Jahren; da waren die meisten Nächte eine Qual gewesen.

Doch jetzt, wo ich in die ersten Sonnenstrahlen blinzelte und meine Glieder streckte, fühlte ich mich so zufrieden und berauscht vom neuen Tag, dass ich die ganze Welt umarmen könnte.

Ezra schlief noch, das Haar zerzaust, und schnarchte leise vor sich hin. Meine Hand in seiner. Seine Präsenz in meinem Bett gab mir eine Ruhe, die ich schon lange nicht mehr empfunden hatte und die mir zuflüsterte, dass nun endlich alles wieder im Gleichgewicht war.

Gestern war nicht mehr viel passiert. Wir hatten uns bettfertig gemacht, kleine, liebevolle Gutenachtküsse ausgetauscht und waren dann vom Tag erschöpft eingeschlafen. Er ließ mir meinen Freiraum, von dem ich selbst nicht gewusst hatte, dass ich ihn zum Schlafen brauchte. Doch er kannte mich da besser als ich.

Jetzt, wo ich wieder wach war, wünschte ich mir jedoch, mich in Ezras Arme kuscheln zu können. Ich traute mich jedoch nicht, wollte ihn nicht wecken.

Sanft streichelte ich seinen Arm, zeichnete mit den Fingerspitzen Linien zwischen den kleinen Leberflecken wie Sternbilder auf seine Haut.

Ein Mann in meinem Bett, dachte ich fasziniert und folgte mit den Augen dem Schwung seiner Nase, betrachtete seine weichen Lippen, den entspannten Ausdruck, den Bartschatten, der seinen markanten Kieferknochen zur Geltung brachte.

Sehnsucht und Liebe, die aus den Untiefen meiner Seele hervorschwappten, machten mich ganz weich und irgendwann hielt ich es einfach nicht mehr aus, beugte mich vorsichtig rüber und küsste ihn.

Träge erwiderte er den Kuss, noch mehr schlafend als wach, und zog mich näher zu sich. Seine Hand strich über meine Seite. »Ich träume«, seufzte er verschlafen und brachte mich dadurch zum Lachen.

Verwirrt riss er die Augen auf und starrte mich erschrocken an. Mein Lachen brach ab, als mir bewusst wurde, dass es kein Witz gewesen war. Er hatte wirklich geglaubt zu träumen.

»Guten Morgen«, sagte ich so sanft wie möglich, um ihn nicht noch mehr aus der Fassung zu bringen, und strich mir das zerzauste Haar hinters Ohr.

»Du bist wunderschön«, kam es über seine Lippen und ich wandte verlegen den Blick ab, die Wangen rot verfärbt. Wie sollte ich denn auf so ein Kompliment reagieren?

Doch das musste ich auch gar nicht, denn irgendwo ging der Vibrationsalarm eines Handys los und Ezra kämpfte sich noch sehr ungelenk aus dem Bett. Er trug nur Shorts und suchte den Boden neben dem Bett nach seiner Jeans ab, aus dessen Hosentasche er sein Telefon hervorzog.

»Ja?«, fragte er etwas überhastig und ließ sich schnaubend auf der Bettkante nieder.

Ich betrachtete ungeniert seinen nackten Rücken, die glatte Haut, die schönen Muskeln an seinem Oberarm. Er war ein schlaksiger Typ mit athletischen Zügen. Ich musste mich stark zusammenreißen, mich nicht an ihn zu schmiegen wie eine Katze.

»Alles klar. Sie wird da sein«, meinte Ezra gerade, bedankte sich und legte auf. »Dein Pressetermin ist um halb zehn. Also in einer Stunde. Tabby meint, du sollst ein helles Oberteil tragen und dir die Haare an der Seite wegstecken, damit du für die Kameras verletzlicher aussiehst.« Er drehte sich zu mir um und sah mich an, ließ seinen Blick über mich gleiten, wie ich da im Bett saß, immer noch in seinem T-Shirt, und seine Augen schienen ganze Bücher mit unausgesprochenen Gedanken füllen zu wollen.

»Was denkst du?«, wagte ich zu fragen.

»Nichts Anständiges.« Er schmunzelte und ein fürchterliches Kribbeln schlug mir auf den ohnehin schon flauen Magen. Mit einem lauten Seufzen erhob er sich von der Bettkante. »Eine Stunde, Gemma. Überleg dir schon mal, was du denen sagen willst«, ermahnte er mich und verschwand im Badezimmer.

Ich war wach, unvorstellbar ausgeruht. Ich hätte sogar sofort aufstehen können. Und doch sank ich wieder in die Kissen zurück, drückte mein Gesicht in den weichen Stoff der Bettwäsche, die Ezras Geruch angenommen hatte, und fühlte mich wie das glücklichste Individuum der ganzen Galaxie.

Wie Tabby mich angewiesen hatte, steckte ich meine Haare an den Seiten mit Haarnadeln weg, was mich gleich fünf Jahre jünger aussehen ließ, und trug meine cremefarbene Bluse, diesmal jedoch keinen schwarzen BH darunter. Dafür sah man durch die Dreiviertelärmel die Schiene viel zu deutlich.

Aber wenn ich verletzlich aussehen sollte, war das vielleicht sogar ein Vorteil.

Obwohl ich gedacht hatte, die Bahn wäre gestern schon zu voll gewesen, wusste ich heute kaum, wie ich mich überhaupt noch bewegen sollte, eingequetscht zwischen einer rot gekleideten Dame mit viel zu spitzen Ellenbogen und einem Typen, der nach Frittierfett roch.

»Ich glaube, ich bekomme gleich Klaustrophobie«, flüsterte ich in mein Telefon und Vika kicherte leise auf der anderen Seite der Leitung.

»Du schaffst das schon«, sprach sie mir gut zu und ich schnaubte laut. »Konzentriere dich auf das, was dich gleich erwartet. Du darfst deine Mama sehen und gleichzeitig Geheimagentin spielen. Du wirst die Heldin des Tages«, behauptete sie und ich spürte, wie die Nervosität in meinem Bauch immer schlimmer wurde. Mir war schlecht, und der Fettgeruch machte das nicht gerade angenehmer.

»Daran will ich gar nicht denken. Das macht mich nur noch hibbeliger. Ich fürchte, ich werde durchdrehen«, schnaubte ich und Vika lachte wieder über mich. Wäre sie hier, würde sie sich über meine Laune sicher nicht so amüsieren.

»Ach was. Jessy weiß doch Bescheid und wird dir helfen. Denk halt solange an was anderes. Ezra zum Beispiel. Ich habe von Abby gehört, dass du ihn deinen Freund genannt hast«, zog sie mich auf und ich wunderte mich erst gar nicht, dass Abby und sie solche Dinge miteinander besprachen.

»Das war ein Versehen«, murmelte ich und spürte, wie ich schon wieder errötete. Und dann hatte ich das auch noch zu meinem Vater gesagt, peinlicher ging es ja kaum.

»Jaja. Ich habe ihn gestern in deine Wohnung gehen sehen. Und er kam nicht wieder raus! Wenn du mal nicht mehr so beschäftigt bist, die Welt zu retten, dann will ich alles wissen«, warnte sie mich vor und ich bejahte brav. Woher auch immer sie wusste, dass er nicht wieder rausgekommen war.

Hatte sie auch Tom gesehen? Ich stellte meine Frage nicht, hatte keinen Kopf dafür, mich jetzt über Tom zu unterhalten.

Stattdessen konzentrierte ich mich auf Ezra, so wie Vika mir geraten hatte. An sein Grinsen, seine Stimme, sein schlafendes Gesicht, seine Küsse.

»Es ist nichts passiert«, behauptete ich und konnte mir selbst die Lüge anhören. Vielleicht hatten wir keinen Sex gehabt, aber passiert war eine ganze Menge.

»Erzähl das deiner Oma!«, spottete Vika amüsiert und ein Lachen kitzelte verräterisch über meine Lippen.

An einem großen Kopf mit ausgiebiger Lockenpracht vorbei konnte ich draußen das Medical-Center vorbeiziehen sehen und war schlagartig wieder im Hier und Jetzt angekommen.

»Ich bin gleich da, Vik. Ich leg auf.«

»Du schaffst das, Schatz«, sprach sie mir ein letztes Mal Mut zu und ich steckte das Handy weg.

Keinen Moment zu früh, denn als sich die Türen an der Station des Biolog-Medical-Centers öffneten, wurde ich von den Massen regelrecht nach draußen gespült.

Dass ich dabei nicht über meine eigenen Füße fiel, kam einem Wunder gleich. Geduldig wartete ich in einer Ecke am Geländer, bis die meisten Leute die Treppe hinuntergelaufen waren, um nicht möglicherweise von einem Drängler hinuntergestoßen zu werden.

Gerade als ich mich aufmachen wollte, sprach mich plötzlich eine junge Frau von der Seite an. »Gemma Henson?«, fragte sie und ich hob überrascht den Blick. Sie war nur unwesentlich älter als ich, trug eine blaue Kostümjacke und eine auffällige weiße Hose, die nicht den winzigsten Fleck hatte. Ein Beweis dafür, dass sie sicher nicht mit der Bahn hierhergekommen war.

Ich nickte und sie lächelte professionell.

»Schön, dich zu treffen. Mein Name ist Philine Nern von Kanal 8. Ein Freund hat mich angerufen und gesagt, du bräuchtest meine Hilfe«, stellte sie sich mir vor und ich ergriff ihre schmale Hand umständlich mit der geschienten Hand.

»Meine Mama«, brachte ich stockend heraus, weil ich zu überrumpelt war, um so zu reagieren, wie ich es mir vorgenommen hatte. »Die lassen mich nicht zu meiner Mama«, wiederholte ich, diesmal mit wesentlich weinerlicher Stimme, und nestelte am Saum meiner Bluse herum.

»Davon habe ich gehört und es tut mir so leid, was mit ihr passiert ist. Lass uns runter auf den Platz gehen. Dort steht mein Kameramann«, teilte sie mir mit und führte mich vorsichtig, als wäre ich ein verschrecktes Reh, zur Treppe.

Meine Show kam durch meine Nervosität sogar noch besser rüber, als ich gedacht hatte, und ich musste mich wirklich bemühen, dass meine Hände nicht zu sehr zitterten.

»Das Interview wird live in den Vormittagsnachrichten übertragen. Aber mach dir keine Sorgen. Ich helfe dir«, erzählte sie mir und machte mir damit nur noch mehr Sorgen.

Was hatte Tabby bitte für krasse Verbindungen, dass er so einen Termin für mich klarmachen konnte? Kanal 8!

Wir erreichten den unteren Absatz der Treppe und ich sah gerade geschockt über die Menschenmassen, die sich hier auf dem Platz drängten, um ins Center zu gelangen, da trat eine weitere Frau auf mich zu. Bewaffnet mit einem Pinsel, puderte sie mir das Gesicht ab. Ich wurde so hingeschoben, dass das Medical-Center im Hintergrund zu sehen war. Ein junger Mann gab mir einen offiziellen Wisch über Rechtliches, den ich blind unterschrieb, und zupfte mir anschließend die Bluse zurecht.

Alles ging so wahnsinnig schnell, dass ich kaum hinterherkam, und schon war ein großer schwarzer Kasten auf mich gerichtet und Philine hielt mir ein Mikrofon hin, auf dessen orangefarbenen Windschutz das Logo von Kanal 8 prangte.

»... keine Informationen über die Patientin X an die Öffentlichkeit. Nicht einmal der eigenen Familie wird ein Besuchsrecht eingeräumt. Was geht dort vor? Und kann Biolog Medical seine Versprechen auf Heilung wirklich einhalten?«, erzählte Philine gerade der Kamera und wandte sich dann an mich. »Neben mir steht die Tochter der Betroffenen. Sie ist verstört und verängstigt«, behauptete sie und ich musste mir ein Grinsen verkneifen, um weiterhin leidend dreinzublicken.

»Sie haben mich einfach wieder weggeschickt und behauptet, niemand darf zu ihr. Ich weiß nicht, was ich tun soll. Was machen die mit ihr, dass ich meine Mama nicht sehen darf?«, heulte ich ins Mikrofon und Philine strich mir mit der Hand über den Rücken, was mich mehr irritierte als beruhigte, doch ich ließ es mir gefallen, des Schauspiels wegen.

»Erzähl uns von deiner Mama. Wie ging es ihr, bevor sie eingeliefert wurde?«, fragte sie mich und ich konnte mir nur zu gut vorstellen, wie die Menschen vor den Bildschirmen saßen und was sie von mir Schockierendes hören wollten.

»Vor anderthalb Jahren hat sie angefangen, ganz komisch zu werden, war oft abwesend und hatte schlimme Aussetzer. Sie hat versucht, sich umzubringen«, jammerte ich und schämte mich gleichzeitig unendlich, diese gigantische Lüge live im Fernsehen verkündet zu haben. Doch wenn ich zu ihr wollte, wenn wir eine Chance kriegen wollten, an das Gerät ranzukommen, dann musste ich es tun. Sie würde mir verzeihen. Und Papa hoffentlich auch. »Vor ein paar Tagen hat sie mich nicht wiedererkannt und ein Glas nach mir geworfen«, führte ich meine Schauergeschichte aus und griff mir automatisch ins Gesicht, an die Stelle, an der mich die Scherbe getroffen hatte. Durch die Wundheilcreme war der Schnitt natürlich schon längst verheilt, doch die Erinnerung daran blieb.

»Dabei ist meine Mama sonst ein so sanfter Mensch. Ich will sie doch einfach nur sehen«, machte ich noch einmal deutlich und Philine nickte.

»Einer jungen Frau, die ihrer Mutter beistehen will, wird es verweigert, sie zu sehen. Wir …« Doch weiter kam sie nicht, da dröhnte eine mir bekannte Stimme zu uns herüber.

»Was erlauben Sie sich? Wir sind doch keine Unmenschen«, rief Ludwig Kramer und kam schnellen Schrittes auf uns zu. Die Kamera schwenkte zu ihm.

Wow. Ich war beeindruckt. Es war zu erwarten gewesen, dass dieses Interview Eindruck bei Biolog Medical machen würde, aber dass der Vorstandsvorsitzende persönlich hier auftauchen würde, damit hatte ich nicht gerechnet. Vor allem nicht so schnell.

»Verhält es sich also nicht so, dass die Tochter der Patientin X kein Besuchsrecht bekommen hat und sogar fortgeschickt wurde?«, fragte Philine Nern herausfordernd und hielt Ludwig Kramer das Mikrofon entgegen.

Dieser atmete erst einmal tief durch, strich sich das Haar zurecht und richtete seine Krawatte. »Es handelt sich hier natürlich um ein Missverständnis, Frau Nern«, behauptete er aalglatt und lächelte. Hätte ich nicht gewusst, dass dies eine Lüge war, hätte ich es ihm abgekauft. »Die Personalkraft, die mit der Frau gesprochen hat, war nur nicht umfassend genug informiert und selbstverständlich werde ich persönlich dafür Sorge tragen, dass dieses Versehen wieder gutgemacht wird«, fügte er weiterhin lächelnd hinzu und der Blick seiner grauen Augen richtete sich auf mich. »Folgen Sie mir doch gleich«, forderte er mich auf und ich zögerte nur einen Sekundenbruchteil.

»Ein Statement vom Vorstandsvorsitzenden der Biolog-Medical-Group, Ludwig Kramer«, berichtete Philine für die Kamera, während ich schon hinter dem großen Mann im dunklen Anzug hereilte, auf den Seiteneingang zu.

Securityleute standen nicht weit entfernt und begleiteten uns, schlossen sich um uns wie eine Mauer, die uns gegen die Menschenmassen und anderen Reporter, die auf mich aufmerksam geworden waren, abschirmten. Es wurde gerufen und Aufnahmegeräte in meine Richtung gestreckt, Fotos geschossen und gedrängelt.

»Wie haben Sie sich gefühlt, als Ihre Mutter eingeliefert wurde?«

»Geben Sie Biolog Medical die Schuld am Zustand Ihrer Mutter?«

Ich hörte nicht hin, hatte kein Interesse daran, mich von der Presse weiter ausschlachten zu lassen, jetzt, wo ich mein Ziel so schnell erreicht hatte.

Kaum fielen die Türen hinter uns zu, verstummte das Geschrei und das zwanghafte Lächeln auf Ludwig Kramers Gesicht fiel in sich zusammen. Die Falten auf seiner Stirn vertieften sich und ich erwartete fast, er würde mich anschreien. Doch er räusperte sich nur, zog ein stilvolles Stofftaschentuch aus seiner Hosentasche und wischte sich den Schweiß von der Stirn.

»Verzeihen Sie den ganzen Trubel, Frau Henson«, sprach er mich an und im ersten Moment war ich überrascht, dass er meinen Namen kannte. Doch er hatte seit dem Wochenende sicher genug Ärger wegen meiner Mutter gehabt, um ganz genau zu wissen, wer ich war. »Seit dieses Video online gegangen ist, ist das hier die reinste Schlammschlacht. Ich streite ja nicht mal ab, dass hier so einiges nicht so läuft, wie es sollte, aber ich hoffe, dass wir alles bald wieder im Griff haben und die Menschen uns wieder vertrauen können«, meinte er und ich sah überrascht zu ihm auf. Er war viel größer, als er auf Flyern und im Fernsehen wirkte. Und es wirkte beinahe, als schüttete er mir sein Herz aus.

Wieder wischte er sich die Stirn ab und ein gewaltiger Schwung Mitleid regte sich in mir.

»Sie werden das schon schaffen. Die Gedankenauslese dient so vielen zur Gesundheit«, sagte ich und meinte es auch so. Es war nicht zu leugnen, dass hier einiges im Argen lag, aber meinen Glauben an den guten Zweck dieser Gesundheitskontrolle hatte ich nicht verloren.

»Und das sagen Sie, obwohl es Ihrer Mutter so schlecht geht?«, fragte er mich ehrlich überrascht und ich beschloss, ihn zu mögen.

»Ich bin AIC-Technikerin, Herr Kramer. Wenn ich das nicht glauben würde, hätte ich mir eine andere Ausbildung ausgesucht«, eröffnete ich ihm und er blickte mich interessiert an.

»Ach wirklich? Sie arbeiten für uns?«, erkundigte er sich.

Er wusste über mich wohl doch nicht so viel, wie ich ihm zugedacht hatte.

»Ja, seit einer Woche«, erwähnte ich daher und er nickte anerkennend. »Wer ist Ihr Mentor?«

Unwillkürlich musste ich lächeln. »Eduard Meier-Fitz«, meinte ich und wartete darauf, ob ihm der Name etwas sagte.

»Ach du meine Güte«, schnaubte Ludwig Kramer wissend und ich lachte leise auf.

»Keine Sorge. Wir verstehen uns gut und ich bin eigentlich ganz zufrieden«, beruhigte ich ihn und zuckte mit den Schultern, als er ungläubig das Gesicht verzog.

»Sie sind eine eigenartige Person«, sagte er mir ganz offen und ich konnte es ihm einfach nicht als Beleidigung auslegen. Dafür war er zu nett gewesen.

Und wenn er wüsste, was sich in seiner Firma wirklich alles abspielte, würde er das vielleicht nicht so sehen.

»Irgendwann werden sie es vielleicht verstehen«, antwortete ich ihm daher kryptisch, als wir die Unfallstation betraten und, ohne von irgendwem aufgehalten zu werden, direkt die Treppe in den ersten Stock nahmen.

Sicherheitsleute traten zurück, als wir uns der Tür näherten, die mit einer Drei markiert war.

»Warten Sie«, rief eine Stimme und ich sah einen Mann mit schnellen Schritten auf uns zukommen. Obwohl ich ihm, laut meiner Erinnerungen, nie begegnet war, wusste ich doch sofort, wer er war. Es handelte sich um Doktor Sinah, das Gesicht vor Wut verzerrt und knallrot von der Anstrengung des schnellen Laufens.

»Gehen Sie nur. Ich regle das«, schickte mich Ludwig Kramer durch die Tür und schloss sie leise hinter mir, nachdem ich eingetreten war.

Es war alles so schnell gegangen, dass ich vergessen hatte, Angst zu haben. Das Zimmer war nicht groß, mit fliederfarbenen Wänden und einem breiten Patientenbett, in dem meine Mutter gestützt von Kissen lag. Ihr Gesicht wirkte entspannt, irgendwie sogar zufrieden, und ich atmete einmal tief durch, ehe ich zu ihr trat.

In meinem Bauch tummelten sich Aufregung und Liebe und ich strich ihr ganz vorsichtig eine Haarsträhne aus dem Gesicht, das schon nicht mehr ganz so blass war. Als würde ein Gewicht mein Herz zerdrücken, schmerzte es zwischen meinen Rippen, als ich ihr einen sanften Kuss auf die Wange hauchte. Meine Augen brannten gefährlich und ich musste mich streng zusammenreißen, um nicht in Tränen auszubrechen.

Auf dem Kopf trug meine Mutter eine Diodenmaske, die anders aussah als das, was ich bisher kannte.

Zwanghaft lenkte ich meine Aufmerksamkeit darauf, um nicht loszuheulen, und folgte den daraus entspringenden Kabeln. Ich landete bei einem Gerät, das provisorisch auf einem Schiebewagen installiert worden war. Gestern hatte ich nur einen kurzen Blick auf das Gedankeneinsetzgerät im geheimen Labor werfen können und den ganzen Abend den Schaltplan betrachtet, sodass ich mir ziemlich sicher war, dass es sich um das gleiche handelte.

Von draußen drang die energische Stimme von Doktor Sinah herein, ohne dass ich seine Worte verstehen konnte. Ich wusste aber auch so, dass ich nicht viel Zeit hatte.

Schnell ging ich um das Bett herum, zog mein Handy heraus und rief Jessy an, die keine Sekunde später abnahm.

»Am Start! Was siehst du?«, fragte sie mich sofort und ich schaltete die Kamera meines Telefons ein und richtete sie auf den Bildschirm oben auf dem Gerät, damit sie es selbst sehen konnte. Schnell stöpselte ich mir den Bluetoothhörer ins Ohr und betrachtete das unausgereifte Bedienungsmenü vor mir.

»Okay, so weit, so gut. Scroll mal runter«, bat Jessy mich und ich setzte meine Finger auf den Bildschirm, während mich Jessy durch ein Programm leitete, das sie selbst nicht kannte.

Mein Puls beschleunigte sich immer mehr, doch ich traute mich nicht, Jessy zur Eile anzutreiben. Sie würde schon so schnell machen wie sie konnte, dann noch zu drängeln war sicher kontraproduktiv.

»Hast du schon den USB-Port entdeckt?«, fragte sie mich und ich suchte eben schnell den Bildschirm ab, um ihn kurz darunter zu erspähen.

»Hier«, flüsterte ich gestresst und zog den Stick aus meiner Hosentasche, den Eddi mir gestern gegeben hatte. Zum Glück hatte ich ihn noch bei mir gehabt. Ein Speichermedium mit diesem Umfang in so kleiner Größe aufzutreiben wäre nicht so schnell gegangen.

»Anschließen und dann auf den Punkt *Auswerten* klicken«, gab Jessy in meinem Ohr den Befehl und ich steckte den Stick in den

Port, zögerte jedoch, den Menüpunkt anzuwählen, weil mich plötzlich die Angst befiel. Meine Finger schwebten über dem Bildschirm, mein Blick zuckte zu meiner Mutter, die mit geschlossenen Augen dalag.

Ich dachte an eines unserer Sonntagsfrühstücke, bei dem sie mit Papa geschäkert hatte, an den Tag, an dem ich dachte, meine Prüfung versaut zu haben und sie spontan mit mir zum Friseur gefahren war, damit ich mir die Haare abschneiden lassen konnte.

»Meine Mutter hängt da dran«, wies ich Jessy darauf hin, tausend weitere Erinnerungen im Kopf, und ich fragte mich, ob sie sich auch daran erinnern würde, wenn sie wieder aufwachte.

Jessy seufzte laut.

»Gemma, mach schon! Wir verändern das Programm nicht, wir kopieren es nur. Deiner Mutter wird nichts passieren«, versicherte sie mir und ich drückte auf den Bildschirm.

In einer Schnelligkeit, mit der ich nicht gerechnet hatte, füllte sich der Ladebalken auf dem Bildschirm und doch konnte es mir nicht schnell genug gegen.

»Ich wünschte, ich hätte Popcorn«, seufzte Jessy angestrengt und ich konnte nicht auf sie achten, war zu sehr damit beschäftigt, auf die Stimmen im Flur zu achten und den Ladebalken anzuflehen, endlich vollzulaufen.

Die Türklinke knarrte und ich zuckte erschrocken zusammen, glotzte auf die Tür, die sich jedoch nicht öffnete. Noch nicht.

Vorgang beendet, stand in weißer Schrift auf einem schwarzen Fenster und ich zog den Stick heraus, ohne auf weitere Anweisungen von Jessy zu warten. Eilig schloss ich das verräterische Fenster und schob den Stick ganz tief in meine Hosentasche.

»Danke, Jessy«, sagte ich noch schnell, legte auf und verstaute Handy und Ohrhörer ebenfalls in meiner Hose, während ich von dem Gerät weg und auf die andere Seite des Bettes eilte.

Keine Sekunde zu früh, denn in diesem Moment ging die Tür auf und Ludwig Kramer betrat zusammen mit Doktor Sinah das Zimmer.

»Es tut mir sehr leid, Frau Henson. Leider kann ich Ihnen nicht mehr Zeit mit Ihrer Mutter geben. Sie ist bei Doktor Sinah jedoch in sehr guten Händen«, versicherte mir der Vorstandsvorsitzende und es fiel mir schwer, mir ein Lächeln abzuringen.

Die Blicke des Doktors lagen schwer auf mir wie Dolchspitzen, die meine Seele zu durchstoßen versuchten, als wüsste er, was ich getan hatte. Er war viel jünger, als ich gedacht hatte. Vielleicht gerade mal Mitte dreißig.

Ohne es zu merken, hatte ich nach der Hand meiner Mutter gegriffen und drückte verschreckt ihre Finger. Mein Herz pochte wie wild in meiner Brust und ich wollte nur noch ganz schnell hier weg, bevor Doktor Sinah vielleicht noch auf die Idee kam, mich durchsuchen zu lassen.

»Er hat mich darüber informiert, dass es Ihrer Mutter schon sehr viel besser geht und sie sehr gut auf die Therapie anspricht. Lassen Sie uns doch einen Termin für morgen ausmachen, wenn dieser Prozess hier abgeschlossen ist«, schlug er vor und ich nickte gequält.

»Aber sicher«, erwiderte ich und öffnete gezwungen die Finger um die Hand meiner Mutter.

Schnellen Schrittes verließ ich das Zimmer, machte dabei einen Bogen um den Doktor und stolperte auf den Flur hinaus.

»Geht es Ihnen gut, Frau Henson?«, fragte Ludwig Kramer, als Doktor Sinah die Tür mit Nachdruck schloss und den Vorstandsvorsitzenden und mich allein zurückließ, als müsste er erst einmal überprüfen, ob ich wirklich nichts angestellt hatte.

Ich musste einfach hoffen, dass er nichts finden würde.

»Nein. Ich weiß nicht …«, sagte ich und Ludwig Kramer lächelte väterlich.

»Das wird schon wieder«, sprach er mir gut zu und führte mich zurück ins Treppenhaus, wo die Securityleute auf uns warteten und uns bis zum Seiteneingang begleiteten. »Kommen Sie doch einfach morgen um achtzehn Uhr wieder. Doktor Sinah und sein Team haben kurz vorher noch eine Präsentation mit dem Ausschuss. Sie tun schon seit einer Woche ganz geheimnisvoll und bestehen selbst in dieser Krisensituation darauf. Doch er hat mir gesagt, dass Ihre Mutter danach sogar schon bereit sein wird, nach Hause zu kommen.«

»Das ist fantastisch«, presste ich hervor und konnte kaum atmen, als sich die Informationen wie Säure durch mein Gehirn fraßen. Hatte er gerade gesagt, sie hätten schon morgen eine Präsentation mit Doktor Sinah und seinem Team? Oh, verdammte Scheiße. Sollte sie nicht erst in einer Woche stattfinden? Hatten sie sie vorverlegt?

Durch die Glastüren war das Aufgebot an Reportern zu sehen, die sich alle die Hälse ausrenkten, um einen Blick ins Innere des Gebäudes zu werfen.

»Frau Henson«, hielt Ludwig Kramer mich zurück und sah mich ernst an. »Was werden Sie ihnen sagen?«, erkundigte er sich und ich konnte den Schweiß auf seiner Stirn sehen, der sich dort wieder bildete.

»Ich mach das schon«, versicherte ich ihm und schenkte ihm ein letztes Lächeln, das ihn beruhigen sollte, während ich gern laut geschrien hätte. »Danke schön«, rief ich ihm zu und öffnete die Tür nach draußen.

Stimmengewirr traf mich wie eine Wand und ich musste mir die Ohren zuhalten, um von dem Gedröhne an Fragen nicht umgeworfen zu werden.

Philine drängelte sich durch die Menge zu mir und ich hielt auf sie zu, ein Lächeln aufgesetzt, und trat in den Erfassungsradius ihres Kameramannes.

»Danke für die außerordentliche Hilfe«, begann ich, noch bevor sie mich irgendwas fragen konnte, und schüttelte ihre Hand. »Ich bin so froh, meine Mutter gesehen zu haben. Es geht ihr schon so viel besser und es wird alles Erdenkliche getan, um es wieder in Ordnung zu bringen. Ludwig Kramer hat mich persönlich zu ihr gebracht und mir sogar versprochen, dass sie morgen schon entlassen werden kann.«

Philine sah mich mit großen Augen an und fand dann erst ihre Sprache wieder. »Das … das sind ja fantastische Neuigkeiten«, rief sie, doch ich kaufte es ihr nicht so recht ab. Es wäre ihr wohl lieber gewesen, eine neue Schauergeschichte hätte sich zugetragen, über die sie berichten könnte.

»Danke, Biolog Medical. Ihr habt unser Vertrauen wirklich verdient«, endete ich meine gestellte Dankesrede, lächelte mein strahlendstes Lächeln und tauchte dann in der Menge an Menschen unter, eine Hand an meiner Hosentasche, um sicherzugehen, dass der Stick blieb, wo er war.

Verdammt, verdammt, verdammt, war das Einzige, was ich denken konnte. Denn die Präsentation war schon morgen und uns rannte die Zeit davon.

41

Pläne

›*Sie haben die Präsentation auf morgen vorverlegt!*‹, tippte ich in Windeseile in mein Handy und schickte es an Ezra, noch während ich die Stufen zur Haltestelle nach oben eilte, um die Bahn zu erwischen, die gerade eingefahren war.

›*Scheiße*‹, kam sofort zurück, als sich die Türen hinter mir schlossen und ich in einem beinahe leeren Waggon zu einem Sitzplatz wankte.

Meine Finger zitterten, mein Atem ging viel zu schnell und stach mir in der Lunge. Zum einen von meiner Flucht vor den Reportern, zum anderen weil die Panik mich fest im Griff hatte.

›*Steig bei* Burgers Brücke *aus. Ich hol dich mit dem Auto ab.*‹

Ich antwortete ihm mit einem Daumen hoch und ließ den Kopf gegen die Fensterscheibe sinken. Was für eine verdammte Scheiße.

Unser Plan war so gut gewesen und hätte sich super umsetzen lassen, wenn wir tatsächlich eine Woche dafür Zeit gehabt hätten. Aber bis morgen? Wir hatten nicht mal eine Ahnung, wann die Präsentation anfangen sollte, doch ich schätzte mal nachmittags, sonst wäre sie nicht erst kurz vor achtzehn Uhr zu Ende.

Ob das zu schaffen war? Na ja, wir hatten keine Wahl, wenn wir nicht sofort eingriffen, würden alle von der tollen neuen Wundermaschine hören und die Katze wäre für immer aus dem Sack. Das mussten wir einfach verhindern!

Völlig aufgelöst trat ich aus der Bahn auf den Bahnsteig und sah schon Vika, die mir von der Straße aus zuwinkte.

»Musst du nicht arbeiten?«, fragte ich sie und sie zog mich einfach in ihre Arme.

»Ich habe mich krankgemeldet. Mein Kurator ist doch weg und es juckt niemanden, wie schnell ich mit meinem Kram vorwärtskomme, solange alles fertig ist, wenn er zurück ist«, schnaubte sie nur, drückte mir meinen Thermobecher in die Hand und schob mich vorwärts um die nächste Straßenecke, wo Ezras brauner Wagen auf uns wartete.

»Wir haben dein Interview gesehen. Das war großartig. Ich dachte echt, du fängst gleich an zu heulen. Das war genial«, versuchte sie mich aufzumuntern und öffnete mir die Beifahrertür.

Wie betäubt setzte ich mich in den Wagen und war gleichzeitig so vollgestopft mit Gedanken, dass mir der Schädel zu platzen schien.

Ezra lächelte mich schwach an, die braunen Augen jedoch ernst, und erst als ich mich in seine Richtung beugte, traute er sich ebenfalls, mir entgegenzukommen und mir einen kurzen Kuss auf die Lippen zu drücken. Es war nur so eine einfache Geste und doch löste sie sofort ein gutes Stück meine Panik in Luft auf. Denn ich war nicht allein.

»Meine Güte, ihr zwei seid ja noch süßer als Birkenzucker«, quietschte Vika von der Rückbank und kitzelte dadurch doch noch ein echtes Lächeln aus mir heraus.

Ezra startete den Motor und fuhr los, den Blick auf die Straße gerichtet. Ich berichtete in aller Kürze, was sich in der letzten Stunde zugetragen hatte, und nippte dann an dem Kaffee, den Vika mir mitgebracht hatte. Meine Retterin in der Not.

»Das ist mein Erster heute«, seufzte ich, als ich mir das bittere Aroma auf der Zunge zergehen ließ, und schloss nur ganz kurz die Augen.

»Der Erste? Was hast du mit ihr gemacht?«, wollte Vika gespielt schockiert von Ezra wissen, doch der hatte gerade keinen Kopf, um bei ihren Albernheiten mitzumachen.

»Ich habe Jessy angerufen. Sie macht sich irgendwie los und kommt rüber. Die anderen sind auch auf dem Weg. Hast du den USB-Stick?«, versicherte er sich bei mir und ich nickte, die Hand wieder auf der Hosentasche, in der sich der Stick spürbar befand.

»Habe ich. Was ist der Plan?«, wollte ich wissen, hatte Angst davor, dass es schon wieder keinen Plan gab und alles umsonst gewesen wäre.

»Wir ziehen es durch. So schnell wie möglich«, sagte Ezra jedoch sofort und in meinem Rücken verspannten sich alle Muskeln. »Du und Jessy findet heraus, wie das Gerät funktioniert. Sie und Kreisel erstellen eine Manipulation. Und dann stürmen wir diesen Scheißladen, sobald alles erledigt ist. Am besten noch diese Nacht«, erklärte er mir und ich schüttelte sofort den Kopf. Der Stress ließ mich schwitzen und frieren gleichzeitig.

»Nicht in der Nacht. Das ganze Gebäude wird streng überwacht. Tagsüber haben wir bessere Chancen, vor allem vormittags. Da ist zurzeit die Hölle los. Niemand wird merken, wenn da noch ein paar Leute mehr herumlaufen.« Ich klammerte mich ganz fest an den Becher zwischen meinen Fingern, aus dem beruhigender Kaffeegeruch strömte.

»Was mache ich?«, fragte plötzlich Vika von hinten und ich zuckte zusammen.

»Keine Ahnung?«, seufzte ich und sah zu Ezra, wie verbissen sich sein Kiefer anspannte und seine Zähne mahlten. Ihm gefiel das Ganze auch nicht.

»Was war denn das letzte Mal meine Aufgabe?«, wollte Vika wissen und Ezra zog düster die Augenbrauen zusammen. Mir blieb beinahe das Herz stehen und ich wollte schon dazwischengehen, da sagte er schon: »Du warst das letzte Mal nicht dabei. Gemma und du, ihr wart zerstritten und habt nicht miteinander geredet.«

Keine Ahnung, wieso es mir so wichtig gewesen war, mich mit Vika nicht darüber auszusprechen, aber jetzt war es raus und ich traute mich kaum zu atmen.

»Ach ja. Hat Gemma erwähnt. Wie soll das denn passiert sein?«, rief sie ungläubig und beugte sich zwischen den Sitzen nach vorn, um mich anzusehen. War sie überhaupt angeschnallt?

»Woher soll ich das wissen?«, wies ich die Frage von mir. Ich war ja wohl diejenige hier im Auto, die von damals am wenigsten wusste.

Ezra seufzte. »Du hattest wohl eine beschissene Phase und hast mit blöden Leuten rumgehangen«, erklärte er und ich verharrte steif auf meinem Sitz, aus Angst, da würde noch mehr kommen. Etwas, was so schrecklich war, dass es eine Freundschaft wie unsere beendet hatte. Doch er schwieg.

»Oh, wow. Stimmt«, sagte Vika stattdessen und ließ sich auf die Rückbank zurücksinken. »Das war mit dieser schrecklich destruktiven Historikerclique. Das war keine gute Zeit. Ich war richtig mies drauf. Da habe ich so einige vergrault.«

Ich blinzelte, sah die anderen Autos an uns vorbeiziehen, als wir auf die Umgehungsstraße nach Hardwood auffuhren, und ließ das erst einmal sacken. Was auch immer ich mir vorgestellt hatte, so banal war es nicht gewesen.

»Schnall dich an, Vika«, ermahnte Ezra sie, ohne auf ihre Worte einzugehen.

Leise hörte ich den Anschnaller hinter mir klicken und Vika streckte die Hände nach mir aus. »Es tut mir leid, dass ich damals Scheiße zu dir war. Ich schwöre, es kommt nicht mehr vor«, murmelte sie und ich ergriff ihre Finger, die sie auf meine Schulter gelegt hatte.

»Alles gut. Ich erinnere mich nicht daran. Vielleicht auch besser so. Wäre viel zu schade um uns«, gab ich mit einem Lächeln zurück und nahm noch einen Schluck Kaffee, damit sie nicht merkte, wie sehr mich das Thema aufwühlte.

Im Nachhinein betrachtet war ich jetzt doch ganz froh, dass wir es aufgeklärt hatten. Wenn auch nicht zum denkbar besten Zeitpunkt.

Wir parkten in einer Seitenstraße, ich schnappte mir den Schaltplan, den Ezra mir mitgebracht hatte, und wir liefen zügigen Schrittes zu dem Gebäude mit den großen Industriefenstern. Vika sah sich fasziniert um und ließ die Finger über die poröse Struktur des Putzes gleiten.

»Mit ein bisschen Arbeit könnte das hier voll das Szenelokal sein«, meinte sie und lief prompt in Kreisel rein, der gerade aus der Tür trat. Mühelos fing er sie auf, als sie beinahe nach hinten umfiel, und stellte sie zurück auf ihre Füße. Er war sogar noch größer als sie.

»Vika«, grüßte er sie grinsend und sie strich sich erst einmal verwirrt die Locken zurück.

»Kreisel«, gab sie auf die gleiche Weise zurück und schlängelte sich an ihm vorbei ins Innere.

Ich ließ mich von dem bärigen Mann kurz drücken, bemüht darum, den Schaltplan nicht zu zerknittern, und betrat dann auch den großen Raum, in dem schon die anderen auf uns warteten. Bis auf Jessy waren alle anwesend und sahen nervös auf. Abigail saß auf der Treppe, nestelte an den Seiten eines Buches und ließ die Beine baumeln, während Leon unter ihr auf einen Boxsack einschlug, als würde er ihm die Eingeweide herausprügeln wollen.

»Habt ihr was rausgefunden?«, fragte Ezra und Tabby hinter dem Computerbildschirm hob den Kopf. Er sah müde aus, als hätte man ihn zu früh geweckt.

»Die Präsentation ist auf morgen um sechzehn Uhr vorgezogen worden. Laut dem Memo, das rumging, aufgrund der Bedrohung durch Terrorismus.«

Ich gab ein panisches Lachen von mir, das nervös aus mir heraussprudelte. Schnell suchte ich mir einen Platz auf dem Boden, wo ich den Schaltplan ausbreiten und fertig zusammenkleben konnte. Vika ließ sich neben mir nieder und nahm mir den Kaffee ab, damit sie selbst davon trinken konnte.

»Ja, weil die Schiss haben, dass wir ihnen in die Suppe spucken«, schnaubte Kreisel, streckte sich und zeigte seinen käseweißen Bauch, als das T-Shirt dabei nach oben rutschte.

»Das ist mal eine wirklich interessante Begrüßung«, säuselte Jessy, die gerade durch die Tür trat, und strich dem erschrockenen Kreisel mit ihren blutrot lackierten Fingernägeln am Hosenbund entlang.

Ohne ein weiteres Wort stolzierte sie herein, machte sich selbst Platz an dem Tisch gegenüber von Tabby und zog einen Laptop aus ihrer Handtasche. Kommentarlos ließ sie sich von mir den USB-Stick reichen und schickte Ajif wie einen Laufburschen, um ihr einen Stuhl zu besorgen.

»Wie jetzt? Wir ziehen das echt durch?«, wollte Kreisel wissen und machte dabei einen großen Bogen um Jessy, die ihn wohl eingeschüchtert hatte.

»Hast du einen besseren Plan?«, fragte ihn Ezra und Vika kicherte leise.

»Was ist denn da zwischen Jessy und Kreisel?«, erkundigte sie sich flüsternd und ich zuckte mit den Schultern.

»Keine Ahnung. Aber entweder gar nichts oder der arme Kerl wird demnächst gefesselt mit einer Reitgerte geschlagen«, erwiderte ich scherzhaft und war so froh, dass Vika an meiner Seite war, um mir ein bisschen von der Spannung zu nehmen.

»Das habe ich gehört«, informierte uns Jessy, drehte uns das Gesicht zu und zeigte das boshafteste Hexenlächeln, das ich je an ihr gesehen hatte.

»Wir brauchen Gebäudepläne, Kreisel. Tabby überwacht weiterhin den internen Schriftverkehr. Nicht dass sie noch mal nach vorn verlegen«, gab Ezra seine Anweisungen und wurde von einem Schnauben unterbrochen. Leon ließ endlich von dem Boxsack ab und trat unter der Treppe hervor.

»Und wie sieht der Plan genau aus?«, erkundigte er sich fast schon desinteressiert und wickelte sich die Bandagen von den Händen.

Obwohl ich ihn für schmaler gehalten hatte, wies sein nackter Oberkörper sehr viel mehr Muskeln auf. Doch er hielt meine Aufmerksamkeit nur so lange, bis ich die Fuchsmaske erblickte, die neben ihm auf dem Boden lag. Dann hatte ich mir den Fuchsmann doch nicht eingebildet.

Am liebsten hätte ich sofort gefragt, was es damit auf sich hatte, wusste aber, dass es nicht der richtige Zeitpunkt war.

Ezra stemmte die Hände in die Seiten. »Wir gehen mit einer kleinen Gruppe morgen Vormittag ins Biolog-Medical-Center. Dort verschaffen wir uns Zugang zu dem geheimen Labor, in dem das Gedankeneinsetzgerät steht, manipulieren es und …«

»Transponderschloss?«, fragte Jessy dazwischen, ohne vom Bildschirm aufzusehen.

»Nein, normaler Schlüssel«, rief ich ihr zu und legte mir meine Sachen zurecht. Die restlichen Seiten, den Kleber, den ich an Vika weiterreichte, und meine Seite mit dem Zahlencode.

»Dann komme ich wohl mit«, sagte Ajif und schwang sich aus Kreisels Hängematte.

Vika und ich warfen ihm verständnislose Blicke zu. »Ich knacke Schlösser«, ergänzte er daher und ich hatte kaum Zeit, um beeindruckt zu sein, da Ezra weiter durch den Plan ging und ich Vika eine Seite zum Ankleben weiterreichte.

»Hensons Idee war es, das Programm zu manipulieren, sodass dem Benutzer der Gedanke ins Gehirn gepflanzt wird, dass die Methode nicht funktioniert und das Gerät wertlos ist.«

»Und dann müssen wir nur noch abwarten?« Leons Stimme klang provozierend, doch Ezra schien davon kein bisschen eingeschüchtert zu sein.

»Und wie gehen wir sicher, dass sie das Gerät vor der Präsentation noch mal benutzen?«, warf Tabby ein und ich spürte, wie mein

Nervositätsspiegel wieder drastisch anstieg. Hätten wir mehrere Tage Zeit gehabt, hätte sich das sicher von allein ergeben, doch so war es ein Problem.

Wir brauchten einen Insider.

»Wir könnten Tom fragen«, kam es aus meinem Mund und mir war sofort klar, dass niemandem in diesem Raum diese Idee gefallen würde.

»Nein, wir werden nicht Tom fragen«, knurrte Ezra verbissen und drehte sich mit scharfem Blick zu mir um. In diesem Punkt würden wir uns wohl nie einig werden.

»Ein Problem nach dem anderen«, ermahnte uns Ajif zur Ruhe und trat ganz lässig zwischen Leon und Ezra. »Wer wird mit reingehen?«, stellte er eine erste Frage, um die Punkte langsam abzuarbeiten.

»Gemma und Jessy sind für das Gerät zuständig«, begann Ezra aufzuzählen und ich sah zu Jessy, die meinen Blick erwiderte.

»Hardware und Software, Baby. Wir gehören zusammen«, flüsterte sie mir zu und ich nickte hastig. Wenn ich an morgen dachte, fühlte ich mich, als müsste ich zu panischer Grütze zerschmelzen. Doch gut, dass Jessy da so zuversichtlich war.

»Ajif für das Schloss, außer wir können von irgendwoher Schlüssel organisieren«, zählte Ezra weiter auf.

Meine Gedanken schweiften zu Eddi, da ich wusste, dass er den Schlüssel hatte. Aber wollte ich ihn da wirklich mit reinziehen und ihn davon überzeugen, mir seinen Schlüsselbund auszuhändigen?

»Schwierig«, kommentierte ich, da anscheinend alle auf eine Antwort warteten, und damit war die Sache wohl klar.

»Also, Ajif. Leon?«, fragte Ezra den Mann vor ihm, der die Faust in seine andere Hand sausen ließ.

»An deiner Seite immer, Bruder«, sagte er den klischeehaftesten Satz, den ich je gehört hatte, und musste mir ernsthaft das Kichern verkneifen. Vika neben mir ging es nicht anders, doch wir wagten es einfach nicht, laut damit rauszuplatzen. Nicht bei Leons todernster Miene.

»Ich komme auch mit«, sagte Abigail und die Treppe schepperte, als sie sich erhob und herunterstieg.

»Nein!«, kam es wie aus der Pistole geschossen von Leon und ich zuckte genauso zusammen wie sie. Trotzdem ließ sie sich nicht beirren und kam auf ihn zu, als wollte sie sich gleich zähnefletschend auf ihn stürzen.

Die Luft lud sich gefährlich auf und ich erhob mich zögernd vom Boden, als müsste ich bereit sein einzugreifen, falls es notwendig wurde. Wieder versuchte ich zu verstehen, was da zwischen Abigail und Leon eigentlich abging. War es eine Beziehung oder ein Krieg? Oder beides?

»Ich lass euch doch nicht allein, wenn ihr euch in Gefahr begebt«, hielt Abigail dagegen und verschränkte mit verkniffenem Gesichtsausdruck die Arme vor der Brust.

»Darum geht's gar nicht, Abby«, mischte sich Ezra ein, dem die Spannung zwischen den beiden wohl nicht auffiel. »Du hast keine aktive Aufgabe. Umso mehr wir sind, desto auffälliger werden wir«, fügte er hinzu und ich nahm seine Hand, zog ihn ein Stück zurück, weil das hier keine Diskussion mehr war, die uns etwas anging. Das hier war ein Konflikt zwischen Leon und Abigail.

»Und wenn euch was passiert?«, schnaubte sie, löste die Arme wieder und trat noch einen Schritt auf Leon zu. Was man auch über Abby sagen mochte, Mut hatte sie.

»Dann ist es besser, wenn du nicht dabei bist«, hielt Leon dagegen, ballte die Hände zu Fäusten, spannte die Muskeln an seinen Armen an.

Ezra wollte den Mund öffnen, doch ich hielt ihn zurück, schüttelte den Kopf und er verzog irritiert das Gesicht.

»Ach, damit ich allein zurückbleibe? Ganz sicher nicht!« Abigail stieß Leon den Zeigefinger gegen die Brust und blickte zu ihm auf, die Kampfeslust in den Augen.

Jetzt wunderte mich gar nichts mehr.

»Auf keinen Fall gehst du mit! Hörst du! Ich brauch meine Konzentration für andere Dinge, als auf dich aufzupassen«, keifte Leon und Abigail machte eine wegwerfende Handbewegung.

»Ich bin keine zwölf mehr, Leon. Ich passe auf mich selbst auf«, behauptete sie und brachte ihn damit nur noch mehr in Rage.

»Du brichst dir noch das Genick mit deinem scheiß Übermut!«

»Und du bist ein blödes Arschloch, das nicht zugeben kann, dass er sich Sorgen um mich macht!«

Ganz unerwartet schoss Leons Hand zu Abigail und ich zuckte nach vorn, weil ich glaubte, er würde ihr tatsächlich eine verpassen. Doch stattdessen packte er sie am Arm, zog sie an sich und küsste sie so stürmisch, dass ich nicht wegsehen konnte und mich gleichzeitig dafür schämte, weil es nicht für fremde Augen bestimmt war.

»Okay, damit habe ich jetzt als Letztes gerechnet«, lachte Jessy plötzlich los und das angespannte Knistern in der Luft fiel in sich zusammen wie eine Seifenblase.

»So, wie du es wolltest. Jetzt wissen es alle«, knurrte Leon verbissen an Abigails Lippen, auf denen sich ein Lächeln ausbreitete, das strahlender war als eine atomare Explosion.

»Wir haben es doch schon alle gewusst«, flappste Kreisel, der von der ganzen Show völlig unbeeindruckt geblieben war und sich nur genervt seine Kopfhörer aufsetzte.

»Was?« Ezra löste sich aus seiner Starre und hob verwirrt die Hände. »Ich habe es aber nicht gewusst. Sie ist wie meine Schwester, Leon! Du kannst doch nicht …«

»Und wie ich kann«, schnitt er ihm das Wort ab und ließ Abigail wieder los, die verzückt vor sich hin schmachtete. »Bereitet lieber alles für morgen vor. Wir haben eh kaum Zeit«, rief er wütend aus und meinte damit uns alle. Und wie es sich für einen waschechten Bad Boy gehörte, stürmte er zum Ausgang und stieß dabei Ajif mit der Schulter an, als würde er ihm im Weg stehen.

»Wie eine Daily Soap«, seufzte Jessy hingerissen und schenkte Abigail einen anerkennenden Blick, den diese mit einem mädchenhaften Knicks entgegennahm.

Ich atmete angestrengt durch, strich Ezra mit der Hand über den Rücken und hinderte ihn daran, mit seiner Cousine ein ernstes Wörtchen zu reden. Anscheinend hatte sie endlich die Lösung gefunden für das, was ihr so viel Kummer bereitet hatte, und er sollte ihr den Moment jetzt nicht versauen.

Nicht, wenn wir so viel anderes zu tun hatten.

Vika und ich klebten den Schaltplan fertig zusammen, über dem ich mit Jessy brütete, die mir gleichzeitig das Programm dafür näherbrachte, damit wir verstanden, wie das Gerät genau funktionierte.

Kreisel zeigte ich auf der Übersicht des Biolog-Medical-Geländes das verlassene Gebäude, damit Ezra und Leon sich die besten Wege hinein und wieder hinaus suchen konnten. Sie schafften es zwar nicht, sich dabei in die Augen zu sehen, aber immerhin hatten sich die Gemüter wieder beruhigt. So ruhig, wie man eben sein konnte, wenn man unter so viel Druck stand wie wir.

Vika bekochte uns und lieferte einen nicht endenden Zulauf an Kaffee. Für die meisten von uns, denn ich bekam von ihr nach neunzehn Uhr nur noch Kräutertee in die Hand gedrückt.

Und auf einmal ging draußen die Sonne unter und Jessy tippte wie eine Verrückte in die Tasten ihres Laptops, um einen Befehl für ein verzwickt schlaues Gerät zu schreiben, das uns beide in Staunen versetzt hatte. Aus rein wissenschaftlicher Sicht war es tatsächlich mehr als faszinierend, was der Frankensteinclub da geschaffen hatte. Bewundernswert und sogar ein klein wenig schade, dass diese Errungenschaft niemals das Licht der Welt erblicken durfte.

Ich gähnte herzhaft und nippte nur noch müde an einer Tasse Tee. Der Plan für morgen war fertig und nur noch Jessy saß noch immer da und arbeitete sich durch verzwickte Programmcodes.

Kreisel hatte sich in der letzten Stunde zu ihr gesetzt und wurde immer wieder von ihr zugetextet, wenn sie nicht weiterkam und nach Lösungen suchte. Da Kreisels Wissen sich zwar nicht über einen medizinischen Teil, aber sehr wohl über umfassende Programmiertechniken erstreckte, war er hilfreicher, als Jessy zugegeben hätte.

»Und der Rest geht jetzt schlafen«, schickte uns Jessy kurz nach Mitternacht weg und ich kam kaum auf die Füße, so erschlagen fühlte ich mich. Und das, obwohl ich letzte Nacht so fantastisch geschlafen hatte.

Vika war schon vor einer Weile in Kreisels Hängematte weggepennt und von Leon und Abigail wollte ich lieber nicht wissen, wo sie abgeblieben waren.

Ajif machte sich auf nach Hause, Tabby war eine Nachteule und Ezra zog mich durch die Tür im hinteren Teil des Raumes, die auf den schlecht beleuchteten Flur führte. Wie vor ein paar Tagen standen wir wieder dort, ich auf meiner Seite an die Wand gelehnt, er auf seiner. Viel zu viel Raum zwischen uns, obwohl es sich lediglich um einen Meter handelte.

»Letztens stand da ein Fuchs in meinem Garten«, sagte ich, um die Stille zu brechen, und Ezra lächelte.

»Du hast mich gesehen?«, bestätigte er mir, was ich mir schon gedacht hatte, und ich nickte.

»Ich dachte, ich werde verrückt. Aber gut zu wissen, dass es nur mein Stalker war«, versuchte ich mich an einem Witz, konnte aber selbst nicht darüber lachen. Es war so viel passiert und wir hatten so wenig Zeit für alles.

»Ich wollte in deiner Nähe sein.« Sein Blick lag auf mir, aufrichtig, sehnsuchtsvoll.

»Ich weiß.« Ich strich mir das Haar aus dem Gesicht. »Ich wünschte, wir könnten einfach in dein Auto steigen und wegfahren.«

Obwohl das Licht so dämmrig war, konnte ich überdeutlich sehen, wie weich seine Lippen aussahen. »Einfach nur Zeit für uns. Damit ich herausfinden kann, wer wir sein wollen«, meinte ich und endlich löste er sich von seiner Seite und kam den einen Schritt auf mich zu. Sein Schatten fiel auf mich und sein Mund drückte sich so sanft auf meinen, dass mir das Herz in der Brust zerschmolz. Die Schmetterlinge in meinem Bauch hoben ab, auch wenn ich vor Müdigkeit beinahe umkippte. Ob Vika mir etwas in den Tee gemischt hatte?

»Das klingt fantastisch«, murmelte er und strich mit den Fingern meine Seite entlang. »Aber jetzt müssen wir erst mal die Bösewichte schnappen. Kein Urlaub für Superhelden«, seufzte er theatralisch, als hätte er es ernst gemeint, und ich musste kichern wie ein verliebtes Küken.

»Deshalb machst du das also; um ein Superheld zu sein«, flüsterte ich und traute mich, meine Hände auf seiner Brust zu platzieren.

»Manchmal«, sagte er und küsste mich wieder. Doch diesmal war alles Spielerische aus der Berührung verschwunden und er zog mich an sich, als gäbe es für uns kein Morgen mehr. »Aber wenn wir es nicht tun, Gemma, wird es niemand tun.«

42

Biolog-Medical-Center

Angespannt starrte ich auf die Steine der Mauer, die ich durch das Autofenster sehen konnte, und knibbelte an dem Klettverschluss meiner Schiene herum, während die Sekunden quälend langsam verstrichen.

Auf dem Fahrersitz neben mir saß Ezra und döste. Seine Jacke unter den Kopf gestopft, lehnte er an der Tür und hatte die Beine zu mir rübergestreckt. Es sah verdreht und unendlich ungemütlich aus, aber das schien ihn wenig zu stören. Sein Mund wurde durch den harten Stoff seiner Jacke zu einem Kussmund zusammengedrückt und ich musste mich zusammenreißen, mich nicht zu ihm zu beugen und ihn einfach zu küssen.

Das wäre jetzt so ziemlich der unpassendste Moment für so etwas. Zum einen weil ich mich damit nur von den bevorstehenden Ereignissen abgelenkt hätte. Zum anderen weil Abigail, Leon und Ajif auf der Rückbank saßen.

Ajif hatte die Augen geschlossen, saß aber viel zu gerade da, um zu schlafen, die anderen beiden waren so ineinander verschlungen, dass man nicht wusste, welcher Arm zu wem gehörte. Die hatten eindeutig weniger Hemmungen als ich. Auch sie schliefen und ich gähnte unterdrückt.

Meine Nacht war furchtbar gewesen. Der Schlaf war mir ferngeblieben und ich hatte mich ständig nur von einer auf die andere Seite gewälzt, bis ich wieder aufgestanden war und den Kaffee getrunken hatte, den Vika mir vorenthielt. Es war ja lobenswert, dass sie versuchte, meine ungesunden Gewohnheiten zu verändern, doch am besten fing man mit so was nicht an, wenn man vorhatte, eine total irrwitzige Aktion durchzuziehen, die Spionage, Einbruch und Manipulation von illegalen Geräten und den Gedanken Dritter beinhaltete.

Wir standen bereits seit einer ganzen Weile hier, um auch einen guten Parkplatz in der Nähe eines kleinen Seiteneingangs zu bekommen. Was eine gute Idee gewesen war, denn auch wenn das Medical-Center erst in fünf Minuten öffnete, war bereits seit einer Stunde jeder noch so kleine Platz mit Autos vollgestellt, aus denen genervte und verängstigte Menschen ausstiegen und zum Haupteingang des Centers eilten. Alle Welt wollte sich auf mögliche Schattenerscheinungen testen lassen oder einfach nur Stunk machen, um ihren Unmut über dieses riesige Debakel auszudrücken.

Noch weitere fünfzehn Minuten harrten wir im Auto aus und ich spürte, wie meine rechte Pobacke einschlief, da öffnete sich endlich die Seitentür des Gebäudes und Jessy kam auf die Straße geschlendert, als wollte sie sich nur eben mal die Beine vertreten.

Ich drückte den Knopf, der die Fensterscheibe herunterließ, und Jessy reichte mir eine kleine kuchenstückförmige Pappschachtel hindurch.

»Was zum Naschen?«, fragte sie mich herausfordernd und grinste breit.

»In einer Kuchenbox?«, schnaubte ich nur und öffnete den Deckel mit spitzen Fingern. Vier schmale Kärtchen fielen mir auf den Schoß. Besucherausweise. Praktisch, wenn die Komplizin in der Systemsicherheit arbeitete.

»Ich hatte nichts anderes da und ich wollte sicher nicht wie ein Drogenboss mit einem dicken braunen Briefumschlag herumspazieren«, gab sie zurück und ich schüttelte den Kopf über sie.

»Du schaust zu viele schlechte Filme«, behauptete ich und Jessy kicherte hysterisch. An ihr schien die Aufregung wohl auch nicht so spurlos vorbeizugehen, wie sie gern behauptete.

»Das sagt die Richtige«, murmelte Ezra neben mir und zog die Beine aus meinem Fußraum, um sich aufzurichten. »Du hast mich gezwungen, zwei Staffeln von dieser schlechten Serie mit dem Vogel anzuschauen.«

»Die ist nicht schlecht«, verteidigte ich mich, weil es nur eine Serie gab, die er meinen könnte, sah ihn dabei aber nicht direkt an. Denn

Death Birds Dairy war tatsächlich ziemlich schlecht. »Und außerdem kann ich mich da nicht mehr dran erinnern.«

»Ich schau die aber nicht noch mal«, warnte er mich vor und nahm mir die Ausweise ab.

Auch die Rückbank erwachte wieder zum Leben und jeder bekam ein Kärtchen in die Hand gedrückt. Zumindest jeder außer Abigail. Denn die würde im Wagen warten, andere davon abhalten, uns zuzuparken, und die Fluchtfahrerin spielen, sollte es nötig werden. Was es hoffentlich nicht wurde.

Jessy ging wieder rein und würde am ausgemachten Treffpunkt zu uns stoßen.

Meine Hände zitterten, mein Puls rauschte mir in den Ohren und nach einer weiteren halben Stunde des Wartens konnten wir endlich aus dem Auto aussteigen. Wir gingen, wie jeder andere Mitarbeiter auch, einmal an der Mauer des Geländes entlang zu den offiziellen Angestellteneingängen.

Es fühlte sich seltsam an, aus der anderen Richtung zu kommen, da ich eigentlich immer mit der Bahn fuhr, und spürte, wie der leichte Wind mir unangenehm kalt in meine vor Anspannung durchgeschwitzten Klamotten fuhr.

Schnell passierten wir den Eingang, ließen unsere Karten von den Sensoren abscannen und traten unbehelligt durch die Türen ins Innere des Medical-Centers.

Obwohl ich die letzten zwei Jahre quasi jeden Wochentag hier gewesen war, empfand ich mich heute als Fremdkörper in einer Maschinerie, zu der ich nicht gehörte. Ich hatte keine Aufgabe hier, drehte immer den Kopf in die andere Richtung, wenn ich ein bekanntes Gesicht sah, und hatte ein schlechtes Gewissen Biolog Medical gegenüber, wie ein Dieb hier reinzuschleichen.

Die Leute hetzten nicht mehr ganz so schlimm herum wie noch vor zwei Tagen, aber alle sahen nervös aus, sodass es gar nicht auffiel, dass mir bereits der Schweiß auf der Stirn stand.

Ich atmete tief durch und versuchte, einen kühlen Kopf zu bewahren. Was mir sonst so gut gelang, wollte heute einfach nicht klappen und meine Gedanken drehten sich ständig um alles, was schieflaufen könnte.

Da ich keine Tasche mitgenommen hatte, fühlte ich mich, als hätte ich etwas vergessen und musste mich immer wieder daran erinnern, dass Jessy den USB-Stick an sich genommen hatte, wenn ich wieder einmal in meine Hosentasche griff und sie leer vorfand.

Sie wartete bereits an der Außentreppe zum Gebäude für Wartung und Sicherheit und lehnte scheinbar lässig am Geländer. »Wie oft habt ihr das schon gemacht?«, wollte sie wissen, stieß sich ab und kam die Stufen zu uns herunter.

»In ein geheimes Labor einbrechen, um Wissenschaftler von der Weltherrschaft abzuhalten?«, schnaubte Leon verächtlich und Jessy rollte demonstrativ mit den Augen.

»Ich meinte nur irgendwo einzubrechen. Das ist doch nicht euer erster Coup als Weltverbesserer«, erwiderte sie in genau dem gleichen Ton und schreckte auch vor seinem scharfen Blick nicht zurück.

»Wir nennen uns Aktivisten, nicht Terroristen. Wir brechen normalerweise nirgendwo ein. Zumindest nicht physisch«, ging Ezra dazwischen. »Wir leiten normalerweise nur Infos an die Presse weiter oder organisieren Demos.«

Schnellen Schrittes gingen wir den lang gezogenen Innenhof entlang und kreuzten eine Gruppe von Frauen in strengen Kostümen, die mit ausdruckslosen Gesichtern auf das Verwaltungsgebäude zuhielten. Ich wollte gar nicht wissen, was bei denen gerade an Anschuldigungen und Klagen reinregnete.

»Wieso kann Ajif dann Schlösser knacken?«, machte Jessy weiter, als sie an uns vorbei waren, und Ajif schenkte ihr ein sanftes Lächeln.

»Ist so ein Hobby«, antwortete er schlicht und lächelte so unschuldig, dass ich mir sicher war, da steckte mehr dahinter. Er schien von uns noch am entspanntesten zu sein, sodass man sich einbilden könnte, alles wäre in bester Ordnung und wir nur auf dem Weg in die Cafeteria, um zusammen einen Kaffee zu trinken.

Oh, was würde ich für einen Kaffee geben.

Je näher wir dem heruntergekommenen Gebäudeteil zischen dem Ausbildungskomplex und dem Forschungslaborturm kamen, desto leerer wurde mein Kopf. Jetzt wurde es ernst und ich verbannte zwanghaft alle unnötigen Gedanken in den hintersten Winkel meines Gehirns.

Leon und Ezra bildeten einen Sichtschutz, damit Ajif sich das Schloss an der rostigen Tür ansehen und das passende Werkzeug dafür aus der Kängurutasche seines Kapuzenpullovers holen konnte. Als gäbe es nichts Interessanteres, unterhielten sie sich dabei über eine politische Diskussion, die man wohl vor einer Woche im Fernsehen gezeigt hatte, und ich staunte nur, wie sie sich noch auf so was konzentrieren konnten. Mir war so schlecht, dass ich mich am liebsten übergeben hätte.

Zum Glück hatte ich nichts gegessen.

Das Schloss klackte leise, als es sich öffnete, und doch fühlte es sich an, als schallte das Geräusch über den ganzen Hof wie ein Alarmsignal. Doch niemand sah in unsere Richtung oder interessierte sich sonst für uns. Und doch fühlte ich mich beobachtet. Der Stress machte mich völlig verrückt.

Schnell schlüpften wir durch die Tür, schlossen sie geräuschlos hinter uns und lauschten. Nichts. Kein einziger Mucks drang an unsere Ohren und mich überfiel sofort das furchtbare Gefühl, irgendetwas würde gleich gewaltig schieflaufen. Es brannte sich geradezu in meine Eingeweide, obwohl keinerlei Grund dafür bestand. Erinnerungsfetzen rasten durch meinen Kopf.

Abigail, die an Leons Hand schluchzend durch enge Gassen hetzte. Stiefeltritte auf dem Asphalt. Ein Lastwagen, der genau auf mich zuhielt. Das Knirschen von zersplitternden Knochen.

Wir gingen vorwärts, während ich meine schrecklichen Vorahnungen zurückkämpfte, die meinem Verstand Streiche spielten und mich mit Bildern überfielen, die mir schreckliche Angst machten.

Leon ging vor, hinter ihm Ezra, dann Jessy und ich, als Schlusslicht Ajif. Der Flur war nicht lang, die Beleuchtung ausgeschaltet, die Tür am Ende, durch die das letzte Mal Tageslicht hereingefallen war, geschlossen.

Leon hatte seine Hand bereits auf der Klinke, drückte sie herunter und Adrenalin rauschte so lautstark in meinen Ohren, dass ich ihn kaum verstehen konnte.

»Niemand da«, wisperte er mit einem hinterhältigen Lächeln auf den Lippen und tauschte mit Ezra kurze Handzeichen.

Plötzlich zerriss ein Brummton die Stille und meine hintere Hosentasche begann zu vibrieren. Mir blieb die Luft weg vor Schreck.

Jessy drehte sich mit warnendem Ausdruck in meine Richtung und ich zog in Windeseile mein Handy heraus. Verdammte Scheiße, ich hatte vergessen, es auszuschalten!

Vor Hektik rutschte es mir beinahe aus den Fingern und ich nahm ab, anstatt den Anruf abzulehnen.

»Es ist eine Falle, Gemma!«, hörte ich die Stimme von Tom aus dem Hörer, obwohl ich das Handy nicht auf Lautsprecher gestellt hatte. Verschreckt presste ich mir das Telefon ans Ohr.

»Wie bitte?«, flüsterte ich und Leon und Ezra betraten genau in diesem Moment den Raum vor uns.

»Wartet!«, wollte ich noch rufen, versuchte die Information zu verarbeiten, da brüllte Leon los und Jessy wich erschrocken von der Tür zurück, stolperte dabei beinahe über mich.

»Keine Ahnung, was ihr vorhabt, aber kommt da wieder raus. Sie haben Leute abgestellt, um …« Den Rest hörte ich nicht mehr, denn das Handy fiel mir aus der Hand, als ich Jessy auffing.

Mein Herz klopfte wie ein Presslufthammer gegen meine Rippen.

Der Raum vor uns war leer. Keine Tische mehr, keine Bauteile, kein Gedankeneinsetzgerät.

Nur eine Handvoll Männer, die auf uns zukamen.

»Lauft!«, donnerte Ezra und tauchte in unserem Sichtfeld auf. Ein Mann in schwarzer Kampfkleidung packte ihn am Kragen und riss ihn zu Boden. Meiner Kehle entfloh ein Schrei.

Jemand packte mich am Arm, zerrte mich nach hinten. Verzweifelt versuchte ich, mich loszureißen, Ezra zu Hilfe zu eilen, der hart zu Boden gedrückt wurde, ein Knie seines Angreifers im Rücken. Ich kannte ihn, er war in der Praxis von Doktor Voltár gewesen, hatte mich mit einer Schusswaffe bedroht. Auch Leon ging zu Boden. Zwei weitere Männer hielten ihn in Schach, während ich immer weiter von der Tür weggezogen wurde, bis wir durch eine Weitere ins Freie stolperten.

»Nein, nein, nein!«, schrie ich meine Verzweiflung heraus, sah wieder den Lastwagen vor meinem inneren Auge auf mich zurasen und wollte auf der Stelle zusammenbrechen. Doch Ajif ließ mich nicht los und Jessy verpasste mir eine solch harte Ohrfeige, dass ich für einen Moment schwarzsah und anschließend Atome vor meinen Augen flimmerten.

»Reiß dich zusammen, Gemma!«, zischte sie, doch auch ihre Stimme zitterte. »Sie können uns hier raus nicht folgen. Das würde zu viel Aufmerksamkeit auf sie lenken«, schlussfolgerte sie und ich hickste panisch. Mir fehlte Sauerstoff, ich konnte nicht richtig atmen, weil irgendwas meinen Brustkorb zusammenschnürte und mir die Lungenflügel zerdrückte. Meine Wange pochte schmerzhaft.

»Gemma«, sprach Ajif mich an, zog mich weiter hinter eine Säule und ich erblickte Leute, die irritiert zu uns herüberglotzten.

Ich machte gerade eine Szene in der Öffentlichkeit und hatte es nicht einmal gemerkt. Angestrengt versuchte ich mich zusammenzureißen und gegen meine Panik anzukämpfen, die mich in ein dunkles Loch zu reißen versuchte.

»Sie haben uns erwartet. Die haben uns in eine Falle gelockt«, hörte ich Ajifs Stimme und wollte einfach nur in Tränen ausbrechen.

»Sie haben Ezra«, schluchzte ich. »Und Leon.« Ich dachte an Abigail, wie sie reagieren würde, sah sie wieder in meinen Armen weinen. Wie ein Echo spürte ich eine Diodenmaske auf meinem Kopf, mein Körper betäubt, flimmerndes Licht überall, und die Erinnerungen wurden mir aus dem Kopf gespült, egal wie sehr ich mich daran klammerte und Ezras Namen schreien wollte.

Noch eine Ohrfeige traf mein Gesicht und ich holte so hektisch Luft, als würde ich nach Minuten aus einem Wasserbecken in die Wirklichkeit auftauchen. Meine Lunge brannte, meine Augen ebenfalls, und ich schmeckte Blut auf der Zunge.

»Gemma!«, sagte Jessy so scharf, dass sie damit Marmor hätte zerschneiden können, und ich rieb mir die schmerzende Wange. »Wenn du nicht willst, dass Ezra dich demnächst ansieht wie eine Fremde, reißt du dich jetzt zusammen, schmeißt dein brillantes Gehirn wieder an und brennst diesen Widerlingen die Hütte nieder!«, schrie sie mich an und holte aus, um mir noch eine zu verpassen. Doch ich war wieder da, riss mich zusammen, konzentrierte mich auf die Wut, die in meinem Bauch entflammte, und zerdrückte die Verzweiflung wie eine junge Blütenknospe unter meinen Schuhen.

Es war nur ein Rätsel, sagte ich mir, ein Labyrinth, das es zu lösen galt, ein Zahlenspiel.

»Okay, okay. Sie haben gewusst, dass wir kommen. Sicher weil Doktor Sinah mich bei meiner Mutter gesehen hat«, begann ich meine Gedanken laut auszusprechen, um mich fester daran klammern zu können. Um mir selbst einzubilden, dass ich nur den richtigen Weg wählen müsste, um am Ende aus dem Irrgarten wieder herauszufinden. »Sie haben also alles weggeschafft und Söldner abgestellt, die uns auflauern.«

»Wohin haben sie es gebracht?«, fragte Ajif und ich fasste mir an den Kopf, der entsetzlich schmerzte, ob nun durch den Stress, den Koffeinmangel oder die Ohrfeigen, wusste ich nicht und war mir auch egal.

Wieder sah ich Ezra auf dem Boden liegen, wie mir das Handy aus der Hand gefallen war. Tom hatte mich angerufen!

»Tom hat gesehen, wie wir da reingegangen sind«, platzte ich heraus und sah mich suchend um, als würde er irgendwo herumstehen.

»Was?«, fragte Jessy verwirrt und klang ähnlich atemlos, wie ich mich fühlte.

»Am Telefon. Er war am Telefon und hat versucht, uns zu warnen«, plapperte ich und hörte mir selbst nicht zu.

Wenn er in der Nähe war, wieso hatte er uns nicht aufgehalten? Stattdessen hatte er angerufen, als wäre er zwar in Sichtweite, aber nicht nah genug dran, um zu uns zu kommen. Mein Blick wanderte sofort nach oben, die gläserne Fassade des Forschungsturmes entlang, in der sich das Sonnenlicht brach.

»Von wo aus hat man den besten Blick über den Innenhof?«, wollte ich wissen und hatte mir die Antwort längst selbst gegeben. Verdammte Scheiße, ich wusste, wo sie waren. »Das ganze Projekt läuft unter einem falschen Namen und sie haben ein offizielles Labor in den oberen Stockwerken des Turms. In meinem Tagebuch stand, dass ich nachgesehen habe und das Labor war leer. Aber wenn sie es jetzt umgesiedelt haben, um sich auf die Präsentation vorzubereiten, dann doch sicher in das Labor, in dem sie laut Plan auch sein sollten«, entwirrte ich meine Gedanken mehr für mich als für die anderen und klammerte mich daran, um nicht wieder in Panik auszubrechen.

Meine Füße setzten sich von allein in Bewegung, als ich über das glatte Pflaster des Innenhofes schritt und zielstrebig auf den Turm der Forschungslabore zuhielt. Immer wieder sah ich mich um, erwartete gleich einen Soldaten in Schwarz auf uns zusprinten zu sehen.

Sie würden wissen, wohin wir wollten, wenn sie sahen, dass wir den Turm betraten.

»Aber wenn das Gerät da oben ist, dann ist der Frankensteinclub doch auch dort«, warf Ajif von der Seite ein und ich stellte sie mir vor, wie sie da oben in ihrem Labor saßen, sich gegenseitig zuprosteten und sich eifrig die Hände rieben, weil sie glaubten, gewonnen zu haben.

Vorhin hatte ich noch gehofft, dies alles würde glatt und unauffällig ablaufen. Wir gingen rein, spielten heimlich die Manipulation auf und verschwanden wieder.

Doch jetzt hatten sie Ezra eingefangen, MEINEN Ezra, den ich so lange gesucht hatte, ohne den mein Herz nur ein leerer Krater gewesen war. Sie hatten meine Erinnerungen an ihn und die anderen gestohlen und unwiederbringlich zerstört.

Und auch wenn ich nie für möglich gehalten hätte, so etwas je zu empfinden, wollte ich Rache! Ich wollte ihnen ins Gesicht sehen, wenn ich ihr Lebenswerk zerstörte, das mich zerstört hatte.

»Dann holen wir sie uns und zwingen sie, ihr beschissenes Gerät zu benutzen«, zischte ich verbissen und Jessy schüttelte sich neben mir.

»Wow, Kamikaze-Gemma ist am Start«, flüsterte sie und ich ignorierte ihren Kommentar.

»Die sind in der Überzahl. Wie stellst du dir das vor?«, machte mich Ajif darauf aufmerksam und klang lange nicht mehr so gelassen wie vorhin noch.

Wir passierten die automatische Schiebetür und ich drückte auf den Knopf für die Aufzüge.

»Ich lass mir was einfallen«, schnaubte ich verbissen und hatte doch keinen Plan. Nur meine Wut, die behauptete, es allein mit vier Leuten aufnehmen zu können.

»Wir brauchen Waffen«, meinte Jessy energisch und die Aufzugtür öffnete sich vor uns. Eine junge Frau trat heraus, hatte Jessy offensichtlich gehört und stolperte beinahe über ihre eigenen Füße.

»Nein. Wir brauchen Betäubungsmittel«, entgegnete ich, als ich Jessys Gedankengang aufnahm, und wir sahen uns gegenseitig an, als bei uns gleichzeitig der Groschen fiel.

»Oliver Grand«, sagten wir wie aus einem Mund und die Aufzugtüren schlossen sich hinter Jessy, Ajif und mir.

Die Fahrt in den sechsten Stock schien sich in die Unendlichkeit zu ziehen und ich musste mir die Fingerspitze in die schmerzende Wange bohren, um nicht wieder meiner Panik zu verfallen, die in mir lauerte wie ein wildes Tier, das nur auf einen kleinen Moment der Schwäche wartete, um mich zu zerfleischen.

Jessy drückte meine Hand, Ajif blickte grimmig zu mir herüber und ich wusste, dass ich nicht zu fragen brauchte; sie würde mit mir in den Krieg ziehen, egal wie er enden sollte.

Und darüber wollte ich lieber nicht zu genau nachdenken. Es gab zu viele Variablen, die wir nicht beeinflussen konnten und auf unser Glück hoffen mussten. Doch jetzt aufzugeben, ohne es wenigstens versucht zu haben, kam nicht infrage.

Als sich die Aufzugtüren öffneten, stürmte ich hinaus und den Flur entlang. Schlitternd kam ich vor der Glastür zum Stehen, die zu Olivers Labor gehörte, und schrie erleichtert auf, als ich ihn tatsächlich hinter seinem Schreibtisch erblickte.

Er riss vor Schreck beinahe sein Mikroskop vom Tisch und ich zog schon die Tür auf, bevor er sich überhaupt von seinem Stuhl erhoben hatte.

»Ich brauche deine Hilfe!«, platzte ich sofort heraus, hatte keine Zeit, um den heißen Brei zureden, und Oliver zog überfordert die Augenbrauen nach oben.

»Gemma. Ich habe versucht, dich zu erreichen. Wir müssen reden. Du hast …«, versuchte er mir etwas mitzuteilen und wurde von Jessy und Ajif abgelenkt, die ebenfalls vor seiner Tür auftauchten. Jessy winkte ihm verkniffen zu.

»Das werden wir. Aber nicht jetzt«, versprach ich und fasste nach seinen Armen, um seine Aufmerksamkeit wieder auf mich zu lenken. Und um mich irgendwo festzuhalten. »Wir brauchen Betäubungsmittel für vier Personen. Alkohol, keine Ahnung, irgendwas, was schnell wirkt und was man spritzen kann. Aber nur etwas zum Ruhigstellen, nichts, was einen ausknipst«, ratterte ich runter und konnte nur hoffen, dass Oliver wusste, was er mir geben konnte. Wenn wir es schafften, das Überraschungsmoment auszunutzen, dann konnten wir ihnen möglicherweise den entscheidenden Schlag verpassen.

Oliver stemmte eine Hand in die Seite und sah verbissen auf mich herab. »Gemma. Du kannst nicht einfach hier reinplatzen und alles von mir verlangen, was du willst. Ja, ich habe ein schlechtes Gewissen wegen der Sache mit den Drogen. Aber irgendwann ist das auch ausgeschöpft«, beschwerte er sich und zerzauste sich mit der anderen Hand die Haare.

Mein Gehirn brauchte eine Sekunde, um das richtig einzuordnen. Denn es konnte doch nicht wahr sein, dass er immer noch dachte, dass es hier um die Sache in dem Club ging. Das war für mich gefühlt hundert Jahre her und ich hatte ganz andere Sorgen.

»Ich habe keine Zeit, dir das jetzt zu erklären!«, fuhr ich ihn an und spürte die Panik überdeutlich in meinem Kopf schreien. Jede Minute war kostbar.

»Die musst du dir aber nehmen, wenn du irgendwas von mir willst. Du kannst nicht Alkohol abgreifen und mir nicht sagen wofür!«, antwortete er mir im gleichen Ton und ich dachte, mir würde gleich der Schädel platzen.

Gequält atmete ich tief durch und sah ihm dann in die Augen. Er wollte wissen, was abging? Das konnte er haben. »Verrückte Wissenschaftler haben im Geheimen ein Gerät erfunden, mit dem sie Gedanken einsetzen können. Als ich es rausgefunden habe, haben sie mich gelöscht und einen Algorithmus in die Gedankenauslese eingespeist, um auch allen anderen die Erinnerungen daran zu nehmen. Und jetzt, wo wir sie aufhalten wollen, haben sie meinen Freund von Söldnern gefangen nehmen lassen und werden ihn löschen, wenn ich nicht sofort etwas dagegen unternehme!«, knallte ich ihm die Kurzfassung hin und er musterte mich für einen Moment, als müsste er sich überlegen, ob ich vorhatte, ihn zu verarschen.

»Du hast einen Freund?«, fragte er mich langsam und ich sah ihn entgeistert an.

»Echt jetzt?!«, schnauzte ich laut und hätte ihn am liebsten geohrfeigt. »Das ist, was hängen geblieben ist?«

»Und du verarschst mich nicht? Was habt ihr vor zu tun?« Sichtlich überfordert blinzelte er mich viel zu schnell an.

»Jessy hat eine Manipulation geschrieben, die ihnen den Gedanken einsetzen wird, dass ihr Gerät nicht funktioniert.« Es tat körperlich weh, hier zu stehen und zu reden, wenn Ezra irgendwo festgehalten wurde. Wer wusste schon, was sie mit ihm anstellten. Was, wenn die Kerle wussten, wie man Gedanken entfernte? Was, wenn sie bereits auf dem Weg hier hoch waren oder oben auf uns warteten?

»Das ist schlau«, sagte Oliver nur und ich konnte nicht mehr stillhalten, wollte ihn schlagen und trat mit dem Fuß so fest gegen den Stuhl, dass er scheppernd gegen den Tisch krachte.

»Oliver!«, brüllte ich seinen Namen und er zuckte sichtlich zusammen.

»Ja, in Ordnung«, versuchte er sich zu fassen, drehte sich einmal um sich selbst auf der Suche nach etwas und öffnete dann die unterste Schublade seines Materialschrankes. »Ich habe keine Betäubungsmittel hier und komm auch nicht so schnell an welche ran. Und wenn du wirklich vorhast, Gedanken zu manipulieren, ist Alkohol vielleicht nicht das Schlaueste«, erklärte er mir und ich trat von einem Bein aufs andere, als könnte ich so den Prozess beschleunigen.

Er zog eine Handvoll Röhrchen aus der untersten Schublade und schnappte sich dann seine Tasche. »Los«, wies er mich an und ich öffnete in Windeseile die Tür wieder.

»Er hilft uns«, sagte ich zu Jessy und Ajif, konnte aber keine wirkliche Erleichterung spüren. Dies hier war nicht ausgestanden und ich hatte lediglich eine weitere Person in die Gefahrenzone gezerrt.

»Ajif, Oliver. Oliver, Ajif«, stellte ich sie hastig einander vor und die beiden nickten sich eben zu, als wir zum Aufzug zurückliefen und die Blicke aus den anderen Laboren ignorierten, die an uns klebten, als wären wir völlig durchgeknallt. Wahrscheinlich waren wir das sogar.

»Sind das Insulinspritzen?«, wollte Jessy wissen und Oliver hielt sie ihr hin.

»Ist nur kein Insulin drin«, erklärte er schnell und wir traten in den Aufzug, der glücklicherweise noch nicht woanders hingefahren war. »Ich habe die mit Alkohol gefüllt und mir selbst gespritzt.«

»Was, wieso?«, rief ich geschockt und die Türen schlossen sich wieder. Eilig drückte ich den Knopf fürs zehnte Stockwerk und betete, das richtig in Erinnerung zu haben.

»Irgendwer muss doch testen, ob meine Bakterien auch machen, was sie sollen«, erklärte er, öffnete seine Tasche und begann darin zu kramen. Ein Stapel Papier fiel heraus und niemanden kümmerte es.

»Du machst Selbstexperimente?« Jessy sah ihn schräg von der Seite an und es machte mich verrückt, dass wir jetzt über Sachen redeten, die nicht im Geringsten mit dem zu tun hatten, was uns gleich erwartete.

Der Gedanke an Ezra hielt mich aufrecht, denn nur wir konnten ihn jetzt noch retten. Angestrengt atmete ich die Gefühle weg und spürte Ajifs Hand an meinem Rücken, die mir Stütze gab.

»Ja. Und so ein Kater spornt ganz schön an, es das nächste Mal besser zu machen. Glaub mir.« Oliver grinste und zog eine halb volle Flasche aus den Tiefen seiner Tasche, in der eine grellpinke Flüssigkeit schwappte.

»Nein«, sprach ich ungläubig aus, weil meine Gedanken übereinanderfielen, und konnte nicht fassen, dass er ernsthaft dieses Zeug dabeihatte.

»Etwas zum Ruhigstellen, aber nichts, was einen ausknipst«, wiederholte er meine Worte, drückte mir die Spritzen in die Hand und schraubte die Flasche auf. Wir passierten gerade den achten Stock. Mir brach der kalte Schweiß aus und widerlich süßlicher Geruch breitete sich in dem kleinen Raum aus.

»Was ist das?«, wollte Ajif wissen und Jessy grunzte laut.

»BTS. Eine halluzinogene Droge«, erklärte sie schnell. »Ich wusste nicht, dass man sich das Zeug auch spitzen kann.«

Sie hielt die Flasche, während Oliver die Spritzen mit geübten Handgriffen füllte, als würde er so was täglich machen.

Schnell musste ich mich selbst daran erinnern, dass er zwar ein Schwachkopf, aber auch ein Arzt war. Er musste wissen, was er tat.

»Man kann es sogar rauchen. Aber dann ist es tatsächlich ziemlich ungesund«, machte Oliver seine Witzchen und ich warf ihm einen strengen Blick zu. Für ihn war das hier vielleicht ein cooles Abenteuer. Aber für mich ging es hier um alles. Um Ezra. Um die Zukunft.

Der Aufzug gab ein leises Pling von sich und die Türen öffneten sich wie in Zeitlupe. Niemand war zu sehen. Keine Söldner, kein Tom. Der Flur vor uns war so strahlend hell erleuchtet, dass er unwirklich wirkte, und ich schüttelte energisch den Kopf, als mir bewusst wurde, dass die Dämpfe aus der Flasche begannen, meinen Verstand zu benebeln.

»Scheiße«, fluchte ich leise, ballte meine eine Hand zur Faust. An der anderen quietschte die Schiene und wir traten aus dem Aufzug.

Der Moment war gekommen. Gleich würde ich den Menschen gegenüberstehen, die mir absichtlich das Hirn gegrillt hatten. Die meine Mutter verrückt gemacht hatten. Die mich entführt hatten und zur Auslese zwingen wollten, um meine Freunde zu erwischen. Die in Auftrag gegeben hatten, Ezra und Leon gefangen zu nehmen. Die mir alles genommen hatten und wieder nehmen wollten.

Jeder von uns bekam eine Spitze in die Hand gedrückt. Drei kurze winzige Nadeln an der Unterseite, ein Knopf auf der anderen, der Rest ergab sich von selbst. Auf die Haut und abdrücken.

Vier gegen vier, dachte ich, krallte mich an meine Entschlossenheit und schürte die Wut in meinem Bauch, dass sie nur so Funken sprühte.

Ein Stück den Flur hinunter erklang Lachen und man konnte die Ausgelassenheit geradezu in der Luft schmecken. Sie redeten, ich hörte Doktor Voltár, die rauchige Stimme von Hella Goldregen heraus.

Ekel kam in mir hoch, das grelle Licht brachte Erinnerungen an tiefen Schmerz und Desinfektionsmittelgeruch.

Wir schlichen über den grauen Teppich, der unsere Schritte dämpfte, und dann standen sie auf einmal vor uns, einfach so. Sie hielten sich in einem großen Raum auf, jeder mit etwas anderem beschäftigt.

Alle Gedanken flohen aus meinem Kopf und ich reagierte nur. Noch bevor sie uns bemerkten und sich zu uns umdrehen konnten, stürmte ich wie eine Tollwütige ins Zimmer und versuchte, mich auf Hella Goldregen zu stürzen, die direkt neben der Tür stand. Vor Schreck glitt ihr das Tablet aus den Händen, als sie mich aus den Augenwinkeln entdeckte. Wie aus dem Nichts stand plötzlich ein Mann vor mir und stieß mir schmerzhaft etwas Hartes gegen die Brust.

Ich taumelte zurück, fiel gegen Ajif, wollte schreien und doch blieb mir die Stimme weg, als ich in das Gesicht sah, das mir eiskalt entgegenblickte. Tom. Fuck!

Hinter uns klickte es und meine Instinkte sagte mir, dass es die Sicherung einer Waffe war. Ein schneller Blick über die Schulter bestätigte es. Ein Mann im schwarzen Kampfanzug hielt eine Waffe auf uns gerichtet. Wo war der plötzlich hergekommen? Hatten wir ihn übersehen?

Mir gefror das Blut in den Adern, meine Panik kehrte zurück, riss mich mit, ertränkte mich in Tränen, die ich nicht weinen durfte, und mein Verstand wollte sich einfach nicht eingestehen, dass dies hier das Ende sein würde.

Nein, das durfte einfach nicht das Ende sein.

Tom hielt eine Elektroschockpistole in den Händen und fixierte damit meine Brust.

Jessy gab ein Zischen von sich, doch ich konnte die Worte nicht verstehen.

»Soso. Gemma Henson«, ertönte die Stimme von Doktor Voltár in einem zufriedenen Singsang und er trat neben Tom.

In mir zog sich alles zusammen und ich spuckte ihm tollkühn vor die Füße, wünschte mir gleichzeitig, ich könnte ihm die Augen auskratzen, diesem dreckigen Mistkerl. Die Wut brodelte noch heftiger in mir, wurde mit der Panik zu einem toxischen Cocktail, der sich schmerzhaft durch meine Eingeweide fraß.

»Wir haben deine Mutter und zwei deiner Freunde. Du solltest langsam gemerkt haben, dass wir am längeren Hebel sitzen. Was auch immer in den Spritzen ist; fallen lassen!«, befahl uns Doktor Sinah genervt, als wären wir nur Kinder, die zu laut spielten. Sie nahmen uns nicht ernst.

Fester klammerte ich meine Finger um das Röhrchen.

»Fallen lassen!«, wiederholte er energischer und Jessy, Ajif und Oliver rückten näher zu mir, als der Kerl hinter uns einen Schritt auf uns zu machte.

Es war eine klare Drohung und Ajif ließ tatsächlich los. Leise landete die Spritze auf dem Teppichboden.

Doch ich konnte nicht loslassen, nicht aufgeben, würde kämpfen bis zur letzten Sekunde. Mein Blick wanderte zu Tom und ich wusste nicht, was ich über ihn denken sollte. Ich war mir so sicher gewesen, dass da irgendwas war. Vorgestern, in meiner Wohnung. Dass ich die Zweifel gespürt hatte, die durch seinen Kopf geisterten.

»Du hast gesagt, du bist auf meiner Seite«, erinnerte ich ihn, spürte den Schmerz an meiner Brust, an der Stelle, an der er mich zurückgestoßen hatte, und sah, wie er hart schluckte. Mein Herz pochte wie wild, bäumte sich auf wie ein Monster in Ketten.

»Das bin ich«, erwiderte er, noch bevor irgendwer sonst etwas dazu sagen konnte, und drückte ab.

Ein elektrisches Knistern durchzuckte die Luft, Jessy hinter mir schrie auf und ein schwerer Körper sackte dumpf zu Boden. Die Zeit schien anzuhalten und gleichzeitig viel zu schnell abzulaufen, als ich begriff, dass Tom nicht einen von uns, sondern den Söldner getroffen hatte. Mit einer einzigen schnellen Bewegung ließ er die Waffe fallen, drehte sich zur Seite und verpasste Doktor Voltár einen Tritt, der ihn zu Boden schleuderte.

Der Schockmoment verstrich und die Eindrücke prasselten auf mich ein wie Platzregen, der mich in Sekundenschnelle bis auf die Unterwäsche durchweichte.

Ich sprang nach vorn und jagte dem am Boden liegenden Doktor die Droge in den Hals. Es war zu schnell gegangen, um es zu genießen, zu schnell, um überhaupt irgendwas zu empfinden. Tom hatte Ajifs fallen gelassene Spritze aufgehoben und war schneller bei dem jungen Doktor Sinah, als dieser zurückweichen konnte.

Jessy fasste sich ebenfalls wieder, taumelte vor und verfolgte die kreischende Hella Goldregen um einen Tisch herum, ehe sie sie ebenfalls erwischte.

Sich um den letzten, Doktor Larson, zu kümmern, war hiermit nur noch eine Formsache und ich sackte atemlos zu Boden, als vier verrückte Doktoren kichernd und völlig kopflos durch den Raum tanzten, als hätte sich ihr Inneres nach außen gekehrt und der Wahnsinn wäre ihnen jetzt deutlich anzusehen.

»Was haben wir ihnen gegeben?«, wollte Tom von mir wissen, griff nach meiner Hand und zog mich zurück auf die Beine. Ich konnte nicht sprechen, kaum atmen, nicht begreifen, dass wir es geschafft hatten.

»BTS«, kam es daher wieder von Jessy, die gerade ein großes weißes Tuch von dem Höllengerät zog, den USB-Stick aus ihrer Hosentasche kramte und ohne zu zögern in den Port hinter dem Bildschirm steckte.

Toms Finger fühlten sich warm an meinem Handrücken an und mit seinen Augen versuchte er mir irgendwas zu sagen. Ich hatte jedoch keinen Kopf ihm zuzuhören, konnte nur an Ezra denken.

»Sie halten immer noch Ezra und Leon gefangen«, krächzte ich, als meine Stimme wieder funktionierte, und Tom nickte verbissen. Fast widerwillig ließ er meine Hand los, ging schnellen Schrittes zu dem bewusstlosen Söldner hinüber und zog ihm einen fleischfarbenen Knopf aus dem Ohr.

»Roter Falke an Fuchsbau. Mission wurde abgebrochen. Gefangene freilassen und Rückzug antreten«, sagte er und wiederholte es noch einmal, damit die Nachricht auch wirklich ankam.

»Danke, Tom«, sprach ich aus, was mir als Erstes einfiel, weil ich keine Ahnung hatte, was ich sonst sagen sollte. Ich hatte mich kopflos in einen übereilten Plan gestürzt, der ohne ihn nie aufgegangen wäre.

Das Sonnenlicht verfing sich in seinem roten Haar und brachte seine Sommersprossen zum Tanzen, als er mich zaghaft anlächelte. Ich hätte es nicht für möglich gehalten, doch plötzlich konnte ich wieder den schüchternen jungen Mann in ihm sehen, den er zu Anfang für mich gemimt hatte. Vielleicht war ja doch nicht alles nur gespielt gewesen. »Keine Ursache«, gab er zurück und seufzte laut. »Du hattest recht. Es ist zwar schade um die fünfundzwanzig Fremdsprachen, die man mir versprochen hatte. Aber du hattest recht.«

»Quatscht mal nicht so viel und helft uns, diese Verrückten auf den Stuhl zu kriegen«, fuhr uns Oliver dazwischen, der zusammen mit Ajif den singenden Doktor Larson am Arm gepackt hatte und zwanghaft zu verhindern versuchte, von ihm abgeknutscht zu werden.

»Tja, das passiert, wenn man so attraktiv ist wie du«, sagte ich und begriff erst nachdem ich es ausgesprochen hatte, dass ich tatsächlich einen Witz gemacht hatte. Oh, wow! Es war wirklich vorbei.

Der Prozess der Gedankenmanipulation ging so leicht vonstatten, dass ich es im ersten Moment nicht glauben konnte. Wohlweislich entfernte Jessy auch die letzten dreißig Minuten aus der Erinnerung des Frankensteinclubs und auch aus der des Söldners, der immer noch bewusstlos dalag. Oliver behauptete, dass sie das sicher als Filmriss verbuchen würden. Wir besorgten vier Gläser und ließen die fast leere Flasche BTS zurück, als hätten sie sich das Zeug selbst einverleibt.

Sie würden irgendwann wieder zu klarem Verstand kommen, höchstwahrscheinlich lange nach dem Präsentationtermin, und ihnen würde siedend heiß einfallen, wie unsinnig die ganze Aktion gewesen war und dass ihr Gerät niemals funktionieren würde. Es würde ein schrecklicher Moment für sie werden und ich gönnte es ihnen, die

Verzweiflung am eigenen Leib zu erfahren, egal wie boshaft ich mich dabei fühlte.

Mein Kopf war so leer, dass ich kaum noch etwas sagen konnte, und meine Füße so schwer, dass Tom mich beinahe tragen musste, als wir alle Spuren beseitigt und uns auf den Weg zum Aufzug machten.

Die Fahrt nach unten war eine seltsame Mischung aus Erleichterung und vielen Fragen, vor allem von Oliver.

»Ich will alles wissen, klar! Du schuldest mir einen verdammt großen Kaffee«, raunte er mir zu, als wir fast den Ausgang erreicht hatten.

Durch die Glastüren sah ich Ezra sofort, wie er an Leon gestützt auf den Platz hinaustaumelte, eine Platzwunde an der Stirn, die Fingerknöchel blutig.

Die Türen öffneten sich automatisch und mich hielt nichts mehr an Ort und Stelle. Ich rannte auf ihn zu, ungeachtet der Tatsache, dass mir jeder Muskel im Körper schmerzte, und konnte nur noch ihn sehen. Sein dunkles Haar, das im Wind tanzte, das Leuchten in seinen Augen, als er mich seinen Namen rufen hörte.

Ich riss ihn beinahe um, als ich mich in seine Arme warf, und drückte mich so eng an ihn, dass kein Millimeter mehr zwischen uns war. Alle Anspannung rieselte zu Boden, Erleichterung floss in jeden Winkel meiner Seele. Und ich küsste ihn, auch wenn seine Lippe aufgesprungen war, wir uns in der Öffentlichkeit befanden und alle zu uns rüberglotzten. »Ich hatte solche Angst, dass sie dir etwas antun«, heulte ich und nun brachen die Tränen durch, die ich zuvor so fest in mir eingeschlossen hatte. Ezra roch nach Metall und Schweiß, aber auch nach Kernseife und Zitrone. Er war mein Ezra und es ging ihm gut.

»Sie haben uns einfach gehen lassen«, flüsterte er und hielt mich so fest, dass mir die Luft wegblieb.

»Wir haben es geschafft«, schluchzte ich, konnte mich einfach nicht beruhigen und spürte, wie ein Glücksgefühl in meiner Kehle hinausdrängte und mein Weinen in ein Lachen verwandelte.

Ich hob den Blick wieder, sah Jessy und Ajif, die Leon berichteten, was passiert war. Er war wütend, weil er den besten Teil verpasst hatte. Olivers Lachen hallte über den Innenhof und Tom war nirgends mehr zu entdecken, hatte sich aus dem Staub gemacht, als es keiner bemerkte.

»Du bist einfach der absolute Wahnsinn«, lachte Ezra und auch ihm war die Erleichterung deutlich anzuhören. Er griff sich in die Hemdtasche, direkt über seinem Herz, zog eine kleine zerknitterte Origamitaube heraus und reichte sie mir. »Lass uns nach Hause gehen«, meinte er, lächelte mich schief an und egal wie lädiert er aussah, ich wollte nie wieder einen anderen an meiner Seite.

Epilog

Dafür, dass es draußen für einen Oktobertag erstaunlich warm war, hatte es jemand mit dem Aufdrehen der Heizung im Behandlungsraum sehr gut gemeint. Ich schwitzte in der dicken Strumpfhose und hätte am liebsten meine Bluse ausgezogen, doch ich musste noch zehn Minuten hier sitzen, bis die Gedankenauslese durchgelaufen war.

Der Bildschirm meines Handys leuchtete auf, als noch eine Nachricht von Mama reinkam, die nun definitiv wissen wollte, ob Ezra und ich am Samstag oder am Sonntag vorbeikommen würden. Sie hatte vor, Kuchen zu backen, was schon Abschreckung genug war. Ich war mir nicht sicher, ob Ezra dafür schon bereit war.

Es ging ihr in den letzten Wochen so gut wie nie zuvor und manchmal fragte ich mich, was dieses Gerät nun wirklich mit ihrem Kopf angestellt hatte. Sie war immer noch meine Mama, trank gern Kaffee, kochte und backte so schlecht, dass man sich fürchten musste, und schleppte Papa in regelmäßigen Abständen zu seltsamen Contemporary-Theaterstücken, nach denen er nicht mehr ruhig schlafen konnte.

Doch sie war auch anders. Unbekümmerter kam dem wohl am nächsten und es fiel mir schwer zu beurteilen, ob ich diesen Nebeneffekt nun als gut oder schlecht deuten wollte.

Die Türklinke klackte, als ich gerade auf die Uhr sah, und ein gelangweilter medizinischer Assistent kam ins Zimmer geschlappt, als hätte er den schrecklichsten Job der ganzen Welt.

In Zeiten wie unseren stimmte das vielleicht sogar. Die Aktivisten und ich hatten versucht zu verhindern, dass die Welt sich zu stark veränderte, und damit genau dies bewirkt. Die Terrorvideo-Sache hatte weite Kreise gezogen, dem System den Ruf der Fehlerfreiheit geraubt. War gestern die Gedankenauslese noch die Topuntersuchung beim Thema Gesundheitszeugnis gewesen, gab es heute immer mehr Leute, die sich öffentlich dagegen aussprachen und nicht dafür verurteilt wurden. Die heile Welt hatte einen Knacks bekommen und es war gesellschaftsfähig geworden, nicht blind zur Gedankenauslese zu pilgern. Natürlich gab es immer noch Ämter, Kreditinstitute und Arbeitgeber, die darauf bestanden, aber längst nicht mehr so viele wie vor der ganzen Sache.

Der medizinische Assistent nahm mir die Diodenmaske ab, reinigte sie unmotiviert und wies mich darauf hin, dass der zuständige Arzt noch eine Weile brauchen würde. Zwar war der Ansturm an Patienten seit dem Sommer zurückgegangen, doch die Wartelisten schienen trotzdem kein Ende zu nehmen.

Obwohl Biolog Medical seit unserem Video massiv von allen Richtungen unter Beschuss genommen wurde, hatten sie Absatzzahlen wie schon lange nicht mehr.

»Was muss ich hier lesen, Frau Henson? Ihr Koffeinkonsum ist drastisch gesunken. Wie konnten Sie sich nur so untreu werden«, schimpfte der groß gewachsene Mann im weißen Kittel, der mit einem Tablet in der Hand zur Tür hereinkam, und warf mir einen kritischen Blick zu.

Sofort musste ich lachen, schaffte es keine Sekunde, dem Schauspiel standzuhalten und rutschte vom Behandlungssessel, um Oliver Grand zu begrüßen.

»Das wird wohl zur Gewohnheit, dass du meine Auslese überwachst?«, meinte ich nur spaßhaft und er schenkte mir ein strahlendes Lächeln.

»Wenn's sich einrichten lässt«, erwiderte er und blickte wieder auf sein Tablet. »Und? Irgendwelche Aussetzer gehabt? Schwach gefühlt? Sich an Dinge erinnert, die niemals passiert sind?«, erkundigte er sich schnell und ich schüttelte den Kopf. Meine Ohrringe klimperten dabei auffällig.

»Nein. Zum Glück nicht mehr«, antwortete ich und Oliver tippte auf dem Bildschirm herum.

»Dann erkläre ich dich hiermit als gesund. Und arbeitsfähig. Die Ferien sind somit vorbei. Auch wenn du heute ausgesprochen gut aussiehst, Gemma. Hast du dich etwa für mich so in Schale geworfen?« Er hob herausfordernd die Augenbrauen und ich senkte das Kinn, um ihm einen koketten Blick zuzuwerfen.

»Das hättest du wohl gern«, säuselte ich gespielt und strich mir den braunen Rock glatt, den ich zu einer petrolfarbenen Bluse trug. »Aber ich gehe gleich mit Vika auf die Vernissage ihrer Angebeteten.«

»Dann lasst die Kunstwelt bei eurem Anblick mal erzittern«, sagte er und ich musste lachen, weil dieser Satz so gar keinen Sinn ergab.

»Wie jetzt?«, fragte ich nach und Oliver musste ebenfalls grinsen.

»Na, vor Ehrfurcht«, ergänzte er und ich schnappte mir kopfschüttelnd mein Handy und meine Tasche vom Stuhl in der Ecke.

»Du bist ein Schwachkopf«, sagte ich ihm auf den Kopf zu und er rümpfte eitel die Nase.

»Ein Schwachkopf, mit dem du gern mal wieder Tanzen gehen kannst«, warf er ein, als ich meine Tasche schulterte und auf den Gang hinaustrat.

»Oh, ich denke nicht, dass das eine so gute Idee ist, wenn du willst, dass deine Nase heil bleibt. Mein Freund kann da sehr besitzergreifend sein, weißt du«, behauptete ich, während ich mich mit langsamen Rückwärtsschritten entfernte, und konnte einfach nicht ernst bleiben. Aber bei Oliver war das ja schon immer so gewesen.

»Ach der«, schnaubte er und machte eine wegwerfende Handbewegung. »Wenn du den mal überhast, lass uns ausgehen«, schlug er vor und ich winkte ihm, bevor ich in den wartenden Aufzug trat.

»Klar. Ich ruf dich dann an«, willigte ich ein und musste schon lachen, noch während ich es aussprach.

Denn ich hatte Olivers Nummer immer noch nicht.

Der Fahrstuhl brachte mich unten und ich lief zügig nach draußen. Die Herbstsonne beehrte uns mit ihren letzten warmen Strahlen.

Ezra lehnte an seinem Auto, das er am Rande des Vorplatzes geparkt hatte, und grinste, als er mich auf sich zukommen sah.

Ich lächelte und mein Herzschlag beschleunigte sich.

Um nichts in der Welt, würde ich diesen Mann wieder hergeben. Auch wenn wir gerne mal stritten und uns nie über die Farbe der neuen Couch einigen würden.

Das zwischen uns war echt. Wir gehörten zusammen.

Denn egal was noch kommen würde, Erinnerungen konnte man vielleicht löschen, aber Gefühle nicht.

Ende

Danksagung

Ich glaube, es war ein Mittwoch. Ich stand draußen auf der Wiese im Sonnenschein und hängte Wäsche auf. Lauthals sang ich das Volkslied »*Die Gedanken sind frei*« und fragte mich unwillkürlich, wie es wohl wäre, wenn sie nicht frei wären. Was, wenn man sie, anders als im Lied, eben doch erraten, erhaschen und erschießen könnte?
Und ihr seht ja, was daraus geworden ist.

Doch der Weg war lang und immer mal wieder so steinig, dass ich ihn nicht ohne Hilfe geschafft hätte.
Daher danke ich all den wundervollen Personen, ohne die es dieses Buch nicht gäbe:

Meinem Mann **Manuel,** für all die endlosen Nächte, in denen er mit mir alles bis ins kleinste Detail durchgesprochen hat. Du warst eine treibende Kraft für dieses Buch und ich liebe dich.

Jule, die Real-Life-Vika schlechthin. Wir haben unsere Bücher am gleichen Tag begonnen und auch am gleichen beendet und ich glaube fest daran, deines bald neben »Gemma« im Regal stehen zu haben.

Jazz, für all das superschnelle Drüberlesen, deine Meinung und Unterstützung. Du hörst immer meine vierzig Minuten langen »Ich kann gar nichts«-Sprachnachrichten und sagst mir dann, dass das gar nicht stimmt.

Meiner Schwester **Becci**. Deine Begeisterung hat mich beflügelt und deine Kritik gestärkt. Durch dich hat Gemma ein Stück mehr Seele bekommen. Und mehr Kaffee. ;)

Yona, die immer mit den Kindern rausgegangen ist, damit ich Zeit zum Schreiben hatte. Danke, dass du meine Kinder liebst, sie lieben dich auch.

Inken und **Nona**. Durch euch hat das Schreiben von all den kleinen Hinweisen noch mehr Spaß gemacht.

Svenja und **Jenny**, die mich mit medizinischen Details versorgt haben. Durch euch wurde alles ein Stück realistischer.

Meiner **Mama**. Ohne dich wäre ich nicht, wer ich bin. Seit ich selbst Kinder habe, schätze ich viel mehr, was du alles für uns getan hast, damit unsere Träume wahr werden.

Meinem **Paps**, der mir schon als Kind das Löten von Kabeln beigebracht hat und von dem ich meine Liebe zu Technik und Science-Fiction habe.

Stephan, meinem Lektor, dafür, dass er immer knallhart und gleichzeitig so feinfühlig war, wenn mir mal wieder der Kopf abfiel. Deine Anmerkungen haben das Buch besser gemacht.

Michaela, für den letzten Feinschliff.

Marie. Du gibst meinen Geschichten die besten Kleider, die ich mir vorstellen kann. Als könntest du in meinen Kopf sehen. Ich liebe es mit dir zu arbeiten.

Astrid, meine Drachenmama. Du bist so ein Vorbild für mich und es ist immer wieder eine Ehre, in Freundschaft mit dir zu fliegen.

All den **Kollegen-Freunden**, die mich auf meiner Reise als Autorin begleiten und ermutigen: Stella Tack, Andreas Suchanek, Lisa Rosenbecker, Marie Graßhoff, Ireen Bow, Christian Handel, Magret Kindermann, Nana Chiu, Sarah Nierwitzki, Nina Bellem, Ney Sceatcher und noch so viele andere. Selbst wenn ihr es vielleicht nicht wisst, schenkt ihr mir durch eure Art und eure Bücher den Mut, zu schreiben, was ich für richtig halte.

Und ich danke **Gott**. Danke für den Weg, den ich nur durch dich gehen darf. Dein Segen ist einfach unendlich.

Anne-Marie Jungwirth

Superior – Das dunkle Licht der Gaben (Band 1)

ISBN: 978-3-95991-211-2, kartoniert, EUR 14,90

Ein privilegiertes Leben und schier unbegrenzte Möglichkeiten –
das bietet die Superior Human Society ihren Mitgliedern.
Zumindest denen, die es wert sind …
»Du bist eine Superia, aber deine Gaben sind minderwertig.«
Unzählige Male hat die 20-jährige Amelia diesen Satz schon gehört. Und jedes Mal war sie froh darüber.
Sie wollte nicht dazugehören.
Sie wollte nicht die Pflichten.
Sie wollte nicht, dass man ihr vorschrieb, mit wem sie sich paaren sollte.
Doch was Amelia will, ist für eine Andere bestimmt.
Und was man von ihr will, ist schlimmer als eine Zwangsheirat.

Lin Rina

KHAOS – Touching Soul

ISBN: 978-3-95991-421-5, Klappenbroschur, EUR 14,90

Daya lebt auf einem vergessenen Gefängnisplaneten unter skrupellosen Verbrechern. Nur ihre Gabe, in den Seelen anderer zu lesen und ihre Gefühle zu erspüren, sichert ihr das Überleben.

Als eine Gruppe genetisch veränderter Menschen aus dem Kryoschlaf erwacht, gerät Daya plötzlich zwischen die Fronten von Macht und Gewalt. Doch was ist richtig? Den Soldaten und ihrem Anführer Khaos zu helfen, den Planeten zu verlassen, oder das Leben ihrer Leute zu erhalten?

Denn Khaos ist nicht irgendein Soldat. Seine Seele ist für Daya unwiderstehlich. Aber sich in einen Mann zu verlieben, der nicht zum Lieben geschaffen wurde, ist ein gefährliches Spiel.

Lin Rina

Vom Wind geküsst (1)

ISBN: 978-3-95991-366-9, kartoniert, EUR 14,90

Jeder hatte seinen Platz. Auch ich. Allerdings anders als die anderen.
Ich gehörte nicht zu ihrer Familie, ihrem Volk. Ich war kein Kind des Feuers.
Ich war eine vom Windvolk.
Das Mädchen, das der Wind geküsst hatte.

Das Erstlingswerk von Lin Rina

Lin Rina

Limea – Innerer Sturm

ISBN: 978-3-95991-274-7, kartoniert, EUR 14,90

Limea strebt danach, die beste Jägerin ihres Inselstammes zu werden.
Als sie einen verletzten Fremdling am Strand findet, bringt sie es nicht über sich, ihn dem sicheren Tod auszuliefern. Stattdessen versteckt sie den Mann mit den silbernen Augen, der ihr das Gefühl gibt, den engen Regeln ihrer Kaste entfliehen zu können.
Doch kann sie ihm auch trauen? Oder ist er die Ruhe vor dem Sturm, der sich bereits drohend am Horizont zusammenbraut?
In einem Kampf auf Leben und Tod wird ihre Entscheidung Rettung oder Untergang bedeuten.

Lin Rina

Animant Crumbs Staubchronik

ISBN: 978-3-95991-391-1, kartoniert, EUR 16,90

England 1890.

Kleider, Bälle und die Suche nach dem perfekten Ehemann. Das ist es, was sich Animants Mutter für ihre Tochter wünscht. Doch Ani hat anderes im Sinn. Sie lebt in einer Welt aus Büchern, und bemüht sich der Realität mit Scharfsinn und einer gehörigen Portion Sarkasmus aus dem Weg zu gehen. Bis diese an ihre Tür klopft und ihr ein Angebot macht, das ihr Leben auf den Kopf stellt. Ein Monat in London, eine riesige, vollautomatische Suchmaschine, die Umstände der weniger Privilegierten und eine Arbeitsstelle in einer Bibliothek. Und natürlich Gefühle, die sie bis dahin nur aus Büchern kannte.

Lin Rina

Animants Welt – Ein Buch über Staubchronik

ISBN: 978-3-95991-813-8, kartoniert, EUR 12,00

Meine beste Elisa.
Es ist so weit! Die Vorkehrungen sind getroffen, alles Nötige ist gepackt und meine Mutter sogar endlich zufrieden mit der Auswahl meiner Garderobe. Am Mittwoch in einer Woche werde ich nach London zurückkehren.

Eine Sammlung von Kurzgeschichten, Briefen, Notizen und die Entstehungsgeschichte rund um das Buch Animant Crumbs Staubchronik

DRACHENMOND VERLAG